Die List der roten Katze

Die Spur der roten Katze

Die Autorin

Catherine Ashley Morgan wurde in Seattle geboren und übersiedelte der Liebe wegen mit 24 nach Großbritannien. Sie arbeitete zunächst als Telefonistin und verfasste in ihrer Freizeit Kurzgeschichten und Gedichte. Unter verschiedenen Pseudonymen hat sie mehrere Romane veröffentlicht. Ihre Katzenkrimis erscheinen mit großem Erfolg bei Weltbild.
Catherine Ashley Morgan lebt in der Nähe von Glasgow, ist glücklich verheiratet, hat zwei Kinder sowie ein Schwein, einen Hund und eine Katze.

Catherine Ashley Morgan

Die List der roten Katze

Die Spur der roten Katze

Zwei Romane in einem Band

Weltbild

Besuchen Sie uns im Internet
www.weltbild.de

Die List der roten Katze

Übersetzung: Ralph Sander
Projektleitung: librisco consult, München
Die Spur der roten Katze

Übersetzung: Ralph Sander
Projektleitung: usb bücherbüro, Friedberg/Bay
Umschlaggestaltung: *zeichenpool, München
Umschlagmotiv: www.shutterstock.com
(© Dmitrijs Antipovs; © Irina Mosina; © Lana Langlois)
Gesamtherstellung: CPI Moravia Books s.r.o., Pohorelice
Printed in the EU
ISBN 978-3-95569-514-9

2017 2016 2015 2014
Die letzte Jahreszahl gibt die aktuelle Lizenzausgabe an.

Catherine Ashley Morgan

Die List der roten Katze

Roman

Aus dem Englischen
von Ralph Sander

Weltbild

Für alle unsere »Geflügelten« –
Ihr wisst, dass Ihr gemeint seid

1

Bringen Sie sie herein«, forderte der Chief Inspector den uniformierten Polizisten auf und zündete seine Pfeife an.

»Jawohl«, erwiderte der Mann, entfernte sich vom Schreibtisch und öffnete die Tür. »Wenn ich bitten darf.«

Mehrere Personen kamen aus dem Vorzimmer ins Büro des Chief Inspectors. Das leise Stimmengewirr der Eintretenden verebbte, Ruhe kehrte ein.

Der Chief Inspector blies den Pfeifenrauch aus, summte leise vor sich hin, während er in seinen Unterlagen blätterte, und wandte sich schließlich an seine Besucher. »Sie werden sich vermutlich fragen, meine Damen, warum ich Sie herbestellt habe; immerhin herrscht bei Ihnen allen ja die Meinung vor, dass der junge Lord Henderson durch einen Unfall zu Tode kam.«

Zustimmendes Gemurmel machte sich breit, nahm aber schnell einen besorgten Unterton an, da den Anwesenden deutlich wurde, worauf der Chief Inspector hinauswollte.

»Sie meinen …«, begann Juliette Pavernier, eine Galeristin aus Marseille.

»Ganz genau«, bestätigte der Chief Inspector. »Was für den Laien aussehen mag wie ein tragischer Unfall, entpuppt sich oft als raffiniertes Täuschungsmanöver, das den wahren Sachverhalt verschleiern soll …«

»Von welchem wahren Sachverhalt sprechen Sie, Inspector?«, warf Tilly Henderson-Macomber ein, Lord Hendersons zweite Ehefrau, eine blonde Schönheit, die abgesehen von ihrem Aussehen keine erkennbaren Qualitäten besaß.

Der Chief Inspector räusperte sich, zog an seiner Pfeife und legte sie zur Seite. »Von … Mord.«

Ein Raunen ging durch das Büro.

»Aber wer …?« ... »Unmöglich …« ... »Wie können Sie nur …?«, redeten sie alle so laut und erregt durcheinander, dass lediglich ein paar Wortfetzen zu verstehen waren.

»Ich bitte Sie, meine Damen!«, rief der Chief Inspector. »Ich werde Ihnen erklären, was unsere Untersuchungen ergeben haben, aber ich erwarte, dass Sie mir in Ruhe zuhören.« Er griff wieder nach seiner Pfeife und zog daran. »Miss Pavernier, Sie haben behauptet, Sie seien am fraglichen Abend in einer Galerie in der Newberry Road gewesen.«

»Das ist richtig.«

»Es ist richtig, dass Sie das behauptet haben«, präzisierte der Chief Inspector. »Tatsache jedoch ist, dass Sie für etwa eine halbe Stunde verschwunden waren, und zwar mit dem Ehemann von Alyssa Mumford, deren Bilder dort ausgestellt werden. Peter Mumford hat Ihnen ein Alibi gegeben, indem er beteuerte, er habe Sie den ganzen Abend in der Galerie gesehen. Das ist zwar inhaltlich richtig, aber er hat uns verschwiegen, dass Sie beide sich für eine halbe Stunde in einen Lagerraum zurückgezogen hatten, der so gesehen auch ein Teil der Galerie ist. Allerdings haben wir Zeugen ausfindig machen können, die bestätigen konnten, dass Sie beide in der fraglichen Zeit nicht im Ausstellungsraum waren. Eine halbe Stunde war mehr als genug, um Lord Henderson aufzusuchen und ihn aus dem Fenster zu stoßen.«

»Aber ich …«, warf die Angesprochene ein.

»Lassen Sie mich erst sagen, was ich zu sagen habe«, unterbrach sie der Chief Inspector. »Henderson hatte eine Reihe wertvolle Bilder ersteigert, die Sie unbedingt haben wollten. Da er sie noch nicht bezahlt hatte, würden Sie den Zuschlag bekommen, wenn Henderson nicht mehr als Käufer zur Verfügung stand.«

Der Chief Inspector legte das oberste Blatt zur Seite und wandte sich der zweiten Anwesenden zu. »Miss Winters, Sie haben für die fragliche Zeit kein brauchbares Alibi beibringen können, und Sie …«

»Fangen Sie jetzt schon wieder damit an?«, fauchte sie ihn an. »Ich habe Ihnen bereits gesagt, dass ich diesen … Henderson überhaupt nicht kenne. Woher der meine Telefonnummer hat, ist mir noch immer ein Rätsel. Ich habe überhaupt kein Motiv.«

»Bis auf die Tatsache, dass Henderson und Sie eigentlich alte Bekannte sind.«

»Wie bitte?«

Der Chief Inspector gab einen ungehaltenen Laut von sich. »Hören Sie auf mit Ihrem Theater. Henderson kannte Sie aus Ihrer Zeit als Stripperin im Le Fouquet, als Sie sich noch Melody Mountains nannten. Sie hatten Angst, er könnte Ihre wahre Identität preisgeben, weil Sie wussten, dass das Ihrer Karriere als Kinderbuchautorin den Todesstoß versetzt hätte.«

»Und was werfen Sie mir vor?«, fragte Tilly Henderson-Macomber. »Ich war schließlich mit ihm verheiratet, mir gehörte damit die Hälfte seines Vermögens. Was sollte ich noch mehr wollen?«

»Macht, Mrs Henderson-Macomber. Und zwar durch seinen Sitz im Aufsichtsrat der Henderson Anglia Company. Ihr findiger Anwalt hatte im Ehevertrag eine Klausel eingebaut, die Ihrem Mann – und das entsprach durchaus Ihren Absichten – offenbar nicht aufgefallen war. Demnach rücken Sie in den Aufsichtsrat nach, sobald Ihr Mann verstirbt. Da Ihr Vater selbst im Importhandel tätig ist, können Sie jetzt gegen Geschäfte der Henderson Anglia Company stimmen, um auf diese Weise die Marktposition Ihres Vaters zu stärken.«

»Das ist doch abs…«, begann sie.

»Es ist absolut ausreichend als Motiv für den Mord an Ihrem Mann«, schnitt der Chief Inspector ihr das Wort ab. »Sie sehen also, dass vieles für einen Mord als Todesursache spricht, aber sehr wenig für einen banalen Unfall.« Er klopfte seine Pfeife aus. »Natürlich ist nichts von dem, was ich soeben gesagt habe, als handfester Beweis zu gebrauchen. Aber … auch wenn das in der Öffentlichkeit oft nicht so wahrgenommen wird, so sind wir Polizisten doch fleißige und vor allem neugierige Menschen, die erst Ruhe geben, wenn sie alles wissen. Und bei der Durchsuchung des Zimmers, aus dem Lord Henderson in den Tod gestürzt ist, stießen wir auf etwas, das sich dort nicht hätte befinden dürfen, wenn Henderson tatsächlich allein gewesen wäre.« Er zog ein Foto aus einer Mappe und hielt es hoch. »Was Sie auf diesem Foto sehen, ist ein Splitter, der zu einem künstlichen Fingernagel gehört. Wir haben den Kunststoff und den Nagellack analysieren lassen, und das Ergebnis führte uns zu einem Nagelstudio in der Heather Street. Nur eine von Ihnen ist dort Kundin, nicht wahr, M…«

»… hier ist Seaside FM mit einer dringenden Verkehrsdurchsage für die M20 in Fahrtrichtung London: Zwischen den Anschlussstellen Ashford und Folkestone kommt Ihnen ein Falschfahrer entgegen. Fahren Sie bitte äußerst links, überholen Sie nicht und warnen Sie den Falschfahrer mit Lichthupe. Ich wiederhole: ein Falschfahrer auf der M20 in Fahrtrichtung London zwischen den Anschlussstellen Ashford und Folkestone. Wir melden es, wenn die Gefahr vorüber ist.«

»… führen Sie sie ab«, befahl der Chief Inspector. »Der Mord ist geklärt.«

Leise Jazzmusik setzte ein, und ein Sprecher begann: »Das war unser Hörspiel *Inspector Branson und der Fenstersturz* nach einem Roman von Ra…«

»So ein Mist«, murmelte Christine und drehte das Radio leiser. »Konnte dieser verdammte Geisterfahrer nicht noch zwei Minuten warten?«

Von der Rückbank war ein leises Miauen zu hören, in dem Zustimmung mitzuschwingen schien. Christine schaute in den Rückspiegel zu Isabelle, die in ihrem neuen Transportkorb saß und versuchte, etwas von der vorüberziehenden Landschaft zu sehen.

»Du hättest wohl auch gern gewusst, wer von den drei Grazien den armen Kerl umgebracht hat, wie?« Christine schüttelte den Kopf und konzentrierte sich wieder auf die Straße. Sie war durch Zufall auf dieses Hörspiel gestoßen, als sich der

Sendersuchlauf auf einmal selbstständig gemacht hatte, und dann war sie dabei geblieben. Dass ihr jetzt die Auflösung vorenthalten worden war, fand sie ausgesprochen ärgerlich. Vielleicht sollte sie beim Sender anrufen und fragen, wer denn nun die Mörderin war? Aber vermutlich würde man ihr dann anbieten, das Hörspiel im Shop des Senders als CD oder als Download zu kaufen. Die Story war nicht schlecht gewesen, doch so gut nun auch wieder nicht …

Soeben tauchte am Straßenrand das Ortsschild von Beechwood auf. Christine ging vom Gas, da kurz nach dem Schild eine scharfe Linkskurve folgte. Kaum hatte sie sie durchfahren, fiel die Straße in Richtung Küste leicht ab, und es bot sich ihr ein Anblick, der mit zahllosen schönen Erinnerungen verbunden war. Über die Dächer der Reihenhäuser hinweg, die sich bis dicht an die Strandpromenade erstreckten, war das Meer zu sehen. Unzählige Schaumkronen sprenkelten das Wasser, das bis zum Horizont reichte. In der Ferne waren die grauen Konturen großer Frachtschiffe zu sehen, näher an der Küste konnte sie vereinzelte Segelboote erkennen, und über dem Strand, der Christines Blicken durch die Häuser verborgen war, standen ein paar bunte Drachen in der Luft.

Die Straße schlängelte sich zwischen den Reihenhäusern hindurch, die auch schon bessere Zeiten gesehen hatten, ab und zu kamen ihr Fahrzeuge entgegen. Im März war es den meisten Touristen noch zu kalt und zu stürmisch, um ihren Urlaub am Meer zu verbringen, aber zum Sommer hin würde es hier wesentlich belebter werden. Das galt für Beechwood ebenso wie für das benachbarte Brighton im Westen und Eastbourne im Osten. Die Strandpromenade war hier jedoch nur einige hundert Meter lang, was dadurch bedingt war, dass der Strand im Westen und Osten in hohe Kreidefelsen überging, die der Flaniermeile ein natürliches Ende setzten. Dazwischen lag Beechwood selbst wie in einer Senke, die von etlichen Erhebungen durchzogen wurde, sodass viele Straßen ein Gefälle beziehungsweise eine Steigung aufwiesen.

Es war für Christine das erste Mal seit ihrer Jugend, dass sie herkam, und als sie jetzt diese Straße entlangfuhr, fühlte sie sich wieder wie zehn oder zwölf. Damals hatte sie auf dem Rücksitz eines alten, klapprigen Morris gesessen, der einen solchen Höllenlärm machte, dass man meinen konnte, während der Fahrt würden sich regelmäßig irgendwelche Teile des Motors verabschieden. Es war ihr stets wie ein Wunder erschienen, wenn sie Beechwood und das Haus von Tante Betty und Onkel Cyril erreichten, nachdem sie unterwegs immer wieder mit einem anderen Defekt liegengeblieben waren.

Irgendwann war ihr Vater schließlich zu der Einsicht gekommen, dass es an der Zeit wäre, sich doch mal einen neuen Wagen zuzulegen. Mit großem Widerwillen hatte er sich für einen Ford entschieden, die einzige Marke, die in seinen Augen nach dem Konkurs der anderen Autohersteller oder deren Übernahme durch japanische Konkurrenten für einen Briten noch akzeptabel war. Im gleichen Jahr kam es zu einem heftigen Streit zwischen ihrem Vater und seiner Schwester, der fast zehn Jahre eisiges Schweigen nach sich zog, sodass Christine nicht in den Genuss kam, auf dem Rücksitz des neuen Wagens nach Beechwood zu fahren. Als die beiden sich schließlich wieder zusammenrauften, war Christine längst zu Hause ausgezogen.

Nach dem Tod von Onkel Cyril war Tante Betty ein paar Mal nach London gekommen, um ihren Bruder und ihre Schwägerin zu besuchen, doch eine Fahrt nach Beechwood hatte seit rund zwanzig Jahren keiner von ihnen mehr unternommen.

Sie fuhr durch die Slaughterhouse Road und bog in die letzte Straße links – die Road by the Sea – ein. Nach gut zweihundert Metern hob sich auf der rechten Seite eines der Häuser von den anderen deutlich ab, da es nicht weiß, sondern in einem kräftigen Gelb gestrichen war.

Das war Tante Bettys Haus.

Christine ließ den Wagen ausrollen und hielt vor dem Gebäude an, einem Backsteinbau aus den Fünfzigerjahren. Als sie den Motor abgestellt und die Tür geöffnet hatte, konnte sie das Meeresrauschen hören, das sie automatisch in Urlaubsstimmung versetzte. Einen Moment lang blieb sie neben dem Wagen stehen und schloss die Augen, um die Geräuschkulisse zu genießen, die etwas Beruhigendes, fast Einschläferndes hatte.

Ein energisches Miauen holte sie aus ihrer Träumerei, und sie schlug die Augen auf. Isabelle saß in ihrer Box, die Nase gegen die Gittertür gedrückt und musterte sie vorwurfsvoll.

»Ja, ja, schon gut«, murmelte sie, ging um den Wagen herum und öffnete die Schiebetür, um an die hintere Sitzbank zu gelangen.

Mit Isabelles Transportbox ging sie zum Gartentor, öffnete es und stellte die Box dahinter auf die Steinplatten, die zur Haustür führten. Dann kehrte sie zum Wagen zurück und holte ihr Gepäck aus dem Kofferraum.

Aus dem Haus gegenüber kam eine dunkelhaarige Frau, warf einen Abfallbeutel in die Mülltonne und nickte Christine grüßend zu. Nachdem sie sich bereits wieder umgedreht hatte, stutzte sie plötzlich. Dann wandte sie sich noch einmal zu Christine um, die sich ein Grinsen verkneifen musste, während sie abwartend neben dem Wagen stand.

»Chrissy?«, rief sie. »Bist du das wirklich?«

»Wenn du noch immer Polly Hagan bist«, erwiderte sie. Polly war die Nachbarstochter gewesen, mit der Christine einen Teil des Sommers verbracht hatte, wenn Pollys Eltern nicht gerade zur gleichen Zeit in Spanien Urlaub machten. Da Polly drei oder vier Jahre älter war, hatte sich zwischen ihnen nie eine engere Freundschaft entwickelt, dafür waren ihre Interessen damals zu verschieden gewesen. Nicht einmal bei der Musik hatten sie beide auf der gleichen Wellenlänge gelegen, und so war es bei einer losen Bekanntschaft geblieben, die schließlich einschlief, als Christines Familie nicht mehr in den Ferien nach Beechwood kam.

»Sorry, aber mit Polly Hagan kann ich nicht dienen«, sagte

die andere Frau. »Ich bin ihre Nachfolgerin. Wenn ich mich vorstellen darf: Polly Curtis, geborene Hagan.«

Christine musste lachen, und dabei wurde ihr zum ersten Mal klar, dass Pollys seinerzeit reiferer Sinn für Humor ein weiterer Grund gewesen war, warum sie keine Freundinnen geworden waren.

Polly legte den Kopf schräg und musterte sie. »Du hattest doch immer so schöne lange Haare.«

»Oh, vorgestern hatte ich die sogar noch. Allerdings hat es mich früher schon wahnsinnig gemacht, wenn wir in den Ferien hier waren und mir der Wind drei Wochen lang die Haare ins Gesicht wehte.« Bei der Erinnerung daran verzog sie den Mund. »Na ja, und da ganz kurze Frisuren momentan sowieso angesagt sind, dachte ich mir, ich verbinde das Modische mit dem Nützlichen.«

»Steht dir gut. Eigentlich ist es auch das Einzige, was an dir anders ist. Du hast dich gut gehalten.«

»Danke. Du hast dich aber auch nicht sehr verändert«, entgegnete Christine.

Polly lächelte wehmütig. »Du musst mir nichts vormachen, Chrissy. Ich lebe nicht in einem Haus, in dem alle Spiegel verhüllt sind. Drei Kinder haben ihre Spuren hinterlassen. Für jede schlaflose Nacht ein graues Haar und im Gesicht eine Falte mehr. Irgendwann habe ich mit dem Zählen aufgehört. Meine Haare kann ich wenigstens noch färben.«

»Du Ärmste«, sagte sie bedauernd, doch gegen ihren Willen nahm ihre Stimme diesen hässlichen ›Das ist doch deine eigene Schuld‹-Tonfall an. »Ich …«

»Nein, nein, erzähl mir jetzt nicht«, fiel Polly ihr mit einem verbitterten Lachen ins Wort, »dass du dir das vorstellen kannst. Wenn ich dich so ansehe, dann kann ich nur sagen, dass jemand mit deiner Figur noch nie schwanger gewesen sein kann. Stimmt's?«

»Stimmt.«

»Siehst du? Ich wusste es doch.« Schulterzuckend wechselte

sie das Thema: »Aber verrat mir lieber, was dich nach so vielen Jahren in dieses Kaff zurücktreibt.«

»Als ›Kaff‹ würde ich Beechwood nicht gerade bezeichnen«, wandte Christine ein. »Ich meine, wir haben erst März, da war hier doch noch nie viel los, oder?«

»Warst du schon unten auf der Promenade? Und hast du den Pier gesehen? Oder die Oxford Street?«

»Nein, ich bin über die Slaughterhouse Road hergekommen und dann abgebogen, um direkt zu Tante Betty zu fahren.«

»Na, da hast du was verpasst. Da unten …« Polly hielt inne und legte die Stirn in Falten. »Ach, was rede ich groß, das solltest du dir besser selbst ansehen. Doch zurück zu meiner eigentlichen Frage: Was machst du hier?«

»Tante Betty hat sich das Bein gebrochen«, sagte Christine.

»Oh ja, ich weiß. Wir haben für sie mit eingekauft, weil sie momentan allein gar nicht aus dem Haus kommt.«

»Tatsächlich? Oh, das ist wirklich lieb von euch. Aber ihr habt sicher auch so schon genug um die Ohren, und weil Tante Betty nicht ständig die ganze Nachbarschaft bemühen möchte, habe ich angeboten, mich für ein paar Wochen bei ihr einzuquartieren.«

»Ach, weißt du«, gab Polly zurück. »Jeder hier macht das gerne. Deine Tante ist so eine nette Frau, da würde sich keiner beschweren, wenn es mal etwas für sie zu erledigen gibt.«

Christine nickte. »Das glaube ich dir, aber ich entwickele momentan ein neues Reihenkonzept, da bin ich nicht rund um die Uhr eingebunden, und als Mom vor ein paar Jahren für einige Wochen zur Kur weg war, da kam Tante Betty nach London und half Dad, womit sie mir und meiner Schwester eine Menge Arbeit abnahm. Da finde ich es nur richtig, wenn ich mich jetzt revanchiere.«

»Ach, stimmt ja. Du schreibst Romane. Deine Tante hatte mir irgendwann mal einen zum Lesen gegeben. Beeindruckend, so was.«

»Welcher war es?«

Polly schüttelte den Kopf. »Weiß ich nicht mehr. Ich bin eigentlich keine Leseratte. Aber ich find's toll, wenn jemand Hunderte von Seiten schreiben kann und am Ende noch weiß, auf was er am Anfang hinauswollte. Ich könnte das nicht. Dem einen ist es halt gegeben, dem anderen nicht.«

»Genau. Viele fühlen sich berufen, nur wenige sind auserwählt«, scherzte Christine, doch das kam bei Polly offenbar nicht an.

»Wie?«, fragte die und sah sie verständnislos an.

»Ach.« Sie machte eine wegwerfende Handbewegung. »Das ist nur so ein Spruch, den ich mal irgendwo gelesen habe.«

Polly nickte, obwohl sie genauso ratlos war wie noch vor ein paar Sekunden. »Und wie lange bleibst du?«

»Bis sie Tante Betty den Gips abnehmen. Vielleicht auch noch ein paar Tage länger, aber das kommt darauf an, wie schnell sie danach wieder richtig gehen kann.«

»Und danach geht's zurück nach London?«

»Richtig.«

»Ich glaube, ich würde auch lieber in London wohnen als hier«, seufzte Polly.

»Warum ziehst du nicht weg, wenn es hier so schlimm ist?«

»Wenn ich das könnte! Meine Eltern haben sich auf Mallorca niedergelassen und meinem Mann und mir das Haus zur Verfügung gestellt, aber offiziell gehört es uns nicht. Wir können es also nicht verkaufen, und meine Eltern wollen sich nicht davon trennen. Das hat irgendwelche steuerlichen Gründe, aber frag mich nicht nach den Einzelheiten. Steuern sind für mich ein rotes Tuch.« Plötzlich sah Polly auf ihre Armbanduhr. »Oh, ich muss wieder ins Haus. Der Kleine braucht etwas zu essen.« Sie drückte Christines Schultern. »Wir sehen uns bestimmt noch.«

»Das wird sich wohl kaum vermeiden lassen«, meinte Christine mit einem Augenzwinkern. Als Polly ihr daraufhin einen rätselnden Blick zuwarf, wusste sie, dass ihr eigener Humor inzwischen den von Polly überholt hatte.

Sie zog den Koffer hinter sich her, schloss das Gartentor, nahm den Katzenkorb und folgte dem gepflasterten Weg zur Haustür. Wie mit ihrer Tante verabredet, lag der Schlüssel hinter dem Blumenkasten, damit sie ins Haus gelangen konnte, sobald sie angekommen war.

»Huhuu, Tante Betty«, rief sie, als sie eintrat. »Ich bin's, Christine!«

»Ich bin im Wohnzimmer«, kam die prompte Antwort.

Den Koffer ließ sie vor der Kellertreppe stehen, mit dem Transportkorb ging sie durch den schmalen Flur am Badezimmer vorbei zur nächsten Tür, die ins Wohnzimmer führte.

Tante Betty saß in einem für den Raum viel zu wuchtigen weinroten Ledersessel – wahrscheinlicher war, dass es sich um einen Kunstledersessel handelte – und hatte das eingegipste Bein auf einen dazu passenden Lederhocker gelegt.

Das Zimmer war noch immer so vollgestellt, wie Christine es in Erinnerung hatte, mit dem Unterschied, dass die Sachen von damals neuem Kitsch gewichen und von Onkel Cyrils umfangreicher Fußballsammlung nichts mehr zu sehen war. Er war ein leidenschaftlicher Fan von Tottenham gewesen, und eine Ecke des Wohnzimmers war früher mit allen nur erdenklichen Fanartikeln dekoriert. Dort stand nun eine Sammlung Hummel-Figuren, von denen Christine zwar wusste, dass sie recht teuer waren, an denen sie dennoch persönlich keinen Gefallen fand.

Das erinnerte sie an das Päckchen in ihrer Jackentasche. Sie zog es heraus und gab es ihrer Tante, nachdem sie die Katzenbox zur Seite gestellt und Betty auf die Wange geküsst hatte. »Das ist für dich.«

Betty strahlte sie an. »Was ist es?«

»Wenn ich dir das verraten wollte, hätte ich es ja gar nicht erst eingepackt.«

Während Betty das Präsent auspackte, beobachtete Christine ihre Tante. Sie machte einen guten Eindruck, wenn man das Gipsbein einmal außer Acht ließ, und dass sie Mitte sechzig war, sah man ihr nicht einmal an, wenn man es wusste. Ihr Haar trug sie recht modisch frisiert, und ihre himmelblaue Lesebrille ließ sie noch ein bisschen jünger wirken. Ohne gehässig sein zu wollen, musste Christine feststellen, dass ihre Tante besser aussah als Polly von gegenüber, und das, obwohl sie es im Leben auch nicht immer leicht gehabt hatte.

»Oh, wie reizend!«, rief Betty und betrachtete die Figur eines Mädchens, das in einer Hand einen geöffneten Schirm hielt, während auf der anderen Hand zwei Vögel saßen, die Zuflucht vor dem Regen gesucht haben mussten.

»Ich dachte, es könnte dir gefallen«, sagte Christine, zufrieden darüber, dass sie für ihre Tante genau das richtige Mitbringsel gefunden hatte, und kümmerte sich erst einmal um Isabelle, die in ihrer Box saß, als sei es für eine Katze das Natürlichste auf der Welt, in einem solchen tragbaren Gefängnis verharren zu müssen.

In aller Gemütsruhe verließ sie ihre Transportbox, inspizierte die bereits von einer Nachbarin im Badezimmer bereitgestellte Katzentoilette und sah sich dann ausgiebig im Wohnzimmer um.

»Das ist also die berühmte Isabelle, von der du mir geschrieben hast«, sagte Betty und fügte erstaunt an: »Ihr Fell hat ja einen ausgesprochen intensiven Orangeton. So was habe ich noch nie gesehen.«

»Ja, mein Tierarzt in London meinte sogar zuerst, jemand könnte ihr Fell gefärbt haben«, stimmte Christine ihr zu. »Aber diese roten Tigerstreifen sind echt.«

Isabelle ging zu Betty, schnupperte ausgiebig am Gips, ehe sie auf die Sessellehne sprang und sich auf ihrem Schoß niederließ, um sich kraulen zu lassen.

»Jetzt erzähl mir erst mal, wie es dir geht«, wandte sich Christine an ihre Tante. »Kann ich dir irgendwas bringen? Brauchst du etwas?«

»Ganz ruhig, mein Schatz«, beschwichtigte Betty sie, während sich Isabelle gegen ihre Hand drückte und die Streicheleinheiten sichtlich genoss. »Ich habe dir gesagt, dass ich gut zurechtkomme. Hier im Haus gibt es fast nichts, was ich nicht auch mit einem gebrochenen Bein erledigen kann, außer dass ich mich nicht in den ersten Stock traue, weil die Treppe zu schmal ist. Ansonsten brauche ich eigentlich nur Hilfe bei Besorgungen, und ab und zu muss hier Staub gesaugt oder gespült werden. Glaub mir, du hättest wirklich nicht herkommen brauchen. Meine Nachbarn …«

»Ja, ich weiß«, unterbrach Christine sie. »Aber ich möchte mich gern um dich kümmern, okay?«

»Okay, mein Schatz.« Betty lächelte sie an. »Ich will dir nur sagen, dass es wahrscheinlich nicht so viel zu tun gibt, wie du vielleicht glaubst.«

»Aber zum Arzt fahren darf ich dich hoffentlich«, wandte Christine ein. »Oder hast du dafür schon einen Chauffeur engagiert?«

»Nein, du kannst …« Mitten im Satz stutzte sie, da Isabelle aufgehört hatte zu schnurren und sich auf ihrem Schoß hinsetzte und einen langen Hals machte. »Was hast du denn, Kleine?«

Christine sah in die Richtung, in die Isabelle schaute, konnte jedoch nichts Ungewöhnliches erkennen. »Bestimmt hat sie im Garten einen Vogel gesehen.« Sie drehte sich zu der Katze um. »Du weißt, ich habe dir verboten, Vögel zu jagen. Wenn du Hunger hast, bekommst du von mir etwas zu essen. Ist das klar?«

Isabelle verdrehte den Hals, um an ihr vorbei aus dem Fenster zu sehen, wobei sie nach wie vor auf Bettys Schoß sitzen blieb. »Eigenartig«, murmelte die. »Wenn sie etwas gesehen hätte, wäre sie doch längst zum Fenster gelaufen.«

»Ja, aber … vielleicht hat sie was gehört«, überlegte Christine. »Hattest du schon mal ungebetene Besucher im Garten?«

»Menschliche oder tierische?«

»Beide Arten.«

»Tierische ja, wenn die Katzen aus der Nachbarschaft sich

gegenseitig jagen, aber von den Nachbarn schleicht da keiner herum. Hinter der Hecke verläuft ein verwahrloster Streifen Land, auf den gar niemand gelangen kann. Du weißt schon, das sollte mal eine Straße werden, aber gegen die haben wir uns erfolgreich zur Wehr gesetzt. Dahinter wiederum liegt das Hotelgrundstück. An sich sollte eigentlich niemand dort drüben unterwegs sein.«

Christine nickte. »Es sei denn, es ist jemand, der da nichts zu suchen hat.« Sie ging zum Fenster und warf einen Blick nach draußen. »Vielleicht hat Isabelle irgendwen bemerkt, der da hinten herumschleicht und herausfinden will, wie er unbemerkt in die Häuser einsteigen kann. Weißt du was? Ich sehe mich mal ein bisschen um. Halt Isabelle fest, während ich rausgehe. Sie kennt sich hier noch nicht aus, und ich möchte, dass sie sich erst mal mit deinem Haus vertraut macht, ehe ich sie in den Garten lasse.«

»Kein Problem, ich hatte in meinem Leben genügend Stubentiger, um zu wissen, wie man sie halten muss, damit sie einem nicht entwischen.«

Isabelle spürte nichts von dem Griff, in den Betty sie nahm, da sie unverändert auf das konzentriert war, was sie irgendwo dort draußen bemerkt hatte.

Christine öffnete die Terrassentür, die Katze saß noch immer wie erstarrt da. Doch als Christine die Tür hinter sich zuziehen wollte und die sich plötzlich verhakte, machte Isabelle einen so unerwarteten und mächtigen Satz, dass Betty nur noch erschreckt aufschreien konnte, und dann schoss das Tier auch schon quer durchs Wohnzimmer.

Christine versperrte mit einem Bein den Türspalt, der sich nicht schließen ließ, doch der auf sie einstürmenden Gewalt war sie nicht gewachsen. Mit der Schulter warf sich Isabelle gegen ihr Schienbein und brachte sie lange genug aus der Balance, um an ihrem Bein vorbei in den Garten zu huschen.

»Ach, verdammt«, rief Christine, während ihre Tante entschuldigend die Hände hob.

»Tut mir leid, Schatz, aber so ein Energiebündel habe ich noch nicht erlebt!«

»Ich weiß, Tante Betty«, gab sie über die Schulter zurück und lief in den Garten. »Damit hat sie mich auch schon überrumpelt.«

Wie ein roter Blitz schoss Isabelle durch den Garten und war durch die Hecke verschwunden, lange bevor Christine überhaupt eine Chance hatte, sie einzuholen.

»Isabelle, komm zurück!«, rief sie, obwohl sie wusste, dass sie keinen wohlerzogenen Hund vor sich hatte, der seinem Frauchen aufs Wort gehorchte. Stattdessen hatte sie es mit einer eigensinnigen Katze zu tun, die in ihr wenig mehr sah als eine Dosenöffnerin und eine Streicheleinheiten-Spenderin.

An der Hecke angekommen, versuchte sie, durch das dichte Blattwerk etwas zu erkennen. Tatsächlich konnte sie für einen Augenblick einen rötlichen Schemen ausmachen, der dann aber gleich wieder verschwunden war. Isabelle lief also weiter. Sie musste irgendetwas gehört oder gewittert haben, und Christine wollte wissen, um was es sich handelte. Vielleicht schlich tatsächlich jemand über das verwilderte Grundstück und versuchte die Häuser auszuspionieren, um herauszufinden, wo ein Einbruch die meiste Beute versprach.

Sie suchte nach einem Durchlass in der Hecke, fand aber keinen; damit blieb ihr nur der Weg, den Isabelle genommen hatte: unter der Hecke hindurch. Sie legte sich ins Gras und zwängte sich durch den recht schmalen und ziemlich flachen Freiraum, bis sie auf dem einige Meter breiten Streifen angelangt war, der hinter den Gärten der Häuser in der Road by the Sea verlief. Gräser waren hier hüfthoch gewachsen, und etliche Hecken waren wild drauflos gewuchert, sodass ein stellenweise undurchdringliches Dickicht entstanden war. Zahlreiche kleine Bäume und ausladende Büsche hatten sich über viele Jahre hinweg ausgebreitet, nachdem nach der ersten Rodung des Geländes die Bürgerinitiative den Bau einer Straße verhindert hatte.

Christine war froh, dass sie Jeans, Sweatshirt und geschlossene Schuhe trug, sonst hätte sie sich an den Ästen und Zweigen wahrscheinlich die Arme und Beine aufgekratzt. Sie sah sich um, konnte aber keinen Hinweis darauf entdecken, dass sich hier jemand aufhielt. Auch Isabelle war unauffindbar. Erst als sie die Augen schloss und intensiv lauschte, vernahm sie ein leises Rascheln, das von der Katze stammen musste. Sie konnte die Richtung einigermaßen genau bestimmen, doch half ihr das nicht dabei, einen Weg durch das Dickicht zu finden. Bei jedem Schritt musste sie nicht nur aufpassen, wohin sie trat, damit sie nicht über eine Wurzel stolperte, sondern sich darüber hinaus die Arme vors Gesicht halten. Nur so konnte sie verhindern, dass sie gegen einen Ast lief, während sie den Boden im Auge behielt.

Plötzlich fand sie sich vor einem Bretterzaun wieder und stutzte. Hatte sie sich auf der kurzen Strecke verlaufen? Wieso stand hier ein Bretterzaun mitten in der Landschaft? Sie spähte durch eine Ritze zwischen zwei Brettern und erkannte, dass sie sich genau hinter dem Hotel The Golden West befand, einem vierzehn Stockwerke hohen Gebäude, das Mitte der 70er errichtet worden war.

Der Name des Hotels war blanker Hohn, denn bei dem Bauwerk handelte es sich um einen geschmacklosen grauen Klotz, eine der typischen Bausünden aus jener Zeit, als möglichst viel Beton in möglichst klobiger Form zum Maß aller Dinge erklärt wurde, ehe die Architekten eine Kehrtwende machten – und stattdessen erst zu viel Stahl und dann zu viel Glas einsetzten, sodass den Betonklötzen stählerne und wenig später gläserne Kästen folgten.

Durch die Ritze entdeckte sie dann auch Isabelle. Die hatte ihren Erkundungsgang offenbar beendet und sich stattdessen hingesetzt, um auf irgendetwas zu warten. Was genau das war, konnte Christine nicht erkennen.

»Isabelle!«, rief sie. »Komm her.«

Tatsächlich drehte die Katze den Kopf in ihre Richtung,

doch sie rührte sich nicht von der Stelle. Allem Anschein nach wartete Isabelle auf sie.

»Was soll denn das jetzt?«, murmelte sie genervt und ging am Bretterzaun entlang, um nach einer Lücke zu suchen, doch es fand sich keine, die breit genug für sie war. Isabelle musste einen Weg unter dem Zaun hindurch entdeckt haben, vermutlich war irgendwo ein Stück eines Bretts herausgebrochen.

Nein, hier gab es für sie kein Durchkommen. Sie konnte nur ins Haus zurückkehren und dann um den Block herum zum Hotel fahren. Eben drehte sie sich um, da kam ihr ein Gedanke, der sie innehalten ließ. Warum sollte sie einen solchen Umweg machen, wenn es wahrscheinlich doch viel einfacher ging? Wenn der Zaun zu der Zeit gebaut worden war, als man mit den Vorbereitungen für die Straße begonnen hatte, dann musste er inzwischen morsch geworden sein. Es gab nur eine Methode, das herauszufinden: die harte Tour.

Sie stellte sich mit dem Rücken gegen den Zaun und trat mit aller Kraft nach hinten aus. Wie erhofft bot das verwitterte Holz keinen Widerstand, und das Brett wurde beim ersten Treffer herausgerissen. Das Gleiche wiederholte sie beim nächsten Brett, womit ein ausreichend breiter Durchgang entstanden war. Es bestand zwar die Gefahr, dass die Hoteldirektion ihr Ärger machen würde wegen des angerichteten Schadens, aber das Holz hatte so leicht nachgegeben, dass sie vermutlich mit der Behauptung durchkommen könnte, sie sei über eine Wurzel gestolpert und gegen den Zaun gefallen.

Darauf bedacht, nicht mit den rostigen Nägeln in Berührung zu kommen, die aus den herausgetretenen Brettern ragten, stieg sie durch die Lücke und stellte fest, dass Isabelle noch an der gleichen Stelle saß wie zuvor. Da Christine nun freie Sicht hatte, bemerkte sie, dass das Tier am Rand des Swimmingpools saß. Ein Gitterzaun gleich hinter dem Gebäude machte deutlich, dass der Pool derzeit für die Gäste gesperrt war, wohl weil er renoviert werden musste.

Beim Näherkommen wurde jedoch erkennbar, dass das gesamte Gelände hinter dem Hotel nicht nur vorübergehend geschlossen war, sondern bereits seit einer ganzen Weile. Zwischen den Steinplatten rings um das Becken quoll das Moos, die Sträucher und Büsche waren seit Jahren nicht mehr geschnitten worden, und die Liegewiese auf der anderen Seite des Pools befand sich in einem ähnlichen Zustand wie der Streifen Land, durch den sie sich soeben gekämpft hatte.

Von den Steinplatten, die unmittelbar um den Pool verlegt waren, saßen etliche locker, einige waren im Lauf der Zeit herausgebrochen. Irgendjemand war wohl seinerzeit sehr optimistisch gewesen, was die Renovierungsdauer betraf, und hatte die Liegen in einer Ecke aufeinandergestapelt, wo ihre Metallrahmen mittlerweile komplett verrostet waren.

Von ihrer Position ein paar Meter vom Beckenrand entfernt aus konnte Christine sehen, dass die Wände und wohl auch der Boden des Pools hellblau gekachelt waren, ein simpler Trick, der das Wasser sauberer erscheinen ließ, als es in Wahrheit vermutlich gewesen war. Zahlreiche Kacheln waren mit der Zeit herausgebrochen, hier und da hatten sich Wurzeln durch den Boden vorgearbeitet und Schäden verursacht.

Das Ganze sah aus wie eine Szene aus einem Film, der in der Zeit nach einer Apokalypse spielte, die die Menschheit gezwungen hatte, sich aus der Zivilisation in die Wildnis zurückzuziehen, sodass nach und nach alles marode wurde und die Natur sich das ihr abgenommene Land zurückeroberte.

Ein Schauer lief Christine über den Rücken, und fast rechnete sie damit, dass jeden Moment hinter dem nächsten Busch ein verstrahlter Zombie hervorkam, um sich auf sie zu stürzen.

Sie schüttelte sich und hockte sich neben Isabelle hin. »Was ist los, meine Süße?«, fragte sie. »Was willst du mir hier zeigen?«

»Mau«, lautete ihre knappe Antwort, dann stand sie auf und ging zielstrebig zum Beckenrand, wo sie auf einmal zu knurren begann und einen Buckel machte.

Christine richtete sich auf und folgte ihr zum Pool. Vielleicht war eine andere Katze in das Becken gesprungen und kam ohne fremde Hilfe nicht wieder heraus.

Was sie in dem trockengelegten Schwimmbecken dann allerdings erblickte, als sie keine zwei Meter mehr entfernt war, das konnte eindeutig nicht ohne fremde Hilfe den Pool verlassen – allerdings aus einem anderen Grund.

Mitten im Becken lag ein Mann in einer großen Blutlache, die sich um seinen zerschmetterten Kopf herum ausgebreitet hatte. Er trug ein Superman-Kostüm: blauer Ganzkörperanzug, dazu Stiefel, Hose und Cape in Rot, auf seiner Brust prangte ein rotes S auf gelbem Grund.

Was die Verkleidung sollte, konnte sich Christine nicht erklären. Sie wusste nur eines:

Superman war tot.

2

Und Sie haben also den Toten entdeckt?« Der Mann im dunklen Nadelstreifenanzug, der in Begleitung von zwei uniformierten Polizisten eingetroffen war, hatte im Becken die Leiche in Augenschein genommen und war eben wieder herausgekommen.

Christine nickte. »Ja, richtig. Ich hatte meine Katze gesucht und sie hier auf dem Grundstück entdeckt.«

»Sie hätten das Gelände gar nicht betreten dürfen«, raunte Billings sie an. Der Hotelmanager war wutentbrannt mit den drei Polizisten durch den Hintereingang zum Pool geeilt, nachdem Christine von dort aus per Mobiltelefon die Polizei von ihrem Fund in Kenntnis gesetzt hatte. »Das Gelände ist als Baustelle ausgewiesen, und deren Betreten ist strikt verboten.«

»Dann sollten Sie auch dafür sorgen, dass der Bretterzaun da hinten mal erneuert wird«, hielt sie ihm entgegen. »Da muss man sich von der anderen Seite nur dagegenlehnen, dann bricht er schon zusammen. Außerdem können Sie doch froh sein, dass ich hergekommen bin. Oder wäre es Ihnen lieber gewesen, einer Ihrer Gäste hätte den Toten entdeckt?«

»Es geht mir um …«

»Halten Sie bitte beide den Mund«, knurrte der Polizist ungehalten und fuhr sich über sein kurz geschnittenes rötliches Haar, das ihn sehr irisch aussehen ließ. Er wirkte bereits gereizt, als sie ihn aus dem Hotel hatte kommen sehen – so als hätte sie ihn bei etwas so Wichtigem wie dem Mittagessen gestört. »Der Dame ist ja nichts passiert«, wandte er sich an den Hotelmanager. »Ich schlage vor, Sie …«, er deutete auf Christine, »… nehmen Ihre Katze und gehen nach Hause, und Sie vergessen den Zwischenfall einfach, Mr Billings. Reparieren Sie den Zaun, und wenn wir den Toten weggebracht haben, rate ich Ihnen, den Pool mit einer Plane abzudecken, damit wir morgen nicht den Nächsten vom Beckenboden kratzen müssen. Das ist nämlich eine ziemliche Sauerei.«

Billings nickte stumm, dann wandte er sich ab und kehrte zurück ins Gebäude.

»Und was ist mit mir, Inspector?«, fragte Christine, als der Mann sich wegdrehte und offenbar ebenfalls den abgesperrten Bereich verlassen wollte.

»Detective Chief Inspector Hatfield, um ganz genau zu sein«, erwiderte er und sah sie über die Schulter hinweg an. »Sie können ruhig Chief Hatfield sagen, das macht hier jeder.« Er wartete, ob sie etwas darauf entgegnen würde, aber sie stand nur abwartend da. »Was soll mit Ihnen sein?«

»Na, wollen Sie denn meine Personalien nicht aufnehmen? Und benötigen Sie von mir keine Aussage?«

»Eine Aussage? Wofür das denn?«, rätselte er. »Sie haben den Toten entdeckt, uns informiert, und das war es dann. Es ist ja schließlich nicht so, als hätte ihn jemand umgebracht.«

Christine legte verwundert den Kopf schräg. »Woher wollen Sie das wissen? Wenn Sie sich nicht im Hotel umgesehen haben, können Sie doch gar nichts dazu sagen, was sich zugetragen hat.«

»Wer von uns beiden ist Polizist?«, fragte er schnaubend. Es war nicht zu übersehen, wie lästig ihm diese Diskussion war.

»Na, Sie.« Sie verkniff sich eine spöttische Bemerkung, die ihr sicherlich eine Anzeige wegen Beamtenbeleidigung eingebracht hätte. Stattdessen fügte sie hinzu: »Und deshalb ist es Ihre Pflicht, alle Möglichkeiten in Erwägung zu ziehen.«

Hatfield drehte sich zu ihr um und zwirbelte die Enden seines Schnauzers zwischen Daumen und Zeigefinger. Eine Weile musterte er sie, dann nickte er bedächtig. »Sie sind nicht von hier, richtig?«

»Ja, das stimmt. Ich bin momentan zu Besuch in Beechwood«, bestätigte sie.

»Momentan? Wann waren Sie denn das letzte Mal hier?«

»Das ist ungefähr fünfzehn bis zwanzig Jahre her«, antwortete sie ausweichend. Bei Polizisten konnte man nie wissen, welche Details sie sich einprägten, um sie später gegen einen zu verwenden.

»Aha.« Wieder nickte er. »Dann möchte ich Ihnen mal etwas erklären: Seit zehn oder elf Jahren kommen jeden März ein paar Tausend Fans von all diesen eigenartigen Zukunftsserien und so weiter nach Beechwood und veranstalten eine *Convention.*«

»Und so weiter?«, hakte sie nach. »Was meinen Sie damit?«

»Na, Zeug wie dieses *Herr der Ringe* und *Star Wars* und das alles.«

»Dann meinen Sie eine Science-Fiction- und Fantasy-Convention«, korrigierte Christine ihn.

»Ja, ja, sag ich doch«, fuhr er hastig fort. »Da wimmelt es in ganz Beechwood von Verrückten, die in Uniformen herumrennen, die sie in irgendwelchen Filmen gesehen haben. Die meisten sind ganz harmlose Spinner, aber erstens finde ich, sind das zu viele Spinner auf einem Haufen, und zweitens gibt es in der Zeit mehr Diebstähle und Gewaltdelikte als im ganzen übrigen Jahr. Sobald sie eine Maske vor dem Gesicht haben, glauben diese Verrückten …«

»Nur weil diese Leute Kostüme tragen, müssen Sie sie nun wirklich nicht ständig als Verrückte bezeichnen«, fiel sie ihm ins Wort. »Das sind ganz normale Leute, die in ihrer Freizeit einem Hobby nachgehen. Die werden nicht zu Gewalttätern, nur weil sie auf einmal ein paar spitze Ohren aufsetzen oder eine Rüstung tragen.«

»Ach ja? Und wie erklären Sie sich dann den Anstieg der Straftaten, sobald diese Horde hier auftaucht?«

»Vielleicht nutzen Kriminelle die Situation aus und rauben in irgendeiner wirren Verkleidung Leute aus, weil sie wissen, dass der Verdacht automatisch auf die Convention-Besucher fällt.«

»Sie scheinen sich ja gut auszukennen. Gehören Sie etwa auch zu denen? Verkleiden Sie sich auch?«, fragte er argwöhnisch.

Sie schüttelte den Kopf. »Nein, aber ich habe viele von diesen Leuten kennengelernt, und wenn Sie es genau wissen wollen: Ich finde, es sollte mehr Menschen von deren Schlag geben, die auf eine harmlose Weise ihre Träume ausleben.«

Hatfield zuckte mit den Schultern. »Sie haben zu dem Thema Ihre Meinung, ich habe meine.« Wieder wandte er sich zum Gehen.

»Einen Augenblick bitte«, rief Christine ihm nach. »Wollen Sie wirklich keine Nachforschungen anstellen?«

»Finden Sie, das sollte ich tun?« Er blieb erneut stehen und deutete auf den Swimmingpool. »Was meinen Sie denn, wie der da hingeraten ist?«

»Ich würde sagen, es ist denkbar, dass ihn jemand in den Tod gestoßen hat.«

»Sehen Sie sich den Kerl doch mal genauer an«, forderte Hatfield sie auf und zog sie mit sich zum Beckenrand. »Ich habe für diesen Kram nun wirklich nichts übrig, aber selbst ich erkenne, dass das da ein Superman-Kostüm ist. Superman. Der Typ, der unter anderem fliegen kann. Die Hefte hab ich früher auch gelesen, als ich noch klein war. Mein bester Freund wollte immer Superman sein, wenn wir gespielt haben. Er band sich eine rote Tischdecke um den Hals und tat so, als könnte er fliegen, wie Superman. Dreimal brach er sich die Schulter, bis er endlich einsah, dass das nur eine erfundene Figur ist und in Wirklichkeit niemand fliegen kann.«

»Und Sie meinen, weil er dieses Kostüm trägt …«, begann Christine.

»Ganz genau. Der da hat auch gedacht, er könnte fliegen. Bloß ist er nicht wie mein bester Freund von einem Baum heruntergesprungen, sondern vom Dach eines vierzehnstöckigen Gebäudes. Selbst wenn der Pool gefüllt gewesen wäre, hätte das Wasser den Sprung wohl nicht wesentlich gebremst. Aber das Wasser war abgepumpt, und als Superman merkte, dass das mit dem Fliegen nicht so richtig klappt, da schlug er auch schon mit dem Kopf voran auf dem Beckenboden auf.« Sein Schulterzucken wirkte so, als sei ihm der Tote ziemlich egal. »Dumm gelaufen«, ergänzte er dann noch.

»Dumm gelaufen?«, entrüstete sich Christine. »Haben Sie denn überhaupt kein Mitgefühl mit dem jungen Mann?«

»Wenn ich mit jedem Trottel Mitgefühl hätte, der ums Leben kommt, nur weil er vorübergehend oder auf Dauer den gesunden Menschenverstand abgeschaltet hat, dann käme ich gar nicht mehr zum Arbeiten.« Er strich sein kurzes rotes Haar nach hinten. »Mag sein, dass sich das in Ihren Ohren herzlos anhört, aber wenn Sie das schon so lange mitmachen würden wie ich, wüssten Sie, wann Mitgefühl angebracht ist. Wenn ein Kind auf dem Schulweg von einem Betrunkenen angefahren wird, wenn eine alte Frau auf dem Weg von der Bank überfallen und ausgeraubt wird, können Sie sicher sein, dass mein Mitgefühl keine Grenzen kennt. Wenn allerdings jemand vom Dach springt, weil er meint, er könnte fliegen … sorry, da muss ich passen.«

Christine atmete seufzend aus. »Also werden Sie nicht untersuchen, ob es vielleicht doch kein Unfall war?«

»Miss …«

»Bell, Christine Bell.«

»Miss Bell, wenn mir oder meinen Kollegen etwas eigenartig vorgekommen wäre, dann hätten wir längst die Spurensicherung angefordert. Aber das ist so eindeutig, daran gibt es nichts zu rütteln. Außerdem erwarten wir in den nächsten Tagen hohen Besuch in Beechwood, und meine Leute haben alle Hände voll zu tun, um die Sicherheit unseres Gastes zu gewährleisten.«

Mit diesen Worten wandte er sich endgültig ab und ließ sie stehen. Den beiden uniformierten Polizisten rief er im Vorbeigehen noch etwas zu, dann schob er das Absperrgitter zur Seite und kehrte ins Hotel zurück.

Christine stand da und schaute ihm ungläubig nach, doch als sie zu den beiden Polizisten sah, die wohl nur noch da waren, um auf die Ankunft des Leichenwagens zu warten, wusste sie, dass von ihnen keine Unterstützung zu erwarten war. Die wollten den ›Verrückten‹ genauso schnell loswerden wie ihr Vorgesetzter. Alles andere hätte weitaus mehr Arbeit gemacht, und das war offensichtlich nicht in ihrem Sinne.

Sie drehte sich um und suchte nach Isabelle, die eben noch neben ihr gesessen hatte, während sich Chief Hatfield zur angeblich eindeutigen Todesursache äußerte. Doch als sie sie nun auf den Arm nehmen und mit ihr querfeldein zum Haus ihrer Tante zurückkehren wollte, da war sie abermals verschwunden.

»Isabelle?«, rief sie und lauschte, aber sie erhielt keine Antwort. »Isabelle! Wo bist du?«

Plötzlich ertönte ein leises Miau, doch die Katze kam nicht zum Vorschein.

Erneut rief Christine nach ihr, erneut war ein Miauen zu hören, mehr geschah nicht. Sie folgte den verhaltenen Lauten, bis sie Isabelle hinter den verrosteten Sonnenliegen entdeckte. »Was suchst du denn hier? Jetzt komm schon, wir wollen nach Hause gehen.«

Die Katze rührte sich nicht von der Stelle, sodass Christine gezwungen war, über die Liegen zu steigen, um das Tier hochnehmen zu können. Darüber beschwerte sich Isabelle so lautstark, als hätte man ihr den ersten Futternapf nach drei Tagen Nulldiät gleich wieder weggenommen.

»Was ist denn los mit dir?«

Isabelle wand sich in ihren Armen, sprang zurück auf den Boden an die Stelle, an der sie noch vor wenigen Augenblicken gesessen hatte.

Kopfschüttelnd unternahm Christine einen weiteren Versuch, wobei ihr auffiel, dass die Katze sich auf ein Blatt Papier gesetzt hatte. Wieder hob sie Isabelle auf ihre Arme, die diesmal keinen Mucks von sich gab. Dann bückte sie sich nach dem Blatt, das mehrfach gefaltet war. Im Gegensatz zu allem anderen, was sich auf dem abgesperrten Bereich befand, war das Papier nicht über einen längeren Zeitraum Wind und Wetter ausgesetzt gewesen. Tatsächlich sah es sogar so aus, als habe es maximal ein paar Stunden dort gelegen.

Sie drehte es um und stutzte, da die Rückseite mehrere Blutspritzer aufwies, die zwar getrocknet, aber dennoch nicht alt waren. Vorsichtig faltete sie das Papier ein Stück weit auseinander und kam zu dem Schluss, dass es sich um eine Art Bauplan oder Grundriss handeln musste. Ihr Blick wanderte zum Swimmingpool, dann zum Dach des Hotels. Wenn der junge Mann mit dem Plan in der Hand vom Dach gesprungen war und ihn im Fallen losgelassen hatte, konnte es durchaus sein, dass er vom Wind bis hinter den Stapel aus Sonnenliegen geweht worden war. Der gefaltete Plan war für ihr Gefühl nicht leicht genug, um vom Wind aus dem Poolbecken herausgetragen zu werden. Aber woher sollten dann die Blutspritzer kommen? Es sei denn …

Die beiden Polizisten unterhielten sich angeregt und nahmen keine Notiz von ihr. Sie war fast sicher, wenn sie den beiden ihren Fund zeigen würde, würden sie sich irgendeine fadenscheinige Erklärung dafür aus den Fingern saugen. Hauptsache, sie mussten keine Ermittlungen aufnehmen. Nein, sie würde erst handfeste Beweise vorlegen müssen, bevor der Chief Inspector auch nur in Erwägung zog, es könne doch etwas anderes als ein tödlicher Unfall gewesen sein.

Sie nahm den Plan an sich und verließ mit Isabelle auf dem Arm das Grundstück auf dem Weg, auf dem sie auch hergekommen war. Die Uniformierten sahen ihr nicht einmal nach.

»Vielleicht war es ja Selbstmord«, gab ihr Tante Betty zu bedenken, als sie eine halbe Stunde später bei einer Tasse Kaffee und einem Stück Kuchen, das Christine von einer Autobahnraststätte mitgebracht hatte, beisammensaßen. Isabelle lag auf der Fensterbank, wo sie darüber eingeschlafen war, die Vögel im Garten zu beobachten. »So was kommt bei jungen

Leuten schließlich auch vor. Leider viel zu oft, möchte ich sagen.«

Christine trank einen Schluck Kaffee, dann schüttelte sie den Kopf. »Das passt einfach nicht. Warum soll er mit diesem Plan in der Hand vom Dach springen? Das ergibt so oder so keinen Sinn, egal, ob er nun tatsächlich dachte, er könnte fliegen, oder ob er sich in den Tod stürzen wollte.«

»Und wenn ihm der Plan aus der Hand geglitten ist, und er wollte nach ihm greifen und ist dabei vom Dach gefallen?«

Sie dachte darüber nach, musste aber verneinen. »Das würde bedeuten, dass das Blut bereits auf das Papier spritzte, als er noch auf dem Dach stand. Wie soll das möglich sein?«

»Wenn ihm jemand den Schädel einschlug und ihn anschließend vom Dach warf«, sprach Betty das aus, was Christine dachte.

»Ganz genau, Tante Betty.«

»Sag nicht immer ›Tante‹ zu mir«, unterbrach Betty sie sanft. »Da komme ich mir genauso alt vor, als würde mich jemand ›Oma‹ nennen. Ich sage schließlich zu dir auch nicht ständig ›Nichte Christine‹.«

»Okay.« Christine nickte lächelnd. »Dann sage ich eben nur Betty, wenn dir das lieber ist.«

»Somit hätten wir das ja geklärt. Aber zurück zu unserem eigentlichen Thema.« Betty goss ihnen beiden noch etwas Kaffee ein. »Was ist denn das eigentlich für ein Plan, den du da gefunden hast?«

»Den Isabelle gefunden hat«, berichtigte sie ihre Tante augenzwinkernd. Als sie ihren Namen hörte, hob die Katze den Kopf, blinzelte zum Wohnzimmertisch und döste dann weiter. »Das ist so etwas wie ein Grundriss.«

Sie griff nach dem Papier und faltete es auseinander, bis es viermal so groß war wie ein normales Blatt. Darauf war ein großer Kreis eingezeichnet, der fast die ganze Fläche in Anspruch nahm.

»Mit den vielen Linien sieht das eher aus wie ein Labyrinth

in der Rätselrubrik meiner Fernsehzeitung. Du weißt schon, diese Dinger, bei denen man den Weg von einer Seite zur anderen finden muss.«

»M-hm«, stimmte Christine zu. »Und wenn du genau hinsiehst, kannst du sogar erkennen, dass da ein Weg eingezeichnet worden ist. Hier.« Sie zeigte auf eine Stelle und folgte mit dem Finger der Linie, die sich durch die Gänge zog – oder was immer das darstellen sollte.

»Ist denn da gar nichts beschriftet?«, fragte Betty und griff nach ihrer Lesebrille.

»Doch, doch.« Wieder deutete sie auf verschiedene Stellen auf dem Plan. »Aber das sieht nach einer Fantasieschrift aus. Entziffern kann ich davon jedenfalls nichts.« Sie drehte den Plan hin und her. »Nicht mal, wenn ich es auf dem Kopf oder seitenverkehrt zu lesen versuche.«

»Wenn sich jemand die Mühe macht, das alles in einer Fantasieschrift zu beschriften, damit das niemand sonst entschlüsseln kann, dann muss es ja etwas streng Geheimes sein«, urteilte Betty. »Möglicherweise war der junge Mann ein Spion von Bin Laden.«

»Oder der Plan stammt von Außerirdischen.«

»Christine!«, rief Betty erschrocken. »Komm mir nicht mit sowas! Wir hatten hier in der Gegend genug merkwürdige Ereignisse!«

»Was für Ereignisse?«, fragte Christine verwundert.

Ihre Tante winkte ab. »Ach, du weißt schon. Die üblichen seltsamen Lichter am Himmel und so weiter.«

»Du meinst … UFOs?«

»Na ja, jedenfalls behaupten das manche. Ich persönlich glaube nicht daran, aber als du jetzt gerade von Außerirdischen gesprochen hast …«

»Nein, nein, Betty«, beschwichtigte Christine sie. »Ich dachte dabei an diese Science-Fiction-Convention, die Ende der Woche im Saal auf dem Pier stattfinden wird. In all den Serien und Filmen haben die Außerirdischen auch immer eine eigene Schrift und eine eigene Sprache, die natürlich komplett erfunden ist. Wenn das hier etwas mit einer von den Serien zu tun hat, dann sind das vermutlich ganz willkürliche Zeichenfolgen, die überhaupt nichts zu bedeuten haben.«

»Ach ja, du hast recht, hier findet jedes Jahr so etwas statt«, fiel es Betty ein. »Da wimmelt es in der Stadt von Kostümierten. Ich finde das ganz amüsant, muss ich sagen.« Sie stutzte. »Besuchst du eigentlich nicht solche Veranstaltungen? Du schreibst doch Fantasy, nicht wahr?«

Christine nickte. »Im Prinzip wäre das sicher was für mich, aber vermutlich haben sie wichtigere Leute eingeladen, und solange die nicht absagen, rücke ich auf der ellenlangen Liste nicht weiter nach oben.«

»Warum fragst du nicht einfach nach? Du bist schließlich auch wichtig, und bestimmt bist du wichtiger als einige von den anderen, die da hingehen.«

»Danke, Betty«, sagte sie lachend. »Aber du musst nicht mein Ego aufbauen. Mir macht das nichts aus, wenn ich nicht eingeladen werde. Die Veranstalter müssen beurteilen, wen sie haben wollen, und je nachdem, welchen Schwerpunkt so ein Event hat, kommen bestimmte Autoren von vornherein nicht infrage. Und man fragt da als Autor nicht nach, weil das so erbärmlich ist, als würde man sich selbst zu einer Geburtstagsparty einladen, nur weil keine Einladung in der Post war. Mein Agent weiß aber, dass er mich auf solche Conventions grundsätzlich aufmerksam machen soll, auch wenn es sich um kleinere Veranstaltungen handelt. Er hat mich nicht angerufen, also ist auch niemand an mir interessiert.«

»Aha, ich verstehe.«

»Außerdem bin ich hergekommen, um mich um dich zu kümmern«, ergänzte sie. »Da werde ich dich doch nicht gleich wieder im Stich lassen!«

»Du weißt, dass es nicht so viel gibt, was du für mich tun musst.«

»Trotzdem werde ich nicht hingehen«, beharrte Christine.

»Ich bin nicht eingeladen worden, und ich werde mich nun mal niemandem aufdrängen.«

»Aber vielleicht bringt dich das in diesem Fall weiter«, gab Betty zu bedenken. »Wenn der junge Mann auch zu diesem Treffen gehen wollte, kannst du vielleicht dort etwas mehr über ihn erfahren und dem Täter auf die Spur kommen.«

Unschlüssig saß Christine da und starrte in ihre Kaffeetasse.

»Wenn ich dich recht verstanden habe, will dieser Inspector doch auf keinen Fall Ermittlungen einleiten, nicht wahr?«

»Er ist überzeugt, dass es ein Unfall war«, bekräftigte sie.

»Na bitte. Wenn es aber kein Unfall war, dann kommt der Mörder ungestraft davon.«

»Eben, und der Gedanke gefällt mir überhaupt nicht.«

»Ich weiß«, meinte Betty leicht amüsiert. »Deine Mom hat mir erzählt, dass nach deinem Abenteuer mit diesem mörderischen Milchproduzenten bei dir ein kriminalistischer Spürsinn erwacht ist, was du wohl ganz allein deiner Katze zu verdanken hast.«

»Tja, ohne Isabelle wäre ich nie in die Sache verstrickt worden. Zu schade nur, dass ihr vorheriger Besitzer tot ist und ich nichts weiter über sie in Erfahrung bringen kann.« Eine Zeit lang saßen sie schweigend da, dann sagte Christine: »Also gut, ich werde darüber nachdenken, ob ich mich bei den anderen Besuchern der Convention ein bisschen umhöre, um etwas über den Toten herauszufinden. Aber wirklich nur, wenn du mich entbehren kannst.«

»Das hört sich besser an«, gab Betty zurück. »Wenn du mir jetzt ins Schlafzimmer hilfst, werde ich mich ein bisschen hinlegen, bis *Coronation Street* anfängt. Bis dahin kann ich dich entbehren.«

»Okay.« Christine überlegte kurz, bis ihr eine Idee kam. »Dann kann ich mich in der Zwischenzeit schon mal ein bisschen gründlicher umsehen.«

***

Das Golden West war ein Hotel von der Sorte, die man niemandem guten Gewissens empfehlen konnte, und doch existierte es bereits seit über dreißig Jahren, auch wenn die Eigentümer wohl fast so häufig wechselten wie die Gäste. Das Gebäude mit seinen vierzehn Stockwerken überragte jedes andere Bauwerk in Beechwood, und auch wenn es weit weg war von der Promenade mit dem Pier, störte es die Skyline des Küstenorts durchaus. Es wirkte, als hätte ein Riese ein langes Betonstück ungespitzt in den Boden gerammt und es dann einfach dort zurückgelassen. Gelindert wurde dieser Eindruck nur durch die Tatsache, dass gleich daneben in Richtung Eastbourne die Kreideklippen in den Himmel wuchsen und das Bauwerk um viele Meter überragten. Auf diesen Klippen stand auch der alte Leuchtturm von Beechwood.

Ursprünglich war geplant gewesen, ein neues, futuristisches Stadtzentrum entstehen zu lassen, um dem altehrwürdigen benachbarten Brighton Konkurrenz zu machen und eine ganz neue Zielgruppe unter den Touristen anzusprechen. Nach deren Fertigstellung hätte man das alte Beechwood abgerissen, um dort weitere Hochhäuser zu errichten, in denen sich betuchte Interessenten Ferienwohnungen kaufen sollten.

Auf dem Zeichenbrett war das Projekt weit gediehen, der Zeitplan stand bereits fest, und man hatte auch schon die ersten Bauunternehmen beauftragt, die in den Startlöchern saßen. Dann auf einmal war der Projektleiter spurlos verschwunden – und mit ihm ein zweistelliger Millionenbetrag, mit dem die erste Phase finanziert werden sollte. Da weder der Projektleiter noch das Geld je wieder auftauchte, war es nicht möglich, die Umgestaltung von Beechwood voranzutreiben. Doch es war nicht nur dieses Geld, das den Stadtvätern fehlte; es mussten Kredite in Millionenhöhe aufgenommen werden, um die Schadenersatzforderungen der Bauunternehmen zu erfüllen. Die Gelder standen ihnen vertraglich zu, daran war nichts zu rütteln. Die Stadt steckte tief in den roten Zahlen, und daran sollte sich auf Jahre hinaus nichts ändern.

Wenn man das Golden West betrachtete, dann war es für Beechwood vielleicht gar nicht so schlecht, dass es so gekommen war. Der Bau präsentierte sich als hässlicher Betonklotz, dessen Stil bereits bei Baubeginn längst nicht mehr zeitgemäß gewesen war, und auch die Einrichtung war so gestaltet, dass das Hotel bereits bei seiner Eröffnung wirkte, als sei es seit zehn Jahren nicht mehr renoviert worden. Das Mobiliar sah seinerzeit zwar neu aus, aber die gesamte Einrichtung ließ vermuten, dass sie mehrere Jahre in irgendeinem Möbellager gestanden hatte und dann zu einem Schleuderpreis verkauft worden war, um endlich Platz zu schaffen.

Offenbar war nicht nur der Projektleiter eine zwielichtige Gestalt gewesen, auch der Innenarchitekt des Hotels hatte sich vermutlich einen Teil des Budgets in die eigene Tasche gesteckt und die Möbel preisgünstig erstanden. Wären die anderen Projekte auf die gleiche Weise umgesetzt und das alte Beechwood abgerissen worden, dann hätte die Stadt wohl über kurz oder lang den Bankrott erklären müssen, weil sich kein Tourist eine solche Zumutung antun wollte.

So war zumindest das alte Beechwood erhalten geblieben, und dieser Schandfleck stand weit genug abseits, um von den meisten Einwohnern und den Touristen ignoriert zu werden.

Christine blieb in einiger Entfernung stehen und musterte das Hochhaus. Die zum Land weisende Seite befand sich in einem erbärmlichen Zustand, sämtliche Farbe war abgeblättert, alles war so verdreckt, dass der Regen den Schmutz nicht abwaschen, sondern nur in großflächigen Schlieren auf dem hellgrauen Beton verteilen konnte. Die seitliche Fassade sah fast genauso schlimm aus, lediglich die Front war vor nicht allzu langer Zeit frisch gestrichen worden, als ob niemand das Haus aus einer anderen Richtung sehen könnte.

Bei dieser Fassadenkosmetik wiederum hatte man gespart, wo man nur konnte, und offenbar war der Eigentümer dabei auch auf die Idee gekommen, auf ein Gerüst zu verzichten und die Außenwände stattdessen von den Balkonen und den Fenstern aus mit Farbrollen zu streichen. Dementsprechend unansehnlich war das Ergebnis.

Aber letztlich tat das Beechwood keinen Abbruch. Der Ort lockte genug Touristen an, und etliche von ihnen begnügten sich mit einer vergleichsweise schlichten Unterkunft, wenn sie dafür ein paar Tage am Meer verbringen konnten.

Christine riss sich vom Anblick der fleckigen Fassade los und betrat das Foyer, dessen Flair in etwa dem eines Parkhauses entsprach. Der dunkelbraune Noppenfußboden ließ deutlich erkennen, wo in den letzten Jahrzehnten die meisten Gäste gegangen waren. An den Wänden klebten Poster, die den sonnigen Süden zeigten, allerdings den in Spanien. Die Sitzgruppe in einer Ecke hatte zweifellos auch schon den Tag der Eröffnung Mitte der 70er mitgemacht, und die Empfangstheke zur Rechten war auch nicht mehr die Jüngste. Ein Mann mittleren Alters saß hinter der Theke und starrte auf einen Monitor, von Christine nahm er gar keine Notiz.

Kopfschüttelnd, aber auch erfreut begab sie sich zu den Aufzügen. Wenn sich niemand für sie interessierte, musste sie auch niemandem erklären, was sie hier wollte. Also würde man ihr auch keine Fragen stellen, und niemand käme auf die Idee, die Polizei zu verständigen.

Als die Aufzugtür sich öffnete, erschrak Christine. Die Liftkabine war innen über und über mit Graffiti beschmiert, von den vier Glühbirnen an der Decke brannte nur noch eine, und noch bevor sie den Rückzug antreten und die Treppe benutzen konnte, versetzte ihr die sich schließende Tür einen Stoß in den Rücken.

Dann ratterte der Aufzug nach oben, obwohl sie noch gar keine Taste gedrückt hatte. Vermutlich hatte irgendwer den Lift angefordert, aber bevor er halten konnte und sie erst noch mit nach unten fahren musste, drückte sie auf die 14 und kniff die Augen zu. Sie war auf alles gefasst. Insgeheim fürchtete sie, der Aufzug könnte es sich jeden Moment anders überlegen und mit ihr an Bord in die Tiefe stürzen. Nach einer endlos scheinenden Minute kam die Kabine mit einem heftigen Ruck zum Stehen, und die Tür ging auf. So schnell wie jetzt und hier hatte Christine noch nie einen Aufzug verlassen.

Der Flur im vierzehnten Stockwerk wirkte genauso schäbig wie das Foyer, aber immerhin war auch hier alles sauber. Christine ging den Korridor entlang und stieß auf das Treppenhaus; sie ging nach oben und fand die Metalltür zum Dach unverschlossen vor. Als sie sie öffnete, wurde sie ihr von einer kräftigen Böe aus der Hand gerissen. »Hoppla«, murmelte sie und spähte zunächst einmal vorsichtig um die Ecke. Der Wind blies ihr ins Gesicht, jedoch nicht so stark, dass er sie an den Dachrand oder sogar darüber hinaus hätte wehen können.

Sie betrat das Flachdach und stellte fest, dass ringsum in einem Abstand von bestimmt einem Meter zur Dachkante ein Geländer verlief, das mindestens eins zwanzig hoch sein musste. Vermutlich war das hier mal als Sonnendeck gedacht gewesen, doch der Wind hatte diesem Plan sicher den Garaus gemacht. Zwar konnten die Sonnenhungrigen nicht buchstäblich weggeweht werden, dafür aber alles, was sie mitbrachten – Handtücher, Kleidung, Sandwiches.

Ihr Blick fiel auf die See, die sie aus dieser Perspektive noch nie gesehen hatte, so oft ihre Eltern auch mit ihr und ihrer Schwester nach Beechwood gekommen waren. Im ersten Moment war die Aussicht etwas gewöhnungsbedürftig, da sie ihr so unwirklich vorkam. Doch je länger sie aufs Meer hinaus sah, desto begeisterter war sie von diesem Anblick. Das Wasser wirkte grau und trüb, aber von hier aus wurden die ungeheuren Dimensionen des Meers für sie ein wenig greifbarer. Es war schier überwältigend, diese endlose Weite zu betrachten, auch wenn sie genau wusste, dass gleich hinter dem Horizont die französische Küste lag.

Es kostete sie Mühe, sich von diesem Anblick loszureißen, aber sie war nicht hier, um die Aussicht zu genießen, sondern um einem mysteriösen Todesfall auf den Grund zu gehen, der vermutlich mehr als nur ein Unfall war.

Sie überquerte das Dach, und noch während sie sich dem Geländer näherte, entdeckte sie, was sie zu finden vermutet hatte. Blutspuren, und das nicht zu knapp. Auf dem Boden waren etliche Spritzer verteilt, am Geländer klebten Reste von Blut, und auf der anderen Seite des Gitters war ein größerer roter Fleck zu sehen.

Der junge Mann hatte hier gestanden, wo sie jetzt stand, dann schlug ihm jemand mit irgendeinem schweren Gegenstand auf den Kopf, hob ihn über das Schutzgitter, wo er mit dem Hinterkopf auf dem Boden landete, sodass sich das Blut von der schweren Kopfverletzung dort sammeln konnte. Der Plan, den er in der Hand hielt, bekam von einem der Schläge auf den Schädel die Blutspritzer ab, er musste ihn loslassen, und in dem Moment erfasste eine Böe das Papier und riss es mit sich. Dann kletterte der Täter über das Gitter, packte den Mann und schleuderte ihn über die Dachkante, damit durch die Verletzungen, die er sich beim Aufprall auf den Boden zuzog, nicht die tödlichen Schläge auf den Schädel auffielen und niemand einen Verdacht schöpfte.

»Sehr schlau«, sagte sie zu sich selbst, zog ihr Telefon aus der Tasche und machte ein paar Fotos von den Blutspuren. »Aber was hast du angestellt, dass dich jemand umbringen wollte? Und was hat es mit diesem Plan auf sich, den Isabelle gefunden hat? Bedeutet der überhaupt irgendetwas?«

»Sind Sie auch wegen Murray hier?«

Die Stimme dicht hinter ihr ließ sie vor Schreck herumwirbeln, und sie rechnete bereits mit dem Schlimmsten. Vor ihr stand ein etwa zwanzig Jahre alter Mann mit langen blonden Haaren, sein Gesicht war schmal, und er trug eine dunkle Hornbrille.

»Murray?«, wiederholte sie.

»Ja, der Typ, der da runtergesprungen ist.«

Sie nickte.

»Ich bin Stu«, sagte er und gab ihr die Hand.

»Freut mich, ich bin Christine.«

»Waren Sie ’ne Freundin von Murray?«, fragte er.

»Ähm … so würde ich das nicht sagen. Wir … also Murray und ich …«, stammelte sie und versuchte, eine möglichst vage Antwort zu geben, damit niemand sie später auf etwas festnageln konnte. »Wie gut kannten Sie ihn denn?«, fragte sie, da sie spontan entschieden hatte, in die Offensive zu gehen.

Stu leistete keine Gegenwehr und vergaß offenbar seine Frage an sie. »Ich … eigentlich gar nicht. Wir wollten beide die Convention besuchen, und wir haben dieses Paket gebucht, bei dem ein halbes Doppelzimmer im Preis enthalten ist. Wir sind uns gestern Abend zum ersten Mal begegnet.«

»Aha«, gab sie von sich, was alles und nichts bedeuten konnte. »Ist Ihnen an ihm irgendetwas aufgefallen? Wirkte er … vielleicht nervös? Oder deprimiert?«

»Weiß nicht. Ich hab ihn ja nicht weiter gekannt, da weiß ich halt nicht, wie er ist, wenn er nervös ist oder so. Er kam mir ganz normal vor. Er hat ganz normal geredet.«

»Über was?«

»Alles Mögliche«, antwortete Stu. »Übers Hobby, Musik und so.«

»Wissen Sie etwas darüber, woher er kommt? Wo er wohnt? Irgendetwas, das mir weiterhelfen könnte, mehr über ihn herauszufinden?«

Der junge Mann schüttelte den Kopf. »Ich glaube nicht. Wir haben auch nicht so lange gequatscht. Ich bin später noch mal los, um mir die Stadt anzusehen, und als ich zurückkam, schlief er schon. Heute Morgen haben wir unten im Gemeinschaftsraum gefrühstückt, danach ist er mit seiner Reisetasche losgezogen.«

»Er hat das Hotel wieder verlassen?«, fragte Christine.

»Nee, nee, seine Sachen hat er im Zimmer gelassen, aber er wollte mit der Tasche zu einem Schuster, weil die Griffe so durchgescheuert waren.«

»Dann ist seine Tasche jetzt nicht mehr da.«

»Nö. Nur die Kleidung.«

Hatte Murray in der Tasche etwas weggeschafft oder wegschaffen wollen, und war er deswegen umgebracht worden? Oder hatte das alles gar nichts zu bedeuten? Waren diese Dinge nur zufällige Ereignisse, die in keinem Zusammenhang zueinander standen?

»Können Sie sich erklären, wieso er hierher aufs Dach gekommen ist?«, hakte sie nach. Bislang war sie kein bisschen schlauer als zuvor, wenn man die Blutspuren einmal außer Acht ließ, die mehr als eindeutig waren.

Stu schüttelte den Kopf. »Keine Ahnung. Vielleicht wollte er die Aussicht genießen oder so.«

»Und das Superman-Kostüm?«

»Das … was?«

»Na, er trug doch dieses Kostüm, als ich … als er gefunden wurde«, erklärte Christine.

»Ein Superman-Kostüm?« Stu sah sie ungläubig an. »Bringen Sie da nicht irgendwas durcheinander?«

»Nein, ich … ich habe es selbst gesehen«, beteuerte sie.

»Hören Sie, Christine, das kann nicht sein. So was hätte Murray niemals angezogen.«

Sie sah ihn mit skeptischer Miene an. »Sie haben vorhin selbst gesagt, dass Sie ihn kaum gekannt haben. Wie können Sie dann so etwas mit solcher Überzeugung behaupten?« Während Sie redete, zog sie ihr Telefon aus der Jackentasche und rief die Fotogalerie auf. »Ich will Ihnen nicht zu viel zumuten, aber wenn Sie sich dieses Foto ansehen, dann …«

»Sie haben Murray fotografiert, wie er im Pool gelegen hat?« Sein Tonfall ließ keinen Rückschluss darauf zu, ob ihn diese Tatsache entrüstete oder begeisterte.

Sie reagierte nicht auf seine Frage, sondern erwiderte: »Glauben Sie, Sie können sich das ansehen?«

Stu nickte überzeugt. »Klar doch. Ist ja nicht so, als wär das ein langjähriger Freund.«

Daraufhin hielt sie ihm die Kamera hin.

»Tatsächlich«, sagte er entgeistert. »Das begreife ich nicht.«

»Wieso?«, wollte Christine wissen. »Was ist daran so eigenartig?«

»Ich hab Ihnen ja erzählt, dass wir uns über unsere Hobbys unterhalten haben.«

Sie nickte geduldig.

»Wir sprachen auch über Comics, und er erzählte mir, dass er ausschließlich Marvel-Comics sammelt, weil der Rest seiner Meinung nach nichts taugt.«

»Und … was bedeutet das?«

Einen Moment lang sah er Christine ratlos an, dann erst begriff er ihre Frage. »Ach so, Sie stehen wohl nicht auf Comics, wie?«

»Auf manche schon, nur nicht auf Superhelden«, antwortete sie.

Seine Miene hellte sich auf. »Klar, dass Sie mir gar nicht folgen können. Sie müssen wissen, dass *Superman* ein DC Comic ist, kein Marvel Comic. Ich hätte nichts gesagt, wenn er sich als Marvel-Held verkleidet hätte. Aber so … das passt überhaupt nicht zu ihm.«

»Besteht da irgendeine Art von Feindschaft zwischen beiden Lagern?«

Er schüttelte den Kopf. »Das ist nur eine persönliche Vorliebe. Ich sammele die Comics, die mir gefallen, der Verlag ist mir egal. Andere sammeln nur einen bestimmten Zeichner, und Murray war jemand, der sich halt nur für einen einzelnen Verlag interessierte. Das ist keine Glaubensfrage oder so. Dafür bringt man niemanden um.«

Christine wurde hellhörig. »Wieso sagen Sie das?«

»Was?«

»Dass man dafür niemanden umbringt.«

»Ach das. Na ja, wissen Sie, ich sag so was nicht gern«, druckste er herum , »aber wenn ich an dieses Kostüm denke, dann möchte ich fast behaupten, dass jemand ihm was angetan hat.«

»Sie meinen …« Sie suchte nach den richtigen Worten.

»… dass dieses Kostüm irgendeine Art von … wie soll ich das bezeichnen … eine Art Strafe oder Demütigung ist, weil es für etwas steht, was er nicht mag?«

Wieder schüttelte Stu den Kopf. »Nein, so was würde ich da nicht hineindeuten. Kann zwar sein, dass das was damit zu tun hat, trotzdem denke ich eigentlich eher, der Täter hatte keine Ahnung. Wenn ich mal eine ganz wilde Theorie aufstellen darf: Ich würde behaupten, es sollten alle glauben, dass Murray sich für Superman gehalten und gemeint hat, er könnte fliegen.«

»Das klingt interessant«, urteilte Christine, vertraute ihm jedoch nicht an, dass die Polizei genau dieser Ansicht war.

»Bringt aber nichts.«

»Wieso nicht?«

»Weil ich eben auf Twitter gelesen habe, dass sein Tod als Unfall behandelt wird.«

»Auf Twitter?«

»Genau …« Er musterte sie einen Moment lang. »Ähm … Sie wissen doch, was Twitter ist, oder?«

»Ja, natürlich weiß ich das«, gab Christine zurück. »Ich bin zwar nicht mehr ganz so jung wie Sie …«

»Aber dafür sehen Sie immer noch verdammt scharf aus«, rutschte es ihm heraus, im nächsten Augenblick lief er rot an. »Entschuldigen Sie, das … ich hab's nicht so mit Komplimenten. Ich wollte sagen, dass Sie … also …«

»Schon gut, Stu«, winkte sie ab. Ihre Wangen glühten ebenfalls vor Verlegenheit. »Das kam gerade netter rüber, als Sie es für möglich halten würden.«

»Echt jetzt?«, fragte er verblüfft. »Ich dachte, Sie wären jetzt sauer auf mich.«

Sie schüttelte den Kopf und lächelte ihn an. »Normalerweise halten Zwanzigjährige mich für steinalt, da tut es richtig gut, wenn mal jemand aus Ihrer Generation ein Kompliment für mich übrig hat.«

Erleichtert atmete er durch, dann wurde er plötzlich blass.

»Oh Mann, hoffentlich denken Sie jetzt nicht, ich hätte einen Ödipus-Komplex, nur weil ich …«

»Aufhören, sonst machen Sie alles kaputt, was Sie eben gesagt haben. Ich möchte nicht mit Ödipus in einem Atemzug genannt werden, okay?«

»Hab schon verstanden«, beteuerte er.

»Von wem kam denn diese Meldung auf Twitter, von der Sie eben sprachen?«, kehrte sie zum eigentlichen Thema zurück, bevor der junge Mann sich noch weiter verhaspelte.

»Keine Ahnung, das läuft ja unter einem Nick, aber der Schreiber dürfte wohl bei der Polizei arbeiten oder gute Kontakte dorthin haben.«

Christine überlegte, ob nicht vielleicht der Täter selbst die Information verbreitete, um auf diese Weise zu verhindern, dass man über Murrays Tod zu spekulieren begann. Sie beabsichtigte nicht, Stus Meinung zu widersprechen. Je mehr Leute überzeugt waren, dass es sich um einen Unfall oder um Selbstmord handelte, umso sicherer fühlte sich der Täter. Außerdem konnte sie dann der Sache ungestört nachgehen und musste sich keinen Wettlauf mit einem halben Dutzend Amateurdetektiven liefern, deren Aktivitäten wahrscheinlich mehr schaden als nutzen würden.

»So, so«, sagte sie nur. Um das Thema nicht weiter vertiefen zu müssen, fügte sie noch hinzu: »Tja, dann werden wir wohl nie erfahren, was Murray dazu getrieben hat, in dieses Kostüm zu steigen.«

Stu schüttelte den Kopf. »Sieht so aus. Aber vielleicht kommt ja sein Geist zu uns zurück und verrät uns, wie es sich in Wirklichkeit abgespielt hat.«

Christine musterte den jungen Mann von der Seite, wie er gedankenverloren in die Ferne blickte, und fragte sich, ob seine Bemerkung ernst gemeint war oder nicht. Als er sich auf einmal umdrehte und sie breit angrinste, wusste sie die Antwort.

»Okay, ich muss los«, sagte sie. »Falls Ihnen noch etwas einfällt oder Sie von irgendwem etwas Neues erfahren, rufen Sie mich doch bitte an.« Sie nahm einen Zettel aus der Brieftasche und notierte die Nummer ihrer Tante. »Sprechen Sie auf den Anrufbeantworter, wenn sich niemand meldet.«

Mit diesen Worten ließ sie ihn auf dem Dach zurück und ging zur Tür. Diesmal nahm sie die Treppe, da sie für kein Geld der Welt noch einmal mit diesem Aufzug hätte fahren wollen.

Auf dem Weg aus dem Hotel griff Christine wieder nach ihrem Telefon und wählte die Nummer der Polizei. »Verbinden Sie mich bitte mit Chief Hatfield«, bat sie, als sich eine Frauenstimme meldete.

Es knackte in der Leitung, dann folgte ein knappes: »Hatfield.«

»Hier ist Christine Bell, guten Abend, Mr Hatfield, ich ...«

»Muss ich Sie kennen?«, unterbrach er sie. »Ihren Namen habe ich schon mal irgendwo gehört, aber ...«

»Wir sind uns heute Mittag am Swimmingpool hinter dem Hotel begegnet«, half sie ihm auf die Sprünge.

»Ach ja, richtig. Sie hatten den Toten entdeckt. Was kann ich denn für Sie tun?«

Sie holte tief Luft und verkündete: »Ich wollte Sie eigentlich nur fragen, ob sich einer Ihrer Leute auf dem Hoteldach umgesehen hat.«

»Auf dem Hoteldach?«, wiederholte er mit vollem Mund. Wie es schien, hatte sie ihn im falschen Moment angerufen. »Warum?«

»Na, weil Mur... weil der junge Mann doch von da in den Tod gesprungen ist.«

Es folgte sekundenlanges Schweigen, als überlege der Chief Inspector, welcher Zusammenhang zwischen dem Dach und dem angeblichen Selbstmord bestehen sollte. »Ja, und?«, bestätigte er schließlich mit diesen zwei Worten ihre Vermutung.

Christine haderte mit sich, ob sie die Sache einfach auf sich beruhen lassen und selbst weiter ermitteln sollte. Aber vielleicht benötigte dieser Hatfield nur einen leichten Schubs in die richtige Richtung, damit sein Instinkt geweckt wurde.

»Nun, ich war vorhin da oben und habe mich umgesehen, und dabei habe ich am Geländer zum Pool Blutspuren entdeckt.«

»Und?«, fragte er kauend.

Frustriert kniff sie einen Moment lang die Augen zu. »Und es könnte doch sein, dass ihn jemand auf dem Dach niedergeschlagen und dann in den Pool geworfen hat.«

»Oh, Sie meinen, dass es kein Selbstmord war«, gab er zurück und klang einen winzigen Moment lang ernsthaft interessiert, bis seine Stimme einen ironischen Unterton annahm: »Haben Sie denn schon das Blut analysiert und verglichen, ob es tatsächlich von dem Opfer stammt?«

»Wie sollte ich das denn machen?«

»Ach, stimmt ja. Sie sind ja gar keine Polizistin«, spottete er weiter. »Und Sie haben ja auch gar kein Labor, in dem Sie so etwas untersuchen könnten.«

»Mr Hatfield«, erwiderte sie verärgert. »Wenn Sie mich auf den Arm nehmen wollen …«

»Entschuldigen Sie, wenn ich es auf diese Tour mache, aber anders kann man manchen Leuten offenbar nicht deutlich machen, dass immer noch *wir* die Polizei sind. Und das gilt leider auch für Sie, Miss Bell.«

»Ich will nur behilflich sein, weil …«

»Wenn wir von der Polizei die Hilfe der Bürger benötigen, wenden wir uns an die Bürger. Und wenn wir das nicht tun, sind wir bereits im Besitz aller Fakten, um einen Fall beurteilen zu können.«

Sie dachte an den seltsamen Grundriss, auf den sie dank Isabelle gestoßen war, und entschied, Hatfield gar nicht erst davon zu erzählen. Genauso wenig würde ihn Stus Bemerkung interessieren, dass Murray unter keinen Umständen ein Superman-Kostüm angezogen hätte. Vielleicht war der Mann prinzipiell inkompetent, vielleicht fand er auch, im Zusammenhang mit dem Tod eines ›Verrückten‹ lohnte es sich nicht, weitere Ermittlungen anzustellen. Auf jeden Fall hatte er kein

Interesse an ihren Beobachtungen, die den Tod des jungen Mannes in ein anderes Licht rückten.

Ihr Entschluss stand fest: Sie würde auf eigene Faust ermitteln, und wenn sie auf eine heiße Spur stieß und den Täter entlarvte, konnte sie sich eine Beschwerde bei Hatfields Vorgesetzten sparen, weil die spätestens dann von der Unfähigkeit dieses Mannes erfahren würden.

»Wissen Sie, von dieser Warte aus habe ich das noch gar nicht gesehen«, entgegnete sie und verkniff sich einen zynischen Nachsatz, der ihr auf der Zunge lag. Dann verabschiedete sie sich, steckte das Telefon ein und machte sich auf den Weg zurück zum Haus ihrer Tante. Ihr Blick schweifte über die breite Promenade, und in einiger Entfernung sah sie den imposanten Pier, der gut dreihundert Meter weit ins Meer hineinragte. So verlockend es auch war, jetzt sofort dorthin zu spazieren und Erinnerungen an frühere Urlaube in Beechwood wach werden zu lassen, entschied sie sich doch dagegen. Sie war nicht nur für ein paar Tage hergekommen, und sie würde noch Zeit genug haben, ihre persönliche Reise in die Vergangenheit zu unternehmen.

3

Hast du mir nicht am Telefon gesagt, du fährst einen Mini?«, fragte Betty, als sie am nächsten Morgen zusammen mit ihrer Nichte das Haus verließ. Es war kalt, dichte Wolken bedeckten den Himmel, vom Meer her wehte ein beständiger, wenn auch nicht allzu starker Wind übers Land.

Christine hielt ihr das Gartentor auf und verriegelte es, nachdem Betty an ihren Krücken hindurchgegangen war. »Ja, das ist richtig, aber ich dachte mir, ich muss dich bestimmt zumindest mal zum Arzt oder irgendwo anders hinfahren, darum habe ich mir von einem Bekannten den Minivan geliehen. Er hat eine Schiebetür für die Rückbank, da kannst du viel bequemer einsteigen. Außerdem wäre im Mini gar kein Platz für dein eingegipstes Bein. Und die Krücken können wir so auch viel besser unterbringen.«

Sie drückte auf eine kleine Taste an dem klobigen Wagenschlüssel, woraufhin sich die Schiebetür von selbst entriegelte und automatisch aufglitt.

»Da fehlen mir die Worte«, erklärte Betty und blieb staunend stehen. »Das hatte ja nicht mal der Krankenwagen, mit dem ich nach Hause gebracht wurde.«

»Kein Wunder«, scherzte Christine. »Der wurde ja wahrscheinlich auch schon 1952 angeschafft.«

Betty seufzte. »Sei froh, dass dein Dad dich jetzt nicht hört. Du weißt, er mag es nicht, wenn jemand über unser Gesundheitssystem lästert.«

»›Krankheitssystem‹ wäre wohl der treffendere Begriff«, hielt sie dagegen. »Er war auf dieses System zum Glück ja auch noch nie angewiesen.«

»Na ja«, räumte ihre Tante ein. »Als ganz so schlimm empfinde ich es nicht, aber dieser Beinbruch ist auch eigentlich das erste Mal, dass ich mehr in Anspruch nehme als die jährliche Blutuntersuchung.«

»Tja, das scheint bei euch in der Familie zu liegen«, meinte Christine und half ihr beim Einsteigen, legte ihr den Gurt an und schob die Krücken unter die Sitzbank. Den Beifahrersitz hatte sie zum Liegesitz nach hinten geklappt, sodass Betty ihr gebrochenes Bein hochlegen konnte.

Christine stieg ein und fuhr bis zum Ende der Road by the Sea, wendete und kehrte zurück zur Slaughterhouse Road, bog nach rechts ab und fuhr dann bis zur dritten Einmündung auf der linken Seite. »Hier müssen wir rein, richtig?«

Betty reckte den Hals, um aus dem Fenster zu sehen. »Ja, hier sind wir richtig. Baker Street.« Nach ein paar Minuten sagte sie: »Da vorne links ist die Praxis, da, wo diese Engelsskulptur steht.«

»Alles klar«, erwiderte Christine und bremste ab. Vor der Arztpraxis standen drei Besucherparkplätze zur Verfügung, die trotz der frühen Uhrzeit alle belegt waren.

»Stell dich einfach davor«, erklärte Betty. »Wenn einer von denen wegfahren will, wird er sich schon melden.«

Sie stieg aus, während sich die Schiebetür wieder von selbst öffnete, und half ihrer Tante beim Aussteigen.

»Und dein Dad sagt nichts dagegen, dass du in einem Japaner durch unser Königreich fährst?«, fragte sie und zwinkerte Christine zu, als sie gemeinsam zur Eingangstür gingen. »Wenn du wüsstest, wie oft ich mir die Vorträge meines Bruders habe anhören müssen, nur weil er jahrelang eisern nach dem Prinzip ›Buy British‹ lebte. Bis er eines Tages einsah, dass er auf Auto, Radio, Toaster und unzählige Dinge mehr verzichten muss, wenn er nicht mit der Zeit geht. Und auf sein Lieblingsbier, das auf einmal in den Niederlanden gebraut und importiert wurde.«

»Ja, daran kann ich mich noch gut erinnern«, stimmte Christine ihr zu und hielt ihrer Tante die Tür auf. »Und was den Wagen angeht: Ich hab's ihm nicht verraten.«

Nach dem Arztbesuch brachte Christine Betty zurück nach Hause und belegte für sie ein paar Sandwiches. Den Teller stellte sie auf den Wohnzimmertisch an den Platz, an dem ihre Tante die meiste Zeit des Tages verbrachte.

»Ist es nicht etwas zu früh fürs Mittagessen?«, fragte Betty verdutzt, als sie ins Zimmer kam und den Teller bemerkte.

»Ich muss zum Supermarkt und noch ein paar andere Besorgungen machen«, erklärte Christine. »Ich weiß nicht, wie lange es dauern wird, und ich möchte nicht, dass du gegen Mittag Hunger bekommst und dich selbst in die Küche stellst und dir ein Brot schmierst.«

»Du weißt aber, dass ich das noch kann, nicht wahr?«, entgegnete ihre Tante und lächelte sie verschmitzt an.

»Natürlich weiß ich das. Trotzdem bin ich hergekommen, weil ich dich eine Weile umsorgen will, bis du diesen Gips los bist«, betonte sie. »Also werde ich genau das auch machen – aber nicht, weil du es nicht kannst, sondern weil du dich schonen sollst. Du weißt, was der Arzt vorhin gesagt hat. Du darfst das Bein noch nicht zu sehr belasten, und ich werde darauf achten, dass du dich daran auch hältst.«

Betty zuckte mit den Schultern. »Du kannst nicht rund um die Uhr auf mich aufpassen«, sagte sie mit einem schelmischen Grinsen.

»Wer weiß?«, konterte Christine. »Wir befinden uns im 21. Jahrhundert. Vielleicht habe ich ja einen Fachmann damit beauftragt, im Haus Dutzende von winzigen versteckten Kameras anzubringen, die dich auf Schritt und Tritt überwachen. Und wenn ich nicht hier bin, kann ich auf meinem Laptop ganz genau verfolgen, was du gerade treibst.«

»Das Dumme ist«, seufzte ihre Tante und setzte sich an den Tisch, »dass das heutzutage tatsächlich machbar ist. Also werde ich mich hier hinsetzen und einfach nichts tun. Aber falls im Radio Lambada läuft, wirst du mich nicht vom Tanzen abhalten können.«

Christine grinste sie an. »Vielleicht kann ich ja per Fernsteuerung auf einen anderen Sender umschalten und dich dazu zwingen, dir die Debatte im Unterhaus anzuhören.«

Betty verzog den Mund. »Tu das lieber nicht, sonst verklage ich dich wegen seelischer Grausamkeit.«

»Schon verstanden.« Sie zwinkerte ihr zu. »Gibt es den kleinen Supermarkt in der Crane Street noch? Wie hieß er noch? Denny's?«

»Ja, aber der neue Besitzer hat sich darauf spezialisiert, die Touristen auszunehmen. Das Angebot ist ziemlich mager und viel zu teuer, nur ist das den Touristen egal, weil die nicht anfangen, die Preise für Brot und Belag zu vergleichen. Denen geht's nur darum, dass sie was zu essen bekommen, ohne in den Restaurants ein kleines Vermögen hinblättern zu müssen.«

»Und wo kaufst du normalerweise ein?«

»Normalerweise nimmt Daffyd Mattison mich mit«, antwortete Betty. »Wir fahren dann immer zu diesem neuen riesigen Supermarkt am Fisherman's Drive. Jumbo heißt er. Ist nicht zu übersehen, weil er mitten auf der ehemaligen Weide vom alten Tomley steht.«

»Fährt Mattison immer noch den alten grünen Triumph? Ist der nicht schon um die hundert?«

»Sprichst du von Daffyd oder von seinem Wagen?«

Christine legte den Kopf schräg und gab amüsiert zurück: »Bei den beiden Originalen kommt das eigentlich aufs Gleiche raus.« Sie konnte sich noch gut daran erinnern, dass sie vielleicht vier oder fünf gewesen war, als sie ihn zum ersten Mal gesehen hatte. Schon damals war sein wallendes Haar weiß gewesen, und ein buschiger weißer Schnurrbart zierte sein schmales, unglaublich lang wirkendes Gesicht mit den auffallend hervortretenden Augen. Er trug immer ein beigefarbenes, kariertes Jackett und ein weißes Hemd mit dunkelblauer Krawatte mit eingesticktem Wappen, dazu eine dunkle Hose und mittelbraune Lederschuhe. Er war gut einen Kopf größer als Christines Vater, und als Kind hatte sie immer gedacht, sie habe es mit einem hageren Riesen zu tun, ein Eindruck, der durch seine schlaksigen Arme und Beine noch verstärkt wurde.

»Daffyd ist Mitte achtzig, wenn du es genau wissen willst.«

»Erst? Ich hatte ihn schon vor dreißig Jahren auf dieses Alter geschätzt«, sagte Christine.

»Ja, ja, die Ignoranz der Jugend gegenüber dem Alter«, spottete Betty. »So, und jetzt sieh zu, dass du dich auf den Weg machst. Ich will mir *Coronation Street* ansehen.«

»Wieso?«, wunderte sie sich. »Du hast es doch gestern Abend geguckt.«

»Und aufgenommen«, bestätigte ihre Tante. »Und morgens sehe ich mir die Aufnahme an.«

Christine schüttelte ratlos den Kopf. »Aber das ist doch die Episode von gestern Abend. Warum …?«

»Wenn du dir eine CD kaufst, hörst du sie dir dann einmal an und danach nie wieder?«, fiel Betty ihr ins Wort.

»Sie muss schon verdammt schlecht sein, damit ich sie mir nie wieder anhöre.«

»Aha, das heißt, eine gute CD hörst du dir mehrmals an.«

Sie nickte. »Natürlich. Das macht doch jeder so. Aber das ist etwas anderes als das, was du machst.«

»So? Wo ist denn der Unterschied, ob man sich eine CD noch einmal anhört, weil sie einem gefällt, oder ob man sich eine Episode von irgendeiner Serie noch einmal ansieht?«

Einen Moment lang stand Christine da und grübelte, musste sich aber schließlich geschlagen geben. Tatsächlich wollte ihr keine vernünftige Erwiderung einfallen, und sie räumte seufzend ein: »Okay, du hast gewonnen.«

Betty reckte triumphierend eine geballte Faust in die Luft. »Jawohl!«

Kopfschüttelnd und lachend kapitulierte Christine vor ihrer Tante, steckte die Einkaufsliste ein und verließ das Haus. Als sie zu ihrem Wagen ging, holte soeben Mattison seinen Triumph aus der Garage. Tatsächlich sah er noch immer genauso aus wie vor zwanzig Jahren, als sie ihn zum letzten Mal gesehen hatte.

Eigentlich schien er sich sogar seit ihrer ersten Begegnung vor über dreißig Jahren nicht verändert zu haben. Er bemerkte sie und winkte ihr zu. »Hallo, Mr Mattison«, begrüßte sie ihn, was ihn stutzen ließ.

»Kennen wir uns?«, fragte er erstaunt.

Sie näherte sich der Einfahrt zu seiner Garage. »Oh ja, ich bin …«

»Nein, sagen Sie nichts«, unterbrach er sie und musterte sie eindringlich. Er kniff die Augen zusammen, und fast konnte sie sehen, wie in seinem Kopf die Zahnräder rotierten, während er ihr Gesicht zuzuordnen versuchte. Dann auf einmal hellte sich seine Miene auf. »Warten Sie … sollten Sie tatsächlich die kleine Chrissy sein? Bettys Nichte?«

Christine nickte. »Ja, ganz genau.«

»Mein Gott, Sie waren ja schon eine Ewigkeit nicht mehr hier!«, rief er, kam ihr entgegen und schlang die Arme um sie, um sie an sich zu drücken.

»Tja, das hat sich in den letzten Jahren leider nie ergeben, aber … jetzt bin ich ja da«, sagte sie und löste sich aus seiner Umarmung, die ihr für ihren Geschmack etwas zu lange dauerte.

»Stimmt, Ihre Tante sprach davon, dass Sie für eine Weile herkommen, um ihr im Haushalt zu helfen.« Er verzog den Mund. »Dumme Sache, dass Ihre Tante sich das Bein gebrochen hat.«

»Und wie geht es Ihnen, Mr Mattison?«

Der ältere Mann zuckte mit den Schultern. »Wie heißt dieser abgedroschene Spruch noch gleich? Ach ja: Schlechten Menschen geht's immer gut. Danke der Nachfrage, ich kann mich nicht beklagen. Mein Wagen hat mehr kleine Gebrechen vorzuweisen als ich, und dabei ist er noch einige Jahre jünger.«

»Freut mich, dass es Ihnen gut geht.«

»M-hm, und damit das auch so bleibt, stelle ich augenblicklich meine gesamte Filmsammlung von DVD auf BluRay um. Ich habe mir erst letzte Woche einen HD-Fernseher gekauft, ein Meter zwanzig Bilddiagonale, mit allem, was man heutzutage für ein gutes Bild so braucht, und jetzt müssen alle Filme auf BluRay her.«

»So? Und was machen Sie mit den DVDs?«

Er sah sie an, als sei sie soeben aus einem UFO ausgestiegen. »Das, was jeder macht. Ich verkaufe sie auf eBay. Da sind einige echte Raritäten dabei, vor allem die italienischen Klassiker von Fellini und Co., die eine Menge Geld einbringen.« Er sah sie mit strahlender Miene an. »Gepriesen seien die Menschen, die sich mit einem schlechten Fernsehbild zufriedengeben, die haben …«

Ein Summen unterbrach seinen Redefluss, und er griff in sein kariertes Jackett, um ein Mobiltelefon aus der Innentasche zu ziehen. Christine wollte ihren Augen kaum trauen, als sie sah, dass es sich um ein iPhone handelte.

»Hmm«, machte er.

»Schlechte Neuigkeiten?«, fragte sie, da er eine mürrische Miene zog.

»Wie?« Er schaute sie an. »Ach, nein, nein. Ich habe nur diese App runtergeladen, die mir sofort meldet, wenn es in der näheren Umgebung zu regnen beginnt. Jetzt sehe ich, dass fünf Meilen nördlich von hier eine Regenfront entstanden ist, also genau in der Richtung, in die ich fahren muss.«

Während er redete, öffnete er die Kofferraumhaube seines Roadsters und holte eine Plane heraus, die er über die Fahrgastzelle legte. Nachdem er ringsum die Druckknöpfe geschlossen hatte, war der Innenraum vor Wind und Wetter geschützt, und nur auf der Fahrerseite ließ sich eine Aussparung aufklappen, damit der Fahrer sich hinters Lenkrad setzen konnte.

Mattison zog eine Lederkappe auf, schob die Schutzbrille vor die Augen und wandte sich zu Christine um. »Ich muss jetzt los. Es war schön, Sie wiederzusehen. Wenn ich zurück bin, lade ich Sie auf ein Glas Sherry zu mir ein, dann können Sie mir ein bisschen von sich erzählen. Einverstanden?«

Sie nickte zögerlich und beschloss, dieses Angebot auf keinen Fall anzunehmen. Dafür hatte er sie vor ein paar Minuten viel zu fest und viel zu lange an sich gedrückt. Sie wollte sich lieber gar nicht erst ausmalen, auf welche Gedanken er vielleicht kommen würde, wenn er mit ihr allein in einem Zimmer war.

Er schlug die Abdeckung zur Seite und stieg ein, sodass nur noch sein Oberkörper aus der Aussparung ragte. Mit viel Getöse startete er den Motor seines betagten Wagens, legte einen Gang ein und ließ den Roadster aus der Einfahrt auf die Straße rollen.

Christine schaute dem Mann nach, wie er davonfuhr, und konnte nur noch den Kopf schütteln. Wenn man ihn so sah, hätte man meinen sollen, dass für ihn die Zeit irgendwann in den Vierzigerjahren stehen geblieben war. Aber wenn man ihn reden hörte und er dabei mit seinem iPhone hantierte, dann wirkte er wie ein Mann aus der Zukunft, für den es gar kein Thema war, dass er in seinem hohen Alter die neueste Technologie wie selbstverständlich beherrschte.

»Vermutlich twittert er auch noch«, murmelte Christine vor sich hin, während sie in ihren Wagen einstieg und zum Supermarkt fuhr.

Der Supermarkt entpuppte sich als nicht ganz so riesig, wie ihre Tante ihn beschrieben hatte, dennoch war er um ein Vielfaches größer als der Laden in der Crane Street und bot eine reichhaltige Auswahl an allem, was man so im Alltag brauchte. Dabei beschränkte sich das Angebot nicht nur auf Lebensmittel, sondern reichte von Fernsehern und Computern über Kleidung und Haushaltsartikeln bis hin zu Sportgeräten und Spielwaren. Für die Menschen in Beechwood musste dieser Supermarkt eine Bereicherung sein, waren doch die meisten Geschäfte im Ort ganz darauf ausgerichtet, den Wünschen der Touristen zu entsprechen. Spielhallen, Restaurants, Bars, Souvenirläden – allen ging es letztlich nur darum, den

Besuchern möglichst viel Geld aus der Tasche zu ziehen, während die Bedürfnisse der Menschen, die das ganze Jahr über im Ort lebten und nicht nur einen Teil ihres Jahresurlaubs hier verbrachten, den Geschäftsleuten offenbar völlig egal waren.

Mit diesem Jumbo-Markt hatte sich wenigstens das geändert, und auch wenn sie sonst wenig für riesige Einkaufszentren am Stadtrand übrig hatte, die der Stadt selbst die Kaufkraft entzogen, fand sie, dass dieses Geschäft eine Lücke füllte. Zuvor waren die Menschen gezwungen gewesen, für die alltäglichen Besorgungen in einen der Nachbarorte zu fahren.

So hatte Christine nicht nur alles bekommen, was auf der Einkaufsliste stand, sondern sie war auch noch auf einige Dinge gestoßen, die sie hier gar nicht erwartet hätte. Sie legte alles auf das Transportband an einer der Kassen. Glücklicherweise hatte sie eine Zeit erwischt, zu der im Supermarkt nur wenig Andrang herrschte, sodass sie sich nicht über lange Warteschlangen und über Drängler ärgern musste, die mit dem Spruch »Ich habe ja nur ein Teil« durchzukommen versuchten.

Der Kassierer zog ihre Einkäufe so schnell über den Scanner, dass sie Mühe hatte, hinter der Kasse alles wieder in den Wagen zu packen. »Das macht dann 81,44«, sagte er, nachdem er vergeblich nach einer Bonuskarte gefragt hatte und ihr eine solche auch nicht schmackhaft machen konnte.

Christine holte ihre Brieftasche heraus und verzog mürrisch das Gesicht, als sie sah, dass sie nur noch einen Fünfziger, einen Zwanziger und lediglich ein paar Münzen bei sich trug. »Dann muss ich wohl mit Karte bezahlen.« Sie hielt dem Kassierer ihre Karte hin, der zog sie durch das Lesegerät und … stutzte.

Der Mann, den sie auf Ende zwanzig, Anfang dreißig schätzte, drehte die Karte um, studierte eine Weile die Vorderseite, auf der Name und Kartennummer vermerkt waren, dann drehte er sie erneut um und betrachtete ihre Unterschrift.

Sie hielt bereits einen Stift in der Hand und wartete darauf, endlich den Bon unterschreiben zu können, aber so weit war der Vorgang noch gar nicht gediehen. »Gibt es ein Problem?«, fragte sie, als ihr die Prozedur deutlich zu lange dauerte.

»Sind Sie *die* Christine Bell?«, fragte der Mann – Andy stand auf seinem Namensschild – und sah sie forschend an.

»Ob ich *die* eine bin, weiß ich nicht. Ich bin bestimmt nur eine von vielen«, erwiderte sie.

»Ich meine, sind Sie die Christine Bell, die die Zanoor-Trilogie geschrieben hat?«

Normalerweise wich sie solchen Fragen geschickt aus, da man nie ahnen konnte, welche Absicht jemand damit verfolgte. Hatte man einen harmlosen Fan vor sich, der nichts weiter als ein Autogramm wollte? Oder war es jemand, der auf seine fanatischen Briefe keine zufriedenstellende Antwort erhalten hatte und der nur auf eine Gelegenheit wartete, es dem Menschen heimzuzahlen, der seiner Meinung nach die Schuld an seinem verpfuschten Leben trug? Hier dagegen, mitten in diesem zwar nicht überlaufenen, aber gut besuchten Supermarkt, hielt sie das Risiko für vertretbar, zumal der Kassierer einen ganz vernünftigen Eindruck machte. Sie wusste, allein auf den äußeren Eindruck durfte sie sich nicht verlassen, aber ihr Instinkt gab ihr grünes Licht.

»Ja, unter anderem«, sagte sie.

Andy stand prompt auf und drückte ihr die Hand. »Oh, wow, das ist toll, Sie persönlich kennenzulernen! Diese Trilogie war wirklich das Beste, was ich jemals gelesen habe, und ich kann Ihnen sagen, dass ich von den meisten Fantasy-Autoren fast alles kenne. Aber was Sie geschrieben haben, das war einfach … na ja … fantastisch!« Er strahlte sie an und lachte über seinen Wortwitz.

»Vielen Dank«, entgegnete sie. »Es ist immer schön, wenn die eigene Arbeit gelobt wird.«

»Werden Sie die Trilogie fortsetzen, Miss Bell?«, fragte er eifrig.

Christine zuckte mit den Schultern. »Ich weiß nicht. Vorläufig sicher nicht, weil ich im Augenblick mit so vielen anderen Projekten beschäftigt bin.«

»Aber diese Idee mit dem schwarzen Korridor war so genial, da kann man doch noch eine Menge draus machen!«

Sie hoffte, dass er jetzt nicht versuchte, ihr irgendwelche Plots vorzuschlagen. Sonst würde sie ihn unterbrechen und darauf hinweisen müssen, dass sie sich aus rechtlichen Gründen Ideen von Dritten gar nicht anhören durfte, damit ihr nicht später eine Schadenersatzklage angehängt wurde, weil sie sich angeblich am geistigen Eigentum eines anderen vergriffen hatte.

»Ja, ich weiß. Doch die Geschichte ist eigentlich in sich abgeschlossen, und eine Fortsetzung würde aufgesetzt wirken. Jedenfalls ist das meine Meinung.«

Andy nickte lächelnd und hob abwehrend die Hände. »Nein, nein, Sie haben völlig recht«, stimmte er ihr zu. »Vielleicht würde das den Mythos der Trilogie zerstören. Nein, belassen Sie alles so, wie es ist. Ihre Falkenjäger-Serie ist auch ganz hervorragend!«

»Danke«, sagte sie. »Ich fürchte, ich laufe gleich rot an, wenn Sie so weitermachen.«

Sie sah sich um, aber niemand war bislang auf ihre Unterhaltung aufmerksam geworden, und es hatte sich auch kein anderer Kunde für diese Kasse entschieden. Plötzlich fiel ihr auf, dass der Kassierer die ›Geschlossen‹-Leuchtschrift eingeschaltet hatte. Kein Wunder, dass er sich so ungestört mit ihr unterhalten konnte.

»Ach, kommen Sie«, hielt er dagegen. »Sie haben sich um jedes lobende Wort verdient gemacht. Dann treten Sie jetzt also doch bei unserer Convention auf? Hat unser zweiter Brief Sie dazu gebracht, es sich letztlich anders zu überlegen?«

Verständnislos betrachtete sie das rundliche Gesicht des Mannes, der fast einen Kopf größer war als sie. »Ihr zweiter Brief?«, wiederholte sie. »Ob ich es mir anders überlegt habe?«

Seine Miene versteinerte sich, sein Tonfall wurde mit einem

Mal abweisend. »Aha, also doch nicht«, brummelte er und setzte sich wieder, um sich weiter seiner Arbeit zu widmen. »Hätte ich mir gleich denken können.«

Unter anderen Umständen hätte sie auf diese seltsame Bemerkung gar nicht reagiert, aber sie wollte dem Tod des Mannes im Superman-Kostüm auf den Grund gehen, und wenn dieser Andy mit der Convention zu tun hatte, konnte er ihr vielleicht einen nützlichen Hinweis geben.

»Entschuldigung, aber würden Sie mir bitte verraten, von was genau Sie sprechen?«

Ein argwöhnischer Blick war seine erste Reaktion, dann entgegnete er: »Ich glaube, das wissen Sie sehr gut.«

»Würde ich Sie dann fragen?«, gab sie energischer zurück und schlug ihrerseits einen verärgerten Tonfall an. »Wenn Sie mir irgendwas zu sagen haben, dann kommen Sie mir nicht mit dahingemurmelten Bemerkungen, die für mich keinen Sinn ergeben. Ich weiß nicht, was in Sie gefahren ist, aber ich sehe nicht ein, mich zum Sündenbock machen zu lassen, ohne dass man mir verrät, um was es eigentlich geht.«

»Na, um Ihre Absage auf unsere Einladung«, erwiderte Andy nicht mehr ganz so mürrisch. Dennoch schien er nicht restlos davon überzeugt zu sein, dass sie wirklich nicht wusste, wovon er redete.

»Wären Sie so freundlich, mir den ganzen Sachverhalt zu schildern, anstatt mir nur immer neue Brocken hinzuwerfen?«, forderte Christine ihn auf, die noch etwas ungehaltener wurde. »Sie sollten inzwischen gemerkt haben, dass ich keine Ahnung habe, worauf Sie hinauswollen.«

Andy zog einen Schmollmund, zuckte mit den Schultern und antwortete: »Okay, also es ist so, dass wir …«

»Ferguson«, unterbrach ihn eine energische Männerstimme. »Wenn Sie eine Pause machen wollen, dann sagen Sie mir einfach Bescheid, okay?«

»Ja, ist klar, Chef«, erwiderte Andy hastig und warf dem hageren, älteren Mann einen entschuldigenden Blick zu, der plötzlich hinter ihm aufgetaucht war. »Ich bin mal für zehn Minuten in der Pause.«

»Ist schon notiert«, kommentierte sein Vorgesetzter und ging weiter, vermutlich, um einem anderen Untergebenen über die Schulter zu schauen und zu kontrollieren, ob der etwas tat oder während der Arbeitszeit faulenzte.

Er zog die Kreditkarte durch das Lesegerät, ließ Christine den Ausdruck unterschreiben und verließ mit ihr zusammen den Supermarkt, wobei er den Einkaufswagen für sie schob. An ihrem Minivan angekommen, entging ihr nicht Andys verdutzter Gesichtsausdruck, als er den Wagen sah. Vermutlich hatte er erwartet, dass die Autorin seiner Lieblingstrilogie mit einem cooleren Auto unterwegs war. Dieses klobige Gefährt passte wohl so gar nicht in seine Vorstellung.

»Ich höre«, sagte sie zu ihm, während sie begann, ihre Einkäufe in große Taschen umzupacken, die sie in den Kofferraum stellte.

»Also, das Ganze lief so ab«, berichtete Andy zögerlich. »Wir haben Ihnen vor etwas mehr als einem halben Jahr …«

»Wer ist ›wir‹?«, unterbrach Christine ihn.

»Die Macher der Convention«, präzisierte er seine Ausführungen. »Ich und ein paar andere planen die ganze Veranstaltung, und wir überlegen auch, wen wir einladen und so weiter. Dann verschicken wir die Einladungen an unsere prominenten Gäste, die auf die Bühne kommen sollen, um Fragen der Fans zu beantworten oder um von sich aus etwas zu erzählen. Eine solche Einladung haben wir an Sie geschickt …«

»An mich? Woher haben Sie meine Adresse?«

»Nein, nein, wir haben natürlich an Ihren Verlag geschrieben, der die Einladung an Sie weiterleiten wollte.«

Christine nickte. »Also dürfte der Brief bei meinem Agenten gelandet sein.«

»Ja, und von ihm haben wir auch Ihre Antwort bekommen.«

»Und was hat er geschrieben?«

»Das wissen Sie nicht?«, fragte er verwundert.

»Bis vor ein paar Minuten wusste ich ja nicht mal, dass Sie mich einladen wollten«, konterte sie. »Woher soll ich dann wissen, was er Ihnen geantwortet hat?«

»Weil er ... weil Sie ...«

»Okay, also noch mal von vorn: Was hat mein Agent geschrieben?«, hakte sie hartnäckig nach.

»Dass Sie ...« Andy unterbrach sich. »Nein, ich will da nichts Falsches erzählen. Ich habe den Brief und auch das Schreiben danach ein paar Mal gelesen, aber ich weiß das nicht mehr wortwörtlich.«

»Das Schreiben danach?«, rief Christine überrascht. Das wurde ja immer besser. Was hatte ihr Agent da nur angestellt?

Der junge Mann ließ resigniert die Schultern sinken. »Na klar, davon wissen Sie auch nichts. Hören Sie, können wir das so machen: Ich rufe meinen Kumpel Howard an, der tritt offiziell als Veranstalter in Erscheinung. Er soll Ihnen die beiden Briefe zuschicken. In welchem Hotel sind Sie einquartiert? Dann kann er es Ihnen faxen. Ähm ... haben Sie überhaupt ein Hotelzimmer, oder sind Sie nur auf der Durchreise?«

»Ich wohne derzeit bei meiner kranken Tante«, antwortete sie. »Wenn ... Howard ... die beiden Briefe einscannen kann, könnte er sie mir per Mail senden. Das wäre am einfachsten und am schnellsten. Hier ... ich schreibe Ihnen meine E-Mail-Adresse auf.« Sie notierte sie auf der Rückseite ihrer Einkaufsliste. »Und sagen Sie Ihrem Freund, er soll sich beeilen, weil ich diese Briefe so schnell wie möglich sehen will.«

»Wird sofort erledigt«, gab er zurück und zog sein Telefon aus der Schürze.

»Okay.« Christine hatte alles eingeladen und ging um den Wagen herum. »Und dann sehen wir weiter. Wir bleiben in Kontakt.«

»Ja, ja, auf jeden Fall.« Andy folgte ihr zur Fahrertür. »Heißt das, Sie ... Sie treten doch auf?«

Sie schüttelte den Kopf. »Wir sollten nichts überstürzen. Erst will ich die Briefe sehen.«

»Alles klar.« Er strahlte sie an, und als sie einstieg, sah er ihr nach, bis sie abfuhr.

Sie war schon gespannt darauf, was sie zu lesen bekommen würde.

Bei einer Tasse Kaffee saßen Betty und Christine im Wohnzimmer, sie hatte ihren Laptop aus dem Gästezimmer geholt und soeben die von Andys Freund Howard geschickte Mail mit den eingescannten Briefen ihres Agenten bekommen.

»Das darf doch nicht wahr sein!«, schimpfte sie so plötzlich, dass ihre Tante fast die Kaffeetasse hätte fallen lassen.

»Was ist los?«, fragte Betty besorgt. »Ist etwas passiert?«

»Das kann man wohl sagen.« Sie deutete auf den Laptop. »Ich habe dir ja heute Mittag von dem Kassierer bei Jumbo erzählt. Jetzt hat mir sein Bekannter die beiden Briefe geschickt, die mein Agent in meinem Namen verfasst hat. Das musst du dir anhören!«

»Ich warte ja nur darauf, dass du sie mir vorliest«, gab ihre Tante lächelnd zurück.

»Also … das ist aus dem ersten Brief: ›… muss ich Ihnen leider mitteilen, dass Miss Bell für diese Veranstaltung nicht zur Verfügung steht. Vorrangige Termine lassen eine Anwesenheit bedauerlicherweise nicht zu …‹« Sie schüttelte den Kopf.

»Damit kann er doch nicht meinen, dass du meinetwegen nicht kannst, oder?«

»Nein, Betty. Den Brief hat er vor einem halben Jahr geschrieben, da wusste ich ja selbst nicht, dass ich jetzt bei dir sein würde.«

Ihre Tante nickte nachdenklich. »Und der zweite Brief?«

Sie überflog den Anfang des Schreibens. »Aha, offenbar haben die Veranstalter noch mal nachgefragt, ob ich nicht wenigstens ein paar Stunden erübrigen könnte. Und er antwortet … das ist ja eine Unverschämtheit.«

»Was denn?«, fragte Betty, als sie nicht weiterredete.

»Hör dir das an: ›In Anbetracht Ihrer Beharrlichkeit möchte ich Ihnen mitteilen, dass die von uns vertretene Miss Bell nur Einladungen zu seriösen Veranstaltungen annimmt, nicht jedoch zu sogenannten Fantreffen. Ich bitte Sie daher in aller Höflichkeit, von weiteren Anfragen abzusehen, was diesen und alle weiteren von Ihnen organisierten Events angeht. Sie ersparen sich selbst und auch mir viel Zeit.‹«

»Ich würde sagen, dein Agent hat keine Ahnung von der Materie«, meinte Betty. »Die Fans sind doch die, die deine Bücher kaufen.«

»Oh doch, Ahnung hat er ganz sicher. Aber auf dieser Convention treten auch Schauspieler aus den USA und andere Autoren auf, und die Veranstalter können ihre Stars nun mal nicht mit dicken Schecks ködern. Die sind darauf angewiesen, dass die Gäste sich mit einem kleinen Honorar zufriedengeben. Aber mein lieber Mr Bishop hat dafür offenbar wenig übrig. Zehn Prozent sind zehn Prozent, nur genügen ihm zweihundert Pfund wohl nicht. Da müssen schon zweitausend Pfund dabei herausspringen, bevor der Herr einen Finger rührt.«

»Immerhin konnte er sich die Mühe machen, eine Absage zu schicken.«

»Normalerweise würde ich ja davon ausgehen, dass er nur pokert«, erklärte Christine. »Aber was er da geschrieben hat, ist regelrecht beleidigend. Dieser Mann bringt meine Leser gegen mich auf!«

Fassungslos starrte sie auf den Monitor.

»Und was wirst du jetzt machen?«

»Erst mal telefonieren.« Christine griff nach ihrem Telefon, wählte eine Nummer und legte es dann mit eingeschaltetem Lautsprecher auf den Tisch.

»Künstleragentur Bishop & Carpenter, was kann ich für Sie tun?«, meldete sich eine ihr unbekannte Frauenstimme.

»Hier ist Christine Bell, verbinden Sie mich bitte mit Mr Bishop.«

»Sind Sie bereits Klientin bei uns? Oder möchten Sie, dass wir Sie vertreten?«

»Sind Sie neu?«, fragte Christine.

»Wie bitte?«

»Ich fragte, ob Sie neu sind«, wiederholte sie. »Hat Suzanne ihren freien Tag?«

»Suzanne arbeitet nicht mehr hier.«

»Oh«, entfuhr es Christine. Sie nahm sich vor, eine E-Mail an Suzannes Privatadresse zu schicken, um zu erfahren, was geschehen war, dass sie nach über fünfundzwanzig Jahren die Agentur verlassen hatte. »Und Sie sind?«

»Ihre Nachfolgerin. Ich bin Jennifer.«

»Jennifer, so, so. Nun, Jennifer, an Ihrer Stelle würde ich mir als Erstes die Namen der Klienten gut einprägen. Es gibt nämlich auch welche, die sich bestimmt veralbert vorkommen, wenn Sie sie mit dem gleichen Spruch begrüßen wie mich.«

»Aha«, machte Jennifer, schien aber nicht zu verstehen, was Christine meinte.

Die zuckte mit den Schultern und wiederholte: »Dann verbinden Sie mich jetzt mit Mr Bishop.«

»Mr Bishop hat Besuch.«

»Und?«

»Und er hat mich angewiesen, ihn nicht zu stören.«

»Dann sagen Sie ihm, dass ihm garantiert eine gute Klientin davonläuft, wenn ihm sein Besucher wichtiger ist.«

»Okay«, sagte Jennifer, die dem Klang ihrer Stimme nach noch keine zwanzig sein konnte.

Christine wusste, es war ungerecht allen Blondinen gegenüber – zumal sie selbst auch blond war –, aber sie konnte sich ein recht gutes Bild von Jennifer machen. Lange, blonde Mähne, höchstens eins sechzig groß (High Heels inbegriffen), vollbusig, Schmollmund, enge Jeans, noch engere Bluse, treuherziger Augenaufschlag … und ein Vakuum, wo andere Menschen ein Gehirn hatten. Jennifer konnte nichts dafür, sie war nun mal so, wie sie war. Die wahren Schuldigen waren Männer wie

Bishop, die Frauen wie ihr falsche Hoffnungen machten, indem sie sie auf Posten setzten, für die sie völlig ungeeignet waren, auf denen sie aber ein ansprechendes Bild abgaben.

»Wie war Ihr Name noch mal?«, meldete sich plötzlich Jennifer wieder.

»Bell, Christine Bell«, antwortete sie gedehnt.

»Einen Augenblick bitte.«

Beide sahen sie gespannt auf das Telefon, da sie unbedingt wissen wollten, ob Jennifer ihrer Aufgabe auch gewachsen sein würde.

»Bishop«, ertönte eine Männerstimme.

»Christine Bell hier.«

»Ah, Christine, wie geht es Ihnen?«

Hatte Jennifer ihm etwa gar nicht gesagt, wer ihn sprechen wollte? Es war ihr zuzutrauen.

»Nicht gut, Alistair«, gab sie zurück. »Ich habe die beiden Briefe gelesen, die Sie an die Channel Convention Company geschickt haben, und damit bin ich gar nicht einverstanden.«

Bishop seufzte. »Was ist das für ein Laden? Sie müssen mir schon ein bisschen auf die Sprünge helfen.«

In groben Zügen erklärte sie, um was es ging, dann fügte sie hinzu: »Und ich würde jetzt gern wissen, wie Sie dazu kommen, solche Antwortschreiben, von denen ich überhaupt nichts weiß in meinem Namen zu versenden.«

»Davon müssen Sie auch gar nichts wissen«, erwiderte er brüskiert. »Ich bin Ihr Agent, ich kümmere mich um solche Angelegenheiten.«

»Indem Sie den Leuten erzählen, ich sei nur an seriösen Terminen interessiert?«

»Alle meine Schäfchen bekommen ständig Anfragen von irgendwelchen Spinnern, ob man nicht den einen oder anderen Star für hundert Pfund am Abend buchen kann. Die Jungs können froh sein, dass sie überhaupt eine Antwort bekommen haben. Auf die meisten reagiere ich erst gar nicht.«

»Wie bitte?«, empörte sie sich. »Das sind meine Leser, die

diese Veranstaltungen besuchen, und wenn ich von denen eingeladen werde, dann möchte ich darüber zumindest informiert werden.«

»Wieso denn? Haben Sie schon mal so eine Convention besucht? Da laufen Hunderte Spinner rum, die sich den ganzen Tag nur mit *Doctor Who, Star Wars* und diesem ganzen Fantasy-Mist befassen. Die Leute sind nicht das richtige Publikum für Sie.«

»Sofern man die Tatsache ignoriert, dass ich auch Fantasy-Mist schreibe«, warf Christine ein. »Alistair, Sie haben die Leute beleidigt, die meine Bücher lesen. Haben Sie schon mal was vom Internet gehört? Wissen Sie eigentlich, wie schnell so etwas heutzutage per Computer in alle Welt verbreitet wird? Mein Ruf ist im Handumdrehen ruiniert, wenn irgendwer ein paar Zeilen aus diesem Brief aus dem Zusammenhang reißt und ins Netz stellt. Die Leute werden mich für ein arrogantes Miststück halten und keines meiner Bücher mehr kaufen wollen!«

»Christine, glauben Sie mir, Sie haben es nicht nötig, solche Veranstaltungen zu besuchen«, versuchte Bishop sie zu beschwichtigen. »Auf dem Niveau müssen Sie nicht arbeiten.«

»Ich entscheide selbst, auf welchem Niveau ich arbeite«, gab sie zurück. »Und wenn Sie auf einmal nicht mehr begreifen, was ich schreibe und wer meine Zielgruppe ist, dann sind Sie der falsche Agent für mich.«

Bishop schien diese Drohung nicht zu berühren. »Wir haben einen Vertrag, Christine, und den können Sie nur mit einer Frist von einem Jahr zum Jahresende kündigen. Es ist bereits März, also endet unsere Zusammenarbeit frühestens nächstes Jahr am 31. Dezember«, verkündete er triumphierend. »Bis dahin werden Sie noch viele Bücher verkaufen, und ich werde mitverdienen, ob ich nun etwas tue oder nicht.«

Christine atmete tief durch. »Tut mir leid, Alistair, ich bin nun wirklich nicht gern der Spielverderber, aber Sie haben da offenbar etwas übersehen.«

»Tatsächlich?« Er klang nach wie vor völlig unbesorgt. »Und was soll das sein?«

»Als ich den Vertrag unterschrieb, um mich von Ihnen vertreten zu lassen, da bat ich die gute Suzanne, einen kleinen Zusatz aufzunehmen, was sie auch anstandslos tat. Durch diesen Zusatz haben Sie sich verpflichtet, mich über alle eingehenden Einladungen zu informieren, weil ich selbst entscheiden wollte, wo ich auftrete und wo nicht. Möglicherweise ist Ihnen das entgangen, als Sie Ihre Ausfertigung des Vertrags unterschrieben haben. Seit heute weiß ich, Sie sind dieser Verpflichtung nicht nachgekommen, und das gibt mir das Recht, die Zusammenarbeit mit Ihnen fristlos zu kündigen.«

»Das können Sie nicht machen, das ist …«, protestierte Bishop.

»Doch, das kann ich, Alistair«, fiel sie ihm ins Wort. »Und da ich durch die beiden Briefe sogar belegen kann, wie weit Ihr Versäumnis zurückreicht, werde ich einen Anwalt einschalten, damit ich Sie für den Zeitraum auf Rückzahlung aller Anteile an meinen Einnahmen verklagen kann.«

»Sie werden …«

»Sie hören von mir, Alistair«, fuhr sie ihm über den Mund und schaltete das Telefon aus.

»Das hast du gut gemacht«, lobte Betty sie.

»Ich war schon seit einiger Zeit nicht mehr so richtig zufrieden mit ihm, aber es war nie etwas Greifbares. Ehrlich gesagt, bin ich sogar froh, dass ich …«

Ein Knall und ein gellender Schrei, der von der Straße hereindrang, ließ sie mitten im Satz verstummen.

Betty zuckte zusammen, Isabelle, die bis dahin auf der Fensterbank geschlafen hatte, sprang zu Boden und sauste in Richtung Haustür, dicht gefolgt von Christine, die Schlimmes befürchtete.

4

Was ist passiert?«, rief Christine aufgeregt und riss die Haustür auf. Auf dem gepflasterten Weg durch den Vorgarten stand eine ältere Frau, die Hände ans Gesicht gelegt, während sie entsetzt auf eine der Steinplatten starrte.

Christine folgte ihrem Blick und entdeckte eine in tausend Stücke zersprungene Tortenplatte, die eine Art Schokoladenkuchen unter sich begraben hatte. Die Frau hob den Kopf und schaute sie mit Tränen in den Augen an. »Das war …«

Es dauerte einen Moment, ehe Christine die Frau wiedererkannte. »Oh, hallo, Mrs Nettles, was ist denn hier passiert?«, erkundigte sie sich und hockte sich hin, um die Scherben aufzusammeln. Isabelle kam zu ihr, stellte sich daneben und machte sich ein Bild von der Situation. Ihr war natürlich nicht entgangen, dass sich unter dem Scherbenhaufen etwas Essbares befand, und sie schien nur darauf zu warten, dass die ungenießbaren Splitter entfernt wurden, damit sie zur Tat schreiten konnte. Christine zog sie leicht am Ohr. »Komm gar nicht erst auf irgendwelche dummen Gedanken.«

Isabelle ließ sich von der Warnung nicht beeindrucken, sondern leckte sich bereits in freudiger Erwartung eines mutmaßlichen Leckerbissens über die Schnauze.

»Hallo, Chrissy«, begrüßte Mrs Nettles sie. »Dich habe ich ja schon ewig nicht mehr gesehen.«

Christine lächelte sie an. »Und trotzdem haben Sie mich auf Anhieb wiedererkannt«, gab sie zurück. »Das kann man nicht von allen Nachbarn behaupten.« Als sie am Vortag vom Hotel zu Tante Bettys Haus gegangen war, hatte sie einige vertraute Gesichter von Menschen aus der Nachbarschaft gesehen, aber nur ein paar von ihnen hatten auf ihren Anblick reagiert, und davon wiederum stutzten die meisten nur kurz im Vorbeigehen. Nur drei oder vier hatten sie tatsächlich erkannt und sie auch gegrüßt.

»Wie kann man dich denn nicht wiedererkennen? Vor allem mit dieser Frisur. So kurz hattest du die Haare auch schon mal, als du fünf oder sechs warst, daran kann ich mich noch ganz genau erinnern«, sagte Mrs Nettles.

»Ja, das ist wahr«, wurde Christine in diesem Moment klar. Das hatte sie vollkommen vergessen, und sogar der Blick in den Spiegel beim Friseur hatte ihr nicht auf die Sprünge geholfen.

Mrs Nettles seufzte und nahm ihr die Scherben ab, die Christine bereits aufgelesen hatte, um sie in die Mülltonne zu werfen, die im Schutz der Hecke gleich neben dem Gartentor stand. »Das ist eine echte Sachertorte«, beklagte sie sich. »Meine Tochter hat sie mir per Kurier aus Wien geschickt. Ich wollte Betty und dir etwas davon abgeben, und dann bin ich gestolpert. Oh weh, die schöne Torte! Dabei ist sie wirklich köstlich.«

»Das tut mir leid, Mrs Nettles«, sagte sie hilflos. Sie konnte nichts weiter für sie tun, als die Bescherung zu beseitigen, so gut es ging, damit keine Scherben zurückblieben und möglichst alle Überreste der Torte beseitigt wurden, weil sich sonst Isabelle darüber hermachen würde. »Aber kommen Sie doch trotzdem rein. Meine Tante wird sich freuen, Sie zu sehen.«

»Das wird sie wohl nicht, wenn ich ohne Sachertorte bei ihr auftauche«, jammerte Mrs Nettles. »Weißt du was? Ich gehe schnell rüber und hole noch ein paar Stücke.«

Christine nahm sie am Arm und raunte ihr verschwörerisch zu: »Das sollten Sie besser nicht machen. Wenn Sie noch einmal stolpern, landet am Ende noch die ganze Torte im Müll. Das würde Ihrer Tochter bestimmt nicht gefallen. Kommen Sie einfach mit und trinken Sie eine Tasse Kaffee mit uns.«

Sie hatte Mrs Nettles bestens in Erinnerung und wusste,

wenn erst einmal ein Teller mit einem Stück Kuchen vor ihr stand, dann konnte sie sich für Stunden daran festklammern. Ihre gutmütige Tante war außerstande, einem Gast zu sagen, dass es an der Zeit war, wieder ins eigene Heim zurückzukehren. Christine hatte keine Lust, sich wie früher eine Auflistung mitsamt detaillierter Beschreibung aller Krankheiten anhören zu müssen, die Mrs Nettles in ihrem Leben tatsächlich oder angeblich befallen hatten – zumal sie über die letzten zwanzig Jahre nicht auf dem Laufenden war und die Frau es genießen würde, ihr alles haarklein zu berichten.

Glücklicherweise hatte eine angebotene Tasse Kaffee nicht annähernd diese Wirkung, weshalb es unbedenklich war, sie nur auf einen Kaffee ins Haus einzuladen.

»Meinst du?«, fragte Mrs Nettles.

»Aber sicher«, beteuerte sie, nahm Isabelle auf den Arm und ging vor ihr her ins Haus. Sie brachte die Besucherin ins Wohnzimmer zu ihrer Tante, dann nahm sie ihren Laptop mit in die Küche und schrieb eine kurze Mail an Howard, um ein Treffen mit ihm zu vereinbaren, während die Kaffeemaschine glucksend und brodelnd arbeitete.

Als sie die drei dampfenden Kaffeetassen auf einem Tablett ins Wohnzimmer brachte, bedankte sich Mrs Nettles, blieb jedoch wie gewohnt neben einem Sessel stehen, was ein gutes Zeichen war, da es darauf schließen ließ, dass sie tatsächlich nicht lange bleiben würde.

»Liebes, wir hätten da eine Bitte«, begann ihre Tante zurückhaltend. »Emily hat für morgen zwei Karten für das Bowls-Turnier … könntest du uns vielleicht hinfahren und später wieder abholen?« Nach kurzem Zögern fügte sie hinzu: »Ich möchte aber nicht, dass du dich übergangen fühlst.«

Christine lächelte die beiden an. »Ich mag Bowls, ganz ehrlich, aber ich sehe es mir viel lieber im Fernsehen an. Da sieht man wenigstens ganz genau, wie dicht die Kugeln am Jack liegen. In der riesigen Halle kann ich so was immer nur erahnen, und darauf habe ich einfach keine Lust.«

»Da hängen inzwischen auch Monitore an der Decke, damit man mehr sieht«, hielt Emily dagegen.

Mit einem Schulterzucken gab sie zurück: »Warum soll ich mich in eine große Halle setzen und mir den Hals ausrenken, um auf einen Monitor zu schauen, auf dem ich das gleiche sehe wie zu Hause, wo ich in meinem gemütlichen Sessel sitzen kann?«

»Ach, aber die Atmosphäre in der Halle ist doch einzigartig«, wandte Betty ein.

Christine zog die Augenbrauen hoch und fragte: »Wenn ihr sowieso nur zwei Karten habt, warum versucht ihr dann, mir das Turnier schmackhaft zu machen?«

Betty und Mrs Nettles sahen sich an, dann sagten sie gleichzeitig: »Wir sind schon ruhig.«

»So ist es besser.« Sie grinste die beiden an. »Um wie viel Uhr geht's los?«

»Um zehn.«

»Kein Problem.«

»Macht es dir denn nichts aus«, meldete sich Mrs Nettles wieder zu Wort, »wenn ich auch mitfahre? Ich will nicht aufdringlich sein, aber sonst müsste ich ganz allein fahren, weil Betty in meinem kleinen Fiat mit ihren Krücken keinen Platz hat, und dazu habe ich eigentlich keine Lust.«

»Mrs Nettles, wenn ich meine Tante ohnehin zum Turnier fahre, kann ich Sie auch mitnehmen«, erwiderte Christine. »Mein Wagen ist groß genug.«

»Ach, du bist ein liebes Kind, Chrissy«, sagte Mrs Nettles und drückte sie an sich.

Aus der Küche ertönte ein ›Ping‹, und als Christine hinging, um nachzusehen, fand sie eine Antwort von Howard in ihrer Mailbox vor. Er schlug vor, sich morgen um elf Uhr mit ihr am Pier zu treffen. Elf Uhr passte ihr gut. Sie konnte ihre Tante und die Nachbarin an der Halle absetzen, zurück nach Hause fahren und dann hinunter zum Pier schlendern. Bei der Gelegenheit konnte sie sich endlich mal im Stadtzentrum umsehen und Pollys rätselhafter Bemerkung auf den Grund gehen, sie müsse sich die Promenade und die Oxford Street unbedingt ansehen.

Nachdem sie von der Bowls-Halle in der Cable Road zurückgekehrt war, stellte Christine ihren Wagen vor dem Haus ihrer Tante ab und machte sich zu Fuß auf den Weg zum Pier. An ihrem dritten Tag zurück in Beechwood würde sie nun endlich einen Blick auf die Promenade und den Pier werfen können. Was sie erwarten sollte, wusste sie nicht so recht, doch in ihrer Erinnerung hielt sich das Bild eines in die Jahre gekommenen Seebads, das dringend einer Modernisierung bedurfte. Entweder war alles nur noch mehr heruntergekommen, oder aber man hatte Beechwood so auf Vordermann gebracht, dass Brighton daneben vor Neid erblassen musste.

Letzteres hielt sie allerdings für sehr unwahrscheinlich, denn über einen solchen Boom wäre ganz sicher im Fernsehen oder in der Zeitung berichtet worden. Also würde wohl die schon vor zwanzig Jahren bröckelnden Fassaden nur noch mehr Risse bekommen haben, und vom Glanz früherer Tage war vermutlich nicht mehr als die Erinnerung geblieben.

Als sie die Slaughterhouse Road in Richtung Strand hinunterging, bemerkte sie eine dichte Nebelwand, die sich der Küste näherte. Sie hatte noch nicht die Ecke zur Promenade erreicht, da schob sich der Nebel bereits über den Strand und bewegte sich zielstrebig auf die breite Uferstraße zu.

Christine blieb stehen und sah mit an, wie sich die graue Masse an Land schob, gleichzeitig legte sich eine unheimliche Stille über Beechwood, als hätte man den ganzen Ort in Watte gepackt. Der Nebel war so dicht, dass sie keine zehn Meter weit sehen konnte. Irgendwo links von ihr befand sich das Golden West, doch von dem Hochhaus waren jetzt nicht einmal mehr die Umrisse zu sehen.

Mit dem Nebel war die Kälte gekommen, weshalb sie froh war, dass sie die gefütterte Jacke angezogen hatte. Auch wenn sie sich nur auf ihr Gefühl verlassen konnte, kam es ihr doch so vor, als sei die Temperatur von zuvor ungefähr zwölf Grad innerhalb von Minuten bis dicht über den Gefrierpunkt gesunken.

Mit langsamen Schritten ging sie weiter. Im Nebel vor ihr wurden schwache Umrisse erkennbar, die dunkler und klarer wurden, je näher sie kam, und die sich als parkende Fahrzeuge, Abfalleimer oder Verkehrsschilder entpuppten. Nur einige Meter weit sehen zu können, war an sich schon ein wenig unheimlich, aber noch mehr bereitete ihr die Tatsache Unbehagen, dass der Nebel alle Geräusche schluckte und sie außer ihrem eigenen angestrengten Atem nichts hören konnte. Jemand konnte sich an sie heranschleichen, und sie würde es erst merken, wenn er bei ihr angelangt war. Jemand konnte in diesem Moment hinter ihr stehen und seine Hand nach ihr ausstrecken … nein, sie würde sich von solchen Gedanken nicht verrückt machen lassen. Wenn sie jetzt zurückging, dann kapitulierte sie vor ihrer Angst, für die es keinen vernünftigen Grund gab.

Niemand trachtete ihr nach dem Leben, und selbst wenn es so gewesen wäre, war der Nebel doch so überraschend gekommen, dass ein möglicher Attentäter nicht genug Zeit gehabt hätte, diese plötzlich aufgetretene Wetterlage zu nutzen, um Christine im Schutz des Nebels zu töten und unerkannt zu fliehen.

Sie atmete tief durch, um zur Ruhe zu kommen, als sie plötzlich eine Hand auf ihrer Schulter spürte.

»Chris?«

Fast hätte sie laut aufgeschrien; sie wirbelte herum, und war schon im Begriff, dem Unbekannten hinter ihr einen Handkantenschlag zu versetzen, der ihn mit etwas Glück zu Boden strecken würde, damit sie entkommen konnte. Doch noch während sie die Hand hochnahm, wurde ihr bewusst, wie er sie angesprochen hatte. Es gab hier in Beechwood nur einen, von dem sie so genannt worden war.

»Jerry?«, fragte sie und blickte in ein Gesicht, das ihr einmal sehr vertraut gewesen war. Natürlich war es nicht mehr das Gesicht eines Jugendlichen, sondern das eines erwachsenen Mannes, doch seinen Zügen war noch viel von dem Jungen anzusehen, in den sie einmal verliebt gewesen war. Nein, meldete sich eine innere Stimme zu Wort. Verliebt war sie nicht in ihn gewesen, sie hatte sich nur körperlich zu ihm hingezogen gefühlt. Mit fünfzehn hatte sie geglaubt, es sei Liebe, doch später war ihr klar geworden, dass es mit Liebe nicht viel zu tun hatte, nur mit gegenseitiger Anziehung ... von der sie das Gefühl hatte, dass sie soeben wiedererwacht war. »Jerry Denham.«

Er lächelte sie an und strich sich die rotblonden Haare aus dem leicht geröteten Gesicht, das ihn aussehen ließ, als sei er ein Stück gerannt. »Sieh an, du erinnerst dich noch an mich.«

Sie mochte sich täuschen, doch es kam ihr so vor, als schwinge in seiner Stimme eine Spur von Arroganz mit. Womöglich hielt er sich für etwas Besonderes, weil sie auf Anhieb wusste, wer er war. »Ich vergesse nie ein Gesicht«, erwiderte sie, um ihm einen Dämpfer zu versetzen, dann fügte sie noch zu: »Und auch nie die dazugehörigen Namen.«

Jerry nickte grinsend, als hätte er durchschaut, was sie mit ihren Worten beabsichtigte. »Du siehst gut aus.«

»Du auch«, sagte sie – nicht aus Höflichkeit, sondern weil es stimmte.

Eine Weile sahen sie sich nur an, keiner sprach ein Wort.

»Und ... was machst du hier?«, beendete er schließlich das Schweigen.

Mit wenigen Worten berichtete sie vom Unfall ihrer Tante und von ihrer Absicht, sich für eine Weile um sie zu kümmern. »Und was ist mit dir? Ich dachte immer, du wolltest Beechwood verlassen und anderswo Karriere machen.«

Jerry setzte ein schiefes Lächeln auf, woraufhin sich ein Grübchen in der einen Wange bildete. Das hatte sie schon damals auf eine unerklärliche Weise fasziniert, und auch jetzt löste es wieder ein Kribbeln in ihrem Bauch aus. Aber sie war inzwischen älter und erfahrener, und inzwischen war ihr klar, dass es Jerry damals eigentlich nur darum gegangen war, sie ins Bett zu bekommen. Es hatte nichts mit ihr persönlich zu tun gehabt, sie war nur zufällig das Mädchen gewesen, das er erobern wollte.

Sie musste einräumen, er hatte das nie zugegeben, und es war ihr auch nicht später von anderer Seite zugetragen worden, aber da er nach diesen Ferien nie bei ihr angerufen oder ihr geschrieben hatte, gab es keinen Zweifel daran, dass sie für ihn nur ein flüchtiges Abenteuer gewesen wäre, mit dem er anschließend vor seinen Kumpels geprahlt hätte. Zum Glück hatte sie dem noch im letzten Augenblick einen Riegel vorschieben können.

»Das habe ich auch gemacht. Ich bin seit Jahren Manager für einige hochkarätige Schauspieler.«

»Kann man denn in Beechwood davon leben?«, fragte sie verwundert.

Ihre Bemerkung brachte ihn zum Lachen. »Nein, leider nicht. Oder besser gesagt: Zum Glück nicht. Mein Büro ist in London, eine Zweigstelle ist in Los Angeles«, erklärte er. »Ich habe mich mit einem Kollegen aus den Staaten zusammengetan, auf die Weise decken wir beide Seiten des Atlantiks ab, und ein Schauspieler, der hier etabliert ist, muss sich drüben nicht erst auf die Suche nach einem Agenten machen. Und umgekehrt natürlich auch.«

»Sehr praktisch«, kommentierte sie seine Worte, die in ihren Ohren wie ein Verkaufsgespräch klangen, nicht jedoch wie eine Unterhaltung zwischen alten Bekannten. »Aber wieso bist du dann hier und nicht in London?«

»Eine Klientin wird am Wochenende bei einer Veranstaltung auf dem Pier anwesend sein, und da wollte ich mich persönlich davon überzeugen, dass mit ihrer Hotelsuite alles in Ordnung ist.«

»Du meinst, auf der SF-Convention, die gerade vorbereitet wird?«

»M-hm«, machte er. »Hast du auch was damit zu tun?«

»Na ja«, sagte sie ausweichend. »Es könnte sein, dass ich da deiner Klientin über den Weg laufe.«

»Als Besucher?«

»Lass dich überraschen«, antwortete sie. »Ich nehme doch an, du wirst auch da sein, oder?«

»Ja, auf jeden Fall. Unser Star will schließlich umsorgt werden.« Er verzog den Mund. »Das ist die Schattenseite des Jobs, wenn die Stars zu erfolgreich werden. Ich verdiene dann zwar mehr, aber die Ansprüche werden auch immer weiter in die Höhe geschraubt.«

»Solange du nicht Mariah Carey oder Jennifer Lopez managen musst, wird es sich aber sicher noch in Grenzen halten, oder?«

»Das ja, trotzdem ist so etwas wie ein Privatleben unter diesen Umständen gar nicht möglich.« Er sagte es in einem Tonfall, der wohl Mitleid bei ihr wecken sollte.

»Dann hast du also kein Privatleben?« Kaum hatte sie ausgesprochen, bereute sie schon, auf seine Bemerkung eingegangen zu sein. Sie fürchtete, ihre Frage könnte bei ihm falsch ankommen.

»Nicht mehr. Ich bin zweimal glücklich geschieden.« Als er sie plötzlich angrinste, wusste sie, ihre Befürchtung hatte sich bewahrheitet. »Was hältst du davon, wenn wir da weitermachen, wo wir damals unterbrochen wurden?«

Mehr musste er nicht sagen, da sie sich noch lebhaft daran erinnern konnte, wobei sie unterbrochen worden waren. Sie hatte damals kurz davor gestanden, mit ihm zu schlafen, doch in dem Moment war sein jüngerer Bruder in Jerrys Zimmer gestürmt, um ihn zu warnen, dass seine Eltern früher von ihrem Ausflug zurückgekommen waren. Hastig hatte Christine ihre Bluse zugeknöpft und war dann mit knallrotem Kopf durch die Hintertür aus dem Haus der Denhams gestürmt. Nicht auszudenken, wenn sie beide von seinen Eltern in flagranti erwischt worden wären! Sie hatte es als ein Zeichen gedeutet, dass der richtige Augenblick für sie noch nicht gekommen war, und diese Entscheidung später nie bereut.

»Dass du dich noch daran erinnern kannst, wo wir unterbrochen wurden«, erwiderte sie nachdenklich.

»Nun ja, das war ein unvergessliches Ereignis«, sagte er. »Und du warst etwas Besonderes.«

O ja, ich war die eine … nein, die Einzige, die du nicht gekriegt hast, dachte sie, während sie nur vielsagend lächelte. Kein Wunder, dass dir das im Gedächtnis geblieben ist. »Eines muss ich dir lassen«, räumte sie ein. »Du redest nicht lange um den heißen Brei herum.«

»Warum sollte ich? Dafür ist das Leben zu kurz. Also? Keine Lust?«

Sie schüttelte den Kopf. »Ich bin jetzt älter und weiser.«

Jerry lachte, als hätte sie einen irre komischen Witz gerissen. »Älter bin ich auch, aber weiser …?« Er zuckte mit den Schultern. »Egal, das Angebot steht auf jeden Fall. Wenn du es dir anders überlegst, dann ruf mich an.« Mit diesen Worten drückte er ihr eine Visitenkarte in die Hand.

Sein Telefon klingelte, und während er sich eine Spur zu fröhlich mit dem Anrufer unterhielt, ließ Christine sich diesen Satz wieder und wieder durch den Kopf gehen. »Das Angebot steht auf jeden Fall.« Hielt er sich etwa für so unwiderstehlich, dass er glaubte, jede Frau werde früher oder später mit ihm ins Bett gehen? Er war offenbar derart von sich eingenommen, dass er meinte, sich gar nicht weiter um eine Frau bemühen zu müssen, die ihn interessierte. Er machte ihr lediglich ein Angebot, jede weitere Initiative musste von ihr ausgehen. Eigentlich war das sogar sehr geschickt von ihm, denn jede Frau, die sich mit ihm einließ, konnte anschließend nur sich selbst dafür die Schuld geben, schließlich hatte er ja nur ein Angebot gemacht.

Je länger sie sich mit ihm unterhielt, umso erleichterter war sie, dass sie damals tatsächlich noch einen Rückzieher gemacht hatte. Sie war seinerzeit einfach noch zu jung gewesen, um

Jerry als den Casanova zu durchschauen, der er mit fünfzehn bereits gewesen war.

Falls sich eine Gelegenheit ergab, würde sie ihm eine Lektion erteilen. Nichts Gemeines, aber etwas, das ihm einen Stich versetzte und ihn erkennen ließ, dass man Frauen mit mehr Respekt behandeln musste, wenn man etwas von ihnen wollte.

»Die Arbeit ruft«, sagte er entschuldigend, nachdem er sein Telefonat beendet hatte. »Ich muss zurück nach London.«

»Ach, sag mal, wo warst du vorhin eigentlich so plötzlich hergekommen?«, fragte sie, als er bereits weggehen wollte, um im unverändert dichten Nebel zu verschwinden. Sie konnte sich nicht erklären, was sie in diesem Moment auf den Gedanken gebracht hatte, aber mit einem Mal wurde ihr bewusst, wie sonderbar sich ihre Begegnung abgespielt hatte. Sie war auf dem Weg zur Promenade gewesen, dann kam die Nebelwand und hüllte alles in einen dichten grauen Schleier, und praktisch aus dem Nichts war Jerry Denham aufgetaucht.

Es war absurd, das wusste sie auch, dennoch konnte sie nicht restlos ausschließen, dass Jerry etwas mit dem Mord an Murray zu tun haben könnte. Was, wenn er ihr gefolgt war? Wenn er sie schon seit der Entdeckung des Toten beobachtete?

»Wie meinst du das?«, erwiderte er. »Ich war doch hinter dir.«

»Ja, aber wie hast du mich erkannt? Ich meine, schau dich doch nur um, man sieht keine zehn Meter weit. Außerdem warst du hinter mir, du konntest also gar nicht mein Gesicht sehen.«

»Ach so.« Er nickte verstehend. »Ich bin vom Strand kommend an dir vorbeigefahren. Ich sah dich, aber ich brauchte einen Moment, bis ich dein Gesicht richtig zuordnen konnte. Dann habe ich den Wagen abgestellt und bin hinter dir hergelaufen, weil ich nicht erst noch wenden wollte. Kurz bevor ich dich eingeholt habe, kam dieser verdammte Nebel auf. Jetzt kann ich im Schneckentempo über die Landstraße fahren, bis ich wieder freie Sicht habe.«

»Aha«, bemerkte sie nur. Es klang plausibel, doch falls er irgendwas im Schilde führte, hätte er sich ohnehin eine gute Erklärung zurechtgelegt. »Na, dann sieh mal zu, dass du aus Beechwood rauskommst und heil nach London kommst.«

»Alles klar«, gab er betont fröhlich zurück, ging los und wurde nach wenigen Metern vom Nebel geschluckt. Sekundenlang konnte sie noch seine Konturen ausmachen, doch sie verschwammen schnell, und schließlich sah sie nur noch die graue Suppe, die sie zu allen Seiten umgab.

Ihr schauderte, als ihr bewusst wurde, dass sie nun wieder ganz allein war. Der Nebel machte keine Anstalten, weiter ins Landesinnere zu ziehen und sich zu lichten, und so blieb ihr nichts anderes übrig, als allein weiterzugehen – allein mit ihren Gedanken, ob Jerry tatsächlich nur zufällig vorbeigefahren war.

Die Stille, nur durchdrungen von dem leisen, fernen Plätschern, zu dem das Rauschen der Wellen geworden war, trug ihren Teil dazu bei, dass Christine nicht von ihren trüben Gedanken loskam.

»Sie müssen Miss Bell sein.« Ein recht kleiner, leicht untersetzter Mann mit streng zurückgekämmtem, blonden Haar und Kinnbart öffnete ihr, nachdem sie an eine der vielen Eingangstüren geklopft hatte, die in die kreisrunde, an einen Kuppelbau erinnernde Veranstaltungshalle auf dem Beechwood Pier führte.

»Howard North«, redete er weiter, als sie nickte. »Schön, dass Sie herkommen konnten.«

»Tja«, gab sie ironisch zurück. »Meinen Agenten konnte ich leider nicht schicken, den habe ich nämlich gestern gefeuert.«

Er schloss hinter ihr ab und führte sie durch das Foyer zum kleineren Veranstaltungssaal. »Ehrlich gesagt, ich hatte von Anfang an meine Zweifel, ob Ihr Agent Sie wirklich korrekt zitiert hat«, fuhr er fort. »Es gibt natürlich in jedem Genre ein paar Autoren, die sich für etwas Besseres halten und für ihre

Leser nur Geringschätzung übrig haben, aber selbst die lassen sich in den seltensten Fällen zu solchen Äußerungen herab.«

»Ich hatte das Gefühl, dass er das absichtlich gemacht hat, weil er wollte, dass ich mich von ihm trenne«, äußerte sich Christine.

North sah sie verwundert an. »Warum sollte ein Agent so etwas machen? Er verdient doch an Ihnen.«

»Und das nicht zu knapp«, stimmte sie ihm zu. »Aber mit mir hat er zu viel Arbeit, weil ich auch an Veranstaltungen wie dieser hier teilnehmen möchte, bei denen für ihn nur ein paar Pfund herausspringen. Wenn er mich dagegen zu Fernsehauftritten überreden könnte, an denen ich in der Regel nicht interessiert bin, würde er mit weniger Mühe viel mehr verdienen.«

»Hm, das leuchtet ein«, sagte Howard. »Ich bin übrigens sehr froh, dass Sie über die Teilnahme an unserer Convention nachdenken, obwohl wir so wenig zahlen können.«

»Wissen Sie, ich komme lieber zu Ihnen«, erwiderte sie. »Ich weiß, dass Sie knapp kalkulieren müssen, damit die Fans sich die Eintrittskarten leisten können. Ich halte nichts von diesen riesigen Veranstaltungen, bei denen die Fans nur ausgenommen werden, auch wenn ich dort mühelos das Fünffache für die gleiche Arbeit bekommen würde.«

Howard warf ihr einen dankbaren Blick zu.

Sie betraten den kleinen Saal, in dem die Händler ihre Tische aufgestellt hatten. Sie waren bereits damit beschäftigt, Bücher, Comics, DVDs, Spielzeug, Figuren, Bausätze und unzählige Dinge mehr auszubreiten. Einige Stände boten alles rund um *Doctor Who, Star Wars* oder *Herr der Ringe* an, andere Händler hatten ein ganzes Arsenal an DVDs aufgefahren, Buchhändler präsentierten sowohl verlagsfrische als auch antiquarische Fantasy-Literatur.

Als sie eintraten, drehten sich alle kurz zu ihr um, ein paar Händler erkannten Christine, und wenige Augenblicke später hatte sich herumgesprochen, wer sie war. Vor allem die Händler, die Bücher und Comics verkauften, kamen zu ihr geeilt, um sie zu begrüßen und ihr die Hand zu schütteln.

Christine nahm sich für jeden von ihnen einen Moment Zeit, auch wenn es sie insgeheim amüsierte, dass erwachsene Menschen sich wie Teenies gebärdeten, nur weil sich jemand halbwegs Prominentes in ihrer Nähe aufhielt. Sie hatte dieses Verhalten nie nachvollziehen können, trotzdem akzeptierte sie es und nahm es als Teil ihrer Arbeit hin.

»Miss Bell, kann ich ein Autogramm haben?«, rief einer.

»Miss Bell, würden Sie an unserem Stand Ihre Bücher signieren?«, wollte ein anderer wissen.

»Langsam, Leute, ganz langsam«, setzte North dem Stimmengewirr ein Ende. »Ich werde mit Miss Bell besprechen, wie sie sich ihren Auftritt vorstellt, und danach sagt ihr mir, was ihr wollt, und ich werde mit Miss Bell verabreden, welche Anfragen berücksichtigt werden können und welche nicht.«

Er legte eine Hand an ihren Rücken und dirigierte sie weiter durch die Halle, während Christine weiter interessiert um sich blickte. Es gab so viel zu entdecken, dass sie sich am liebsten erst einmal in Ruhe umgesehen hätte. Auch wenn sie selbst nicht auf die Idee gekommen wäre, sich einen Bausatz zu kaufen, da sie gar nicht die nötige Fingerfertigkeit besaß, konnte sie sich an den zusammengesetzten und bemalten Modellen kaum sattsehen.

Ein paar Helfer hatten ihre Posten verlassen, da sie offenbar die Nähe eines Prominenten suchten, und folgten ihr und North durch den Saal, als Christine auf einmal stutzte. »Das ist ja die gleiche Schrift wie auf diesem Plan«, murmelte sie und betrachtete das Raumschiffmodell genauer, das in einer großen Vitrine ausgestellt war.

»Die Schrift?«, wiederholte die Händlerin hinter dem Stand, die damit beschäftigt war, eine Reihe von außerirdischen Kreaturen mitsamt Fahrzeugen auf einem Diorama zu platzieren. »Was für ein Plan?«

Christine sah die Frau an, und erst da wurde ihr klar, dass sie laut gedacht hatte. »Ach, nichts weiter«, winkte sie ab. »Ich habe diese Schrift letzthin irgendwo gesehen und mich gefragt, was es damit auf sich hat.«

»Das ist Rivanisch«, erklärte einer der Helfer, ein etwa dreißig Jahre alter, schwarzhaariger Mann mit schmalem Oberlippenbart und korrekt gescheitelter Frisur. Er schien irgendeine Art von Uniform zu tragen, da Christine an seiner Kleidung verschiedene fremdartige Abzeichen sah. »Die Rivaner sind die wichtigste feindliche Spezies aus der *Galaxico*-Filmtrilogie, ihre Sprache ist sehr komplex und birgt in sich den Schlüssel für das Rätsel der Zeitportale. Wenn Sie das Regelwerk zum Rollenspiel zur Serie ver…«

»Dylan, lass Miss Bell in Ruhe«, unterbrach ihn Howard North. »Wir haben etwas Geschäftliches zu besprechen, da kannst du nicht einfach einen deiner endlosen Vorträge halten.«

»Ich wollte nur erklären«, gab der pikiert zurück, »was es mit dieser Schrift auf sich hat. Miss Bell hat schließlich danach gefragt.«

»Und du hast es ihr erklärt, und damit ist die Sache erledigt«, fuhr North ihn an. »Wir haben zu tun. Und die Plakate hängen sich auch nicht von selbst auf … falls du vergessen haben solltest, was deine momentane Aufgabe ist.«

Dylan schnaubte. »Brakka'Var«, zischte er North zu und ging weg.

»Das ist Rivanisch für …«, meldete sich ein anderer Helfer zu Wort.

»Schon gut, ich kann es mir denken«, sagte Christine hastig und hob abwehrend eine Hand.

»Tut mir leid, dass Sie das miterleben mussten«, entschuldigte sich North, als sie weiter in Richtung des großen Saals gingen. »Aber manche gehen so in ihrem Hobby auf, dass sie gar nicht merken, wie sehr sie die Nerven anderer Leute strapazieren.«

Sie winkte ab. »Das ist nicht schlimm. Ich habe nichts gegen

Fans wie diesen Dylan, die ihre Zeit einem harmlosen Hobby widmen. Andere Leute beschäftigen sich in ihrer Freizeit mit wesentlich bedenklicheren Dingen. Solange niemand zu Schaden kommt …« Sie blieb wieder stehen und schaute fasziniert nach links. »Sind das echte Requisiten?«

»Sie meinen die Roboter?« Howard schüttelte den Kopf. »Nein, leider nicht. Wir müssten das Doppelte von unserem gesamten Etat allein dafür ausgeben, um ein einziges Originalmodell zu versichern. Bei acht Robotern können Sie sich leicht ausrechnen, dass wir auf Jahre hinaus verschuldet wären.«

»Darf ich sie mir kurz ansehen?«, fragte sie.

»Aber sicher, kommen Sie, ich erkläre Ihnen, wer wer ist … sofern Sie das nicht schon wissen«, fügte er kleinlaut an.

Die lebensgroßen Modelle von acht Robotern aus alten Science-Fiction-Filmen waren an der linken Wand ausgestellt. Davor war ein dunkelrotes Seil gespannt worden, um die Bewunderer dieser Nachbildungen auf Abstand zu halten.

»Das Modell ist aus *Metropolis,* da haben wir C-3PO aus *Star Wars* … die Titelfigur aus *Robocop* …«

»Unglaublich, wie detailgetreu sie gestaltet sind«, staunte Christine und beugte sich über die Absperrung. »Wer die zusammengebaut hat, muss ja eine unendliche Geduld besitzen.«

North nickte bestätigend. »Ich habe die Zahlen nicht im Kopf, aber morgen werden hier noch Infotafeln angebracht. Auf ihnen kann man nachlesen, wer das jeweilige Modell gebaut und wie lange er dafür gebraucht hat. Es ist so, dass …« Er stutzte und legte den Kopf schräg. »Wer hat denn den hier zusammengesetzt?«, murmelte er, dann erklärte er an Christine gerichtet: »Der Robocop-Arm ist schief eingesetzt und könnte runterfallen, ich muss das schnell beheben, bevor noch etwas passiert.«

Er stieg über die Absperrung, stellte sich neben das Robotermodell, das ihn um mehr als einen Kopf überragte, und bewegte vorsichtig den Arm, um ihn herauszuziehen und neu einsetzen zu können.

»Verdammt«, fluchte er. »Der sitzt so schief, dass er sich verkantet hat. Wie kann man nur so dämlich sein?«

Er rüttelte fester, doch anstatt den Arm zu lockern, löste sich plötzlich die Metallhand vom Arm und fiel laut scheppernd zu Boden.

Christine bückte sich, griff nach der metallenen Gliedmaße und wollte sie North geben, als sie etwas bemerkte, das ihr ein erschrockenes »Oh Gott« über die Lippen kommen ließ.

Aus dem Armstumpf des Modells ragten Finger heraus … echte, menschliche Finger.

5

Chief Hatfield stand neben dem Toten, den man bereits auf einen schwarzen Leichensack gelegt hatte, und betrachtete das in seine Einzelteile zerlegte Robotermodell. Kopfschüttelnd wanderte sein Blick zu der Leiche, die in der Robocop-Hülle gesteckt hatte. Ein Arzt kniete neben dem Toten und untersuchte die Male an dessen Hals.

»Sachen gibt's«, brummte Hatfield und sah in die Runde. Zwei uniformierte Polizisten standen bei ihm, außerdem Howard North sowie Christine. Die Händler und die Helfer wurden von zwei weiteren Polizisten vom Tatort ferngehalten, die die Gelegenheit nutzten, um deren Personalien aufzunehmen. »Und, wie sieht's aus, Doc? Was ist die Todesursache?«

»Tod durch Ersticken. Er hat sich stranguliert«, erwiderte der Rechtsmediziner, ein kleiner, unscheinbarer Mann mit grauem Haarkranz und Lesebrille. »Sehen Sie hier.« Er hob die Brustplatte der Roboterrüstung hoch. »Die Einkerbung an seinem Hals entspricht der Halsöffnung am Rumpf dieses Modells. Der Ausschnitt ist zu klein, und wenn die beiden Hälften erst mal zusammengedrückt werden, ist das Opfer schnell erstickt.«

»Klarer Fall. Unser Freund hier«, der Chief Inspector deutete mit der Schuhspitze auf den Toten, »wollte unbedingt Roboter spielen, und dabei ist er erstickt. Wie ein Kleinkind, dem man nicht begreiflich machen kann, dass es keine Plastiktüte über den Kopf ziehen soll.«

»Entschuldigen Sie, Chief Hatfield«, meldete sich Christine zu Wort.

»Sie schon wieder«, kam seine geknurrte Erwiderung, wobei er die Augen verdrehte.

»Ja, ich schon wieder«, betonte sie gedehnt. »Es tut mir leid, wenn ich Ihre Theorie infrage stellen muss, aber wie soll der Mann ohne fremde Hilfe diese Rüstung anlegen? Und vor allem: Warum sollte er diese Brustplatte mit dem Rückenteil zusammenschnappen lassen, wenn er doch merkt, dass der Halsausschnitt viel zu klein ist?«

Hatfield stieß einen langen gequälten Seufzer aus. »Miss Marple … oh, verzeihen Sie … Miss Bell, ich habe ja nicht davon gesprochen, dass er das selbst gemacht hat. Er hatte Helfer.«

»Ja, zum Beispiel seinen Mörder«, gab Christine giftig zurück.

»Dann wäre das hier Mord, aber das ist es nicht«, stellte er klar. »Ich werde Ihnen sagen, was passiert ist: Unser Opfer hat sich von seinen Spießgesellen dabei helfen lassen, diese Rüstung oder was das sein soll anzulegen. Als die Brustplatte an der Reihe war, haben sie versucht, sie festzumachen, doch das ging nicht, weil die Öffnung zu klein ist. Der junge Mann bestand darauf, dass sie fester drücken sollten, dann würde es schon gehen. Schließlich befolgten sie seine Aufforderung, die Verschlüsse schnappten ein und unser Freund merkte, dass er wider Erwarten doch keine Luft mehr bekam. Seine Kameraden versuchten noch, die Brustplatte wieder zu entfernen, aber es wollte ihnen nicht gelingen. Sie mühten sich zwei Minuten lang damit, fünf Minuten, zehn Minuten, und als es ihnen nach einer halben Stunde immer noch nicht gelungen war, da mussten sie einsehen, dass sie für ihren Kumpan nichts mehr tun konnten. Natürlich wollten sie nicht mit seinem Tod in Verbindung gebracht werden, also legten sie ihm den Rest der Rüstung an, setzten ihm den Helm auf und machten sich aus dem Staub. Bis der ganze Zauber hier vorbei sein würde, wären sie längst auf dem Heimweg und niemand könnte noch einen Zusammenhang zwischen ihnen und dem Toten herstellen.«

»Hm, klingt so, als hätten Sie das Ganze per Webcam verfolgt«, spottete Christine. »Dann haben Sie bestimmt auch ein paar gute Fotos von seinen Freunden, nicht wahr?«

Hatfield zog missbilligend die Mundwinkel nach unten, ging aber nicht weiter auf ihre Frage ein.

»Also war es ein tragischer Unfall?«, fragte Howard North, der gebannt die Ausführungen des Chiefs verfolgt hatte.

»Das ist eindeutig, nicht wahr?« Er sah den Rechtsmediziner an, der daraufhin eifrig nickte. »Unser Doc bestätigt es.«

Dem Arzt wollte Christine gar keinen Vorwurf machen, dass der keinen Einwand vorbrachte. Der Mann war vermutlich froh, in seinem Alter noch immer in der Funktion des Rechtsmediziners zu arbeiten und nicht längst in die Arbeitslosigkeit geschickt worden zu sein. Wenn er dem Chief widersprach, würde ihm aber genau dieses Schicksal drohen, also tat er nur das kund, was Hatfield von ihm hören wollte.

Der Arzt winkte zwei Assistenten zu sich, die den Toten in den schwarzen Sack legten und den Reißverschluss zuzogen, dann brachten sie ihn auf einer Trage nach draußen. Die beiden Polizisten verließen nach einer knappen Geste ihres Vorgesetzten den Fundort. Auch North entfernte sich, wohl um den Händlern und den Helfern zu berichten, was er vom Chief Inspector erfahren hatte. Nach seiner betrübten Miene zu urteilen, schien North die Theorie für bare Münze zu nehmen.

Schließlich stand nur Christine da und beobachtete Hatfield, wie der noch ein paar Notizen machte.

»Warum haben Sie Mr North nicht gesagt, dass Sie die ganze Truppe hier für Spinner halten?«, fragte sie ihn ohne Umschweife.

»Weil ich Taktgefühl besitze, Miss Bell«, erwiderte er vorwurfsvoll. »Diese Leute würden doch nicht mehr daran glauben, dass ich meine Arbeit unvoreingenommen erledige, wenn ich so etwas sage.«

»Entschuldigen Sie, Chief Hatfield, aber hören Sie sich eigentlich zu, wenn Sie reden?«, konterte sie.

»Ich muss doch wohl sehr bitten!«, entrüstete er sich. »Was maßen Sie sich an?«

»Sie müssen sehr bitten? Ausgerechnet Sie? Ein Mann liegt tot in einem Swimmingpool, und Sie sagen, es sei ein Unfall gewesen, während auf dem Hoteldach frische Blutspuren zu finden sind, die eine ganz andere Sprache sprechen«, ereiferte sie sich. »Und jetzt geben Sie eine Theorie zum Besten, die auch auf einen Unfall hinausläuft, obwohl auch hier ein Mord viel wahrscheinlicher ist. Aber einen Mord zu untersuchen, das würde ja Arbeit bedeuten.«

»Sie vergreifen sich im Ton, Miss Bell«, warnte er sie. »Sie sollten …«

»Ach, vergessen Sie's«, fiel sie ihm ins Wort. »Wissen Sie, ich bin nur froh, dass Sie nicht Sheriff in irgendeinem Kaff in Louisiana sind, sonst hätten Sie mich schon längst festgenommen, weil Ihnen mein Tonfall nicht passt.«

»Miss Bell«, fuhr er fort. »Ich bin hier der ermitt…«

»Ist Ihnen eigentlich noch nicht der Gedanke gekommen, dass hier ein Mörder sein Unwesen treiben könnte, der bereits zwei Menschen auf dem Gewissen hat? Oder ist das alles halb so wild, weil es nur ein paar Spinner sind?«

»Ich sagte Ihnen bereits, wir erwarten in den nächsten Tagen hohen Besuch in Beechwood, und meine Leute haben alle Hände voll zu tun, um die Sicherheit unseres Gastes zu gewährleisten«, zischte er ihr zu. »Ich kann niemanden abstellen, nur damit der nach einem angeblichen Mörder sucht.«

Christine wandte sich kopfschüttelnd ab und ging zu North, der sich mit einigen Leuten unterhielt. »Soll ich später wiederkommen, Mr North?«

Er sah sie verdutzt an. »Wieso …? Ach, Sie meinen wegen des Unfalls.«

Sie nickte nur. Auf keinen Fall würde sie in der momentanen Situation ihren Verdacht äußern, was sich ihrer Meinung nach in Wahrheit abgespielt hatte. Bei einem Toten wäre sie vielleicht noch bereit gewesen, von ihrer Mordtheorie abzurücken, auch wenn noch so viel dafür sprach. Aber dass der zweite Mann auch einen Unfall zum Opfer gefallen sein sollte, das war mehr als zweifelhaft. Also trieb hier ein Mörder sein Unwesen, und er konnte sich in diesem Augenblick durchaus mit ihnen im selben Saal aufhalten. Solange sie nichts über das Motiv herausgefunden hatte, war jeder hier verdächtig, Howard North eingeschlossen.

»Nein, nein, das … das ist nun mal passiert. Wir werden eine Gedenkminute für ihn einlegen, so wie wir es auch schon für Murray Heathen vorgesehen haben.« Er senkte betrübt den Blick. »Es ist wirklich schlimm, dass sich so etwas im Umfeld unserer Convention abspielen muss, aber ich halte es nicht für pietätlos, wenn wir hier trotzdem weitermachen.«

»Ja, das sehe ich auch so«, sagte sie. »Solange wir an die beiden Toten denken, sind sie eigentlich nicht tot.«

Howard stutzte. »So etwas in der Art habe ich doch schon mal irgendwo gehört.«

Sie lächelte ihn an. »Ich hab's mir aus einem Film geborgt. Es schien mir hierher zu passen.«

»Kommen Sie, wir bereden kurz den Ablauf, damit wir nicht noch mehr von Ihrer kostbaren Zeit stehlen.« Mit diesen Worten führte er sie in sein Büro.

Eine halbe Stunde später verließ sie die Halle auf dem Pier. Die Wetterlage hatte sich noch immer nicht wesentlich gebessert, daher nahm sie ein Taxi, um sich zum Haus ihrer Tante fahren zu lassen. Der Fahrer gab sich wortkarg, vermutlich hatte er gehofft, sie wenigstens bis zum Bahnhof bringen zu können, der einige Kilometer von Beechwood entfernt in Brighton lag. Eine Fahrt von ein paar hundert Metern, die wegen der schlechten Sichtverhältnisse im Schritttempo zurückgelegt werden musste, war nicht besonders lohnenswert für ihn.

Am Ziel angekommen, rundete sie den Fahrpreis viel großzügiger als üblich auf, um sich erkenntlich zu zeigen, doch das stimmte den Fahrer auch nicht freundlicher. Vielleicht hatte seine schlechte Laune auch gar nichts mit ihr zu tun.

Als sie die Wagentür zuwarf, glaubte sie einen Moment lang, ein Echo zu hören, was jedoch angesichts des Nebels sehr unwahrscheinlich war. Der schluckte in der Regel alle Geräusche, anstatt sie zurückzuwerfen. Sie sah sich um, konnte allerdings nur vage Konturen in dem allgegenwärtigen Grau ausmachen.

Das Taxi fuhr los, um ein Stück weiter zu wenden, dabei schien das Motorengeräusch von allen Seiten gleichzeitig zu kommen. Kopfschüttelnd öffnete Christine das Gartentor und ging zum Haus. Isabelle begrüßte sie an der Haustür und gab energisch zu verstehen, dass sie umgehend ihren Napf aufgefüllt sehen wollte.

»Ja, ist schon gut, meine Kleine«, sagte sie und streichelte die Katze, die sich gegen ihre Beine drückte. »Ich lasse dich ganz sicher nicht verhungern.«

Sie ging in die Küche und öffnete eine Dose Katzenfutter, über die sich Isabelle laut schmatzend hermachte, als hätte sie seit Tagen Hunger leiden müssen. Dann begab sie sich ins Wohnzimmer, fuhr ihren Laptop hoch und setzte den Stick ein, mit dem sie mobil ins Internet gehen konnte. Sie tippte den Suchbegriff »Rivanisch« ein und erhielt etliche tausend Treffer. Viele Seiten standen in gar keinem Zusammenhang zum Thema, sondern versuchten nur, Ahnungslose anzulocken, um ihnen Dinge zu verkaufen, die keiner brauchte. Aber eine ganze Reihe von Seiten widmete sich dieser erfundenen Sprache und behandelten sie so ernsthaft, als würde es tatsächlich einen Menschen beziehungsweise einen Außerirdischen geben, mit dem man sich in dieser Sprache problemlos unterhalten konnte.

Sie kannte ähnliche Seiten, die sich mit Tolkiens Sprache der Elben beschäftigten, daher überraschte sie nicht, dass das Rivanische eine ähnlich große Zahl von Anhängern aufzuweisen hatte. Bislang hatte sie selbst in all ihren Büchern vermieden, fremde Sprachen zu erfinden, weil sie wusste, ihre Leser würden sich damit intensiver auseinandersetzen als sie selbst.

Isabelle kam zufrieden aus der Küche und sprang auf den Tisch, um sich neben den Laptop hinzulegen und sich ausgiebig zu putzen.

»Und wie war dein Tag?«, fragte Christine ihre Katze, die mit einem leisen Murren reagierte, als wollte sie sagen, dass sie allein im Haus nicht viel hatte erleben können. Sie kraulte sie gedankenverloren, während sie weiter im Netz surfte.

Alle Seiten zum Thema Rivanisch befassten sich ausführlich mit der Sprache, aber keine von ihnen bot konkrete Übersetzungshilfen an. Damit half ihr der Plan auch nicht weiter, den Isabelle für sie entdeckt hatte.

Frustriert fuhr sie den Rechner runter, als ihr auf einmal etwas in den Sinn kam. »Wie hießen die beiden noch gleich?«, überlegte sie. »Murray Heathen und … Carl … Carl …« Oh, verdammt. Chief Hatfield hatte den Namen des anderen Opfers erwähnt. »Carl … Anderson … nein … irgendwas mit ›son‹ am Ende … Lennison … ja, genau … Carl Lennison.«

Sie notierte die Namen, damit sie ihn nicht wieder vergessen konnte, und wollte eben noch einmal den Laptop starten, um nach den beiden zu suchen, doch in dem Moment klingelte ihr Telefon.

Das Display zeigte Bettys Mobilnummer. »Hallo, Betty«, begrüßte sie sie.

»Wieso …« Ihre Tante schwieg sekundenlang, dann fuhr sie fort: »Ich werde mich wohl nie daran gewöhnen, dass andere meine Nummer sehen können.«

»Wenn du willst«, bot Christine ihr an, »stellen wir dein Telefon um, damit die Nummer nicht gesendet wird.«

»Geht das?«

»Natürlich geht das. Erinnere mich nachher daran, dass ich mir das Gerät mal vornehme.« Dann fragte sie: »Soll ich euch abholen?«

»Die Morgensession ist zu Ende«, erwiderte Betty. »Wenn du herkommen könntest …«

»Dafür bin ich doch da«, betonte Christine. »Es wird allerdings eine Weile dauern, oder ist der Nebel bei euch nicht so schlimm?«

»Schlimm ist gar kein Ausdruck. Man kann vor lauter Nebel den Nebel nicht sehen, so übel ist es hier.«

»Wartet aber nicht draußen vor der Halle auf mich, es ist nämlich verdammt kalt geworden«, warnte sie ihre Tante.

»Ist gut, bis gleich.« Dann hatte sie auch schon aufgelegt.

Isabelle betrachtete interessiert den Zettel mit den notierten Namen. Zu interessiert, wie Christine fand. Vermutlich wollte ihre Katze mit dem Papier spielen, also legte sie es zusammen mit dem gefalteten Plan auf die Tastatur und klappte den Laptop zu, damit die Dokumente dort sicher aufbewahrt waren.

Wegen des dichten Nebels verging fast eine Stunde, bis Christine endlich die Bowls-Halle erreichte, die auch schon bessere Zeiten gesehen hatte. Die rote Farbe hinter den Neonröhren, die den Schriftzug Bowl-O-Drome bildeten, war im Lauf der Jahre verblasst und zu großen Teilen abgeblättert, und die salzige Meeresluft hatte den lackierten Eisenträgern zugesetzt, die das Skelett der Halle bildeten.

Christine war keine Expertin für solche Dinge, aber ihrer Meinung nach mussten die Tage dieser Halle gezählt sein, wenn alles so verrostet war wie diese Ecke.

Als sie sich dem Eingang näherte, kamen ihr Betty und Emily Nettles ein Stück entgegen. »Wir hatten schon befürchtet, dir könnte was zugestoßen sein«, sagte ihre Tante besorgt. »So schlimm ist der Nebel ewig nicht mehr gewesen.«

»Ja, dir ist doch hoffentlich nichts passiert«, stimmte Mrs Nettles mit ein.

»Nein, aber ich wäre zu Fuß vermutlich schneller gewesen«, entgegnete Christine. »Bei zehn bis fünfzehn Metern Sicht war das wirklich kein Vergnügen. Und jetzt dürfen wir die ganze Tour noch einmal in umgekehrter Richtung machen.«

»Apropos«, sagte Betty. »Wir möchten uns bei dir dafür bedanken, dass du dir so viel Mühe machst, und da haben wir uns überlegt, dass wir dich zum Essen einladen könnten. Was hältst du davon, wenn wir zur Promenade fahren und im Octopus Garden mit etwas Verspätung zu Mittag essen.«

»Sofern wir den Weg dorthin finden«, scherzte Christine. »Aber eine Einladung ist wirklich nicht nötig, ich mache das gern.«

»Und wenn wir darauf bestehen?«, hakte ihre Tante nach.

»Dann kann ich natürlich nicht ablehnen.«

Mrs Nettles drehte sich um und schaute suchend in den Vorraum der Halle, in dem sich die vorwiegend älteren Besucher drängten, um nach draußen zu kommen.

»Hast du etwas vergessen, Emily?«, fragte Betty verwundert.

»Nein, nein, ich frage mich nur, wo er bleibt«, überlegte sie.

»Wo wer bleibt?«

»Na, Kyle natürlich.«

»Wer ist Kyle?«, wollte Christine wissen, während Mrs Nettles in den Vorraum zurückkehrte,

Betty zuckte mit den Schultern. »Mir fällt da nur Kyle Donaghan ein, ihr Ex-Schwiegersohn«, sagte sie. »Aber den wird Emily ja wohl kaum meinen.«

»Emilys Tochter war verheiratet?«

»Und ist wieder geschieden. Die arme Patricia hat einfach kein Glück in der Liebe. Apropos …«

Christine versteifte sich unwillkürlich, weil sie wusste, was nun kommen würde.

»… wie sieht es in dieser Hinsicht eigentlich bei dir aus?«

»Im Moment genieße ich das Single-Dasein«, antwortete sie knapp.

»Deine Mom hatte mir etwas von einem Mann in deinem Leben erzählt«, fuhr Betty fort. Sie würde sich nicht so leicht von diesem Thema abbringen lassen. »Ist daraus nichts geworden?«

»Wir haben uns in gegenseitigem Einvernehmen getrennt«, erwiderte Christine und hoffte, ihr Tonfall würde ihrer Tante deutlich machen, dass sie mehr dazu nicht mehr sagen wollte. So einvernehmlich das auch tatsächlich abgelaufen war, schmerzte es sie immer noch, wenn sie an Phil zurückdachte, den verdeckt ermittelnden Polizisten, den sie kennengelernt hatte, als sie zum ersten Mal eigenmächtig in einem Mordfall recherchiert hatte, da die örtliche Polizei nicht bereit gewesen war, gegen den mutmaßlichen Drahtzieher vorzugehen. Danach waren sie beide gut ein Vierteljahr lang unzertrennlich gewesen, bis Phil wieder einmal zu verdeckten Ermittlungen herangezogen wurde und dabei ein Kollege starb – und das nur, weil er durch einen Zufall als Erster das Versteck eines Drogenschmugglers betreten hatte. Wäre Phil nur ein paar Sekunden eher da gewesen, hätten die Kugeln ihn getroffen und getötet.

Eine Weile hatte sie versucht, mit der Unruhe und Ungewissheit zu leben, die sie jedes Mal befiel, wenn sie wusste, dass er einen gefährlichen Einsatz hatte, doch sie merkte recht schnell, wie die Angst sie förmlich lähmte. Zwei wichtige Termine mit ihrem Verleger hatte sie verstreichen lassen, da sie vor Sorge um Phil nicht mal in der Lage war, das Haus zu verlassen.

Ihr war schnell klar geworden, dass es so nicht weitergehen konnte, und da Phil auch nicht bereit war, sich ihr zuliebe in eine ungefährlichere Abteilung versetzen zu lassen – was sie nur zu gut verstehen konnte, weil er mit Leib und Seele Polizist war –, waren sie schließlich übereingekommen, sich im Guten zu trennen. Seitdem stand sie mit ihm immer noch in Kontakt, doch je weiter die gemeinsame Zeit zurücklag, umso mehr kühlte sich der leidenschaftliche Ton ab. Sie würden vielleicht Freunde bleiben können, aber was sie in diesen drei Monaten verbunden hatte, konnten sie nicht bewahren.

Dass sie beide nicht dafür bestimmt waren, den Rest ihres Lebens zu teilen, das hatte sie in dem Moment erkannt, als sich herausstellte, dass keiner von ihnen bereit war, für den anderen beruflich zurückzustecken.

»Das ist tatsächlich ihr Ex-Schwiegersohn«, holte Betty sie aus ihren Gedanken.

»Was?«

»Emily sprach wirklich von ihrem Ex-Schwiegersohn Kyle Donaghan«, erklärte ihre Tante.

Ein Mann in dunklem Anzug näherte sich Mrs Nettles, er wirkte wie ein Banker oder ein Anwalt und damit für Christine gleich auf den ersten Blick aalglatt. Natürlich wollte sie ihm eine Chance geben, damit er ihren Eindruck widerlegen konnte, aber durch ihre Arbeit hatte sie genügend Typen von seinem Schlag kennengelernt, die sich elegant kleideten und sich auszudrücken wussten, die dennoch letzten Endes immer nur eines von ihr wollten: ihr Geld.

»Das ist typisch für Emily«, murmelte Betty. »Ständig lädt sie noch jemanden ein, ohne sich vorher mit den anderen abzusprechen.«

Die beiden verließen den Vorraum, und im gleichen Moment lichtete sich der Nebel, und die Sonne kam zum Vorschein.

»Na, das passt doch«, rief Mrs Nettles erfreut. »Kaum betritt mein liebster Schwiegersohn die Szene, da lacht auch gleich wieder die Sonne am Himmel!«

Es war natürlich nur ein Zufall, aber einige Jahrhunderte früher hätte man den Menschen so etwas vermutlich noch einreden können, und dann wäre sie vor Kyle Donaghan auf die Knie gesunken und hätten ihn angebetet.

So selbstbewusst, wie er auf sie und Betty zukam, hätte man fast meinen können, dass er sich tatsächlich für den Bezwinger des Nebels hielt und dementsprechend verehrt werden wollte.

»Betty, du kennst Kyle ja«, sagte Emily und wandte sich Christine zu. »Kyle, darf ich dir Christine Bell vorstellen?« Nach einer kleinen Kunstpause fügte sie an: »Sie ist eine erfolgreiche Autorin.« Dann sah Emily zu ihr. »Christine, das ist

Kyle Donaghan.« Eine weitere dramatische Pause. »Er ist Immobilienmakler.«

Wenn das kein Verkupplungsversuch ist, dachte Christine.

»Ein Makler?«, wiederholte Christine und lächelte unverbindlich. »Darauf wäre ich nicht gekommen.« Richtig! Darauf war sie nicht gekommen. Banker ja, Anwalt ja, aber Makler? Wieso hatte sie nicht daran gedacht?

»Ausschließlich gewerbliche Objekte ab zwanzig Millionen Pfund Kaufpreis«, ergänzte er. »Bei Objekten darunter lohnt sich der Aufwand nicht.«

»Aha«, machte sie und dachte automatisch an ihren Agenten. »Sehr interessant.« Oh Gott, was sollte das nur für ein Essen werden, wenn er mitkam? Vermutlich würde er die ganze Zeit nur von seinen großartigen Immobilienverkäufen reden, nur damit sie im Geiste mitrechnen konnte, wie viel Courtage dabei für ihn abgefallen war.

»Christine Bell?«, sagte er, kniff die Augen zusammen und schaute in die Ferne. »Ich kann es nicht beschwören, aber ich glaube, ein Kollege von mir liest Ihre Bücher mit dem größten Eifer.«

»Das höre ich immer gern.« Christines Lächeln fühlte sich wie erstarrt an, und sie fürchtete, dass ihr die Wahrheit anzusehen war: Sie fand ihn todlangweilig.

Während Emily an Bettys Seite blieb, ging Christine vor, um den Wagen aufzuschließen. Kyle deutete das offenbar als Aufforderung, ihr zu folgen.

»Wenn Sie übrigens an einem neuen Wagen interessiert sind«, sagte er. »Ich habe unter meinen Kunden auch mehrere Autohändler, und die Rabatte, die ich bei denen für Sie herausschlagen kann, werden Sie in Staunen versetzen.

»Haben Sie etwas an diesem Wagen auszusetzen?«

»Nein, er ist praktisch und geräumig«, beteuerte er. »Aber seien wir doch mal ehrlich: Ihm fehlt die Klasse, die Sie haben.«

Banker, Anwalt, Makler … und Autoverkäufer. Die Liste

der Berufe, in denen Kyle Donaghan seinem Auftreten nach bestens aufgehoben war, wurde immer länger.

»Beschränken sich die Provisionen, die Sie kassieren, ausschließlich auf Immobilien, oder verdienen Sie auch bei Pkw-Verkäufen mit?«, gab sie statt einer Antwort zurück.

Kyle lachte mit aufgesetzter Fröhlichkeit über ihre Bemerkung.

»Ihre Ex-Schwiegermutter scheint sich gut mit Ihnen zu verstehen«, stellte Christine fest.

»Ja, unser Verhältnis ist wirklich ausgezeichnet«, bestätigte er.

»Und wie ist die Beziehung zu Ihrer Ex-Frau? Auch so herzlich?«

Er schüttelte betrübt den Kopf.

»Leider nicht. Ich wünschte, es wäre nie zu einer Trennung gekommen. Aber sie hat mich betrogen, und als ich sie zur Rede stellte, hat sie mich verlassen.« Geknickt fügte er hinzu: »Ich glaube, sie hatte es absichtlich gemacht, um mir einen Grund zu liefern, mich von ihr zu trennen.«

»Warum denn das?«, wunderte sich Christine.

»Natürlich ging es um Geld«, behauptete er, und fast hätte sie ihm laut zugestimmt, da es keine Frau geben konnte, die ihn seines Charmes wegen geheiratet hätte. »Sie wollte, dass ich die Scheidung einreiche, weil sie dachte, so bekommt sie die Hälfte von meinem Geld, aber den Gefallen habe ich ihr nicht getan.«

»Und was haben Sie stattdessen getan?«

»Ich habe es ignoriert, bis ihr klar wurde, dass sie mit ihrer Taktik nicht ans Ziel kommt, und dann ist sie ausgezogen. Von einem Tag auf den anderen.« Er zuckte mit den Schultern und machte nicht den Eindruck, als würde er ihr auch nur eine Träne nachweinen. »Emily ... Mrs Nettles ... hat ihrer Tochter nie verziehen. Sie gibt ihr die alleinige Schuld am Scheitern unserer Ehe, und seitdem behandelt sie mich wie ihren Sohn, während sie mit ihrer Tochter kein Wort mehr redet.«

Sie hatten den Wagen erreicht, und während Christine ihrer Tante beim Einsteigen half, setzte sich Mrs Nettles wie selbstverständlich auf den Beifahrersitz. Aus dem Augenwinkel nahm sie wahr, wie Kyle um den Wagen herumging und es sich auf dem Fahrersitz bequem machte.

Eben hatte sie Betty den Gurt angelegt, da drehte sich Kyle um und hielt ihr die Hand hin. »Geben Sie mir den Schlüssel?«, fragte er in einem Ton, als hätte er ihr den Schlüssel nur für ein paar Minuten überlassen, damit sie die Türen aufschließen konnte.

»Wie bitte?«

»Den Schlüssel«, wiederholte er und sah sie fast schon ungeduldig an. Offenbar war er es gewöhnt, dass ihm alles sofort zuflog, wenn er einen Laut von sich gab.

»Warum?«

»Na, ich kenne den Weg.«

»Ich auch.«

»Ich kenne eine Abkürzung«, legte er nach.

»Die kenne ich auch«, widersprach sie trotzig.

»Ach, kommen Sie, ich sitze doch schon hier, dann können Sie mich auch fahren lassen.«

»Vielen Dank, aber ich habe nichts getrunken«, gab sie zurück. »Abgesehen davon weiß ich gar nicht, ob Sie überhaupt einen Führerschein besitzen.«

Er stutzte. »Ist das Ihr Ernst? Was meinen Sie, wer meinen Bentley gefahren hat, mit dem ich hergekommen bin?«

Ein dressierter Schimpanse, hätte sie am liebsten geantwortet, hielt sich jedoch im letzten Moment davon ab. »Keine Ahnung«, sagte sie stattdessen. »Ich habe Sie nicht fahren sehen.«

»Kyle ist ein exzellenter Autofahrer«, warf Mrs Nettles ein.

»Korrigieren Sie mich, wenn ich mich irre, Mrs Nettles, aber soweit ich weiß, habe ich heute Morgen auf dem Weg hierher keinen Unfall verursacht«, gab Christine schnippisch zurück.

»Ich weiß, aber Kyle ist ein exzellenter Autofahrer«, beharrte sie, ohne zu merken, wie sehr sie damit Christines Können herabwürdigte.

»Das ist mir ...« Plötzlich hielt sie inne, zog ihr Telefon aus der Tasche und sah auf das Display. Verwundert nahm sie das Gespräch an. »Ja, hallo? ... Ja ... ja, richtig ... aha ... aha ... jetzt gleich? ... Ja, in einer Viertelstunde, wenn das passt ... m-hm ... ja, dann bis gleich.« Sie steckte das Telefon weg und sah betrübt in die Runde. »Das ist schade, aber das gemeinsame Essen muss leider ausfallen. Betty, das war deine Krankengymnastin. Dein Termin muss vorgezogen werden, weil sie heute Nachmittag dringend nach Worthing fahren muss.«

Betty sah sie an und verzog den Mund, sagte jedoch nichts. Emily machte ihrem Unmut Luft, wohl in erster Linie, weil ihr Verkupplungsversuch vereitelt worden war. »Das ist ja ärgerlich! Dass das ausgerechnet jetzt passieren muss! Kann diese Frau denn nicht ihre Termine einhalten?«

»Wissen Sie«, meldete sich ungefragt Kyle zu Wort. »Ich habe da ein Objekt an einen Krankenpflegedienst vermietet, der erstklassige Arbeit leistet. Das kostet zwar ein bisschen mehr, aber dafür sind das exzellente Pflegekräfte, die äußerst professionell arbeiten.«

Das wandelnde Branchenbuch versucht noch schnell, ein paar Geschäfte zu machen, dachte Christine und warf dem Mann einen wütenden Blick zu, den dieser aber nicht auf sich zu beziehen schien. Vermutlich dachte er, sie sei so verärgert, weil ihr die einmalige Gelegenheit entging, in seiner Gegenwart eine Mahlzeit zu sich zu nehmen.

»Sagen Sie, Kyle, wo haben Sie eigentlich Ihren Wagen geparkt?«, ging sie über seinen jüngsten Vorschlag hinweg. »Es wäre nämlich praktischer, wenn ich mit meiner Tante von hier aus zur Krankengymnastin fahren könnte, anstatt erst noch einen Umweg zu ihr nach Hause zu machen.«

»Oh, das ist gar kein Problem, mein Wagen steht gleich da drüben«, antwortete er. »Dann bringe ich Betty nach Hause, und Sie können sich um Ihre Tante kümmern. Ich dachte mir nur, warum sollen wir uns alle in meinen Wagen zwängen, wenn sie hier viel bequemer sitzen kann.«

Ja, natürlich, dachte Christine und schnaubte leise. Ein 300 000 Pfund teurer Bentley, dieses Schlachtschiff auf Rädern, war ja auch so klein und unbequem, dass Betty mit ihrem Gipsbein darin keinen Platz gefunden hätte. Vermutlich fürchtete er nur, die edlen Tropenhölzer könnten eine Schramme abbekommen.

Die beiden stiegen aus, verabschiedeten sich und überquerten den Parkplatz, wo die Luxuskarosse den Sonnenschein funkelnd reflektierte.

»Ich wusste gar nicht, dass ich eine Krankengymnastin habe«, meinte Betty ironisch, als die beiden außer Hörweite waren.

»Hast du auch nicht, sie hat soeben wieder gekündigt«, gab Christine grinsend zurück, dann wurde sie ernst. »Das kommt erst infrage, wenn du deinen Gips los bist, aber das ist den beiden wohl nicht aufgefallen.«

Betty schüttelte verständnislos den Kopf. »Was findet Emily nur an diesem penetranten Kerl?«, wunderte sie sich.

»Vermutlich ist er der Sohn, den sie nie hatte«, überlegte Christine. »Ihre Tochter hat sie ja offenbar in die Wüste geschickt, und in ihm hat sie einen willkommenen Ersatz gefunden. Einen stinkreichen Ersatz dazu.«

Die beiden sahen sich an. »Gehen wir jetzt was essen?«, fragte Betty.

»Natürlich. Aber was hältst du davon, wenn wir nach Hause fahren, und dann setzt du dich in deinen Rollstuhl, und ich schiebe dich bis zum Lokal?«

»Und wenn wir zu Hause in die Fänge von Emilys heißgeliebtem Schwiegersohn geraten?«, gab ihre Tante zu bedenken.

»Was ist mittlerweile das vornehmste Restaurant in Beechwood?«

Betty dachte kurz nach. »Das dürfte das Nico's sein, das vor ein paar Jahren auf der westlichen Klippe gebaut worden ist.«

»Dann darfst du dreimal raten, wohin Kyle mit Mrs Nettles

gefahren ist. Da oben kommt wenigstens sein Wagen richtig zur Geltung.«

»Hm, ja, da dürftest du recht haben. Und wohin sollen wir gehen?«

»Schlag du was vor«, erwiderte Christine. »Ich weiß nicht, welche Lokale von damals es überhaupt noch gibt.«

»Bist du nicht heute Vormittag zum Pier gegangen?«

»Doch, aber da hatte sich schon der Nebel über die ganze Stadt gelegt, und ich war vollauf damit beschäftigt, den Weg zu finden. Auf die Geschäfte entlang der Promenade habe ich gar nicht achten können.«

»Ach so«, sagte ihre Tante. »Na, dann wirst du aber überrascht sein.«

»Wieso?«

»Warte ab«, wich sie der Frage aus. »Welches war früher denn dein Lieblingslokal?«

»Das ist tatsächlich das Octopus Garden, die hatten immer die besten Pfannkuchen.«

»Dann sollten wir dorthin gehen«, meinte Betty.

»Ich habe mich vorhin schon gewundert, dass es das noch gibt«, sagte Christine. »Der Laden sah bereits beim letzten Mal so aus, als würde der Inhaber jeden Moment Konkurs anmelden.«

»Wie ich schon sagte«, gab Betty mit einem verschmitzten Lächeln zurück. »Du wirst überrascht sein. Und jetzt lass uns nach Hause fahren, es ist schon recht spät.«

Christine stieg ein und fuhr los. Da der Nebel sich vollständig aufgelöst hatte, benötigten sie für den Rückweg nur eine Viertelstunde.

Als sie in die Road by the Sea eingebogen waren, kamen ihnen auf halber Höhe ein Mercedes entgegen, aber sie waren zu schnell aneinander vorbeigefahren, weshalb Christine den Fahrer nicht erkennen konnte. Sie sah im Rückspiegel, wie das Coupé in die Slaughterhouse Road abbog und in Richtung Promenade weiterfuhr.

Sie stellte den Wagen vor Bettys Haus ab und ging um das Fahrzeug herum, damit sie die Schiebetür öffnen konnte. »Was hältst du davon, wenn du hier wartest? Dann hole ich den Rollstuhl, und du musst nicht erst noch ins Haus gehen.«

»Ja, das ist gut«, stimmte Betty ihr zu. »Aber lass mich wenigstens schon mal aussteigen.«

Christine half ihr aus dem Wagen, dann ging sie durch den Garten zum Haus. Als sie die Tür aufschloss, wunderte sie sich, dass sie nicht von Isabelle empfangen wurde.

»Isabelle?«, rief sie und ging durch den Flur. Sie entdeckte die Katze in der Küche, wo sie es sich vor dem Kühlschrank bequem gemacht hatte. Der Anblick erinnerte sie unwillkürlich an ihre erste Begegnung mit Isabelle in dem Häuschen in Wrightford-on-Stratton, in das sie sich zurückgezogen hatte, um in Ruhe an einem Buch zu schreiben. Damals hatte Isabelle mitten in der Nacht vor dem geöffneten Kühlschrank gesessen und sich an allem bedient, was ihr schmeckte.

»Tja, Süße, da hast du leider Pech«, sagte sie, während sie die Küche betrat. »Bettys Kühlschrank ist ein älteres Baujahr als der in Wrightford-on-Stratton, den kriegst du nicht auf.«

Isabelle gab ein bedauerndes Maunzen von sich und sah interessiert zu, wie Christine eine neue Dose öffnete und das Futter in den Fressnapf gab. Sie stellte den Napf auf den Boden, und Isabelle erhob sich gerade weit genug, um an das Futter heranzukommen.

»Du hast heute wohl deinen faulen Tag, wie?«, fragte Christine und streichelte über ihren Kopf, was sie mit einem warnenden Knurren kommentierte, da sie in Ruhe fressen wollte. »Ja, ja, schon klar. Ich bin bald wieder da, okay?«

Als sie den Rollstuhl durch den Garten schob, kam nebenan Daffyd Mattison aus der Garage und rief ihr zu: »Na bitte. Ich hatte dem jungen Herrn doch gesagt, dass Sie zu Hause sind, aber er war recht ungeduldig und wollte mir nicht glauben.«

Sie blieb stehen und drehte sich zu ihm um. »Wie bitte?«

»Na, der junge Mann, der vorhin geklingelt hatte, weil er zu Ihnen wollte.«

»Welcher junge Mann?«

Er zuckte mit den Schultern. »Ich weiß nicht, wie er heißt. Heutzutage hat ja niemand mehr Manieren, niemand stellt sich einem noch vor. Aber ich kann Ihnen sagen, welchen Wagen er fuhr: einen silberblauen Mercedes, ein Coupé, aktuelles Modell.«

Der war ihnen vor ein paar Minuten entgegengekommen, doch sie hatte den Fahrer nicht sehen können. Kyle Donaghan konnte es nicht sein, der fuhr einen Bentley. Bei Howard North bezweifelte sie, dass der sich einen solchen Wagen leisten konnte – es sei denn, er spielte nur den edelmütigen Veranstalter, dem es einzig darum ging, den Fans etwas zu bieten, und der nur die entstandenen Kosten decken wollte, und in Wahrheit steckte er womöglich den größten Teil der Einnahmen in die eigene Tasche. Vielleicht war es Jerry Denham gewesen, auch wenn sie sich nicht vorstellen konnte, was er von ihr wollen könnte. Es sei denn, er wollte wissen, warum sie noch nicht auf sein ›Angebot‹ zurückgekommen war.

Sie zuckte mit den Schultern. Wenn es etwas Wichtiges war, würde derjenige schon wiederkommen. Sie war noch keine zwei Meter gegangen, da wurde ihr erst bewusst, was Mattison eben gesagt hatte. »Warten Sie mal … Wie kommen Sie darauf, dass ich zu Hause gewesen bin, als dieser Mann geklingelt hat?«

»Na, Sie sind doch kurz zuvor noch durchs Wohnzimmer gegangen.«

Sie drehte sich um und betrachtete Bettys Haus, dann das des Nachbarn. »Entschuldigung, aber wie wollen Sie das gesehen haben? Die Hecke ist viel zu dicht dafür.«

»Wie? Ach so, das meinen Sie.« Mattison zeigte nach oben. »Ich war auf dem Garagendach, um eine Stelle abzudichten. Und da habe ich Sie gesehen.«

»Mr Mattison«, stellte sie klar. »Ich habe ungefähr um halb

elf das Haus verlassen und bin eben erst mit meiner Tante zurückgekommen. Sie können mich gar nicht gesehen haben. Oder stand mein Wagen vor dem Haus?«

Er sah nach links, überlegte kurz und schüttelte den Kopf. »Nein, aber ich dachte, Emily hätte Ihre Tante gefahren, und Sie wären zu Hause gewesen.«

»Tut mir leid, aber ich war nicht hier.«

Mattison verzog verwundert das Gesicht. »Ich hätte schwören können, dass da jemand im Wohnzimmer war.« Dann zuckte er mit den Schultern. »Na, da habe ich mich wohl getäuscht.«

»Wissen Sie, was es gewesen sein könnte?«, sagte sie, um ihm die Angst zu nehmen, er könnte Gespenster gesehen haben. »Vermutlich hatte Isabelle ihre wilden fünf Minuten und ist durchs Haus gerast. In einem halbdunklen Zimmer kann man da schnell meinen, dass sich dort eine Person aufhält.«

Bettys Nachbar kratzte sich am Hinterkopf, sah wieder den Minivan an, winkte Betty zu, die dort stand und auf den Rollstuhl wartete, und zuckte abermals mit den Schultern. »Da habe ich mich wohl getäuscht«, entgegnete er und strich über seinen Schnurrbart.

Christine half Betty in den Rollstuhl, schloss den Wagen ab und machte sich mit ihr auf den Weg zum Strand.

6

»Ich kann es einfach nicht fassen, dass hier immer noch alles so aussieht wie damals«, sagte Christine verwundert, nachdem sie die Promenade mit ihren Hotels und Restaurants ein Stück entlanggegangen waren. Alles war noch – oder besser gesagt *wieder* – so wie damals, als ihre Eltern zum ersten Mal mit ihr hergekommen waren. Was zu der Zeit erst rund fünfzehn Jahre alt gewesen war – die alte Bebauung an der Promenade war um 1960 komplett abgerissen und über einen Zeitraum von vier oder fünf Jahren durch Neubauten ersetzt worden –, hatte im Lauf der Jahre unter der salzigen Luft und der ständigen Feuchtigkeit stark gelitten, doch die meisten Hausbesitzer und Geschäftsleute waren nur daran interessiert gewesen, möglichst schnell möglichst viel Geld zu verdienen, und so wurden Renovierungen immer weiter hinausgezögert und nur oberflächliche Schönheitsreparaturen vorgenommen, um die schlimmsten Mängel zu übertünchen. Im Verlauf der Achtzigerjahre, also in der Zeit zwischen Christines fünftem und fünfzehntem Geburtstag, verfiel Beechwoods Flaniermeile immer mehr, was auch für die Oxford Street galt, durch die jeder Tourist schlenderte, der hier seinen Urlaub verbrachte.

Dass ihr das mit jedem Jahr stärker auffiel, lag vermutlich auch daran, dass sie älter wurde und stärker auf solche Kleinigkeiten zu achten begann. Sie konnte sich noch gut an die immer gleichen Dekorationen in den Schaufenstern der Souvenirläden erinnern, an kitschige Muschelfiguren, an Gondeln aus Venedig, deren Glockenspiel Elvis Presleys *Wooden Heart* erklingen ließ. Postkarten, die den Glanz vergangener Zeiten zeigten und die damit umso deutlicher machten, wie wenig sich die Verantwortlichen darum kümmerten, etwas gegen den allmählichen Verfall der Gebäude zu unternehmen. Dort standen Matchbox-Autos, die seit Jahrzehnten dastanden und für die sich kein Kind mehr interessierte – und die allenfalls eine Fundgrube für Sammler darstellten, waren doch alle Modelle und ihre Originalverpackungen noch in Bestzustand. Sie erinnerte sich an die orangefarbenen Folien hinter den Schaufensterscheiben, die heruntergezogen wurden, sobald die Sonne die Küste beschien, und die verhindern sollten, dass die ausgelegten Artikel ausbleichten.

In dem letzten Urlaub, den sie hier verbrachten, hatte man bereits den Pier mitsamt der Veranstaltungshalle wegen Baufälligkeit geschlossen, und wenn Tante Betty später zu Besuch kam, klagte sie jedes Mal darüber, dass es mit Beechwood immer weiter bergab ging. Viele Geschäftsinhaber hatten aufgegeben, nachdem die Touristen ausblieben, da sie lieber nach Brighton oder Hastings fuhren, wo man sich wesentlich mehr Mühe gab, sich von einer gepflegten Seite zu präsentieren. Gelangweilte Jugendliche warfen aus Spaß die Schaufensterscheiben der leer stehenden Geschäfte ein, die daraufhin mit großen Spanplatten vernagelt wurden, womit den Jugendlichen wiederum eine Fläche zur Verfügung stand, die sie mit Graffiti verschönern konnten. Von Verschandeln hätte man in diesem Fall beim besten Willen nicht reden können, da die wilden Farbtupfer wenigstens für ein bisschen Abwechslung auf den eintönigen Häuserfronten sorgten.

Bei ihrem Spaziergang durch den Nebel am Vormittag hatte sie von alledem nichts sehen können, und sie war einfach davon ausgegangen, dass hinter der Nebelwand alles noch etwas verfallener aussehen musste.

»Ich sagte dir ja, du wirst dich wundern«, meinte Betty, die sich in ihrem Rollstuhl so umgedreht hatte, dass sie Christines ungläubige Miene betrachten konnte.

»Was ist hier passiert? Hat die Stadtverwaltung beim Lotto das große Los gezogen?«, erwiderte sie.

»Dass Beechwood das große Los gezogen hat, kann man

schon behaupten«, entgegnete ihre Tante. »Sagt dir der Name Nikolai Arejev etwas?«

»Arejev?« Christine überlegte kurz. »Das ist doch irgendein russischer Milliardär, nicht wahr? Diamanten, Öl, Erdgas und so weiter.«

Betty nickte. »Ganz recht. Arejev Global Industries ist der Mutterkonzern, der mit allen möglichen Rohstoffen handelt und weltweit kauft und verkauft. Dazu kommen Anteile an Fluggesellschaften, Reedereien, Energiekonzernen und, und, und.«

»Seit wann kennst du dich mit solchen Dingen aus?«, wunderte sich Christine, während sie den Rollstuhl weiterschob und sich umsah. Sie hatte das Gefühl, dreißig Jahre in der Zeit zurückgereist zu sein. »Das hat dich früher doch auch nicht interessiert.«

»Eigentlich würde es mich heute immer noch nicht interessieren«, gestand Betty, »aber Nikolai Arejev ist sozusagen unser großes Los.«

»Wie soll ich das verstehen?«

»Arejevs Vater arbeitete eine Weile im diplomatischen Dienst in London, und im Sommer kam er mit der Familie nach Beechwood, um Urlaub zu machen. Der kleine Nikolai war ungefähr fünf, als sie 1970 zum ersten Mal herkamen. 1980 verbrachte die Familie hier zum letzten Mal die Ferien, dann wurde der Vater zurück in die damalige Sowjetunion versetzt. Nach dem Fall der Mauer reiste Nikolai als junger Mann Anfang der Neunzigerjahre wieder nach Beechwood, wo er – wie er es formulierte – die schönsten Tage seiner Kindheit verbracht hatte. Aber er bekam ein verfallenes Beechwood zu sehen, das keinen Urlauber mehr anlocken konnte.«

»Das muss eine herbe Enttäuschung für ihn gewesen sein«, sagte Christine, die wusste, wie es ihr selbst ergangen war, als sie damals miterlebte, wie die Häuser und die Geschäfte mehr und mehr herunterkamen.

»Das war es tatsächlich«, fuhr Betty fort. »Aber zu der Zeit hatte er bereits seine ersten Millionen verdient, und ein paar Jahre später kam er wieder her, und dann kaufte er alle Grundstücke an der Promenade und in der Oxford Street auf. Und dazu den Pier, so, wie er da stand. Alles war längst halb verfallen, und ein Abriss und Neubau wäre sicher viel billiger gekommen, aber Nikolai hatte etwas anderes vor. Kurz nachdem er der neue Eigentümer von halb Beechwood geworden war, rückten Heerscharen von Bauarbeitern und Handwerkern an. Zuerst dachten wir, die Leute sollten den Abriss vorbereiten, doch dann begannen sie, alles exakt in den Zustand zurückzuversetzen, in dem sich die Uferpromenade, die Oxford Street und der Pier im Jahr 1980 befunden hatten. Er startete einen Aufruf in allen Tageszeitungen und bat die Leser, ihm Fotos von ihrem Urlaub in Beechwood in den Siebzigerjahren zu schicken, damit alles originalgetreu nachgebildet werden konnte. Und das bezieht sich nicht nur auf die Fassaden, sondern auch auf die Geschäftseinrichtungen, die Leuchtreklamen, die Automaten in den Spielhallen und … na ja, einfach alles. Im Kino in der Oxford Street laufen das ganze Jahr hindurch nur Filme aus der Zeit Ende der Siebziger, Anfang der Achtziger.«

»Das muss doch Unsummen verschlungen haben«, warf Christine ein und ließ den Blick über die Häuserfront wandern.

»Arejev hat so viel Geld, da kommt es ihm auf eine Milliarde mehr oder weniger auch nicht an«, meinte Betty.

»Er hat eine Milliarde investiert, damit alles wieder so aussieht wie damals, als er ein Kind war?«

»Ob es eine Milliarde war, weiß ich nicht«, räumte ihre Tante ein. »Es können auch hundert Millionen mehr oder weniger gewesen sein. Ihm ging es darum, sich einen Traum zu erfüllen.«

»Ohne Rücksicht darauf, ob es irgendwen interessiert«, ergänzte Christine. Dieser Mann hatte ein Vermögen ausgegeben, nur um seine Kindheit noch einmal zu durchleben. Ein Vermögen, das den Haushalt mehrerer Kleinstädte auf Jahre hinaus hätte sanieren können. Ungläubig schüttelte sie den Kopf.

»Richtig«, bestätigte Betty. »Aber die Rechnung ging auf. Seit er den Uferstreifen hat neu anlegen lassen, kommen die Urlauber wieder in Scharen her.«

»Aber es ist doch alles ... wie soll ich sagen ... alt und überholt.«

»Das stimmt, trotzdem sieht es aus wie neu. Und das macht wohl den Reiz aus. Für die Touristen ist das so etwas wie ein Freizeitpark. Die einen kommen her, weil es so aussieht wie damals, als sie hier Urlaub machten. Die anderen, die erst nach 1980 geboren wurden, wollen sich ein Bild von der Zeit vor ihrer Geburt machen. Und du glaubst gar nicht, wie viele Filme und Serien hier gedreht werden, die in den Achtzigern spielen.«

»Dann ist Arejevs Mut also belohnt worden«, sagte Christine, die immer noch Mühe hatte, sich die Geldsummen vorzustellen, die geflossen waren, um etwas längst Vergangenes auferstehen zu lassen. »Wirklich beeindruckend.«

Gegen sechs verließen sie das Octopus Garden, um nach Hause zurückzukehren, als Christine plötzlich stehen blieb.

»Was ist, mein Schatz?«

»Eigentlich nichts, Betty. Ich ... es ist nur so, dass ich heute Morgen in dem dichten Nebel blindlings die Promenade entlanggelaufen bin, und jetzt sehe ich erst, wie großartig das alles ist. Wenn ich die Veranstaltungshalle auf dem Pier betrachte oder die Promenade ... dann komme ich mir tatsächlich vor, als wäre ich wieder ein kleines Mädchen, das mit den Eltern hier die Ferien verbringt. Dieser Arejev hat etwas Wunderbares geschaffen.«

Betty deutete auf die andere Straßenseite. »Fahr mich da rüber, dann kannst du dich auf die Bank setzen, und wir können uns noch ein bisschen unterhalten.«

Christine schob den Rollstuhl neben die Bank und nahm

Platz. Die Bank war so aufgestellt, dass sie das Meer im Rücken hatten und vor ihnen die Oxford Street lag.

»Wenn ich das sehe, wird mir erst so richtig bewusst, wie sehr sich London seit damals verändert hat.« Sie schwieg eine Weile.

»Was denkst du gerade?«, fragte Betty schließlich.

»Ich gehe gerade im Geiste durch London, wie es vor fünfundzwanzig Jahren oder mehr aussah, wie gemütlich es war und wie kalt und unpersönlich es geworden ist.«

Ihre Tante seufzte und ließ ein leises Lachen folgen. »Wenn du gleich noch sagst, dass früher alles besser war …«

»Ach was, Betty. Das will ich gar nicht sagen. Es war nicht alles besser, aber es war auch nicht alles schlecht. Was war denn zum Beispiel an den Siebzigern oder den Achtzigern so mies, dass wir alles aus diesen Jahrzehnten verkommen und verrotten lassen, bis wir es abreißen können? Warum denken nicht mehr Leute so wie dieser Arejev und erhalten das, was dreißig Jahre alt ist? Immer nur ›Weg mit dem Alten‹ zu sagen, ist nicht der richtige Weg. Wenn wir alles Alte abreißen und durch Neues, Modernes ersetzen, dann nehmen wir den Generationen nach uns die Möglichkeit, etwas von dem zu erfahren, was vor ihnen existiert hat.«

»Stimmt, aber das ist der Lauf der Dinge.«

»Nein, es ist der Lauf der Dinge geworden. Früher hat man das zu schätzen gewusst, was aus vergangenen Zeiten stammte. Wenn die Menschen immer so gedacht hätten, wären vor Jahrtausenden die Pyramiden abgerissen worden, die Akropolis wäre immer neuen Bauwerken gewichen und würde sich heute als Klotz aus Stahl, Beton und Glas präsentieren. Nirgendwo würde noch eine alte Burg stehen, und jedes Haus, das älter als hundert Jahre ist, hätte man längst abgerissen.«

Betty nickte nachdenklich. »Du hast völlig recht. Natürlich ist eine Burg von Dreizehnhundertirgendwas ein beeindruckendes Bauwerk, wenn man bedenkt, in welcher Zeit es entstanden ist. Aber vielleicht haben ein paar Leute das damals ja für einen Schandfleck gehalten, so wie ich mir heute wünschen würde, man hätte das Golden West gar nicht erst gebaut.« Sie deutete auf das heruntergekommene Hotel ganz am Ende der Promenade, das Schauplatz eines Mordes gewesen war.

»Warte mal«, wandte Christine ein. »Das Golden West hat doch nicht immer so grässlich ausgesehen. Wieso hat Arejev das nicht auch renoviert?«

Ihre Tante lächelte ironisch. »Weil es Dinge gibt, die man für kein Geld der Welt kaufen kann.«

»Ich dachte, Arejev hat genug Geld, um sich zu kaufen, was er haben will.«

»Nur dann, wenn der Eigentümer es auch verkaufen will.«

»Verkaufen will? Er kann doch froh sein, wenn er nicht noch dafür bezahlen muss, dass ihm jemand diese Bruchbude abnimmt.«

»Sollte man meinen, aber du weißt nicht, wem das Hotel gehört.«

Sie schüttelte den Kopf. »Wem denn?«

»Alexei Arejev. Dem jüngeren Bruder von Nikolai. Im Gegensatz zu Nikolai hat er Beechwood gehasst. Er konnte das Meer noch nie leiden, ihn zieht es in die Berge. Und auf seinen Bruder war er auch nie gut zu sprechen«, erklärte Betty achselzuckend. »Als er erfuhr, was Nikolai vorhatte, kaufte er schnell das Golden West. Zuerst dachten alle, er wolle es zu einem Wucherpreis an seinen Bruder verkaufen, doch als der ihm ein Angebot nach dem anderen machte, ging Alexei einfach nicht darauf ein. Das Letzte, was ich gehört habe, war, dass Nikolai den fünfzigfachen ursprünglichen Kaufpreis geboten hatte.«

»Und das alles nur, damit Arejevs Traum einen dicken Makel hat.« Christine verzog den Mund. »Was bin ich froh, dass ich keinen kleinen Bruder habe, der mir in die Suppe spucken will.« Sie streckte sich und stand auf. »Ich glaube, wir sollten uns auf den Heimweg machen.«

»Ja, so bequem ist dieser Rollstuhl nun auch nicht, und ein wenig sehne ich mich jetzt doch nach meinem Sessel.«

Sie machten sich auf den Weg, zwischendurch sah Christine über die Schulter. »Finden auf dem Pier eigentlich wieder Konzerte statt?«, fragte sie schließlich.

»Ach, früher kam Tom Jones her«, schwärmte Betty. »Heute bekommen wir nur noch so was wie Bucks Fizz zu sehen. Und davon auch noch alle drei Versionen.«

»Drei? Ich dachte, es gibt nur zwei. Die mit einem aus der Originalbesetzung, und dann die mit dem Typ, der bei Dollar gesungen hat.«

»Stimmt, aber irgendeinem findigen Produzenten fiel vor ein paar Jahren ein, dass er Anfang der Siebziger mal mit jemandem zusammengearbeitet hat, der einen Tag lang als Studiomusiker für Bucks Fizz in der engeren Auswahl war, und das hat ihm offenbar genügt, um den Mann zum Gründungsmitglied der Band zu erklären, damit der den Namen ganz legitim verwenden darf. Darum gibt's in der einen Woche ›The Original Bucks Fizz‹, die Woche drauf ›The Real Bucks Fizz‹ und in der dritten Woche ›Bucks Fizz Reloaded‹. Man kommt sich hier manchmal vor wie in einer Zeitschleife, in der sich immer wieder das Gleiche abspielt.«

»Täglich grüßt Bucks Fizz«, scherzte Christine und kam auf den Anfang der Unterhaltung zurück. »Apropos Tom Jones. Hast du damals eigentlich auch … du weißt schon …«

»Meine Unterwäsche auf die Bühne geworfen? Na klar. Und Tom hat sie auch gefangen«, erklärte Betty stolz. »Ach, das waren noch Zeiten, als Männer wie er Konzerte gaben. Die Halle war zum Bersten voll, und von jedem Platz aus konnte man die Bühne gut sehen. Wenn die dagegen heutzutage mal ein Konzert im Fernsehen zeigen, dann frage ich mich jedes Mal, warum ich mir das antun sollte. Die Halle ist so riesig, dass diese monströsen Leinwände aufgehängt werden, damit die Leute weiter hinten den Star überhaupt noch ausmachen können. Was soll das? Dann kann ich mir das gleich im Fernsehen anschauen, wenn Tom Jones nur ein kleiner Punkt ist, der über die Bühne huscht?« Bevor Christine etwas entgegnen konnte, redete ihre Tante schon weiter. »Sieh mal da drüben.« Sie zeigte auf die andere Straßenseite zu einem altmodisch erscheinenden, mit dem Original aus den Siebzigern identischen Pavillon mit dem Schriftzug ›Touristeninformation‹ an der Frontseite. »Ich glaube, die haben nach der Renovierung eine Broschüre herausgegeben, in der du eine Übersicht über alle Attraktionen und Geschäfte findest. Ich wollte mir diesen Prospekt längst geholt haben, aber aus irgendeinem Grund habe ich es doch immer wieder vergessen. Würdest du …?«

»Natürlich. Das interessiert mich doch auch«, sagte Christine. »Kann ich dich denn für zwei Minuten hier stehen lassen?«

»Mich wird bestimmt keiner klauen«, versicherte Betty mit einem Augenzwinkern. »Und weglaufen werde ich dir erst recht nicht.«

Christine zuckte mit den Schultern. »Wer weiß? Vielleicht hältst du dich beim nächsten Wagen, der vorbeikommt, am Türgriff fest und düst mit ihm ab.«

Betty legte den Kopf schräg. »Hm. Keine schlechte Idee.«

»Komm ja nicht auf dumme Gedanken«, warnte Christine sie im Spaß, wechselte die Straßenseite und war ein paar Minuten später mit zwei dicken Broschüren zurück. Sie verstaute sie soeben in der Tasche an der Rückenlehne des Rollstuhls, als ein metallicblauer Mercedes neben ihr am Straßenrand hielt.

»Hallo, Chris.«

Sie bückte sich ein wenig und sah Jerry Denham am Steuer des Wagens sitzen. Das war das Coupé, das ihnen vor ein paar Stunden auf dem Weg zu Bettys Haus entgegengekommen war. Dann hatte Daffyd Mattison also ihn vor der Tür stehen sehen.

»Hi, Jerry, was gibt es? Willst du dein Angebot nachbessern?«, witzelte sie.

»Mein Angebot? Ach, das meinst du.« Er grinste selbstsicher. »Da muss ich nichts nachbessern. Besser geht's gar nicht.«

»Du musst es ja wissen.«

»Aber zu etwas anderem: Was weißt du über diesen Toten auf dem Pier?«

»Ein Toter auf dem Pier?« Betty wurde sofort hellhörig.

»Oh ja, davon habe ich dir noch gar nichts erzählt«, wurde Christine klar. »Ich werd's nachholen, sobald wir zu Hause sind.« Sie wandte sich wieder Jerry zu. »Was ist mit dem Toten?«

»Die Polizei sagt, es war ein Unfall.«

Sie wartete, dass er weiterredete, aber es kam nichts, und schließlich fragte sie: »Und?«

»Na ja, ich dachte, du wüsstest vielleicht etwas mehr darüber, weil du auch da warst.«

»Ich weiß nur, was die Polizei dazu sagt«, erwiderte sie. Nach wie vor hegte sie leise Zweifel an seiner Schilderung, dass er am Morgen an ihr vorbeigefahren war, sie erst mit Verzögerung erkannt hatte und ihr dann durch den dichten Nebel nachgelaufen war. Es klang zwar überzeugend, aber sie wusste praktisch nichts über Jerry, außer dass sie vor zwanzig Jahren beinahe mit ihm geschlafen hätte. Vielleicht hatte er mit den beiden Todesfällen zu tun und wollte herausfinden, ob sie etwas wusste, damit er noch schnell mögliche Spuren verwischen konnte, bevor die Polizei ihn zu fassen bekam. Obwohl es weit hergeholt zu sein schien, fürchtete sie, sich in Gefahr zu bringen, wenn sie ihm von ihrer Mordtheorie erzählte. Dass er nur von dem zweiten Toten sprach, konnte auch eine Finte sein, um sie in falscher Sicherheit zu wiegen.

»Es ist so, dass diese Schauspielerin, von der ich dir erzählt habe … du weißt schon, die auf der Convention auftreten wird … also sie hat auf Twitter von dem Unfall gelesen, und jetzt ist sie um ihre Sicherheit besorgt.«

»Verstehe.« Sie nickte und wunderte sich gleichzeitig, wieso Jerry ihr den Namen der Frau nicht nannte. »Um wen handelt es sich eigentlich?«, fragte sie. »Oder ist das ein Geheimnis?«

»Nein, überhaupt nicht«, beteuerte er. »Es kann nur nicht jeder etwas mit dem Namen anfangen, und ich habe keine Lust, ständig zu erklären, wodurch sie bekannt geworden ist. Es geht um Helen Harling.«

»Aus *Bionic Squad?*«, fragten Christine und Betty gleichzeitig und sahen sich lachend an.

»Ich sehe, sie ist bekannt«, meinte Jerry grinsend, dann wurde er wieder ernst. »Also, was meinst du? Sind ihre Befürchtungen gerechtfertigt?«

»Unfälle ereignen sich nun mal, und ich vermute, wenn die Polizei irgendeine Gefahr vermuten würde, hätte sie die Veranstaltung bestimmt abgesagt.«

Jerry dachte kurz über ihre Worte nach. »Das klingt einleuchtend. Okay, danke.«

»Nichts zu danken«, sagte Christine und schob Bettys Rollstuhl weiter.

»Kann ich euch vielleicht ein Stück mitnehmen?«, rief er.

»Wie wollen Sie das anstellen, junger Mann?«, erwiderte Betty. »Hat Ihr Wagen eine Anhängerkupplung?«

Er verzog den Mund und schlug sich mit der flachen Hand an den Kopf, als ihm klar wurde, dass er geredet hatte ohne nachzudenken. Dann gab er Gas, fuhr die Promenade entlang und bog in die Slaughterhouse Road ein.

Christine und Betty ließen sich Zeit, nach Hause zu gelangen, genossen den frischen Wind und den Blick auf die aufgewühlte See, die jetzt bei Flut wieder einen breiteren Streifen Strand für sich beanspruchte. Möwen flogen kreischend über sie hinweg und steuerten zielstrebig auf den kleinen Fischstand kurz vor der Slaughterhouse Road zu, dessen Besitzer in wenigen Minuten Feierabend machen würde.

»Die Vögel wissen, dass Rogers gleich seinen Fischwagen abschließt und die Reste vom Tag runter auf den Strand wirft«, erklärte Betty. »Fünf Minuten vorher sammeln sie sich dort und warten auf ihren Imbiss.«

»Schlaue Viecher«, kommentierte Christine. »Wenn Isabelle das wüsste, würde sie sich bestimmt zu ihnen setzen.«

»Bloß hätte sie gegen diese Schnäbel wahrscheinlich keine Chance.«

»Nein, ganz sicher nicht«, pflichtete sie ihrer Tante bei. »Dafür ist sie viel zu zurückhaltend.«

Sie gingen am Fischstand vorbei, winkten Mr Rogers zu und bogen ebenfalls in die Slaughterhouse Road ein. Der Rest des Weges war für Christine wegen einer leichten Steigung etwas anstrengender, aber sie legte die Strecke ohne Murren zurück.

Schließlich waren sie zu Hause angekommen, Christine half ihrer Tante aus dem Rollstuhl und schloss die Tür auf.

»Hmm«, murmelte sie.

»Was ist?«, fragte Betty.

»Isabelle ist schon wieder nicht da.«

»Schon wieder?«

»Ja. Als ich heute Nachmittag den Rollstuhl geholt habe, lag sie vor dem Kühlschrank, obwohl sie sonst auch zu Hause immer an der Tür steht, wenn ich aufschließe«, erklärte Christine.

»Vielleicht liegt das an der ungewohnten Umgebung«, gab Betty zu bedenken. »Sie kennt die Geräusche hier noch nicht so gut, deshalb weiß sie möglicherweise nicht, dass du nach Hause kommst.«

Sie zuckte mit den Schultern, schloss die Tür hinter ihrer Tante und machte sich dann auf die Suche nach Isabelle. »Isabelle, wo bist du? Komm mal her, ich habe ein Leckerchen für dich.«

»Das stimmt doch gar nicht«, sagte Betty mit gespielter Entrüstung. »Du kannst das arme Tier doch nicht unter einem Vorwand anlocken.«

Christine fand die Katze im Wohnzimmer auf dem Sofa liegend vor. »Da bist du.« Isabelle hob den Kopf und sah sie interessiert an, als warte sie nur darauf, dass ihr ein voller Napf vorgesetzt wurde. »Fehlt dir etwas«, fragte sie, als Isabelle keine Anstalten machte, von der Couch herunterzukommen.

»Sie sieht doch munter aus«, urteilte Betty.

»Ja, das schon. Aber es ist nicht ihre Art, einfach dazuliegen und abzuwarten. Ich werde von ihr sonst immer begrüßt. Außerdem hat sie längst wieder Hunger und würde eigentlich um meine Beine herumschleichen, um mich in die Küche zu dirigieren.«

»Sie macht auf mich keinen kranken Eindruck«, fand Betty. »Sieh dir die Augen an, wie hellwach sie ist.«

»Ich weiß, und das irritiert mich ja so.« Sie ging in die Küche und holte die Dose mit Trockenfutter, die sie an der Wohnzimmertür stehend öffnete und leicht schüttelte.

Isabelle machte einen langen Hals, verließ aber nach wie vor nicht ihren Platz inmitten der Sofakissen. Daraufhin hielt Christine ihr einen Moment lang ein paar Krümel vor die Nase und legte eine Spur, die einmal quer durchs Wohnzimmer führte, und stellte sich wieder an die Tür, um die Katze zu beobachten. »Mal sehen, was sie jetzt macht.«

Nach längerem Zögern erhob sich Isabelle schließlich und sprang auffallend vorsichtig zu Boden, um die gelegte Spur Trockenfutter nach und nach zu vertilgen.

»Humpelt sie, oder bilde ich mir das nur ein?«, fragte Betty überrascht.

Christine ging in die Hocke, damit sie die Bewegungen der Katze besser erkennen konnte. »Ja, sie humpelt«, bestätigte sie. »Sie tritt mit der linken Hinterpfote nur ganz leicht auf, um sie nicht zu belasten. Ich würde sagen, ihr tut das Bein weh.«

Betty schüttelte den Kopf. »Wie kann das sein? Sie war doch den ganzen Tag im Haus.«

»Hmm … vielleicht ist sie auf der Treppe ausgerutscht und mit der Pfote verkehrt aufgetreten.«

»Ist das Bein gebrochen?«

Achselzuckend entgegnete Christine: »Keine Ahnung, vielleicht ja, aber vielleicht ist es auch nur eine Verstauchung.«

»Willst du den Tierarzt anrufen?« Betty ging zum Telefon, um nach dem schmalen Telefonbuch zu greifen, das alle Nummern in Beechwood enthielt.

»Es ist fast sieben. Meinst du, ich kann jetzt noch einen Tierarzt erreichen?«

»Du kannst es auf jeden Fall versuchen.«

»Okay.« Sie ging zum Telefon und ließ sich von Betty die Nummer nennen. Nach dem dritten Freizeichen meldete sich die Praxis, und Christine schilderte ihre Beobachtungen zu Isabelles Verhalten.

»Ich soll sofort vorbeikommen«, sagte sie, als sie wieder aufgelegt hatte. »Dr. Gallaghers Praxis ist noch eine Stunde lang geöffnet, und im Moment sind nur zwei Patienten vor mir.«

»Soll ich dich begleiten?«

»Betty, du warst heute genug unterwegs«, wehrte sie ab. »Du solltest jetzt dein Bein hochlegen und dich ausruhen.«

»Gut, dann halte ich hier die Stellung.« Betty schien es recht zu sein, das Haus nicht noch mal verlassen zu müssen. Also war Christines Vermutung richtig gewesen, dass sie nur aus Höflichkeit gefragt hatte. »Den Weg zur Dickens Lane kennst du?«

»Ich kenne so ziemlich den gesamten Stadtplan auswendig«, antwortete sie lächelnd. »Schließlich habe ich in den Ferien die ganze Stadt erkundet.«

Sie holte die Transportbox aus der Abstellkammer in der Küche, öffnete die Tür und nahm Isabelle hoch, um sie hineinzusetzen. Als sie dabei an die linke Pfote kam, fauchte die Katze. »Ja, es stimmt eindeutig etwas nicht mit ihr.« Nachdem sie die Box verschlossen hatte, zog sie ihre Jacke wieder an und ging zum Wagen.

Als sie die Hausnummer entdeckte, die sie auf einem Zettel notiert hatte, bremste Christine den Wagen ab und stutzte. Der Name Dr. Gallagher stimmte, die Adresse stimmte ebenfalls, jedoch stand auf dem Praxisschild groß und deutlich ›Zahnarzt‹.

Sie stieg aus, nahm die Transportbox vom Rücksitz und ging zur Haustür. Es gab nur eine Klingel, sie drückte auf den Knopf.

Augenblicke später waren Schritte und gedämpfte Stimmen zu hören, dann wurde geöffnet.

»Ich bin Christine Bell, ich habe vorhin wegen meiner Katze angerufen. Sind Sie Dr. Gallagher?«, fragte sie.

Vor ihr stand ein gedrungener, korpulenter Mann, der einen halben Kopf kleiner war als sie und dessen Arme und Beine auffallend kurz geraten waren. »Ja, genau, treten Sie ein.«

»Sie … sind doch Tierarzt, oder?«

Er nickte eifrig. »Ja, das ist richtig.«

»Draußen auf dem Schild steht aber, Sie seien Zahnarzt.«

Der Mann mit dem rötlichen Gesicht und den kurz geschnittenen, grau melierten Haaren klatschte gut gelaunt in die Hände und sagte: »Na, dann wollen wir das doch schnell ändern.« Er ging an Christine vorbei nach draußen, und sie konnte beobachten, wie er das Schild aus den Metallschienen schob, die ihm oben und unten Halt gaben, umdrehte und wieder zurückschob. »So ist es besser.«

Während er ins Haus zurückkehrte, ging Christine noch einmal nach draußen und sah, dass der gleiche Dr. Gallagher nun als Tierarzt firmierte. Kopfschüttelnd folgte sie ihm nach drinnen.

»Sie können gleich durchkommen, Ihr Stubentiger ist als Nächster dran.«

Sie räusperte sich und brauchte drei Anläufe, ehe sie herausbrachte: »Entschuldigen Sie die Frage, aber … sind Sie nun Zahnarzt und Tierarzt?«

Wieder nickte er eifrig und unübersehbar stolz. »Ich habe Tiermedizin studiert und hatte eine Praxis in London, aber dann machte um die Ecke eine von diesen hypermodernen Tierkliniken auf, die jeden Schnickschnack zu bieten haben, den keiner braucht … EKG für Hunde, Tieraugenärzte, CT-Untersuchungen für Wellensittiche …«

Christine beschloss, außer einem unverfänglichen »Aha« nichts dazu zu sagen, schließlich wollte sie, dass der Mann sich Isabelle ansah. Da wäre es verkehrt gewesen, ihm zu widersprechen, obwohl sie mit dieser Art von Kliniken beste Erfahrung gemacht hatte. Kurz nach ihrer Rückkehr aus Wrightford-on-Stratton war sie auf die Idee gekommen, Isabelle dort durchchecken zu lassen, und die zwar teure, aber umfassende Untersuchung hatte ergeben, dass sie gar keine Herztabletten nehmen musste, obwohl ihr Vorbesitzer genau das gesagt hatte.

»Die Kundschaft lief mir weg, und ich zog her, weil die Praxis zur Übernahme angeboten wurde«, fuhr er fort. »Allerdings war es eben eine Zahnarztpraxis. Also habe ich einen Kurs in Zahnmedizin belegt und die Praxis eröffnet. Von eins bis fünf bin ich Zahnarzt, von fünf bis acht Tierarzt. Ich habe schon überlegt, ob ich vielleicht noch einen Orthopädie-Lehrgang machen sollte. Dann würde sich der Röntgenapparat schneller rentieren. Was meinen Sie?«

»Schaden kann es nie, wenn man das Angebot ausweitet«, gab sie ausweichend zurück.

»Ja, ja, das finde ich auch, aber meine Frau meint, ich würde mich damit übernehmen. Der Laden und die Praxis ...«

Der Laden? Nein, sie wollte lieber gar nicht erst fragen, um was für einen Laden es sich handelte.

»Dann stellen Sie die Box mal auf den Behandlungstisch«, forderte er sie auf.

Als sie den Tisch sah, stutzte sie. Wieso war der Tisch dick gepolstert und in mehrere Segmente unterteilt?

Dr. Gallagher schien ihren Gedanken zu erraten, da er ungefragt erklärte: »Falls Sie sich wundern, das ist eine Spezialanfertigung. Eigentlich ist das ein Behandlungsstuhl für einen Zahnarzt, aber er lässt sich ganz hochfahren und komplett in die Horizontale bringen. Sehr praktische Sache. Wenn Sie morgen Mittag vorbeikommen, sieht er wieder aus wie ein ganz normaler Stuhl.«

»So, so«, entgegnete Christine, die nicht wusste, ob sie lachen sollte oder nicht.

»Na ja, und ich finde, als Liege für einen Orthopäden wäre

diese Kombination auch genau das Richtige.« Er sah sie an, als erwarte er eine ernsthafte Antwort. Dann schüttelte er den Kopf. »Lieber Gott, ich behellige Sie mit Problemen, bei denen Sie mir ohnehin nicht helfen können. Entschuldigen Sie vielmals.«

Christine nickte zustimmend. »Sie sollten das gemeinsam mit Ihrer Frau entscheiden, finde ich.«

»Ja, Sie haben recht, immerhin arbeitet sie hier am Vormittag als Hautärztin.«

Sie musste tief durchatmen, als sie das hörte. Gab es nicht irgendwelche Gesundheitsbestimmungen, die ein solches Durcheinander untersagten? Egal, darüber wollte sie jetzt nicht nachdenken. Jetzt ging es um Isabelle. Also öffnete sie die Box und holte die Katze heraus, die sichtlich verärgert darüber war, dass ihr Frauchen sie hergebracht hatte, und nun wütend fauchte.

Christine legte dar, was sie beobachtet hatte, dann hielt sie Isabelle fest, die auf dem Behandlungstisch lag und ihr Bein nur widerwillig untersuchen ließ. Der gepolsterte Tisch brachte sie allerdings in einen ganz erheblichen Zwiespalt, denn so sehr die Untersuchung ihr auch zuwider war, erwies sich die Unterlage als überraschend bequem.

»Hm, ich werde sie röntgen müssen«, erklärte Dr. Gallagher schließlich. »Ich glaube zwar nicht, dass das Bein gebrochen ist, doch mit Sicherheit kann ich das nicht sagen.« Er zeigte auf eine Tür. »Das da ist der Röntgenraum. Können Sie Ihre Katze halten, während ich die Aufnahme mache? Sonst müsste ich ihr eine leichte Betäubung geben.«

Auf keinen Fall werden Sie meiner Katze irgendetwas injizieren!, hätte sie ihn am liebsten angeschrien. Wer wollte schon sagen, ob der Mann überhaupt wusste, was er da tat? Solange er sich Isabelle nur ansah, aber nicht zu Spritzen griff und ihr keine Medikamente verabreichte, konnte er keinen folgenschweren Fehler machen. Notfalls konnte sie immer noch nach London fahren und ihre Katze in der Klinik behandeln lassen.

»Das wird kein Problem sein«, versicherte sie ihm, nahm Isabelle auf den Arm und betrat den kleinen Raum.

Dr. Gallagher hängte ihr eine Bleischürze um und zeigte ihr, wie sie das Tier halten sollte, dann ging er hinaus, und nur Augenblicke später rief er: »Sie können jetzt wieder rauskommen.«

Sie kehrte mit Isabelle zurück zum Behandlungstisch, wo die sich sofort in ihre Box verkroch. Nach ein paar Minuten kam Gallagher zu ihr und verkündete zu ihrer Erleichterung: »Gebrochen ist nichts.« Dabei hielt er das Röntgenbild in den Schein der Neonröhren und zeigte auf den Knochen, der nicht mal einen Riss aufwies. »Das da«, fügte er dann hinzu, »muss Sie nicht stören, das sind Ihre Hände, mit denen Sie die Katze festhalten.«

Christine hatte sich das bereits gedacht, als sie das Bild sah, nickte dennoch verstehend.

»Ihre Katze hat eine mittelschwere Prellung erlitten, am wahrscheinlichsten durch einen Fußtritt. Ist sie Ihnen oder jemandem in ihrem Haushalt heute vor die Füße gelaufen, sodass Sie sie unabsichtlich getreten haben könnten?«

Sie schüttelte den Kopf. »Nein. Meine Tante und ich haben heute Morgen gemeinsam das Haus verlassen, und als ich am Nachmittag kurz zurückkam, um Isabelle zu füttern, da hatte sie sich bereits in der Küche vor den Kühlschrank gelegt. Dass sie humpelt, ist mir erst heute Abend aufgefallen. In der Zeit kann sie niemand getreten haben.«

Dr. Gallagher nickte nachdenklich. »Nun, sie könnte auch auf der Treppe weggerutscht sein. Sehen Sie, ich bin nur ein altmodischer, ganz gewöhnlicher Tierarzt, aber die Art der Verletzung spricht mehr für einen Tritt.«

»Und was kann ich ihr geben?«, wollte sie wissen.

»Am besten versuchen Sie, die Stelle zu kühlen«, erwiderte er. »Schmerzmittel machen das Tier nur schläfrig, davon würde ich abraten. Sinnvoll wäre eine Salbe, die würde sie allerdings ablecken, es sei denn, wir legen einen Verband an. Der drückt aber unter Umständen auf die gereizte Stelle und verursacht zusätzliche Schmerzen.«

»Also kühlen. Mit Eis oder …?«

»Besser mit einem nassen Waschlappen. Eis könnte das Gewebe schädigen, wenn die Kälte zu lange auf die Stelle einwirkt.«

Sie bezahlte die recht bescheidene Rechnung, die Gallagher ihr für die Untersuchung schrieb, dann begleitete er sie zur Tür.

»Hier, nehmen Sie noch eine Karte mit«, sagte er.

Natürlich dachte sie, dass er ihr eine Visitenkarte seiner Praxis mitgeben wollte, doch was sie in ihrer Hand hielt, war in grellem Rosa und Türkis gestreift, darüber zog sich in gelber Schrift ein Name.

»Sweets for my Sweet?«, las sie verwundert vor.

»Das ist mein Laden. Jeden Tag von zehn bis kurz vor eins geöffnet, am Wochenende immer bis zum Sonnenuntergang.«

»Ein … Süßigkeitengeschäft?«, fragte sie.

Er lächelte sie strahlend an. »In der Oxford Street. Vom Meer kommend auf der linken Seite gleich hinter dem Beautiful Noise. Unsere Spezialität sind Lakritze und Zimtstangen, aber wir haben alles im Angebot, was das Schleckermäulchen begehrt.«

»Aber Sie sind doch Zahnarzt«, wandte sie ein.

»Ganz genau. Die Kunden von heute sind die Patienten von morgen.«

Christine war sich nicht sicher, ob das ironisch oder zynisch gemeint war. Auf jeden Fall reagierte sie nur mit einem knappen Nicken, dann bedankte sie sich noch einmal für seine Bemühungen und ging zum Wagen.

»Ein Fußtritt?«, wiederholte Betty verdutzt. »Wer soll die Kleine denn getreten haben?«

»Ich weiß nicht«, antwortete Christine. »Allerdings ist mir auf der Rückfahrt vom Arzt etwas eingefallen. Dein Nachbar Daffyd Mattison sprach heute Nachmittag davon, er hätte mich im Haus gesehen, als Jerry Denham hier geklingelt hatte.«

»Da waren wir doch noch unterwegs.«

»Genau. Er sagte, er hätte vom Garagendach aus eine Bewegung im Haus gesehen, aber ich war der Meinung, das könne nur Isabelle gewesen sein, die durchs Wohnzimmer gelaufen ist. Jetzt allerdings …«

»Du meinst …?«, begann ihre Tante, wollte jedoch nicht aussprechen, was ihr auf der Zunge lag.

»M-hm«, gab Christine zurück. »Es könnte sein, dass tatsächlich jemand hier war.«

Betty sah sie fassungslos an. »Wer? Und warum? Was sollte hier jemand suchen?«

»Ich weiß nicht«, sagte sie. »Ich sehe mich mal schnell im Haus um, ob mir etwas auffällt.«

Zehn Minuten später kehrte sie zu ihrer Tante ins Wohnzimmer zurück. Isabelle lag inzwischen auf dem Couchtisch und fixierte das Käsesandwich, das Christine Betty hingestellt hatte.

»Und?«, fragte Betty. »Fehlt irgendetwas?«

»Dazu müsstest du selbst in allen Schränken nachsehen, was wir gleich auch gern zusammen machen können, aber auf den ersten Blick kommt es mir nicht so vor«, erklärte sie. »Ich kann auch keine konkreten Anzeichen für einen Einbruch finden. Es ist mehr … ein Gefühl. So als hätte jemand hier und da ein Teil in die Hand genommen und wieder hingestellt, allerdings um zwei, drei Millimeter nach links oder rechts versetzt.«

»Ich habe doch nichts Wertvolles im Haus«, wandte Betty ein. »Das weiß jeder hier in Beechwood.«

Christine nickte zustimmend. »Wenn es darum ginge, dann würde ich vorne in Haus Nummer vier oder fünf einsteigen, aber der Rest der Straße lädt nicht dazu ein. Dazu sind das alles viel zu schlichte Gebäude.«

»In der ganzen Straße wurde noch nie eingebrochen«, beteuerte ihre Tante. »Warum jetzt?«

»Das hat nichts mit dir zu tun«, versicherte Christine ihr. »Sondern mit mir.«

»Mit dir? Wieso?«

»Du weißt ja von dem jungen Mann, der im Swimmingpool lag«, begann sie zu erklären. »Isabelle hatte mich im Gebüsch nahe dem Pool auf diesen Plan voller Blutspritzer aufmerksam gemacht, für den der Chief Inspector sich jedoch nicht interessierte. Der Plan … ich überlege gerade, wo ich ihn hingelegt habe … hat möglicherweise etwas mit dem Mord zu tun, den die Polizei so beharrlich für einen Unfall hält. Heute Mittag, während du mit Mrs Nettles beim Bowls warst, wurde in der Veranstaltungshalle noch ein Toter gefunden. Die Polizei geht auch hier von einem Unfall aus, aber ich bin der Meinung, dass das ebenfalls Mord war …« Sie beschrieb ihr in groben Zügen das Geschehene. »Als ich dann mit dem Taxi herfuhr, weil ich nicht wieder durch den Nebel laufen wollte, da hatte ich das Gefühl, dass ein Stück entfernt jemand ebenfalls aus einem Wagen ausstieg, möglicherweise jemand, der mir mit einem zweiten Taxi vom Pier gefolgt war. Ich konnte natürlich niemanden sehen. Und da dein Nachbar glaubte, ich sei im Haus unterwegs, hat er auch nicht genauer hingeguckt und nicht darauf geachtet, ob sich jemand davongeschlichen hat. Falls er bei dem Nebel überhaupt irgendetwas hätte erkennen können.«

»Aber die Haustür war abgeschlossen. Wie soll derjenige also ins Haus gekommen sein?«

»Ach, Betty, du weißt, wie leicht die Terrassentür von außen zu öffnen ist«, machte Christine ihr klar. »Die habe ich doch schon mit zehn aufgekriegt.«

»Ja, ich weiß. Wie oft habe ich deinem Onkel gesagt, er soll da ein vernünftiges Schloss einbauen. Aber es ist ja auch nie etwas gewesen.«

»Und ausgerechnet jetzt muss etwas passieren«, murmelte sie betrübt und verärgert zugleich. »Es tut mir leid.«

»Du kannst doch nichts dafür.«

Christine zuckte unbehaglich mit den Schultern. »In gewisser Weise schon. In der Halle ist mir versehentlich eine Bemerkung rausgerutscht, dass die Beschriftung auf einem der Raumschiffmodelle so aussieht wie die Schrift auf diesem Plan.«

»Und wer hat das mitbekommen?«, wollte Betty wissen.

»Zu viele Leute«, antwortete Christine kopfschüttelnd. »Die Händlerin sowieso, auch der Veranstalter, und dann hat einer von den Helfern, die die Stände aufbauen, mir einen Vortrag darüber gehalten, dass es sich bei der Schrift um eine außerirdische Sprache handelt. Das haben wiederum andere gehört, also würde es mich nicht wundern, wenn alle von meiner Bemerkung wussten, als ich später die Halle verließ. Das waren so etwa fünfzig Leute, würde ich schätzen.«

»Das hilft uns nicht weiter«, meinte ihre Tante. »Wonach, meinst du, könnte der Einbrecher hier überhaupt gesucht haben?«

Christine stierte auf den Laptop, der geschlossen auf dem Wohnzimmertisch stand. Etwas war eigenartig, aber … was? Dann wurde es ihr bewusst. »Er hat den Plan gesucht. Der Plan ist der Schlüssel.«

»Und wo ist dieser Plan?«

»Das hatte ich vorhin überlegt, aber gerade eben ist es mir eingefallen. Und ich weiß sogar, dass er den Plan nicht gefunden hat.«

»Wirst du mich in deine Gedankengänge einweihen, Sherlock Holmes?«, fragte Betty, die ihr nicht folgen konnte.

»Ich habe den Plan zusammen mit einem Zettel, auf dem die Namen der beiden Toten stehen, auf die Tastatur gelegt und den Laptop zugeklappt, weil Isabelle Anstalten machte, sich an dem Papier zu vergreifen. Ich habe dir ja erzählt, wie sie zu Hause meine alten Zeitungen zerfetzt.«

»Und woher weißt du, dass der Plan noch da ist?«, wunderte sich ihre Tante. »Du hast deinen Computer nicht aufgeklappt.«

»Richtig, und unser unbekannter Einbrecher auch nicht.«

Sie zeigte auf den Rechner. »Bevor ich losfuhr, um euch vom Bowls abzuholen, habe ich Isabelle noch etwas Trockenfutter gegeben. Mit dem letzten Bröckchen ist sie ins Wohnzimmer gelaufen und auf den Tisch gesprungen, um es halb auf dem Laptop sitzend zu kauen. Wie du siehst, sind ein paar Krümel auf dem Gerät liegen geblieben.«

Betty zog verstehend die Brauen hoch. »Und die wären runtergefallen, wenn jemand deinen Computer aufgeklappt hätte.«

»Richtig«, bestätigte Christine. Sie wischte die Krumen zur Seite, öffnete den Laptop nur einen Spaltbreit und zog den zusammengefalteten Plan und den Zettel mit den zwei Namen heraus. Sie zeigte ihrer Tante den Plan, die aber erwartungsgemäß auch nur mit den Schultern zucken konnte.

»Das Problem«, fuhr Christine fort, »besteht darin, dass ich diesen Plan niemandem zeigen kann, weil ich nicht weiß, wer hier eingestiegen ist. Wenn ich diesen Grundriss unserem Einbrecher zeige, riskiere ich mein Leben, denn vermutlich gehen die beiden Toten auch auf sein Konto. Der erste mit ziemlicher Sicherheit, weil der Plan offenbar mit dem Opfer vom Dach geflogen ist, aber beim zweiten bin ich auch davon überzeugt. Es wäre einfach ein zu großer Zufall, dass zwei Convention-Besucher innerhalb von ein paar Tagen ums Leben kommen, ohne dass es einen Zusammenhang gibt.«

Christine überlegte, was sie tun sollten, dann griff sie nach dem Telefon.

»Wen rufst du an?«

»Bei uns wurde eingebrochen«, erwiderte sie. »Also rufe ich die Polizei an.«

»Es ist doch nichts verschwunden.«

»Egal, ich habe einen Plan, der unseren lieben Inspector zur Einsicht bringen könnte.« Sie fand, dass diese Worte nicht mal in ihren eigenen Ohren richtig überzeugend klangen. Aber sie wollte es wenigstens versuchen.

Sie wählte den Notruf, dann sagte sie: »Hier ist Christine

Bell, guten Abend. Können Sie mir sagen, wie ich Chief Inspector Hatfield erreichen kann? ... Ach, der ist noch im Büro? ... Würden Sie mich mit ihm verbinden?« Eine Zeit lang lief in der Warteschleife La Paloma, allerdings in einer einschläfernd lahmen Version. »Chief Hatfield? Christine Bell hier ... ja, genau die ... Hören Sie, im Haus meiner Tante wurde eingebrochen, und ich möchte ... wie? Ja, wir sind zu Hause ...« Sie nannte ihm die Adresse. »Ja, das ist sehr freundlich von Ihnen. Bis gleich.«

»Und?«, fragte Betty gespannt.

»Er sagt, er hat sowieso gleich Dienstende und kommt auf dem Heimweg hier vorbei.« Christine Bell sah sich um.

Um kurz vor neun klingelte es, und Detective Chief Inspector Hatfield stand vor der Tür.

»Miss Bell«, begrüßte er sie, während sie ihn ins Haus bat.

Im Wohnzimmer stellte sie ihm ihre Tante vor, dann sah er sich um und nahm seine Umgebung in sich auf. Christine konnte sich gut vorstellen, was er dachte: Wer sollte in einem so vollgestellten und mit Wandregalen vollgehängten Raum erkennen können, dass etwas gestohlen worden war? Dutzende Hummel-Figuren hier, unzählige Tiere aus Bleikristall dort. Selbst wenn ein Einbrecher nur die Hälfte davon mitnahm, würde ein normaler Mensch das so schnell nicht bemerken.

»Ein Einbruch, sagten Sie«, begann er. »Kam der Täter durch die Tür oder durch ein Fenster? Was hat er entwendet?«

Christines innere Stimme warnte sie bereits, dass sie sich keine große Hoffnungen machen konnte, von diesem Mann ernst genommen zu werden, wenn er erst einmal ihre Antworten zu hören bekam.

»Durch die Terrassentür«, ließ Betty ihn wissen. »Aber das Schloss ist schon seit Jahrzehnten kaputt, da muss man kein geschickter Einbrecher sein, um die Tür zu öffnen.«

»Ich hoffe, Ihre Versicherung weiß das«, gab Hatfield zurück.

»Auf den ersten Blick scheint nichts zu fehlen«, musste

Christine zugeben. »Aber ich konnte erkennen, dass jemand sich hier umgesehen hat. Es sind nur kleine Dinge, Sachen, die nicht mehr ganz genau an derselben Stelle wie zuvor lagen. Es sieht danach aus, dass jemand zum Beispiel einen Stift hochgenommen hat, um einen Stapel Papiere durchzusehen, und den Stift dann wieder hingelegt hat … aber eben nicht genau da, wo er sich vorher befunden hatte.«

»Und das ist Ihnen einfach so aufgefallen?« Er schüttelte verwundert den Kopf. »Wissen Sie, ich kann von mir behaupten, dass ich ein fotografisches Gedächtnis besitze, aber nicht mal ich könnte feststellen, ob ein paar Figuren auf einem Sideboard um zwei Millimeter nach rechts verschoben wurden oder ein Stift einen Fingerbreit weiter links liegt. Haben Sie irgendeinen hieb- und stichfesten Beweis dafür, dass sich während Ihrer Abwesenheit jemand hier aufgehalten hat?«

»Ja«, erklärte Christine energisch. »Den habe ich. Als wir zurückkamen, musste ich mit meiner Katze zum Tierarzt fahren, weil sie seit heute humpelt. Der Arzt hat sie untersucht und eine Prellung festgestellt, die höchstwahrscheinlich von einem Tritt herrührt.«

Hatfield sah sie lange nachdenklich an, und sekundenlang kam es ihr so vor, als würde er jeden Moment in Tränen ausbrechen, weil sein Job ihn in den Wahnsinn trieb. »›Höchstwahrscheinlich‹ hat er gesagt?«, wiederholte der Mann.

Sie nickte.

»Also nicht mit Sicherheit, sondern nur höchstwahrscheinlich.«

»Hören Sie, Mr Hatfield, es ist mir egal, ob es ganz sicher, vielleicht, wahrscheinlich oder höchstwahrscheinlich so war. Tatsache ist, dass jemand im Haus war und aus irgendeinem Grund Isabelle getreten hat.«

»Isabelle?«

»Meine Katze«, präzisierte sie auf seine erkennbar gespielte Ahnungslosigkeit.

»Eine humpelnde Katze ist also für Sie ein Beweis, dass

jemand hier eingebrochen ist?«, fragte er und lächelte ironisch. »Ich kenne mich mit Katzen nicht aus, aber … ist das so was wie eine Geheimsprache der Katzen? Wenn sie humpelt, will sie einen Einbrecher melden?«

»Ra-send ko-misch«, konterte Christine. Ihre Augen funkelten zornig.

»Sie schreiben doch Bücher, nicht wahr?«, fragte er.

Sie nickte nur knapp.

»Könnte es nicht sein, dass Ihre Fantasie mit Ihnen durchgegangen ist?«

Christine schnaubte aufgebracht.

»Chief Inspector, wenn Sie nichts anderes können, als uns auf den Arm zu nehmen«, meldete sich Betty giftig zu Wort, »dann gehen Sie lieber wieder. Veralbern können wir uns nämlich auch selbst.«

»Entschuldigen Sie, Mrs Emerson«, wandte sich der Inspector an sie. »Aber was würden Sie an meiner Stelle sagen, wenn Sie als einzigen Augenzeugen eine rote Katze angeben können, die von dem angeblichen Einbrecher angeblich getreten wurde.«

»Sagen Sie«, fauchte Betty ihn an. »Sind Sie vielleicht nur ein angeblicher Chief Inspector oder ein richtiger, der diesen Fall aufnehmen wird?«

»Ich weiß«, gab er in einem bemutternden Tonfall zurück, »dass Sie beide sehr aufgewühlt sind, weil Sie glauben, jemand habe hier einen Einbruch verübt. Aus diesem Grund – und nur aus diesem– gehe ich über diese Bemerkung hinweg und zeige Sie nicht wegen Beamtenbeleidigung an.«

»Oh, habe ich dann auch eine Beleidigung frei?«, spottete Christine. »Ich wüsste da nämlich etwas Passendes.«

Hatfield warf ihr einen warnenden Blick zu. »Also fassen wir zusammen: Es gibt keinen Beweis für einen Einbruch, da keine Einbruchspuren zu finden sind und auch nichts entwendet wurde. Eine humpelnde Katze ist definitiv kein Beleg für Ihre Behauptungen, und ich werde mich jetzt auf den Heimweg machen. Sollten Sie feststellen, dass doch etwas verschwunden ist – und damit meine ich nicht nur eine Dose Katzenfutter, damit wir uns da richtig verstehen –, werde ich gern wieder herkommen und die Anzeige aufnehmen. Sollte das nicht der Fall sein, behelligen Sie mich bitte nicht weiter, weil wir …«

»Ja, ja«, fiel Christine ihm ins Wort. »Weil Sie hohen Besuch erwarten und alle Ihre Männer mit den Sicherheitsvorkehrungen beschäftigt sind. Das habe ich alles schon gehört.« Sie sah ihn abwartend an. »Sie haben ein fotografisches Gedächtnis, also wissen Sie, wo die Haustür ist.«

Er lächelte sie freudlos an. »Ich wünsche Ihnen noch einen schönen Abend«, sagte er, wartete gar nicht erst auf eine Antwort, da er wusste, es würde keine kommen, und verließ das Wohnzimmer.

Warum gerate ich nur immer wieder an Polizisten, die vor dem Offensichtlichen die Augen verschließen?, wunderte sie sich. Und warum gibt es so viele von dieser Sorte? Möglicherweise hatte es damit zu tun, dass Leute wie Hatfield es nicht zugeben wollten, wenn an der Theorie eines Laien etwas dran war. Wie hätten sie dagestanden, wenn sie ihrem Vorgesetzten gegenüber erklären mussten, der Zeuge habe durch eigene Schlussfolgerungen den Fall gelöst, wenn das Schlussfolgern doch genau das war, was die Polizei erledigen sollte?

»Vielleicht hättest du ihm von dem Plan erzählen sollen«, gab Betty zu bedenken, als die Haustür zugefallen war.

»Er hat sich ja nicht einmal für die Blutspuren am Tatort interessiert«, gab sie zurück und ging ins Badezimmer, um einen Waschlappen unters kalte Wasser zu halten, damit sie Isabelles Bein kühlen konnte. Auf dem Weg ins Wohnzimmer zeigte sie der Katze, die neugierig hinter ihr her lief, den feuchten Waschlappen.

Sie nahm Isabelle hoch, setzte sich mit ihr aufs Sofa und wickelte den Waschlappen um die linke Hinterpfote. Der kühlende Effekte machte sich sofort bemerkbar, und der Katze schien er zu gefallen, da Christine sie nicht festhalten, sondern nur darauf achten musste, dass der Lappen nicht herunterfiel. Mit der freien Hand griff sie nach einem der beiden Prospekte, die sie vom Pavillon an der Promenade mitgenommen hatte, und begann zu blättern.

Nach einer Weile schüttelte sie den Kopf: »Weißt du, Betty, ich habe mich immer gefragt, warum jemand eine Spielhalle Beautiful Noise nennt? Wozu soll das gut sein?«

»Du weißt ja, dass das der Titel von einem Neil-Diamond-Song ist, nicht wahr?«, entgegnete ihre Tante.

Sie nickte.

»Und gleich daneben liegt die Penny Arcade.«

»Gibt's da nicht auch ein Stück von Neil Diamond, das so heißt?«

»Richtig«, antwortete Betty. »Die beiden ursprünglichen Inhaber waren erbitterte Konkurrenten, und weil der eine dem anderen nicht kampflos einen so eingängigen Namen überlassen wollte, bediente er sich bei der gleichen Quelle. Und er fand damit auch noch einen Namen mit einer sehr zutreffenden Botschaft. Schließlich gibt es für den Besitzer einer Spielhalle kein schöneres Geräusch als das laute Prasseln der Münzen, wenn sie in den Zählautomaten fallen.«

»Ideen haben manche Leute«, murmelte Christine kopfschüttelnd und blätterte weiter.

Plötzlich starrte sie wie gebannt auf eine Seite und bekam große Augen.

»Was ist los?«, fragte Betty besorgt. »Fühlst du dich nicht wohl?«

»Doch, doch«, versicherte sie ihrer Tante. »Bestens sogar. Ich glaube, ich habe gerade herausgefunden, was es mit dem Plan auf sich hat!«

7

Sieh dir das an, Betty!« Christine war fast außer sich vor Freude über ihre Entdeckung, während sie ihrer Tante den aufgeschlagenen Prospekt hinlegte.

»Was denn?« Betty betrachtete die Seite. »Was soll ich mir da ansehen?«

»Warte.« Sie faltete den Plan auseinander und breitete ihn auf dem Tisch aus. »Wie du weißt, ist das hier dieser Grundriss, den ich beim Swimmingpool gefunden habe. Dieses lang gestreckte Oval wirkt auf den ersten Blick so, als würde es ein Raumschiff aus einem dieser Filme darstellen.«

»Ja, das da sind Gänge«, erwiderte ihre Tante. »Und das sieht aus wie Kabinen oder so was.«

Christine nickte. »Und nun sieh dir das an.«

Betty betrachtete die aufgeschlagene Seite, machte aber eine ratlose Miene. »Das ist die Veranstaltungshalle auf dem Pier. Und?«

»Stell dir das Oval als einen Kreis vor, einen richtig runden Kreis«, forderte Christine sie auf.

Wieder musterte sie die beiden Zeichnungen, legte den Kopf schräg und nickte bedächtig. »Hm, könnte sein, dass du recht hast. Wenn das Oval ein Kreis wäre, würde das wohl wie der Grundriss der Halle aussehen.«

»Eben. Und wenn das stimmt, dann ist nämlich unser Einbrecher hinter diesem Plan her, weil der ihn zu irgendetwas führen soll, was er ohne den Plan nicht finden kann«, folgerte sie.

Nachdenklich nickte Betty. »Aber was könnte das sein? Ich meine, was würde jemand in der Halle verstecken, das niemand anders finden soll?«

»Vielleicht ist das was ganz Banales wie eine Wegbeschreibung zum Tresor. Ich weiß nicht, wie viele Teilnehmer im Voraus per Überweisung oder per Scheck bezahlt haben, aber möglicherweise kommen die meisten her und kaufen Tageskarten«, überlegte sie. »Es kann auch sein, dass die Händler ihr Geld über Nacht da einschließen, weil sie hier keine Filiale ihrer Bank haben, wo sie ihre Einnahmen einzahlen können.«

»Denkst du denn, dass da so viel zusammenkommt?«

»Ja, ganz sicher«, bekräftigte Christine, während sie den feuchten Waschlappen umdrehte, da die Innenseite, die um Isabelles Bein gewickelt war, bereits die Körperwärme angenommen hatte. »Diese Händler bieten den Fans echte Raritäten an, und die geraten in einen regelrechten Kaufrausch, wenn sie irgendwelche Sammelobjekte entdecken, die sie schon seit Jahren suchen. Und was ich da in der Halle gesehen habe, das war nicht von schlechten Eltern. Wenn die Händler alle Einnahmen in den Tresor packen, und die Eintrittsgelder auch noch da aufbewahrt werden, dann dürfte eine stolze Summe zusammenkommen. Ein Überfall wäre sicher eine lohnenswerte Sache.«

»Hm, und was wirst du jetzt machen?«, wollte Betty wissen. »Dem Inspector wirst du das wohl kaum erzählen können, oder?«

»Auf keinen Fall. Der Mann geht so in seinen Sicherheitsmaßnahmen für seinen hohen Besuch auf, der hat gar keine Lust, sich mit irgendetwas anderem zu beschäftigen. Erst recht nicht mit meinen Überlegungen. Wenn ich ihm die beiden Pläne vorlege, wird er sowieso behaupten, dass es sich um zwei völlig verschiedene Dinge handelt.«

Plötzlich musste Betty gähnen. »Vielleicht solltest du erst mal eine Nacht darüber schlafen, bevor du dir etwas überlegst. Wichtig ist, dass du nichts überstürzt. Ich möchte nicht, dass du dich selbst in Gefahr bringst. Immerhin sind bereits zwei Menschen ums Leben gekommen, und der Täter wird bestimmt nicht davor zurückschrecken, ein drittes Mal zu morden.«

Christine verstand die Sorge ihrer Tante, aber falls jemand

versuchte, ihr Angst zu machen, würde sie nicht einfach klein beigeben. Zwei Menschen waren tot, und die Polizei tat das als Unfälle ab, weil man dort weder Lust hatte, sich zusätzliche Arbeit aufzuhalsen, noch über das nötige Personal verfügte, um die Hinweise ernst zu nehmen, die auf Mord hindeuteten.

»Betty, ich werde auf mich aufpassen. Es ist nicht das erste Mal, dass ich einem Mörder auf der Spur bin.«

»Mag sein, aber du bist auch keine ausgebildete Kriminalistin«, hielt ihre Tante dagegen. »Betrachte das bitte nicht als Beleidigung oder Herabwürdigung, doch du bist bestenfalls eine Hobbydetektivin. So wie Miss Marple oder Jessica Fletcher in *Mord ist ihr Hobby.*«

Christine musste unwillkürlich lächeln. »Ach, Betty, wie sollte ich das als Beleidigung auffassen? Ich kann mir kaum eine größere Ehre vorstellen, als mit den beiden in einem Atemzug genannt zu werden. Immerhin haben die alle ihre Fälle gelöst, und so oft sie auch in Gefahr geraten sind, sie haben jedes Mal überlebt.«

Betty seufzte. »Als ich den Satz zu Ende gesprochen hatte, wusste ich, es waren die falschen Beispiele. Meine einzige Hoffnung war, dass es dir nicht auffallen würde.«

»Betty, ich verspreche dir, ich werde auf mich aufpassen«, beteuerte sie.

»Vergiss mich nicht«, warf ihre Tante ein. »Ich bin mit meinem Gipsbein so wehrlos wie James Stewart in *Das Fenster zum Hof.*«

Ironisch grinsend erwiderte Christine: »Du musst dir wirklich bessere Beispiele suchen, wenn du mir zu verstehen geben willst, in welcher Gefahr wir schweben. James Stewart hat trotz Gipsbein ebenfalls überlebt.«

Ihre Tante schüttelte auf gespielt frustrierte Weise den Kopf. »Warum fallen mir nur immer solche Filmfiguren ein? Da will ich dich warnen, dass es für uns beide gefährlich wird, und mir kommen nur Charaktere in den Sinn, die sich aus ihrer misslichen Lage unversehrt retten können.«

»Nimm es doch als ein gutes Zeichen«, schlug Christine ihr vor. »Die Helden überstehen eben die Gefahr für Leib und Leben. Und das wird bei uns genauso sein.«

»Weißt du was? Ich lege mich jetzt schlafen«, erklärte Betty. »Und solange ich noch wach im Bett liege, werde ich überlegen, ob mir nicht irgendein ›Held‹ einfällt, für den die Gefahrensituation ein böses Ende nimmt.«

»Okay, aber wenn dir einer in den Sinn kommt, dann schreib ihn dir einfach auf und reiß mich nicht mitten in der Nacht aus dem Schlaf. Einverstanden?«

»Ich kann dir nicht garantieren, dass mir nicht ein lautstarkes ›Heureka‹ über die Lippen kommen wird«, gab Betty zurück.

»Na gut, wenn es bei einem Heureka bleibt, will ich mich nicht beschweren.« Christine grinste sie an. »Aber nicht jede Viertelstunde.«

»Jede Viertelstunde?«, wiederholte Betty. »Meinst du ernsthaft, ich könnte so viele Beispiele finden, bei denen der Held den Kürzeren zieht?«

Christine hob Isabelle von ihrem Schoß. Die Katze war inzwischen fest eingeschlafen und bekam von der Umsiedlung auf das Sofa gar nichts mit. Dann half sie ihrer Tante aus dem Sessel und begleitete sie ins Schlafzimmer. »Ich glaube, der heutige Tag war so ereignisreich, dass du eingeschlafen sein wirst, bevor du dir auch nur über einen einzigen Film Gedanken machen kannst, in dem der Held das Zeitliche segnet, nur weil er für das Gute kämpft.« Nach einer kurzen Pause fügte sie noch lachend an: »Und selbst wenn – in der Fortsetzung lebt er dann ja doch weiter. Es gibt also Hoffnung für uns beide.«

Betty schüttelte nur den Kopf.

»Und? Hast du dir überlegt, wie du vorgehen willst?«, fragte Betty, als sie am nächsten Morgen beim Frühstück zusammensaßen. Christine hatte ein paar Croissants aus dem Supermarkt aufgebacken, dazu gab es Erdbeermarmelade und einen Kakao.

»Ich hab noch eine Zeit lang nicht einschlafen können, weil ich einfach weiter darüber nachdenken musste, wie das alles zusammenhängen kann«, antwortete sie. »Aber ich komme nicht dahinter. Warum wurden zwei Menschen ermordet?«

»Vielleicht waren die beiden ja Komplizen unseres Unbekannten, und er hat sie ausgeschaltet, damit er die Beute nicht mit ihnen teilen muss.«

»Ich weiß nicht«, gab Christine zurück. »In beiden Fällen kommt es mir so vor, als hätte er sie spontan ermordet ...«

»Du meinst, im Affekt?«

»Nein, nein, ganz sicher mit Vorsatz. Mit ›spontan‹ meine ich, der Täter wurde überraschend mit einer Situation konfrontiert, die es aus seiner Sicht erforderlich machte, die beiden umzubringen. Ich könnte mir vorstellen, dass dieser Murray Heathen sich mit ihm auf dem Hoteldach verabredet hatte, und dann tat oder sagte er irgendetwas, das sein Todesurteil bedeutete.«

»Aber diese Sache mit dem Kostüm muss doch von langer Hand geplant worden sein«, hielt Betty dagegen. »So etwas hat man doch nicht rein zufällig in der Tasche.«

»Vielleicht war es das Kostüm des Täters, und das Ganze war nur eine Notlösung, weil er auf diese Weise eine falsche Fährte legen wollte«, gab Christine zu bedenken. »Oder aber Murray trug das Kostüm in der Absicht, mit jemandem verwechselt zu werden, weil er wusste, ihn würde man nicht mit Superman in Verbindung bringen.«

Betty nickte nachdenklich. »Das wäre wohl möglich.«

»Und Carl Lennison, sein zweites Opfer, hat ihn im Saal auf dem Pier aus irgendeinem Grund angesprochen, wofür er dann auch sterben musste. Vermutlich war es das Naheliegendste, ihn in einem der Robotermodelle zu verstecken. Hätte er den Arm wieder ordentlich eingesetzt, wäre eine Zeit lang gar nichts aufgefallen, und man hätte Carl vielleicht erst nach dem Ende der Convention entdeckt, wenn alle Besucher längst abgereist und jegliche Spuren verwischt worden waren.«

»Aber das alles hilft dir nicht weiter«, wandte ihre Tante ein, »wenn du nicht weißt, wer die beiden umgebracht hat.«

»Das ist mir klar«, sagte Christine frustriert. »Und solange ich das nicht weiß, kann ich mich auch niemandem anvertrauen und keinen um Rat fragen, außer dir natürlich. Stell dir vor, dieser Howard North, der die Convention veranstaltet, wäre der Täter. Wenn ich ihm davon erzähle, was ich sicher weiß und was ich vermute, dann kann ich mich als sein nächstes Opfer auch freiwillig in den Tod stürzen.« Sie machte eine kurze Pause. »Ich muss erst versuchen, so viele Informationen wie möglich zu sammeln, damit ich weiß, wen ich als Täter ausschließen kann.«

Betty tauchte ihr Croissant in den Kakao und biss davon ab. Nachdem sie geschluckt hatte, fragte sie: »Und wie willst du das anstellen?«

Unschlüssig schüttelte sie den Kopf. »Das weiß ich noch nicht so genau. Aber ich weiß, womit ich anfangen werde: mit dem …« Christine unterbrach sich, da sie sah, wie auf einmal Isabelle knurrend aus der Küche geschossen kam, ins Wohnzimmer stürmte und mit einem Satz auf die Fensterbank sprang. Fauchend stellte sie sich auf die Hinterbeine – die schmerzende Pfote schien vergessen zu sein – und stemmte sich mit den Vorderpfoten gegen die Scheibe, während sie einen langen Hals machte, als wolle sie etwas attackieren, das sich gleich rechts vom Fenster befand.

»Was …?«, murmelte Betty und sah Christine an, die einen Moment lang ratlos dasaß.

Dann auf einmal sprang sie von ihrem Platz auf, zischte ein wütendes »Verdammt« und hetzte zur Terrassentür, riss sie auf und stürmte in den Garten. »He!«, rief sie und jagte einem Schemen nach, der soeben durch die Hecke aufs Nachbargrundstück entwischte.

Sie rannte hinterher, doch in Mattisons Garten war von dem Flüchtenden bereits nichts mehr zu sehen. Vielleicht war er ein Stück weiter durch die Hecke wieder auf Bettys Grundstück zurückgekehrt, oder aber er war um das Haus herumgelaufen. So oder so war er ihr entwischt. Wer es gewesen war, konnte sie nicht sagen.

Missmutig kehrte sie zum Haus zurück und drückte die Terrassentür auf, wobei sie darauf achtete, dass Isabelle ihr nicht zwischen den Beinen hindurch nach draußen entwischen konnte.

»Was war denn los?«, fragte Betty besorgt, als Christine ins Zimmer kam und die Katze auf den Arm nahm.

»Jemand hat uns belauscht«, antwortete sie. »Und zwar durch das Oberlicht. Der Spalt genügt, um mitzubekommen, was hier drinnen gesprochen wird. Isabelle hat unseren Lauscher gewittert oder vielleicht sogar gesehen, deshalb ist sie wie ein geölter Blitz zum Fenster gefegt.«

»Und wer war's?«

»Ich habe keine Ahnung«, gestand Christine ihr. »Ich habe zu lange gebraucht, um zu begreifen, warum sie sich so aufführt, und dadurch hatte unser Unbekannter schon einen zu großen Vorsprung.« Sie verzog missmutig den Mund. »Das wirklich Unerfreuliche ist aber, dass er ausgerechnet das mitbekommen haben könnte, was ich über die Morde erzählt habe.« Einen Moment lang grübelte sie, dann fügte sie hinzu: »Und das Ärgerlichste an allem ist, dass diesen verdammten Inspector nichts davon interessiert. Von ihm können wir keine Hilfe erwarten. Mir bleibt wohl nichts anderes übrig, als so weiterzumachen, wie ich es mir überlegt habe. Also muss ich mich erst mal mit diesem Plan beschäftigen. Ist dir zufällig bekannt, ob es hier in Beechwood einen Computerladen gibt?«

Ihre Tante verzog das Gesicht. »Tut mir leid, aber damit kann ich dir nicht behilflich sein. Es gibt bestimmt so was, nur könnte ich dir nicht sagen, wo.« Sie grübelte kurz, dann kam ihr eine Idee. »Im übernächsten Haus wohnt eine Familie mit zwei Jungs, die elf und dreizehn sind, wenn ich mich nicht irre. Wenn ich der Mutter schon mal auf der Straße begegne, erzählen mir die beiden Jungs unentwegt, was sie alles am Computer machen. Die werden bestimmt wissen, ob es hier in Beechwood so etwas gibt.«

Christine hatte Glück. Die Spencers waren an diesem Morgen zu Hause, da beim jüngeren Sohn Henry der Verdacht auf Windpocken bestand und er und sein großer Bruder Malcolm ein paar Tage lang nicht in die Schule gehen durften. Die Mutter der beiden, Susan, konnte ihr die Adresse eines Computergeschäfts in Beechwood nennen, und Christine machte sich unverzüglich auf den Weg dorthin.

»Womit kann ich Ihnen behilflich sein, Miss?«, begrüßte sie eine junge Frau mit wallendem schwarzem Lockenschopf, als sie das Geschäft The Hard Drive in der Crane Street betrat.

»Ich habe eine Bitte.« Christine holte ihren Laptop aus der Tasche, ebenso den Plan und die Broschüre. »Ich habe zurzeit keinen Scanner zur Verfügung, deshalb wollte ich fragen, ob Sie mir wohl diesen Plan und aus diesem Heft diesen Grundriss einscannen könnten.«

Die junge Frau – Gina stand auf ihrem Namensschild – faltete den Plan auseinander. »So einen großen Scanner haben wir nicht, aber ich kann das in zwei Hälften scannen und die Bilder anschließend zusammensetzen.«

Christine nickte zustimmend. »Brennen Sie mir die Dateien bitte auf eine DVD, dann kann ich sie gleich auf den Laptop überspielen.«

»Ich kann sie auch direkt vom Scanner auf Ihren PC senden. Wir haben hier einen WLAN-Anschluss«, schlug Gina vor.

»Leider geht das nicht, weil mein Laptop sich über eine Mobilfunknummer ins Netz einwählt.«

»Ah, verstehe.« Die Frau ging nach nebenan, wo der Scanner stehen musste.

Christine schlenderte durch das kleine Ladenlokal und sah aus dem Schaufenster zur anderen Straßenseite. Verdutzt entdeckte sie Chief Inspector Hatfield, der mit einem uniformierten Polizisten den Platz vor einem Geschäft überquerte, das den Namen Living Fifties trug. Sie sah amerikanische Straßenkreuzer auf dem Platz, und in jedem Schaufenster stand mindestens eine alte Wurlitzer-Jukebox, darüber hingen historische Filmplakate. Hatfield ging auf dem Gelände vor dem Geschäft umher, ein Mann mit Elvis-Tolle folgte ihm und zeigte immer wieder auf eine freie Fläche.

»Was ist denn da drüben los?«, fragte Christine die junge Frau, als die mit der DVD, dem Plan und der Broschüre nach vorn kam.

»Da hat heute Nacht jemand einen von diesen alten Ami-Schlitten gestohlen«, erwiderte sie. »Einen knallroten, glaube ich. Gestern habe ich ihn noch da stehen sehen.« Sie zuckte mit den Schultern. »Keine Ahnung, wer so ein Ungetüm klaut. So ein Wagen fällt doch überall sofort auf.«

Christine gab einen unbestimmten Laut von sich, da sie nicht wusste, was sie hätte sagen sollen. Wenigstens war nicht schon wieder ein Toter zu beklagen, den Hatfield ebenfalls zum Unfallopfer erklärt hätte. Allerdings bedauerte sie bereits jetzt den Geschäftsinhaber des Living Fifties, denn wenn der Chief Inspector nicht daran interessiert war, dubiose Todesfälle zu untersuchen, würde die Suche nach einem Straßenkreuzer in der Dringlichkeit noch sehr viel weiter dahinter rangieren.

»Hier ist Ihre DVD.«

Sie nahm die Disc entgegen und legte sie in den Laptop, den sie gestartet hatte, während die Verkäuferin sich um die Scans kümmerte.

»Das macht dann …«

»Nein, einen Augenblick bitte«, unterbrach Christine sie sofort. »Das war noch nicht alles.« Sie startete die Bildbearbeitung und begann die Scans zu verändern, wobei sie den in Rivanisch beschrifteten Plan so weit stauchte, dass das Oval rund wurde und es mit dem Grundriss der Halle übereinstimmte. »Können Sie mir diese beiden Grafiken bitte noch ausdrucken, aber so, dass die genau gleich groß sind?«

»Das sollte kein Problem sein«, erklärte Gina. »Dürfte ich Ihren Laptop direkt an den Drucker anschließen? Das geht nämlich dann viel schneller.«

»Gerne. Und machen Sie bitte von jedem Bild fünf Ausdrucke.«

Wenige Minuten später verließ sie das Geschäft und kehrte zurück zu ihrem Wagen. Hatfield bemerkte sie und nickte ihr höflich zu, was Christine in gleicher Weise erwiderte, ehe sie einstieg und losfuhr.

Als sie wieder das Haus ihrer Tante erreicht hatte, saß die schon auf der Bank im Garten und wartete auf sie.

»Ist dir nicht zu kalt?«, fragte Christine, nachdem sie ausgestiegen war.

»Nein, bei dem herrlichen Sonnenschein genieße ich die frische Luft. Solange ich nicht meinen gewohnten Spaziergang machen und auch sonst nichts zu Fuß erledigen kann, will ich wenigstens mal aus dem Haus raus.

»Soll ich den Rollstuhl holen und dich eine Weile spazieren fahren?«, wollte Christine wissen.

»Nein, im Moment nicht. Vielleicht können wir das ja auf heute Nachmittag verschieben«, erwiderte Betty. »Jetzt habe ich nämlich einen Anschlag auf dich vor. Die vierte Klasse unserer Grundschule führt eine eigene Version von *Der Zauberer von Oz* auf, und eigentlich soll Susan Spencer von nebenan Regie führen, aber durch das Windpocken-Problem ist sie jetzt erst mal aus dem Rennen. Ich hatte mich vor Monaten dazu bereit erklärt, im Notfall einzuspringen, weil ich früher viel am Theater gearbeitet habe. Na ja … jetzt steht sie nicht zur Verfügung, und alle rechnen damit, dass ich heute bei der Probe ihre Funktion übernehme …«

»Aber es weiß doch jeder, dass du dir das Bein gebrochen hast«, wandte sie ein.

»Ja, allerdings will ich mich dadurch nicht von diesem Engagement abhalten lassen. Ich habe schließlich mein Wort gegeben, und das möchte ich auch halten. Außerdem«, ergänzte sie nach einer kurzen Pause, »kann ich über die Lautsprecheranlage Regieanweisungen geben.«

Christine zuckte mit den Schultern. »Ich werde dich nicht davon abhalten. Du weißt selbst am besten, was du dir zumuten kannst. Denk trotzdem dran, dass du dein Bein schonst.« Sie hielt ihr den Arm hin. »Wohin geht's denn?«

»In die Oxford Street, und zwar ins Ol' Oxford Odeon.«

»Ach, das kenne ich ja noch«, sagte sie. »Ist das jetzt wieder ein Theater? Ich weiß noch, wie sie dieses Kino draus gemacht haben, das nur uralte Filme für ein Pfund Eintritt zeigte.«

Betty nickte. »Ganz genau, aber das hat sich nicht lange gehalten. Es kamen zu wenig Touristen, die man auf die Weise kostengünstig hätte unterhalten können, und die Einheimischen haben sich die gleichen alten Schinken lieber für den halben Preis in der Videothek ausgeliehen. Und heute ...«

»Lass mich raten«, unterbrach Christine sie. »Dieser Arejev hat auch das Theater so auferstehen lassen, wie es mal ausgesehen hat.«

»Wie ich ja schon sagte, er hat auch die Grundstücke in der Oxford Street gekauft«, bestätigte ihre Tante.

»Wenn man es recht überlegt, hat dieser reiche Russe hier ein Freiluftmuseum eröffnet, das die Welt im Jahre 1980 zeigt«, murmelte Christine. »Eigentlich gar keine schlechte Idee, wenn man das nötige Kleingeld dafür hat.«

»Und den nötigen Mut«, warf Betty ein und ließ sich von ihrer Nichte in den Wagen helfen. »Ich möchte wetten, wenn nicht alle Arejev für einen Spinner gehalten hätten, der nicht weiß, was er mit seinem Geld anfangen soll, dann wären ihm bestimmt Investoren mit einem besseren Angebot zuvorgekommen. Aber nicht mal die Stadt hat daran geglaubt, dass seine Idee Erfolg haben könnte, und ihm die Grundstücke regelrecht hinterhergeworfen. Ich könnte mir vorstellen, wenn Arejev noch eine Weile gezögert hätte, wäre der Bürgermeister hingegangen und hätte ihm noch Geld dafür geboten, damit er die Grundstücke nimmt.«

»Schon witzig, wenn man bedenkt, dass er gar nicht die Absicht hatte, aus diesem Projekt Kapital zu schlagen«, überlegte Christine, nachdem sie losgefahren war.

»Hm, aber vielleicht ist das ja genau der Punkt, der die Leute anlockt. Er hat kein Disneyland gebaut, um den Leuten das Geld aus der Tasche zu ziehen, er hat nur etwas für eine Stadt getan, die er liebt. Alles ohne Hintergedanken.« Betty unterbrach sich kurz. »Jedenfalls ist das die offizielle Version. Ob daneben irgendwelche anderen Absichten im Spiel waren, das weiß außer Arejev selbst vermutlich niemand.«

Christine nickte und seufzte. »Ja, es ist schwer geworden, noch an das Gute im Menschen zu glauben, wenn so viele Leute vordergründig etwas Gutes tun und sich nachher herausstellt, dass sie doch in die eigene Tasche gewirtschaftet haben.«

»Immerhin sorgt Arejev dafür, dass die Promenade so erhalten bleibt. Er lässt nichts verkommen. Und der Fremdenverkehrsverein lässt sich immer neue Veranstaltungen einfallen, um Touristen anzulocken. Im Sommer vergeht hier kein Wochenende ohne irgendeine Attraktion. Du musst unbedingt herkommen, wenn wieder die ›Komm als dein 80er-Star‹-Tage sind. Dann kannst du dich vor Madonnas kaum noch retten, und alle möglichen Leute laufen rum, als wären sie aus *Miami Vice* oder *A-Team* entsprungen. Und es dürfen dann auch nur Fahrzeuge in die Stadt, die in der Zeit gebaut wurden.«

»Ich glaube, das muss ich mir wirklich mal ansehen«, stimmte Christine ihr zu.

Sie fuhren an den Hotels entlang der Promenade vorbei, die jetzt, außerhalb der Saison, nur an den Wochenenden oder bei Veranstaltungen wie der Convention auf dem Pier ausgebucht waren. In den Wintermonaten arbeiteten sie nur mit einer Notbesetzung, da selten mehr als ein Viertel der Zimmer belegt war. In der Zeit machten hier nur kinderlose Paare oder Singles Urlaub, die entweder keine Lust oder kein Geld hatten, um nach Spanien zu fliegen. Wer im Dezember herkam, der musste schon abgehärtet sein und keine Ansprüche an Sonnenschein und akzeptable Temperaturen stellen. Regen, Sturm und vor allem bei Ostwind eisige Kälte waren dann die einzigen Wetterbedingungen, auf die man sich wirklich verlassen konnte.

»Ich hoffe, es macht dir nicht zu viele Umstände«, sagte ihre Tante, als sie in die Oxford Street einbogen.

»Betty, hör auf damit. Du weißt, dass ich genau dafür hergekommen bin, also kann es mir auch keine Umstände machen«, beteuerte Christine. »Außerdem passt es mir sogar sehr gut, weil ich mir erst die Ausdrucke anschauen will und ich mich dann hoffentlich ungestört auf dem Pier umsehen kann.«

Direkt vor dem Theater war ein Parkplatz frei, sie rangierte den Wagen in die recht enge Lücke, dann öffnete sie die Schiebetür, um ihrer Tante beim Aussteigen zu helfen. Als sie den Wagen abgeschlossen hatte und sich zu Betty umdrehte, stutzte sie, da ihr Blick auf die Leuchtreklame über dem Eingang fiel.

Betty sah sie fragend an.

»Da steht *Der Zauberer von Oy,* nicht *Oz*«, sagte Christine. »Hat das was zu bedeuten? Gab es Probleme mit dem Urheberrecht?«

Ihre Tante lächelte amüsiert. »Keineswegs. Aber wir haben nur ein einziges Z finden können, und wir wollten nicht, dass irgendjemand meint, wir würden *Die Geschichte der O.* fortsetzen, und er dann verärgert sein Geld zurückfordert, weil er statt eines schlüpfrigen Bühnenstücks eine Aufführung von Grundschülern erlebt. Darum das Y als Notlösung.«

Christine schüttelte belustigt den Kopf. »Ihr solltet das als Fußnote unter die Leuchttafel schreiben, damit ihr nicht tausendmal die gleiche Frage beantworten müsst«, meinte sie, dann hielt sie ihrer Tante die Eingangstür auf.

Im Foyer kam ihnen ein älterer Mann mit buschigen Augenbrauen entgegen, der sie strahlend anlächelte. »Ach, Mrs Emerson, Sie sind ein Engel«, rief er. »Ich hoffe, das strengt Sie nicht zu sehr an.«

»Keine Sorge, Direktor Widdenham«, gab sie zurück. »Darf ich bekannt machen? Christine Bell, meine Nichte, Schuldirektor Widdenham.«

Sie gaben sich flüchtig die Hand, und Christine musste ein Schaudern unterdrücken, da sich seine Finger unangenehm feucht und kalt anfühlten.

»Kommen Sie, ich bringe Sie zu Ihrem Platz«, fuhr Widdenham fort. »Als ich hörte, Sie würden einspringen, habe ich dem Techniker gesagt, er soll auf das alte Regiepult hinten im Saal umschalten, damit Sie nicht nach oben ins Kämmerchen müssen.«

»Vielen Dank, sehr aufmerksam von Ihnen«, antwortete Betty freundlich, dennoch kam es Christine so vor, als würde sie leise Ironie heraushören.

Gemeinsam folgten sie dem Mann in den Saal. Er führte sie an der hintersten Sitzreihe entlang zu einem abgeteilten Bereich. Drei Stühle standen dort, ein Pult bot Platz, um Unterlagen abzulegen und Notizen zu machen. Zur Linken befand sich eine abgeschirmte Lampe, die das Licht nur auf das Pult warf, auf der rechten Seite war das Mikrofon angebracht. Nahe der Oberkante des Pults verlief eine Reihe von Tasten und Schaltern, mit denen der Beschriftung zufolge verschiedene Bereiche der Saalbeleuchtung gesteuert werden konnten.

»Wenn Sie sonst etwas brauchen, rufen Sie mich einfach«, erklärte Widdenham, deutete eine Verbeugung an und ging zur Bühne.

»Die Treppe in dieses Kämmerchen würde ich nicht mal benutzen, wenn ich noch achtzehn wäre«, verriet sie Christine, nachdem der Direktor gegangen war. »Die geht so steil nach oben.« Dabei deutete sie mit der flachen Hand einen extremen Winkel an.

Christine nickte und half ihr, sich hinzusetzen, dann schob sie den zweiten Stuhl heran, damit Betty das Bein hochlegen konnte. Sie selbst nahm auf dem dritten Stuhl Platz und holte aus ihrer Tasche, in der sich auch noch ihr Laptop befand, die

Ausdrucke der beiden Pläne. Sie drehte die kleine Lampe am Pult zu sich, dann hielt sie zwei Ausdrucke übereinander.

»Sieh dir das an«, sagte sie zu Betty.

Die drehte sich zu ihr und betrachtete das Ergebnis. »Du hattest recht, das ist tatsächlich der Grundriss der Veranstaltungshalle. Das war aber eine geschickte Tarnung.«

»Genau. Niemand würde sich daran stören, wenn jemand mit einem solchen Plan im Gebäude unterwegs wäre. Mit dem richtigen Plan dagegen würde sofort klar sein, dass da etwas läuft.«

»Damit wirst du diesen Inspector Hatfield trotzdem bestimmt noch immer nicht überzeugen können«, gab ihre Tante zu bedenken.

»Oh, ganz bestimmt nicht«, pflichtete Christine ihr bei. »Dem müsste ich schon den Täter mitsamt unterschriebenem Geständnis präsentieren, damit er Interesse zeigt.« Sie seufzte und verzog frustriert den Mund, während sie mit einem roten Stift den eingezeichneten Weg auf den echten Grundriss der Halle übertrug. »Ich bin gespannt, wohin mich diese kleine Schatzkarte führen wird.«

»Mrs Emerson«, rief in dem Moment der Schuldirektor, der zwischen den Schulkindern auf der Bühne stand. Entweder trugen diese nur während der Proben ihre Alltagskleidung, oder aber man hatte sich überlegt, das Musical in die Gegenwart zu übertragen. Ob der Blechmann dann wohl aus Aluminium sein würde? »Wir sind so weit! Wenn Sie uns das Startsignal geben würden …«

»Okay, ich gehe dann mal rüber zum Pier«, flüsterte Christine ihr zu, bevor sie das Mikrofon anschalten konnte. »Wenn du früher fertig bist, ruf mich an, okay? Und viel Spaß in Oy », fügte sie noch rasch an und verließ dann mit ihrer Tasche das Theater.

Auf der Straße angekommen, sah sie sich einen Augenblick lang kopfschüttelnd um und ließ die Umgebung auf sich wirken. Es war unglaublich. Wenn sie sich ihren Wagen und einige andere Fahrzeuge wegdachte, hätte sie tatsächlich glauben können, dass sie in die Vergangenheit gereist war. Selbst alte Parkuhren hatte Arejev irgendwo aufgetrieben und am Straßenrand aufstellen lassen. Alte Verkehrsschilder zeigten an, was verboten und erlaubt war. Am Gloria ein Stück die Straße entlang in Richtung Küste hingen Kinoplakate mit Ankündigungen wie »Ab März 1980 in einem Kino in Ihrer Nähe«, und die Auslage des kleinen Spielwarengeschäfts gegenüber präsentierte Spielzeug, das vor dreißig Jahren noch das Neueste vom Neuesten gewesen war.

Sie warf noch ein paar Münzen in die Parkuhr, dann schlenderte sie zum Pier, während sie die Illusion genoss, durch eine Welt zu spazieren, die es seit Jahrzehnten nicht mehr gab. So vieles hatte sich seitdem verändert, so viel Neues hatte sich entwickelt, das sie nicht mehr missen mochte, ohne das ein Überleben aber auch möglich gewesen war – sonst wären sie heute nicht alle hier.

»Na, fühlst du dich auch wie fünfzehn, wenn du hier entlanggehst?« Die Frage, die aus dem Nichts zu kommen schien, riss Christine aus ihren Gedanken. Sie drehte sich um und sah Jerry Denham ein Stück hinter ihr stehen und sie angrinsen.

»Du schon wieder?«, murmelte sie ohne besondere Betonung, um ihn nicht auf falsche Gedanken zu bringen. »Tut mir leid, ich war in Gedanken versunken.«

»Das war nicht zu übersehen.«

»Solltest du nicht in London sein?«

»Meine Klientin wollte in ein anderes Hotel wechseln«, erklärte er und kam einige Schritte näher. »Das Heaven's Gate gehört zu einer Kette, mit der Miss Harling nichts mehr zu tun haben möchte, darum musste ich noch mal herkommen und die große Suite im Ocean View buchen. Aber natürlich wollte ich mir die erst mal ansehen. Das hat sich heute also sehr kurzfristig ergeben.«

»Oh, und dafür kommst du extra von London hergefahren?«, fragte sie.

»Na ja, was tut man nicht alles für seine Schäfchen?«, gab er mit strahlender Miene zurück.

Christine wunderte sich, wie ihn diese Arbeit mit so viel Stolz erfüllen konnte. Okay, er mochte damit gut verdienen, aber wenn man es genau nahm, dann war er nicht viel mehr als ein Laufbursche für die Prominenz. Wenn dem Star die Kopfkissen zu platt waren, musste Jerry kommen und sie aufschütteln. Nein, darauf könnte sie nicht stolz sein, vielleicht jedoch mochte er ja den Umgang mit Menschen, die wichtig waren oder die sich für wichtig hielten. Vielleicht war es die Nähe zu ihnen, die ihm das Gefühl gab, ebenfalls ein wichtiger Mensch zu sein.

»Machst du so etwas für jeden deiner Klienten?«, wollte Christine wissen.

»Das kommt ganz auf den Einzelfall an. Manche von denen sind absolut pflegeleicht, die geben sich mit dem zufrieden, was ich für sie arrangiere. Andere sind schon etwas anspruchsvoller und wollen hofiert werden. So wie die liebe Miss Harling. Aber wie gesagt, je mehr Arbeit, umso mehr Honorar, und je teurer der Star, umso höher ist die Rechnung, die ich schreiben kann. Am Ende profitieren alle davon. Mein Star ist zufrieden, ich bin zufrieden, mein Konto freut sich.« Er zuckte mit den Schultern.

Sekundenlang herrschte Schweigen, und Christine überlegte, wie sie von seiner letzten Bemerkung am besten dazu überleiten konnte, dass sie sich jetzt wieder auf den Weg machen wollte. Gerade setzte sie zum Reden an, da kam er ihr zuvor.

»Kann ich dich zum Mittagessen einladen?«, fragte er so unverhofft, dass ihr keine Antwort in den Sinn kam. »Ich bin heute völlig außerplanmäßig hergekommen, da kann ich mir auch noch eine Stunde Zeit nehmen, um mit einer alten Freundin essen zu gehen.«

»Als alte Freundin würde ich mich nun wirklich nicht …«

Er hob abwehrend eine Hand. »Schon gut, kein Wort mehr. Ersetzen wir ›alte Freundin‹ durch ›Bekannte‹. Ist das besser?«

»Viel besser. Aber ein Mittagessen …«

»… ist jetzt genau das Richtige«, unterbrach er. »Lass uns gleich hier im Plate With A View essen, dann haben wir Blick aufs Meer, und ich kann gleichzeitig meinen Wagen im Auge behalten.« Er deutete auf seinen Mercedes, der auf dem ersten Parkplatz in der Oxford Street stand. »Ich habe nämlich kein Kleingeld für diese bescheuerte Parkuhr.« Er sah sie abwartend an. »Kommst du? Oder hast du Angst vor mir?«

Sie verzog den Mund. »Mit so einem billigen Trick lasse ich mich weder zum Essen noch zu irgendetwas anderem verleiten, damit du's weißt. Wenn du mich hättest ausreden lassen, wüsstest du, dass ich schon vor deiner letzten Frage zusagen wollte. Und du kannst froh sein, dass ich dir diese Frage nicht übel nehme und doch noch einen Rückzieher mache.«

An Jerry vorbei ging sie zum Restaurant auf der Ecke Promenade und Oxford Street; er sputete sich, um sie zu überholen, damit er ihr die Tür aufhalten konnte. Sie wählten einen Tisch an der Fensterfront zum Meer, er setzte sich dabei so, dass er seinen Wagen im Blick hatte.

»Also ich finde das ganze Ambiente gelungen«, sagte Christine, nachdem sie ihre Bestellung aufgegeben hatten. »Auch die Parkuhren. Warum hast du sie als bescheuert bezeichnet? Die machen das alles noch eine Spur authentischer.«

»Ich finde das hier schrecklich«, erwiderte Jerry. Mit einem Mal strahlte er nicht mehr über das ganze Gesicht, sondern er gab sich ernst. »Den Touristen mag das ja gefallen, aber ich möchte nicht wieder in diese Zeit zurück.«

»Wieso? Dich hat man in der Schule doch bestimmt nicht ausgelacht oder gehänselt. So, wie ich dich in Erinnerung habe, musst du doch einer von den Coolen gewesen sein.«

»Ja, aber nur in der Schule. Ich war dauernd irgendwo unterwegs, weil ich nicht wollte, dass jemand zu uns nach Hause kommt. Mein Vater war Alkoholiker, und wenn der genügend Bier intus hatte, dann musste man sich vor ihm in Acht nehmen. Ich musste mir ein Zimmer mit meiner jüngeren

Schwester teilen. Mit fünfzehn! In der Mitte des Raums hatte meine Mutter ein Laken gespannt, damit es wenigstens ein bisschen nach zwei Zimmern aussah.«

Unschlüssig musterte Christine ihn. Vielleicht verdiente er ihr Mitleid, weil er es in seiner Jugend so schwer gehabt hatte. Aber nur vielleicht. Denn auf der anderen Seite war nicht auszuschließen, dass er mit einer rührseligen, aber frei erfundenen Geschichte versuchte, sie rumzukriegen.

»Na ja, und deswegen gab ich nach außen hin immer den coolen Typen, der scheinbar allen anderen überlegen ist«, fuhr er fort. »Und die ganze Zeit über betete ich nur, dass niemand auf die Idee käme, mich zu Hause zu besuchen. Ich wäre erledigt gewesen. Heute kommt mir diese Erfahrung sehr gelegen, denn wenn man Schauspieler oder Musiker bei einer Show unterbringen will, dann kann man nicht hingehen und fragen, ob sie denn bitte, bitte auftreten dürfen. Da muss man reingehen, bei den Verantwortlichen auf den Tisch hauen und verkünden: ›Ich habe den Star, den Sie brauchen. Wenn Sie ihn nicht nehmen, brauchen Sie sich auch gar nicht erst nach einem anderen umzusehen. Jemand besseren werden Sie nicht finden!‹«

Sie nickte verstehend. »Hast du deshalb auch versucht, mich mit deinem Spruch zu beeindrucken, dass dein Angebot steht und ich nur zugreifen müsse?«

Kleinlaut bekannte er: »Okay, du hast mich durchschaut. Das ist eine Masche, mit der ich an sich ganz gut fahre. Jedenfalls bei Frauen, die nicht auf der Suche nach einer tiefschürfenden Beziehung sind, sondern die einfach nur ein bisschen Spaß haben wollen.«

»Und wieso denkst du, dass ich in diese Kategorie Frau falle?«

»Das habe ich damit gar nicht gesagt, aber wenn ich auf eine Frau zugehe, die ich gerade erst kennengelernt habe«, führte er aus, »dann kommt es meiner Meinung nach nicht so gut rüber, wenn ich sage, ich will sie unbedingt heiraten und drei Kinder mit ihr haben. Ich bin davon überzeugt, dass auf die Weise mehr Frauen vor mir davonlaufen als bei der coolen Tour.« Er zeigte sich reumütig. »Was natürlich nicht heißen soll, dass sich zwischen uns nicht mehr als ein flüchtiges Abenteuer anbahnen könnte. Ich kann mir gut vorstellen, jeden Morgen neben dir aufwachen zu wollen.«

»Ist das deine andere Masche, wenn du mit der großspurigen Tour nicht zum Ziel kommst?«, gab sie lachend zurück.

»Also, ich muss doch sehr bitten«, entgegnete er mit gespielter Entrüstung. »Männer können doch tun und sagen, was sie wollen, ihnen wird trotzdem immer nur das eine unterstellt.«

»Und das aus gutem Grund«, sagte sie. In diesem Moment kam der Kellner mit zwei tiefen Tellern an den Tisch, stellte sie ab und zog sich wieder zurück.

»Was ist das?«, fragte Christine.

»Hmm … Champignonsuppe, würde ich sagen.«

»Ha, ha. Ich meinte damit, dass von Suppe gar nichts auf der Karte stand.«

Er zuckte mit den Schultern. »Offenbar hast du nicht das Kleingedruckte in der Anlage zur Speisekarte gelesen.«

Christine betrachtete skeptisch ihren Teller. »Na, so was, die haben hier nicht mal passende Teller, selbst wenn nur zwei Gäste im Lokal sitzen?«

»Wart ihr hier früher mal essen?«, fragte Jerry.

»Nein, nie. Das war meinem Dad immer zu teuer.«

»Ich hab hier eine Zeit lang gejobbt. Es war das Markenzeichen des Plate With A View, dass Teller, Tassen, Untertassen und Bestecke aus den Restbeständen anderer Restaurants so wild zusammengewürfelt waren, dass es kaum eine Chance gab, an einem Tisch passende Teller vorzufinden. Selbst an dieses Detail hat der Russe gedacht. Und auch, dass die Dame am Tisch immer den Teller mit dem Muster bekommt.«

»Und offenbar auch die gesamte Ladung Champignons.« Sie verzog den Mund.

»Magst du keine Champignons?«

»Doch, doch«, versicherte sie ihm. »Nur nicht in der Suppe. Eine Champignoncremesuppe ist okay, also das, was du offenbar hast. Und als Beilage zu Fleisch und Fisch mag ich sie auch. Aber nicht als Einlage in einer Suppe. Und dann auch noch so viele.«

»Sollen wir tauschen?«

Christine sah ihn fragend an. »Wärst du damit einverstanden?«

»Hey, ich habe es doch vorgeschlagen«, sagte er und tauschte die Teller aus, noch bevor sie ihn davon abhalten konnte.

Sie unterhielten sich über Belangloses, während sie ihre Suppe löffelten, dann kam der Kellner und holte die leeren Teller ab. Nur ein paar Minuten später kam er mit dem Hauptgang aus der Küche, als Christine noch schnell zur Toilette ging. Christine hatte ein mit Spinat und Zwiebeln überbackenes Omelett genommen, Jerry eine Fleischpastete.

Ein paar Minuten später kehrte sie zurück an den Tisch. Jerry saß da und wartete mit seinem Essen offenbar, bis sie wieder Platz genommen hatte. In mancher Hinsicht konnte er sich tatsächlich wie ein Gentleman benehmen, und im nächsten Moment spielte er den von sich eingenommenen Künstleragenten. Nein, sie wurde aus ihm einfach nicht schlau. Was war Methode, und was war ehrlich gemeint? Wann spielte er ihr etwas vor, um sein Ziel zu erreichen, und wann zeigte er sein wahres Gesicht?

Und dann war da ja immer noch die Möglichkeit, dass er etwas mit den beiden Morden zu tun hatte. War es ein Zufall, dass er heute schon wieder in Beechwood auftauchte, nachdem am Morgen jemand hinter Bettys Haus gelauert hatte, um sie zu belauschen?

Ganz egal, wie sehr er auch versuchen sollte, sie zu umgarnen, sie würde sich nicht mit ihm einlassen. Ihr war es vor zwanzig Jahren erspart geblieben, eine von Jerrys vielen Eroberungen zu werden, und das würde sie jetzt ganz sicher nicht nachholen.

Beim Näherkommen bemerkte sie plötzlich, dass eine Politesse hinter seinem Wagen stand und das Kennzeichen notierte. Genau das hatte er doch verhindern wollen! Aber offenbar war er in Gedanken und bekam nichts davon mit, was sich da draußen auf der Straße abspielte.

»Jerry«, rief sie. »Du kriegst einen Strafzettel, wenn du nicht sofort was in die Parkuhr einwirfst!«

Sie war am Tisch angekommen und fasste nach Jerrys Schulter, um ihn anzustoßen, damit er aus seinem Tagtraum erwachte. Aber anstatt sich zu ihr umzudrehen und etwas zu erwidern, kippte er wortlos vornüber … und landete mit dem Gesicht in der Fleischpastete.

8

Sie schon wieder?«, brummte Inspector Hatfield, als er das Lokal betrat und Christine an einem der Tische sitzen sah.

»Die Freude ist ganz meinerseits«, knurrte sie ihn im gleichen Tonfall an.

Er schaute zum Tisch am Fenster und fragte: »Warum liegt der Mann mit dem Gesicht in seinem Essen?«

»Sir«, erwiderte einer der Polizisten. »Wir befolgen nur Ihre Anweisung, dass wir an einem Tatort nichts verändern sollen, solange Sie sich kein Bild von der Situation gemacht haben.«

»Fein, aber Sie haben sich nicht an den Teil der Anweisung gehalten, dass Sie das nur bei einem Mord machen sollen«, hielt Hatfield dagegen. »Oder wurde der Mann mit dem Gesicht in seine Fleischpastete gedrückt, bis er erstickt war?«

»Nun, Sir …«, druckste der Mann herum. »Die Dame dort sprach davon, dass … dass es ein Mord gewesen sein könnte.«

Der Inspector drehte sich zu ihr um. »Kannten Sie den Toten?«

»Flüchtig. Eigentlich nur von früher. Es ist Jerry Denham.«

»Denham, sagen Sie?« Er nickte verstehend. »Dann ist das ja ein klarer Fall. Ganz sicher ein Herzinfarkt. Bei dem hektischen Lebensstil kein Wunder.« An den Polizisten gerichtet: »Lassen Sie den Toten abholen, hier gibt es keinen Mord zu untersuchen.«

»Und die Spurensicherung?«

»Kann auf der Stelle kehrtmachen.« Wieder richtete er seine Aufmerksamkeit auf Christine. »In Beechwood wurde noch nie ein Mensch ermordet, weder erschossen noch vergiftet noch auf irgendeine andere Weise. Aber …«

»Vielleicht liegt das nur daran«, fiel sie ihm mit Nachdruck ins Wort, »dass alle Morde prinzipiell zu Unfällen erklärt werden. Dann gibt es keinen Mord, und es muss auch niemand befragt werden. Macht sich in der Statistik sicher gut. Beechwood muss in der Kriminalstatistik das einsame Schlusslicht bilden, weil es mit null Verbrechen zu Buche schlägt.«

»… aber seit Sie hier sind«, fuhr er unbeirrt fort, nachdem sie ausgeredet hatte, »gab es drei tödliche Unfälle innerhalb von vier Tagen, und jedes Mal wollen Sie mir einreden, es sei ein Mord. Ich glaube eher, Sie bringen unserer beschaulichen Stadt Unglück.«

Sie zog verwundert eine Augenbraue hoch. »Vielleicht sollten Sie mich auf dem Marktplatz öffentlich verbrennen? Hexenprozesse locken sicher immer noch viele Schaulustige an.«

Der Inspector schüttelte den Kopf und seufzte. »Sie werden mich ja ohnehin mit Ihrer Theorie unterhalten wollen, ob ich Sie nun darum bitte oder nicht. Also?«

»Wie es jemand mit Ihrer Einstellung geschafft hat, Detective Chief Inspector zu werden, ist mir ein Rätsel. Was haben Sie geleistet, das Ihre Beförderung rechtfertigen könnte?«

»Überlegen Sie gut, was Sie sagen«, warnte Hatfield sie. »Sie bewegen sich auf hauchdünnem Eis, und gleich darunter befinden sich die Untiefen der Beamtenbeleidigung.«

Nachdrücklich schüttelte Christine den Kopf. »Ich will Sie gar nicht beleidigen, meine Frage war völlig ernst gemeint. Müssen Sie nicht eine bestimmte Quote an aufgeklärten Verbrechen vorweisen, damit Sie befördert werden können? Ich meine, wenn Sie ständig nur mit Unfällen zu tun haben, können Sie doch nicht belegen, wie gut Sie als Ermittler sind.«

»Miss Bell«, gab er frostig zurück. »Ich weiß, Sie wollen sich hier auf meine Kosten amüsieren, und Sie wünschen sich nichts sehnlicher, als mich bloßzustellen, indem Sie den unumstößlichen Beweis erbringen wollen, dass die drei Todesfälle allesamt Morde sind.« Er räusperte sich ausgiebig. »Sie können sich diese Mühe sparen. Ich verfüge über langjährige Erfahrung, und ich weiß, wann ein Unfall nur ein Unfall ist und wann mit ihm ein Mord vertuscht werden soll. Ich weiß nicht, ob das eine Besessenheit von Ihnen ist, aber Sie reden auffallend gern und häufig über Mord. Achten Sie lieber darauf, dass Sie ein Alibi haben. Vielleicht werde ich Sie schon bald fragen, wie es sein kann, dass ich immer wieder Ihnen begegne, wenn ich in den letzten Tagen zu einem Todesfall gerufen werde.«

»Werden Sie mir dann auch noch diesen Autodiebstahl von letzter Nacht anhängen?«, fragte sie mit gespielter Neugier.

»Sie waren am Tatort«, merkte er gereizt an.

»Als Ihre Leute bereits die Spuren sicherten.«

»Viele Täter kehren an den Ort ihres Verbrechens zurück.«

»Und wo soll ich den Wagen versteckt haben? Etwa im Kofferraum meines Minivans?«

»Miss Bell, es gibt keinen Grund für Zynismus oder andere derartige Untertöne. Drei Menschen sind gestorben. Ist das nicht schon schlimm genug? Müssen Sie denn aus allem und jedem ein Kapitalverbrechen machen?«

Kopfschüttelnd stand sie auf, zog die Jacke an und hängte sich ihre Tasche über die Schulter.

Als sie wortlos zur Tür ging, murmelte Chief Hatfield: »Warum glauben eigentlich alle Frauen, sie müssten unbedingt Miss Marple spielen?«

Sie blieb stehen und drehte sich um. »Heißt das, Sie vergleichen mich mit Miss Marple?«

»So benehmen Sie sich ja auch.«

Lächelnd musterte sie den Inspector, dann sagte sie: »Wissen Sie, das ist wirklich witzig. Ich habe erst vor Kurzem mit meiner Tante fast die gleiche Diskussion geführt.«

»Und?«, fragte Hatfield anstandshalber, obwohl er keinen Hehl daraus machte, dass es ihn eigentlich nicht interessierte.

»Das Bemerkenswerte daran ist, dass Miss Marple jeden Fall löst und der Inspector immer wie ein Trottel dasteht, weil er nicht an ein Verbrechen glaubt. Ich danke Ihnen für dieses Kompliment.«

Während sie das Restaurant verließ, hörte sie hinter sich Hatfield vor Wut laut schnauben. Sie musste sich ein Grinsen verkneifen.

Christine hielt sich eine Weile vor den Türen auf, die zur Veranstaltungshalle auf dem Pier führten, und ließ sich die Geschehnisse der letzten halben Stunde wieder und wieder durch den Kopf gehen. Jerry Denham war ermordet worden. Und dabei hatte der Anschlag eigentlich ihrem Leben gegolten, davon war sie überzeugt. Es brachte nichts, mit dem Inspector darüber zu sprechen.

Jerrys Tod schloss zumindest ihn selbst als Verdächtigen aus, schließlich wäre er nicht in seine eigene Falle getappt. Der Attentäter hatte sein Ziel verfehlt, und ein Unschuldiger war ums Leben gekommen. Also würde er es wieder und wieder versuchen, bis er endlich Erfolg hatte.

Es war eigenartig, doch Jerrys Tod berührte sie nur wenig. Diese Erkenntnis hatte etwas Erschreckendes an sich, weil es ihr das Gefühl gab, sehr kaltherzig zu sein. Aber vielleicht hing es damit zusammen, dass er die dritte Leiche innerhalb von vier Tagen war und sich so etwas wie Routine einschlich, auch wenn sie das nicht so recht glauben wollte. Nein, der Grund dafür musste der sein, dass hinter ihrer Freude darüber, nicht einem Anschlag auf ihr Leben zum Opfer gefallen zu sein, alle anderen Empfindungen in den Hintergrund traten.

Der Kreis der Verdächtigen wurde durch diese Entwicklung aber nicht übersichtlicher, denn Jerry war einer von den wenigen gewesen, die sie kannte. Auf der Convention kannte sie nur drei oder vier Leute mit Namen, der Rest war für sie eine anonyme Masse. Sie wusste weder, wer in Tante Bettys Haus eingebrochen war, noch konnte sie etwas über die Identität des Lauschers sagen.

Der Veranstalter, Howard North, konnte ebenso hinter allem stecken wie dieser Dylan, der sich mit der rivanischen Sprache so gut auskannte. Einige Dutzend weitere Leute, die alle im Händlersaal anwesend waren, als der zweite Tote gefunden wurde, kamen ebenfalls infrage. Es gab einfach keinen brauchbaren Anhaltspunkt, wer von diesen Leuten wahrscheinlicher als die anderen der Täter war. Solange dieser Punkt nicht klar war, konnte sie niemanden ausschließen, und somit wusste sie auch nicht, wen sie einweihen konnte, um sich bei der Suche nach dem Unbekannten Hilfe zu holen. Erschwerend kam hinzu, dass sie auch beim Motiv im Dunkeln tappte und nicht wusste, wo sie anfangen sollte. Wenn sie …

»Hallo, Miss Bell.«

Die plötzlich hinter ihr ertönende Stimme ließ sie zusammenzucken und riss sie aus ihren Überlegungen. Sie wirbelte herum und sah vor sich den jungen Mann mit dem schmalen Oberlippenbart. »Oh, hallo …«

»Dylan Weymoth«, kam er ihr zuvor. »Wir sind uns da drinnen schon begegnet.«

»Ja, ich … ich erinnere mich.« Sie lächelte ihn an, da sie sich ihre Unruhe nicht anmerken lassen wollte. Wenn er jetzt auf dem Weg zur Halle war, hatte er sich bislang also irgendwo in der Stadt aufgehalten. Womit er als jemand infrage kam, der den Anschlag auf ihr Leben verübt haben konnte. Falls das zutraf, ließ er sich die Enttäuschung darüber nicht anmerken, dass sie überlebt hatte. Doch wenn sie ganz ehrlich war, musste sie einräumen, dass dieser Dylan sich darüber zu freuen schien, sie zu treffen. Er wirkte nicht wie ein Mörder, der soeben zu seiner Verärgerung feststellen musste, dass sein Mordopfer noch quicklebendig war.

»Warten Sie auf jemanden, oder möchten Sie mit reinkommen?«, fragte er.

»Oh, das wäre nett von Ihnen.«

Dylan klopfte an, eine Frau kam nach vorn und schloss die Tür auf. »Hallo Wilma, ich bringe Miss Bell mit.«

Wilma nickte ihm knapp zu, dann grüßte sie Christine und schloss hinter ihnen wieder ab.

»Falls Sie Howard … Mr North suchen, der ist noch nicht da«, ließ Dylan sie wissen, während sie ihm folgte.

»Okay, danke.« So, so, Howard North war also auch unterwegs. Dann kam er theoretisch auch als Täter infrage, was ihr aber ebenfalls nicht weiterhalf. »Wenn niemand etwas dagegen hat«, sagte sie, »würde ich mir einfach ganz gern in Ruhe diese Halle ansehen. Als Kind bin ich mit meinen Eltern jedes Jahr hergekommen, und diese Säle mit all den Gängen ringsum haben mich immer unglaublich fasziniert. Nur war ich damals zu jung, deshalb durfte ich nicht auf eigene Faust Erkundungen unternehmen. Jetzt hätte ich die Gelegenheit dazu, und es wäre schön, wenn ich das nachholen könnte.« Sie setzte ihr charmantestes Lächeln auf, und sie war sich sicher, dass Dylans Wangen ein wenig rot wurden.

»Wissen Sie, ich kann mir zwar nicht vorstellen, dass es da ein Problem geben dürfte, aber ich darf das nicht entscheiden«, antwortete er verlegen und blieb stehen. »Wenn Sie kurz hier warten, frage ich Rupert. Er vertritt Howard, wenn der nicht da ist, und ist so gesehen offizieller Mitveranstalter. Er trägt die Verantwortung … falls etwas passieren sollte.«

Christine atmete tief durch und versuchte, sich gegen diese lästige Paranoia zu wehren, die von ihr Besitz ergriffen hatte und die nun dafür sorgte, dass sie jedes Wort auf die Goldwaage legte. »Falls etwas passieren sollte«, hatte er gesagt. Warum sollte denn etwas passieren? Hatte er einen Anlass zu dieser Erwägung? Nein, nein, ermahnte sie sich. Dylan meinte doch nur, dass im Schadensfall die Versicherung wissen müsste, wer der Verantwortliche war.

Sie beobachtete, wie Dylan mit einem schmalen Mann mit Rastalocken sprach. Keine zwei Minuten später kam er zu ihr zurück.

»Rupert hat nichts dagegen einzuwenden. Er meinte nur, Sie sollten bloß nichts anfassen – natürlich nur im Scherz«, ergänzte er hastig und grinste sie breit an. »Wenn Sie Hilfe brauchen, rufen Sie einfach laut.«

»Alles klar, danke.« Sie sah Dylan nach, wie der sich mit Rupert und zwei anderen Personen in den Händlerraum begab, dann war sie allein im Vorraum. Sie nahm sich Zeit, den elegant eingerichteten Raum zu begutachten, der an den Glanz vergangener Jahre erinnerte. Dezente Kronleuchter verbreiteten ihr Licht und ließen die weinrot gestrichenen Wände warm erstrahlen. Hier und da waren Spiegel in prunkvollen goldenen Rahmen aufgehängt, zu beiden Seiten fanden sich Wandleuchter, die für zusätzliche Helligkeit sorgten.

Christine lauschte aufmerksam, um sich zu vergewissern, dass sich ihr niemand aus dem Saal näherte, dann zog sie den Grundriss der Halle aus ihrer Tasche, auf den sie die Markierungen des ersten Plans übertragen hatte. Sie schaute nach links und entdeckte eine Tür mit der Aufschrift ›Zutritt für Unbefugte verboten‹, die sie aber mit gutem Gewissen ignorieren konnte. Immerhin hatte sie klargemacht, dass sie sich hinter den Kulissen umsehen wollte, und durch die Erlaubnis von Howard North' Geschäftspartner war sie praktisch dazu befugt worden.

Kaum hatte sie die Tür geöffnet, präsentierte sich die Veranstaltungshalle von einer ganz anderen Seite. Von der teuren Einrichtung und dem stilvollen Ambiente des Vorraums und der Säle, in die sie beim letzten Besuch gelangt war, konnte man hier weit und breit nichts sehen. Jenseits der Tür erstreckte sich ein schlichter Korridor mit Neonröhren anstelle von Kronleuchtern, mit auf dem Putz verlegten elektrischen Leitungen und schwarzem PVC-Boden anstelle von Teppichboden. Natürlich waren die Versorgungskorridore in allen Hallen, Hotels und Einkaufszentren von solcher Schlichtheit geprägt, denn überall dort, wo das normale Publikum nicht hinkam, konnte man auf Holz, Chrom, Messing und edle Textilien verzichten. So ließ sich gleich zweifach sparen – einmal bei der Anschaffung, anschließend bei der Pflege.

Christine drückte die Tür hinter sich zu und nahm den Plan aus der Tasche. »Wo bin ich?«, murmelte sie und musste sich erst einmal orientieren. »Ah, da.«

Mit dem Finger fuhr sie den markierten Weg nach, dann ging sie los. Sie folgte dem Gang, bis sie den großen Saal gut zu einem Viertel umrundet hatte. Wie auf dem Plan eingezeichnet, befand sich dort tatsächlich eine Tür, die in einen Quergang führte. Ein Stück weiter bog sie wieder links ab und gelangte in einen Korridor, der in einer langgezogenen Rampe auf eine untere Ebene führte, deren Existenz Christine bis dahin nicht bewusst gewesen war. Sie hatte sich ohnehin gefragt, wo all die Gänge verlaufen sollten, die auf dem Grundriss eingezeichnet waren, wenn doch die beiden Säle, der Vorraum und Garderoben und Ähnliches fast die gesamte obere Ebene in Beschlag nahmen.

Plötzlich stutzte sie, und ihr wurde klar, dass man in der Broschüre tatsächlich überflüssigerweise die untere Ebene abgedruckt hatte. Besucher wollten schließlich wissen, wo sie in der Halle einen guten Platz hatten, es interessierte sie nicht, welche Räume sich darunter befanden. Vielleicht, so ging es ihr durch den Kopf, war der Unbekannte, der mittlerweile wohl drei Menschenleben auf dem Gewissen hatte, durch diesen Plan überhaupt erst auf den Gedanken gebracht worden, hier irgendeinen Coup durchzuziehen.

Der eingezeichnete Weg beschrieb einen Knick nach links, dann ging es durch zwei Schwingtüren an der Küche vorbei in einen anderen Gang. Gebannt sah Christine auf die Linie, deren Ende sie sich langsam näherte. Nur noch ein paar Schritte, dann hatte sie das Ziel erreicht, und dann würde sie vielleicht einen Hinweis darauf erhalten, wer der dreifache Mörder war.

Wieder bog sie nach links ab und stand … vor einer Mauer!

Vor ihr befand sich eine kahle Betonwand. Einfach nur eine nackte Wand. Christine legte die beiden Ausdrucke übereinander und hielt sie vor die Neonröhre, die über einer Tür rechts von ihr montiert war. Nein, sie hatte sich nicht geirrt. Das hier war exakt der Punkt, der auf dem Plan markiert war.

Sie überlegte, ob sie diesem Plan womöglich zu große Bedeutung zugeschrieben hatte, aber daran konnte sie nicht glauben. Immerhin war jemand in Bettys Haus eingestiegen und wieder gegangen, ohne etwas mitzunehmen – jedoch nur, weil er nicht Christines Laptop aufgeklappt hatte. Nein, dieser Plan war eindeutig von Bedeutung, daran gab es keinen Zweifel. Sie hätte sich nur gewünscht, endlich einmal einen Hinweis zu finden, der zumindest in eine Richtung deutete. So aber stand sie vor einer nackten Betonwand, die ihr überhaupt nicht weiterhalf. Wenn sich wenigstens irgendetwas dort befunden hätte, ein Zeichen, ein Symbol, irgendetwas!

Das war ausgesprochen frustrierend, zumal sie keine Möglichkeit sah, dem Unbekannten eine Falle zu stellen. Natürlich würde er wieder versuchen, den Plan an sich zu bringen, aber das würde dann geschehen, wenn er es wollte. Sie konnte ihn mit nichts ködern, um ihm einen Schritt voraus zu sein. Solange sie zu einer passiven Rolle gezwungen war, konnte sie kein Katz-und-Maus-Spiel mit ihm beginnen. Doch wie sollte sie zum Angriff übergehen, wenn sie keine Ahnung hatte, wo sie ihren Gegner suchen musste?

Verärgert faltete sie die Ausdrucke zusammen und steckte sie in ihre Handtasche, dann folgte sie der Beschriftung zur Bühne im großen Saal. Der Weg führte durch den gesamten Bereich hinter den Kulissen, vorbei an Garderoben und Lagerräumen, an Technikräumen und großen Dekorationselementen für die Bühne. Auch hier sah sie sich äußerst aufmerksam um, doch nach wie vor war nichts zu entdecken, was die drei Morde und den Plan hätte erklären können. Natürlich stand sie vor dem Problem, dass sie mangels Motiv überhaupt nicht wusste, wonach sie Ausschau halten sollte, trotzdem gab sie die Hoffnung nicht auf, durch einen Zufall auf etwas zu stoßen, das dem Ganzen einen Sinn gab und sie auf die Spur des Mörders führte.

Nachdem sie sich einige Minuten lang weiter hinter der Bühne aufgehalten hatte, begab sie sich schließlich in den Saal, wo etliche Helfer damit beschäftigt waren, Stuhlreihen anzuordnen und die Wände zu dekorieren. Auf der Bühne angekommen, blieb sie stehen und ließ die Atmosphäre auf sich wirken. Der Saal hatte etwas Erhabenes an sich, und für einen Moment fühlte sie sich nicht nur in ihre eigene Kindheit und Jugend zurückversetzt, in der sie davon geträumt hatte, einmal eine Vorstellung auf dem Pier zu besuchen, was seinerzeit aber jedes Mal an den zu hohen Eintrittspreisen gescheitert war. Nein, in diesem Augenblick stellte sie sich vor, wie es hier und in Beechwood insgesamt Ende des 18., Anfang des 19. Jahrhunderts gewesen sein musste, als sich nur die Wohlhabenden einen Urlaub in einem Seebad leisten konnten. Als die vornehmen Damen und Herren im Sonntagsstaat über die Promenade flanierten, die Männer mit einem Zylinder, die Frauen mit einem weißen Schirm vor der Sonne geschützt. Eine Zeit, in der man noch fast vollständig bekleidet ins Wasser gegangen war – wenn man es überhaupt tat –, damit das jeweils andere Geschlecht von der Gegenseite möglichst wenig unbedeckte Haut zu sehen bekam.

Christine schüttelte den Kopf, wenn sie daran dachte, wie sehr diese vergangene Welt doch der heutigen ähnelte. Damals waren es die armen englischen Arbeiter gewesen, denen solche Urlaube ein Leben lang versagt blieben, weil sie froh sein konnten, wenn sie von ihrem Hungerlohn einigermaßen über die Runden kamen, und wenn sie von Krankheiten verschont blieben, die zu jener Zeit den Tod bedeuteten, weil es keine Medikamente gab oder weil sie sie nicht bezahlen konnten. Heute waren es genauso arme Pakistani oder Inder, denen es nicht anders erging.

»Ach, da sind Sie ja, Miss Bell«, rief Dylan plötzlich und riss sie aus ihren Gedanken. »Haben Sie sich in Ruhe umsehen können?«

»Oh, ja, ja, das war sehr interessant«, antwortete sie. »Mir war zum Beispiel bislang nicht bewusst gewesen, dass es hier ein Untergeschoss gibt, obwohl … jetzt, da ich es weiß, wird mir auch klar, dass gar nicht genug Platz ist, um alles auf einer einzigen Ebene unterzubringen.«

Dylan nickte und zeigte nach rechts, da er sah, dass Christine überlegte, wie sie von der Bühne herunterkommen sollte. Rechts am Rand befand sich eine Treppe.

»Ich habe übrigens eben erfahren, dass Howard noch mit Ihnen sprechen möchte. Er will mit Ihnen den Ablauf des Abends durchgehen«, erklärte Dylan. »Aber ich weiß nicht, wann er wieder hier sein wird.«

»Ich habe eine Idee«, erwiderte sie. »Sagen Sie ihm doch bitte, er möchte zum Haus meiner Tante kommen, dann können wir dort alles bereden. Ab sechs Uhr heute Abend, dann sind wir ganz sicher da.« Sie notierte die Adresse und gab ihm den Zettel. »Falls ihm etwas dazwischenkommt, kann er anrufen.« Sie verabschiedete sich und verließ die Halle.

Als Christine ihre Tante anrief, bat die, sie erst in etwa zwei Stunden abzuholen. Betty äußerte sich nicht im Detail, aber es schien, als gäbe es bei dem Bühnenstück irgendwelche größeren Probleme, die sich nicht so schnell lösen ließen. Sie war froh darüber, dass Betty sich so engagierte und nicht den ganzen Tag im Haus blieb.

Sie ging die Oxford Street entlang, warf ein paar Münzen in die Parkuhr, da die Zeit fast abgelaufen war, dann schlenderte sie zurück Richtung Meer, als auf einmal ihr Magen knurrte. Ihr fiel ein, dass sie zu Mittag nur diesen Teller Suppe gegessen hatte, sonst nichts.

Es war ihr immer noch ein Rätsel, wie es dem Täter gelungen war, Gift in den Teller Suppe zu mischen, der für sie bestimmt gewesen war. Doch die Tatsache, dass er es geschafft hatte – auch wenn Chief Inspector davon nichts wissen wollte –, beunruhigte sie so sehr, dass sie nicht besonders von dem Gedanken angetan war, nach diesem Erlebnis wieder in einem der Lokale etwas zu essen.

Auf der Promenade angekommen, sah sie in beide Richtungen und entdeckte ein Stück weiter rechts eine McDonald's-Filiale. Sie vermied es zwar normalerweise, Hamburger dieser

Kette zu essen, aber mit Blick darauf, wie schnell dort eine Bestellung ausgeführt wurde, konnte sie mit Gewissheit davon ausgehen, dass dem Mörder keine Zeit blieb, noch einmal zuzuschlagen, selbst wenn er ihr dicht auf den Fersen geblieben sein sollte.

Im Lokal angekommen, bestellte sie zwei Cheeseburger, und keine drei Minuten später bekam sie ihr Essen in einer Papiertüte eingepackt ausgehändigt. Mit Erstaunen musste sie feststellen, dass nicht nur die Einrichtung so aussah wie vor dreißig Jahren, sondern dass auf den beleuchteten Tafeln über der Theke Produkte angeboten wurden, die man eigentlich schon vor Jahrzehnten aus dem Angebot genommen hatte. Das Einzige, was dem aktuellen Stand entsprach, waren die Preise.

Mit ihrem Essen überquerte sie die Promenade und setzte sich nahe einer der Treppen, die hinunter zum Strand führten, auf eine Bank. Kaum hatte sie Platz genommen, landete auf dem Geländer vor ihr eine Möwe und musterte sie aufmerksam. Der Vogel legte den Kopf schräg und schien auf die Papiertüte zu starren, die Christine neben sich auf die Bank gestellt hatte. Sie beobachtete den Vogel und wartete ab, was er als Nächstes tun würde. Ob er wohl den Mut aufbrachte, näher zu kommen und sie um etwas zu essen anzubetteln?

Plötzlich hörte sie ein Rascheln, und als sie den Kopf umdrehte, sah sie gerade noch, wie eine andere Möwe die Tüte schnappte und durch den Freiraum zwischen Sitzfläche und Rückenlehne zog. Christine versuchte noch, den großen Vogel daran zu hindern, aber mit einem triumphierenden Kreischen und der Tüte ihm Schnabel nahm er Anlauf und erhob sich im nächsten Moment in die Lüfte.

Ungläubig sah sie der Möwe nach, die ihre Beute in Sicherheit zu bringen versuchte, während ein Dutzend weitere Möwen sowie Tauben und Spatzen sie verfolgten. Nur die Möwe, die das Ablenkungsmanöver gestartet hatte, saß noch auf dem Geländer und sah Christine unverändert an.

»Bist du stolz auf deine Leistung?«, fragte sie, woraufhin die

Möwe den Kopf einzog und es sich auf dem breiten Metallgeländer gemütlich machte. Es schien sie nicht zu stören, dass die anderen mit der Beute davongeflogen waren. Christine überlegte, ob der Vogel sie vielleicht gar nicht ablenken wollte, sondern mit seinem eindringlichen Blick vor dem bevorstehenden Mundraub hatte warnen wollen. Wenn dem so war, hatte sie das gründlich missverstanden.

»Weißt du was?«, sagte sie zu dem Tier und stand auf. »Ich werde jetzt Nachschub holen, und dann bekommst du etwas ab, okay?«

Die Möwe sah ihr nach, wie sie zurück zu McDonald's ging, um noch zwei Cheeseburger zu holen. Die Bedienung warf ihr bei der Bestellung einen eigenartigen Blick zu, verkniff sich aber einen Kommentar. Christine ihrerseits war nicht in der Stimmung, irgendetwas zu erklären.

Sie verließ das Lokal und wollte zu ihrer Bank zurückkehren, musste jedoch feststellen, dass ein Schwarm Möwen sie vollständig in Beschlag genommen hatte. »Hitchcock hat es ja schon immer gewusst«, murmelte sie amüsiert und begab sich dennoch zu der Bank. Die Möwen betrachteten sie mit einer gesunden Portion Argwohn, schienen aber die Papiertüte zu erkennen, die sie in der Hand hielt. Offenbar genügte dieser Anblick, um ihren Mut zu wecken, denn die Möwen auf der Bank wichen nur ein kleines Stück zur Seite, als Christine sich wieder setzte. Kaum hatte sie die Tüte aufgemacht und den ersten verpackten Cheeseburger herausgeholt, rückten die Vögel erneut etwas näher.

Eine der Möwen begann zu kreischen, die anderen stimmten sofort mit ein und veranstalteten einen so gellenden Lärm, dass Christine sich die Ohren zuhielt – und dabei den Cheeseburger fallen ließ. Sie hätte noch so schnell reagieren können, sie wäre trotzdem nicht in der Lage gewesen, den Möwen zuvorzukommen, die sich von allen Seiten auf ihr Essen stürzten und binnen weniger Augenblicke Brötchen und Fleisch in Stücke gerissen und vertilgt hatten.

Ihr Blick wanderte zurück zu der Möwe, die nach wie vor auf dem Geländer saß und von dort in aller Ruhe das Geschehen mitverfolgte. »Macht dir das eigentlich nichts aus, dass die anderen dir alles wegessen?«, fragte sie und war froh darüber, dass niemand in der Nähe war, der hören konnte, wie sie sich mit ein paar Vögeln unterhielt.

»Sie kommen wohl nicht oft her, wie?«, meldete sich plötzlich eine tiefe Stimme hinter ihr zu Wort, womit ihre Ansicht widerlegt worden war, sie sei hier ungestört.

Ein Mann stand hinter der Bank und beobachtete offenbar seit einer Weile, was sich hier abspielte. Er war etwas kleiner als sie, sein graues Haar, das früher von einem kräftigen Rot gewesen sein musste, reichte ihm bis über die Schulter, und sein Vollbart hätte den Weihnachtsmann vor Neid erblassen lassen. Er war von schmaler Statur, sein Gesicht war hager, was seine Hakennase nur noch stärker hervorstechen ließ. Er trug einen unscheinbaren, an verschiedenen Stellen sichtlich abgewetzten grauen Mantel und schwarze Schuhe, die auch schon einige Schrammen abbekommen hatten.

»Wodurch habe ich mich verraten?«

»Dadurch, dass Sie sich lediglich mit ein paar Hamburgern bewaffnen, um eine Horde gefräßiger Möwen zu füttern.«

»Das hat sich zufällig so ergeben«, erklärte sie. »Wenn ich gewusst hätte, dass mir hier alles aus den Fingern gerissen wird, hätte ich auf jeden Fall mehr mitgebracht.«

Der Mann ging um die Bank herum, doch vor ihm hatten die Möwen offenbar noch weniger Respekt, da nur die Tiere auswichen, die ihm unmittelbar im Weg standen. Christine musterte die zwei großen Eimer, die der Mann mit beiden Händen trug.

»Was haben Sie da?«, wollte Sie wissen.

»Das werden Sie gleich sehen.« Er stellte die Eimer in einiger Entfernung von der Bank ab, woraufhin die Möwen sich sofort an den Deckeln zu schaffen machten. »Eines Tages werdet ihr das auch noch hinbekommen«, meinte der Mann an die Vögel gerichtet. »Aber bis das so weit ist, bin immer noch ich derjenige, der die Deckel von den Eimern nimmt.«

Die Möwen sahen ihn an, als hätten sie jedes Wort verstanden, und warteten geduldig ab. Im Gegensatz zu Christine schienen sie alle zu wissen, was gleich geschehen würde. Der Mann ließ sich Zeit, bis Ruhe eingekehrt war, dann beugte er sich vor und zog gleichzeitig die Deckel hoch.

Im gleichen Moment brach ein Zetern und Kreischen los, das den bisherigen Lautstärkepegel um Längen übertraf, und von allen Seiten stürzten sich die Möwen auf die beiden Eimer, die bis zum Rand mit in Stücke geschnittenen Heringen gefüllt waren. Die Betonung lag auf »waren«, denn es vergingen keine fünf Minuten, da rollten zwei umgeworfene leere Eimer auf dem Fußweg umher. Fischstücke waren keine mehr zu sehen, nur noch gesättigte Möwen, die einer Perlenkette gleich auf dem Geländer aufgereiht saßen und sich putzten.

»Wow«, brachte sie nur heraus, als das Schauspiel vorüber war.

Der Mann lächelte zufrieden und drehte sich zu ihr um. »Nick Berkowicz«, stellte er sich ihr vor. »Verzeihen Sie, wenn ich Ihnen nicht die Hand gebe, aber ich habe zwei Stunden lang Fischreste klein geschnitten. Da bleibt immer etwas vom Geruch haften.«

Sie nickte. »Christine Bell, sehr angenehm.« Sie deutete auf die Eimer. »Machen Sie das öfter?«

»Jeden Abend um die gleiche Zeit. Darum hat Donna«, er deutete auf die Möwe, die Christine beobachtet hatte und nun nach der ausgiebigen Mahlzeit wieder auf dem Geländer saß, »auch nichts von Ihrem Hamburger wissen wollen. Sie wusste, dass es nur noch ein paar Minuten bis zur Raubtierfütterung waren.«

»Den Eindruck kann man wirklich bekommen«, stimmte sie ihm zu.

»Und der trügt auch nicht«, unterstrich Berkowicz. »Die

wenigsten Menschen haben eine Vorstellung davon, wie intelligent diese Vögel sind.«

»Oh, das habe ich bei der ersten Runde gemerkt, als mir einer von ihnen die Tüte mit zwei Cheeseburgern geklaut hat. Bei dieser Truppe kann man gar nicht genug Augen haben, um alles mitzubekommen.«

Der Mann nickte lächelnd.

Plötzlich klingelte ihr Mobiltelefon, sie holte es aus der Jackentasche und meldete sich.

»Christine, Schatz«, redete ihre Tante los. »Ich wollte dir nur Bescheid sagen, dass die Proben jetzt doch für heute beendet sind. Ich ...«

»Aha, gut. Dann komme ich sofort rüber, ich bin gleich um die ...«

»Nicht nötig«, unterbrach Betty sie. »Direktor Widdenham nimmt mich mit und setzt mich zu Hause ab. Du kannst dir ruhig Zeit lassen.«

»Wenn du meinst ...«

»Ja, das meine ich«, beharrte sie. »Ich werde mich in den Garten setzen, mich in eine dicke Decke hüllen und die Nachmittagssonne genießen.«

»Einverstanden«, lenkte Christine ein und beendete das Gespräch, obwohl es ihr nicht gefiel, dass Betty allein zu Hause war. Was, wenn der Mörder zurückkehrte, um wieder nach dem Plan zu suchen? Er konnte schließlich nicht wissen, dass sie den zusammen mit ihrem Laptop bereits den ganzen Tag mit sich herumtrug. Und wenn er dann ihre Tante antraf, die mit dem Gipsbein keine Chance hatte, sich gegen ihn zur Wehr zu setzen ... Nein, den Gedanken wollte sie gar nicht erst zu Ende denken.

Sie kramte in ihrer Tasche, bis sie den gesuchten Zettel gefunden hatte, und tippte eine Nummer ein. Nach mehrmaligem Klingeln meldete sich endlich jemand. »Hallo, Mrs Nettles? ... Ja, Christine Bell hier ... Ja, genau ... ich habe eine große Bitte. Ich bin im Augenblick noch beschäftigt, aber meine Tante wird gleich zu Hause abgesetzt. … Sie will sich zwar in den Garten setzen und sich ausruhen, aber – und das muss jetzt unter uns bleiben – Betty ist viel zu rastlos, um das wirklich zu machen. Sie wird irgendetwas im Haus finden, womit sie sich beschäftigen kann … ja, richtig … dass Sie bitte ein Auge auf sie haben, bis ich zurück bin? … Das wäre großartig … dann ist mir gleich viel wohler … ja, danke, Mrs Nettles.«

»Gibt es Probleme?«, fragte Berkowicz.

Christine winkte ab. »Die lieben Verwandten. Meine Tante soll sich im Augenblick schonen, doch so ganz traue ich ihren Beteuerungen nicht.«

»Das scheint mir nicht Ihre einzige Sorge zu sein«, merkte er an. »Oder irre ich mich da?«

Sie seufzte leise. »Wissen Sie, die letzten paar Tage waren hektischer als das, was ich sonst so erlebe, und ich bin ehrlich gesagt froh, wenn ich mal für ein paar Minuten einfach meine Ruhe habe.«

»Dann werde ich besser gehen«, sagte Berkowicz leise und wollte schon aufstehen.

»Oh, entschuldigen Sie, so war das nicht gemeint. Ich habe mich völlig falsch ausgedrückt«, versicherte sie dem Mann. »Ich wollte damit sagen, dass ich froh bin, mal eine Zeit lang nicht mit diesen … Dingen konfrontiert zu werden, sondern etwas anderes um die Ohren zu haben.«

Berkowicz lehnte sich wieder nach hinten. »Wenn Sie jemanden brauchen, der Ihnen zuhört, können Sie gern auf mich zurückgreifen«, bot er sich an. »Ich verspreche Ihnen auch, ich werde Ihnen keine unerwünschten Ratschläge erteilen.«

Es klang verlockend, diesem wildfremden Mann zu erzählen, was sich in den letzten Tagen zugetragen hatte. Er würde das Ganze völlig unvoreingenommen sehen und vielleicht einen Hinweis auf den Täter entdecken, der ihr selbst entgangen war, da ihr die nötige Distanz fehlte. In diesem Moment wünschte sie diesen unmöglichen Chief Inspector Hatfield zum Teufel, der sich nicht für ihre Beobachtungen interessierte. Ihr fehlte ein guter Polizist mit scharfem Verstand, der die Fakten zusammentrug und analysierte und dann etwas entdeckte, was ihr nicht aufgefallen war. Irgendein Detail, irgendein Widerspruch oder eine Ungereimtheit, mit der sich der Täter überführen ließ.

Ihr Phil war so ein Polizist. Nein, korrigierte sie sich. Er war nicht mehr *ihr* Phil. Er war nur noch Phil. Ihn hätte sie um Rat bitten können, um dem Mörder auf die Spur zu kommen, aber genau das ging jetzt nicht mehr. Wenn sie mit derart vagen Angaben aufwartete, würde er denken, dass sie nur einen Vorwand suchte, um mit ihm zu sprechen. Und vielleicht würde er sogar glauben, dass es gar keinen Fall gab und sie sich da alles nur ausgedacht hatte.

Nein, dazu wollte sie es gar nicht erst kommen lassen. Sie hatten sich getrennt, jeder von ihnen lebte sein Leben, und auch wenn die Trennung einvernehmlich verlaufen war, wollte sie dennoch den Kontakt zu ihm nach Möglichkeit vermeiden. Wenn sie etwas Konkreteres vorweisen konnte, zum Beispiel den Namen eines Verdächtigen …

Sie bemerkte, dass Berkowicz sie abwartend ansah, da sie ihm nach wie vor keine Antwort gegeben hatte. Zugegeben, es war verlockend, sich alles von der Seele reden zu können, ohne fürchten zu müssen, ausgerechnet den Täter vor sich zu haben, der sie schnell zum Schweigen bringen würde, wenn er erfuhr, was sie alles wusste.

Plötzlich stutzte sie. Verdammt, sie war doch nicht schon so verzweifelt! Reiß dich zusammen, ermahnte sie sich. »Danke für das Angebot, aber ich würde Sie damit nur langweilen.«

Er zuckte mit den Schultern. »Das ist Ihre Entscheidung, und ich akzeptiere sie.«

»Verraten Sie mir lieber, wie Sie es schaffen, jeden Nachmittag so viel Fisch herzubringen, um die Möwen zu füttern. Kostet das nicht ein Vermögen?«

»Nein, überhaupt nicht«, beteuerte er. »Ich klappere jeden Tag alle Restaurants und Hotels ab und sammele die Fischreste ein, die vom Vortag übrig sind. Die Köche kennen mich mittlerweile und stellen die Reste an einen festen Platz, wo ich sie nur noch abholen muss.«

Christine wurde bei diesen Worten hellhörig. »Alle Restaurants?«, wiederholte sie.

»Und alle Hotels«, bestätigte Berkowicz.

»Auch das Plate With A View?«

»Ja, natürlich. Warum fragen …?« Er ließ seine Frage unvollendet. »Ach so, verstehe. Ich habe gehört, was dort vorgefallen ist, und nein, heute habe ich den Fisch von da gleich luftdicht verpackt und weggeworfen. Das ist mir zu unsicher. Nachher passiert den Möwen auch noch was.«

»Aber es hieß doch, der Mann sei einem Herzinfarkt erlegen«, sagte sie und hoffte, damit nur etwas wiederzugeben, was seit Jerrys Tod vermutlich allgemein kursierte.

Berkowicz schüttelte den Kopf. »Wie oft lesen Sie in der Zeitung, dass jemand in einem Lokal einem Herzinfarkt erliegt, und wie oft ist davon die Rede, dass jemand im Lokal tot umgefallen ist, weil er etwas Verdorbenes gegessen hat? So was steht im Verhältnis zehn zu eins, weil kein Restaurant gern damit in Verbindung gebracht wird. Ein Herzinfarkt ist zwar auch tragisch, aber der kann sich überall ereignen, das wirft kein schlechtes Licht auf ein Lokal. Wenn es dagegen erst zu Hause oder im Zug oder irgendwo anders passiert, dann wird das Kind beim Namen genannt, und dann ist eine Lebensmittelvergiftung auch eine legitime Todesursache, weil sie mit keinem bestimmten Restaurant mehr in Verbindung gebracht wird.«

Sie nickte verstehend. »Hat denn das Plate With A View in dem Punkt einen besonders schlechten Ruf? Ich meine, ist so etwas schon öfter vorgekommen?«

»Nein, so was nicht. Aber es gibt kein Lokal in Beechwood, in dem es einem leichter gemacht wird, anderen Leuten einen

Streich zu spielen.« Er machte eine Pause. »Waren Sie da mal essen?«

»Vor Kurzem«, antwortete sie bewusst vage.

»Ich weiß nicht, ob es Ihnen aufgefallen ist, aber es gibt zwei Wege, um von den Tischen zu den Toiletten zu gelangen. Einer davon führt an der Durchreiche zur Küche vorbei, und wenn die Gerichte fertig sind, dann werden sie in die Durchreiche gestellt, und die Klappe wird wieder geschlossen. Die Kellner pendeln zwischen der Durchreiche, den Tischen und der Theke im vorderen Teil des Ladens hin und her. Das bedeutet, die Teller sind nicht die ganze Zeit unter Beobachtung. Was glauben Sie, wie leicht es ist, hier und da mal eine Ladung Salz oder ein Abführmittel in die Suppe zu kippen!«

Oder Gift!

»Tatsächlich?«, gab sie ungläubig zurück, während sich ihre Gedanken überschlugen. Was dieser Mann ihr erzählte, bestätigte ihre Überzeugung, dass jemand etwas in ihre Suppe gegeben hatte, um sie zu töten. Zugleich jedoch half ihr diese Erkenntnis nicht, den Kreis der Verdächtigen enger zu ziehen. Hätte es nur jemand sein können, der in der Küche des Restaurants arbeitete, dann wäre das ein Durchbruch gewesen, da dieser Personenkreis überschaubar war. Wenn aber jeder x-Beliebige Zugang zu dieser Durchreiche hatte und ins Essen mischen konnte, was er wollte, dann war sie wieder so schlau wie zuvor. Wenn sie doch nur einen Namen wüsste! Und dabei musste sie dem Unbekannten bereits dicht auf den Fersen sein, sonst hätte der es nicht für nötig gehalten, sie auszuschalten.

Nach einer Weile war Berkowicz gegangen, da er noch anderswo Vögel füttern musste. Sie hatte sich zwar aufs Angenehmste mit ihm unterhalten, aber sie war nicht noch einmal auf die Idee gekommen, ihn in ihre unerfreuliche Situation einzuweihen. Zwar machte er einen vernünftigen Eindruck, und irgendwie konnte sie sich den Mann nicht als einen kaltblütigen Mörder vorstellen. Andererseits wusste sie natürlich nicht, was in seinem Kopf vorging, also war auch hier Vorsicht geboten.

Christine sah auf die Uhr. Fast Viertel vor fünf. Es wurde Zeit, sich auf den Heimweg zu machen, immerhin musste sie ab sechs Uhr mit Howard North' Besuch rechnen. Sie stand von der Bank auf, nach wie vor von den wachsamen Blicken der einen Möwe verfolgt, die Berkowicz Donna genannt hatte. Die saß unverändert auf dem Geländer, offenbar immer noch gesättigt von der großzügigen Portion Fisch, die der Mann verfüttert hatte.

Gemächlich kehrte Christine zur Oxford Street zurück, genoss den Anblick der Wellen, die weiter draußen durch den auffrischenden Wind mit weißen Schaumkronen geschmückt wurden. In Böen erreichte der Wind auch das Land, und Christine war abermals froh darüber, dass sie sich zu ihrer neuen Frisur entschlossen hatte, würden ihr doch jetzt schon wieder die Haare unablässig ins Gesicht geweht.

Ein dunkelgrüner BMW-Geländewagen kam auf der Promenade in ihre Richtung gefahren und bog auf den Fußweg zum Pier ein, der normalerweise für Fahrzeuge gesperrt war. Sie wollte sich schon über den dreisten Fahrer ärgern, der wohl zu faul war, die paar Schritte bis zum Strand zu gehen, und der bestimmt am liebsten mit seinem strahlend sauberen SUV den Sand durchgepflügt hätte.

Sie wollte ihren Augen kaum trauen, als sie sah, wer aus dem Wagen ausstieg: Howard North! Und das, wo sie fast überzeugt gewesen war, dass er eine ehrliche Haut war. Beim Anblick dieses kostspieligen fahrbaren Untersatzes bereute sie ihre Zusage, auf jeden Fall auf der Convention aufzutreten. Offenbar war er auch jemand von den Leuten, die sich auf Kosten anderer bereicherten.

»Hallo, Miss Bell«, begrüßte North sie, als er sie am Zugang zum Pier stehen sah, und kam ihr entgegen. »Gut, dass ich Sie hier treffe«, redete er weiter und gab ihr die Hand. »Dylan hat mich angerufen und mir gesagt, dass wir uns heute Mittag verpasst haben. Tut mir leid, aber ich musste noch mal losfahren und ein paar Aufsteller vom Großhändler abholen.«

Die ja auch nur in einem teuren BMW transportiert werden konnten, nicht aber in einem gewöhnlichen Lieferwagen oder Kombi, dachte sie spöttisch.

»Es gibt da tatsächlich noch ein paar Dinge, die ich mit Ihnen besprechen möchte, bevor Sie Ihren großen Auftritt haben, allerdings …«, er zuckte entschuldigend mit den Schultern, »… klappt das heute Abend nicht. Wir müssen gleich einen technischen Probelauf machen, damit morgen zur Eröffnung alles bereit ist.«

»Das kann ich gut verstehen. Wann wäre es Ihnen denn recht?«

»Hmm …« Er kniff die Augen zusammen, während er im Geist seinen Terminplan durchging. »Morgen Mittag? Zwischen eins und halb zwei?«

Sie nickte bestätigend. »Ihr Mitarbeiter … Dylan … hat die Adresse.«

»Hervorragend«, sagte er, verabschiedete sich und öffnete die Heckklappe seines Wagens, um drei mickrige Aufsteller herauszuholen, für die er als Veranstalter sicherlich irgendjemanden hätte schicken können, anstatt sich selbst auf den Weg zu machen.

Grübelnd ging Christine weiter und bog in die Oxford Street ein. Für einen Märztag mitten in der Woche waren ungewöhnlich viele Passanten unterwegs – zumindest hätte sie mit leereren Straßen gerechnet, die sich erst am Wochenende füllten, wenn die Leute eine Tagestour ans Meer unternahmen und dann in fast alle Strandbäder strömten, sofern das Wetter nicht völlig unerträglich war.

An ihrem Wagen angekommen, fiel ihr Blick noch einmal auf den Schriftzug *Der Zauberer von Oy*, dann stieg sie kopfschüttelnd ein und fuhr los.

Bis zum Haus ihrer Tante brauchte sie nur ein paar Minuten. Sie war froh, endlich jemandem erzählen zu können, was

Jerry Denham zugestoßen war. Wie lange sie es noch ausgehalten hätte, sich nicht anmerken zu lassen, dass heute Mittag ein Anschlag auf ihr Leben verübt worden war, wusste sie nicht. Die Anspannung war ungeheuerlich, zugleich verspürte sie eine einsetzende Erleichterung, weil sie wusste, Betty würde ihr jedes Wort glauben.

Den Motor hatte sie bereits abgestellt, aber sie suchte in der Handtasche noch nach dem Hausschlüssel, schließlich wollte sie nicht klingeln und ihre Tante dazu veranlassen, ihretwegen aufzustehen, nur um ihr die Tür zu öffnen.

Ihr Blick war auf die Handtasche gerichtet, doch am Rand ihres Gesichtsfelds bemerkte sie eine Bewegung. Als sie den Kopf hob, sah sie noch, wie eine in Schwarz gekleidete, vermummte Gestalt mit einem Satz über das Tor zum Vorgarten sprang und hinter der Hecke verschwand. In einer Hand hielt die Gestalt … eine Pistole!

Christine nahm sich gar nicht erst die Zeit, die Szene vor ihrem geistigen Auge noch einmal ablaufen zu lassen, um sich zu vergewissern, ob sie das eben richtig gesehen hatte. Vielmehr riss sie die Fahrertür auf, sprang aus dem Wagen und folgte mit einem ebensolchen Sprung über das Tor auf das Grundstück ihrer Tante. Von dem vermummten Eindringling erhaschte sie gerade noch den Blick auf einen Fuß, dann war der Fremde auch schon um die Hausecke verschwunden.

Sie sprintete bis zur Ecke, drückte sich gegen die Hauswand und sah vorsichtig in die Richtung, in die der Vermummte gelaufen war. Sie sah ihn in dem Moment, in dem sie auch zwei entsetzte Frauenstimmen hörte. Der Fremde stand da, seine Waffe auf die Terrasse hinter dem Haus gerichtet. Es wirkte auf Christine, als sei der Angreifer unschlüssig, was er tun sollte – was auch kein Wunder war, wenn sie mit ihrer Vermutung richtig lag: Wenn er gekommen war, um sie zu erschießen, dann sah er jetzt nämlich nur Betty und Mrs Nettles vor sich.

Hektisch überlegte sie, wie sie einschreiten konnte, da fiel ihr Blick auf die gut faustgroßen Steine, die ihre Tante als

Dekoration entlang der Hecke verteilt hatte. Während sie hoffte, dass der Vermummte sich nicht in dem Moment zu ihr umdrehte, kam sie hinter der Ecke hervor, war mit zwei Schritten an der Hecke, hob einen der Steine auf, zielte und schleuderte ihn auf den Eindringling.

Sie war im Werfen noch nie gut gewesen und fürchtete, dass eher eine Fensterscheibe zerbrach, anstatt ins eigentliche Ziel zu treffen. Doch wie durch ein Wunder prallte der Stein mit einem dumpfen Knall gegen den Kopf des Unbekannten und landete ein Stück entfernt im Gras.

Sekundenlang kam sich Christine vor wie in einem Horrorfilm, in dem der Serienkiller eine tödliche Salve abbekommt und sich dann doch noch auf sein nächstes Opfer stürzt, denn der Vermummte stand einfach nur da, als überlege er, was soeben passiert war. Nach einer scheinbaren Ewigkeit ließ er die Waffe los, seine Knie knickten ein und er fiel wie ein nasser Sack zu Boden.

Erleichtert stieß Christine den Atem aus, den sie die ganze Zeit über gebannt angehalten hatte, dann stürmte sie in den Garten, wo ihre Tante und Mrs Nettles wie versteinert auf der Terrasse saßen und auf den Angreifer starrten.

»Ich hole eine Schnur, um ihn zu fesseln«, murmelte Christine und lief an den beiden vorbei ins Haus. Erst wenn der Typ so fest verschnürt war, dass er sich nicht mehr befreien konnte, würde sie die Polizei anrufen – und diesmal würde Chief Inspector Hatfield ihr glauben müssen.

9

Es war kurz nach sechs, als Chief Inspector Hatfield zu ihnen ins Wohnzimmer kam und sich an den Tisch setzte. Betty und Mrs Nettles hatten auf den Schreck erst einmal einen Cognac getrunken, und später noch einen zweiten, während Christine ungeduldig im Zimmer auf und ab gegangen war. Isabelle hatte das Geschehen mit stoischer Ruhe von ihrem Platz auf der Fensterbank aus beobachtet, mal war ihr Interesse auf das Wohnzimmer gerichtet, mal auf die Polizisten und Rettungssanitäter im Garten.

»Glauben Sie mir jetzt endlich, dass Ihre angeblichen Unfälle keine Unfälle waren, sondern dass dieser Kerl dahintersteckt, der hergekommen war, um mich zu erschießen?«, fuhr Christine den Inspector an, kaum dass der Platz genommen und einen Schluck Kaffee aus der Tasse genommen hatte, die ihm von Mrs Nettles hingestellt worden war.

»Miss Bell«, begann er in einem Tonfall, der nichts Gutes verhieß. »Der Kerl, der Sie erschießen wollte, gehört zu einer Gruppe Fans der Serie …« Er suchte auf seinem Notizblock den entsprechenden Vermerk. »… *Psi Corps,* die sich zu einem Paintball-Gefecht verabredet hatten. Der Kerl hatte sich in der Straße geirrt und versuchte, zu seiner Einheit zurückzugelangen, und da dachte er, er nimmt eine Abkürzung durch einen der Gärten. Er ist kein Killer, den irgendwer auf Sie gehetzt hat.«

»Aber er hatte eine Waffe auf uns gerichtet!«, wandte Mrs Nettles ein. »Das habe ich genau gesehen.«

»Das war eine Paintball-Pistole«, erklärte Hatfield geduldig. »Die verschießt kleine Farbkapseln, die zerplatzen, sobald sie auf ein Hindernis treffen.«

»Wozu soll das gut sein?«, wollte Mrs Nettles wissen.

»Das ist für manche … Leute ein Zeitvertreib«, antwortete Hatfield, der sichtlich Mühe hatte, nicht den Begriff zu verwenden, der ihm eigentlich auf der Zunge lag. »Sie verabreden sich zu einem Paintball-Gefecht irgendwo im Wald oder in einem alten Steinbruch, und dann beschießen sie sich gegenseitig. Sieger ist derjenige, der am Ende ohne Farbklecks auf seiner Kleidung dasteht.«

»Die spinnen doch, oder?«, meinte Betty und schüttelte ungläubig den Kopf.

»Mir würde es nicht im Traum einfallen, Ihnen zu widersprechen, Mrs Emerson«, sagte der Inspector, dann wandte er sich wieder Christine zu. »Und Sie haben ihn mit einem Stein außer Gefecht gesetzt, ist das richtig?«

»Ja.«

»Er wird wohl zur Beobachtung über Nacht im Krankenhaus bleiben«, berichtete Hatfield weiter. »Wie es scheint, hat er nur eine leichte Gehirnerschütterung, außerdem hat er eine Platzwunde am Kopf davongetragen. Er sagt, er sieht von einer Anzeige wegen Körperverletzung ab.«

»Er sieht davon ab?«, wiederholte Christine spöttisch. »Soll ich ihm dafür dankbar sein? Der Kerl hatte gar kein Recht, sich hier aufzuhalten. Er kann nicht einfach bei anderen Leuten übers Grundstück spazieren und dabei auch noch mit einer Waffe hantieren.«

»Es handelte sich um eine Paintball-Pistole«, betonte der Inspector.

»Erwarten Sie, dass ich erst mal frage, was denn das für eine Waffe ist, die ein vermummter Eindringling in der Hand hält, bevor ich etwas unternehme?«

»Miss Bell, wir müssen gar nicht darüber diskutieren«, ging er über ihre Frage hinweg. »Er wird keine Anzeige erstatten, und wir nehmen den Fall als Missverständnis zu den Akten.«

»Ich …«

»Miss Bell.« Er wurde energischer. »Seien Sie froh, dass die

Polizei nicht von sich aus aktiv wird. Immerhin haben Sie billigend in Kauf genommen, dass eine Person verletzt wird, und das nur, weil Sie davon besessen sind, dass zwei Unfälle und ein Herztod in Wahrheit Morde waren.«

»Ein Herztod?«, warf Betty ein. »Was ist denn nun schon wieder passiert?«

»Das erzähle ich dir später«, versicherte Christine ihr, »wenn der Chief Inspector gegangen ist. Dann muss er sich wenigstens nicht noch eine von meinen paranoiden Theorien anhören.«

»Danke, das wäre mir sehr lieb«, kam von Hatfield eine spitze Retoure. Dann stand er auf. »So, das wäre alles, für mich gibt es hier nichts mehr zu tun.« Er ging zur Terrassentür und verließ das Haus, während Isabelle ihm von der Fensterbank aus gelangweilt nachsah.

Christine ging zum Fenster und streichelte eine Zeit lang die Katze, die diese Geste sichtlich genoss und sich an ihrer Hand scheuerte. Na gut, dann hatte sie sich vielleicht geirrt, was den vermummten Typen anging. Doch es gab keine Verbindung zu den anderen Fällen. Die drei Toten waren einem Mörder zum Opfer gefallen, auch wenn sie keine unmittelbare Verbindung zwischen ihnen erkennen konnte. Murray Heathen und Carl Lennison wollten beide an der Convention teilnehmen, aber das galt auch für tausend andere Besucher in der Stadt. Sie teilten die gleichen Interessen, aber welche Parallelen sonst noch bestanden, konnte sie nicht mal erahnen. Und Jerry Denham? Er war zufällig umgekommen, da der Anschlag ihr gegolten hatte. Wenn sie …

»Soll ich mich ums Abendessen kümmern?«, fragte Mrs Nettles plötzlich und riss Christine aus ihren Überlegungen. Isabelle gab ein leises Murren von sich, da ihr nicht gefiel, dass sie nicht länger gestreichelt wurde.

»Nein, danke«, gab Betty zurück. »Ich werde mich jetzt hinlegen.«

»So früh?«

»Es war ein mehr als aufregender Abend«, erwiderte sie.

»Und was ist mit Ihnen?«, wandte sich Mrs Nettles daraufhin an Christine. »Soll ich Ihnen ein Sandwich machen? Oder eine schöne heiße Suppe?«

Hinter ihrem Rücken verdrehte Betty demonstrativ die Augen, was Christine richtig zu deuten wusste. »Nein, aber danke für das Angebot, Mrs Nettles. Ich muss mich jetzt erst mal um meine Tante kümmern, danach warten noch etliche Telefonate auf mich. Außerdem habe ich so reichlich zu Mittag gegessen, dass ich für den Rest des Tages satt bin.«

Mrs Nettles stand unschlüssig neben ihrem Sessel, und fast schien es so, als wollte sie sich einfach wieder hinsetzen, obwohl niemand von ihren angebotenen Diensten Gebrauch machen wollte. Dann aber begab sie sich schweren Herzens zur Tür, ging nach einem letzten Blick über die Schulter und einem geseufzten »Wir sehen uns« durch den Flur und verließ das Haus.

Als die Tür hinter ihr ins Schloss gefallen war, raunte Betty ihr zu: »Wie konntest du mir das antun? Ich hatte im Theater schon genug Theater, und dann hetzt du mir auch noch Mrs Nettles auf den Hals.«

»Dazu hatte ich einen guten Grund«, erwiderte Christine. »Aber erzähl mir erst mal, was im Theater los war. Vielleicht lenkt mich das ein bisschen ab.«

»Ach, das Ganze ist eine Katastrophe«, erzählte ihre Tante. »Die kleine Jessy Palmer spielt den Part der Dorothy, und offenbar hält ihre Mutter sie für das größte Musicaltalent seit Ginger Rogers. Zu dumm nur, dass sie sich keine zwei Tanzschritte merken kann. Ganz zu schweigen davon, dass sie von *Somewhere Over The Rainbow* nur ›la la la Rainbow la la la‹ singen kann, und das in einer Tonart jenseits von Gut und Böse.«

»Warum wirfst du sie nicht einfach raus?«

»Weil Mrs Spencer ihr die Rolle gegeben hat und ich mich jetzt nicht mehr in die Besetzung einmischen darf. Wenn ich dir verrate, dass Mrs Spencer und Mrs Palmer seit dem Kindergarten die engsten Freundinnen sind, was sagt das über Jessys Begabung aus?«

»Dass sie keine hat«, antwortete Christine.

»Genau. Ich hätte kein Problem damit, Mrs Palmer vor den Kopf zu stoßen und ihr ins Gesicht zu sagen, dass ihr Kind eine Karriere im Showbusiness vergessen kann. Aber Mrs Spencer ist meine Nachbarin, und sie bringt für mich auch schon mal die Überweisungen zur Bank oder sie holt ein Paket vom Postamt ab, das nicht zugestellt werden konnte. Mit ihr möchte ich mich nicht überwerfen.«

»Das kann ich verstehen«, sagte Christine. »Und die anderen Kinder?«

»Durchwachsen«, erwiderte sie nachdenklich. »Du merkst, dass Mrs Spencer ihren Bekanntenkreis bevorzugt hat, während die Kinder, die tatsächlich singen können, von ihr dazu verdammt wurden, den dritten Baum von links oder Soldat Nummer zwei zu spielen.« Frustriert schüttelte sie den Kopf. »In dem Stück ist so gut wie jede Rolle falsch besetzt, und das werden die Zuschauer auch merken. Mir tun die Kinder jetzt schon leid.«

Christine lehnte sich nach hinten und grübelte. Nach einer Weile fragte sie: »Dieses Theaterstück soll doch das Gemeinschaftsgefühl stärken, richtig?«

»Jedenfalls behaupten die Lehrer das«, gab Betty skeptisch zurück. »Ich bin davon nicht so ganz überzeugt.«

»Sprich doch mal mit Direktor Widdenham und mach ihm Folgendes schmackhaft: Die Kinder spielen nicht nur die eine Rolle, für die sie ausgesucht wurden, sondern sie wechseln ab.«

»Wie soll das funktionieren?«

»Na, überleg mal. Die Verantwortung für jedes Kind ist doch viel größer, wenn es verschiedene Aufgaben übernimmt. Du zerlegst das Stück in vier Akte und teilst je vier Kinder für einen Part ein. Deine ach so begnadete Jessy spielt im ersten Akt die Dorothy, im zweiten Akt mimt sie einen Baum und so weiter. Ein anderes Mädchen, das nur eine Statistenrolle hat, wechselt dann in den Part der Dorothy und singt *Somewhere Over The Rainbow,* weil es das wirklich kann. Auf diese Weise fühlt sich niemand benachteiligt, und du gibst jedem ein Viertel der Handlung, in dem er richtig glänzen kann … oder in dem er sich zumindest nicht blamieren wird.«

Betty strahlte sie an. »Du bist ja richtig gut.«

Christine zuckte mit den Schultern. »Die Idee stammt nicht von mir, ich habe sie aus einem Buch, das ich mal lektoriert habe.«

»Dann danke ich dem unbekannten Verfasser dieses Buchs«, sagte ihre Tante.

»Denk unbedingt daran, die Idee Widdenham so zu verkaufen, dass er glaubt, er hätte diesen Geistesblitz selbst gehabt«, betonte sie. »Es soll ja schließlich nicht auf dich zurückfallen, wenn die ehrgeizigen Mütter einen Wutanfall bekommen.«

»Sehr raffiniert.« Betty schüttelte anerkennend den Kopf. »Aber jetzt mal zu dir. Was war das für ein Herztod, von dem der Inspector gesprochen hat?«

»Nachdem ich dich am Theater abgesetzt hatte, lief mir Jerry Denham über den Weg«, berichtete sie. »Er lud mich zum Mittagessen ein, und ich dachte mir: ›Was soll's? Wenn er Geld unbedingt ausgeben will, bitte.‹« Sie hob abwehrend die Hand. »Nein, Betty, ich wollte nichts mit ihm anfangen. Ich weiß, ich habe dir damals erzählt, was beinahe passiert wäre …«

»Na ja, du kamst ja auch völlig aufgelöst nach Hause, da befürchtete ich schon das Schlimmste«, warf Betty ein.

»Ich habe aus dem Vorfall gelernt, das kannst du mir glauben. Wie gesagt, ich wollte nichts von ihm, er zwar von mir, aber das war mir egal. Ich war einfach noch früh dran, außerdem wollte ich einem Verdacht auf den Grund gehen.« Als sie die fragende Miene ihrer Tante sah, erklärte sie: »Ich konnte nicht ausschließen, dass er etwas mit den Morden zu tun hatte, weil er sich bei unserer ersten Begegnung in diesem dichten Nebel irgendwie seltsam benommen hatte, und deshalb wollte ich mich in der Öffentlichkeit mit ihm unterhalten, damit er nicht auf dumme Gedanken kommt. Auf jeden Fall gingen wir ins Plate With A View, wir bestellten, und dann brachte der Kellner jedem von uns einen Teller Pilzsuppe. In meiner Suppe waren so viele Pilze, was ich ja nicht mag, wie du weißt …«, Betty stieß einen leisen Seufzer aus und sah zur Decke, »… und deshalb tauschte Jerry den Teller mit mir. Kurz bevor das Hauptgericht serviert wurde, ging ich noch mal schnell zur Toilette, und als ich an den Tisch zurückkehrte, war Jerry tot. Jemand hatte mich vergiften wollen und stattdessen ihn erwischt.«

»Wie kommst du darauf, dass du vergiftet werden solltest, wenn Jerry Denham beim Mittagessen einen Herzinfarkt erleidet?«

»Weil es kein Herzinfarkt war. Du weißt bestimmt, wie das im Plate With A View früher mit den Tellern lief.«

Betty stutzte, dann verstand sie, was ihre Nichte meinte. »Ach, du meinst die tausend verschiedenen Teller, Tassen und den ganzen Rest.«

»Richtig, und weißt du auch noch, welche ›Ehre‹ der Dame an einem Tisch zuteil wurde?«

»Lass mich überlegen … ja, sie bekam immer das neueste Besteck …«

»Und …?«

»Und den gemusterten Teller.«

»Eben. Und das läuft heute immer noch so. Das heißt, als die Teller mit der Suppe aus der Küche kamen, wusste der Täter genau, welcher davon mir serviert werden würde.«

Betty verzog das Gesicht. »Und wie soll er das angestellt haben? Da müsste er ja schon den Kellner gespielt haben, um irgendetwas in deine Suppe zu geben.«

Christine erzählte ihr, was sie auf der Bank am Strand über die Durchreiche in dem Lokal erfahren hatte.

»Oh«, machte Betty. »Dann sieht das natürlich anders aus.

Zugegeben, es setzt voraus, dass der Täter dir gefolgt ist und irgendein Gift mit sich herumtrug, aber auf jeden Fall hätte er dort Gelegenheit gehabt, etwas davon in deine Suppe zu mischen.«

»Und es passt alles zusammen«, fuhr Christine fort. »Ich habe den ersten Toten gefunden und dank Isabelle den Plan an mich genommen, den ich dann unbeabsichtigt in der Halle auf dem Pier erwähnt habe. Dort wurde der nächste Tote gefunden, und ich war auch wieder dabei. Was unser Unbekannter denkt, kann ich dir nicht sagen, aber ich könnte mir vorstellen, dass er glaubt, ich sei ihm dichter auf den Fersen, als es in Wahrheit der Fall ist. Und deshalb will er mich aus dem Weg räumen.«

Betty sah sie eine Weile eindringlich an. »Du wirkst sehr gefasst, wenn ich bedenke, dass du heute einen Toten gesehen hast und selbst einem möglichen Mordanschlag entronnen bist.«

»Das hat mich schon getroffen, das kannst du mir glauben, Betty«, beteuerte sie. »Aber ich habe selbst das Gefühl, ich bin ziemlich schnell darüber hinweggekommen, wahrscheinlich, weil ich einerseits unglaublich wütend war – auf den Täter und wieder mal auf den Inspector, der mich offenbar für eine paranoide Spinnerin hält. Andererseits habe ich mir auch vor Augen gehalten, dass ich einen klaren Kopf behalten muss, wenn ich nicht gleich dem nächsten Anschlag zum Opfer fallen will.«

Ihre Tante nickte verstehend und lächelte sie liebevoll an.

Plötzlich musste Christine grinsen.

»Was ist?«, fragte Betty.

»Eigentlich ist es gar nicht lustig, aber … na ja, weißt du, die Polizeistreife, die als Erste im Restaurant eintraf, war auf Patrouillendienst auf der Promenade und hatte einen Hund dabei. Du kannst dir nicht vorstellen, welche Mühe die beiden hatten, den Hund zurückzuhalten. Jerry war ja mit dem Gesicht in der Fleischpastete gelandet, und der Schäferhund wollte sie ihm unbedingt ablecken. Ich stand da und konnte mir das Lachen nur mit Mühe verkneifen.«

Sie schüttelte den Kopf und versuchte vergeblich, eine ernste Miene zu machen.

»Wenn ich mal etwas anderes fragen darf«, warf ihre Tante ein. »Mit wem hast du über diese Sache mit der Durchreiche gesprochen?«

»Mit einem Mann namens ... Ber... Berkowicz, genau, so heißt er«, antwortete sie.

»Ach, mit dem Vogelmann. Er ist glaubwürdig«, bekräftigte Betty. »Der kennt wirklich in allen Restaurants jeden Winkel.«

»Ist er neu in Beechwood?«

»Nein, nein, den gibt's hier schon seit einer Ewigkeit. Der war bereits in der Stadt, als ihr früher hier Urlaub gemacht habt. Da hat er die Vögel bloß oben auf der Klippe gefüttert. Als das Nico's gebaut wurde, musste er sich einen neuen Platz suchen. Arejev bot ihm an, die Möwen und die anderen Vögel einfach auf der Promenade zu füttern, weil er das für eine großartige Touristenattraktion hielt. Und er hat recht behalten. Du müsstest mal das Schauspiel im Sommer sehen, wenn die Leute sich in Scharen um ihn drängen, während er seine Fische unters gefiederte Volk bringt.«

Christine lächelte versonnen, als sie an die Szene zurückdachte, wie sich die Möwen über die Eimer hermachten. Dann wurde sie wieder ernst. »Dieser Zwischenfall ist übrigens auch der Grund, warum ich dir Mrs Nettles ›auf den Hals gehetzt‹ habe. Ich wollte nicht, dass du allein zu Hause bist, wenn unser Unbekannter erneut hier auftaucht.«

»Meinst du, er könnte mir ...« Betty ließ ihre Frage unvollendet.

»Ich weiß es nicht«, antwortete Christine ohne Umschweife. »Wenn er meint, du wüsstest, wo ich den Plan versteckt habe, dann kann keiner von uns sagen, wozu er fähig ist. Deshalb müssen wir uns überlegen, bei wem du dich einquartierst, wenn ich am Wochenende auf der Convention auftrete.«

»Ach, Kind, ich werde doch nicht vor so einem Verrückten davonlaufen!«, widersprach sie.

»Und wenn der Kerl von heute Abend eine echte Waffe gehabt hätte?«, gab sie zu bedenken.

Mürrisch verzog Betty den Mund, konnte jedoch dem Argument ihrer Nichte nichts entgegensetzen. »Also gut, aber das können wir uns morgen auch noch in Ruhe überlegen. Das müssen wir nicht heute entscheiden. Da du gerade eben den Plan erwähnt hast … bist du in der Halle fündig geworden?«

Christine schüttelte betrübt den Kopf. »Leider nicht. Der eingezeichnete Weg passt zwar genau zum Grundriss der Halle, aber wenn ich das Ende erreicht habe, stehe ich vor einer Wand. Keine Tür, kein Fenster, kein Luftschacht, einfach gar nichts.«

»Hm, trotzdem kann diese Übereinstimmung doch kein Zufall sein«, grübelte Betty.

»Das sehe ich auch so, trotzdem war da nichts. Kein Tresorraum, in dem die Einnahmen der Händler liegen, kein nichts.«

»Zu ärgerlich. Kannst du nicht diesen jungen Mann ansprechen, der sich mit dieser eigenartigen Sprache auskennt?«

»Solange ich nicht weiß, wer hinter den Morden steckt, kann ich keinen von denen ins Vertrauen ziehen, Betty. Stell dir vor, dieser Dylan ist der Täter, und ich frage ihn, was die Beschriftung zu bedeuten hat!«

Ihre Tante nickte bedächtig. »Ja, ich verstehe, was du meinst. Das wäre zu riskant. Aber irgendwie muss der Mörder doch aus der Reserve gelockt werden können.«

Christine atmete tief durch und lehnte sich auf der Couch nach hinten. »Was mir fehlt, ist ein Geistesblitz«, seufzte sie. »Und zwar ein richtig kräftiger.«

»Weißt du, was du brauchst? Ein bisschen Ablenkung«, erklärte Betty auf einmal. »Du denkst die ganze Zeit nur darüber nach, wer der Täter sein könnte, aber du machst dich damit nur verrückt.«

»Und was stellst du dir unter ›ein bisschen Ablenkung‹ vor?«, fragte Christine. Sie hoffte, dass die Antwort nicht »Benny Hill« lauten würde. Das war die Lieblingsserie ihres Onkels gewesen, über die sie selbst aber nicht mal hatte lachen können, als sie zehn gewesen war. Sie hatte auch nie verstanden, was ihr Onkel an diesem Klamauk so lustig gefunden hatte.

»Monty Python«, sagte ihre Tante. »Um halb acht läuft zuerst *Die Ritter der Kokosnuss,* danach geht es bis heute Nacht um eins mit *Flying-Circus*-Episoden weiter.«

Christine strahlte ihre Tante an. »Da bin ich auf jeden Fall dabei.« Diese Form der Ablenkung ließ sie sich gefallen. Um alles andere konnte sie sich morgen kümmern.

»Weißt du, worauf ich Lust hätte?«, fragte Christine, als sie ihrer Tante am nächsten Morgen das Frühstück auf dem Wohnzimmertisch servierte. »Ich würde mir gern mal wieder mein Traumhaus ansehen.«

»Hammersmith Manor, meinst du?«

Sie nickte. »Es steht doch noch, oder?«

»Oh ja, das schon«, versicherte Betty ihr. »Allerdings steht es seit bestimmt zehn Jahren leer. Dieser Regisseur … Mason Gould hieß er, nicht wahr? … er ist damals in die Staaten zurückgekehrt. Das Haus hat er behalten, aber soweit ich weiß, ist er seitdem nie wieder hergekommen.«

»Hm, das klingt nach Stoff für einen Liebesroman«, meinte Christine amüsiert. »Die große Liebe seines Lebens ist unter mysteriösen Umständen ums Leben gekommen, er verlässt das gemeinsame Haus, weil er die Einsamkeit nicht erträgt, während sie als Geist dort zurückbleibt und keine Ruhe findet, solange er nicht zu ihr zurückkehrt.«

»Ihr Autoren«, stöhnte Betty auf und grinste sie an.

»Jedenfalls habe ich überlegt, ob wir beide nicht vielleicht einen Spaziergang oder besser gesagt eine Spazierfahrt zum Hammersmith Manor unternehmen sollten. Was meinst du?«

Betty sah zum Fenster. »Sieht nicht nach Regen aus, und heute soll es etwas wärmer sein als gestern … Einverstanden. Ich war auch schon lange nicht mehr da.«

Sie frühstückten, dann verließen sie das Haus. Vom Meer her wehte eine leichte Brise, aber es war für diese Uhrzeit bereits angenehm warm. Am Himmel hing nicht eine einzige Wolke, und bis hin zum Horizont sah es nicht anders aus. Dennoch war das keine Garantie für dauerhaft gutes Wetter, denn so plötzlich, wie vor ein paar Tagen der Nebel aufgezogen war, konnte sich auch der Himmel zuziehen und ein Wolkenbruch auf Beechwood niedergehen.

»Gibt es den Fußweg noch, der nach drüben in die Mermaid Lane führt?«, fragte Christine, als sie auf der Straße standen.

»Oh ja, natürlich. Da hätten die Anwohner der Mermaid Lane aber sofort den Aufstand geprobt, wenn die Stadt den Durchgang schließen würde«, entgegnete Betty.

Die Mermaid Lane war wie die Road by the Sea und weitere Straßen entlang der Küste als Sackgasse angelegt; sie alle waren durch ein Netz aus Fußwegen miteinander verbunden. Auf diese Weise waren die Anwohner vor Durchgangsverkehr sicher, den ansonsten Touristen auf der Suche nach einem kostenlosen Parkplatz verursacht hätten. Zugleich wurden aber die Fußgänger nicht zu unzumutbaren Umwegen gezwungen, nur um von einer Straße in die nächste zu gelangen.

Der Fußweg war eine schmale Gasse, die auf einer Länge von rund hundert Metern zwischen den Grundstücken verlief. Beide Seiten wurden von Mauern und Hecken gesäumt, womit genau die Art von Durchgang entstand, um die sie in London immer einen Bogen machte. Auch wenn ihr noch nie etwas passiert war, flößten diese Wege ihr schreckliche Angst ein, weil es keine Fluchtmöglichkeit gab, wenn sich ihr von vorn und von hinten finstere Gestalten näherten. Das galt für London und für andere Großstädte, hier in Beechwood dagegen hatte sie kein Problem mit derartigen Gässchen – auch wenn hier eine viel konkretere Gefahr auf sie lauerte.

Sie erreichten unbehelligt die Mermaid Lane, die sich zu beiden Seiten des Durchgangs jeweils gut zweihundert Meter weit erstreckte. Aus Gründen, die in den Unterlagen der Stadtverwaltung nicht mehr nachvollzogen werden konnten, endete die Bebauung mit Einfamilienhäusern genau an der Einmündung des Fußwegs. Von dort bis zum Ende der Sackgasse war die Fahrbahn zu beiden Seiten von nichts als Bäumen und dichtem Buschwerk gesäumt, und erst ganz am Ende stand das Hammersmith Manor. Vermutlich war diese Abgeschiedenheit auch der Grund dafür, dass Mason Gould die Villa seinerzeit gekauft hatte. Von dort konnte er den Blick aufs Meer genießen, ohne dass er dabei lästige und neugierige Nachbarn in Kauf nehmen musste.

Christine schob den Rollstuhl ihrer Tante in Richtung der Wendebucht am Ende der Sackgasse, und nach einigen Metern kam die Villa in Sichtweite. Sie war im Bauhaus-Stil errichtet und wies jene zeitlose Eleganz auf, die durch die klaren Konturen und Formen geprägt wurde. Christine hatte sich auf den ersten Blick in das Haus verliebt und immer davon geträumt, irgendwann einmal dort zu wohnen. Sie wusste, es würde ein Traum bleiben, aber durch die Tatsache bedingt, dass Gould nun nicht mehr dort wohnte, erwachte dieser Traum zu neuem Leben. Natürlich änderte diese Tatsache im Grunde nichts, weil sie niemals so viele Bücher verkaufen konnte, um ein solches Anwesen in einer derartigen Lage zu finanzieren.

Beim Näherkommen sah sie, dass sich das Gebäude und das Grundstück in einem tadellosen Zustand befanden. Da Gould schon vor Jahren weggezogen war, hatte sie erwartet, dass das Gras mindestens kniehoch stünde und alles mit Unkraut überwuchert wäre. Dass die Fensterscheiben dick mit Schmutz überzogen wären, dass Jugendliche sie vielleicht sogar eingeschmissen hätten. Aber nichts davon traf zu. Stattdessen wirkte alles so, als würde immer noch jemand hier wohnen. Der Rasen war gemäht, die Büsche geschnitten, die Fenster wirkten, als hätte man sie erst letzte Woche noch geputzt. Sogar die

Gardinen, die Gould hatte hängen lassen, erweckten einen frisch gewaschenen Eindruck.

»Das ist unglaublich«, brachte Christine staunend heraus.

»Allerdings«, stimmte ihre Tante ihr zu. »Ich hatte mit einem halb verfallenen Haus gerechnet. Da versteh einer diesen Mann. Hals über Kopf bricht er seine Zelte in England ab und kehrt zurück in die Staaten, um wieder dort zu leben, und trotzdem sieht's hier aus, als wäre er nur mal eben losgefahren, um ein paar Brötchen für's Frühstück zu holen.«

»Das hätte ich nicht treffender sagen können«, stimmte Christine zu und schob den Rollstuhl weiter durch die Wendebucht. Dahinter führte ein gepflasterter Weg hinunter zur Promenade. Sie konnten dort entlang auch zu Bettys Haus zurückkehren, mussten dann aber einen weiten Umweg machen, da sie nur über die Slaughterhouse Road wieder in die Road by the Sea gelangen konnten.

Christine beabsichtigte nicht, diesen Weg zu nehmen, und für den Moment wollte sie sich ohnehin nur am Anblick des faszinierenden Hammersmith Manor ergötzen.

Ihr Blick wanderte über das Haus weiter zur frei stehenden Garage gleich daneben … und blieb dort hängen.

Etwas stimmte nicht.

Nein, das war falsch ausgedrückt. Etwas passte nicht zum gepflegten Eindruck und zur Tatsache, dass diese Villa seit Jahren nicht mehr bewohnt wurde.

Die Reifenspuren.

»Augenblick mal«, sagte Christine und ging ein paar Schritte zurück.

»Was ist los?«, fragte Betty, die über die Schulter schaute, um zu sehen, was sich hinter ihr abspielte.

»Das ist eigenartig«, murmelte Christine, dann wendete sie den Rollstuhl und drückte die Feststellbremse nach unten, damit er nicht wegrollte und Betty nichts zustoßen konnte. »Sieh mal.« Sie zeigte auf den Asphalt.

»Sind das Bremsspuren?«

»Nein«, entgegnete Christine. »Ich würde sagen, das Gegenteil trifft zu.«

»Das Gegenteil? Wie meinst du das?«

»Wenn ich mich nicht täusche, hat hier jemand die Reifen durchdrehen lassen, um einen Kavaliersstart hinzulegen«, überlegte sie.

»Bestimmt irgendwelche Jugendliche, die sich hier mit Daddys Auto die Zeit vertrieben haben«, meinte ihre Tante. »Und Daddy wundert sich, warum kein Profil mehr auf den Reifen ist.«

Christine schüttelte in Gedanken versunken den Kopf und verfolgte im Geiste die Richtung, in die die Spuren wiesen. »Nein, das ist es nicht …« Sie drehte sich um und betrachtete die Wendebucht, dann wanderte ihr Blick zurück zur Garage. »Es sieht so aus, als wäre jemand mit Vollgas in die Garage gefahren. Guck dir das nur an. Die Spuren beginnen hier. Hier haben die Reifen durchgedreht, die Spuren setzen sich noch ein oder zwei Meter fort. Aber wenn jemand von diesem Punkt aus mit Vollgas losgefahren ist, wo sind dann die Bremsspuren? Und wenn er das Steuer herumgerissen hätte und nach links oder rechts gefahren wäre, müssten diese Reifenspuren ebenfalls zu sehen sein.«

»Du darfst nicht vergessen, dass hier seit Jahren niemand mehr wohnt. Im Lauf der Zeit wären durch den Regen diese Spuren längst vom Asphalt gewaschen worden. Wahrscheinlich sind sie deswegen nicht mehr zu sehen. Obwohl …« Betty verstummte, da ihr klar geworden war, was sie gerade eben gesagt hatte.

»Ganz genau, Betty. Dann wären diese Spuren hier nämlich auch längst nicht mehr zu sehen. Also …«

»Also sind sie neu«, führte ihre Tante den Satz zu Ende. »Aber was hat das zu bedeuten?«

»Das weiß ich selbst noch nicht. Ich weiß nur, dass hier irgendetwas vorgefallen ist, das keinen Sinn ergibt. Das Garagentor weist keinen Kratzer auf, dabei müsste es völlig demoliert sein, wenn der Fahrer ungebremst darauf zugefahren wäre.«

»Es sei denn, das Tor stand offen«, sagte Betty automatisch.

»Guter Gedanke«, meinte Christine. »Lass uns doch mal nachsehen.«

Sie ging die gut fünfzehn Meter bis zur Garage und bückte sich, um sich das Schloss genauer anzuschauen – was sich aber als überflüssig erwies, da aus der Nähe deutlich zu erkennen war, dass es mit roher Gewalt aufgebrochen worden war. Sie packte den Griff, drehte ihn und zog das Tor auf.

»Na, so was«, murmelte sie verdutzt, dann holte sie ihr Mobiltelefon aus der Tasche und wählte die Nummer der Polizei. Als sich eine Frauenstimme meldete, sagte Christine: »Guten Morgen, ich glaube, wir haben hier soeben den gestohlenen amerikanischen Straßenkreuzer aus dem Living Fifties gefunden.«

10

Unmittelbar nach dem Anruf war ein Streifenwagen zum Hammersmith Manor gekommen, die beiden Polizisten hatten einen Blick in die Garage geworfen und dann sofort einen Abschleppwagen angefordert. Im Schein ihrer Taschenlampen war deutlich zu erkennen, dass die Front des rotweißen 58er Plymouth Fury sich in die Rückwand der Garage gebohrt hatte und sowohl sie als auch der Wagen erhebliche Schäden davongetragen hatten. Es war den uniformierten Polizisten zu riskant, den Wagen von der Stelle zu bewegen, da niemand wusste, ob das Bauwerk dann nicht zusammenbrechen und das Fahrzeug unter sich begraben würde. Wenigstens hielt Inspector Hatfield den Fund für so unbedeutend, dass er nicht mit hergekommen war.

Es dauerte eine Weile, bis der Abschleppwagen eintraf, da er zuvor noch bei einem Unfall auf der Landstraße nach Chiddingly benötigt worden war. Dort hatte sich ein Porsche um einen Baum gewickelt, und nach der sehr bildhaften Schilderung des Fahrers des Abschleppwagens zweifelte niemand mehr daran, dass der Sportwagen mindestens mit dem Doppelten der zulässigen Höchstgeschwindigkeit von der Fahrbahn abgekommen sein musste, um sein Fahrzeug so zuzurichten.

»Und was haben wir hier, Jungs?«, fragte der Fahrer in seinem leuchtend gelben Overall in die Runde, während er Christine zuzwinkerte. Die tat so, als hätte sie es nicht bemerkt, doch das veranlasste ihn nur dazu, noch auffälliger zu zwinkern, woraufhin sie sich demonstrativ zur Seite wandte.

»Ein gestohlenes Fahrzeug aus dem Living Fifties. Der Wagen ist vorne erkennbar beschädigt, und die rückwärtige

Garagenmauer weist zumindest Risse auf. Ziehen Sie den Wagen raus, aber bleiben Sie selbst auf Abstand, weil sich nicht beurteilen lässt, ob die Garage womöglich einstürzt.«

»Klaro«, meinte der unrasierte Mann im gelben Overall und fuhr sich durch sein zotteliges dunkles Haar. Von der Ladefläche des Abschleppwagens zog er ein Stahlseil von einer Winde und packte den schweren Metallhaken. Dann ging er zur Garage, legte sich unter das Heck des Wagens, befestigte den Haken und kam wieder zum Vorschein. »Dann wollen wir mal.« Er betätigte einen Hebel neben der Seilwinde, und im nächsten Moment wurde das Stahlseil straff gezogen, was so plötzlich geschah, dass Christine unwillkürlich zusammenzuckte.

Eigentlich hätte sie mit Betty nach Hause zurückkehren können, nachdem die Polizei eingetroffen war, doch weder ihre Tante noch sie selbst wollte aufbrechen, solange der Wagen nicht aus der Garage gezogen worden war. Warum, dafür hatten sie beide keine Erklärung. Sie fühlten sich nicht als Gaffer, wenn auch jeder andere es so bezeichnet hätte, der sie in der Wendebucht stehen sah. Etwas Unbestimmbares hielt sie hier fest, was vor allem für Christine galt, die sich widersinnigerweise erhoffte, endlich einen Hinweis auf den dreifachen Mörder zu erhalten, obwohl das Geschehen hier vermutlich in gar keinem Zusammenhang dazu stand. Was sollte ein simpler Autounfall mit dem Rätsel zu tun haben, dem sie auf den Grund zu gehen versuchte? Sie vermutete, dass es die gedrängte Abfolge der Geschehnisse war, die sie skeptisch machte. So viele Gewalttaten – oder »Unfälle«, wenn es nach Chief Inspector Hatfield ging – hatten sich innerhalb weniger Tage ereignet, dass sie nicht mehr an einen Zufall glauben wollte.

Der Plymouth ächzte, als das Stahlseil den tonnenschweren Wagen Zentimeter für Zentimeter aus der Garage ins Freie zog, ein oder zwei Ziegelsteine lösten sich aus der demolierten Mauer und fielen polternd auf den Betonboden. Im Sonnenschein strahlte polierter roter Lack, die in Weiß abgesetzten Partien reflektierten das Licht so grell, dass es fast blendete, und überall glitzerten und funkelten die Chromstreifen. Der Wagen schien endlos lang zu sein, und Christine musste beim Anblick dieses Monstrums, in das ihr Mini wohl dreimal passte, unwillkürlich daran denken, wie irrsinnig viel Benzin dieser Motor schluckte.

Schließlich kam die Motorhaube zum Vorschein, und durch ihren Platz direkt am Garagentor bemerkte Christine als Erste, dass die erheblich verbeulte Frontpartie des Wagens blutverschmiert war. Einen Moment lang dachte sie, der Dieb könnte einen Unfall verursacht und anschließend den Wagen hier versteckt haben. Dann jedoch veranlasste eine innere Stimme sie, einen Blick in die Garage zu werfen. Ihr stockte der Atem.

»Ich glaube, der Wagen ist nicht das Einzige, was wir gefunden haben«, rief sie den Polizisten zu.

Die Beamten kamen zu ihr und leuchteten mit ihren Taschenlampen in die Garage. Im Schein der Lichtkegel war eine zusammengesunkene Gestalt zu erkennen, die in einer Blutlache lag. Der Kopf war nach vorn gesackt, lange blonde Haare verdeckten das Gesicht, doch man konnte auch so deutlich erkennen, dass es sich um eine Frau handelte. Dass sie tot war, daran bestand kein Zweifel. Und auch wie sie zu Tode gekommen war, das schien recht eindeutig zu sein. Aber zwei entscheidende Fragen waren noch offen: Wer war das? Und warum hatte die Frau sterben müssen?

»Wir sollten wohl besser den Alten verständigen«, sagte der größere Polizist und ging zum Wagen zurück, um die Zentrale anzufunken.

Es dauerte keine Viertelstunde, da traf Chief Hatfield ein, dicht gefolgt von einem Leichenwagen, in dem auch der Rechtsmediziner zum Tatort kam. Als Hatfield aus seinem ramponierten alten Rover ausstieg und Christine entdeckte, verzog er wie einem Reflex folgend das Gesicht und atmete tief durch.

Auch wenn sie es wegen der Entfernung nicht hören konnte, wusste Christine dennoch, dass er bei ihrem Anblick frustriert geschnaubt hatte. In gewisser Weise konnte sie seine Reaktion sogar nachempfinden. Vier Tote innerhalb von fünf Tagen, und jedes Mal war die gleiche, besserwisserische Frau am Tatort, die ihm weiszumachen versuchte, dass es sich um Morde handelte, während er sich nicht von seinen Unfalltheorien abbringen lassen wollte.

Eigentlich war es ein Wunder, dass er sie noch nicht festgenommen oder zumindest verhört hatte. Für die ersten beiden Todesfälle hatte sie ein Alibi, die konnte er ihr nicht anhängen, aber Jerrys Tod hätte er ihr mühelos in die Schuhe schieben können. Er konnte behaupten, sie habe das Gift in ihre Suppe getan und dann die Teller getauscht, und wenn er eine Weile recherchierte, würde er von Jerrys Frauengeschichten erfahren und ihr unterstellen, ihn aus verschmähter Liebe oder etwas Ähnlichem ermordet zu haben. Warum musste sie auch ständig auf irgendwelche Leichen stoßen? Konnte das nicht mal jemand anders für sie übernehmen? Wenigstens einmal?

Hatfield nickte ihr und Betty knapp zu, als er zur Garage gekommen war, dann fragte er den kleineren Polizisten: »Was ist passiert?«

»Diese Frau dort drin«, er zeigte in die Garage, »wurde offenbar von dem roten Plymouth erfasst und an der Mauer zu Tode gedrückt.«

»Fremdverschulden?«

Der Polizist zuckte mit den Schultern. »Das lässt sich noch nicht sagen. Möglicherweise ja, womöglich war es aber auch ein tragischer Unfall.«

Da war es wieder, dieses magische Wort ›Unfall‹, auf das der Inspector förmlich zu warten schien, wenn es einen neuen Fall gab. Christine kniff für einen Moment die Augen zu und atmete tief durch, um die Ruhe zu bewahren. Gleichzeitig fragte sie sich, ob es wohl eine interne Dienstanweisung gab, die jeden Polizisten dazu anhielt, bei jedem Todesfall erst einmal von einem Unfall auszugehen.

»Und Sie beide haben die Tote entdeckt?«, wandte sich Hatfield an Christine.

»Nein, wir haben eigentlich nur den gestohlenen Wagen entdeckt«, antwortete sie und erklärte, wie sie auf das Versteck aufmerksam geworden waren. »Die Tote habe ich erst gesehen, als der Wagen nach draußen gezogen wurde.« Mehr sagte sie nicht. Sie wusste inzwischen, dass es besser war, auf die Fragen des Inspectors kurz und knapp zu antworten und auf keinen Fall eine Theorie über den Hergang des Unglücks ins Spiel zu bringen.

»Hm«, machte er nur und nahm die Taschenlampe eines der Polizisten an sich, dann ging er in die Garage. Nachdem der Straßenkreuzer herausgeholt worden war, konnte man erkennen, dass er zwar ein Loch in die rückwärtige Wand gedrückt hatte, dieses jedoch die Stabilität des Bauwerks nicht beeinträchtigte.

Christine wartete mit Betty geduldig auf dem Asphalt vor dem Garagentor, obwohl sie sich die Tote liebend gern genauer angesehen hätte, bevor der Chief wieder einmal von einem Unfall reden konnte.

Hatfield kam aus der Garage und winkte die beiden Männer zu sich, die mit dem Leichenwagen eingetroffen waren. Dann sprach er mit dem dritten, älteren Mann, der einen Overall mit der Aufschrift ›Rechtsmediziner‹ trug. Der hörte dem Chief eine Weile zu, schließlich nickte er und stieg wieder in den Leichenwagen ein.

Die beiden anderen Männer, ein junger Typ mit rotem Lockenkopf, der für sie nach einem Medizinstudenten aussah, und sein grauhaariger Kollege, zogen eine Trage aus dem Wagen und rollten sie in die Garage. Christine sah ihnen zu, wie sie die Tote hochhoben und auf die Trage legten. Dann breiteten sie ein blassgrünes Laken über sie und verließen die Garage.

Christine sah hastig zu Hatfield, der sich in seinen Wagen gesetzt hatte und in ein Telefonat vertieft war, während er gleichzeitig ein Formular ausfüllte.

»Warten Sie bitte, ich möchte sehen, ob ich die Frau möglicherweise kenne«, sprach sie die beiden Männer an. »Da drinnen war es zu dunkel, um etwas zu erkennen.«

Der Grauhaarige nickte gelangweilt und schlug das Tuch zurück. Zum Vorschein kam eine Frau etwa Anfang zwanzig, sie hatte glattes, blondes Haar, ihr Gesicht war unscheinbar. Sie hätte der Frau ein Dutzend Mal begegnet sein können, und trotzdem würde sie sie jetzt nicht wiedererkennen können. Aber etwas fiel ihr doch auf … eine Rötung der Haut rund um den Mund, die deutlich erkennbar die Konturen eines länglichen Rechtecks aufwies.

Das machte sie stutzig, und sie schlug des Laken noch ein Stück weiter um, damit sie einen Blick auf die Handgelenke werfen konnte. Nachdenklich nickte sie. Ja, das ergab einen Sinn.

»Fertig?«, fragte der Grauhaarige desinteressiert.

»Einen Augenblick.« Sie zog ihr Telefon aus der Tasche und fotografierte die Mundpartie und die Handgelenke, dann bejahte sie und dankte dem Mann für seine Geduld. Sie legte keinen Wert darauf, zu erfahren, was er in diesem Moment wirklich von ihr dachte. Gerade wollte er das Tuch wieder über die tote junge Frau legen, da näherte sich vom Strand kommend auf dem Fußweg zur Wendebucht am Ende der Mermaid Lane eine Gruppe junger Leute.

»Wow, was ist denn hier los?«, rief einer von ihnen.

»Ist das CSI: Beechwood?«, meinte ein anderer.

»Wer hat denn den Schlitten zu Schrott gefahren?«

»He, Leute, seht mal da«, übertönte eine Frau den Rest der Gruppe. »Das ist doch Tanya!«

Die jungen Leute begannen zu laufen, und als sie näher kamen, erkannte Christine die Schilder an ihren Jacken wieder. Sie alle gehörten zum Helferteam der Convention, und als sie genauer hinsah, kamen ihr auch zwei oder drei Gesichter bekannt vor.

»Oh, seht mal, da ist Miss Bell!«, rief ein junger Mann und zeigte auf Christine.

Ehe die beiden Polizisten eingreifen konnten, hatten die sechs jungen Leute die Trage umringt und starrten entsetzt auf die Tote. »Was ist passiert?« … »Ist sie tot?« … »Das kann doch nicht wahr sein!«, riefen sie durcheinander. Die Beamten versuchten vergeblich, die Gruppe zurückzudrängen, während der Fahrer und der Beifahrer des Leichenwagens auf Abstand gingen. Sie hatten offenbar nicht vor, sich zwischen die Fronten zu begeben.

Christine nutzte die Unruhe, um sich in der Garage umzusehen. Sie fand einen Lichtschalter, aber die Glühbirne blieb dunkel. Sicherlich hatte Gould beim Auszug den Strom abstellen lassen. Das Licht, das von der Straße in die Garage fiel, genügte jedoch, damit sie sehen konnte, wonach sie suchte. An der Wand, an der die Tote gelegen hatte, waren über Kopfhöhe vier stabile Haken ins Mauerwerk getrieben worden. Nach dem Abstand zu urteilen, hatten sie wohl dazu gedient, einen Satz Reifen dort aufzuhängen. Es bestätigte die Vermutung, die ihr beim Anblick der Toten in den Sinn gekommen war.

Als sie die Garage wieder verließ, versuchten die zwei Polizisten noch immer, die jungen Leute zurückzudrängen. Hatfield hatte soeben sein Telefonat beendet, sah den Trubel rund um die Tote und sprang wie von der Tarantel gestochen aus seinem Wagen.

»Los, alle weg hier!«, brüllte er. »Auf der Stelle! Los, los!« Er drängte sich zwischen die Leute und schob die Trage zurück zur Garage, dann stellte er sich breitbeinig und mit ausgebreiteten Armen davor. »Niemand kommt der Leiche zu nahe! Hat das jeder verstanden?«

»Was ist mit Tanya passiert?«, rief eine Frau aus der Gruppe, die gut einen Kopf kleiner war als alle ihre Begleiter und einen modischen Bob trug, der nicht so recht zu ihrem Erscheinungsbild passen wollte.

»Wer ist Tanya?«, fragte Hatfield und sah die beiden Polizisten fragend an, die nur ahnungslos mit den Schultern zucken konnten.

»Das ist Tanya«, sagte die Frau und zeigte auf die Trage hinter dem Inspector.

»Sie kennen die Tote?«, forschte er nach.

»Ja, das ist Tanya Cramer«, antwortete ein anderer aus der Gruppe. »Sie war eine Helferin auf der Convention. Sie wissen schon, die Science-Fiction-Convention auf dem Pier …«

Christine sah zu Hatfield, der bei diesen Worten bleich wurde. Da sie nahe genug stand, konnte sie deutlich sein frustriertes Schnauben hören, gefolgt von einem geraunten: »Oh Gott, nicht schon wieder!«

Er schüttelte den Kopf und ging auf die Gruppe zu. »Ich habe da ein paar Fragen an Sie, aber tun Sie mir den Gefallen, nicht alle gleichzeitig zu reden. Sie …« Er deutete auf die Frau, die zuletzt geredet hatte. »Wie heißen Sie?«

»Louise Gordon.«

»Miss Gordon, wann haben Sie Miss Cramer das letzte Mal lebend gesehen?«

Sie überlegte kurz. »Gestern Nachmittag. Wir hatten mit ein paar anderen Helfern die Bühne dekoriert, da erhielt sie einen Anruf und sagte mir, dass sie dringend etwas erledigen müsse.«

»Wann war das? Und hat sie etwas darüber gesagt, wohin sie wollte?«

»Das war … kurz nach vier, glaube ich. Wohin sie wollte, weiß ich nicht. Sie kam jedenfalls nicht zurück, solange wir noch in der Halle waren, das war bis gegen acht Uhr.«

»Und danach?«

»Ein paar von uns sind zusammen essen gegangen, und dann hat sich jeder in sein Hotelzimmer zurückgezogen.«

Hatfield machte sich einige Notizen, dann fragte er: »Und als Miss Cramer heute Morgen nicht aufgetaucht ist …?«

»Oh, also ich wusste gar nichts davon, dass sie am Abend nicht zurückgekommen war«, erklärte Louise. »Wir hatten gestern alles erledigt, was noch zu tun war, heute Vormittag haben wir frei. Wir müssen erst um zwei Uhr wieder zum Dienst erscheinen, wenn die ersten Besucher eingelassen werden.«

Der Inspector brummte etwas Unverständliches und ließ die Namen und Adressen der sechs Leute aufnehmen, für den Fall, dass die Polizei noch weitere Fragen an sie hätte.

»Und was ist mit Tanya passiert?«, wollte ein junger Mann wissen. »Hat jemand … hat jemand sie umgebracht?«

»Sie wurde in dieser Garage von dem Wagen dort an der Wand zerquetscht«, rief Betty in die plötzliche Stille und zog sich damit einen wütenden Blick von Inspector Bell zu, den sie mit einem Schulterzucken kommentierte. »Machen Sie doch kein solches Geheimnis daraus. Sie werden doch sowieso wieder sagen, dass es ein Unfall war, oder nicht?«

»Mrs Emerson, ich muss doch bitten«, fauchte er sie an. »Es genügt, dass sich Ihre Nichte bei jeder Gelegenheit über die Arbeit der Polizei lustig macht, da müssen Sie nicht auch noch ins selbe Horn stoßen.«

»Entschuldigen Sie, wenn ich Sie korrigiere«, gab Betty spöttisch zurück. »Aber über die Arbeit der Polizei macht sich keiner von uns lustig. Allerdings darüber, wie alles getan wird, um dieser Arbeit aus dem Weg zu gehen.«

»Sie wurde von dem Wagen dort getötet?«, fragte Louise. »Von diesem Wagen da?«

»Christine! Christine!«, riefen die sechs wie im Chor und sahen sich entsetzt an.

»Ja? Was ist?«, fragte Christine, doch die Gruppe nahm von ihr keine Notiz.

»Was soll dieser Zirkus?«, fuhr Hatfield die jungen Leute an. »Sie haben doch gesagt, dass die Tote Tanya Cramer heißt.«

»Nein, es geht um den Wagen«, stellte ein schmächtiger blonder Bursche mit Brille und schmalem Oberlippenbart klar. »Haben Sie denn noch nie was von Stephen Kings Roman

Christine gehört? Oder von dem Film? Auch wenn der viele Aspekte des Buchs vernachlässigt hat.«

»Jetzt hör auf, wieder diese Diskussion anzuzetteln, Herb«, meldete sich ein anderer aus der Gruppe zu Wort. »Du weißt genau, was Stephen im ›Making of‹ darüber gesagt hat …«

»Nein, da irrst du dich. Er hat das zwar gesagt, aber er hat es nicht so gemeint. Das war eine ironische Retoure. Wenn du das Band bei Zeitcode 01:22:20:15 anhältst, kannst du sehen, wie er mit dem linken Mundwinkel zuckt, und das macht Stephen immer nur, wenn er …«

»Wenn, dann zuckt er mit dem rechten Mundwinkel!«

»Ach, Blödsinn, du hast ja keine Ahnung. Kümmer du dich doch um deine Zombie-Filme!«

Hatfield sah ungläubig zwischen den Diskutierenden hin und her, aber genau wie Christine wusste er längst nicht mehr, um was es da eigentlich ging. Nachdem er das Treiben ein paar Sekunden lang verfolgt hatte, schob er zwei Finger in den Mund und stieß einen durchdringenden Pfiff aus. Sofort verstummten die beiden Streithähne und sahen ihn an. »Wer ist diese Christine? Und was hat das mit diesem Vorfall hier zu tun?«, wollte er wissen.

Wieder ergriff Louise das Wort: »Christine ist ein Auto, ein rot-weißer Plymouth von 1958. Also genau das Modell, das hier auch steht. Christine ist von einem Geist besessen und mordet am laufenden Band.«

»Aha, danke«, entgegnete der Chief Inspector, machte aber nicht den Eindruck, dass ihn irgendetwas davon interessierte. »Sie können dann gehen. Wenn wir etwas von Ihnen benötigen sollten, werden wir uns melden.«

Christine konnte sich leider nur zu gut vorstellen, was ihm in diesen Sekunden durch den Kopf ging. Er hatte es einmal mehr mit den Fans zu tun, den »Spinnern«, wie er sie gerne bezeichnete, und damit war so gut wie nichts von dem, was sie ihm gesagt hatten, noch von Bedeutung. Natürlich hatte der Wagen kein Eigenleben entwickelt und die junge Frau ermordet. So was gab es nur in Horrorfilmen. Aber für Hatfield stand längst fest, dass die maßlose Begeisterung eines Fans für sein Hobby einem weiteren von ihnen den Tod gebracht hatte. Das erste Opfer war im Superman-Kostüm vom Hoteldach gesprungen, weil es glaubte, fliegen zu können. Das zweite Opfer war erstickt, weil es sich unbedingt in ein Roboterkostüm zwängen wollte. Und jetzt Tanya Cramer ... Wie würde er wohl ihren Tod erklären?

Die Gruppe Helfer zog sich langsam zurück, ab und zu blieb einer von ihnen stehen und drehte sich um, während die Tote auf der Trage in den Leichenwagen geschoben wurde. Hatfield ging zu seinem Wagen und schien ohne ein weiteres Wort zu Christine und Betty losfahren zu wollen.

Christine schob ihre Tante im Rollstuhl quer durch die Wendebucht und blieb dann so stehen, dass Hatfield nicht in seinen Wagen einsteigen konnte.

»Was wollen Sie noch von mir?«, knurrte der Chief sie an.

»Aus reiner Neugier«, erwiderte sie, »würde ich gern von Ihnen hören, was sich Ihrer Meinung nach hier abgespielt hat.«

Er sah sie mit zusammengekniffenen Augen an. »Wenn Sie mir versprechen, mir nicht wieder eine von Ihren Mordtheorien aufzutischen, dann ja.«

»Versprochen«, sagte sie und wunderte sich abermals, wie selbstverständlich er die Möglichkeit abtat, dass hier ein Mörder seine Finger im Spiel haben könnte. Er erinnerte sie an Detective Inspector Remington, die bei den Morden in Wrightford-on-Stratton auch nicht hatte glauben wollen, dass auf dem Land solche Verbrechen begangen werden könnten, wo doch alles so friedlich war. Während es aber bei ihr lediglich daran gelegen hatte, dass sie sich nicht vorstellen konnte, dass ein Mörder in einem idyllischen Dorf sein Unwesen trieb, schien Hatfield Morde kategorisch auszuschließen, weil sie weit mehr Arbeit bereiteten als Unfälle. Er müsste Nachforschungen anstellen, Verdächtige befragen, Schlussfolgerungen ziehen und Beweise zusammentragen, um einen Mörder zu überführen. Bei einem Unfall genügte ein Kreuz in einem Kästchen auf irgendeinem Formular, und dann war die Sache gelaufen.

»Der Fall ist doch ziemlich offensichtlich«, begann er. »Diese ... Tracey Cramer ...«

»Tanya«, korrigierte ihn Betty.

»Diese Tanya Cramer«, fuhr er ungerührt fort, »gehört zu dem Trupp von Verrückten, die an diesem Wochenende in Scharen in Beechwood einfallen werden. Sie haben diesen einen Kerl eben doch gehört, wie er mir irgendwas über irgendein Interview erzählen wollte. Tut mir leid, wenn ich das so drastisch ausdrücke, aber die meisten von denen sind ein bisschen ... gaga ... oder sogar ziemlich gaga. Ich habe von dem Gerede nicht viel verstanden, aber ich weiß jetzt, dass der Plymouth da auch so ein Objekt ist, das für einige von denen den ganzen Lebensinhalt darstellt. Offenbar hat diese Miss Cramer den Wagen bei Living Fifties auf dem Hof stehen sehen und war so fasziniert, dass sie nicht anders konnte, als ihn zu stehlen. Vielleicht hatte sie Helfer, vielleicht hat sie es auch allein durchgezogen. Sie hat den Wagen irgendwo in einem Waldstück abgestellt und gestern Abend abgeholt, nachdem sie hier in Beechwood ein Versteck gefunden hatte, wo niemand das Diebesgut vermuten würde: in der Garage des Hammersmith Manor. Sie ist hergefahren und hat das Schloss geknackt, aber sie hat den Wagen mit laufendem Motor vor der Garage stehen lassen. Die Automatik ist plötzlich von Parken auf Fahren umgesprungen, was bei einem über fünfzig Jahre alten Fahrzeug durchaus vorkommen kann. Der Wagen rollte los, sie bemerkte es zu spät, und dann hatte er sie auch schon an der Wand zu Brei zerdrückt. Der Aufprall auf die Rückwand hat die Garage so erzittern lassen, dass das Tor zufiel. Klappe zu, Affe tot, wie man so schön sagt.«

»Ein netter Vergleich«, merkte Betty bissig an.

»Nach den Reifenspuren zu urteilen, ist der Wagen aber nicht einfach losgerollt, sondern mit Vollgas losgefahren.« Christine zeigte auf die Spuren, die sie entdeckt hatte.

»Vermutlich hat der Gaszug geklemmt«, tat er ihren Einwand ab.

»Kommt bei einem über fünfzig Jahre alten Fahrzeug schon mal vor«, wiederholte sie seinen Spruch.

»So«, redete er weiter. »Jetzt kennen Sie meine Meinung. Denken Sie bitte daran, was Sie vor ein paar Minuten versprochen haben.«

Sie nickte nur und schob den Rollstuhl ein Stück vom Wagen weg, damit Hatfield einsteigen konnte. Was ihre Feststellungen betraf, die sie an der Leiche gemacht hatte, hüllte sie sich ebenfalls in Schweigen. Der Inspector hatte wie zuvor seine Meinung kundgetan, und er würde auch diesmal nicht davon abrücken. Christine wusste, sie musste ihm den Mörder mitsamt Geständnis liefern, bevor er einsah, dass er im Irrtum war.

»Komm, Kind, machen wir uns auf den Heimweg«, sagte Betty beschwichtigend zu ihr. »Das war genug Aufregung für heute.«

»Das will ich meinen«, gab sie zurück. »Eine Leiche am Tag reicht mir nun wirklich.«

»Vier Tote in fünf Tagen«, redete ihre Tante vor sich hin. »Wie kann irgendein Polizist da noch an Unfälle glauben? Ein oder zwei lasse ich mir ja noch eingehen, obwohl bei uns normalerweise nicht mal im Monat zwei Unfälle passieren, jedenfalls keine tödlichen.«

»Nichts davon war ein Unfall, nicht mal unsere jüngste Tote«, erklärte Christine.

»Aber Hatfields Argument, dass der Wagen sich selbstständig gemacht haben könnte, klingt eigentlich ganz überzeugend«, wandte Betty ein. »Wieso hast du eigentlich Fotos von der Toten gemacht?«

»Weil die der Beweis dafür sind, dass es Mord war. Eigentlich sogar eine Art Hinrichtung, wenn man so will.«

»Wieso Hinrichtung?«

Christine gab ihr das Telefon. »Sieh dir mal die Fotos an.«

Während Betty im Fotoalbum blätterte, redete sie weiter: »Bei dieser Frau ist die Haut rings um den Mund gerötet, was danach aussieht, als ob ihr der Mund mit Klebeband zugeklebt worden war, das nach der Tat abgerissen wurde. Der Täter wollte verhindern, dass sie schreit oder um Hilfe ruft und womöglich von jemandem gehört wird. Die Häuser der Nachbarn sind zwar zu weit entfernt, aber Fußgänger, die auf der Promenade unterwegs sind, könnten stutzig werden. Und die Male an den Handgelenken dürften von Fesseln stammen, die der Täter über einen der Haken in der Garagenwand gelegt hat. Tanya stand gefesselt und geknebelt am Ende der Garage und musste hilflos mitansehen, wie ihr Mörder mit dem Plymouth auf sie zuraste und sie zwischen Wagen und Mauer zerquetschte. Ihre Arme hätten so zerschmettert gewesen sein müssen wie der restliche Körper, denn allein aus Reflex hätte sie die Arme ausgestreckt, als der Wagen auf sie zugeschossen kam. Anschließend ging der Mörder zu ihr, zog das Klebeband ab und befreite sie von den Fesseln, damit es nach dem Unfall aussieht, den unser lieber Chief Inspector hineingedeutet hat, und dann schloss er das Tor und ging weg. Da es keine Nachbarn nebenan oder gegenüber gibt, konnte er ungesehen entkommen. Es hätte noch Tage oder Wochen dauern können, bis jemand auf das aufgebrochene Schloss aufmerksam geworden wäre.«

»Was für ein grausames Ende«, murmelte ihre Tante und fügte hinzu: »Du hättest dem Inspector von deinen Beobachtungen berichten können.«

»Du hast gehört, wie er die Sache sieht. Wenn der Rechtsmediziner nicht mit geschlossenen Augen arbeitet, wird er den Chief auf diese Dinge hinweisen, und dann liegt es ganz an ihm, wie viel Arbeit er sich damit machen will.«

»Und in der Zwischenzeit mordet unser Unbekannter weiter und weiter«, beklagte sich Betty.

»Ja, aber nur, weil wir noch immer keine Ahnung haben, was das Mordmotiv angeht«, hielt Christine dagegen. »Fest steht nur, dass unser Mörder aus den Reihen der Fans kommt. Er ist mit der Materie vertraut. Er steckt sein erstes Opfer in ein Superman-Kostüm und stößt es vom Hausdach, das zweite Opfer erstickt in einer Roboterrüstung, und Nummer vier wird von einem Kult-Auto zerquetscht. Er kennt sich in dem Genre aus, und er weiß, wie er es angehen muss, damit es nach dem Schicksal eines übereifrigen Fans aussieht, der die Realität aus den Augen verloren hat.«

»Nur der Anschlag auf dich fällt aus dem Rahmen.«

»Ja, vermutlich sah er einfach eine günstige Gelegenheit, mich loszuwerden, und da war es ihm egal, wie er das anstellte. Vielleicht lag es auch daran, dass ich keiner von den Fans bin und er nicht wusste, was er mit mir machen sollte.«

»Oder er wollte nicht, dass dein Tod mit den anderen in Zusammenhang gebracht wird«, überlegte ihre Tante. »Immerhin bist du prominent, und vielleicht würde ja jemand auf die anderen ›Unfälle‹ aufmerksam werden und Fragen stellen, die der Inspector nicht so leicht übergehen könnte, wie er es bei dir und mir macht.«

»Ja, du hast recht«, musste Christine zustimmen. »Das ist sogar ein gutes Argument.«

Sie näherten sich dem Haus, als Christine etwas einfiel. Erschrocken sah sie auf ihre Armbanduhr. »Oh, das hatte ich ganz vergessen!«

»Was denn?«

»Howard North will zwischen eins und halb zwei vorbeikommen, um mit mir noch etwas zu besprechen, was meinen Auftritt auf der Convention angeht. Ich muss dafür noch etwas vorbereiten.«

»Etwas zu essen? Wir können einfach eine Kleinigkeit holen.«

Christine schüttelte den Kopf. »Nein, etwas anderes, aber das verrate ich dir erst später.«

11

Um kurz vor halb zwei traf Howard North ein, aber er war nicht allein. Erstaunt musterte sie die kleine Gruppe, die sich vor der Haustür eingefunden hatte. Dylan Weymoth kannte sie bereits, die Gesichter der beiden anderen – ein Mann und eine Frau – waren ihr fremd. Die Frau war ungefähr so groß wie Christine, jedoch stark übergewichtig, und ihre kastanienroten Haare wurden mit viel Gel in einer Form gehalten, die an einen Turban erinnerte. Der Mann, etwa Anfang dreißig, war eine unauffällige, durchschnittliche Erscheinung, etwas größer als Christine, von schmaler Statur, das dunkelblonde Haar trug er kurz geschnitten.

»Tut mir leid, wenn wir Sie so überfallen«, entschuldigte sich North und kam herein. »Aber ich wollte Dylan mitbringen, weil er seine Idee selbst vortragen soll. Und die beiden sind Russell Coughlan und Cybil Johansson, zwei große Fans von Ihnen, die Ihre Bücher geradezu verschlingen und unbedingt mitkommen wollten, um Sie einmal live zu erleben, allerdings in einem kleinen Rahmen, nicht in der großen Halle mit dreitausend anderen Besuchern.« Er schüttelte den Kopf. »Ich habe die zwei gewarnt, dass Sie möglicherweise keine Lust auf ein Treffen haben und sie gleich wieder wegschicken werden, aber sie wollten einfach nicht auf mich hören.«

»Warum sollte ich sie wegschicken?«, erwiderte Christine und lächelte freundlich. Es war ein ehrliches Lächeln, allerdings kannten ihre Besucher nicht den wahren Grund für diese Reaktion, die sie nur als höfliche Geste wahrnahmen. Sie wandte sich Russell und Cybil zu. »Ich hoffe, Mr North hat Ihnen keine Schauermärchen über mich erzählt. Ich würde niemals Gäste wegschicken, die zudem noch Fans meiner Bücher sind.« Sie grinste die beiden an. »Schließlich ist in unserer Kühltruhe immer noch Platz für Nachschub.«

Russell und Cybil sahen sich erschrocken an, auch Howard wusste nicht, was er von dieser Bemerkung halten sollte. Lediglich Dylan hatte begriffen, dass es nur ein Witz war, und begann ausgelassen zu lachen.

Christine zuckte mit den Schultern. »Tut mir leid, aber das konnte ich mir nicht verkneifen. Ich weiß, mein Humor ist nicht jedermanns Sache, darum vermeide ich in meinen Büchern jede Art von Scherz, so gut es geht.« Sie schloss die Haustür. »Kommen Sie doch mit ins Wohnzimmer, da ist es gemütlicher als hier im Flur.« Als North sich umdrehte, fügte sie hastig hinzu: »Oh, passen Sie bitte auf, da vorn steht meine Handtasche. Ich bin noch nicht dazu gekommen, sie auszuräumen, obwohl ich seit Tagen allen möglichen Krempel mit mir herumschleppe.«

Dann ging sie an der Gruppe vorbei ins Wohnzimmer.

»Betty, wir haben insgesamt vier Gäste, könnten wir …«

»Nein, Kind, fang gar nicht erst an, die Stühle aus der Küche zu holen«, unterbrach die sie und nickte den Besuchern zu, die im Gänsemarsch ins Wohnzimmer kamen. »Ich werde mich in den Garten setzen, dann habt ihr eure Ruhe.«

»Aber ich wollte doch …«, wandte Christine ein.

»Keine Widerrede«, fiel ihre Tante ihr ins Wort. »Ich setze mich in den Garten und genieße die Sonne.«

»Aber …«

»Jetzt hör schon auf, sonst glauben deine Gäste noch, du hättest hier im Haus das Sagen«, stoppte Betty augenzwinkernd auch den nächsten Anlauf ihrer Nichte.

North und die anderen setzten sich an den Wohnzimmertisch, kaum dass Betty an ihren Krücken hinausgehumpelt war und die Terrassentür hinter sich zugezogen hatte. »Kann ich Ihnen etwas anbieten?«, fragte Christine sie.

Alle schüttelten prompt den Kopf, und North erklärte: »Wir wollen Ihnen keine Umstände machen.«

»Genau«, stimmte Cybil ihm zu. »Mir reicht es, einfach hier sitzen zu dürfen.«

»Ein Glas Wasser werden Sie dabei aber sicher trinken können, oder?«

Cybil zögerte kurz und nickte dann verlegen. »Okay, danke.«

Nachdem jeder von ihnen ein Glas vor sich stehen hatte, nahm auch Christine Platz.

»Sagen Sie«, begann Russell. »Stimmt es, dass Sie Tanya Cramer gefunden haben?«

»Leider ja«, antwortete sie und sah einen nach dem anderen an, während sie fragte: »Kann sich einer von Ihnen erklären, wie dieser Unfall passieren konnte?«

»Hat die Polizei nichts dazu gesagt?«, gab Dylan zurück.

»Doch, und vermutlich war es auch so, wie der Inspector meinte. Trotzdem … ich weiß nicht. Ich kann nicht verstehen, warum sie diesen Wagen stiehlt und dann in einer Garage verstecken will.«

»Sie hat den Plymouth gestohlen?«, warf Cybil ein.

»Jedenfalls glaubt das die Polizei.«

»Ich schätze, ich spreche für uns alle«, meldete sich Howard zu Wort, »wenn ich sage, dass keiner von uns Tanya Cramer wirklich gut gekannt hat. Sie war in den letzten Jahren auch immer als Helferin dabei, aber ich für meinen Teil hatte in der Zeit zwischen zwei Conventions gar keinen Kontakt mit ihr. Wenn es auf den nächsten Termin zuging, schickte ich ihr eine Mail, um zu fragen, ob sie wieder mitmachen würde, und sie sagte zu. Ein- oder zweimal kam sie mir zuvor und meldete sich von sich aus als Helferin. Was sie in der Zwischenzeit machte, dazu kann ich überhaupt nichts sagen.« Er überlegte kurz. »Ich wüsste nicht mal, von welcher Serie oder welchem Film sie eigentlich Fan war.«

Christine musterte ihn einige Sekunden lang, doch er hielt ihrem Blick stand. Die anderen machten ebenfalls einen ehrlichen Eindruck, doch sie wusste, wie leicht ein solcher Eindruck täuschen konnte.

»Howard hat recht«, bestätigte Russell. »Sie hat während der Aufbauarbeiten und anschließend beim Aufräumen immer sehr engagiert mitgemacht, aber wenn man sie nach ihren Hobbys fragte, dann bekam man eigentlich nur eine ausweichende Antwort.«

Wieder folgte zustimmendes Nicken. Zu gern hätte sie auch die beiden anderen »Unfallopfer« angesprochen, um die Reaktionen zu sehen, doch sie fürchtete, es könnte zu offensichtlich werden, dass sie etwas von ihnen in Erfahrung bringen wollte. Vielleicht würde sich im Lauf der Unterhaltung noch eine Gelegenheit ergeben.

»Na ja, wenden wir uns lieber erfreulicheren Dingen zu«, wechselte sie das Thema. »Sie wollten etwas mit mir besprechen, Mr North.«

»Genau. Es geht um Ihren Auftritt am Samstag.« Nach einer kurzen Pause fuhr er fort. »Wir würden das lieber auf den Sonntag verschieben, weil sich eine Änderung ergeben hat. Helen Harling hat nach dem Tod ihres Managers ihr Erscheinen abgesagt, und damit klafft jetzt eine Lücke im Sonntagsprogramm. Verstehen Sie das bitte nicht falsch«, fügte er hastig an. »Sie sind nicht unsere zweite Wahl nach Mrs Harling. Aber nach der Absage, die wir von Ihrem Agenten erhalten hatten, war natürlich niemand mehr davon ausgegangen, dass Sie doch noch auftreten würden, und darum hatten wir uns um Mrs Harling bemüht. Im Grunde würden Sie jetzt den Programmplatz bekommen, den wir ursprünglich für Sie eingeplant hatten, als wir die Einladung an Ihren Agenten schickten.«

Sie ließ sich von ihm Einzelheiten über den geplanten Ablauf des Tages erklären; zwischendurch verließ zunächst Cybil, später Russell den Tisch, um zur Toilette zu gehen.

»Und dann wäre da noch eine Kleinigkeit, die sich unser lieber Dylan ausgedacht hat«, kam Howard schließlich auf den nächsten Punkt zu sprechen. »Er hat mir erzählt, dass Sie eine rote Katze haben.«

Christine stutzte. »So?« Woher konnte er das wissen?

»Ja«, meldete sich Dylan selbst zu Wort. »Ich hab sie auf einem Foto gesehen, das Cybil mir gezeigt hat. Sie schleppt ihre ganze Sammlung mit, wenn sie ihre Wohnung verlässt.«

»Das ist gar nicht wahr!«, widersprach Cybil, die bei seinen Worten vor Verlegenheit rote Wangen bekam. »Ich habe bloß einen Karton mit einem Stapel Artikel im Kofferraum, die ich noch nicht gesichtet habe!«

»Ist schon okay«, meinte Christine amüsiert. »Lassen Sie Mr Weymoth ruhig weiterreden. Ich möchte hören, was er sich ausgedacht hat.«

Dylan druckste ein wenig herum, dann überwand er sich. »Das mit der roten Katze stimmt doch, oder?« Als sie bestätigend nickte, fuhr er fort: »Haben Sie die mit nach Beechwood gebracht?«

»Ja, weil ich mich hier für ein paar Wochen einquartiert habe«, antwortete sie. »Da konnte ich sie unmöglich zu Hause lassen.«

»Oh, fantastisch!« Cybil klatschte in die Hände.

»Glauben Sie, dass Sie sie mit auf die Convention bringen könnten?«, fragte Russell zögerlich.

Christine war sich nicht sicher, worauf diese Unterhaltung hinauslaufen sollte. »Ich weiß nicht, das … das habe ich noch nie ausprobiert. Aber wieso wollen Sie das wissen?«

»Also es ist so … ich weiß nicht, ob Sie den Film *Alien* kennen.«

»Den habe ich einmal gesehen, ja.« Ihre eigenen Worte brachten sie ins Grübeln, da sie sich mit einem Mal nicht mehr sicher war, ob sie den Film tatsächlich kannte.

»Sigourney Weaver, die ja den Part der Ellen Ripley spielt, rettet sich am Ende zusammen mit einer roten Katze aus dem Raumschiff in das Shuttle. Genau genommen ist das ein roter Kater namens Jones«, redete Dylan weiter. »Wir haben überlegt, ob Sie wohl Lust hätten, als Ripley auf die Bühne zu kommen und Jones mitzubringen. Wir würden Ihnen einen

Overall geben, der so aussieht wie der in *Alien,* und Sie bekämen auch eine schwarze Lockenperücke, damit Sie aussehen wie Ripley ... also wie Sigourney Weaver. Erst dann geben Sie sich erst zu erkennen – immerhin sind Sie unser Überraschungsgast.«

»Aha«, brachte Christine nur heraus, da sie nicht wusste, was sie darauf entgegnen sollte.

»Keine gute Idee?«, fragte Howard vorsichtig.

»Ich ... keine Ahnung«, sagte sie. »Das kommt so völlig unverhofft, da fehlen mir die Worte.« Die fehlten ihr in erster Linie, weil es ein so absolut unverständliches Ansinnen war. Sie hatte mit *Alien* nichts zu tun, sie hatte mit Sigourney Weaver nichts zu tun, und ihre Katze hatte mit Kater Jones nichts zu tun, außer dass sie beide rot waren.

»Billie Piper ist letztes Jahr als Seven of Nine auf die Bühne gekommen, und da hat der Saal getobt«, fügte Russell hinzu, als könne er sie damit überreden.

»So?«, kam ihr über die Lippen. Russell deutete ihre Reaktion offenbar in die Richtung, dass sie die Bedeutung begriffen hatte, da er keine Erklärung folgen ließ.

»Sie können sich das noch in Ruhe überlegen«, meinte Howard in einem säuselnden Tonfall, da er offenbar gemerkt hatte, dass sie von einem solchen Auftritt nicht besonders angetan war. Es gab keinen Zusammenhang zu ihrer Arbeit, und wenn sie selbst den Sinn nicht begriff, wie sollte sie dann irgendjemandem klarmachen, warum sie das tat? Das war allerdings eine zweitrangige Sorge, denn was ihr am wenigsten gefiel, war die Idee, ihre Katze in diesen Auftritt hineinzuziehen.

»Tja, wissen Sie, ich habe meine Zweifel, was Isabelle angeht. Meine Katze«, ergänzte sie erklärend. »Ich weiß nicht, wie sie auf diese Umgebung reagieren wird, vor allem, wenn auch noch applaudiert wird. Dieser Saal ist sehr unübersichtlich, und als ich mich neulich in der Halle insgesamt ein wenig umgesehen habe, da konnte ich sehen, wie viele Gänge und

Räume es unter den Sälen gibt. Da würde Isabelle tausend Verstecke finden, wenn sie weglaufen sollte, und ich wüsste nicht, wo ich mit der Suche nach ihr anfangen sollte.«

»Vielleicht …«, begann Dylan, verstummte aber gleich wieder. Wie es schien, war ihm noch rechtzeitig aufgefallen, dass der Vorschlag gar nicht funktionieren konnte. Stattdessen stand er auf und ging zur Toilette.

»Wir werden uns das noch mal durch den Kopf gehen lassen«, beteuerte Howard. »Und wenn es sich nicht so umsetzen lässt, dass Ihrem Jones …«

»Isabelle«, warf sie ein.

»Entschuldigen Sie … dass also Ihrer Isabelle nichts passieren kann, dann lassen wir das weg. Es war auch nur als Gag für Ihren Auftritt gedacht. Kommen wir zu einem anderen Thema.« Howard zögerte kurz. »Es geht ums liebe Geld.« Die Art, wie er dabei den Mund verzog, verhieß nichts Gutes, und dieser Eindruck bestätigte sich, als er schließlich fortfuhr: »Wir haben da ein kleines Problem. Mrs Harling hatte den Scheck für ihren Auftritt im Voraus erhalten und längst eingelöst, und jetzt müssen wir zusehen, wie wir das Geld von ihr zurückbekommen.«

»Das heißt …?«, forderte Christine ihn sanft zum Weiterreden auf.

Er räusperte sich. »Nun ja, das heißt, wir könnten Ihnen vorab keine Gage zahlen, sondern wir müssten Ihnen einen Scheck geben, mit der Bitte, ihn erst dann einzulösen, wenn Mrs Harling ihr Geld zurückgezahlt hat.«

»Und wann wird das sein?«

»Ähm …«, druckste Howard herum. »Also …«

Christine schüttelte den Kopf. »Mr North, im Moment zeigen Sie sich als Geschäftsmann nicht von Ihrer überzeugendsten Seite«, meinte sie ironisch. »Wann rechnen Sie mit der Rückzahlung von Mrs Harlings Gage? Noch in diesem Jahrhundert?«

»Ich … ich will es hoffen.« Er lächelte sie bedrückt an.

»Ich mache Ihnen einen Gegenvorschlag. Sie teilen die Gage auf zwei Schecks auf, einen löse ich nächste Woche ein, den zweiten, wenn Mrs Harling gezahlt hat. Was halten Sie davon?« Sie hatte durchaus Verständnis für North' Situation, aber sie beide verband keine langjährige Freundschaft, die ein bedingungsloses Entgegenkommen gerechtfertigt hätte, und sie sah nicht ein, für einen warmen Händedruck aufzutreten, nur weil sich eine prominente Schauspielerin plötzlich zu fein war, um nach Beechwood zu kommen. Vermutlich hatte sie es sich sowieso längst anders überlegt, und nun war Jerrys plötzlicher Tod ein willkommener Anlass für eine Absage gewesen. Aber von Mrs Harlings Verhalten einmal abgesehen, wusste Christine, was für einen Wagen North fuhr, und wenn er dafür Geld hatte, dann konnte er auch etwas für ihre Gage erübrigen.

Außerdem konnte sie ihren Auftritt nicht absagen, weil sie den Zugang zur Halle benötigte, um weiter nach dem Mörder suchen zu können. Ihre Gedanken kehrten zurück zu dem grausamen Tod, den Tanya Cramer ereilt hatte. Was mochte sie getan haben, um auf diese Weise sterben zu müssen?

»Tut mir leid, wenn ich störe«, meldete sich auf einmal Christines Tante zu Wort, »aber es hat angefangen zu regnen, und da ist es nicht mehr besonders angenehm, im Garten zu sitzen.«

»Oh, das habe ich gar nicht bemerkt«, sagte Christine und drehte sich zu Betty um. »Hast du noch rechtzeitig die Flucht ergriffen?«

»Ja, ja, keine Sorge«, versicherte sie ihr. »Solange ihr hier noch beschäftigt seid, werde ich mich ein Weilchen hinlegen.«

»Nein, nein, Mrs Emerson, das ist nicht nötig«, rief Howard sofort. »Ich glaube, wir haben alles besprochen, was es zu besprechen gab.« Er sah Christine fragend an. »Oder?«

»Doch, das denke ich auch. Und falls nicht, dann können wir uns ja noch telefonisch verständigen.«

»Wo ist Isabelle?«, fragte Betty, als sie zur Flurtür ging.

»Die hat sich nach dem Essen in mein Zimmer zurückgezogen, um die neue Bettwäsche zu testen.«

»So? Na, dann dürfte sie ihr ja gefallen, wenn sie sich nicht mal rührt, um den Besuch zu begrüßen«, erklärte Betty und begab sich in die Küche. Die Tür war so schmal, dass sie mit ihren Krücken nur seitwärts eintreten konnte, weshalb Christine nach Möglichkeit in der Küche alles selbst erledigte.

»Dann werden wir mal aufbrechen.« Howard stand auf, seine drei Begleiter folgten seinem Beispiel. »Heute Abend um sechs ist die Eröffnungsfeier. Wenn Sie inkognito vorbeikommen möchten, sind Sie herzlich eingeladen. Ihre Tante im Übrigen auch, obwohl ich fürchte, dass sie sich mit ihrem Gipsbein nicht in die Menge stürzen möchte.«

»Das glaube ich auch nicht«, entgegnete Christine lächelnd. »Und ich werde mich vor Sonntag nicht mal in der Nähe vom Pier blicken lassen. Schließlich will ich nicht die Überraschung verderben, indem ich jemandem über den Weg laufe, der mich kennt.«

Howard kratzte sich am Kinn. »Vergessen Sie nicht, dass die Helfer Sie gesehen haben, als Sie im Händlersaal waren. Die Leute wissen alle schon, dass Sie zumindest in der Stadt sind, und ich fürchte, die werden nicht viel darauf geben, wenn ich ihnen sage, sie sollen schweigen. Ich hatte in den letzten Tagen keine Zeit, mich auf dem Laufenden zu halten, aber Sie können davon ausgehen, dass das auf Twitter längst die Runde gemacht hat.«

»Mal sehen«, sagte sie. »Ich bin ohnehin in erster Linie hier, um mich um meine Tante zu kümmern, da kommt so etwas eher an zweiter Stelle.«

Sie verließen wieder im Gänsemarsch das Wohnzimmer und betraten den Flur. Christines Blick fiel auf ihre Handtasche, und dieser eine Blick genügte, um ihr zu verraten, dass ihr Plan zumindest teilweise erfolgreich gewesen war.

»Wir können dann später …«, begann Howard, während sie sich der Haustür näherten.

»Hey, da ist ja Jones!«, rief Cybil und zeigte auf den Treppenabsatz.

Alle blieben stehen und sahen nach oben, wo eine noch verschlafen dreinblickende Katze aus Christines Zimmer gekommen war.

»Sie heißt Isabelle«, korrigierte Dylan sie und stieß sie gleichzeitig ermahnend mit dem Ellbogen an. Er hatte wohl verstanden, dass es Christine nicht gefiel, wenn man ihre Katze mit dem falschen Namen ansprach. »Aber sie sieht tatsächlich aus wie der gute alte Jones«, ergänzte er dann und lächelte Christine zu.

Isabelle betrachtete schlaftrunken die Gruppe Unbekannter, die sich in ihr Territorium vorgewagt hatten, und kam langsam nach unten. Als sie auf Augenhöhe mit den Fremden war, blieb sie stehen und kam näher ans Geländer heran. Die Streben standen weit genug auseinander, dass Isabelle den Kopf hindurchstecken konnte, was sie auch prompt tat, da sie zu Recht davon ausgegangen war, dass sie von den Besuchern gestreichelt werden würde.

Cybil machte den Anfang, gefolgt von Dylan, dann war Howard an der Reihe, und den Abschluss bildete Russell, der nur einmal kurz über ihren Kopf strich. Isabelle ließ das alles mehr oder weniger im Halbschlaf über sich ergehen, doch als Russell seine Hand zurückzog, riss sie auf einmal die Augen auf. Die Pupillen waren nur als schmale Schlitze wahrzunehmen, da sie sich nach dem ausgiebigen Schlaf noch nicht an die Helligkeit gewöhnt hatten. Von einer Sekunde auf die andere weiteten sich die Pupillen so sehr, dass von der gelbgrünen Iris fast nichts mehr zu sehen war.

Niemand konnte damit rechnen, deshalb war auch keiner von ihnen zu einer Reaktion in der Lage, als die Katze sich plötzlich zusammenkauerte und fast augenblicklich einen Satz durch die Luft machte, der sie genau auf Russells Kopf landen ließ.

Die ausgefahrenen Krallen bohrten sich in die dünne Kopfhaut und zerkratzten Russells Stirn, da die Katze Halt zu finden versuchte, während sie wie tollwütig fauchte und das Maul aufriss.

Es vergingen ein paar Sekunden, ehe sich alle von dem Schreck erholt hatten, und sogar Russell verstand erst mit viel Verspätung, was mit ihm geschah, da er zu schreien und zu zappeln begann, als Isabelle ihm von einer unerklärlichen Wut gepackt immer mehr tiefe Kratzer auf dem Kopf und im Gesicht zufügte.

Durch seine Gegenwehr machte Russell alles nur noch schlimmer, da er nach dem Tier schlug, das dadurch umso wütender wurde und ihm wiederholt ins Ohr biss. Die anderen standen nach wie vor daneben und verfolgten schockiert das Treiben, da keiner von ihnen wusste, wie sie eingreifen sollten, ohne alles nur noch schlimmer zu machen.

»Halten Sie Russell fest!«, forderte Christine die drei auf, als sie sich nach einer scheinbaren Ewigkeit aus ihrer Starre löste. »Halten Sie vor allem seine Arme fest, ich kümmere mich um Isabelle. Los! Machen Sie schon!«

Die drei reagierten prompt und drückten den zappelnden und schreienden Mann gegen die Wand, während Christine Isabelles Vorderpfoten zu fassen bekam und festhielt, ohne mit den ausgefahrenen, gespreizten Krallen in Berührung zu kommen, an denen blutige Hautfetzen hingen.

Isabelle sah sie an, und Christine hatte das Gefühl, ein fremdes Tier vor sich zu sehen. Noch nie hatte sie bei ihrer Katze einen solchen Ausdruck in den Augen beobachtet, der nicht nur unbändige Wut, sondern regelrecht Hass zu versprühen schien. Sie hob das Tier mit der einen Hand und griff nach den Hinterpfoten, bevor Isabelle sich mit ihnen wehren konnte. Schnell trug sie die energisch strampelnde Katze ins Wohnzimmer, setzte sie ab und schloss die Tür hinter ihr, bevor sie in den Flur zurückkehren und ihre Attacke fortsetzen konnte.

Als sie sich zu Russell und den anderen umdrehte, sah sie,

dass Betty aus der Küche gekommen war. »Oh Gott, was ist denn mit Ihnen passiert?«, rief sie erschrocken und ließ ihre Kaffeetasse fallen.

Christine schaute Russell an und konnte die Reaktion ihrer Tante nachvollziehen, denn der Mann hätte ebenso gut einem Horrorfilm entsprungen sein können. Sein Kopf war blutverschmiert, Stirn und Wangen waren mit Blut bedeckt, sodass sich gar nicht erkennen ließ, wo sich Kratzer befanden. Fast hätte man meinen können, dass er bei lebendigem Leib gehäutet und skalpiert worden war, so entsetzlich war sein Anblick. Blut lief an seinem Hals entlang und wurde vom Stoff seines Sweatshirts gierig aufgesogen.

Russell stand da und starrte seine Hände an, die ebenfalls einige Kratzer abbekommen hatten, doch nach seinem Blick zu urteilen, schien er zu glauben, dass diese Verletzungen schlimm waren – dabei hatte er sein Gesicht noch gar nicht gesehen.

»Diese verdammte Bestie!«, schimpfte er und stöhnte, da jede Mundbewegung die zerkratzten Wangen Schmerzen ließ. Er strich sich mit einem Finger über die Wange und zuckte zusammen.

»Ich weiß nicht, wie das passieren konnte«, erklärte Christine hilflos, dann fasste sie Russell am Arm und zog ihn mit sich ins Badezimmer. »Kommen Sie, wir müssen das Blut abtupfen, damit wir die Kratzer versorgen können.«

»Nein, ich will zu einem Arzt!«, fuhr er sie an. »Wer weiß, welche Krankheiten dieses Mistvieh hat! Ich will von einem Arzt behandelt werden!«

»Meine Katze ist kein Mistvieh, und sie hat auch keine Krankheiten«, gab sie energisch zurück.

»Vielleicht hat sie ja die Tollwut und muss eingeschläfert werden«, redete er weiter und schien die Aussicht auf das Einschläfern zu genießen.

Schnaubend verkniff sich Christine eine Erwiderung. Der Mann hatte einige heftige Kratzer abbekommen, das war klar, aber Kopfwunden bluteten prinzipiell stark, und erst wenn das

Blut abgetupft worden war, ließ sich sagen, wie schlimm es wirklich um ihn bestellt war.

»Dann fahre ich Sie zum Arzt«, entschied sie und sah Dylan und Howard an. »Würde bitte einer von Ihnen mitkommen?«

»Das ist nicht nötig«, knurrte der Verletzte. »Ich brauche kein Kindermädchen.«

»Von wegen«, konterte Christine. »Wenn Sie unterwegs ohnmächtig werden, will ich nicht allein mit Ihnen sein.«

»Ich komme mit«, erklärte sich Howard bereit. »Miss Bell hat völlig recht.«

»Wo ist der nächste praktische Arzt, Betty?«, fragte sie ihre Tante. »Dr. Gallagher kommt ja hoffentlich nicht dafür infrage.«

Betty sah zur Wanduhr neben dem Spiegel. »Drei Uhr?« Sie schüttelte den Kopf. »Dr. Bernstein hat längst Feierabend und ist in sein Wochenendhaus unterwegs. Da müsst ihr schon ins Krankenhaus in Crowborough fahren, das ist für alle Notfälle zuständig, wenn die Arztpraxen geschlossen sind. Das ist kurz vor …«

»Ich weiß, wo das ist«, unterbrach Christine sie und nahm den Wagenschlüssel aus der Handtasche. »Lass Isabelle vorläufig im Wohnzimmer, bis sie sich wieder beruhigt hat«, flüsterte sie ihr ins Ohr, als sie sich von ihr verabschiedete, um dann zur Tür zu eilen. »Kommen Sie«, sagte sie zu Russell und Howard und verließ das Haus.

»Wir gehen dann zurück zur Halle!«, riefen Cybil und Dylan den dreien nach, verabschiedeten sich von Betty und machten sich auf den Rückweg.

Die Fahrt zum Krankenhaus dauerte rund zwanzig Minuten, aber zum Glück war die Landstraße frei, sodass sie gut durchkamen. Während der Fahrt ächzte und stöhnte Russell immer wieder vor Schmerzen. In der Notaufnahme wurde er sofort auf einer Trage in ein Behandlungszimmer gebracht, da sein blutüberströmter Kopf schlimmste Verletzungen vermuten ließ.

Christine musste mit Howard im Warteraum gleich gegenüber bleiben, wo sie sich eine Weile über ihre Arbeit austauschten und Christine einiges über das Organisieren einer Convention erfuhr, während Howard in manche banalen Geheimnisse eingeweiht wurde, wie man als Buchautorin so den Tag verbrachte.

Schließlich kam der Arzt zu ihnen, gefolgt von Russell, dem man den Schädel rasiert hatte. Kopf und Gesicht waren mit Pflastern übersät, aber nachdem man ihn von allem Blut auf seiner Haut befreit hatte, sah er längst nicht mehr so furchteinflößend aus wie zuvor in Bettys Haus, kurz nachdem Isabelle ihn in die Mangel genommen hatte.

»Wie geht es Ihnen?«, fragte Christine besorgt und sprang von ihrem Platz auf.

Der Arzt hob abwehrend eine Hand. »Mr Coughlan hat zahlreiche Kratzwunden am Kopf davongetragen. Wir mussten ihm die Haare abrasieren, um die einzelnen Kratzer behandeln zu können. Es sind alles nur oberflächliche Verletzungen, aber das heißt natürlich nicht, dass sie deswegen weniger schmerzhaft wären, und deshalb haben wir ihm ein Schmerzmittel verabreicht. Er darf sich in den nächsten Stunden nicht ans Lenkrad setzen und auch keine Maschinen bedienen, falls das erforderlich sein sollte. Zusätzlich hat er noch eine Tetanusspritze erhalten.«

Christine nickte und sah Howard an. »Ich fahre ihn zurück, und Mr North wird darauf achten, dass er heute Abend nichts mehr macht, sondern sich ausruht.«

»Sehr gut«, erwiderte der Arzt. »Mr Coughlan ist krankenversichert, deshalb fallen für die Behandlung keine Kosten an. Wie ich allerdings hörte, wurde Mr Coughlan von Ihrer Katze angegriffen«, wandte sich der Arzt an Christine. »Es ist daher möglich, dass seine Krankenversicherung versuchen wird, die entstandenen Kosten von Ihnen zurückzufordern.«

»Ja, schon klar«, sagte sie. »Darum werde ich mich kümmern, wenn es so weit ist.«

Sie bedankten sich bei dem Arzt, dann verließen sie gemeinsam das Krankenhaus und kehrten zum Wagen zurück. Kaum war Christine losgefahren, machte sich Russell daran, ein Pflaster nach dem anderen abzuziehen.

»Was machst du da?«, fragte Howard, der auf dem Platz hinter Christine saß und Russell im Auge behielt.

»Wonach sieht es denn aus?«, knurrte der und warf ein weiteres Pflaster achtlos in den Fußraum, was Christine zwar bemerkte, aber unkommentiert ließ.

»Hältst du das für klug?«

»Es soll ruhig jeder sehen, was dieses Mistvieh mir angetan hat!« Wieder zog er ein Pflaster ab, was er wohl nur wegen des verabreichten Schmerzmittels so mühelos machen konnte.

Aus dem Augenwinkel musterte Christine ihn von der Seite. Über seinen Schädel zogen sich etliche Kratzer, die meisten davon den Katzenpfoten entsprechend in Vierergruppen. Ein großer Teil dieser Kratzer war tatsächlich relativ oberflächlich, an anderen Stellen waren Isabelles hintere Krallen dagegen tiefer ins Fleisch eingedrungen, weil sie auf seinem Kopf hängend nach Halt suchen musste. Insgesamt hatte ihre Katze ganze Arbeit geleistet, was Christine mit einer gewissen Genugtuung zur Kenntnis nahm.

Es war kurz vor fünf, als sie Howard und Russell am Zugang zur Pier absetzte; von dort fuhr sie zurück zu Bettys Haus. Es hatte inzwischen wieder aufgehört zu regnen, dafür war es stürmischer geworden, sodass die See stärker aufgewühlt wurde. Christine schloss die Haustür hinter sich, da kam ihr Isabelle aus der Küche entgegen.

»Ich habe ihr vorsichtshalber mehr Futter als sonst gegeben«, rief Betty ihr aus dem Wohnzimmer zu. »Ich war mir nicht sicher, ob sie mich sonst vielleicht ebenfalls zerfleischt hätte.«

»Nein, das hätte sie ganz bestimmt nicht gemacht, nicht wahr, meine Süße?« Christine entging nicht der erstaunte

Gesichtsausdruck Bettys, als sie mit der Katze im Arm zu ihr kam. »Die Extraportion hat sie sich allerdings verdient!«

Betty schüttelte den Kopf. »Entschuldige, wenn ich dir nicht folgen kann, aber einen Gast anzufallen und so zuzurichten ist doch nichts, wofür sie auch noch belohnt werden sollte.«

»Du kannst dir gar nicht vorstellen, wie groß die Belohnung eigentlich sein müsste, die ihr nach ihrer Heldentat zusteht.«

»Kind, du sprichst in Rätseln«, seufzte ihre Tante. »Komm, setz dich zu mir und erzähl mir, was los ist.«

Isabelle fest an sich gedrückt – was die zu genießen schien –, nahm Christine auf dem Sofa Platz. »Bevor ich dazu komme, sollst du erst mal wissen, dass ich versucht hatte, unserem Unbekannten eine Falle zu stellen. Ich dachte, Howard North könnte der Täter sein, deshalb hatte ich ihn hierher eingeladen. Meine Handtasche stand im Flur, demonstrativ so weit geöffnet, dass ein Stapel Papiere deutlich sichtbar war, aus dem der Plan herausragte. Wegen der Blutspritzer wusste ich, der Mörder würde den Plan sofort erkennen und an sich nehmen.«

»Du wolltest, dass er dir gestohlen wird? Wieso?«

»Um den Täter zu überführen. Wer sonst würde diesen Grundriss haben wollen?«

Betty nickte.

»Als North dann vor der Tür stand und drei Leute mitgebracht hatte, dachte ich im ersten Moment, ich könnte meine List vergessen. Immerhin kamen damit vier Personen in Betracht, wenn der Plan im Anschluss fehlen sollte. Aber als einer nach dem anderen zwischendurch zur Toilette ging, wurde mir klar, dass es so viel besser war. Wäre nur North hier gewesen und hätte den Plan nicht eingesteckt, dann …«

Betty schüttelte den Kopf. »Ich weiß nicht, ob ich dir noch folgen kann«, gestand sie ihrer Nichte.

»Okay, dann versuch ich es anders: Ich lege den Plan für den Mörder hin. Nimmt North ihn mit, ist er der Mörder oder zumindest ein Komplize. Rührt er meine Tasche nicht an, dann ist er nicht der Mörder, und ich kann ihn um Hilfe bitten, weiß aber immer noch nicht, nach wem ich eigentlich suchen muss. Bei vier Leuten ist die Wahrscheinlichkeit doch immerhin schon größer, dass einer von ihnen der Mörder ist. Selbst wenn ich nicht weiß, wer den Plan eingesteckt hat, kann ich zumindest sagen, dass es einer von diesen vieren ist.«

»Mir raucht der Kopf«, murmelte ihre Tante.

»Das glaube ich dir, aber da musst du jetzt durch, damit du weißt, was ich meine.« Christine atmete tief durch. »North hat als Einziger das Wohnzimmer nicht verlassen, doch als ich die Gruppe zur Tür brachte, sah ich aus dem Augenwinkel, dass sich jemand an meiner Tasche zu schaffen gemacht hatte, weil der Plan mit den Blutflecken fehlte. Damit kamen Dylan Weymoth, Russell Coughlan und Cybil Johansson infrage, nicht aber North.«

»Es sei denn, er hat einen von den anderen vorgeschickt.«

»Das wäre eine Möglichkeit gewesen«, räumte Christine ein. »Aber ich habe noch einmal darüber nachgedacht: Er hätte sicher nicht das zweite Opfer in einem Roboterkostüm auf seiner Veranstaltung versteckt, sondern den Mann auf eine andere Weise verschwinden lassen, um nicht das Interesse der Polizei auf sich zu lenken.«

Betty zuckte mit den Schultern und schien nicht von dem überzeugt zu sein, was sie zu hören bekam. »Und weiter?«

»Bevor meine drei Verdächtigen das Haus verlassen konnten, betrat Isabelle die Szene …«

»… und zerfleischte einen der Verdächtigen«, führte ihre Tante den Satz zu Ende.

»Nein, sie zerfleischte den Mörder«, gab Christine zurück.

»Dieser Coughlan ist der Mörder? Woher willst du das wissen?«

»Isabelle hat ihn wiedererkannt, und das sogar zum zweiten Mal.«

»Zum zweiten Mal?«, fragte sie ratlos.

»Ja. Coughlan war unser Einbrecher. Dass überhaupt ein

solcher Plan existiert und dass ich ihn haben könnte, konnte nur jemand wissen, der das erste Opfer getötet hatte oder zumindest dabei gewesen war. Und er musste sich in der Halle aufgehalten haben, als ich das Dokument versehentlich erwähnte. Er stieg hier ein, um nach dem Plan zu suchen, und dabei hat er Isabelle getreten, die vermutlich nur neugierig war, weil sie Geräusche im Haus gehört hatte. Der Tritt war die Ursache für die Prellung, die zum Glück gut zu verheilen scheint.« Sie strich über Isabelles Hinterpfote, und die Katze reagierte nicht mal mit einem leisen Knurren, sondern ließ sie gewähren. »Isabelle hat sich sein Gesicht beziehungsweise seinen Geruch gemerkt. Coughlan war an dem Tag hier, als sie wie eine Furie auf die Fensterbank gesprungen war. Sie hatte ihn gesehen, wie er neben dem Fenster stand, um uns zu belauschen, aber als ich nach draußen lief, war sein Vorsprung bereits zu groß. Als Coughlan dann hörte, dass North mich besuchen wollte, da beschwatzte er ihn, er müsse unbedingt mitkommen, weil er doch so ein großer Fan von mir sei. In Wahrheit hat er nur auf eine Gelegenheit gewartet, sich hier umzusehen und den Plan einzustecken, wenn er ihn irgendwo finden sollte. Isabelle schlief noch, als die vier kamen, aber als sie aufbrachen, da kam sie nach unten, um dem Stimmengewirr doch noch auf den Grund zu gehen. Sie erkannte in Coughlan den Einbrecher wieder, der sie getreten hatte, und rächte sich an ihm.«

»Und trotzdem bist du noch mit ihm ins Krankenhaus gefahren?«, wunderte Betty sich. »Den hättest du so blutüberströmt, wie er war, der Polizei übergeben sollen.«

Isabelle schmiegte sich mit dem Kopf an Christines Wange und genoss die Streicheleinheiten, als hätte sie jedes lobende Wort über ihre Heldentat verstanden.

»Das hätte zu nichts geführt, außer dazu, dass er gewarnt worden wäre und sich womöglich abgesetzt hätte. Meinst du, Chief Inspector Hatfield würde jemanden unter Mordverdacht festnehmen, weil der von einer Katze wiedererkannt worden war? Noch schlimmer: von *meiner* Katze?«

Betty nickte verstehend. »Nein, natürlich nicht.«

»Eben. Wir haben nur eine Chance, wenn wir hieb- und stichfeste Beweise liefern können. Solange das nicht der Fall ist, kommen wir bei Hatfield nicht weiter.«

»Aber jetzt ist der Plan weg, und damit sind alle Beweise verschwunden«, wandte ihre Tante ein.

Christine lächelte triumphierend. »Was denkst du denn von mir?«, fragte sie mit gespielter Entrüstung. »Du weißt doch, dass ich den Plan und diese Seite aus der Touristenbroschüre habe einscannen und ausdrucken lassen.« Betty nickte. »Bei der Gelegenheit habe ich den Plan auch noch in Originalgröße ausdrucken lassen, einschließlich der Blutflecken. Coughlan hat eine Kopie mitgehen lassen, was ihm vermutlich nicht auffallen wird. Dazu müsste er schon die Blutflecken analysieren lassen, um festzustellen, dass sie nicht aus Blut, sondern aus gewöhnlicher Druckertinte bestehen. Das Original befindet sich in einem sicheren Versteck, weil ich es später noch brauche, um belegen zu können, dass das Blut des ersten Opfers daran klebt.«

»Und wie geht es jetzt weiter?«, wollte Betty wissen. »Wir kennen jetzt den Mörder, aber wenn wir ihm nichts nachweisen können, kommt er trotzdem ungeschoren davon.«

Mit der freien Hand griff Christine nach dem Telefon. »Ich werde Howard North anrufen und ihm sagen, was wir in Erfahrung gebracht haben.«

»Warum ausgerechnet ihn? Er könnte trotz allem ein Komplize sein.«

Sie schüttelte den Kopf. »Nein, Betty, das glaube ich nicht. Du weißt doch, dass ich ihn gebeten habe, mit ins Krankenhaus zu fahren, falls Coughlan unterwegs ohnmächtig wird oder ihm sonst etwas passiert.«

»Ja, ich weiß.«

»Das war nicht der Grund, wieso ich ihn oder Dylan Weymoth mitnehmen wollte. Er war meine Lebensversicherung. So übel Isabelle ihn auch zugerichtet hatte, war Coughlan immer noch genügend bei Sinnen, um eine günstige Gelegenheit zu nutzen. Auf der Fahrt zum Krankenhaus hätte er mich überwältigen und einen tödlichen Unfall inszenieren können, um mich aus dem Weg zu räumen. Würden er und North unter einer Decke stecken, hätten sie von der Möglichkeit erst recht Gebrauch gemacht. So aber ist nichts passiert, und das genügt mir als Beweis, dass North nicht eingeweiht ist.«

»Und wenn doch?«

»Betty, ich muss ein gewisses Risiko eingehen«, beteuerte sie mit ernster Miene. »Angenommen, ich unternehme überhaupt nichts und lasse Coughlan ungeschoren davonkommen, dann habe ich trotzdem keine Garantie, dass er mich nicht doch noch irgendwann ermordet, nachdem er seine eigentliche Mission erfüllt hat. Er weiß, was ich weiß, und seit Isabelles Attacke ist ihm vielleicht klar, dass ich seine Identität kenne. Früher oder später wird er sicherstellen wollen, dass ich ihn nicht doch noch ans Messer liefere.«

»Das stimmt«, sagte ihre Tante betrübt. »Von der Seite habe ich es noch gar nicht betrachtet.«

»Und von einer anderen Seite auch noch nicht«, ergänzte Christine. »Du schwebst genauso in Gefahr wie ich, denn Coughlan wird davon ausgehen, dass ich dir alles erzähle.«

Betty wurde bleich, als sie das hörte. »Oh Gott, damit hast du vermutlich recht.«

»Deshalb müssen wir uns etwas überlegen, wo wir dich unterbringen, wenn ich unterwegs bin. Hier im Haus kannst du jedenfalls nicht allein bleiben. Aber darüber können wir uns den Kopf immer noch zerbrechen, wenn ich mit North gesprochen habe.«

Sie tippte seine Nummer ein und wartete, dass er sich meldete.

Ein ungehaltenes »Hallo« ertönte am anderen Ende der Leitung.

»Mr North? Hier ist Christine Bell, aber nennen Sie auf keinen Fall meinen Namen!«

»Was ist los? Gibt es ein Problem?«

»Ja, aber darüber kann ich nicht am Telefon mit Ihnen sprechen. Wir müssen uns unbedingt treffen.«

»Das ist jetzt sehr ungünstig. In einer halben Stunde wird die Convention offiziell eröffnet, und Sie können sich vorstellen, dass ich anwesend sein muss.«

Die Eröffnung der Convention, überlegte sie. Die ersten Besucher würden kommen und in dem Trubel wäre es ohnehin nicht möglich, Coughlan im Auge zu behalten, wenn der untertauchen wollte, um irgendeinen Auftrag auszuführen. »Wie geht es Russell?«, fragte sie.

»Den hat das Schmerzmittel umgehauen, er liegt hinter der Bühne in einem Kämmerchen und schläft wie tot.«

»Ah, das ist gut.« Nach einer kurzen Pause fuhr sie fort: »Wann könnten Sie frühestens herkommen?«

»Lassen Sie mich nachdenken. Die Eröffnung ... die Rede ... hm, sagen wir, ich könnte mich zwischen acht und neun für knapp eine Stunde davonstehlen, ohne dass mich jemand vermisst. Aber ... ist es wirklich so wichtig?«

»Mr North«, sagte sie ernst. »Ich neige nicht dazu, Dinge zu übertreiben, aber das hier ist eine Frage von Leben und Tod.«

»Verstehe. Also gut, ich werde kurz nach acht bei Ihnen sein.«

»Und noch etwas: Achten Sie darauf, dass Ihnen niemand folgt.«

Die kurze Pause verriet, dass North stutzte. »Wer sollte mir folgen?«

»Achten Sie einfach darauf, dass es niemand macht.«

12

Betty, hast du dich entschieden, bei wem du dich für ein paar Tage einquartieren kannst?«, fragte Christine, nachdem sie die Wartezeit bis zu North' Besuch genutzt hatte, um die angesammelten E-Mails der letzten Tage durchzusehen und zu beantworten. »Ich weiß nicht, ob und wann ich mit North auf den Pier gehe, aber wenn das noch heute Abend sein sollte, dann will ich nicht, dass du allein bist. Keiner weiß, was dieser Coughlan vorhat.«

»Ja, ich würde sagen, ich versuche es bei den Bennetts«, überlegte ihre Tante, die soeben ins Wohnzimmer kam. »Die haben früher schräg gegenüber gewohnt, und ich habe monatelang jeden Tag auf ihre Kinder aufgepasst, wenn beide Eltern arbeiten mussten. Bei ihnen habe ich noch etwas gut.«

»Kannst du Isabelle mitnehmen?«

»Wo willst du hin?«

»Ich … werde mir ein Hotelzimmer nehmen.«

Betty legte den Kopf schräg. »Ich weiß, was du vorhast«, sagte sie Christine auf den Kopf zu. »Du willst allein hier bleiben und den Köder spielen. Und wie willst du dich gegen ihn zur Wehr setzen? Hältst du ihm einen Zettel hin, auf dem ›Peng, du bist tot‹ geschrieben steht, damit er umfällt?«

»Mir wird schon etwas einfallen«, beteuerte sie mit einer Unbeschwertheit, die sie so gar nicht verspürte.

»Christine, wenn du nicht mit zu den Bennetts kommst, gehe ich auch nicht hier weg, damit das klar ist.«

»Ach, Betty, fang doch jetzt nicht mit so was an«, gab sie zurück. »Er rechnet ja nicht damit, dass ich ihn erwarten werde. Also bin ich im Vorteil.«

»Ja, falls du in der Lage bist, einer Pistolenkugel auszuweichen«, spottete sie. »Wer behauptet denn, dass er erst ins Haus einsteigt, wenn du allein bist? Vielleicht erwartet er dich längst, wenn du hereinkommst?« Sie setzte sich und verschränkte die Arme vor der Brust. »Ich bleibe hier, wenn du nicht mitkommst. Ansonsten musst du schon versuchen, mich aus dem Haus zu tragen, aber ich glaube nicht, dass dir das gelingen wird.«

Seufzend lenkte Christine schließlich ein. »Ja, ist gut. Dann ruf die Bennetts an und frag, ob wir nachher noch rüberkommen können.« Sie gab ihrer Tante das Telefon.

Die wählte die Nummer aus dem Kopf, nach dem zweiten Klingeln wurde abgenommen. »Cathy? Hier ist Betty … ja, eure frühere Nachbarin … genau … ja, ein paar Wochen muss ich den Gips auf jeden Fall noch tragen … m-hm … m-hm … ah, ja … ich muss euch um einen großen Gefallen bitten. Meine Nichte Christine ist hier … ja, die kleine Christine … nein, so klein ist sie jetzt wirklich nicht mehr … richtig, und sie wollte mir was Gutes tun und im Wohnzimmer die Decke streichen … ja, die hat's wirklich nötig … aber mit der Farbe stimmt etwas nicht, ist wohl eine Fehlproduktion … ja, die stinkt buchstäblich zum Himmel … nein, die schlägt mir auf die Lunge, und Kopfschmerzen bekomme ich davon auch … irgendwelche Giftstoffe … m-hm … und alle Hotels sind besetzt, und da dachte ich …«

In diesem Moment klingelte es an der Tür, Christine stand auf und ging in den Flur.

»Hallo, Miss Bell«, begrüßte Howard North sie. Die Dämmerung hatte inzwischen eingesetzt, und die Straße war in ein Halbdunkel getaucht, das es schwer machte zu erkennen, ob jemand sie beobachtete. »Was gibt es denn so Brandeiliges?«

»Kommen Sie rein«, sagte sie. »Es tut mir leid, dass ich Sie von Ihrer Veranstaltung wegholen muss, aber das kann nicht warten.«

Sie führte ihn ins Wohnzimmer, wo Betty soeben das Telefonat beendete. »Ja, Cathy, spätestens um zehn sind wir da.«

Sie sah zu North und nickte ihm zu. »Es ist alles geregelt, Christine. Cathy macht die beiden Gästezimmer für uns fertig. Sie hofft nur, dass sich ihre zwei Katzen mit Isabelle verstehen.«

»Isabelle ist lammfromm, das hast du ihr hoffentlich gesagt«, erwiderte sie, woraufhin sich North lautstark räusperte und ihr einen unmissverständlichen Blick zuwarf. »Nein, wirklich. Ich werde es Ihnen gleich erklären.«

Er setzte sich, und Christine begann so knapp und zugleich so detailliert wie möglich die Ereignisse seit dem ersten Toten zu schildern, er hörte aufmerksam zu, wobei sein Gesichtsausdruck immer wieder zwischen Empörung und Fassungslosigkeit wechselte, als er hörte, was alles geschehen war und wie die Polizei auf die Vorfälle reagiert hatte.

Und dann kam sie auf Russell Coughlan zu sprechen. »Wie gut kennen Sie Russell?«

North zuckte mit den Schultern. »Er ist einer von den Helfern, die so gut wie jedes Jahr mit dabei sind, ihn kenne ich nicht schlechter oder besser als die meisten anderen. Wieso fragen Sie?«

»Weil er unser Mörder ist«, erwiderte sie. »Deswegen hat meine Katze sich auf ihn gestürzt. Er war hier und hat nach diesem Plan gesucht, dabei hat er Isabelle getreten, und als er zusammen mit Ihnen herkam, um seine Suche fortzusetzen, hat sie ihn wiedererkannt. Katzen haben ein gutes Gedächtnis, besonders wenn es um Menschen geht, die ihnen Schmerzen zugefügt haben. Da können sie es fast mit Elefanten aufnehmen.«

Er nickte. »Ja, davon habe ich gehört. Sie haben mir jetzt so viel von diesem Plan erzählt, könnte ich ihn mal sehen?«

Auf dem Wohnzimmertisch breitete sie das Original aus und legte die kleineren Ausdrucke dazu. »Was meinen Sie dazu?«

»Das ist eindeutig die untere Hallenebene«, bestätigte er. »Aber dort, wo die Linie endet, gibt es nichts. Da ist nur eine kahle Wand.«

»Ich weiß, vor der habe ich schon gestanden.«

Er drehte das Papier nach links und nach rechts. »Ist das … diese Schrift … ist das …?«

»Ja, das dürfte Rivanisch sein, wenn es nach Dylan Weymoth geht. Können Sie das entziffern?«

»Nein, keine Ahnung. Das ist was für hartgesottene Fans, aber ich kann damit nichts anfangen. Ich habe Wichtigeres zu tun, als mir eine Sprache anzueignen, die es nicht mal gibt. Eher würde ich Chinesisch oder Japanisch lernen.«

»Der Plan muss eine Bedeutung haben, sonst hätte sich Coughlan nicht so viel Mühe gemacht. Vermutlich musste das Opfer wegen dieses Plans sterben.«

North betrachtete nachdenklich die Zeichnung, dann drehte er das Blatt um und hielt es gegen das Licht der Deckenlampe. »Nein, spiegelverkehrt ergibt es gar keinen Sinn. Und quer gelegt passt es auch nicht zum Grundriss der Halle.« Frustriert schnaubend legte er das Blatt hin. »Vielleicht würde uns die Beschriftung weiterhelfen, wenn wir sie aus dem Rivanischen zurückübersetzen könnten.«

»Ja, vielleicht, aber das würde bedeuten, dass wir noch jemanden einweihen müssten«, wandte sie ein. »Je weniger Menschen davon wissen, umso besser. Sonst erfährt Coughlan davon, dass wir ihm auf der Spur sind, und wenn wir Pech haben, taucht er unter, und die vier Morde bleiben ungesühnt.«

North kratzte sich am Kinn, und nach einer Weile sagte er: »Wir können Dylan fragen. Er kann das lesen und übersetzen, und er wird den Mund halten.«

Sie atmete tief durch. Es gefiel ihr nicht, außer North noch jemandem zu erzählen, was sie wusste. Sie konnten sich nicht mal darauf beschränken, ihm nur den Plan zu zeigen, weil er dann unweigerlich fragen würde, was der zu bedeuten hatte. Zudem bestand die Gefahr, dass er anschließend mit anderen darüber redete, und im nächsten Augenblick würden die wildesten Spekulationen blühen. Wenn Coughlan davon erfuhr, war er gewarnt und konnte ihnen entwischen.

»Warten Sie, ich habe eine Idee«, sagte North plötzlich. Er zog sein iPhone aus der Jackentasche, machte ein Foto von einer der Schriftzeilen auf dem Plan und verschickte es. Dann wählte er eine Nummer und stellte das Telefon auf Lautsprecher.

»Weymoth.«

»Howard hier, hallo Dylan.«

»Wo steckst du? Ich suche dich die ganze Zeit. Sag nicht, du bist schon wieder in diesem Puff!«

North senkte den Blick, da er zu wissen schien, dass Christine ihn neugierig anblickte. »Ich habe dir gerade ein Foto geschickt, sieh dir das mal an.«

Es folgte eine kurze Stille, dann: »Was soll ich denn damit?«

»Das ist Rivanisch, richtig?«

»Ja«, antwortete Dylan. Sein Tonfall war von Ratlosigkeit geprägt. »Und?«

»Was heißt das?«

»›An Sonn- und Feiertagen geschlossen‹«, kam die Antwort.

»Was?«, rief Christine verwundert.

»Wer war denn das?«, fragte Dylan. »Etwa eine dieser …«

»Nein, und das ist jetzt auch nicht wichtig«, fiel North ihm ins Wort. »Bist du dir ganz sicher, dass das die richtige Übersetzung ist?«

»Wer hat denn das Rivanisch-Wörterbuch geschrieben?«

»Du, das weiß ich.« Auf Christines fragenden Blick hin nickte er bestätigend. »Hmm, das ergibt keinen Sinn.«

»Kommt drauf an, um was es eigentlich geht«, meinte Dylan. »Verrat mir, wo das geschrieben steht, und ich kann dir vielleicht sagen, ob es einen Sinn ergibt.«

»Das geht jetzt nicht. Pass auf, ich schicke dir gleich noch drei oder vier Fotos, und dann ruf mich an und sag mir, was die jeweiligen Zeilen bedeuten.«

Dylan schnaubte verärgert. »Ich würde wirklich gern wissen, was du damit bezweckst.«

»Ich werd's dir später sagen, okay? Im Moment habe ich dafür keine Zeit.«

»Na gut, dann schick die Fotos, und ich melde mich bei dir.«

Kaum drei Minuten später kannten sie die Bedeutung von drei weiteren Beschriftungen auf dem Plan. »Kann ich bitte eine Fahrkarte haben?«, »Wo ist das nächste Postamt?« und »Das kostet extra.«

Kopfschüttelnd saßen North, Christine und Betty da und starrten auf den Plan. »Das hat jemand aus einem Reiseführer abgeschrieben«, murmelte North und verzog frustriert den Mund. »Das hat einfach gar nichts zu bedeuten.«

»Vielleicht ist es ein Ablenkungsmanöver«, warf plötzlich Betty ein, die bislang nur schweigend dagesessen hatte.

»Was?«, gab Christine zurück.

»Na, diese Schrift«, sagte sie. »Vielleicht ist das ein Ablenkungsmanöver. Es kann doch sein, dass nur bestimmte Buchstaben wichtig sind und einen Sinn ergeben, wenn man sie in der richtigen Reihenfolge liest.«

»Dann müsste sich ein Dechiffrierspezialist tage- oder gar wochenlang mit diesen Zeilen beschäftigen, um vielleicht zu einem Ergebnis zu kommen«, entgegnete North.

»Das würde bedeuten«, folgerte Christine, »dass es sich um eine sehr wichtige Information handelt, die nur von bestimmten Leuten entschlüsselt werden soll.«

»Sagen Sie, Mr North«, meldete sich Betty abermals zu Wort. »Der Chief Inspector hat mehrmals erwähnt, dass in den nächsten Tagen ein wichtiger Gast nach Beechwood kommt. Hat der zufällig etwas mit Ihrer Veranstaltung zu tun?«

North machte eine skeptische Miene. »Wie kommen Sie darauf, dass das etwas mit uns zu tun haben könnte?«

»Ganz einfach«, erklärte sie lächelnd. »Beechwood ist wie ein Dorf, jeder kennt jeden, und alle sind auf dem Laufenden, was das aktuelle Geschehen angeht. Hohe Gäste kommen nur her, wenn auf dem Pier irgendeine Veranstaltung läuft, weil es keinen anderen Ort in ganz Beechwood gibt, wo man so wichtige Gäste empfangen könnte. Wenn Ihre Convention am Sonntagabend endet, steht die Halle für zwei Wochen leer, bevor da eine Oldie-Nacht stattfindet, bei der zwei Dutzend Bands aus den Siebzigern ihre größten Hits spielen. Da treten Bands wie Sailor, Showaddywaddy, Racey, die Rubettes und so weiter auf, aber kein so bedeutender Gast, dass die Polizei für seine Sicherheit sorgen müsste. Also kann dieser Gast eigentlich nur zu Ihnen kommen.«

Er nickte anerkennend, schwieg jedoch.

»Mr North?«, hakte Christine nach.

»Ich kann dazu nichts sagen«, lautete seine knappe Antwort.

»Mr North, wer ist dieser wichtige Gast?«, fragte sie eindringlich.

»Ich darf es Ihnen nicht sagen«, gab er zurück. »Es ist streng vertraulich.«

»Wenn diese Morde mit Ihrem rätselhaften Gast zu tun haben, dann ist sein Leben womöglich auch in Gefahr«, machte sie ihm klar.

North schüttelte den Kopf.

Christine atmete tief durch. »Mr North, ich weiß nicht, ob Ihnen der Ernst der Lage bewusst ist. Wenn durch Ihr Schweigen jemand zu Schaden kommt, werde ich nicht zögern, mich an die Polizei, Scotland Yard oder den MI6 zu wenden, und notfalls auch an die Presse. Nein, das war falsch ausgedrückt. Ich werde das umgehend tun, wenn Sie mir nicht antworten. Und ich werde Ihren Namen bei jeder dieser Stellen erwähnen. Ich kann mir nicht vorstellen, dass Sie in nächster Zeit noch mal irgendeine Convention veranstalten dürfen.«

»Soll das eine Drohung sein?«, konterte er sichtlich verärgert.

»Nein, keine Drohung, sondern ein Versprechen.« Sie sah ihm in die Augen. »Haben Sie mich verstanden?«

Schnaubend nickte er. »Ja, ich habe Sie verstanden.« Eine Zeit lang saß er schweigend da, schließlich erklärte er: »Der König von Jordanien wird am späten Sonntagnachmittag die Convention besuchen.«

»Der König von Jordanien?«, wiederholte Christine und

wollte gerade anfangen zu lachen, da sah sie North' Miene an, dass er das tatsächlich ernst meinte. »Wie… wieso?«

»Der König ist ein großer Fan von einer dieser Science-Fiction-Serien«, sagte er. »Ich weiß nicht genau, um welche es sich handelt, weil das nicht mein Metier ist. Auf jeden Fall ist er Fan, und er hat vor ein paar Jahren sogar in einer Episode mitgespielt, wie man mir gesagt hat. Er soll auch schon ein paar von den Schauspielern nach Jordanien eingeladen haben. Wenn er auf Auslandsreise ist, und in der Nähe findet eine Convention statt, kann es sein, dass die Besucher plötzlich neben einem echten König stehen, der sich an einem Stand mit DVDs oder Büchern eindeckt.«

»Stimmt, das habe ich mal in der *Hello* gelesen«, bestätigte Betty. »Da dachte ich noch, wer hat sich denn so einen Blödsinn ausgedacht, aber dann wurde das woanders auch erwähnt.«

»Im Augenblick ist er in England unterwegs und hält Vorträge an verschiedenen Universitäten«, fuhr North fort, »und am Sonntag kommt er ›ganz spontan‹ nach Beechwood und besucht unsere Convention. Das ist der einzige Punkt, in dem die Zeitschriften Unsinn schreiben und das glauben werden, was der königliche Pressesprecher erzählt, denn es ist alles andere als spontan. Das jordanische Königshaus hatte bereits vor einem halben Jahr bei mir angefragt.«

Christine saß da und musste unwillkürlich lächeln, weil der Gedanke sie tatsächlich amüsierte. Welcher König erlaubte sich schon, etwas so ganz und gar nicht Standesgemäßes zu tun? Sie versuchte sich vorzustellen, wie die Queen ihren Rolls Royce vor einem Plattenladen anhalten ließ, um auszusteigen und höchstpersönlich das neue Album von Kylie Minogue zu kaufen, weil das in der Presse so gelobt worden war. Nein, auf diese Idee würde sie niemals kommen. Vielleicht würde sie sich das Album über drei Ecken beschaffen lassen und heimlich hören, aber niemals würde sie offen dazu stehen, so wie es der jordanische König machte.

»Es ist möglicherweise eine gewagte Theorie, aber ich möchte behaupten, dass wir jetzt wissen, auf wen Russell Coughlan es abgesehen hat. Damit steht das Wann auch fest, nur das Wie ist noch ein Rätsel.« Sie sah zwischen North und ihrer Tante hin und her. »Was können wir machen, um mehr herauszufinden?«

»Sie haben mir doch eben damit gedroht, Himmel und Hölle in Bewegung zu setzen, wenn ich Ihnen nichts sage«, entgegnete North verwundert. »Warum wollen Sie das jetzt nicht mehr tun?«

»Weil die Sache einen Haken hat. Egal, an wen wir uns wenden, jede Stelle wird sich anschließend mit Detective Chief Inspector Hatfield in Verbindung setzen und ihn dazu befragen. Sobald Hatfield das Wort ›Convention‹ hört, wird er sagen, dass es sich dabei nur um einen Haufen von Spinnern handelt. Und wenn mein Name ins Spiel kommt, wird er mich so hinstellen, als wäre ich davon besessen, die Welt mit Verschwörungstheorien zu beglücken. Wir können nicht auf Hilfe von außen hoffen, wir sind auf uns allein gestellt.«

»Dann haben Sie mir eben nur etwas vorgemacht?«, entrüstete North sich.

»Ich glaube, die korrekte Bezeichnung dafür ist ›bluffen‹«, gab sie zurück und grinste ihn an. »Was ist, Mr North? Sie haben heute selbst auch gepokert, wissen Sie noch? Als Sie mir sagten, Sie könnten meine Gage erst auszahlen, wenn Mrs Harling ihre Gage zurückgezahlt hat. Sie haben riskiert, dass ich absage, nur weil Sie Ihren Gewinn nicht durch eine zusätzliche Gagenzahlung schmälern wollten.«

Zähneknirschend musste er zugeben: »Sie waren sehr überzeugend.«

»Na ja, ich muss schließlich üben. Ich habe meinen Agenten gefeuert und werde ab sofort meine Vertragsbedingungen in Eigenregie aushandeln.«

»Wenn ich das nette Geplänkel kurz unterbrechen darf«, ging auf einmal Betty dazwischen, »aber wir sollten uns wohl besser damit beschäftigen, wie die nächsten Schritte aussehen müssen. Bis Sonntagnachmittag bleibt nicht mehr viel Zeit.«

»Ja, Sie haben recht«, pflichtete North ihr bei. »Was können wir tun?«

»Als Erstes müssen wir herausfinden, was es mit dem Plan auf sich hat«, antwortete Christine. »Auch wenn diese Beschriftung ein Ablenkungsmanöver sein sollte, um uns in die Irre zu führen, muss der gekennzeichnete Weg irgendeinen Sinn ergeben. Mr North, wie lange dauert das Programm heute Abend?«

»Bis ein Uhr, danach wird noch das Gröbste aufgeräumt, aber um halb zwei sind alle draußen«, erwiderte er. »Gründlich sauber gemacht wird morgen früh um sieben, damit wir um neun Uhr öffnen können.«

»Gut, dann werde ich heute Nacht um halb zwei da sein, und zwar vor dem Tourist Trap auf der Promenade. Kommen Sie rüber, dann gehen wir zusammen durch die untere Ebene. Vielleicht entdecken wir ja gemeinsam irgendeinen Hinweis.«

North sah auf seine Armbanduhr. »Einverstanden. Halb zwei vor dem Tourist Trap.« Mit diesen Worten stand er auf und verabschiedete sich.

Isabelle sprang auf den Tisch und setzte sich vor Christine.

»Hältst du das für eine gute Idee«, fragte Betty, »mitten in der Nacht auf Erkundungstour zu gehen?«

Christine zuckte mit den Schultern. »Irgendwie müssen wir der Sache auf den Grund gehen, und solange wir keine Hilfe von der Polizei erwarten können, bleibt uns nichts anderes übrig, als selbst die Initiative zu ergreifen.«

»Ich hoffe nur, du weißt, was du da tust«, meinte ihre Tante besorgt.

»Um ehrlich zu sein, ich habe nicht die leiseste Ahnung, worauf es hinauslaufen wird«, gestand sie und stand auf, um die Transportbox zu holen, damit sie sich auf den Weg zu den Bennetts machen konnten.

***

Christine saß in ihrem Wagen, der in der Parkbucht vor dem Tourist Trap geparkt war, und beobachtete, wie die Besucher der Convention nach und nach in kleinen Gruppen die Halle verließen, auf dem Pier in Richtung Promenade gingen und sich dann zu ihren Hotels begaben. Im Sommer pulsierte hier am Strand das Nachtleben bis in den frühen Morgen, aber zu dieser Jahreszeit schlossen die Geschäfte spätestens um sechs Uhr, und die meisten Lokale waren um acht Uhr längst zu. Mit etwas Glück konnte man danach in den Restaurants der Hotels noch etwas zu essen bekommen, doch mangels Konkurrenz hielten die meisten Manager es nicht für nötig, den Hotelgästen bis Mitternacht den Service einer warmen Küche anzubieten.

Allerdings war das außerhalb der Saison normalerweise auch kein lohnendes Geschäft, da zu wenige Touristen länger als einen Tag in Beechwood blieben und die Kosten für den Koch und das Personal weit über den zu erwartenden Einnahmen lagen. Und wenn selbst der Chef der örtlichen McDonald's-Filiale um sieben Uhr das Licht ausmachte, war beim besten Willen nicht damit zu rechnen, dass es danach zu einem Ansturm auf die anderen Lokale kommen würde.

Der Regen hatte wieder eingesetzt, als Christine vor einer Viertelstunde bei den Bennetts losgefahren war. Sie hatte sich nur schwach an das Ehepaar erinnert, das in einem der Häuser gegenüber von dem ihrer Tante gewohnt hatte. Die beiden Kinder – ein zehn Jahre alter Sohn namens Patrick und eine zwölfjährige Tochter namens Melanie – konnte sie natürlich gar nicht kennen, weil die erst zur Welt gekommen waren, nachdem sie mit ihren Eltern das letzte Mal in Beechwood Urlaub gemacht hatte. Vom Meer her trieb ein starker Wind den Regen landeinwärts, die Tropfen prasselten gegen die Seitenscheiben ihres Minivans, und hin und wieder ließ eine Böe den Wagen leicht schaukeln. Eigentlich war es das richtige Wetter, um in einem gemütlichen Bett zu liegen, die Decke über den Kopf zu ziehen und alles Unangenehme von sich fernzuhalten.

Sie zog den Reißverschluss ihrer Lederjacke noch ein Stück weiter zu, da es sie bei dem Gedanken fröstelte, aus dem Wagen aussteigen und sich nach draußen in den Regen begeben zu müssen.

Die Grüppchen kamen immer spärlicher aus der Halle, und die meisten verließen den Pier gleich; nur wenige Besucher standen trotz des schlechten Wetters beisammen, unterhielten sich und lachten ausgelassen, umarmten sich und schlugen dann unterschiedliche Richtungen zu ihren Quartieren ein. In der Veranstaltungshalle gingen nach und nach die Lichter aus, nur ein paar Leute kamen noch nach draußen, dann schloss jemand die Eingangstür ab und rappelte an den übrigen Türen, um zu prüfen, ob sie auch alle verriegelt waren.

Nachdem die letzten drei Besucher gegangen waren, herrschte auf der Promenade Leere. Christine zuckte leicht zusammen, als auf einmal die Straßenbeleuchtung auf Sparflamme geschaltet wurde und jede zweite Laterne erlosch. Der Regen schien das wenige noch verbliebene Licht zu schlucken, sodass es draußen noch dunkler schien, als es tatsächlich war.

»Wo ist er?«, murmelte Christine, die erwartet hatte, North würde die Halle als Letzter verlassen und kommen, um sie abzuholen. Tatsächlich jedoch war von ihm weit und breit nichts zu sehen, und allmählich wurde sie nervös. Hatte sie sich womöglich getäuscht und sich dem Falschen anvertraut? Steckte der Veranstalter mit dem Killer unter einer Decke? Hatte er ihr auf der Fahrt zum Krankenhaus lediglich nichts angetan, weil das lästige Fragen der Polizei nach sich gezogen hätte? Wie leicht es doch war, in der Dunkelheit zu lauern und sie ins Visier zu nehmen! Hatfield würde insgeheim sicher einen Freudentanz aufführen, wenn er hörte, dass sie ihn endlich mit ihren Mordtheorien in Ruhe lassen würde – auch wenn er dafür den Mord an ihr aufklären musste. Aber so wie sie ihn kennengelernt hatte, fand er auch noch eine Erklärung dafür, wieso sie mit einer Kugel im Kopf tot in ihrem Wagen saß. Vielleicht, so überlegte sie mit einem Anflug galligen Humors, sollte sie ihm noch ein paar Möglichkeiten aufschreiben, um ihm die Arbeit zu erleichtern ... ein Sportschütze, der sie mit einer Tontaube verwechselt hatte, ein Jäger, der sie für einen Fuchs gehalten hatte, ein Amok laufender Irak-Veteran ...

Aus dem Nichts tauchte plötzlich neben ihr ein fahles Gesicht auf, der Mund war grotesk verzogen, die Augen waren weiß, weder Iris noch Pupille waren zu sehen. Oh Gott, was war denn das?! Ihr Herz blieb einen Moment lang stehen, sie setzte zu einem gellenden Schrei an, doch dann erkannte sie, dass das Monster in Wahrheit Howard North war, der sich einen üblen Streich erlaubt hatte, indem er sein Gesicht von unten mit einer Taschenlampe anstrahlte.

»Sind Sie verrückt?«, herrschte sie ihn an, als sie das Seitenfenster öffnete. »Wollen Sie, dass ich vor Schreck tot umfalle?« Das wäre ein gefundenes Fressen für Hatfield, fügte sie im Geiste an.

»Entschuldigen Sie, Miss Bell, aber dieser Versuchung konnte ich nicht widerstehen«, sagte er grinsend. »Im Kino hätten sich die Leute vor Angst in die Hose gemacht.«

»Wir sind hier bloß nicht im Kino«, knurrte sie und stieg aus. »Wo kommen Sie eigentlich her? Ich habe die ganze Zeit den Pier im Auge behalten, aber Sie sind nicht als Letzter gegangen.«

»Aus meinem Hotel«, erklärte er. »Ich kümmere mich nie darum, die Halle abzuschließen, weil ich zu viele andere Dinge regeln muss. Wäre ich heute bis zuletzt geblieben, um die Türen persönlich abzuschließen, hätte sich Russell möglicherweise darüber gewundert. So bin ich schon früher losgegangen, und Russell geht jetzt davon aus, dass ich in meinem Hotel bin.«

»Wie hat er sich verhalten?«, wollte sie wissen.

»So wie immer, außer dass er jedem, der es hören wollte, erzählt hat, wie er sich seine Kriegsverletzungen zugezogen hat.«

»Arme Isabelle«, murmelte Christine.

North schüttelte den Kopf. »Von wegen. Ihre Katze findet gar keine Erwähnung, vielmehr wurde er von irgendeiner außerirdischen Bestie angefallen. Vermutlich war es ihm peinlich, dass eine normalerweise lammfromme Hauskatze ihn so zugerichtet hat.«

»Hm, ich hätte gedacht, er lässt jeden wissen, dass es meine Schuld ist.«

Er winkte ab und zog sich die dunkle Baseballkappe tiefer ins Gesicht. »Machen Sie sich da mal keine Sorgen. Ich glaube kaum, dass er etwas gegen Sie unternehmen wird. Die Kratzer sind bald verheilt, und wenn es stimmt, dass er ein … Mörder und Attentäter ist, dann werden diese kleinen Blessuren bald sein geringstes Problem sein.«

Der Wind wehte ihnen ins Gesicht und trug neben den Regentropfen auch das laute Rauschen des Meeres mit sich, das jetzt in der Nacht noch eindringlicher wirkte, da keine anderen Geräusche zu hören waren. Zu sehen waren die Wellen nicht, da die Beleuchtung entlang der Promenade gerade mal ausreichten, um einen schmalen Streifen Strand in diffuses Licht zu tauchen. Alles, was dahinter gelegen war, versank in der Schwärze der Nacht.

Ein paar Lampen sorgten für ein wenig Helligkeit auf dem Pier, ihr Lichtschein spiegelte sich in den großen Pfützen, die sich auf den alten Holzplanken gebildet hatten. North ging zielstrebig auf die Eingangstüren zur Halle zu, Christine war dicht hinter ihm. Plötzlich bog er nach rechts ab, ging eine metallene Wendeltreppe hinunter und gelangte auf die untere Ebene, wo der Weg vor einer unscheinbaren Metalltür endete.

Er zog einen Schlüsselbund aus der Tasche und suchte im schwachen Licht einer Neonröhre, bis er den richtigen Schlüssel gefunden hatte. Er ließ Christine vorangehen, dann schloss er hinter sich ab, wobei er die Taschenlampe zu Hilfe nahm.

»Wollen Sie nicht das Licht anmachen?«, fragte sie und zeigte auf einen Schalter, der in der Schwärze in schwachem Orange glimmte.

»Nicht hier«, erwiderte er. »Das ist einer von den Schaltern, mit dem man das Licht auf der ganzen unteren Ebene einschaltet, und dann kann man vom Land her sehen, dass sich hier unten jemand aufhält. Das möchte ich aber nicht, weil dadurch der Wachdienst aufmerksam wird und herkommt, um nach dem Rechten zu sehen.« Er beleuchtete den Gang mit der Taschenlampe, bis deren Lichtkegel auf eine Tür fiel. »Wenn wir da durch sind, können wir im jeweiligen Korridor Licht machen, ohne dass von draußen jemand etwas davon sehen kann.«

Sie folgte ihm bis zu der Tür, dann in die dahinter gelegene Schwärze. Ein leises Klick war zu hören, Sekunden später erwachten Neonröhren surrend und flackernd zum Leben und strahlten ihre kalte Helligkeit aus, die einen leichten Stich ins Bläuliche hatte. Der Korridor vor ihnen lag zwar verlassen da, dennoch war Christine so nervös, als könnte jeden Moment etwas Schreckliches hinter der nächsten Ecke hervorspringen.

North ging zielstrebig zur nächsten Tür, drückte auf den Lichtschalter gleich dahinter und löschte das Licht in dem Abschnitt, der nun hinter ihnen lag. Auf diese Weise durchquerten sie die gesamte Ebene und gelangten schließlich an die Stelle, die auf dem Plan als Endpunkt des Wegs eingezeichnet war.

»Nichts«, murmelte er wie eine Bestätigung dessen, was er erwartet hatte.

»Eben«, stimmte Christine ihm zu. »Mir war hier nichts aufgefallen, was uns weiterbringen könnte. Nicht mal ein Luftschacht oder ein Sicherungskasten. An dieser Wand gibt es keine Möglichkeit, irgendetwas zu verstecken, was dann ein Attentäter an sich nehmen könnte.«

»Vielleicht ist genau das der Trick«, grübelte North. »Möglicherweise sehen wir es nicht, weil es so offensichtlich ist. Wenn jemand Diebesgut für jeden sichtbar in seine Wohnung stellt, stehen die Chancen gut, dass die Polizei bei einer Durchsuchung nicht darauf aufmerksam wird, weil sie sich auf die möglichen Verstecke konzentriert.«

»Schön und gut«, gab sie zurück. »Aber hier befindet sich schlicht überhaupt nichts. An einer kahlen Wand fällt alles auf, das funktioniert nicht. Nein, der Plan muss einen anderen Zweck erfüllen. Irgendwas ist da verschlüsselt dargestellt, davon bin ich überzeugt.«

»Wenn das stimmt, stehen wir vor dem Problem, es entschlüsseln zu müssen, bevor der König am Sonntag eintrifft«, sagte North. »Ich wüsste nicht, wie wir das hinkriegen sollten.«

Christine überlegte kurz, dann erklärte sie: »Es gefällt mir zwar nicht, noch jemanden einweihen zu müssen, allerdings glaube ich, wir brauchen Dylan Weymoth. Vielleicht ergeben diese Sätze auf dem Grundriss keinen Sinn, weil Sie ihm nur ein paar davon geschickt haben. Es könnte aber sein, dass er sehen muss, wie diese Schriftzeichen angeordnet sind.«

North sah sie nachdenklich an. »Ich muss ihm ja nichts von dem Attentäter und von unserem hohen Besuch sagen.«

»Genau. Allerdings muss er Ihnen garantieren, dass er mit niemandem über den Plan sprechen wird«, betonte sie. »Und sagen Sie ihm, dass er sich selbst in Lebensgefahr bringt, wenn er ein Wort über das Ganze verliert. Das ist ja nicht mal übertrieben.«

»Er wird Fragen stellen«, machte North ihr klar.

Sie atmete tief durch und grübelte, bis ihr die Lösung kam. »Sagen Sie, Sie wüssten auch nicht mehr als er. Ich habe Sie darum gebeten, weil ich einem Verbrechen auf der Spur bin, aber ich habe Sie nicht weiter eingeweiht.«

»Das könnte funktionieren«, stimmte er ihr zu und wandte sich zum Gehen, hielt dann allerdings noch einmal inne. »Verdammt! Mir fällt gerade ein, ich habe meinen Terminplaner oben im Büro liegen lassen. Hören Sie, ich bin in zwei Minuten zurück. Warten Sie hier und rühren Sie sich nicht von der Stelle.«

»Aber ich kann doch mit …«, erwiderte sie, weil sie nicht allein in diesem einsamen, verlassenen Gang zurückbleiben wollte.

»Ich brauche nicht mal zwei Minuten, ich versprech's

Ihnen«, unterbrach er sie und ging ein paar Schritte rückwärts, während er beschwichtigend die Arme ausstreckte.

»Mr North, ich habe keine Lust, hier …«, versuchte sie einen erneuten Anlauf, aber er war bereits um eine Ecke in einen dunklen Seitengang eingebogen.

Sie stand da und sah nach links und rechts, dann wieder in den Korridor, durch den sie hergekommen waren. Natürlich konnte sich niemand an sie heranschleichen, weil sich außer ihr und North kein Mensch auf dem Pier aufhielt, dennoch kam sie sich vor wie in einem Horrorfilm. Verstärkt wurde das Gefühl dadurch, dass ihre Augen ihr beharrlich Bewegungen am Rand ihres Gesichtsfelds suggerierten, wo sich mit Sicherheit gar nichts bewegte.

Die zwei Minuten waren längst verstrichen, aber North war noch nicht zurückgekehrt. Sie konnte nicht mal Schritte hören, und als sie einen Blick in den dunklen Seitengang warf, war dort auch nichts vom Lichtkegel seiner Taschenlampe zu entdecken.

Aus einem unerklärlichen Grund brachte sie es nicht fertig, nach ihm zu rufen. Es schien ihr fast so, als könnte sie damit etwas Schreckliches aus dem Schlaf reißen, das sich dann gegen sie wenden würde. Wo blieb North nur?

Sie stand da und lauschte angestrengt. Bildete sie sich das nur ein, oder war da ein dumpfes Klopfen zu hören? Es war schwer zu bestimmen, da der Wind um das Gebäude pfiff und die Wellen gegen die Pfähle schlugen, die den Pier trugen. War North etwas passiert? War … war etwa Coughlan aufgetaucht? War er ihnen gefolgt, um sie beide aus dem Weg zu räumen, weil er fürchtete, dass sowohl North als auch sie seinen Plan vereiteln könnten? Er hatte bereits vier Menschen auf dem Gewissen, da kam es auf ein oder zwei mehr nicht an.

Was sollte sie nur tun? North war durch den dunklen Korridor weggegangen, und sie wusste nicht, welchen Weg er eingeschlagen hatte, um nach oben ins Büro zu gelangen. Das eine Mal, als sie hier unterwegs gewesen war, hatte sie sich an ihrem ausgedruckten Plan orientieren können. Doch den hatte sie diesmal nicht mitgebracht, da North nach eigener Aussage mit dem Gebäude gut vertraut war. Allerdings war nicht die Rede davon gewesen, dass er sie einfach irgendwo stehen lassen würde.

»Verdammt«, fluchte sie und suchte nach dem Lichtschalter für den unbeleuchteten Gang. Sie fand ihn und drückte auf den Kippschalter, wobei ihr egal war, ob die Neonröhren nur in diesem Gang angehen oder ob der gesamte Pier im nächsten Moment in gleißendes Licht getaucht würde. North war inzwischen gut zehn Minuten überfällig, und das konnte nichts Gutes bedeuten. Vielleicht war er gestürzt, hatte sich den Kopf angestoßen und lag nun bewusstlos da. Oder jemand … jemand ganz Bestimmtes hatte ihm aufgelauert.

Falls Coughlan wirklich zurückgekehrt war, wusste er dann, dass sie ebenfalls hier war? Oder dachte er, er habe es nur mit North zu tun? Aber selbst wenn, änderte das nichts daran, dass sie nach wie vor auf seiner Liste stand. Auch wenn er nichts von ihrer Anwesenheit jetzt und hier wusste, früher oder später würde er einen weiteren Anschlag auf ihr Leben unternehmen.

Wenn er dort oben war, benötigte sie irgendeine Waffe, um sich gegen ihn zur Wehr zu setzen. Sicher, wenn er eine Pistole hätte, hätte sie wohl kaum eine Chance. Doch bislang hatte er in keinem der Fälle eine konventionelle Waffe benutzt. Der Sturz vom Dach, die durch eine Roboterrüstung zerdrückte Luftröhre, der Plymouth … eines musste man diesem Coughlan lassen: Er hatte ein Faible für originelle Methoden, um seine Gegner aus dem Weg zu räumen.

Das Gift, das für sie bestimmt gewesen war und das Jerry Denham den Tod gebracht hatte, stellte die einzige Ausnahme dar. Doch in dem Punkt teilte sie mittlerweile die Meinung ihrer Tante: Sie war wohl wirklich zu prominent, und Coughlan wollte vermeiden, dass jemand ihr Ableben mit den anderen Todesfällen in Verbindung brachte.

Langsam ging sie weiter, lauschte angestrengt auf jedes Geräusch und hielt dabei Ausschau nach etwas, das sie als Waffe benutzen konnte, um sich gegen einen Angreifer zur Wehr zu setzen. Der Feuerlöscher an der Wand gegenüber war zu schwer, den konnte sie allenfalls gebrauchen, um sich an einen Gegner heranzuschleichen und ihn von hinten niederzuschlagen.

Plötzlich fiel ihr Blick auf einen großen Schraubenschlüssel, der auf dem Boden unter einer Art Schleusentür lag. Ja, der hatte das richtige Format, um ihn gut in der Hand halten zu können, und er schien nicht zu schwer zu sein, sodass er sich gut schwingen lassen dürfte. Sie bückte sich, um den Schraubenschlüssel aufzuheben, als ihr die Frage durch den Kopf ging, was das Werkzeug dort zu suchen hatte. War es jemandem aus der Hand gefallen und zufällig hier gelandet? Nein, das hätte einen solchen Lärm verursacht, dass der Verlust sofort bemerkt worden wäre. Vielleicht war der Schraubenschlüssel zwischen Tür und Rahmen geklemmt worden, damit sie nicht zufiel … weil sie auf der Innenseite keinen Griff hatte …?

Christine richtete sich auf und sah auf das Schild neben der Tür. ›Kühlraum II – Tiefkühl‹ stand dort geschrieben. Ein ungutes Gefühl beschlich sie, und sie streckte bereits die Hand nach dem Griff aus. Gerade noch rechtzeitig dachte sie daran, dass hier ein Verbrechen geschehen sein könnte – es wäre schließlich nicht das erste Mal, seit sie nach Beechwood gekommen war – und sie womöglich wichtige Fingerabdrücke verwischte. Sie zog den Ärmel über ihre Hand und umfasste erst dann den Griff, um die Tür zu öffnen.

Es erforderte einige Kraft, den Griff nach unten zu drücken. Als sich die Tür einen Spaltbreit öffnete, drang durch die Ritzen bereits eisigkalte Luft nach draußen. Gebannt hielt Christine den Atem an, während sie die Tür weiter aufzog. Der Raum dahinter war in Dunkelheit getaucht, aber einen Lichtschalter konnte sie an der eisigen Wand links von der Tür nicht ertasten. Sie lehnte sich zurück und stellte fest, dass das Licht von außen angemacht werden musste. Mit einem mulmigen Gefühl betätigte sie den Schalter, dann sah sie zu, wie die Neonbeleuchtung nach mehreren vergeblichen Anläufen endlich anging.

Sie musste nicht lange suchen, denn das Opfer lag genau vor ihr rücklings auf dem Boden. Eine dunkelhaarige Frau mit Locken, die Augen geschlossen, der Kopf von einer großen Blutlache umgeben … und alles auf minus zwanzig Grad tiefgekühlt.

Einen Moment lang kniff Christine frustriert die Augen zu. Was hätte sie dafür gegeben, einmal nicht diejenige zu sein, die eine Leiche als Erste entdeckte! Warum hatte sie den Schraubenschlüssel nicht ignoriert und war einfach weitergegangen? Weil sie dazu nicht in der Lage gewesen wäre, und das wusste sie ganz genau. Seit dem ersten Toten, zu dem Isabelle sie geführt hatte, waren ihre Sinne so geschärft, dass es ihr fast so vorkam, als würde sie von jedem weiteren Mord wie durch ein Magnet angezogen.

Sie stand in der offenen Tür und betrachtete die Tote. Hatte sie etwas aus der Kühlkammer holen wollen? Vielleicht einen Beutel mit zerstoßenem Eis? Dann war der Schraubenschlüssel weggerutscht, sie saß in der Falle und war in ihrer Panik irgendwo dagegengestoßen? Oder hatte ihr jemand aufgelauert, ihr den Schädel eingeschlagen und sie dann hier zurückgelassen? Nein, ein Unfall konnte das nicht sein, dafür hatte es in den letzten Tagen schon zu viele tödliche Zwischenfälle gegeben.

Plötzlich spürte sie, wie sich eine Hand auf ihre Schulter legte! Der Mörder war zurückgekehrt und wollte sie jetzt auch in die Kühlkammer sperren, damit sie hier jämmerlich erfror! Es waren noch zu viele Stunden, bis die Halle am Morgen wieder geöffnet werden würde. So lange konnte sie es bei minus zwanzig Grad nicht aushalten, selbst wenn er sie nicht bewusstlos schlagen würde – obwohl davon auszugehen war. Dieser Killer machte keine halben Sachen. Wen er als sein Opfer auserkoren hatte, den erledigte er auch. Wo zum Teufel blieb nur North?

»Neiiiiin!«, schrie sie und stemmte sich mit einem Fuß gegen den Türrahmen, damit sie Halt fand, dann riss sie den Kopf nach hinten und traf denjenigen ins Gesicht, der hinter ihr stand.

Ein erschrockenes »Aua!« verriet ihr, dass sie getroffen hatte, zudem wankte der Angreifer nach hinten, was sie für einen rettenden Satz zur Seite nutzte. Die Tür zum Kühlraum fiel mit einem dumpfen Knall zu, aber Christine war nicht in die Falle geraten.

Als sie sich umdrehte und drohend den Schraubenschlüssel hob, um sich zur Wehr zu setzen, sah sie gerade noch, wie Howard North das Gleichgewicht verlor und der Länge nach hinfiel.

»Sie?«, rief sie ungläubig.

»Was ist denn in Sie gefahren?«, gab er zurück und hob schützend die Hände vor sein Gesicht, damit sie ihn mit dem Schraubenschlüssel nicht am Kopf treffen konnte.

»Ich … ich dachte … Sie wären …«, stammelte sie.

Langsam stand er auf, während sie die Hand sinken ließ. »Tut mir leid, dass es länger gedauert hat.« Er hob seinen Terminplaner auf, der ihm aus den Fingern geglitten war. »Aber die Schublade, in der mein Planer lag, hatte sich verkantet, und ich musste mit dem Hammer ran, um sie zu öffnen.«

Das erklärte das gleichmäßige Klopfen, das sie gehört hatte. »Und ich war schon in Panik, Ihnen könnte etwas zugestoßen sein.«

»Ach, deshalb der Schraubenschlüssel.« Er nickte verstehend. »Ich habe Sie da stehen sehen und ein paar Mal Ihren Namen gerufen, aber Sie waren so in Gedanken, dass Sie mich nicht gehört haben.«

Sie musterte ihn wachsam, hatte jedoch nicht das Gefühl, dass er ihr etwas vorspielte. Nein, er steckte nicht mit dem Mörder unter einer Decke. Mit absoluter Gewissheit konnte sie das natürlich nicht sagen, doch sie musste irgendwem vertrauen, wenn sie Coughlan überführen und von seinem geplanten Attentat abhalten wollte. Solange sie bei Inspector Hatfield kein Gehör fand, war es unumgänglich, ein paar Leute einzuweihen.

»Was gibt's da drinnen eigentlich so Interessantes zu sehen, dass Sie alles um sich herum vergessen haben?«, fragte er plötzlich.

Christine seufzte, ging an ihm vorbei zur Tür und packte den Griff wieder so, dass sie keine Fingerabdrücke verwischen würde. »Ich glaube nicht, dass Ihnen das gefallen wird.«

13

Können Sie sich erklären, was diese Kate Sullivan hier gesucht hat?«, fragte Detective Chief Inspector Hatfield mürrisch, nachdem er sich den Tatort genau angesehen hatte.

»Vielleicht wollte sie Eiswürfel für die Getränketheke holen«, antwortete North. »Oder sie wollte nur nachsehen, wie es um die Vorräte bestellt war. Oder sie hat etwas umsortieren wollen, damit die Caterer Platz für die Eisskulptur haben.«

Hatfield warf einen suchenden Blick in den Kühlraum. »Welche Eisskulptur?«

»Die soll am Samstagmorgen geliefert werden. Sie hat die Form des marsianischen Raumschiffs aus *Kampf der Welten,* falls Sie das auch noch wissen wollen.«

»Aha«, machte der Inspector. »Wann haben Sie Miss Sullivan zum letzten Mal lebend gesehen?«

North zuckte mit den Schultern. »Irgendwann im Lauf des Abends, würde ich sagen. Wir hatten uns kurz vor der offiziellen Eröffnung der Convention noch mal zusammengesetzt, weil ich wissen wollte, ob bei ihr alles glatt lief.«

»Und, lief alles glatt?«

»Es gab keine Probleme«, antwortete North. »Dann haben wir die Veranstaltung feierlich eröffnet, und ab da hatte jeder seinen Zuständigkeitsbereich.«

»Sind Sie sich sicher, dass Sie Miss Sullivan nach dieser Besprechung noch einmal gesehen haben?«, wollte der Inspector wissen.

»Nein, sicher bin ich mir nicht, ganz im Gegenteil. Wir sind seit einer Woche hier und bereiten alles vor. Wir arbeiten fast rund um die Uhr, jeder hilft jedem, weil es darum geht, rechtzeitig fertig zu werden. Ich werde übertrieben ausgedrückt alle zehn Sekunden von einem anderen Helfer oder Mitarbeiter angesprochen, weil er eine Frage hat, weil es ein Problem gibt oder weil er mir einfach nur eine Information zukommen lassen will. Wenn der Tag vorbei ist, kann ich mich nur noch an die wichtigsten Augenblicke erinnern, und das sind für gewöhnlich die besonders kritischen. Ich weiß mit Sicherheit, dass Kate Sullivan keine Katastrophenmeldung für mich hatte, aber ich kann beim besten Willen nicht sagen, ob ich sie nach der Besprechung noch mal gesehen habe.«

»Und Sie waren den ganzen Abend hier?«

North zögerte, dann erwiderte er: »Nicht den ganzen Abend, ich musste zwischendurch für etwa eine Stunde weg.«

»Wohin?«

»Das war etwas Privates.«

»Kann jemand bestätigen, wo Sie sich in der Zeit aufgehalten haben?«, hakte Hatfield nach.

»Wieso?«, stutzte North. »Stehe ich etwa unter Verdacht?«

»Unter Verdacht könnten Sie stehen, wenn niemand weiß, wo Sie diese Stunde verbracht haben.« Er zuckte beiläufig mit den Schultern. »Angenommen, jemand hat Miss Sullivan ermordet, dann werden wir uns natürlich fragen, wo Sie waren. Vor allem, wenn Sie Ihre eigene Veranstaltung kurz nach dem Startschuss verlassen, obwohl hier doch tausend Dinge schiefgehen könnten.«

»Ja, ich verstehe«, murmelte er. »Ich war bei Miss Bell.«

»Etwas Privates, sagten Sie?«, wiederholte der Inspector, wobei er süffisant lächelte.

Christine nahm die Andeutung ohne eine Regung hin. Sollte er doch glauben, North sei für ein Schäferstündchen bei ihr gewesen.

»Können Sie das bestätigen, Miss Bell?«, fragte er an sie gewandt.

»Dass er bei mir war, ja«, erwiderte sie.

Hatfield notierte etwas auf seinem Block. »Und wieso«,

richtete er seine nächste Frage wieder an North, »sind Sie nachts um zwei hier unterwegs?«

»Miss Bell soll am Sonntag als Überraschungsgast auftreten«, erklärte er in einem durchaus überzeugenden Tonfall. »Wir haben uns um ein Uhr hier getroffen, weil ich ihr die Halle zeigen und demonstrieren wollte, wie ich mir ihren Auftritt vorstelle.«

»Mitten in der Nacht?«

»Wissen Sie, selbst wenn das Publikum gegangen ist, halten sich immer noch zu viele Leute im Saal auf, die nicht wissen sollen, dass Miss Bell herkommt. Also mussten wir warten, bis alle gegangen waren.«

Wieder nickte Hatfield und machte sich weitere Notizen.

»Und was hat Sie, Miss Bell, dazu veranlasst, von schätzungsweise hundert Türen ausgerechnet diese eine zu öffnen, hinter der sich eine Leiche befindet?«

Sie erklärte widerstrebend, dass ihr der Schraubenschlüssel gleich vor der Tür aufgefallen und seltsam vorgekommen war, woraufhin Hatfield das Gesicht verzog.

»Ich hatte für einen Moment vergessen, dass Sie ja die Reinkarnation von Miss Marple sind«, stöhnte er.

Mit einem spöttischen Lächeln entgegnete sie: »Und Sie haben auch vergessen, welch unvorteilhafte Figur der Inspector bei Miss Marple macht.«

Schnaubend überflog er seine Notizen.

»Warum machen Sie sich eigentlich die Mühe, das alles aufzuschreiben?«, fragte Christine. »Es war doch sowieso ein Unfall, nicht wahr?«

Hatfield zog ein Taschentuch hervor und schnäuzte sich die Nase. »Sehr wahrscheinlich ja.«

»Würden Sie mir denn verraten, was Ihrer Meinung nach geschehen ist?« fuhr sie in ironischem Tonfall fort. »Sie wollen doch sicher die Mordtheorie entkräften, die ich mir bereits überlegt habe.«

»Wissen Sie, Miss Bell, so sehr Sie mir mit Ihren Mordtheorien auch auf die Nerven gehen – verzeihen Sie, wenn ich das so offen ausspreche, aber es ist nun mal so –, muss ich doch sagen, dass mir unsere Geplänkel allmählich Spaß machen. Durch Sie fange ich an zu verstehen, wie Schriftsteller offenbar denken. Für Sie gibt es nichts, was mit einer simplen Erklärung erledigt ist. Es gibt keine Unfälle oder Zufälle, nein, hinter allem muss ein Motiv verborgen sein, und jeder Mensch, mit dem Sie zu tun haben, führt irgendwas im Schilde. Das mag ja in einem Roman eine tolle Sache sein, aber die Realität sieht zum Glück nicht so aus.«

Sie deutete auf die Tote in der Kühlkammer. »Dann lassen Sie mal hören, wie denn die Realität aussieht.«

»Ein Kinderspiel«, begann er. »Miss Sullivan geht in den Kühlraum und blockiert die Tür mit einem Schraubenschlüssel, weil die aus einer Zeit stammt, als man sich den Griff auf der Innenseite gespart hat, weshalb sie sich von drinnen nicht öffnen lässt. Warum sie nicht etwas Größeres oder Schwereres nimmt, um die Tür zu blockieren oder jemanden bittet, im Gang auf sie zu warten, weiß nur sie allein, und sie kann es uns jetzt nicht mehr verraten. Es kommt, wie es bei so unvorsichtigen Verhalten kommen muss: Die Tür fällt zu. Miss Sullivan reagiert erschrocken darauf, weil sie weiß, dass sie in der Falle sitzt, und dreht sich hastig um … zu hastig, denn sie verliert das Gleichgewicht und kippt nach hinten. Dabei schlägt sie mit dem Kopf gegen diese Kante dort. »Er zeigte auf eine hervorstehende Ecke an dem Regal, die Blutspuren aufwies. »Sie wird bewusstlos und kommt zu Tode, weil sie verblutet und zugleich erfriert.« Er sah Christine an und fragte mit unverhohlener Ironie: »Irgendwelche Einwände, Frau Kollegin?«

»Sie sind der Boss«, gab sie mit einem beiläufigen Schulterzucken zurück. Was sollte sie schon erwidern, das ihn von seiner Ansicht abbringen konnte? Sollte sie etwa auf einen Plan hinweisen, der in Rivanisch beschriftet war und der dem Grundriss dieser Gänge und Räume erst entsprach, wenn man die ovale Form zu einem Kreis gestaucht hatte? Sie musste zugeben, dass sie diesbezüglich auch kein Wort geglaubt hätte, wäre sie an Hatfields Stelle gewesen.

»Okay, Hennessy, fordern Sie den Leichenwagen an«, rief er einem der Polizisten zu und ging an Christine vorbei nach draußen.

»Er scheint Sie nicht zu mögen«, stellte North fest, nachdem der Inspector gegangen war.

»Das beruht auf Gegenseitigkeit.« Sie folgte ihm durch den Gang nach oben in den Saal.

Auf der Bühne blieb sie stehen und sah die leeren Sitzreihen an. »Fünf Tote«, murmelte sie.

»Und auf sein eigentliches Opfer hat er noch keinen Schuss abgegeben«, fügte er hinzu, als er sich zu ihr stellte.

»Vorausgesetzt, dass er überhaupt einen Schuss abgeben wird«, wandte sie ein. »Wir haben keine Ahnung, wie er sein Attentat durchführen wird. Wenn dieser Inspector bloß nicht so verdammt dickköpfig wäre …«, ergänzte sie seufzend. »Dann hätte man in der Zwischenzeit heimlich das Hotelzimmer unseres Verdächtigen durchsuchen können, um herauszufinden, was er vorhat.« Sie schwieg einen Moment lang, dann fragte sie: »Diese Stelle da unten, dieses Stück kahle Wand … würde es etwas bringen, da eine Bombe hochgehen zu lassen?«

North schüttelte den Kopf. »Der Gedanke war mir auch schon gekommen, aber an dieser Ecke würde es wohl kaum zum gewünschten Resultat führen. Wenn eine Bombe die Betonwand zerreißt, fallen ein paar Trümmer ins Meer, weiter passiert da nichts. Der Punkt befindet sich jenseits der Pfähle, auf denen die Halle steht. Okay, ich bin kein Statiker und kann es insofern nicht wirklich beurteilen, aber wenn ich das jetzt vergleichen soll mit … ich weiß nicht … meinetwegen mit einem Auto, dann wäre das so, als würde man die linke Blinkleuchte wegsprengen. Der Wagen fährt weiter, es sieht nur keiner mehr, dass Sie nach links abbiegen wollen.«

»Also nichts Tragisches«, stellte sie fest.

»In keiner Weise. Da laufen nicht mal irgendwelche Leitungen entlang, um eine Kettenreaktion auszulösen, wie auch immer die aussehen sollte.«

Sie nickte nachdenklich. »Okay, ich glaube, das wäre für den Augenblick alles. Es ist schon spät. Ich fahre jetzt nach Hause, und wenn Sie morgen früh mit Dylan gesprochen haben, rufen Sie mich bitte umgehend an. Ich will wissen, was er zu dem Plan sagt.«

»Das werd ich machen. Bis morgen … bis später«, korrigierte er sich.

Sie verließ die Halle und ging zu ihrem Wagen.

Christine war zurück in der Veranstaltungshalle. Es war noch früh am Morgen, weder Besucher noch Helfer hatten sich eingefunden, und sie ging den gleichen Weg, den sie in der Nacht mit North genommen hatte, als sie durch den langen Gang nach oben in die Halle gelaufen waren. Sie kam an den Garderoben hinter der Bühne vorbei, da hörte sie auf einmal Schritte.

Das konnte eigentlich nicht sein, denn außer ihr sollte sich um diese Zeit niemand hier aufhalten. North hatte ihr den Schlüssel überlassen, damit sie sich noch einmal in Ruhe umsehen konnte, nachdem die Tote weggebracht worden war und die Polizei die Halle verlassen hatte. Niemand außer ihm wusste, dass sie herkommen wollte. Niemand konnte ihr hier auflauern.

Und doch waren da die Schritte. Sie sah sich um, aber hinter ihr war alles ruhig. Sie schaute wieder nach vorn und … blickte in Coughlans Gesicht. Wo war er nur so plötzlich hergekommen?

»Hallo, Miss Bell«, sagte er freundlich und zog eine Pistole aus der Jackentasche. »Wie geht es Ihnen?«

»Gut«, antwortete sie und versuchte, sich ihre Angst nicht anmerken zu lassen, während er seine Waffe auf sie richtete. Vielleicht konnte sie ihn in eine Unterhaltung verwickeln und Zeit schinden, um sich einen Fluchtplan zu überlegen. »Und Ihnen?«

»Sehr gut. Jetzt ist nämlich der Moment gekommen, um Sie aus dem Weg zu räumen«, verkündete er grinsend.

Sein ganzer Kopf war mit den Kratzern überzogen, die Isabelle ihm zugefügt hatte, und er sah wirklich schrecklich aus. Aber Mitleid war jetzt fehl am Platz, denn dieser Mann wollte sie töten. Mindestens zum zweiten Mal versuchte er das, und diesmal würde es ihm gelingen.

»Wenn Sie mich erschießen«, begann sie, »wird die Polizei wissen, dass es kein Unfall war.«

»Die wird sogar an einen Unfall glauben, wenn ich Sie mit einer Axt köpfe.«

Das Schlimmste an seinen Worten war, dass er damit auch noch recht hatte. »Warum wollen Sie mich umbringen?«

»Das wissen Sie selbst, das muss ich Ihnen nicht erst noch sagen«, konterte er.

»Ich weiß es nicht, erklären Sie es mir«, verlangte sie.

»Sie wollen Zeit schinden, ich weiß das«, sagte er ihr auf den Kopf zu. »Aber nicht mit mir. Damit Sie verstehen, dass ich nicht so dumm bin, wie Sie offenbar glauben, werde ich Ihnen ein Geheimnis anvertrauen. Hören Sie mir gut zu …« Plötzlich nahm er den Arm nach unten und schoss ihr ins Knie.

Vor Schmerzen schrie sie auf und sackte zusammen, da sie sich nicht länger auf den Beinen halten konnte. »Warum?«, brüllte sie.

Er erwiderte nichts, sondern kniete sich neben ihr hin. Christine hielt ihr Bein umklammert, Blut strömte aus der Schusswunde, und wie gelähmt musste sie zusehen, wie sich Coughlan über sie beugte.

»Was wollen Sie? Was haben Sie vor?« Wollte er sie erwürgen? Oder erst über sie herfallen und sie dann töten?

Sein Gesicht kam ihrem näher und näher, er grinste sie gehässig an, seine Augen loderten vor Hass. Als er nicht mehr dichter an sie herankommen konnte, ohne sie zu berühren, streckte er auf einmal die Zunge raus und … leckte ihr über die Wange.

Christine wusste nicht, was schlimmer war … seine nasse, warme Zunge auf ihrer Haut oder die Schmerzen im Knie. »Hören Sie auf!«, keuchte sie und kniff die Augen zu, um nicht seine widerwärtige Miene sehen zu müssen. »Hören Sie doch auf!«

Aber Coughlan hörte nicht auf, sondern strich immer und immer wieder über ihre Wange.

Sie riss die Augen auf und … sah in Isabelles Gesicht.

»Wo … wo bin ich?«, flüsterte sie erschrocken und tastete sofort nach ihrem Knie. »Alles in Ordnung … nur ein Traum … ein schrecklicher Traum.« Sie stützte sich auf einen Arm und streichelte Isabelle über den Kopf. »Du hast mich aus meinem Albtraum geholt, das war sehr lieb von dir.«

Isabelle schmiegte sich an sie, dann ließ sie sich auf das Kissen fallen und drehte sich auf den Rücken, damit Christine ihren Bauch kraulen konnte, was die auch gehorsam tat. Der Traum war so eindringlich und realistisch gewesen, dass sie schweißgebadet war und erst duschen musste, bevor sie nach unten in die Küche ging. Ihre Katze schaute ihr vorwurfsvoll nach, als sie das Bett verließ, doch dann erkannte sie, dass ihr damit das gesamte Bett gehörte, und dementsprechend machte sie sich breit, streckte und räkelte sich und kroch unter die Decke, als wollte sie mit sich selbst Verstecken spielen.

Gut eine Viertelstunde später war Christine geduscht und angezogen, ihre noch feuchten Haare hatte sie nach hinten gekämmt. Sie ging zur Tür und rief: »Isabelle, komm! Es gibt Frühstück.«

Es dauerte einen Augenblick, bis die Katze sich unter der Decke herausgewühlt hatte, dann schoss sie an ihrem Frauchen vorbei in den Flur. »Langsam, langsam«, murmelte Christine und folgte ihr nach draußen. Auf der Treppe schlug ihr der Geruch von frischem Kaffee, Rührei und gebratenem Speck entgegen. Das war nicht unbedingt die Art von Frühstück, die sie bevorzugte, aber sie konnte froh sein, dass die Bennetts sie bei sich aufgenommen hatten.

Es behagte ihr nicht, der Familie gegenüber die Wahrheit verschweigen zu müssen, doch sie wusste, je weniger Personen eingeweiht waren, umso besser. Und Betty würde hier nicht allein sein, da sich immer jemand im Haus aufhielt – jedenfalls bis Sonntagabend, denn spätestens dann würde der Spuk so oder so ein Ende haben. Peter Bennett arbeitete von zu Hause aus als Steuerberater, dafür waren im Souterrain Büroräume eingerichtet worden, und im Moment waren zahlreiche Jahresabschlüsse zu erledigen, die ihn über das Wochenende so sehr in Anspruch nahmen, dass er nicht wie sonst üblich mit der Familie am Sonntag wegfahren konnte. Nach außen hin hatten Betty und sie ihn zwar wegen der vielen Arbeit bedauert, doch in Wahrheit waren sie froh, weil sie wussten, er würde das Haus nicht verlassen, und das sollte genügen, um Coughlan davon abzuhalten, sie hier aufzusuchen.

Isabelle wartete am Fuß der Treppe auf Christine, dann gingen sie zusammen in die Küche. Cathy stand am Herd und verteilte soeben den gebratenen Speck auf die Teller mit Rührei. Als sie Christine hereinkommen sah, nickte sie ihr freundlich zu. »Haben Sie gut geschlafen, Christine?«

»Gut ja, aber nicht lange genug«, gab sie zurück und musste unwillkürlich gähnen. »Ich glaube, ich muss irgendwann mal ein paar Tage Schlaf nachholen.« Sie winkte den Kindern zu, grüßte Peter und setzte sich zu ihrer Tante.

»Und?«, fragte sie wie beiläufig. »Konnte Howard North noch etwas Neues berichten?«

»Nein, außer dass noch einer dazugekommen ist«, antwortete Christine unverfänglich. »Und North will heute Morgen diesem Dylan Weymoth den Plan zeigen; vielleicht wird der aus dem Durcheinander schlau.«

»Da bin ich aber gespannt«, meinte Betty und nahm den Teller Rührei entgegen, den Cathy Bennett ihr reichte. »Danke.«

Auch Christine bekam eine Portion, dann wurde der Rest der Familie versorgt. »Das mit der Deckenfarbe ist wirklich unangenehm«, sagte sie zu Peter. »Ich habe mit dem Verkäufer telefoniert, der sich nicht erklären konnte, wie diese Ausdünstungen zustande kommen. Er ist zwar der Meinung, das könne nicht gefährlich sein, aber er sitzt in London in seinem Laden und hat keine Atembeschwerden von dem Zeug.«

»Sie sollten eine Probe von der Farbe in einem Labor untersuchen lassen«, empfahl Peter ihr. »Wer weiß, was da in Wahrheit alles drin ist. Der Hersteller gehört angezeigt, dass er so etwas überhaupt in den Handel bringt.«

Isabelle war zielstrebig zum Fressnapf neben der Spüle gegangen, den sie schon am Abend zuvor als Allerserstes erkundet hatte, als Christine mit Betty und ihr hergekommen war. Plötzlich kamen wie aus dem Nichts zwei schwarzweiß gemusterte Blitze in die Küche geschossen und stürzten sich auf Isabelle. Die beiden jungen Katzen, die noch kein halbes Jahr alt waren, unternahmen einiges, um das fremde Tier von ihrem Napf wegzulocken, bevor der leer war und sie das Nachsehen hatten. Aber Isabelle ignorierte die vorgeschobenen Versuche, sie zum Mitspielen zu bewegen, und widmete sich weiter dem Napf, dessen Inhalt mit jedem Bissen weiter schrumpfte. Auch die Bemühungen, sich anzupirschen und sie anzuspringen, ließ Isabelle unbeeindruckt über sich ergehen. Ob die zwei Jungen sie in die Flanke bissen oder an ihren Ohren knabberten, Isabelle blieb die Ruhe selbst. Nur wenn plötzlich eine kleine Pfote näher kam und nach einem Bröckchen Fleisch tastete, begann sie warnend zu knurrend und hatte das Futter umgehend wieder für sich allein.

»Isabelle, komm her«, rief Christine. »Du kannst den beiden nicht alles wegessen, du bist hier nur zu Gast.«

»Ach, das ist nicht schlimm«, beruhigte Cathy sie. »Die zwei sollen ruhig lernen, sich gegen andere Katzen zu behaupten. Wenn sie was haben wollen, müssen sie sich ihren Platz neben Isabelle erstreiten, und solange sie das nicht schaffen, bleibt ihnen nichts anderes übrig, als sich mit den Resten zufriedenzugeben.«

»Das wird nicht leicht für die beiden werden, Isabelle lässt in der Regel nichts übrig«, gab Christine zurück und musste lachen, als sie sah, wie die Jungtiere sich in Isabelles Fell krallten, als wollten sie versuchen, die wesentlich größere Katze wegzuschleppen.

»Wie heißen die zwei eigentlich?«, fragte Betty die Kinder.

»Napoleon und Illya«, antwortete Patrick. »Wir haben auch zwei Leinen für die Katzen, aber die sind noch zu groß. Die Leinen, meine ich. Nicht die Katzen.« Dann fügte er stolz an: »Die hat Onkel Leo uns geschenkt. Die Katzen, meine ich. Nicht die Leinen.«

»Weil er selbst keine Lust hat, sich um den Nachwuchs seiner Katze zu kümmern«, raunte Peter Christine zu, was ihm einen mahnenden Blick von seiner Frau einbrachte. »Was denn?«, fuhr er an sie gerichtet fort. »Wenn er seine Katze endlich mal sterilisieren lassen würde, müsste er nicht ständig den Kindern in seiner Nachbarschaft Kätzchen schenken.«

»Was ist stellisieren?«, fragte Patrick und sah seinen Vater an.

»Da schneidet man dir die …«, begann Melanie mit gehässigem Unterton, kam aber nicht weiter.

»Das ist kein Thema für den Frühstückstisch«, ging Cathy energisch dazwischen und schüttelte den Kopf.

»Können wir dann beim Mittagessen drüber reden?«, krähte Patrick.

»Nein, und auch nicht beim Abendessen, bevor du danach auch noch fragst«, antwortete seine Mutter.

»Okay«, meinte der Junge daraufhin und schlang das Rührei herunter.

»Patrick«, stöhnte sein Vater. »Iss bitte etwas langsamer, du bist nicht auf der Flucht.«

Wieder kam ein »Okay«, doch an der Essgeschwindigkeit änderte sich nichts.

Sie unterhielten sich noch eine Weile und beendeten das

Frühstück. Die Kinder stürmten aus der Küche, obwohl Peter sie zurückzuhalten versuchte, damit sie wenigstens ihren Teller zur Spüle brachten. Noch bevor er seinen Satz zu Ende gesprochen hatte, stürmten die beiden längst laut trampelnd die Treppe in den ersten Stock hinauf.

»Unter der Woche geht es ja noch«, seufzte er, »aber am Wochenende kennen die zwei kein bisschen Disziplin.«

»Seien Sie froh, dass das nur an zwei Tagen in der Woche der Fall ist«, versuchte Christine ihn zu trösten. »Bei ein paar Familien in meiner Nachbarschaft in London ist so was der Dauerzustand.«

»Das glaube ich Ihnen aufs Wort«, versicherte er ihr. »Es wäre nur schön, wenn die beiden auch vor Gästen demonstrieren könnten, wie wohlerzogen sie sind.«

Christine stellte das restliche Geschirr zusammen, woraufhin Cathy entsetzt rief: »Nicht doch! Mein Gott, Peter, wie kannst du das zulassen? Christine, Sie sind hier zu Gast!«

»Ich bin hier zu Gast, aber ich bin nicht mit Betty hergekommen, um mich auf die faule Haut zu legen«, entgegnete sie. »Wenn wir zu Hause wären, müsste ich viel mehr tun. Außerdem«, fügte sie hinzu und grinste Peter mit einem Augenzwinkern an, »dürfen die Gäste auch mal demonstrieren, wie wohlerzogen sie sind.«

Sie half ihrer Tante aus der Küche ins Wohnzimmer und zog einen Notizzettel aus der Tasche. »Setz dich am besten in den Sessel da, dann schiebe ich dir den Hocker ran. Ich gehe für ein paar Minuten vor die Tür, um ein Telefonat zu erledigen.«

»Warum machst du das nicht hier?«

»Weil ich eine alte Bekannte anrufen muss, die mir bei unserem ›Problem‹ weiterhelfen soll«, erklärte sie. »Und dafür muss ich einige Ereignisse erwähnen, von denen die Bennetts besser nichts wissen sollten.«

Betty nickte verstehend, setzte sich und legte das Bein hoch, sobald Christine den Hocker an ihren Sessel geschoben hatte. »Meinst du, sie kann dir helfen?«

»Ich weiß nicht, aber im Gegensatz zu meinem lieben Mr Hatfield wird sie mir wenigstens zuhören.« Mit diesen Worten verließ sie das Wohnzimmer und ging zu ihrem Wagen, der neben dem altersschwachen VW Kombi der Bennetts in der Auffahrt geparkt war. Es hatte aufgehört zu regnen, nur der Wind wehte noch so stark wie in der Nacht.

»Ja, bitte?«, meldete sich eine Frauenstimme nach dem dritten oder vierten Klingeln.

»Miss Remington? Hier ist Christine Bell. Ich nehme an, Sie erinnern sich noch an mich«, sagte sie.

»Natürlich, Miss Bell. Wie geht's Ihnen?«

Christine zögerte. »Sie … Sie sind doch noch bei der Polizei, richtig?«

»Ja, allerdings nicht mehr bei der Greater Dartmoor Police.«

»Oh, hat man Sie versetzt?«

»Ja«, antwortete Remington. »Aber erst nachdem man mich befördert hatte. Ich bin jetzt Detective Chief Inspector.« In ihrer Stimme klang unüberhörbar Stolz mit.

»Tatsächlich? Meinen Glückwunsch.«

»Danke. Nur gab's danach keine Stelle mehr für mich, weil mein Vorgesetzter noch einige Jahre bis zur Rente hat. Versetzt worden bin ich erst vor Kurzem, aber natürlich habe ich hier noch Probezeit.«

»Die werden Sie garantiert überstehen«, versicherte Christine ihr.

»Das wird sich noch zeigen«, gab sie ironisch zurück. »Sagen Sie, wollten Sie wirklich nur hören, wie es mir geht? Oder kann ich etwas für Sie tun?«

»Ich … ja …«, stotterte sie. »Ich bin momentan in Beechwood, und hier läuft einiges nicht so, wie es sollte. Bei Ihrem Kollegen stößt allerdings jedes Wort auf taube Ohren, obwohl fünf Tote in sechs Tagen nicht gerade für die tragische Unfallserie sprechen, als die er das Ganze darstellt.«

»Wer ist denn dieser Kollege?«

»DCI Hatfield.«

»Schon mal gehört«, antwortete Remington. »Ich kann aber nicht einem Kollegen in den Rücken fallen. Erst recht nicht, solange meine Probezeit läuft.«

»Das würde ich auch gar nicht von Ihnen verlangen, Miss Remington«, beteuerte sie. »Mein Problem ist aber, dass ich mich an keine vorgesetzte Stelle wenden kann, auch nicht an Scotland Yard oder dem MI6, weil jeder von denen mit Hatfield Kontakt aufnehmen wird, der dann natürlich seine Version der Dinge schildern und beteuern wird, er habe alles im Griff.«

Remington schwieg.

»Das Problem sind nicht nur die bisherigen fünf Morde«, redete Christine weiter. »Der Mörder plant vermutlich etwas ganz anderes, und die fünf Opfer waren ihm dabei lediglich im Weg.«

Sie hörte, wie Remington tief durchatmete. »Also gut, dann erzählen Sie mir, um was genau es geht und was ich für Sie tun soll.«

So knapp wie möglich schilderte Christine, was sich ereignet hatte, und gab ihr die Namen der Opfer und ihres mutmaßlichen Mörders. Den anstehenden Besuch des jordanischen Königs sprach sie nicht ausdrücklich an, ließ aber durchscheinen, dass es sich um eine wichtige Persönlichkeit handelte.

»Ich werde sehen, was ich herausfinden kann«, sagte Detective Chief Inspector Remington.

»Danke, Miss Remington. Ich weiß, ich habe nicht das Recht, Sie zur Eile anzutreiben, aber wenn unser Mann tatsächlich zuschlagen sollte, dann morgen Abend. Wenn wir ihn aufhalten wollen, benötige ich so schnell wie möglich Antworten.«

»Sie hören von mir.« Dann hatte Remington aufgelegt.

Christine steckte ihr Telefon ein und wollte zurück ins Haus gehen, da kam ihr Cathy entgegen. »Haben Sie einen Großeinkauf vor?«, fragte sie, als sie sah, dass die Frau mehrere zusammengelegte Einkaufstaschen in einer Hand trug.

»Ja, ich muss zu Jumbo und ein paar Dinge besorgen«, antwortete Cathy. »Ich hasse es zwar, so etwas samstags zu erledigen, weil an dem Tag wirklich jeder hinfährt, aber gestern Morgen hatte die Zeit nicht mehr gereicht, weil Patrick früher aus der Schule kam, und mit ihm in den Supermarkt zu gehen, ist jedes Mal eine Tortur. Alles, was ihm gefällt, legt er in den Wagen, wenn ich nicht hinschaue, und ich kann ständig in einen anderen Gang laufen, um die Dinge zurückzustellen. Wenn ich danach zum Wagen zurückkomme, liegt schon wieder neuer Kram drin, den keiner von uns braucht. Ich kann auf Patrick einreden, so lange und so oft ich will, es interessiert ihn nicht. Darum muss ich immer zusehen, dass ich allein fahre.«

»Und wenn Sie Melanie mitnehmen, damit sie auf Patrick aufpasst?«, überlegte sie.

Cathy setzte ein trauriges Lächeln auf. »Wenn das so einfach wäre. Melanie interessiert sich nur für Schmuck und Kosmetika und Mode. Sobald wir im Supermarkt sind, zieht es sie wie magisch in diese Abteilungen. Jeder Gedanke an ihren Bruder ist in dem Moment vergessen. Und wenn ich dann nicht höllisch aufpasse, legt mir nicht nur Patrick alles Mögliche in den Wagen, sondern ich halte an der Kasse auf einmal Wimperntusche in der Hand, die meine Tochter gern hätte. Selbst wenn ich immer zwischendurch einen prüfenden Blick in den Wagen werfe, kann ich dem Kassierer normalerweise mindestens fünf Teile überlassen, die ich nicht kaufen werde.«

»Ich glaube, ich kann verstehen, warum Sie das lieber allein erledigen. Viel Erfolg«, wünschte Christine ihr und ging zurück zur Haustür. Sie wollte sie soeben öffnen, da hörte sie, wie Cathy vergeblich versuchte, den Kombi zu starten. Immer wieder drehte der Anlasser durch, und der Motor weigerte sich standhaft anzuspringen. Cathy fluchte so laut, dass jedes Wort deutlich bis zu Christine getragen wurde.

Nach kurzem Zögern machte sie kehrt und ging zur Auffahrt. »Gibt es Probleme?«, fragte sie besorgt, als Cathy ausstieg und die Tür wutentbrannt zuschmiss.

»Ach, nur das Übliche«, schimpfte sie. »Seit Jahren bitte ich meinen Mann darum, endlich mal einen neuen Wagen zu kaufen, meinetwegen einen Gebrauchten, aber einen etwas jüngeren. Wissen Sie, wie alt dieser VW ist? Einundzwanzig Jahre, er hat über zweihunderttausend Meilen auf dem Buckel. Ständig geht irgendwas anderes kaputt, doch seit Peter nicht mehr ins Büro fahren muss, interessiert ihn das kaum noch. Seine Mandanten kommen zu ihm, er braucht im Grunde kein Auto mehr. Früher war das anders, da musste er sich auf seinen Wagen verlassen können, und da wurde alle drei Jahre ein neuer angeschafft.« Sie holte Luft, dann klagte sie weiter ihr Leid: »Als Melanie zur Welt kam, musste was Größeres her, aber weil er nicht mehr fahren musste, konnte es auf einmal auch ein Gebrauchter sein. Dann wurde Patrick geboren, und ehe ich michs versah, stand ein noch größerer und dabei noch älterer Wagen vor der Tür. Jetzt darf ich wieder Marvins Werkstatt anrufen und hoffen, dass in den nächsten zwei Stunden jemand vorbeikommt und sich den Wagen ansieht. Mit etwas Glück komme ich vielleicht kurz vor Ladenschluss in den Supermarkt – dann, wenn er noch überlaufener ist.«

»Ähm … nehmen Sie doch meinen Wagen«, bot Christine ihr an und hielt ihr den Schlüssel hin.

»Ist das Ihr Ernst?« Cathy musterte sie ungläubig.

»Wie lange brauchen Sie?«

»Eine Stunde, länger auf keinen Fall«, versprach Cathy ihr.

»Fahren Sie schon«, forderte Christine sie lächelnd auf. »So kann ich mich wenigstens für Ihre Gastfreundschaft revanchieren.«

Dankbar nahm Cathy den Schlüssel entgegen, stieg in den Minivan und fuhr los. Christine ging ins Haus zurück und erzählte ihrer Tante in groben Zügen von ihrem Telefonat mit DCI Remington.

»Und was geschieht nun?«

»Jetzt warten wir darauf, dass North Weymoth den Plan zeigt, und dann hoffen wir, dass er den Sinn des ganzen erkennen kann. Und mit etwas Glück wird mir Remington vielleicht einen Hinweis geben, der mir irgendwie weiterhilft.« Sie seufzte und ließ sich in den Sessel sinken. »Es macht mich verrückt, dass wir uns die ganze Zeit nur im Kreis drehen. Ich weiß, Coughlan ist unser Mann, zumindest was den Einbruch in dein Haus angeht, bei dem er Isabelle getreten hat. Und aller Wahrscheinlichkeit nach hat er auch fünf Menschen auf dem Gewissen, aber wir können nichts unternehmen, da wir keinen handfesten Beweis haben. Genauso wahrscheinlich ist es, dass er morgen Abend ein Attentat auf den jordanischen König verüben wird. Allerdings wissen wir nicht, was er geplant hat. Der Schlüssel dazu ist vermutlich dieser Plan, der keinen Sinn zu ergeben scheint.«

»Kind, es führt zu nichts, wenn du dir immer wieder vor Augen hältst, was du weißt und was du nicht weißt«, sagte Betty leise. »Wenn die Zeit nicht so knapp wäre, würde ich sagen, du solltest dir ein paar Tage Ruhe gönnen und dich ablenken. Aber das geht ja leider nicht.«

»Ich schaffe es ja nicht mal, fünf Minuten lang nicht über diese verfahrene Situation nachzudenken«, gestand Christine ihr. »Und das Schlimmste ist, dass wir auch noch einen großen Bogen um Coughlan machen müssen, damit der nicht merkt, wie dicht wir ihm auf den Fersen sind. Wenn er das spitzkriegt, taucht er unter. Dann hat er fünf Menschen auf dem Gewissen und wird nicht dafür belangt, und das Attentat holt er vielleicht zu einem späteren Zeitpunkt nach.«

»Versprichst du mir etwas?«

»Was, Betty?«

»Versprichst du mir, dir keine Vorwürfe zu machen, wenn Coughlan entkommt? Oder wenn es ihm trotz allem gelingen sollte, dieses Attentat zu verüben?«

»Wieso sollte ich mir dann keine Vorwürfe machen?«, fragte sie verwundert.

»Weil ich weiß, dass du alles unternommen hast, was in deiner Macht steht, um Coughlans Plan zu vereiteln.«

»Ich habe erst alles unternommen, wenn ich ihn aufhalten konnte«, beharrte sie.

»Nein«, widersprach Betty. »Du hast auch so alles unternommen.«

Christine atmete tief durch und sah ihre Tante lange an. »Danke. Ich weiß, wie du das meinst.« Sie schüttelte den Kopf und sah auf die Uhr. »Verdammt, warum ruft North nicht an? Er müsste doch längst mit Weymoth gesprochen und ihm den Plan gezeigt haben.« Sie griff nach ihrem Telefon und wählte North' Nummer, da klingelte es an der Haustür. Isabelle, die es sich auf Bettys Schoß bequem gemacht hatte, spitzte nur einmal die Ohren, schlief aber weiter.

»Ich mach schon auf«, rief Christine, als sie aus dem Wohnzimmer kam und zur Tür ging. Aus dem Haus kam keine Reaktion. Die Kinder waren vermutlich längst wieder in den Bann ihrer Wii-Konsole geraten, und Peter musste sich in sein Büro zurückgezogen haben.

Sie öffnete die Tür und stutzte. Draußen stand Dylan Weymoth und begrüßte sie.

»Was machen Sie denn hier?«, wunderte sie sich.

»Howard hat mir erzählt, dass ich Sie hier finden kann«, erklärte er. »Er kam heute Nacht zu mir und hat mir erzählt, was los ist.«

»Was genau hat er denn gesagt?«, fragte sie, da sie sich nicht sicher sein konnte, ob er womöglich hergekommen war, um sie auszuhorchen, weil er mit Coughlan unter einer Decke steckte.

Was er ihr daraufhin sagte, verriet ihr, dass sie ihm vertrauen konnte. Schließlich fanden sich ein paar Details unter seinen Ausführungen, die er nur von North kennen konnte, nicht aber Coughlan.

»Dann haben Sie den Plan gesehen? Was hat er zu bedeuten?«

»Ich habe ihn noch nicht zu Gesicht bekommen«, antwortete er. »Das ist ein Grund, weshalb ich hier bin. Howard hat den Ausdruck irgendwo in seinen Stapel Unterlagen gepackt und kann ihn nicht wiederfinden. Aber der zweite Grund ist dieser.« Er hielt einen Schlüssel hoch.

»Was ist das?«

»Der Zimmerschlüssel zu Russells Hotelzimmer.«

»Wo haben Sie den her?«, wollte sie wissen.

»Oh, ich habe in der Garderobe versehentlich in die falsche Jackentasche gegriffen«, gab er grinsend zurück.

»Und wenn Coughlan das merkt?«

»Keine Sorge«, beruhigte Dylan sie. »Howard hat ihn nach Bristol geschickt, damit er dort in einem Musikladen ein Mikrofon abholt, das auf seinen Namen zurückgelegt worden ist. Angeblich ist eines unserer Mikrofone auf der Bühne ausgefallen, und angeblich kann es nur durch ein ganz spezielles Modell aus Japan ersetzt werden, das ausschließlich von diesem Händler importiert wird. Damit sind wir ihn für mindestens eineinhalb Stunden los.«

»Okay, ich hole nur meine Jacke.«

»Und bringen Sie einen Ausdruck von diesem Plan mit«, rief er ihr nach. »Dann kann ich ihn mir ansehen, sobald wir im Hotel waren.«

In North' BMW-Geländewagen fuhren sie zur Oxford Street und hielten vor dem Hotel d'Angleterre, das dem Namen nach französischen Flair verströmen sollte. Davon war allerdings wenig zu merken, denn von ein paar Postern abgesehen, die den Eiffelturm und andere Pariser Sehenswürdigkeiten zeigten – außerdem kurioserweise das Atomium – , gab es hier nichts Französisches zu entdecken.

»Ist das nicht zu gefährlich?«, flüsterte sie Dylan zu, als sie die Lobby durchquerten. »Wenn jemand uns sieht und Coughlan davon erfährt, dann …«

»Keine Sorge, mein Zimmer ist auch hier im Haus«, versicherte er ihr. »Da kann nichts passieren.«

Sie begaben sich in den zweiten Stock, der menschenleer war. Die Zimmermädchen waren noch nicht bei der Arbeit, aber die Gäste hatten sich alle längst auf den Weg gemacht, weil die Convention ab neun Uhr weiterging und es ein umfangreiches Programm zu absolvieren gab.

»Hier, Zimmer 213«, sagte Dylan, blieb stehen und klopfte vorsichtshalber an. Als von drinnen keine Antwort kam, schloss er auf und trat vor Christine ein. »Alles klar, es ist keiner da.«

Sie folgte ihm nach drinnen und musste zweimal hinsehen, ehe deutlich wurde, dass dieses Zimmer tatsächlich vermietet war. Das Bett war bereits gemacht – das musste Coughlan selbst erledigt haben, da die Zimmermädchen bis jetzt noch gar nicht ausgerückt waren, um die Zimmer auf Vordermann zu bringen –, neben dem Schrank stand eine Reisetasche, und auf einem kleinen Sideboard lag ein Schal. Rasierzeug und Deo waren im Badezimmer die einzigen persönlichen Gegenstände.

»Wissen Sie, woran mich das erinnert?«, sagte sie, nachdem sie den Schrank und alle Schubladen geöffnet und leer vorgefunden hatten. »An Jean Reno als Berufskiller in *Léon – Der Profi.*«

»Wieso?«, fragte Dylan.

»Weil seine ganzen Habseligkeiten auch in einen einzelnen kleinen Koffer passten und in seinem Zimmer nichts Persönliches zu finden war, außer einer Grünpflanze.«

»War das nicht ein Gummibaum?«

»Ich bin mir nicht sicher«, antwortete sie. »Es ist schon zu lange her, dass ich den Film das letzte Mal gesehen habe.«

»Ja, wird Zeit, mal wieder die DVD einzulegen«, meinte er und nickte versonnen. »Ich weiß nie, wer mir in dem Film besser gefällt: Reno, Gary Oldman oder Natalie Portman.«

Christine hockte sich hin und zog den Reißverschluss der Reisetasche auf. Unterwäsche, eine zweite Jeans, Socken, ein Paar Schuhe in einer Plastiktüte – mehr nicht.

»Das frage ich mich auch immer«, erwiderte sie und stand auf. »Tja, wenn wir Léon als Vorbild nehmen, dann muss Russell Coughlan ein Killer sein. Wenn es sein muss, hat er in zwei Minuten seine Tasche gepackt und ist hier raus.«

»Oder es ist nur seine Art, lediglich das Wesentliche mitzunehmen, weil er nicht gern zwei Koffer und eine Umhängetasche schleppt«, wandte Dylan ein.

»So oder so gibt es hier nichts zu entdecken, was uns irgendwie weiterhelfen könnte«, sagte Christine, legte sich auf den Boden und sah unter dem Bett nach. »Auch nichts«, murmelte sie.

Dylan stieg auf den Stuhl und warf einen prüfenden Blick auf den Schrank. »Sehr umsichtig von ihm. Er hat keinen Wagen, jedenfalls ist er nicht mit dem Auto hergekommen, also muss er alle Informationen bei sich tragen.«

Sie stand auf und kniff die Augen zusammen. »Wenn das stimmt, wo ist dann die Waffe?« Sie schob Dylan zur Tür, weil es hier nichts zu finden gab und es besser war, das Zimmer so schnell wie möglich wieder zu verlassen. Immerhin konnte es sein, dass Coughlan plötzlich doch hier auftauchte, auch wenn er ganz woanders unterwegs sein sollte.

»Vielleicht gibt der Plan ja an, wo die Waffe aufbewahrt wird«, gab Dylan zu bedenken. »Auf diese Weise trägt er nichts bei sich, was ihn belasten könnte.« Er zog die Tür hinter sich zu und schloss ab, dann kehrten sie nach unten zurück. Auf der Treppe kam ihnen ein Zimmermädchen entgegen, das sie freundlich grüßten, worauf die Frau jedoch den Blick abwandte und mit gesenktem Kopf an ihnen vorbeihastete.

Christine sah der zierlichen Asiatin nach, die einen Stapel Bettwäsche im Arm trug. »Habe ich den bösen Blick, oder was war das gerade?«

Er schüttelte den Kopf. »Sie und die anderen Frauen sprechen alle nur Vietnamesisch. Vermutlich ist ihr nicht klar, dass das eben nur eine freundliche Begrüßung war, und sie denkt, wir wollten sie beschimpfen, weil sie irgendwas falsch gemacht hat. Wenn der Stress mit der Convention vorbei ist, will ich mich mit den Behörden in Verbindung setzen, damit die den Laden auf den Kopf stellen. Ich habe das Gefühl, dass der Manager diese Frauen für einen Hungerlohn arbeiten lässt oder vielleicht auch ganz ohne Bezahlung, und dafür dürfen sie dann im Keller schlafen und die Reste essen, die aus dem Restaurant zurück in die Küche kommen.«

»Ich schätze, die Sklaverei wird wohl nie ganz ausgerottet werden«, überlegte sie angewidert. »Man könnte meinen, für jeden Sklaventreiber, dem das Handwerk gelegt wird, rücken fünf neue nach.«

»Ja, das ist ein Fass ohne Boden«, stimmte Dylan ihr zu. »Aber zurück zum Thema«, sagte er, als sie das Hotel d'Angleterre verlassen hatten und auf North' Wagen zugingen. »Sie wollten mir einen Plan zeigen, hat Howard gesagt.«

»Richtig.« Sie öffnete ihre Handtasche und zog einen Ausdruck hervor. »Hier, das ist er. Ich hoffe, Sie können damit etwas anfangen.«

Er machte die Beifahrertür auf und faltete das Blatt auf dem Sitz auseinander. Während er es betrachtete, mal nach links und mal nach rechts drehte, ging Christine ein paar Schritte die Oxford Street entlang, damit er sich in Ruhe mit der Beschriftung befassen konnte.

Die Straßenkehrer waren unterwegs und fegten zusammen, was rücksichtslose Touristen in irgendeine Ecke geworfen hatten oder was vom Wind durch die Straßen geweht wurde. Der hatte inzwischen weiter nachgelassen, aber die Wolkendecke machte nach wie vor keine Anstalten, ein wenig Sonnenschein durchzulassen.

Gegenüber waren bereits zwei Spielhallen – das Bonanza und das Players – geöffnet, dazwischen zog der Betreiber einer Imbissbude mit dem treffenden Namen Game Over in diesem Moment den Rollladen hoch, woraufhin ihr der Geruch von kaltem Bratfett entgegenschlug. Es war noch nicht zehn Uhr, und schon jetzt rechnete dieser Mann damit, dass irgendjemand vorbeikam, um seinem Körper eine Portion vor Fett triefender Fish and Chips zuzumuten.

»Miss Bell?«

Sie drehte sich um und sah, das Dylan Weymoth sie zu sich winkte.

»Ja, Mr Weymoth?«, fragte sie hoffnungsvoll, doch er dämpfte ihre Erwartungen, indem er den Kopf schüttelte. »Nichts zu machen?«

»Diese Beschriftung ergibt keinen Sinn«, erklärte er betrübt. »Das sind wild zusammengewürfelte Sätze, die in keiner Verbindung zueinander stehen. Ich dachte, es könnte irgendein Code dahinterstecken, aber entweder gibt es den nicht, oder das Ganze ist so komplex verschlüsselt, dass man eine Entschlüsselungsmatrix benötigt, um zu wissen, welcher Buchstabe gemeint ist und welchen Platz er einnimmt. Wenn das der Fall sein sollte, müsste ein Spezialist ran, und der hätte Tage oder Wochen damit zu tun.«

»Aber uns bleiben nur noch …« Sie sah auf ihre Uhr. »… rund dreißig Stunden, um den Code zu knacken, wenn wir Coughlan aufhalten wollen.« Mit einer Hand deutete sie auf den Plan, der auf dem Beifahrersitz lag. »Und der Rest ergibt auch keinen Sinn?«

Dylan zuckte hilflos mit den Schultern. »Der eingezeichnete Weg führt definitiv an eine Stelle, an der sich nichts befindet, wie Sie und Howard bereits festgestellt haben. Da läuft man gegen eine nackte Betonwand, und das war es dann.«

»Meine Tante sprach von einem Ablenkungsmanöver«, sagte sie nachdenklich.

»Gut möglich, aber ich wüsste auch nicht, wovon eine kahle Wand ablenken soll.«

»Und wenn man den … wie soll ich sagen? … den gegenteiligen Weg verfolgt, also immer nach links geht, wo rechts eingezeichnet ist, und umgekehrt?«

Er schüttelte zweifelnd den Kopf. »Das könnte sein. Vielleicht kann man aber nicht überall nach dem gleichen Prinzip vorgehen«, wandte er ein. »Angenommen, beim ersten und zweiten Abzweig gilt das Gegenteil, beim dritten und vierten gilt die Angabe auf dem Plan und so weiter – die Möglichkeiten sind so vielfältig, dass wir am Ende die ganze Halle auf den Kopf stellen müssten, um alle Variablen zu überprüfen.«

»Ich verstehe, was Sie meinen«, gab sie bedächtig zurück. »Dummerweise hilft uns das alles nicht weiter.« Sie nahm den Plan an sich und betrachtete die Zeichnung, als könnte sich ihr die Lösung erschließen, wenn sie einfach nur lange genug hinsah. Plötzlich stutzte sie. »Augenblick mal«, murmelte sie und holte die Kopie der Grundrisszeichnung aus der Tasche, auf die sie im Prospekt der Touristeninformation gestoßen war.

Sie hielt beide Blätter nebeneinander, dann legte sie den Grundriss der Halle auf den Plan. »Eigenartig«, sagte sie mehr zu sich selbst.

»Was haben Sie?«

»Ich weiß nicht, aber ... sehen Sie sich das mal an.« Sie zeigte ihm erst das eine, dann das andere Blatt, doch Dylan verstand nicht, worauf sie hinauswollte, was er ihr mit einem ratlosen Kopfschütteln deutlich machte.

»Was meinen Sie?«, fragte er schließlich.

»Sehen Sie sich mal die Ecke rechts unten an, und vergleichen Sie die beiden«, forderte sie ihn auf.

»Der Gang verläuft nicht quer, sondern längs, wenn Sie das meinen.«

»Genau das meine ich«, bestätigte sie. »Als Mr North mich heute Nacht in die Halle gebracht hat, da haben wir den Nebeneingang auf der unteren Ebene genommen. Daher kann ich mich daran erinnern, in welche Richtung der Gang verläuft. Was hier auf dem Plan eingezeichnet ist, entspricht nicht dem tatsächlichen Grundriss.«

»Okay«, meinte Dylan. »Aber die Ecke ist für den eingezeichneten Weg nicht von Bedeutung.«

»Eben«, stimmte sie zu. »Die Ecke ist für den Weg nicht von Bedeutung, und deshalb wird keiner dort hinsehen. Und weil niemand hinsieht, kann sich dort der entscheidende Hinweis befinden.«

»Das sind nur zwei Striche, die horizontal statt vertikal verlaufen«, hielt er dagegen. »Was sollen die ...?«

»Haben Sie eine Lupe dabei?«, unterbrach sie ihn.

»Zufälligerweise ja«, antwortete er. »Bedanken Sie sich bei meinem Schweizer Offiziersmesser.«

»Oh, ein MacGyver Deluxe«, scherzte Christine und nahm das Taschenmesser entgegen, nachdem er die Lupe ausgeklappt hatte. Sie hielt sie über die verkehrt laufenden Linien und benötigte ein paar Sekunden, bis der Abstand richtig war, um das zu zeigen, wonach sie gesucht hatte, seit ihr der Plan in die Finger gefallen war. »Diese Linien sind keine Linien, sondern winzige Textzeilen!«, rief sie außer sich vor Freude über diese Entdeckung.

»Textzeilen? Und was besagen die?«

Ihre Freude erhielt sogleich einen Dämpfer. »Das hilft mir nicht weiter. ›Phasenverschiebung –3‹ steht da in beiden Zeilen ein paar Mal hintereinander.«

»›Phasenverschiebung –3‹?«, wiederholte Dylan, dessen Miene sich im gleichen Moment aufhellte.

»Ja.« Sie sah ihn verdutzt an. »Ergibt das etwa einen Sinn?«

»Allerdings. Wir müssen rüber zur Halle, dann kann ich das Rätsel lösen.«

Ihr stockte der Atem. »Ist das Ihr Ernst?«

»Ja, das können Sie mir ruhig glauben.«

»Gut.« Sie faltete den Plan zusammen. »Sollen wir die paar Schritte zu Fuß gehen, oder …?«

»Ich möchte den Wagen nicht hier stehen lassen, das würde Howard nicht gefallen«, erklärte Dylan.

»Okay, dann …« Christine wurde unterbrochen, da ihr Telefon klingelte. Auf dem Display sah sie, dass ihre Tante anrief. »Ja, Betty, was gibt's? … ein Unfall? … wo? … mit meinem Wagen? … eine Tote? Oh Gott, nein! Cathy!«

14

Was ist passiert?«, fragte Dylan besorgt, als er sah, dass Christine kreidebleich geworden war.

»Cathy … ich glaube, sie ist tot«, flüsterte sie und versuchte zu begreifen, was geschehen war. Cathy wollte doch nur zum Supermarkt fahren. Wie konnte sie da in einen Unfall verwickelt werden? Dazu noch einen so schweren, dass sie ums Leben gekommen war? Sie schüttelte den Kopf angesichts ihrer blödsinnigen Überlegungen. Man konnte schneller einen Unfall erleiden, als man glauben mochte. Es musste nur ein anderer die Vorfahrt missachten, und dann war unter Umständen alles zu spät.

»Wer ist Cathy?«

»Sie wissen doch, wo Sie mich heute Morgen abgeholt haben«, sagte sie.

»Bei den Bennetts.«

»Genau, und Cathy ist die Frau des Hauses … und zweifache Mutter«, fügte sie stockend an. »Heute Morgen habe ich ihr meinen Wagen geliehen, weil ihrer nicht ansprang und sie unbedingt zum Supermarkt musste.«

»Und dann hatte sie einen Unfall? Wie ist das denn passiert?«

»Ich weiß es nicht«, erwiderte sie aufgeregt. »Meine Tante hat das wohl auch nur in aller Kürze von Cathys Mann zu hören bekommen und mich sofort angerufen. Ich muss unbedingt hin und …« Abrupt hielt sie inne. »Verflixt, ich habe keinen Wagen. Wie komme ich jetzt dort hin?« Sie sah Dylan an. »Können Sie mich hinfahren? Ich muss rüber zum Fisherman's Drive!«

Er machte eine hilflose Geste. »Ich muss zurück zur Convention und mich mit dem Plan beschäftigen. Außerdem gibt es ständig irgendwas zu erledigen, und durch die beiden Todesfälle sind wir mit Helfern ohnehin unterbesetzt.« Er grübelte sekundenlang. »Warten Sie, ich versuche was.«

Mit diesen Worten zog er sein Telefon aus der Tasche, entfernte sich ein paar Schritte und sprach eine Weile mit jemandem. Dann kam er zurück und drückte ihr den Wagenschlüssel in die Hand. »Howard hält Sie für eine vernünftige Autofahrerin, Sie können seinen BMW nehmen.«

»Ehrlich?« Howard hatte sie nicht einen Meter weit fahren sehen, woher wollte er wissen, ob sie eine vernünftige Autofahrerin war? Außerdem war sie mit einem harmlosen Minivan nach Beechwood gekommen, nicht mit einem PS-starken Monstrum wie seinem SUV. Aber vermutlich wollte er nur nicht aussprechen, dass er ihr den Wagen überließ, damit sie einigermaßen sicher unterwegs war. Zu Fuß wäre sie für Coughlan ein zu leichtes Ziel gewesen.

»Fahren Sie lieber los, bevor Howard es sich anders überlegt«, scherzte er. »Wer weiß? Vielleicht hat er mich nur völlig falsch verstanden, und er reißt mir gleich den Kopf ab, wenn ich ohne seinen geliebten Wagen zurückkomme.«

»Danke«, sagte sie lächelnd. »Und richten Sie Mr North bitte auch meinen Dank aus. Ich hoffe, ich werde mich irgendwie revanchieren können. Ich komme zu Ihnen, sobald ich weiß, was passiert ist.«

Sie stieg ein und fuhr los. Als sie von der Crane Street in den Fisherman's Drive einbog, musste sie den BMW in einiger Entfernung vom Supermarkt abstellen, da die Straße weiträumig abgesperrt worden war. Schaulustige drängten sich vor den Absperrbändern, um einen Blick auf die Autowracks zu werfen, die es ein Stück weiter zu sehen gab. Einige machten mit ihren Mobiltelefonen Fotos von der Unfallstelle, andere hatten ihre Digitalkamera mitgebracht, um die Verwüstung in hochaufgelösten Bildern festzuhalten.

Christine erkannte die Überreste ihres Minivans wieder, der

größte Teil der Trümmer war unter einem Sattelschlepper begraben, der auf der Seite lag. Der hatte offenbar Spielzeug geladen, denn die Fahrbahn hinter der Unfallstelle war übersät mit gelben Plüschfiguren, die von zwei uniformierten Polizisten eingesammelt und in große schwarze Müllsäcke gesteckt wurden. Eine undefinierbare Geräuschkulisse ging allem Anschein nach von diesen Plüschfiguren aus.

Mitten auf der Straße lag jemand unter einem weißen Laken, Linien und Markierungen auf dem Asphalt deuteten an, dass derjenige viele Meter durch die Luft gewirbelt worden sein musste. Nicht weit entfernt stand DCI Hatfield und unterhielt sich mit einem Kollegen.

»Hallo, Officer!«, rief sie einem Polizisten zu, der auf dieser Seite darauf achtete, dass die Schaulustigen nicht die Absperrung überwanden. »Können Sie mich bitte durchlassen, ich muss …«

»Tut mir leid, Miss, aber Sie müssen hier warten«, unterbrach er sie.

»Das da vorne ist mein Wagen«, sagte sie, bevor er sich wegdrehen konnte.

Er sah sie argwöhnisch an. »Und wie soll Ihr Wagen dort hinkommen, wenn Sie hier stehen?«

Christine war nicht in der Stimmung, sich auf solche Haarspaltereien einzulassen, sondern entgegnete: »Würden Sie bitte Chief Hatfield davon in Kenntnis setzen, dass ich zu meinem Wagen möchte? Mein Name ist Christine Bell. Er kennt mich.«

Mürrisch machte der Mann kehrt und ging zu einem Kollegen, redete kurz mit ihm und zeigte dabei auf Christine. Der wiederum ging zu Hatfield, und das Spiel wiederholte sich. Sie konnte beobachten, wie der Inspector in die Richtung schaute, in die der Beamte zeigte. Kaum hatte er Christine inmitten der Schaulustigen entdeckt, verzog er frustriert den Mund. Nach sekundenlangem Zögern – vermutlich überlegte er, ob er sie diesmal einfach ignorieren sollte – nickte er, und der Polizist, der inzwischen zur Absperrung zurückgekehrt war, hob das Band hoch, um sie durchzulassen.

»Miss Bell«, begrüßte Hatfield sie mit einem finsteren Grinsen. »Können Sie sich vorstellen, dass es mich nicht überrascht, Sie hier zu sehen?«

»Inspector, es tut mir außerordentlich leid, aber ich bin nicht in der Stimmung für Ihre Ironie«, gab sie schroff zurück. »Was ist passiert? Was ist mit Mrs Bennett?«

»Mrs Bennett ist in guten Händen«, versicherte er ihr und setzte wieder seine übliche verdrießliche Miene auf.

»Was soll das heißen?«, fragte sie und zeigte auf die zugedeckte Leiche. »Das nennen Sie ›in guten Händen‹?«

»Wie bitte?« Hatfield sah sie ratlos an. »Was reden Sie da?«

»Ich rede davon, dass Mrs Bennett tot daliegt, und Sie kommen mit so einem Spruch an!«

»Mrs Bennett hat bei dem Unfall einen leichten Schock erlitten, deshalb haben wir sie ins Krankenhaus bringen lassen, ebenso den Fahrer des Lastwagens, der ein paar Schrammen abbekommen hat. Mrs Bennetts Ehemann ist mitgefahren. Ach ja, er lässt Ihnen ausrichten, dass sie mit dem Taxi nach Hause kommen werden. Sie müssen nicht hinfahren, um die beiden abzuholen.«

Sie betrachtete die Verwüstung und fragte sich, wie jemand einen solchen Unfall mit nichts weiter als einem leichten Schock überstehen konnte. »Und … wer ist das?« Sie deutete auf die Person, die unter dem weißen Laken lag.

»Das ist die Frau, die erst Ihr Auto gekapert und dann den Unfall verursacht hat.«

»Mein Auto gekapert?«, wiederholte sie. »Könnten Sie mir den Ablauf so zusammenfassen, dass ich auch verstehe, was hier passiert ist?«

»Wenn Sie schon so nett fragen«, brummte Hatfield etwas ungehalten und zog seinen Block aus der Innentasche seiner Jacke. »Also, dann wollen wir mal: Mrs Bennett fuhr über den Supermarktparkplatz, um eine Lücke zu suchen. Als sie sich in

Höhe des Eingangs befand, kam eine Frau aus dem Markt gestürmt, riss die Wagentür auf und zerrte Mrs Bennett nach draußen. Dann sprang sie in den Wagen und fuhr los. An der Ausfahrt angekommen, raste sie ohne zu bremsen auf die Straße und wurde von diesem Sattelschlepper erfasst. Das Ergebnis sehen Sie hier.«

»Und wer war die Frau?«, wollte Christine wissen.

»Anna Stanton, eine stadtbekannte Drogenabhängige. Ständig wird sie wegen kleinerer Überfälle und Diebstähle festgenommen. Ein typischer Fall von Beschaffungskriminalität. Sie hat keinen festen Wohnsitz, lebt von der Sozialhilfe, und wenn wir sie nach dem soundsovielten Überfall mal wieder für ein paar Tage einsperren, tun wir ihr damit sogar noch einen Gefallen.«

»Aber warum fährt sie vor einen Lastwagen, wenn sie doch eigentlich flüchten will?«, fragte sie den Inspector.

»Tja, da gibt es zwei Möglichkeiten. Entweder wusste sie nicht, wie man ein Auto bedient, oder aber sie konnte nicht bremsen. Sagen Sie, Miss Bell, wissen Sie irgendwas über technische Mängel an Ihrem Wagen?«

»Nein, den habe ich mir von einem Bekannten geliehen, weil ich meine Tante zum Arzt und zur Therapie fahren muss. Da ist ein Minivan einfach praktischer. Ich weiß allerdings auch, dass mein Bekannter den Wagen erst vor zwei Wochen zur Inspektion in der Werkstatt hatte.«

»Hm«, machte Hatfield. »Sehen Sie, Mrs Bennett sprach davon, dass der Wagen ihrer Meinung nach auf dem Weg hierher ziemlich schlecht gebremst hat. Und als Anna Stanton mit dem Wagen wegfuhr, da musste sie auf dem Weg über den Parkplatz mehrmals stark abbremsen, weil Fußgänger und andere Fahrzeuge im Weg waren. Als sie dann die Straße erreichte, bremste sie laut Aussage von Mrs Bennett gar nicht mehr, sondern fuhr genau vor den Lastwagen.«

»Sie meinen, die Bremsen könnten ausgefallen sein«, folgerte sie.

»Ganz genau«, bestätigte er. »Warum sollte sie sonst rangierenden Personenwagen ausweichen, wenn sie sich auf der anderen Seite einem Lastwagen in den Weg stellt, gegen den sie keine Chance hat?«

Weil jemand die Bremsleitungen manipuliert hatte. Jemand namens Russell Coughlan. Er musste irgendwann in der Nacht zum Haus der Bennetts gekommen sein, um sich an ihrem Wagen zu schaffen zu machen. Sie sagte natürlich kein Wort davon, weil sie wusste, was Hatfield dann wieder von ihr denken würde.

Der sah sich um und rief seinen Leuten zu: »Beeilen Sie sich mal mit dem Aufräumen, dieses Gequäke ist ja unerträglich!«

Christine sah an ihm vorbei und erkannte jetzt, dass die Straßen mit Hunderten von *Spongebob*-Figuren übersät war, die jedes Mal einen anderen Spruch aufsagten, wenn einer der Polizisten nach ein oder zwei Figuren griff, um sie in die Müllsäcke zu stopfen, damit sie später mit einem anderen Fahrzeug wegtransportiert werden konnten. »Ich bin bereit! Ich bin bereit!«, tönte eine Figur, während die nächste verkündete: »Mein Name ist Spongebob Schwammkopf. Und wie heißt du?« So ernst der Unfall mit einer Toten auch war, so hatte diese Szene doch etwas unfreiwillig Komisches an sich.

»Mrs Bennett sprach davon, dass sie zwei Kinder hat«, sagte Hatfield unvermittelt. »Nehmen Sie denen doch zwei Spongebobs mit, dann sind die eine Weile beschäftigt, bis ihre Mutter nach Hause kommt.«

Einem anderen Polizisten gab er ein Zeichen, der drückte ihr zwei Plüschfiguren in die Arme und ging weiter.

»Tja, was die Überreste Ihres Wagens angeht … die werden nach Crawley gebracht. Da gibt es ein technisches Labor, das die Unfallursache untersuchen wird. Allerdings wird das eine Weile dauern, weil die ziemlich überlastet sind. Auf jeden Fall sollten Sie die Versicherung schon mal anrufen … und Ihren Bekannten auch. Der wird sich nicht gerade freuen, wenn er hört, was hier passiert ist.«

»Nein, ganz sicher nicht.« Sie sah auf ihre Armbanduhr. Viertel vor elf. Sie musste zurück zur Convention und hören, was Weymoth herausgefunden hatte, aber zuerst wollte sie bei Betty vorbeifahren und ihr berichten, was genau geschehen war.

Sie kehrte zu Howard North' BMW zurück und fuhr zum Haus der Bennetts. In der Auffahrt warf sie einen Blick auf die Stelle, wo ihr Wagen über Nacht gestanden hatte, und tatsächlich waren dort ein paar frische braune Flecken zu sehen, wo die Bremsleitungen verlaufen mussten. Betty kam bereits ungeduldig zur Haustür gehumpelt, weil sie wissen wollte, was los war.

»Cathy geht es gut, sie war gar nicht in den Unfall verwickelt«, berichtete Christine, kaum dass sie ins Haus gekommen war. »Wo sind die Kinder?«

»Oh, die sind oben und spielen«, antwortete Betty. »Die wissen noch nichts davon.«

»Ihr Vater hat es ihnen nicht gesagt?«, wunderte sie sich.

»Du sagst doch selbst, dass es ihr gut geht«, machte ihre Tante ihr klar. »Peter wollte nicht, dass sie sich unnötig aufregen. Jetzt erzähl mir aber endlich, was eigentlich vorgefallen ist. Von Peter habe ich nur einen halben Satz hingeworfen bekommen, dann war er auch schon aus dem Haus gestürmt.«

Christine berichtete ihr, was sie von Inspector Hatfield erfahren hatte, dann fügte sie an: »Das war eindeutig Coughlans Werk. Draußen in der Auffahrt sind ein paar Tropfen Bremsflüssigkeit zu sehen, die ausgetreten sein müssen, als er heute Nacht die Leitungen angebohrt hat. Als Cathy mit dem Wagen losfuhr, verlor der bei jedem Bremsmanöver etwas mehr Flüssigkeit, und als diese Drogensüchtige ihr den Wagen abnahm, da waren nur noch ein paar Tropfen übrig, und die bewirkten nichts mehr, als sie vom Parkplatz fuhr. Wahrscheinlich sah sie den Sattelschlepper noch, aber sie konnte nicht mehr bremsen.«

»Wie schrecklich«, murmelte Betty und kraulte Isabelle, die ihr auf den Schoß gesprungen war.

Christine störte es nicht, dass ihre Katze Betty offenbar ins Herz geschlossen hatte. Außerdem hätte sie gar kein Recht gehabt, eifersüchtig zu sein, da sie durch die Mordfälle bedingt überhaupt keine Zeit hatte, sich in der gewohnten Weise um ihre Katze zu kümmern. Dass die sich so zu ihrer Tante hingezogen fühlte, konnte ihr nur recht sein, denn sonst hätte sich Isabelle zweifellos zurückgesetzt gefühlt.

»Versteh das nicht falsch«, entgegnete Christine. »Aber noch schrecklicher wäre es gewesen, wenn Cathy bei dem Unfall ums Leben gekommen wäre. Diese Anna Stanton hat sich selbst in diese Situation gebracht, weil sie unbedingt mein Auto stehlen musste. Cathy dagegen hatte sich nichts zuschulden kommen lassen.«

»Ich weiß, wie du das meinst, Kind. Es ist schlimm, dass überhaupt jemand sterben musste, aber so hat wenigstens nicht eine Familie ihre fürsorgliche Mutter und Ehefrau verloren.« Betty dachte einen Moment lang nach. »Aber wie konnte dieser Coughlan wissen, dass dir etwas Ähnliches passieren würde, wenn du heute Morgen mit dem Wagen gefahren wärst? Dass Cathy damit zum Supermarkt fuhr, war doch nur ein Zufall.«

»Du weißt, in Beechwood gibt es ein paar Straßen mit leichtem Gefälle«, erklärte Christine. »Entweder ich wäre irgendwo dort unterwegs gewesen und hätte nicht mehr bremsen können, oder ich hätte vor einer Kreuzung oder einem Fußgängerüberweg nicht mehr anhalten können. Es musste ja nicht gleich ein tödlicher Unfall sein, es hätte genügt, wenn ich für ein paar Tage ins Krankenhaus gekommen wäre. Oder wenn die Polizei mich übers Wochenende festgehalten hätte, weil ich ungebremst in eine Gruppe Fußgänger gerast wäre. Coughlan hätte das bereits genügt, weil es ihm nur darauf ankommt, dass ich bis morgen Abend außer Gefecht gesetzt werde, damit er seinen Attentatsplan in aller Ruhe ausführen kann.« Sie sah zur Wanduhr. Viertel nach elf. »Kann ich noch etwas für dich tun, Betty? Soll ich dir einen Kaffee kochen?

Oder ein Brot schmieren? Ich weiß nicht, wann die Bennetts zurückkommen werden, und ich will ja nicht, dass du hier verhungerst.«

»Ich werde weder verhungern noch verdursten«, versicherte ihre Tante ihr. »Und wenn doch, kann ich immer noch die Kinder rufen.«

»Meinst du, die werden dich hören? Ich glaube, die beiden haben ihre Ohrhörer eingestöpselt, um außer ihrer Wii nichts mehr um sich herum wahrzunehmen.«

»Weißt du noch«, gab Betty lächelnd zurück, »wie ich euch Kinder gerufen habe, wenn ihr am Strand zu weit weggelaufen wart?«

Unwillkürlich zuckte Christine zusammen, als sie sich an die Lautstärke erinnerte, zu der ihre Tante fähig war. »Du hast recht, du bist hier auch ohne mich gut aufgehoben. Aber ich werde wenigstens noch einen neuen Napf für Isabelle hinstellen.«

»Tu das lieber nicht, sonst glaubt sie wieder, sie müsste Napoleon und Illya alles wegessen.«

Als hätten sie nur auf ein Stichwort gewartet, kamen die beiden jungen Katzen zur Tür hereinspaziert und sahen Christine mit großen Augen an. »Hat euch jemand gerufen?«, fragte sie die beiden, die sich sofort gegen ihre Schienbeine stemmten, als wollten sie sie nicht gehen lassen – jedenfalls nicht, ohne zuvor noch eine Handvoll Trockenfutter zu erbeuten.

»Okay, ihr kleinen Bettler, ihr habt gewonnen.« Sie machte einen großen Schritt über die zwei Katzen hinweg und durchquerte den Flur in Richtung Küche. Dabei sah sie nur zwei schwarzweiße Schemen vorbeihuschen, und als sie die Küche betrat, saß das Pärchen schon auf der Spüle und schaute so unschuldig drein, als hätten sie seit Stunden nichts anderes getan, als auf sie zu warten. Sie legte ihnen eine Handvoll Trockenfutter auf den Boden und kehrte ins Wohnzimmer zurück, wo Isabelle nach wie vor auf Bettys Schoß lag. Sie hatte die Ohren gespitzt und beleckte sich bereits, als Christine hereinkam, machte aber keine Anstalten, sich von der Stelle zu rühren.

»Du meinst wohl auch, dir kommt das Futter einfach so zugeflogen, wie?«, scherzte Christine und hielt ihr die Hand mit dem Trockenfutter hin, das die Katze dann gemächlich verspeiste. »Wenn ich es nicht besser wüsste, würde ich noch glauben, du kaust jetzt besonders langsam und gründlich.«

Isabelle ließ sich keine erkennbaren Schuldgefühle einreden und fraß unbeirrt weiter. Als die hingehaltene Hand leer war, warf sie Christine den üblichen vorwurfsvollen Blick zu, die darauf wie üblich nicht reagierte.

»Ich fahre dann rüber zum Pier«, sagte sie zu Betty. »Wenn irgendetwas ist, ruf mich jederzeit an, okay? Ich hoffe, Dylan Weymoth hat etwas herausgefunden.«

Es war gegen Viertel vor zwölf, als sie North' BMW am Rand des Piers abstellte, wo er selbst ihn bislang auch immer geparkt hatte. Sie ging zum Haupteingang und sagte zu der jungen Frau, die dort die Eintrittskarten kontrollierte: »Können Sie bitte Mr North wissen lassen, dass Miss Bell da ist?«

»Sie können durchgehen, Miss Bell«, erwiderte sie mit einem strahlenden Lächeln. »Mr North hatte Ihr Kommen angekündigt.«

Sie durchquerte den Vorraum und betrat den Händlersaal, der hoffnungslos mit Fans der unterschiedlichsten Science-Fiction- und Fantasy-Filme und -Serien überlaufen war, die fast alle Uniformen und Kostüme ihrer fiktiven Vorbilder trugen. Christine sah sich um und beschloss, sich am Rand der Halle zu halten, da dort am wenigsten los war und sie wesentlich schneller den Zugang zum Hauptsaal erreichen würde, als wenn sie den deutlich kürzeren Weg durch die Mitte wählte.

Im Hauptsaal angelangt, der ebenfalls bereits gut besucht war, begab sie sich zunächst zur Bühne und sah sich dort um, ob sie irgendwo Coughlan entdecken konnte. Das war nicht der Fall, und dann bemerkte sie, dass North sie zu sich auf die Bühne winkte.

»Wo ist Coughlan?«, fragte sie als Erstes, während sie ihm mit einem dankbaren Nicken den Wagenschlüssel zurückgab.

»Der ist im Moment vorne im Händlersaal beschäftigt«, antwortete North. »Er muss mit ein paar Anwälten von einem Stand zum nächsten ziehen, die bei den Händlern nach illegalen Waren und Fälschungen suchen.«

»Illegale Waren?«, wiederholte sie amüsiert. »Das klingt ein bisschen nach Drogen.«

Er musste lachen. »Nein, es geht um Raubkopien, um gefälschte Requisiten und um echte Requisiten, die aus dem einen oder anderen Filmstudio gestohlen wurden. So etwas zu überprüfen, dauert seine Zeit.« Er führte sie hinter die Bühne in den Raum, der als Büro gekennzeichnet war. Dort saß Dylan Weymoth an einem Laptop und rief soeben eine Seite mit mathematischen Formeln auf.

»Dylan, Miss Bell ist hier«, sagte er zu ihm. »Ich gehe nach vorn und passe auf, was Coughlan macht. Wenn er sich euch nähert, rufe ich dich an, damit ihr euch zurückziehen könnt.«

»Alles klar«, gab Weymoth zurück. »Hallo, Miss Bell. Und? Was war das für ein Unfall?«

»Coughlan hat wohl erneut zugeschlagen und die Bremsleitungen meines Wagens angebohrt«, antwortete sie. »Auf sein Konto geht eine weitere Tote, zum Glück nicht Mrs Bennett.«

Weymoth schüttelte den Kopf. »Und dabei macht dieser Kerl so einen freundlichen Eindruck. Man soll nicht glauben, dass er kaltblütig sechs Menschen umbringt.«

»Was haben Sie gefunden?«, fragte sie, um auf das wichtigere Thema zu sprechen zu kommen.

»Genau das, was ich erwartet habe«, berichtete er freudestrahlend. »Der Begriff ›Phasenverschiebung –3‹ stammt aus dem dritten Teil der *Galaxico*-Filmtrilogie. Es geht dabei um eine Strategie, mit der letztlich die feindlichen Rivaner in die

Knie gezwungen werden. Die terranischen Streitkräfte arbeiten einen Angriffsplan aus, der dieser Phasenverschiebung unterzogen wird. Die Rivaner bringen den Plan in Erfahrung, erkennen aber nicht den Sinn der Phasenverschiebung und müssen sich daher am Ende geschlagen geben.«

Christine hörte geduldig zu, schließlich fragte sie: »Und was bedeutet das für unseren Fall?«

»Konkret bedeutet es, dass alle Bewegungen – im Film die der Flotte, hier durch die Gänge der Halle – um einen Faktor verschoben werden. Das Plus- oder Minuszeichen gibt die Richtung an, die Zahl selbst ist der Faktor.«

»Also verschiebt sich die eingezeichnete Route um … um was? Um drei Meter nach links?«

»Nicht die Route, sondern der Ausgangspunkt, und mit jeder weiteren Verzweigung potenziert sich die Verschiebung, sodass …«

»Warten Sie, Mr Weymoth«, unterbrach sie ihn. »Diese Formel, mit der das alles berechnet wird, ist doch eigentlich völlig fiktiv, nicht wahr? Das ist doch nur für diese Filme so geschrieben, damit das in der Handlung klappt. Das kann nicht auf reale Verhältnisse übertragen werden, oder?«

Dylan grinste. »Ich weiß, was Sie denken. Sie meinen, es verhält sich damit genauso wie mit der Sprache der Rivaner. In den Filmen ergibt sie einen Sinn, aber in der Realität nicht.«

»Ja, genau.«

»Ich kann Sie beruhigen, Miss Bell«, entgegnete er. »Die Produzenten haben mit einem Mathematiker zusammengearbeitet, damit diese Berechnungen authentisch sind und nicht bloß ein Trick, um sich mit pseudowissenschaftlichem Kauderwelsch aus der Affäre zu ziehen.«

»Das hätte ich nicht gedacht«, musste sie eingestehen.

»Das halten die Wenigsten für möglich«, ließ er sie wissen, wohl auch um sie zu beruhigen.

»Das heißt, Sie können mit der Formel berechnen, wohin der Plan uns eigentlich führen soll?«

Er schüttelte den Kopf. »Das heißt, ich habe das bereits gemacht.« Er stand von seinem Platz auf, klappte den Laptop zu und nahm ihn mit. »Kommen Sie, ich zeige es Ihnen.«

Sie folgte ihm in den Bereich, der noch weiter hinter der Bühne gelegen war, bis sie eine schmale Wendeltreppe erreichten, dann stiegen sie hinab in die untere Ebene. »Meine größte Sorge«, erzählte er, während sie einem langen Gang am Rand des Bauwerks folgten, »war die Tatsache, dass Coughlans Plan sich nur auf die zweidimensionale Ebene erstreckt, im Film aber alle drei Dimensionen eine Rolle spielten. Ich dachte zuerst, diese Formel wäre nun nicht mehr anwendbar, doch dann habe ich verschiedene andere Modelle durchgespielt und festgestellt, dass es überhaupt keinen Unterschied ausmacht. Der Weg führt immer zum gleichen Ziel.«

»Dann wissen wir also mit hundertprozentiger Sicherheit, dass es der richtige Punkt ist?«, hakte sie nach. Sie hatte längst den Faden verloren, daher stellte sie bewusst eine Frage, auf die er nur mit einem klaren Ja oder Nein antworten konnte.

»Es ist der richtige Punkt, allerdings wird Sie eine Enttäuschung erwarten. Aber das werden Sie gleich selbst sehen.«

»Sagen Sie mal, Mr Weymoth, was machen Sie eigentlich, wenn Sie nicht bei einer Convention mitmachen?«

»Meinen Sie, was ich beruflich mache oder in meiner Freizeit?«

»Eigentlich Ersteres, aber der andere Punkt würde mich auch interessieren, wenn ich ganz ehrlich sein soll«, sagte sie.

»Von Beruf bin ich Physiker, ich arbeite in einer Forschungsanlage für alternative Energien in der Nähe von Sheffield.« Er machte eine kurze Pause. »Meine Freizeit verbringe ich in erster Linie mit meiner Frau, unseren beiden Kindern und drei Hunden. Ich höre gern klassische Musik, vor allem russische Komponisten … und daneben begeistere ich mich für Science Fiction, und das schon seit meinem fünften oder sechsten Lebensjahr. Angefangen hat es mit *Doctor Who,* auch wenn ich den damals immer etwas gruselig fand, und danach habe ich mir alle Serien und Filme angesehen, die im Fernsehen und im Kino liefen.«

Sie nickte nachdenklich.

»Ich bin also nicht der weltfremde Freak, für den man von Außenstehenden so oft gehalten wird«, fuhr er fort. »Ich weiß, wie SF- und Fantasy-Fans in Krimiserien oder in Sitcoms gern dargestellt werden, weil das Lacher bringt, aber es gibt wirklich nur ganz wenige, die ihr ganzes Leben in einer anderen Welt verbringen.«

»Ich weiß«, stimmte sie ihm zu. »Das Problem ist nur, dass die Fans zu dem schlechten Image beitragen, weil sie genauso kamerageil sind wie die meisten anderen Menschen und alles machen, was die Reporter von ihnen verlangen, nur damit sie anschließend ins Fernsehen kommen.«

»Oh ja«, seufzte Dylan. »Das ist mir ganz zu Anfang auch passiert, weil ich dachte, die Journalisten meinen es ehrlich. Eine halbe Stunde Interview haben diese Mistkerle auf ganze zwei Minuten zusammengeschnitten, dabei nur die Schnipsel genommen, in denen ich Rivanisch rede, weil sie mich zuvor um einige rivanische Worte gebeten hatten. Das Ganze haben sie dann noch mit schwachsinnigen Untertiteln und einem beleidigenden Off-Kommentar unterlegt. Aber aus Schaden wird man klug, und ich habe seitdem kein Interview mehr gegeben, selbst wenn die Anfragen noch so seriös wirkten.« Abrupt beendete er seine Ausführungen und sagte: »So, da wären wir.«

Sie standen am Ende des äußeren Gangs vor einer unscheinbaren Metalltür. »Und wo sind wir?«

Er zog einen Schlüssel aus der Tasche und schloss die Tür auf. Dahinter befand sich ein Lagerraum mit Kühleinheit.

»Noch ein Kühlraum?«, fragte sie.

»Ja, allerdings nur zum Kühlen, nicht zum Tiefkühlen.«

Christine trat ein und sah sich um. »Haben Sie den Raum schon nach einer Waffe durchsucht?«

»Ja, aber wie Sie selbst sehen, gibt es hier außer leeren Metallregalen und der Kühleinheit nichts. Ich habe auch die Abdeckung der Einheit abgenommen und hineingeschaut. Hier wurde nichts versteckt. Wie ich schon sagte, wir haben den Raum gefunden, zu dem der Plan führt, aber es ist nichts von Belang darin.«

»Wird der Raum von irgendeinem Ihrer Leute genutzt?«

»Nein. Ich weiß nur, dass der Cateringservice heute Nachmittag das kalte Büfett für morgen Abend anliefert und hier kalt stellt. Und bevor Sie fragen: Coughlan ist nicht derjenige, der sich um die Leute vom Cateringservice oder um das kalte Büfett kümmert.«

Sie betrachtete beide Pläne, den Grundriss der Halle und das, was der Attentäter ihr aus der Handtasche gestohlen hatte. Dann auf einmal leuchteten ihre Augen auf.

»Natürlich«, sagte sie. »Das ist die Lösung!«

»Was?«, fragte Dylan. »Habe ich was verpasst?«

»Wir haben doch in Coughlans Hotelzimmer keine Waffe gefunden«, fuhr sie fort. »Und er trägt auch keine Waffe bei sich, richtig?«

»Das ist richtig, weil es am Eingang den Metalldetektor gibt, den jeder passieren muss, der in den Vorraum will. Der Detektor wäre längst losgegangen, wenn Coughlan versucht hätte, eine Pistole oder ein Messer hereinzuschmuggeln.«

»Genau. Das ist von Coughlan und seinen Hintermännern sehr geschickt gelöst. Er selbst hat keine Waffe bei sich, also kann er sich auch nicht verdächtig machen. Die Waffe wird vom Cateringservice auf den Pier geschmuggelt, und zwar auf diesem Weg.« Sie zeigte auf den Eingang, der sofort auf die untere Ebene führte. North war mit ihr in der Nacht auf diesem Weg in die Veranstaltungshalle gelangt. »Da unten gibt es keinen Metalldetektor, weil das nur der Lieferanteneingang ist. Jemand vom Cateringservice bringt nachher die Waffe mit und deponiert sie in diesem Raum. Irgendwann später holt Coughlan sie hier ab, geht nach oben, verübt den Anschlag auf den König und entkommt im allgemeinen Trubel über die

Treppe gleich hier nebenan. Der Lieferanteneingang liegt gleich um die Ecke, und während oben im Saal Panik herrscht, entwischt er über den Zugang, bevor jemand mitkriegt, wer überhaupt geschossen hat.«

»Klingt logisch«, stimmte Weymoth ihr zu.

»Meine Vermutung ist, dass er erst kurz vor dem Moment des Attentats herkommen wird, sonst müsste er stundenlang mit einer geladenen Waffe in der Menge umherlaufen«, fuhr sie fort. »Aber ... wir haben ein Problem.«

Er schaute sie fragend an.

»Wir können ihn nicht unauffällig beschatten. Dieser Gang da draußen ist in beide Richtungen etliche Meter weit einsehbar, und wenn einer von uns ihm folgt, dann wird er das sofort bemerken.«

»Stimmt.« Dylan legte den Kopf in den Nacken und sah sich die Decke an. »Aber ich glaube, ich weiß, wie wir das hinkriegen.«

»Eine was?«, fragte Betty, gleich nachdem Christine zu erzählen begonnen hatte.

»Eine Webcam«, wiederholte Christine. »Das ist eine kleine Kamera, mit der man Bilder ins Internet sendet, wo man sie sich dann auf einer Website ansehen kann. Das ist so wie diese Kamera, die ich dir gezeigt habe, die auf den Strand von Beechwood gerichtet ist, und wenn du die Beechwood-Website aufrufst, kannst du sehen, wie gerade das Wetter ist.«

»Ah, jetzt weiß ich, was du meinst«, sagte ihre Tante, wandte jedoch sogleich ein: »Aber die sendet doch nur Standbilder.«

»Die einmal in der Minute aktualisiert werden. Du kannst diese Kameras auch so programmieren, dass sie wie in einem Kaufhaus funktionieren, also ständig senden. Die Kamera in dem Raum dort ist an einen Bewegungsmelder gekoppelt und nimmt nur auf, sobald jemand den Kühlraum betritt. Das ist nötig, weil die Kamera die Bilder per Funk überträgt, aber nur mit einer Batterie betrieben wird. Wir können sie da unten nicht an die Stromversorgung anschließen, weil sie dann möglicherweise auffällt. Da die Batterie aber nicht lange hält, sendet die Kamera eben nur, wenn eine Bewegung registriert wird.«

»Und das, was sie aufnimmt, kannst du dir im Internet ansehen, habe ich das richtig verstanden?«

Christine nickte bestätigend. »Auf die Weise finden wir heraus, wer vom Cateringservice Coughlans Komplize ist und wo er die Waffe versteckt.«

»Und wer von euch war das technische Genie, das so schnell gearbeitet hat? Ich meine, wir haben nicht mal drei Uhr, und das Ganze ist bereits fix und fertig«, wollte die sichtlich beeindruckte Betty wissen.

»Das haben wir Gina vom Hard Drive zu verdanken, dem kleinen Computerladen in der Crane Street«, antwortete sie. »Sie hat das innerhalb einer Stunde installiert und eingerichtet, ohne dass außer North, Weymoth und mir jemand etwas davon mitbekommen hat.«

»Diese jungen Leute«, meinte Betty kopfschüttelnd. »Wie die diese moderne Technik beherrschen, das ist wirklich beeindruckend.«

»Da kann ich dir nur zustimmen. So was übersteigt auch meinen Verstand.« Sie zuckte mit den Schultern. »Vom Prinzip her begreife ich das Ganze schon, aber wenn ich das selbst machen müsste, würde ich es in zehn Jahren noch nicht hinkriegen.«

»Untertreib nicht so«, widersprach Betty und trank einen Schluck Kaffee. »Das würdest du auch hinkriegen.«

»Betty, ich habe es seinerzeit sogar aufgegeben, meine Website selbst zu gestalten.«

»Und ich möchte wetten, du hast es aufgegeben, weil es dir zu lange gedauert hat, richtig?«

Christine zögerte, dann jedoch bestätigte sie mit einem Nicken die Vermutung ihrer Tante.

»Das war mir doch klar«, fuhr Betty fort. »Wenn ihr in den

Sommerferien hier wart und es hat geregnet, hat dein Onkel eines seiner Puzzles aus dem Schrank geholt, damit ihr Kinder euch etwas beschäftigen konntet. Deine Schwester war immer mit Eifer bei der Sache, aber du hast zehn Teile zusammengelegt, und dann warst du schon wieder gelangweilt.«

»Wen wundert das bei einem Puzzle mit dreitausend Teilen, auf dem der Himalaja zu sehen ist?«

»Das Problem ist, dass du keine Geduld hast«, betonte Betty. »Wenn etwas nicht schnell erledigt werden kann, interessiert es dich prompt nicht mehr.«

Sie hob eine Hand, um ihren Widerspruch anzukündigen. »Und wie erklärst du dir, dass ich mich hinsetzen und einen vierhundert Seiten langen Roman schreiben kann?«

»Ganz einfach«, gab ihre Tante zurück. »Da schaffst du etwas Eigenes, da gibt es keine Vorgaben, an die du dich halten musst. Aber bei einem Puzzle kannst du nicht kreativ werden, da musst du dich an dem orientieren, was vorgegeben ist. Und ich nehme an, bei deiner Website war das auch nicht viel anders.«

Christine verzog den Mund und musste ihrer Tante zustimmen, ob sie nun wollte oder nicht. In dem Moment, als sie zum Sprechen ansetzte, bemerkte sie, wie Isabelle, die auf dem anderen Sessel lag und schlief, abrupt den Kopf hob, die Ohren spitzte und in Richtung Haustür schaute.

Illya und Napoleon hatten es sich bei ihr gemütlich gemacht und lagen halb auf ihr. Sie schliefen so fest, dass sie nichts davon merkten, wie Isabelle sich bewegte.

Auch Christine sah zur Tür und bemerkte auf einmal, wie sich ein Schatten über die Mattglasscheibe schob. Unwillkürlich zuckte sie zusammen. War Coughlan zurückgekehrt, um einen weiteren Anschlag auf ihr Leben zu unternehmen? Sie schaute sich um und stellte zu ihrer Bestürzung fest, dass sie nichts zur Hand hatte, um sich gegen einen Angreifer zur Wehr zu setzen.

»Wenn du gestattest«, sagte sie kurz entschlossen zu Betty

und nahm eine der beiden Krücken, die sie neben dem Sofa gegen die Wand gelehnt hatte. Dann eilte sie in den Flur, doch in diesem Moment ging die Haustür auf – und Christine konnte noch schnell genug kehrtmachen, um wieder ins Wohnzimmer zu eilen, die Krücke wegzustellen und sich so in den Sessel fallen zu lassen, dass es aussah, als habe sie das bequeme Sitzmöbel seit mindestens einer Stunde nicht mehr verlassen.

Ihre Tante sah sie fragend an, woraufhin sie »Fehlalarm« flüsterte und auf Isabelle zeigte, die sich mittlerweile längst zusammengerollt hatte, sehr zur Freude der beiden Jungtiere, die ihr Gesicht tief in das rotgetigerte Fell vergruben und genießerisch seufzten.

»Juhuu, wir sind wieder da-haa!«, ertönte eine Frauenstimme aus dem Flur, und Betty nickte verstehend.

»Wir sind im Wohnzimmer«, rief sie. Schritte näherten sich, und dann steckte Cathy den Kopf zur Tür herein.

»Wie geht's Ihnen?«, fragte Christine besorgt.

»Bestens«, erwiderte Cathy ausgelassen, während Peter sich hinter sie stellte und Christine pantomimisch zu verstehen gab, dass man seiner Frau im Krankenhaus ein Mittel gegeben hatte, was ihre fast schon heitere Verfassung erklärte.

»Das mit Ihrem Auto tut mir leid«, fuhr sie fort und schaute betrübt drein. »Davon ist ja so gut wie nichts mehr übrig, nicht wahr? Weiß die Polizei, wie es passiert ist?«

»Nein, der Wagen … die Überreste werden in einem Labor untersucht, allerdings kann es Wochen dauern, ehe es ein Resultat gibt.«

»Oh Gott, Sie Ärmste!« Cathy kam näher, bückte sich und drückte sie tröstend an sich. »Können wir irgendetwas für Sie tun?«

»Nein, das ist nicht nötig«, beteuerte sie. »Ich weiß nicht, ob Sie den Wagen in der Auffahrt gesehen haben …«

Peter schüttelte den Kopf. »Nein, das Taxi, mit dem wir eben zurückgekommen sind, hat uns auf der anderen Straßenseite abgesetzt.«

»Die Versicherung, bei der mein Bekannter den Minivan versichert hatte, bezahlt zumindest für eine Woche einen Mietwagen, damit ich wenigstens wieder mobil bin«, erzählte Christine. »Leider gibt's in der Tarifstufe nur einen Ford Ka, und der nützt nichts, wenn ich meine Tante zum Arzt fahren muss. Aber das werde ich am Montag mit dem Verleiher noch mal in Ruhe besprechen. Ich kann ja froh sein, dass ich heute Nachmittag überhaupt noch einen Wagen bekommen konnte.«

»Und wenn die Woche um ist?«, wollte Peter wissen. »Was passiert dann? Nimmt man Ihnen den Wagen wieder ab?«

Wenn alles nach Plan läuft, dann hat Coughlan bis dahin längst gestanden, dass er die Bremsleitung manipuliert hat, und dann kann ich den Wagen weiter behalten, hätte sie am liebsten geantwortet, allein um sich selbst ein bisschen Mut zu machen, dass alles gut ausgehen würde. »Ach, darüber werde ich mir Gedanken machen, wenn es so weit ist.«

»Ich weiß nicht, ob Sie mit der Polizei gesprochen haben«, meldete sich erneut Cathy zu Wort. »Ich habe diesem freundlichen Inspector ... Hatfield, glaube ich, hieß er ... das schon erzählt, dass Ihr Wagen so seltsam gebremst hatte. Es kam mir so vor, als müsste ich jedes Mal fester aufs Pedal treten, wenn ich bremsen musste. War das vorher bei Ihnen auch so?«

»Nein, das wäre mir aufgefallen«, erwiderte Christine, ohne auf ihren Verdacht zu sprechen zu kommen, dass jemand sich an den Bremsen zu schaffen gemacht haben musste. Es fiel ihr allerdings schwer, das zu verschweigen, denn immerhin hatte sie Cathy angeboten, den Minivan zu nehmen, und sie fühlte sich in gewisser Weise mitschuldig. Sie hatte nicht damit gerechnet, dass Coughlan zu solchen Methoden greifen würde, doch rückblickend hätte sie das einkalkulieren müssen, denn immerhin hatte er auch Jerry Denham auf dem Gewissen.

»Setzen Sie sich doch zu uns«, forderte Betty das Paar auf. »Christine hat Kaffee gekocht und Erdbeertörtchen von Denny's mitgebracht. Die sind so köstlich wie immer.«

»Ich weiß nicht«, gab Cathy zurück. »Ich ...«

»Ja, gern«, entschied ihr Mann für sie und lächelte Christine an. »Du kannst eine Stärkung gut gebrauchen, und erst recht eine gute Tasse Kaffee. Man soll ja nicht glauben, was der Kaffeeautomat im Krankenhaus ausspuckt. Manchmal denke ich, die machen das extra, weil sie noch Patienten brauchen. Da kommen ihnen ein paar Leute mit Lebensmittelvergiftung sicher gerade recht.«

»Hör auf, Peter«, ermahnte sie ihren Mann. »Mit so was scherzt man nicht.«

»Nun gut. Vielleicht hat das Krankenhaus einfach einen zu guten Ruf und könnte aus steuerlichen Gründen mal eine ordentliche Schadenersatzklage gebrauchen. Vorsätzliche Körperverletzung wäre bei dieser Brühe nicht übertrieben.«

Sie setzten sich beide zu Betty auf die Couch, um die Katzen nicht zu stören. Isabelle beobachtete aus halb geschlossenen Augen das Treiben, während Napoleon und Illya weiter fest schliefen.

Christine ging in die Küche, holte zwei weitere Tassen und schenkte den Bennetts den frischen Kaffee ein. »Das war ja wirklich ein Glücksfall, dass diese Frau Ihnen den Wagen geraubt hatte«, sagte sie leise. »Wer weiß, was sonst passiert wäre.«

»Also, ich muss sagen, dass ich das alles noch immer nicht so richtig glauben kann«, entgegnete Cathy. »Ich fuhr ganz langsam durch die vorderste Parkreihe, und ehe ich michs versah, wurde die Tür auf der Fahrerseite aufgerissen. Vermutlich war es auch mein Glück, dass ich den Gurt bereits abgenommen hatte, weil ich ja einparken wollte. Wer weiß, was diese Verrückte sonst noch mit mir gemacht hätte!« Cathy schüttelte sich vor Grausen. »Trotzdem … das mit Ihrem Wagen tut mir schrecklich leid.«

»Wissen Sie, ich …«, begann Christine, wurde aber von ihrem Telefon unterbrochen, das in dem Moment klingelte. Sie sah auf das Display, dann erklärte sie: »Ich telefoniere kurz draußen, das ist beruflich.«

Bettys fragenden Blick beantwortete sie mit einem Nicken.

»Auch samstags?«, staunte Cathy. »Das ist ja wie bei Peter. Der hat am Wochenende auch keine Ruhe, wenn seine Mandanten was von ihm wollen.«

»Na ja, das hat mit dieser Convention auf dem Pier zu tun. Ansonsten kommt das eher selten vor, schließlich herrscht in den meisten Verlagen am Wochenende Ruhe«, erwiderte sie, während sie zur Haustür lief.

»Hallo, Miss Remington«, meldete sie sich, nachdem sie im Garten angekommen war und zu ihrem Mietwagen schlenderte.

»Hallo, Miss Bell, haben Sie ein paar Minuten Zeit?«, fragte Remington.

»Natürlich. Haben Sie etwas herausfinden können?« Sie lehnte sich gegen den Wagen und stellte fest, dass sie ihre Jacke hätte mitnehmen sollen, da der Wind wieder aufgefrischt war. Das Haus der Bennetts lag auf einer leichten Anhöhe, sodass sie von hier oben das Meer sehen konnte. Bei diesem Anblick wurde ihr klar, wieso Coughlan auf den Gedanken gekommen war, die Bremsleitungen zu manipulieren. Der Weg zum Strand und damit zum Pier wies ein flaches, aber in die Länge gezogenes Gefälle auf, und wenn die Bremsen früh genug versagt hätten, wäre der Wagen so schnell geworden, dass ein Zusammenstoß mit einem beliebigen Hindernis für sie fast sicher schwere Verletzungen nach sich gezogen hätte.

»Der Reihe nach«, begann Remington. »Da wäre erst mal Ihr Tatverdächtiger, dieser Russell Coughlan. Er war bis vor ein paar Monaten Börsenmakler und hat nicht nur seine Bank durch leichtsinnige Spekulationen etliche Millionen gekostet, sondern sich selbst auch um ein kleines Vermögen gebracht. Seitdem hat er sich mit Gelegenheitsjobs durchgeschlagen, vorwiegend in Seebädern, wo oft mal jemand für ein paar Tage in der Küche gebraucht wird.«

Das war die Erklärung dafür, woher Coughlan gewusst hatte, in welche Pilzsuppe er das Gift rühren musste. Dass er der Attentäter sein musste, davon war sie von Anfang an überzeugt gewesen, sie hatte nur keine Ahnung gehabt, wieso er die Sache mit den Tellern wusste. Er musste vorübergehend im Plate With A View gearbeitet haben, und als er an dem Tag, als sie mit Jerry Denham dort zu Mittag aß, wie zufällig vorbeischaute, um seinen ehemaligen Kollegen Hallo zu sagen, da war das niemandem merkwürdig vorgekommen.

»Vor Kurzem wurde eine größere Summe auf seinem Konto gutgeschrieben«, fuhr Remington fort.

»Wie groß?«

»Hunderttausend Pfund.«

»Und von wem?«

»Von einer Bank in irgendeinem Inselstaat, von dem ich heute zum ersten Mal gehört habe. Von einem Kollegen weiß ich, dass vor allem Gelder aus dem Nahen Osten durch diese Bank geschleust werden, aber ich kann natürlich nicht sagen, ob seine Summe auch aus der Ecke kommt.«

Christine nickte bedächtig. Die Puzzlestücke fügten sich zusammen. »Davon können Sie ausgehen«, meinte sie. »Das muss jetzt unter uns bleiben …«

»So wie alles andere auch«, betonte Remington.

»… ja, natürlich. So hatte ich das auch nicht gemeint. Ich wollte damit sagen, dass hier nur ein paar Leute eingeweiht sind … jedenfalls wird am Sonntag der König von Jordanien Beechwood einen Blitzbesuch abstatten.«

»Was will er denn da?«

»Ist eine lange Geschichte, die kann ich Ihnen erzählen, wenn wir das hier hinter uns haben.«

»Okay, aber die Verbindung zum Nahen Osten passt dann ja. Schließlich gibt es genügend Leute, die den König liebend gern tot sehen würden.«

»Genau«, stimmte Christine ihr zu. »Was können Sie mir über Coughlan sonst noch sagen?«

»Nicht allzu viel. Vor dieser Aktienpleite ist er polizeilich nicht in Erscheinung getreten. Ich habe allerdings noch etwas herausgefunden, das Ihnen einen Hinweis liefern dürfte, wie er dieses Attentat ausführen wird, vorausgesetzt, es ist tatsächlich alles so, wie Sie vermuten.«

»Und zwar?«

»Er ist ein exzellenter Sportschütze, mit Pistole und Gewehr gleichermaßen«, antwortete sie. »Er hat etliche erste Preise bei verschiedenen Wettbewerben abgeräumt.«

Christine schwieg einen Moment lang. »Dann wird er ihn also erschießen wollen.«

»Davon würde ich ausgehen«, stimmte Remington ihr zu. »Was die anderen Namen angeht, die Sie mir genannt haben … bei denen konnte ich nichts Auffälliges finden. Wenn ich raten soll, würde ich sagen, dass es sich bei ihnen um Mitwisser handelt, die er nach und nach aus dem Weg räumt, damit sie ihn nicht anschließend verraten können, falls sie es sich anders überlegen. Oder sie dachten, dass es ihm mit dem Attentat gar nicht ernst war, und er schaltet sie aus, damit sie ihm keinen Strich durch die Rechnung machen. Aber wie gesagt, das ist pure Spekulation. Ich müsste mich eingehender mit deren Vorleben beschäftigen.«

»Ist schon okay«, gab Christine zurück. »Coughlan ist der, um den es in erster Linie geht. Sie haben mir sehr geholfen, Miss Remington. Ich hoffe, ich kann mich irgendwann mal revanchieren.«

»Ja, lassen Sie einfach meinen Namen aus dem Spiel, wenn Sie jemand darauf anspricht, woher Sie die Informationen haben. Dieses Telefonat hat nie stattgefunden.«

»Dann will ich mal hoffen, dass sich mein Telefon nicht selbst zerstört, sobald ich aufgelegt habe«, entgegnete Christine. Sie hörte DCI Remington noch lachen, dann wurde die Verbindung unterbrochen.

Sie kehrte ins Haus zurück und ging ins Wohnzimmer, wo sich Betty angeregt mit den Bennetts unterhielt. »Und?«, fragte ihre Tante. »Alles geklärt?«

Christine nickte. »Ja, das war ein aufschlussreiches Telefonat«, sagte sie und nahm wieder Platz. Plötzlich hörte sie, wie eines der Kinder die Treppe herunterkam. »Ach, sagen Sie, Peter, hatten Sie eigentlich den Kindern gegenüber etwas von dem Unfall erwähnt, bevor Sie mit Cathy ins Krankenhaus gefahren sind?«

»Nein«, erwiderte er. »Patrick hat vor einem halben Jahr mitansehen müssen, wie ein Mitschüler vom Schulbus erfasst wurde. Das war für ihn sehr traumatisch, deshalb hatte ich nichts davon gesagt. Er hätte sich nur wieder aufgeregt, obwohl ich ja bereits gehört hatte, dass Cathy selbst nicht in den Unfall verwickelt war.«

»Gut, ich wollte das nur wissen, damit ich nicht irgendeine unüberlegte Bemerkung mache.«

In diesem Moment ging die Tür auf, und Patrick kam herein. »Hi«, grüßte er die Runde. »Mom, kannst du mir ein Brot machen?«

»Kannst du das nicht selber machen?«, fragte Betty, bevor Cathy reagieren konnte. »Du bist schon ein großer Junge, du weißt bestimmt, wie das geht, oder?«

»Ja, aber …«, wandte er ein, kam jedoch nicht weiter, da er sich mit dem einleitenden ›Ja‹ automatisch aller Argumente beraubt hatte.

Die Erwachsenen mussten unwillkürlich grinsen, was den Jungen nur noch mürrischer reagieren ließ. Christine sah Peter an, wie gern er ihm gesagt hätte, was tatsächlich geschehen war, damit sein Sohn erkannte, dass jetzt nicht der geeignete Zeitpunkt war, um seinen Kopf durchzusetzen. »Deine Mom hat einen anstrengenden Tag hinter sich«, ließ er ihn stattdessen wissen.

»Du warst doch nur einkaufen, das ist doch nicht anstrengend«, beharrte Patrick sichtlich unzufrieden.

»Patrick, sei so gut und schmier dir selbst ein Brot«, seufzte Cathy. »Überleg mal, du kannst es belegen, womit du willst, wenn du dir das Brot machst, ohne dass einer von uns dabei ist.«

»Hmm«, machte er, klang aber nicht überzeugt. Unschlüssig stand er neben der Couch und schien abzuwägen, ob er seine Mutter in Ruhe lassen sollte oder lieber nicht.

Cathy entdeckte die beiden *Spongebob*-Figuren, die einer der Polizisten Christine in die Hand gedrückt hatte. »Sieh mal, ich habe dir und Melanie auch was aus dem Supermarkt mitgebracht.«

»Voll super«, sagte er mit der gleichen Begeisterung, mit der er wohl auch auf eine Einladung zu einem Kammerkonzert reagiert hätte. Er nahm die Plüschfigur und las auffallend interessiert das Etikett durch.

»Stimmt was nicht?«, fragte sein Vater.

»Ach«, meinte er beiläufig und ging zur Tür. »Ich wollte nur nachsehen, ob ich überhaupt schon alt genug bin, um damit zu spielen.«

Während der Junge durch den Flur in Richtung Küche ging, sahen sich die Erwachsenen verdutzt an.

»Diesen Sarkasmus hat er von dir«, kommentierte Cathy schließlich lachend und stand auf. »Ich werde mich eine Weile hinlegen, wenn niemand etwas dagegen hat.«

»Tu das, Cathy«, unterstützte Betty ihren Entschluss.

»Dann werde ich mich weiter mit dem Jahresabschluss befassen, der auf meinem Schreibtisch wartet«, entschuldigte sich einen Moment später auch Peter. Lediglich die Katzen blieben liegen und ließen sich durch die vorübergehende Unruhe der anwesenden Menschen nicht stören.

Nachdem Christine wieder mit Betty allein war, fragte sie: »Und was hat diese DCI Remington dir sagen können?«

Christine fasste zusammen, was sie über Coughlan erfahren hatte, und fügte hinzu: »Jetzt wissen wir wenigstens, wie er das Attentat aller Wahrscheinlichkeit nach ausführen wird. Ich bin heilfroh, dass er kein Chemiker ist, dann kann er wenigstens keine Bombe basteln und aus sicherer Entfernung zünden. Wenn er den König erschießen will, muss er sich immerhin in Sichtweite zu ihm aufhalten. Das heißt, wir können ihn beobachten und verfolgen und hoffentlich im richtigen Moment eingreifen … hoffentlich«, betonte sie. Tausend Dinge konnten immer noch schiefgehen, zumal sie überhaupt keine Ahnung hatten, von wo aus er sein Ziel unter Beschuss nehmen würde. »Wir werden wohl bis zur letzten Sekunde warten müssen, um ihn zu überführen.«

»Ein riskantes Spiel«, stellte Betty ernst fest.

»Lebensgefährlich trifft es wohl besser«, meinte Christine dazu. »Wenn Hatfield doch bloß nicht so verbohrt wäre! Aber je mehr ich ihn auf die Gefahr hinweise, umso mehr geht er auf Konfrontationskurs. Es ist zum Verrücktwerden mit diesem Kerl.«

»Ich kann verstehen, dass dich das deprimiert, Kind«, erklärte ihre Tante mitfühlend. »Egal, was du tust, immer steht dir dieser Inspector im Weg und verhindert, dass die Wahrheit ans Licht kommt.«

Christine schüttelte den Kopf. »Soll ich dir was sagen? Ich habe kein gutes Gefühl bei der Sache. Wir sind vollkommen zum Abwarten verurteilt und können uns gar keine Taktik zurechtlegen.«

»Du kriegst das schon hin«, versuchte Betty ihr Mut zu machen. »Weißt du noch damals, wie dieser Junge aus der Nachbarschaft dich immer geärgert hat, indem er dir dein Eishörnchen aus der Hand schlug?«

»Oh ja, und das immer mit dem unverschämten Argument, er würde nur darauf achten, dass ich nicht fett werde. Den könnte ich heute noch dafür umbringen«, erwiderte sie und hielt sofort verlegen eine Hand vor den Mund. »Sorry, das war nicht wörtlich gemeint. Das ist mir so rausgerutscht.«

»Aber du hast dich ja gerächt«, fuhr ihre Tante fort. »Und danach hat er dich in Ruhe gelassen.«

»Ja, das war ihm eine Lehre«, sagte Christine gedankenverloren. Eines Tages hatte sie sich eine rote Perücke geliehen und eine Sonnenbrille aufgesetzt, er erkannte sie nicht wieder und lud sie nichtsahnend zu einem Eis ein. Sie bestellte ein großes

Milchshake, und als sie gerade angefangen hatten, sich ganz angenehm zu unterhalten, kippte sie ihm das ganze Glas über den Schoß, nahm die Brille ab und zog ihre Perücke vom Kopf. Er sah sie ungläubig an und begann etwas zu stammeln, aber sie erklärte: »Ich habe dir ja geschworen, ich werde mich für jedes Eishörnchen rächen, das du mir aus der Hand geschlagen hast. Jetzt sind wir fast quitt.«

»Fast quitt? Was soll denn das heißen?«, fuhr er sie an, während er vergeblich etwas gegen die kalte Milch zu unternehmen versuchte, die an seinen Hosenbeinen entlang nach unten lief, in seine Schuhe tropfte und unter seinem Platz eine Lache bildete.

Er hätte besser nicht gefragt, sondern auf ihre Hände geachtet. So aber konnte sie ihm seinen Schokoladenbecher mit Sahne und viel Soße ins Gesicht drücken, lange bevor er begriff, wie ihm geschah.

Danach hatte er sie nie wieder behelligt – wohl weil er nicht wusste, wie ihre Rache beim nächsten Mal ausfallen würde.

Ja, ihre Tante hatte recht. Sie würde das schon hinkriegen.

Ihr Telefon riss sie aus ihren Gedanken, sie griff nach dem Gerät und sah auf das Display. Howard North rief an.

»Ja?«, meldete sie sich, lauschte kurz und legte ihr Telefon wieder auf den Tisch. Sie griff nach ihrem Laptop und fuhr ihn hoch. »Es geht los. Die Leute vom Cateringservice sind da.«

15

Gemeinsam mit ihrer Tante saß Christine auf dem Sofa und verfolgte das Geschehen auf dem Monitor, das von der Webcam im Kühlraum der Veranstaltungshalle übertragen wurde. Der Bewegungsmelder hatte auf das Öffnen der Metalltür reagiert, und sofort begann die Kamera Bilder zu senden. Zwei Männer und eine Frau betraten nacheinander den Raum, trugen Tabletts und Frischhalteboxen in den unterschiedlichsten Größen herein und verteilten sie auf den Regalen. Gut eine Viertelstunde lang ging die Tür auf, jemand stellte etwas ab, die Tür ging zu, und ein oder zwei Minuten später kam der nächste aus der Dreiergruppe, um Nachschub zu liefern.

Dann wurde das Licht ausgemacht und die Tür geschlossen, und drei Minuten später schaltete sich die Kamera ihrer Programmierung entsprechend ab. Auf der eingerichteten Website erschien ein Hinweistext, dass die Kamera nicht sendete.

»War es das schon?«, fragte Betty, die sich offenbar mehr von der Vorführung versprochen hatte. »Und wo ist die Waffe?«

»Ich will nicht hoffen, dass das alles war«, erwiderte Christine beunruhigt. »Die haben nur das Essen für das kalte Büfett in den Raum gestellt, sonst nichts. Was ist mit der Waffe?«

Sie saß da und starrte auf den Monitor, aber nichts tat sich. Nach wie vor stand dort zu lesen, dass die Kamera kein Signal sendete.

»Das kann doch nicht sein«, flüsterte sie. »Dieser Weymoth hat gesagt, dass der Plan zu diesem Raum führt. Das ist doch nicht möglich.«

Betty atmete tief durch, räusperte sich und setzte zögerlich zu einer Erwiderung an. »Kind, ich … ich will nicht den Teufel an die Wand malen, aber ... vielleicht steckt der ja mit Coughlan unter einer Decke und hat euch absichtlich zu diesem Kühlraum geführt, damit ihr euch alle darauf konzentriert, während die Waffe ganz woanders abgelegt wird.«

»Du machst mir damit nicht gerade Mut, weißt du das?«, gab Christine zurück.

»Ich weiß, allerdings ändert es nichts daran, dass diese Möglichkeit besteht.«

»Aber irgendwen musste ich einweihen«, verteidigte sich Christine. »Sonst wäre ich immer noch keinen Schritt weiter gekommen.«

Betty legte ihr einen Arm um die Schultern. »Ich mache dir ja keinen Vorwurf, Kind. Dir blieb nichts anderes übrig, als North zu vertrauen und ihm zu glauben, dass auch Weymoth vertrauenswürdig ist. Trotzdem kann es sein, dass sie sogar beide mit Coughlan unter einer Decke stecken und dich in dem Glauben lassen, du würdest mit ihnen zusammen gegen ihn vorgehen, während sie dich in Wahrheit in die Irre führen.«

»Nein.« Sie schüttelte energisch den Kopf. »Das will ich einfach nicht glauben! Ich werde North anrufen und ihn fragen, was los ist.« Gleichzeitig griff sie nach ihrem Telefon und wählte seine Nummer.

»Keine Ahnung, was da los ist«, meldete er sich ohne irgendeine Vorrede. »Wir sehen hier auch nichts.«

»Die haben nur Essen gebracht«, sagte sie.

»Ich weiß«, erwiderte er. »Allerdings steht der Wagen vom Cateringservice noch auf dem Pier. Die Frau und einer der Männer lungern daneben herum, der andere Mann ist nicht zu sehen.«

»Und was machen wir, wenn ...«, begann sie, wollte die Frage aber lieber nicht zu Ende führen. Irgendwie hatte sie das Gefühl, dass ihre Befürchtungen sich in dem Moment bewahrheiten würden, in dem sie sie laut ausspräche.

»Wenn alle Stricke reißen, gibt es immer noch einen letzten

Ausweg, aber den … den möchte ich für mich behalten, solange es geht«, antwortete er.

Christine sagte nichts, jedoch hatte sie eine Ahnung, was er damit meinte. Wenn sie an das Gleiche dachten, würde das aber bedeuten, dass Coughlan ungeschoren davonkam, und das war das Letzte, was sie zulassen wollte.

»Wie lange sollen wir wart…«, begann sie, doch in der Sekunde begann die Kamera wieder zu senden.

Die Tür ging auf, der zweite Mann schaltete das Licht ein und kam mit einer großen Leinentasche herein, aus der zahlreiche Baguettes herausragten. Er stellte die Tasche ab und zog nach und nach die Brote heraus, um sie in eines der Regale zu legen. Plötzlich drehte er sich um, warf einen Blick in den Gang und zog dann die Tür zu.

In aller Ruhe holte er einen länglichen Pappkarton aus der Tasche, der recht schwer zu sein schien.

»Das ist es«, flüsterte Christine, als fürchte sie, jemand könnte sie hören.

Der Mann sah sich um, dann schob er den Karton unter das unterste Regalbrett, sodass er nicht entdeckt werden konnte, wenn man nicht wusste, wo er versteckt war.

»Ja, das ist es«, bestätigte North und atmete erleichtert auf. Offenbar hatte er so wie Christine befürchtet, Weymoth könnte sich geirrt haben. »Wir haben gleich … fünf Uhr«, fuhr er fort. »Können Sie um acht Uhr an dem Eingang sein, durch den wir reingekommen sind, als wir uns hier unten umgesehen haben?«

»Im Prinzip ja, aber wozu?«

»Ich würde dann dafür sorgen, dass Russell beschäftigt ist, damit wir uns gemeinsam ansehen können, was die Herrschaften vom Cateringservice uns da Feines untergeschoben haben.«

»Ich nehme an, Sie haben die Bilder auch auf Festplatte festgehalten, oder?«, fragte Christine.

»Oh ja, und sie warten nur darauf, an die Polizei übermittelt zu werden, damit dieser Kerl festgenommen wird, der das reingeschmuggelt hat«, versicherte North ihr.

»Hervorragend«, gab sie zurück. Sie hatte selbst schon mit dem Gedanken gespielt, und für den Fall, dass North es vergessen sollte oder er sich vielleicht doch nicht weiter um die Sache kümmern wollte, würde sie die Aufnahmen ebenfalls speichern. »Also gut, ich werde um acht da sein. Ähm … dauert das lange, oder werfen wir nur einen Blick in den Karton und gehen dann wieder?«

»Nur ein Blick. Ich will, dass Sie auch wissen, wie die Waffe aussieht, damit klar ist, wonach wir Ausschau halten müssen.«

Ja, das war eine ganz gute Idee. Sie wussten ja nicht, wann und von wo aus Coughlan zuschlagen würde, da war es sinnvoll, die Waffe wenigstens einmal gesehen zu haben. »Okay, ich werde um acht Uhr da sein.« Sie verabschiedete sich und legte auf, dann sah sie ihre Tante an. »Betty, was hältst du davon, wenn wir heute Abend essen gehen? Zum Beispiel im Tapestry. Ich lade dich ein, und um acht Uhr verschwinde ich zwischendurch für ein paar Minuten, um mir diese Waffe anzusehen.«

»Und wie soll ich hinkommen? Dein Mietwagen hat keinen Dachgepäckträger, soweit ich mich entsinnen kann«, hielt Betty dagegen.

»Meinst du, daran hätte ich nicht gedacht? Wir bestellen ein Taxi, und ich werde mich darum kümmern, dass sie uns ein Großraumtaxi schicken, okay?« Sie sah ihre Tante fragend an. »Und für den Rückweg machen wir es genauso.«

»Na, solange du mich nicht im Rollstuhl hinten an das Taxi hängst«, witzelte Betty, »kann ich mich wohl nicht beklagen.«

»Dann bestelle ich einen Tisch für halb sieben, und das Taxi sollte um … um zehn nach sechs hier sein«, überlegte Christine und griff nach dem Telefonbuch, das auf dem Beistelltisch gleich neben dem Hausanschluss der Bennetts lag.

»Also, ich werde mich noch für eine Stunde hinlegen, damit ich nachher ausgeruht bin«, beschloss ihre Tante und ließ sich von Christine vom Sofa helfen. An ihren Krücken verließ sie das Wohnzimmer und begab sich an der Treppe in das Gästezimmer, das die Bennetts für sie bereitgestellt hatten. Kaum war sie gegangen, wachten die Katzen auf, streckten sich und gähnten genüsslich, dann ging Isabelle voran, und wie an einer Schnur aufgezogen folgten Napoleon und Illya ihr in den Flur.

Neugierig stand Christine auf und sah zu, wie die Bande wie eine Mutter mit ihren zwei Jungen durch den Flur spazierte, zielstrebig ins Gästezimmer einbog und, nach Bettys Bemerkungen zu urteilen, es sich bei ihr auf dem Bett bequem machte.

Sie kehrte ins Wohnzimmer zurück und erledigte die Telefonate, schließlich saß sie da und überlegte, mit was sie die kommenden eineinhalb Stunden verbringen sollte. Coughlan hatte auf der Convention zu tun, also war sie vor ihm vorerst sicher, aber dafür, jetzt noch zum Strand zu fahren, reichte die Zeit nicht. Seit sie sich nach Beechwood aufgemacht hatte, war ihr der Wunsch nicht mehr aus dem Kopf gegangen, wenigstens einmal ein paar Stunden lang allein am Strand spazieren zu gehen. Bislang war ihr dieser Wunsch versagt geblieben, aber nach dem morgigen Abend würde sie das auf jeden Fall nachholen.

Noch knapp eineinhalb Tage, und diese traumatische, beängstigende Zeit lag hinter ihr. Aber was würde dann kommen? Befände sich Russell Coughlan am kommenden Montag in Polizeigewahrsam? Und würde man ihn dann für sechs Morde belangen? Oder auch für den Tod des Königs von Jordanien? Oder wäre er am Montag längst untergetaucht, weil die Polizei nicht schnell genug gewesen war? Und wenn ja, würden dann sechs oder sieben Morde ungesühnt bleiben?

Christine schüttelte den Kopf. Sie musste sich ablenken, sonst wurde sie noch verrückt. Sie nahm ihre Jacke von der Garderobe und verließ das Haus, stieg in den Wagen und fuhr zielstrebig zur Oxford Street. Vor dem Beautiful Noise fand sie prompt einen Parkplatz, warf ein paar Münzen in die Parkuhr und ging in die Spielhalle.

So wenig sie sich für Spielautomaten begeistern konnte, jetzt war der Trubel hier genau das Richtige für sie, um sich abzulenken. Links standen die Geldgeräte, in die man eine Münze werfen musste, die dann von einem Schieber in einen ganzen Pulk von Geldstücken geschoben wurde. Die wiederum lagen so verlockend übereinandergetürmt, dass es aussah, als würde man jeden Augenblick mindestens mit dem Fünfzigfachen des eingesetzten Betrags belohnt – was natürlich nie passierte. Bestenfalls fielen drei oder vier Münzen laut klimpernd in den Schacht, also eine nicht einmal als bescheiden zu bezeichnende Ausbeute, wenn man berücksichtigte, dass bis dahin meistens schon zehn Münzen vor dem Schieber gelandet waren.

Mindestens zwanzig solcher Automaten säumten zwei Wände der Spielhalle und weckten mit dem regelmäßigen Klimpern von ein paar Münzen bei den Besuchern die Illusion, dass der große Gewinn zum Greifen nah war. Als kleines Mädchen war Christine ebenfalls davon überzeugt gewesen, und zusammen mit ihrer Schwester hatte sie abwechselnd auf ihren Vater und ihre Mutter eingeredet, doch wenigstens ein paar 5-Pence-Stücke zu opfern.

An der dritten Wand stand eine kleine Armee aus Flippern. An den meisten davon demonstrierten mehr oder weniger gute Spieler ihr Geschick, die silberne Kugel so lange wie möglich im Spiel zu halten, um genügend Punkte zu sammeln, damit ein Freispiel oder wenigstens eine zusätzliche Kugel heraussprang. Einem der Spieler sah sie aus gebührendem Abstand zu, weil sie wusste, es machte diese Leute nervös, wenn sie sich beobachtet fühlten.

»Wollen Sie's nicht auch mal versuchen?«, wurde sie plötzlich von einem Mann angesprochen, der sich hinter sie gestellt hatte.

Beim Klang seiner Stimme zuckte sie zusammen, da sie fürchtete, Coughlan könnte sie entdeckt haben und mit dem Gedanken spielen, den Lärm der Spielhalle zu nutzen, um sie zu ermorden. Aber als sie sich umdrehte, stand da ein ganz anderer Mann, bestimmt zehn Jahre älter als sie, mit schütterem hellblonden Haar, das einen leichten Graustich aufwies und einem Bauchansatz, über den sich ein zu enges graues Hemd spannte.

»Nein, danke, das ist nichts für mich«, wehrte sie ab.

»Warum kommen Sie dann her?«, fragte er.

»Ich … ich wollte mich einfach nur etwas ablenken.«

»Und das können Sie nirgendwo besser als hier«, bestätigte er. »Wenn ich könnte, würde ich jede Woche herkommen, aber das geht leider nicht.«

»Wieso nicht?«, erwiderte sie. »Woher kommen Sie?«

»Liverpool, auch wenn mein Akzent das nicht verrät«, antwortete er mit stolzer Miene. »Meistens reicht es nur für zwei bis drei Wochenenden im Jahr.«

»Sie mögen die See?«

»Die See?« Er sah sie verdutzt an. »Oh, das meinen Sie. Nein, ich … ich komme eigentlich nicht her, weil ich Seeluft schnuppern oder Meeresrauschen hören will. Ich komme her, weil hier alles so wie damals ist, als ich noch jung war.« Er machte eine ausholende Geste. »Als das hier der neueste Stand der Technik war, da war ich vierzehn oder fünfzehn. Wissen Sie, das war die beste Zeit meines Lebens, und hier kann ich wieder fünfzehn sein.«

»Ach, kommen Sie«, wandte sie ein. »Es wird doch danach nicht alles nur noch schlecht gewesen sein.«

Er zuckte mit den Schultern. »Es war vielleicht nicht alles schlecht, aber die guten Dinge waren so rar gesät, dass ich lieber an die Zeit zurückdenke, als alles gut war.«

Sie musterte ihn schweigend. Was diesem Mann im Leben widerfahren sein mochte, dass er zu dieser Einstellung gelangt war, konnte sie nicht einmal erahnen. Doch sie wollte ihn auch nicht fragen, weil ihre innere Stimme ihr sagte, dass sie dann für die nächsten Stunden einen Gesprächspartner haben würde, der sie nicht zu Wort kommen ließe.

Es schien, als hätte der Mann ihre Gedanken gelesen, denn plötzlich setzte er ein Lächeln auf und erklärte: »Aber ich bin nicht hier, um über das Schlechte in meinem Leben zu reden, sondern um mich an diesem Ort zu erfreuen. Diesem Ort, an dem die Zeit stehen geblieben ist.« Er zeigte auf die Flipper und fragte: »Wussten Sie eigentlich, dass die wahre Inflation an den Flippern stattgefunden hat?«

»Die wahre Inflation?«, wiederholte sie ratlos.

»Nun, ich weiß nicht, ob Sie diese alten Geräte aus den sechziger Jahren kennen, aber die zählten in Zehnerschritten und man konnte maximal ein fünfstelliges Ergebnis erzielen. Die Modelle, vor denen Sie jetzt stehen, zählten in den Achtzigern schon in Schritten von je fünfhundert Punkten, und die Anzeige erlaubte sieben Stellen. Wenn Sie sich dagegen einen der aktuellen Flipper ansehen, dann werden Sie feststellen, dass man da für nur drei oder vier Treffer bereits mit dreißig Millionen Punkten belohnt wird und mindestens neunhundert Millionen Punkte für ein Freispiel erforderlich sind. Da kann man doch wohl von Inflation reden, nicht wahr?«

Unwillkürlich musste sie lachen, da er diese Dinge in einem Tonfall vortrug, als gäbe es keine ernsteren Themen auf der Welt als das Punktesystem bei einem Flipper. Sie nickte und sagte: »Trotzdem kann ich den Geräten nichts abgewinnen. Diese verdammten Kugeln machen nie das, was ich will.«

»Ach, mit ein bisschen Übung und Fingerspitzengefühl kriegen Sie das hin«, versicherte er ihr.

Christine schüttelte nachdrücklich den Kopf. »Nein, wirklich nicht. Da sind mir Videospiele schon lieber.« Versonnen dreinblickend drehte sie sich zu den Geräten um, die in einem weiten Halbkreis in der Mitte der Spielhalle angeordnet waren.

»Die dürften alle deutlich vor Ihrer Zeit aktuell gewesen sein«, warnte er sie. »Bestimmt werden die schlichten Grafiken Sie erschrecken. Aber die musste man damals so einfach wie möglich halten, weil die Rechnerkapazität nicht mehr erlaubte.«

»Falsch … und falsch«, konterte sie. »Erstens liegen Sie ziemlich falsch, was mein Alter angeht …«

»Ich konnte noch nie gut einschätzen, wie alt jemand ist«, gestand er kleinlaut.

»Zweitens hat in den Spielhallen von Beechwood nie etwas Neueres gestanden als *Asteroids, Space Invaders* oder *Pac Man*«, machte sie ihm klar. »Die ersten Videospiele waren die letzte große Investition für die Penny Arcade, das Beautiful Noise und alle anderen.«

»Tatsächlich?«, wunderte sich der Mann. »Wie ist das möglich? Jede Spielhalle versucht doch, immer die neuesten Spiele zu haben, damit die Leute fleißig ihr Geld ausgeben.«

»Ich weiß, aber auf Beechwood trifft das nicht zu. Wissen Sie, meine Eltern sind jahrelang mit mir und meiner Schwester hierher in Urlaub gefahren. Vor gut zwanzig Jahren waren wir das letzte Mal hier, und in den zehn Jahren davor hatte sich in Beechwood nichts verändert, außer dass alles immer mehr verfiel und verkam. Und ich weiß, dass ich in meinem letzten Jahr hier an diesen Geräten da gespielt habe, aber an nichts Neuerem.«

»Und? Waren Sie gut?«, wollte er fasziniert wissen.

»Nur bei *Pac Man*«, erwiderte sie, »alles andere war mir zu hektisch.«

»Darf ich Sie zu einer Runde *Pac Man* einladen«, fragte er.

Sie sah den Mann nachdenklich an, konnte sich jedoch nicht zu einer Antwort durchringen. Sie kannte ihn nicht, warum sollte sie sich also von ihm einladen lassen. Irgendwie war er ein komischer Kauz, der es vorzog, in der Vergangenheit zu leben, anstatt sich der Gegenwart zu stellen. Andererseits kam es sicher nicht oft vor, dass er hier auf jemanden stieß, der wusste, wovon er redete.

»Einverstanden, aber die zweite Runde geht auf mich«, willigte sie schließlich ein.

Die nächsten Minuten verbrachte sie damit, sich wieder mit dem Spiel vertraut zu machen, um den gefräßigen gelben Kreis sicher durch das Labyrinth zu lenken und Punkte zu sammeln. Fünf Runden später fühlte sie sich einigermaßen sicher, hatte jedoch gegen ihren Mitspieler keine Chance. Als sie auf ihre Armbanduhr sah, stellte sie mit Schrecken fest, dass sie nur noch knapp eine Viertelstunde Zeit hatte, ehe das Taxi eintraf, um sie und Betty abzuholen.

»Tut mir leid, aber ich sehe gerade, ich muss jetzt gehen«, sagte sie. »Ich habe meiner Tante ein Abendessen versprochen, und wenn ich noch länger bleibe, komme ich zu spät, und die Reservierung verfällt.«

»Kein Problem«, meinte er und schien es ehrlich zu meinen. »Es hat mir auf jeden Fall Spaß gemacht. Vielleicht sieht man sich ja mal wieder.«

Es war sonderbar, aber als sie die Spielhalle verließ und zu ihrem Wagen ging, um zurück zu den Bennetts zu fahren, da wurde ihr bewusst, dass dieser Mann es tatsächlich geschafft hatte, sie für eine halbe Stunde die Welt um sie herum vergessen zu lassen. Dabei war sie sich sicher, dass sie es keine Stunde mit ihm ausgehalten hätte, so liebenswürdig er auch wirkte. Seine Art, all sein Wissen über eine Sache auf seinem Gesprächspartner abzuladen, erinnerte sie an jemanden, doch sie kam nicht darauf, an wen. Diese Art war wohl auch der Grund, warum sie weder nach seinem Namen gefragt, noch mit ihm Telefonnummern ausgetauscht hatte. Andererseits hatte er auch nicht nach ihrem Namen gefragt, was aber wohl weniger mit Desinteresse zu tun hatte als vielmehr damit, dass er einfach zu schüchtern war. Und doch hatte er sie von sich aus angesprochen. Da sie nicht das Gefühl hatte, aus dem Mann schlau werden zu können, stieg sie kopfschüttelnd in den Mietwagen ein und fuhr los.

Als sie in die Auffahrt zum Haus der Bennetts einbog, fuhr soeben ein Großraumtaxi vor. Sie gab dem Fahrer ein Zeichen, er solle warten, dann lief sie ins Haus, um Betty zu holen. Die kam ihr im Flur entgegengehumpelt und lächelte sie fröhlich an.

»Tut mir leid, dass ich so spät dran bin«, sagte Christine zu ihr und stürmte die Treppe nach oben, um sich schnell umzuziehen. Ein paar Minuten später kam sie wieder nach unten.

»Das macht doch nichts, Kind«, versicherte Betty ihr. »Entweder gab es noch etwas Brandeiliges, das du unbedingt erledigen musstest, oder du bist eine Weile durch die Gegend gefahren, um mal einen klaren Kopf zu kriegen.«

»Genau das habe ich versucht«, erwiderte sie und hielt ihrer Tante die Tür auf.

»Nur versucht, oder ...?«, fragte sie.

»Nein, nein, es hat auch geklappt. Zwar nur für eine halbe Stunde, aber das war besser als nichts.« Sie seufzte schwer. »Ich bin wirklich froh, wenn das alles vorbei ist. Am meisten macht mir diese Ungewissheit zu schaffen, ob dieser Coughlan noch irgendein As im Ärmel hat, mit dem keiner von uns rechnet.«

»Was meinst du damit? Hast du eine bestimmte Vorstellung, was das sein könnte?«

»Ach.« Christine winkte ab. »Mir gehen tausend Gedanken durch den Kopf. Vielleicht ist die Waffe nur ein Ablenkungsmanöver, um uns zu beschäftigen, während er irgendwo eine Bombe platziert. Oder Coughlan selbst ist das Ablenkungsmanöver, und ein anderer verübt das Attentat, mit dem keiner von uns gerechnet hat.«

Sie hatten das wartende Taxi erreicht und Betty klopfte mit einer Krücke gegen die Scheibe der Schiebetür, damit der Fahrer sie öffnete. »Lass doch, Betty, ich kann die Tür auch aufmachen.«

»Das weiß ich, Kind, aber Taxifahrer sollen sich um ihre Fahrgäste kümmern und nicht stur am Lenkrad sitzen und abwarten«, erwiderte sie. »Erst recht nicht, wenn jemand mit Krücken unterwegs ist, so wie ich. Schließlich hat er uns kommen sehen, also kann er sich auch herbewegen.«

Der Fahrer kam mit ausdrucksloser Miene um den Wagen herum und öffnete wortlos die Tür. Christine half ihrer Tante beim Einsteigen und legte ihr den Gurt an, dann nahm sie in der Reihe hinter ihr Platz. Der Fahrer schloss die Schiebetür und stieg wieder ein.

»Zum Tapestry in der Oxford Street, bitte«, rief Christine ihm zu, als er nach dem Ziel fragte.

»Und fahren Sie bitte keine Umwege, ja?«, fügte ihre Tante hinzu. »Meine Nichte ist nur in Beechwood zu Besuch, aber ich wohne hier und kenne mich aus.«

»M-hm«, machte der Fahrer nur und fuhr los. Knapp zehn Minuten später hielt er vor dem Restaurant, und nachdem sich Betty lautstark geräuspert hatte, stieg er aus und öffnete die Schiebetür, um sie aussteigen zu lassen.

Christine griff nach ihrer Geldbörse, aber ihre Tante hielt sie davon ab. »Du hast mich zum Essen eingeladen, ich übernehme das Taxi.«

Christine musste wegsehen, um nicht zu lachen, als Betty den geforderten Fahrpreis auf den Penny genau zahlte. Ohne ein weiteres Wort stieg der Mann wieder ein und fuhr ab.

»Magst du Taxifahrer prinzipiell nicht?«, fragte Christine, während sie die wenigen Schritte bis zum Lokal zurücklegten.

»Ich habe mich einmal in London mit einem Taxi vom Hotel zum Britischen Museum fahren lassen, weil ich den Weg nicht kannte. Als wir dort ankamen, durfte ich dem Fahrer fast dreißig Pfund in die Hand drücken, weil er mich quer durch die Stadt hatte fahren müssen.«

»Und?«

»Und als ich später mit einem anderen Taxi zurückfahren wollte, sprach mich ein Passant an, der gehört hatte, wie ich den Fahrer fragte, wie teuer die Fahrt zum Hotel sei, und verriet mir, dass ich nur zweimal links um die Ecke biegen musste, weil das Hotel bloß einen Block entfernt lag.«

»Oha«, machte Christine. »Das ist kein sehr erfreuliches Erlebnis.«

»Das fand ich auch. Und seitdem bin ich misstrauisch.«

***

Christine sah auf die Armbanduhr. »Fünf vor acht«, stellte sie fest. »Ich muss dann mal schnell rüber zur Halle. Es wird nicht lange dauern.«

»Kein Problem«, antwortete Betty. »Ich werde dem Ober sagen, er soll mit dem Dessert noch warten, bis du zurück bist.«

Als sie das Lokal verließ, war die Abenddämmerung bereits weit fortgeschritten, aber die Straßenlampen waren noch nicht eingeschaltet, sodass sie im Halbdunkel zum Pier hinübergehen konnte. Ihr war das nur recht, weil so die Chancen besser standen, von Coughlan nicht bemerkt zu werden, selbst wenn er sich irgendwo aufhalten sollte, von wo aus er sie hätte sehen können.

Sie eilte die Rampe nach unten und klopfte an der Tür an, durch die man in die untere Ebene gelangte. Schier endlos verstrich die Zeit, dann öffnete sich die Tür einen Spalt. Weiter geschah nichts, und einen Moment lang überlegte sie, ob das nicht vielleicht eine Falle war. »Kommen Sie rein«, hörte sie plötzlich North' Stimme. Erleichtert atmete sie auf und trat ein.

Im Gang dahinter brannten alle Neonleuchten und sorgten für kaltes Licht, das die ohnehin schon trostlose untere Ebene der Halle noch trister wirken ließ. North stand da und grüßte sie mit einem knappen Nicken, er zog die Tür hinter ihr zu und bedeutete ihr mit einer kurzen Handbewegung, sie solle ihm folgen.

Ohne ein Wort zu wechseln legten sie die kurze Strecke bis zum Kühlraum zurück. Er schloss auf, und sie traten ein. Während Christine die Tür hinter sich zuzog, kniete North sich auf den Boden und tastete unter dem Regal, bis er den länglichen Karton gefunden hatte.

»Dann wollen wir doch mal sehen«, murmelte er. Der Karton war nicht zugeklebt, sondern ließ sich so aufklappen, dass anschließend niemand erkennen konnte, ob er schon zuvor geöffnet worden war.

Zum Vorschein kam eine Art Gewehr, besetzt mit Metallplättchen, irgendwelchen Röhrchen und anderen, undefinierbaren Objekten, die keine erkennbare Funktion erfüllten. North nahm es aus dem Karton und hielt es Christine hin.

»Ist das überhaupt echt?«, fragte sie beim Anblick der merkwürdigen Verzierungen.

North nickte. »Ja, das würde ich schon sagen. Heben Sie mal.«

Er gab ihr die Waffe, die ihr fast aus der Hand gefallen wäre, weil sie ein solches Gewicht nicht erwartet hatte. »Das fühlt sich echt an«, urteilte sie. »Das sieht nur so eigenartig aus.«

»Ich würde sagen, das soll an eine Strahlenwaffe aus einem Film oder einer Serie erinnern, damit Coughlan nicht auffällt, wenn er damit durch den Saal spaziert. Die anderen tragen auch solche Waffen, wie Sie sicher gesehen haben.«

»Ja, ich weiß«, bestätigte sie.

»Aber warum ein Gewehr? Warum nicht eine kleinere, unauffällige Waffe? Wie will er mit dem Ding unbemerkt an den König herankommen?«, wunderte sich North.

»Das muss er gar nicht«, erwiderte Christine. »Ich habe heute Nachmittag ein interessantes Telefonat geführt und dabei erfahren, dass Russell Coughlan ein hervorragender Sportschütze ist. Wahrscheinlich könnte er sich auf die Bühne stellen und durch beide Säle hindurch dem König eine Kugel in den Kopf jagen, wenn der gerade erst die Eingangshalle betritt.«

North verzog den Mund angesichts dieser Neuigkeit. »Wissen Sie, wo wir jetzt noch Platzpatronen kriegen können?«, fragte er schließlich.

»Wofür Platzpatronen?«

»Na, wir können ihn doch nicht mit scharfer Munition auf die Leute loslassen!«

Christine schüttelte den Kopf. »Das können wir nicht nur, das müssen wir sogar.«

»Was?!? Entschuldigung, aber wissen Sie eigentlich, was Sie

da sagen? Da oben tummeln sich über dreitausend Leute!«, ereiferte sich North. »Er wird ein Blutbad anrichten.«

»Mir ist das Risiko durchaus bewusst, Mr North«, entgegnete sie. »Aber wir haben zwei Probleme. Erstens: Coughlan wird das Gewehr zweifellos überprüfen, wenn er es holen kommt. Er kennt sich mit Waffen aus und wird sofort bemerken, dass die Munition ausgetauscht wurde. Und genauso wird ihm jeder andere Versuch auffallen, das Gewehr zu manipulieren. Wir müssen davon ausgehen, dass er damit bereits Schießübungen gemacht hat, damit er mit der Waffe vertraut ist, wenn er den Anschlag verübt. Zweitens: Wenn er unmittelbar vor dem Attentatsversuch überwältigt wird, und die Polizei findet nur Platzpatronen, dann wird uns weiterhin niemand glauben, dass Coughlan ein sechsfacher Mörder ist und dass er den König ermorden wollte.«

»Sie wollen wirklich bis zur letzten Sekunde warten?«, fragte er zweifelnd.

»Wir haben einfach keine andere Wahl.« Christine machte keinen Hehl daraus, dass ihr diese Lösung genauso wenig gefiel wie ihm. »Wenn wir jetzt die Polizei informieren und unseren Fund präsentieren, haben wir nichts in der Hand, um Coughlan zu belasten. Bei dreitausend Convention-Besuchern und einigen Dutzend Helfern kann jeder infrage kommen. Coughlan kann alles abstreiten, und wenn der Inspector mich sieht, geht er ohnehin davon aus, dass ich mir das alles nur zusammenspinne.«

»Aber ich sehe das doch auch so wie Sie«, wandte North ein. »Zählt das denn gar nicht?«

»Nicht bei Inspector Hatfield. Er wird sagen, ich hätte Sie mit meinen Verschwörungstheorien angesteckt.«

North betrachtete nachdenklich die Waffe. »Dann soll ich sie also wieder wegpacken?«

»Unbedingt. Und schieben Sie den Karton genau an die Stelle, an der er gestanden hat. Coughlan darf nichts bemerken.«

Nachdem der ursprüngliche Zustand wiederhergestellt worden war, verließen sie den Kühlraum, North schloss die Tür ab und begleitete Christine zurück zum Lieferanteneingang. »Und wie verbleiben wir jetzt?«

»Wir müssen aufpassen, wann er die Waffe holt, und ab dann müssen wir ihm die ganze Zeit über dicht auf den Fersen bleiben«, erklärte sie. »Wir dürfen ihn nicht aus den Augen verlieren.«

»Wann er die Waffe holt, werden wir auf jeden Fall mitbekommen«, versicherte er ihr. »Diese Gina vom Computerladen hat alles so programmiert, dass Sie, Dylan und ich jeder eine SMS erhalten, sobald der Bewegungsmelder reagiert. Außerdem wird die Übertragung mit Uhrzeit mitgeschnitten, damit wir wissen, wann genau jemand den Kühlraum betreten hat.«

»Ich werde dann morgen Nachmittag gegen drei Uhr hier sein, damit mir noch etwas Zeit bis zu meinem Auftritt bleibt.«

»Wir telefonieren mittags ohnehin noch, um alles abzustimmen«, bemerkte er, hielt ihr die Tür auf und entließ sie in die Dunkelheit.

Sie kehrte zurück ins Restaurant, wo sich ihre Tante angeregt mit einem älteren Ehepaar am Nachbartisch unterhielt. Als sie sich setzte, schaute Betty nur kurz in ihre Richtung und sagte: »Du bist schon wieder da?« Dann widmete sie sich erneut dem Ehepaar und berichtete den beiden von dem Bowls-Turnier, das sie zuletzt gesehen hatte. Nach den Mienen der beiden älteren Leute zu urteilen, tat sie ihnen damit einen großen Gefallen.

Christine winkte den Kellner herbei und bat ihn, jetzt den Nachtisch zu bringen.

Schließlich drehte sich Betty zu ihr um. »Und?«, fragte sie. »Hast du alles erledigt?«

»Ja, ich hab mir alles angeschaut.«

»Und?«

»Sieht nicht gut aus«, gab sie zurück und deutete mit einer

Kopfbewegung auf das Ehepaar am Nebentisch. Betty nickte daraufhin bestätigend und machte ihr klar, dass sie sehr wohl wusste, warum Christine nicht konkreter werden konnte.

»Dann lass uns später darüber sprechen«, schlug sie vor. »Wir sind schließlich hier, um unser Abendessen zu genießen, da sollen die unangenehmen Dinge doch ruhig warten, bis wir wieder daheim sind.«

Sie verzehrten den Nachtisch, Zimteis mit Puderzucker und Sahne, und dann ließ Christine die Rechnung kommen, wobei sie den Ober bat, ein Taxi für sie zu bestellen. Als sie eine Viertelstunde später das Lokal verließen, wartete draußen das gleiche Großraumtaxi auf sie, mit dem sie schon hergefahren waren. Diesmal stand der Fahrer bereits neben der geöffneten Schiebetür und half Betty beim Einsteigen. Er fuhr auf kürzestem Weg zur Wilde Lane und hielt vor dem Haus der Bennetts, wo er sich sputete, um den Wagen herumzulaufen, um die Tür zu öffnen.

Diesmal gab Betty ihm ein Trinkgeld, als sie für die Fahrt bezahlte, und der Fahrer wünschte ihnen noch einen schönen Abend. »Siehst du, man kann sogar erwachsene Männer noch erziehen, wenn man es richtig anstellt«, meinte sie triumphierend zu Christine, während sie zur Haustür gingen. Plötzlich blieb sie stehen: »Warte, Kind. Was war in der halben Stunde, als du weg warst? Ich weiß nicht, ob die Bennetts wollen, dass wir uns mit ihnen die neue Episode von *Casualty* ansehen. Falls ja, haben wir nachher keine Zeit mehr zum Reden.«

»Na ja, viel ist nicht passiert«, antwortete sie. »Wir haben uns die Waffe angesehen, ein Gewehr, das ein bisschen verziert worden ist, damit es wie eine Science-Fiction-Waffe aussieht. Auf diese Weise will er nicht auffallen, wenn er sich unters Publikum mischt, um den König zu töten.«

»Sehr geschickt. Er hat sich das gut überlegt«, meinte Betty kopfschüttelnd.

»Oder irgendjemand anders hat es sich überlegt und es ihm befohlen.«

»So oder so stellt sich die Frage, ob er oder seine Hintermänner auch einen Reserveplan für den Fall haben, dass etwas schiefgeht«, gab Betty zu bedenken.

Christine verdrehte die Augen. »Hör bloß mit so was auf. Ich versuche erst gar nicht, an eine solche Möglichkeit zu denken. Mir wird schon übel, wenn ich nur daran denke, dass wir Coughlan mit scharfer Munition durch den Saal laufen lassen müssen.«

»Könnt ihr das Gewehr nicht irgendwie unbrauchbar machen?«

»Nein, keine Chance«, erklärte sie. »Coughlan ist ein erfahrener Sportschütze, und er würde merken, wenn mit der Waffe etwas nicht stimmt. Momentan wissen wir wenigstens, wie er das Attentat ausführen wird, aber wenn er das Gewehr nicht benutzen kann, weil wir es manipuliert haben, dann kann keiner sagen, was er stattdessen machen wird. So ist es trotz allem sicherer.«

»Hmm, ja«, stimmte Betty ihr zu. »Aber gibt es eigentlich keinen Zweifel daran, dass der jordanische König morgen hierherkommt? Mich wundert nämlich, dass nirgendwo verstärkt Polizei unterwegs ist und keine Straßensperren errichtet worden sind.«

Christine zuckte mit den Schultern. »Es soll ja offiziell ein Überraschungsbesuch sein, vermutlich tut sich deshalb nichts. Wenn die Polizei hier plötzlich alles auf den Kopf stellen würde, dann wäre klar, dass irgendwas im Busch ist. Ich schätze, die wollen auf diese Weise die Presseleute fernhalten, weil die sonst alles belagern würden.« Nach einer kurzen Pause fügte sie an: »Natürlich kann der König den Besuch auch immer noch absagen, vielleicht hat er das sogar längst getan, und es ist deswegen nicht mehr Polizei unterwegs. Ich kann mich nur überraschen lassen und hoffen, dass wir diesen verdammten Coughlan daran hindern können, seinen Plan in die Tat umzusetzen.«

»Ach, da sind Sie ja!«, rief in dem Moment Peter, der aus

dem Haus gekommen war, um die Mülltonnen an den Straßenrand zu rollen. »Wenn Sie sich beeilen und wenn Sie Lust haben, können Sie sich mit uns die neue *Casualty*-Folge ansehen. Eben kam schon eine Vorschau. Sah wieder sehr aufregend aus.«

»Ja, wir kommen gleich«, antwortete Betty. »Wir genießen nur noch ein wenig die frische Luft.«

»Wenigstens hat der Wind inzwischen nachgelassen«, sagte er, als er zurückkam. »Aber ob das von langer Dauer sein wird, bleibt abzuwarten. Kommen Sie, ich helfe Ihnen nach drinnen«, bot er sich an und hielt Betty seinen Arm hin.

Wenig später saßen Christine und Betty mit den Bennetts im Wohnzimmer, wo der Fernseher bereits lief. Ihre Tante und ihre beiden Gastgeber mit ihren Kindern sahen wie gebannt zu, wie soeben ein Unfallopfer in die Notaufnahme gebracht wurde, wo ein gestresstes Ärzteteam erst vor ein paar Minuten einen Motorradfahrer zusammengeflickt hatte und nun wie am Fließband den nächsten Patienten zugeschoben bekam.

Christine war ohnehin kein großer Freund von Arzt- und Krankenhausserien, und sie mochte schon gar keine Fernsehärzte, die ihre Patienten bemutterten, als seien die alle grenzdebil. Aber warum jemand diese bis ins Detail realistisch wirkende Serie verfolgte, war ihr ein Rätsel. Vor allem konnte sie nicht begreifen, dass Cathy nach dem heutigen Tag überhaupt noch der Sinn danach stand, sich anzusehen, wie Menschen nach einem schweren Unfall operiert wurden. Sie konnte doch froh sein, dass sie so glimpflich davongekommen war.

Eigentlich hätte Christine sich lieber in ihr Zimmer zurückgezogen, um ein paar Stunden zu schlafen, doch sie wagte es nicht, ihren Platz auf dem Sofa zu verlassen, da sie zwischen ihrer Tante und Cathy saß und weder die eine noch die andere stören wollte. Plötzlich piepte jedoch ihr Telefon, das sie vor sich auf den Tisch gelegt hatte. Eine SMS war eingegangen. Die anderen reagierten mit leisem Murren und Schnauben auf diese Störung.

Sie öffnete die SMS und riss erschrocken die Augen auf.

Kamera sendet, stand da geschrieben.

»Oh, verdammt!«, murmelte sie und sprang auf, stieg über Cathys Beine und lief in ihr Zimmer. Zum Glück hatte sie gleich nach der Rückkehr aus dem Restaurant schnell die Mailbox aufgerufen und nachgesehen, ob eventuell eine wichtige E-Mail eingegangen war, und ihr Laptop war noch eingeschaltet.

Isabelle lag völlig entspannt und friedlich auf dem Bett, Napoleon und Illya hatten sich wieder dicht an sie geschmiegt und schliefen so fest, dass sie sich nicht rührten, als Christine ins Zimmer kam und sich zu ihnen setzte. Bislang hatte sie wohl immer das Pech – oder vielleicht auch das Glück – gehabt, die beiden jungen Katzen schlafend zu erleben. Sie hätte die zwei gerne einmal richtig in Aktion gesehen, wenn sie durch das Haus jagten, und noch mehr hätte es sie interessiert, wie sich Isabelle dann verhielt. Morgen früh, wenn sie alle ausgeschlafen hatten, würde sich bestimmt eine Gelegenheit dafür ergeben.

Sie ging auf die Website und sah, dass die Tür zur Kühlkammer einen Spalt geöffnet war. Das Licht aus dem Gang fiel durch diesen Spalt, genügte aber nicht, um die Dunkelheit zu durchdringen.

Was war da los? Holte Coughlan sein Gewehr ab? Vielleicht um es anderswo zu deponieren? Wenn er das tat, waren dann North oder Weymoth zur Stelle, um ihn unauffällig zu verfolgen, damit sie wussten, wo die Waffe war?

Christine fiel ein kleines Anzeigefeld unter dem Bild auf, das von der Webcam gesendet wurde. »Es sind 0003 User online«, stand da geschrieben. Sie atmete beruhigt durch. Die beiden hatten ebenfalls eine SMS erhalten und waren auf die Webseite gegangen.

Plötzlich ging die Tür etwas weiter auf, und jemand zwängte sich durch den Spalt. Man konnte die Person jedoch nicht erkennen, da das von hinten einfallende Licht das Gesicht des

Unbekannten in Schatten tauchte. Die Tür wurde zugezogen, und damit war das Bild wieder komplett dunkel.

»Was soll denn das?«, murmelte sie. Die Kamera lief immer noch, also bewegte sich der Unbekannte weiter, allerdings in völliger Dunkelheit.

Sie griff zu ihrem Telefon und wählte Howard North' Nummer.

»Sehen Sie das auch?«, fragte sie ohne Vorrede, als er sich meldete.

»Ja, und ich habe keine Ahnung, was da los ist«, antwortete er.

»Haben Sie erkennen können, wer den Raum betreten hat?«

»Nein, aber es war nicht … Sie wissen schon wer.«

»Er hält sich in Ihrer Nähe auf?«, folgerte sie aus seinen Worten.

»Ganz genau«, bestätigte North. »Ich möchte wissen, was der Typ da macht.«

Sekundenlang starrte Christine auf die Dunkelheit und überlegte, was sie tun sollten. Wenn nicht bald etwas geschah, würde North oder Weymoth hingehen und nachsehen müssen, schließlich … in diesem Moment wurde das Licht im Kühlraum angeknipst.

Christine sah eine dunkelhaarige Frau, die ihr bekannt vorkam. Wo hatte sie sie schon mal gesehen?

»Das ist Patricia Holloway«, beantwortete North ihre unausgesprochene Frage. »Sie soll morgen den Aufbau des kalten Büfetts überwachen.«

»Dann will sie wohl nachsehen, ob auch alles da ist«, vermutete Christine.

»Wahrscheinlich«, stimmte er ihr zu. »Zum Glück war das falscher Alarm.«

Sie wollte sich eben verabschieden, da ließ das Bild der Webcam sie stutzen. »Augenblick mal, was macht sie da?«

Die Frau öffnete einen Eimer, in dem sich Kartoffelsalat befand, und plötzlich holte sie einen Esslöffel aus ihrer Jackentasche und dann … begann sie genüsslich vom Salat zu essen.

»Das kann doch wohl nicht wahr sein«, murmelte North.

Im ersten Moment hatte Christine noch gedacht, diese Patricia wolle nur mal einen Happen probieren, ob der Kartoffelsalat in Ordnung war, aber während sie, North und Weymoth ihr zusahen, schaufelte sie sich einen Löffel nach dem anderen in den Mund.

»Vielleicht ist sie die wahre Attentäterin«, konnte sich Christine nicht verkneifen. »Sie stopft jetzt das ganze kalte Büfett in sich hinein, und wenn morgen der hohe Besuch kommt, stellt sie sich ihm in den Weg und platzt einfach.«

Lachend erwiderte North: »Oder sie hofft, wenn sie heute alles wegisst, muss unser Gast morgen verhungern.« Nach einer kurzen Pause fuhr er fort: »Okay, genug gescherzt. Das Thema ist ja leider ernst genug.«

»Ja, leider«, meinte sie seufzend. »Wir sehen uns morgen. Gute Nacht, Mr North.«

»Danke, Ihnen auch, Miss Bell«, sagte er und legte auf.

Einige Minuten lang bediente sich die Frau ungeniert weiter an dem Kartoffelsalat, der für das Büfett bestimmt war, dann drückte sie den Deckel auf den Eimer und öffnete stattdessen eine andere Frischhaltebox, nahm zwei gekochte Eier heraus und verließ die Kühlkammer. Die Tür wurde zugedrückt, und nach vielleicht zehn oder fünfzehn Sekunden erschien wieder die Schrifttafel, dass die Kamera kein Signal mehr sendete.

Christine stellte den Laptop zurück auf den Nachttisch und ließ sich nach hinten aufs Bett sinken. Isabelle öffnete die Augen einen Spaltbreit und sah sie an. Ob es ihr gefiel, von ihren beiden schwarzweißen Artgenossen derart belagert zu werden, ließ sie sich nicht anmerken. Doch allein die Tatsache, dass sie die zwei nicht verscheuchte oder ihnen aus dem Weg ging, sprach dafür, dass sie damit einverstanden war.

»Die beiden könnte ich wohl einstecken und mitnehmen,

damit du zu Hause auch Gesellschaft hast, wie?«, sagte sie leise zu Isabelle und kraulte sie am Hals.

Zwar merkte Christine noch, wie ihr die Augen zufielen, aber es gelang ihr nicht mehr, sich umzudrehen und die Nachttischlampe auszumachen. Mit einem Mal fühlten sich ihre Arme und Beine schwer wie Blei an, und eine überwältigende Müdigkeit ergriff von ihr Besitz.

Ein fernes Summen, das in kurzen Abständen wiederkehrte, holte Christine aus dem Schlaf, doch es erschien ihr so unwirklich, dass sie sich eine ganze Weile nicht sicher war, ob das alles vielleicht immer noch zu ihrem Traum gehörte. Das Summen hielt hartnäckig an, bis sie letztlich darüber aufwachte. Als sie die Augen aufschlug, wunderte sie sich, dass das Licht brannte, aber dann erinnerte sie sich daran, wie sie irgendwann vor Müdigkeit einfach eingeschlafen war.

Die Katzen waren in der Zwischenzeit weitergewandert und hatten es sich gemeinschaftlich auf ihrem Kopfkissen bequem gemacht, da sie selbst es ja heute Nacht offenbar nicht benutzen wollte.

Christine hob den Kopf und verzog das Gesicht, als sie ein schmerzhaftes Stechen im Genick verspürte. So schief, wie sie im Bett lag, war das allerdings auch kein Wunder. Je weiter sie sich aufrichtete, umso mehr Körperpartien beklagten sich darüber, dass sie sich nicht richtig hingelegt hatte.

Sie drehte sich um und sah nach links auf den Nachttisch, und für ein paar Sekunden rätselte sie, wo ihr Radiowecker geblieben war, bis ihr bewusst wurde, wo sie war. Im Gästezimmer der Bennetts, nicht zu Hause. Sie setzte sich auf die Bettkante und warf einen Blick auf die Armbanduhr. Viertel nach zwei in der Nacht.

Was hatte da bloß gesummt und sie aus dem Schlaf geholt, wie es sonst ihr Radiowecker machte? Mit verkniffenen Augen sah sie sich um, entdeckte den Laptop auf dem Bett … und konnte im gleichen Moment das Geräusch zuordnen. Ihr

Telefon! Das war der Vibrationsalarm, den sie am Abend eingestellt hatte, damit der gemeinsame Abend mit den Bennetts vor dem Fernseher nicht durch plötzliches Klingeln gestört wurde! Jemand hatte sie angerufen! Um Viertel nach zwei in der Nacht? Wer sollte …? Oh, natürlich! Howard North! Irgendetwas musste geschehen sein, wenn er um diese Zeit ihre Nummer wählte. Sie nahm das Telefon an sich, das halb unter dem Laptop begraben lag, und wollte eben zurückrufen, da sah sie, dass keine Anrufe, sondern mehrere SMS eingegangen waren. Bei allen wurde eine ihr unbekannte Nummer als Absender angegeben. Sie öffnete die erste und las:

Schlechte Neuigkeiten. Melden Sie sich per SMS, aber rufen Sie unter k. Umständen an. Muss and. Handy benutzen. Howard

Die zweite SMS enthielt den gleichen Text, und das galt auch für die sieben weiteren. Sie ließ sich die Uhrzeit anzeigen und stellte fest, dass die Nachrichten im Abstand von zwei Minuten gesendet worden waren. Anscheinend hatte North auf diese Weise versucht, sie zu wecken. Schlechte Neuigkeiten? Was war passiert? Hatte sich Coughlan abgesetzt?

Sie tippte ›Was ist los?‹ ein und drückte auf ›Senden‹.

Eine Minute später kam die Antwort. North musste regelrecht auf heißen Kohlen gesessen haben, während er auf ihre Rückmeldung wartete. C plant etwas Neues. Müssen uns treffen. Sofort.

Mitten in der Nacht? Dann musste etwas Schlimmes vorgefallen sein, wenn es nicht bis zum Morgen warten konnte.

OK. In 20 Min. vor dem Pier?, schrieb sie zurück.

Nein. C lauert dort. Warte am alten Leuchtturm auf Sie.

Am alten Leuchtturm? Das war am anderen Ende von Beechwood, noch ein Stück hinter Hammersmith Manor.

Komme sofort.

Zum Glück war sie noch angezogen, sodass sie nur ihre Jacke überstreifen und das Telefon einstecken musste, bevor sie ihr Zimmer verließ. Sie schlich die Treppe nach unten und ging durch die Hintertür aus dem Haus, damit niemand hörte, wie sie die Tür hinter sich zuzog. Den Wagen ließ sie aus der Auffahrt und noch ein paar Meter weit die Straße entlang rollen, erst dann startete sie den Motor und gab Gas.

Das nächtliche Beechwood war wie eine Geisterstadt. Kein Mensch hielt sich um diese Zeit auf den Straßen auf, trotzdem blinkten die gelben Warnleuchten vor den Zebrastreifen, und alle Ampeln waren in Betrieb. Auf dem Weg zum alten Leuchtturm gab es zwar nicht viele Ampeln, doch jede von ihnen schlug auf Rot um, als Christine sich mit ihrem Ford Ka näherte.

Sie riss sich zusammen, so verlockend es im Schutz der Dunkelheit auch war, einfach weiterzufahren und sich auch nicht um die Geschwindigkeitsbeschränkungen zu kümmern. Sie konnte es sich nicht erlauben, jetzt einer Polizeistreife in die Quere zu kommen, die erst einmal ihre Personalien aufnehmen würde. Sie musste sich mit North treffen und deshalb jede unnötige Verzögerung vermeiden.

Sie überquerte die Slaughterhouse Road, folgte der Harrisburg Road und bog in den Kreisverkehr am Eaton Place ein, den sie gleich bei der nächsten Ausfahrt wieder verließ. Nun befand sie sich auf der Lighthouse Alley, einer kurvenreichen, unbeleuchteten Straße, die dicht an der Klippe entlang hinaus auf die Landzunge führte, an deren Spitze der alte Leuchtturm stand.

Christine kannte die Gegend noch von früher, allerdings waren sie damals nie mit dem Wagen hergekommen, da der Leuchtturm noch in Betrieb gewesen war und sich an der Einfahrt zur Lighthouse Alley eine Schranke befunden hatte. Seinerzeit hatte es nur einen Trampelpfad gegeben, der dort begann, wo die Landzunge dem Sandstrand ein jähes Ende setzte.

Die zahlreichen Kurven und die völlige Dunkelheit zwangen sie dazu, deutlich langsamer zu fahren, doch als sie endlich den Leuchtturm erreicht hatte, stellte sie zu ihrer Erleichterung fest, dass sie die Strecke vom Haus der Bennetts bis hier in einer akzeptablen Zeit zurückgelegt hatte. North musste zu Fuß hergekommen sein, da auf den drei asphaltierten Parkplätzen gleich neben dem leer stehenden Wärterhaus kein Wagen stand. Sie rangierte rückwärts auf den ersten Platz, stellte den Motor ab und stieg aus.

Auf der Kreideklippe, die gut achtzig Meter in die Höhe ragte, wehte ein kräftiger Wind, der sie ein wenig frösteln ließ, und als Christine nach North rief, wurden ihre Worte von einer Böe weggetragen. Sie holte ihr Telefon aus der Tasche und schrieb ihm eine SMS.

Bin am Leuchtturm. Wo sind Sie?

Es dauerte eine Weile, dann kam die Antwort.

Bin in 5 Min. bei Ihnen.

Sie drehte sich einmal um die eigene Achse, doch in der Finsternis war beim besten Willen nichts zu erkennen. Die einzigen Lichter stammten von den Schiffen, die weit draußen auf dem Ärmelkanal unterwegs waren, und diese Lichter waren nur winzige Punkte, kaum größer als die Sterne, mit denen der Himmel übersät war. So viele Sterne waren nur an einem Ort wie diesem zu beobachten, weit weg vom Lichtermeer Londons, das selbst den schwärzesten Nachthimmel bestenfalls mittelgrau erscheinen ließ.

Vermutlich war North zu Fuß hierher unterwegs, schließlich hätte sie die Scheinwerfer seines SUV schon in weiter Ferne bemerken müssen. Sie betätigte die Fernbedienung ihres Wagens, damit sich dessen Scheinwerfer einschalteten, dann näherte sie sich in deren Lichtkegel dem Rand der Klippe. Von hier aus konnte man tagsüber den Trampelpfad zumindest in Abschnitten überblicken, und wenn North von dort kam, würde sie frühzeitig den Schein seiner Taschenlampe entdecken.

Unter ihr erstreckte sich das Seebad Beechwood, und jetzt sah sie anhand der Straßenlaternen deutlicher als am Tag, wie hügelig das Städtchen tatsächlich war. Von hier oben kam es ihr vor, als würde sie auf eine Modelleisenbahnlandschaft hinunterschauen. Dort verlief die Promenade, die um diese Zeit nur noch schwach beleuchtet war; die Veranstaltungshalle war völlig in Dunkelheit getaucht, nur auf dem vorderen Teil des Piers sorgten zwei oder drei Neonröhren für ein wenig Licht. Das Geflecht der Straßen, die sich durch Beechwood zogen, war klar erkennbar, und es fiel Christine nicht schwer, verschiedene markante Punkte auszumachen.

Einer der markantesten war das Nobelrestaurant Nico's auf jener Klippe, die den Strand zur anderen Seite hin begrenzte. Bei den Touristen hatte es sich trotz der überteuerten Gerichte schnell zum beliebtesten neuen Lokal entwickelt, auch wenn es gar nicht zu dem Konzept passte, nach dem dieser russische Milliardär das Beechwood einer vergangenen Zeit hatte wiederauferstehen lassen. Das Problem war jedoch, dass diese gegenüberliegende Klippe zur Nachbargemeinde gehörte, und die war mehr an laufenden Einnahmen aus einem florierenden Restaurant interessiert als an einer einmaligen Millionensumme, die Arejev hatte hinblättern wollen, um auch noch dieses Stück Land zu erwerben, damit es nicht bebaut wurde.

Das Nico's war um diese Zeit ebenfalls längst geschlossen und stand dunkel und verlassen auf der Klippe. Aber als Christine die Augen zusammenkniff, kam es ihr so vor, als würde sie im rückwärtigen Teil des Gebäudes einen schwachen rötlichen Schein erkennen. Sie war sich aber nicht sicher, ob es sich womöglich um einen Lichtreflex handelte.

Kopfschüttelnd griff sie nach dem Telefon und tippte ein: Wo bleiben Sie?

»Bin schon da«, ertönte Augenblicke später eine Stimme hinter ihr, doch bevor Christine sich umdrehen konnte, erhielt sie einen Schlag auf den Kopf. Der Schmerz ließ sie ohnmächtig werden, und sie bekam nichts mehr davon mit, wie sie zu Boden sank.

16

Das Erste, was Christine spürte, als sie das Bewusstsein wiedererlangte, waren rasende Kopfschmerzen, die von ihrem Hinterkopf ausstrahlten. Vorsichtig öffnete sie die Augen einen Spaltbreit, aber um sie herum war alles dunkel. Sie machte die Augen weiter auf, und als sie sich allmählich an die Finsternis gewöhnt hatte, stellte sie fest, dass sie sich in einem Gebäude befand. Vor ihr befand sich ein großes Fenster, vermutlich eine Art Terrassentür, durch die ein schwacher Lichtschein in den Raum drang, der jedoch nicht für genug Helligkeit sorgte, um irgendwelche Details erkennen zu können.

Sie versuchte sich zu bewegen, doch erst jetzt wurde ihr bewusst, dass das nicht möglich war. Zwar stand sie aufrecht im Raum, aber ein Seil oder ein Klebeband war um ihre Knöchel gewickelt, und das so fest, dass es ihr so vorkam, als würden ihre Füße abgeschnürt. Und ihre Hände … was war mit ihren Händen? Die Arme waren über ihrem Kopf ebenfalls zusammengeschnürt worden, allerdings wurden sie zusätzlich von irgendetwas in dieser Position gehalten.

Was war passiert? Hatte North sie in eine Falle gelockt? War er Coughlans Komplize? Hatte sie sich in ihm so getäuscht? Aber warum dann dieser Aufwand? Warum lockte er sie zum Leuchtturm, wenn er sie niederschlagen wollte? Das hätte er überall tun können, wo er unbeobachtet war, weil sie ihm völlig arglos den Rücken zugedreht hätte. Er musste nur … Moment mal … nein, das war gar nicht North gewesen. Coughlan hatte sich als Howard North ausgegeben. Ja, so war es gelaufen. Er musste sie mit North zusammen gesehen haben, und er hatte sich gedacht, sie in die Falle locken zu können, wenn er sich für ihn ausgab – was ihm ja auch gelungen war.

Und was hatte er nun mit ihr vor? Wo war sie überhaupt? Hatte er sie in den Leuchtturm geschleppt? Wenn ja, dann brauchte sie sich keinerlei Hoffnungen zu machen, das hier zu überleben. Er musste nur ihren Wagen wegfahren, und schon würde niemand mehr auf die Idee kommen, hier nach ihr zu suchen. Kaum jemand machte sich außerhalb der Saison die Mühe, die Klippe zu besteigen; für Gewöhnlich waren es die Touristen, die die Aussicht genießen wollten. Außerdem hatte sie ihrer Tante keinen Zettel hinterlassen, wohin sie unterwegs war, wie ihr jetzt zu ihrem Schrecken bewusst wurde. Die Bennetts und Betty würden sich morgen früh wundern, warum sie nicht zum Frühstück kam. Dann würde man feststellen, dass auch der Mietwagen verschwunden war, und für eine Weile würden sich alle fragen, wohin sie wohl gefahren war. Dass etwas nicht stimmte, konnte erst auffallen, wenn Howard North am Nachmittag nachfragte, wo sie blieb, da in Kürze ihr Auftritt anstand. Und bis dahin war alles längst zu spät.

Es war draußen noch dunkel, also würde es noch Stunden dauern, bis überhaupt irgendjemand in Beechwood wach wurde. Immerhin war Sonntag, und alle konnten ausschlafen. Christine dagegen benötigte jetzt Hilfe, nicht erst in ein paar Stunden.

»Oh verdammt«, murmelte sie, und erst in dieser Sekunde wurde ihr klar, dass sie gar nicht geknebelt war. Warum ihr das nicht sofort aufgefallen war, wusste sie nicht. Sie konnte es sich allenfalls damit erklären, dass sie einfach davon ausgegangen war, er habe sie gefesselt und geknebelt. Aber das war gar nicht der Fall!

Christine holte tief Luft und schrie aus Leibeskräften: »Hiiiilfeeeee!! Hiiilfeeee!! Hört mich jemand? Ich bin hier gefangen, holt mich hier raus.«

Dann wartete sie ein paar Minuten. Nichts geschah.

Dass keine Reaktion erfolgte, konnte sie nicht enttäuschen, da sie auch gar nicht ernsthaft mit Hilfe gerechnet hatte. Coughlan war nicht so dumm, sie irgendwo hinzubringen, wo jemand ihre Hilferufe hören konnte. Entweder befand sie sich tatsächlich im Leuchtturm, oder er war mit ihr zu einem der leer stehenden Gehöfte rings um Beechwood gefahren, damit ihre Schreie ungehört verhallten.

Angst verspürte sie in diesem Moment nicht, nur Wut – vor allem Wut auf sich selbst, dass sie auf einen so simplen Trick hereingefallen war. Aber sie musste zugeben, Coughlan hatte es raffiniert angestellt. Er wusste, sie würde North nicht anrufen, wenn der sie davor warnte. Und er wusste, sie würde zu jedem Treffpunkt kommen, den er vorschlug – und sie würde allein kommen, weil die Polizei sich nicht für ihre Mutmaßungen interessierte.

Wenn sie es sich recht überlegte, musste sie gar nicht wütend auf sich sein, weil sie gar nicht anders hätte handeln können. Sie hatte auf die SMS reagieren müssen, weil sie Coughlan überführen wollte.

Frustriert atmete sie aus. Wenn sie nur irgendetwas hätte unternehmen können! Doch ihre Versuche, die Fesseln zu lösen, waren vergebens. Sie konnte sich nicht befreien. Stattdessen schnitten sie sich nur noch tiefer ins Fleisch.

Wieder schrie sie um Hilfe, und diesmal erfolgte eine Reaktion … aber nicht die, die sie sich gewünscht hätte.

Schritte waren zu hören, schwere, langsame Schritte. Irgendwo hinter ihr. Jemand näherte sich ihr von hinten, aber er kam nur langsam auf sie zu. Er schien klobige Stiefel zu tragen, und er ließ sich unendlich viel Zeit.

»Coughlan?«, rief sie.

Keine Antwort. Nur ein weiterer Schritt. Dann machte sie einen Schemen links von sich aus, der sich an ihr vorbeibewegte. War das Coughlan?

Der Schemen baute sich vor ihr auf und nahm ihr die Sicht auf die Terrassentür und den schwachen Lichtschein. Plötzlich ging ein grelles Licht an, das ihr genau in die Augen schien. Christine stieß einen leisen Schrei aus und versuchte, den Kopf nach hinten zu drücken. Aber ihre Arme waren zu fest miteinander verschnürt, sodass sie nicht zurückweichen konnte.

»Was soll das?«, fuhr sie ihn an, doch es kam keine Antwort.

Coughlan – es konnte nur Coughlan sein – hielt eine Taschenlampe in der Hand, wie sie erkannte, als die Nachbilder des Lichtscheins langsam verblassten. Nachdem er ihr vielleicht ein oder zwei Minuten ins Gesicht geleuchtet hatte, nahm er die Lampe herunter und stellte sie so auf den Boden, dass die weiße Decke das Licht reflektieren konnte und es im Zimmer einigermaßen hell wurde.

Ihr erster Blick ging zur Decke, und nun sah sie, dass ihre Fesseln über einen von mehreren dunklen Holzbalken gelegt waren, was ihre Position erklärte. Dann erst widmete sie sich ihrem Gegenüber. Coughlan hatte eine Gasmaske aufgesetzt, seine Augen waren durch die runden Gläser nicht zu erkennen, was ihm etwas von einem lebenden Toten verlieh – was wohl auch ganz in seiner Absicht lag. Er wollte ihr Angst machen. Nun, den Gefallen, sich etwas anmerken zu lassen, würde sie ihm nicht tun.

»Was sind Sie?«, fragte sie ihn spöttisch. »Ein Fan von *Doctor Who?* Meinen Sie, Sie könnten mich mit Ihrer Maske erschrecken, nur weil das in dieser einen Episode so gruselig gewirkt hat? Tut mir leid, aber das funktioniert nicht.«

Coughlan stand nur da und zeigte keine Regung.

»Wollen Sie jetzt so stehen bleiben?«, meinte sie lachend. »Wollen Sie nicht Ihren genialen Plan in die Tat umsetzen, um mich endlich aus dem Weg zu räumen? Und sind Sie tatsächlich so ein schlechter Schütze, dass Sie mich erst fesseln müssen, damit Sie mich auch ganz sicher treffen?«

Ihr war klar, dass ihr verächtlicher Tonfall vermutlich sein Blut zum Kochen brachte, doch das machte jetzt auch keinen Unterschied mehr. Er würde sie so oder so umbringen, daran gab es nichts mehr zu rütteln. Aber wenn schon, dann sollte er doch wenigstens wissen, wie armselig er eigentlich war. Er mochte sich für den großen Helden halten, doch das war er nicht, und da niemand sonst es ihm sagen würde, tat sie es eben.

Er trat von einem Fuß auf den anderen, fast, als würde sein Selbstbewusstsein ihn in diesem Moment im Stich lassen. Dennoch würde er es sich nicht mehr anders überlegen, weil er das gar nicht konnte. Er musste sie töten, denn solange sie lebte, stellte sie eine Gefahr für seine Pläne dar.

Plötzlich griff er in seine Manteltasche – zumindest sah es so aus, als trage er einen Mantel – und holte etwas Längliches, Durchsichtiges heraus. Er hob das Objekt an ihr Gesicht, und sie konnte erkennen, dass es sich um eine Schutzbrille handelte, die er ihr aufsetzte. Was um alles in der Welt hatte er nur vor?

Er drückte die Brille gegen ihr Gesicht und schob das Gummiband über ihren Kopf, dann nickte er zufrieden.

»Was gibt das? Wollen Sie irgendwas schweißen, weil ich diese Brille tragen muss?«

Nach wie vor schweigend zog er ihr Telefon aus der Tasche und tippte einen Text ein.

Sie werden sterben.

Sie sah auf das Display und verzog gelangweilt die Mundwinkel. »Ich dachte, Sie würden mir etwas Neues erzählen.«

Coughlan tippte wieder etwas ein.

Eigentlich eine Schande. Sie sehen so hübsch aus.

»Fesseln Sie jede Frau, bevor Sie versuchen, sie anzumachen?«, fragte sie gleichgültig. »Ich möchte wetten, auf die Tour kommen Sie zu jeder Menge Verabredungen.«

Sie hätte ihm am liebsten in den Schritt getreten, weil sie sich nur zu gut vorstellen konnte, dass er hinter der Gasmaske überheblich grinste. Gleichzeitig sah sie ihn aber weiter ausdruckslos an, was ihn – wenn sie Coughlan richtig einschätzte – rasend vor Wut machen musste.

Langsam beugte er sich vor und griff hinter sie, dann hörte sie ein kratzendes Geräusch. Um ihm zu demonstrieren, dass sie nichts von dem kümmerte, was er tat, sah sie weiter geradeaus, obwohl sie insgeheim zu gern gesehen hätte, womit er beschäftigt war.

Aber lange musste sie nicht warten, denn im nächsten Moment platzierte er eine große Gasflasche vor ihr. An das Ventil war ein dünner Plastikschlauch angeschlossen, der wiederum in einer Sauerstoffmaske endete. Er packte die Maske und hielt sie ihr an Mund und Nase.

Was sollte das? Wollte er ihr zusehen, wie sie irgendein giftiges Gas einatmete und jämmerlich daran zugrunde ging? Es würde zu ihm passen, überlegte sie. Wer so kaltblütig mordete, musste Spaß am Töten haben, und was gab es für einen solchen Menschen Schöneres, als den langsamen Tod eines anderen mitzuerleben?

Mit einer Hand griff er hinter sie, um an den Bändern zu ziehen, bis die Maske an ihrem Kopf festgezurrt war und Christine nur noch das einatmen konnte, was ihr durch den Schlauch aus der Flasche zugeführt wurde.

Sie hielt die Luft an. Nein, sie würde sein Spiel nicht mitspielen, dachte sie, während er das Ventil aufdrehte. Sie würde so lange die Luft anhalten, bis sie ohnmächtig wurde, dann würde sie nichts von dem mitbekommen, was er sich für ihr Ende ausgedacht hatte.

Immer noch hielt sie die Luft an, obwohl ihre Lungen nach Sauerstoff schrien. Bis zur Ohnmacht zu warten, war leichter gesagt als getan. Coughlan stand nur wieder da und wartete geduldig ab. Er wusste, irgendwann würde sie atmen müssen. Selbst wenn sie eine Extremtaucherin gewesen wäre, hätte sie so höchstens vier oder fünf Minuten lang durchhalten können, doch davon war sie weit entfernt. Mit viel Glück mochte sie es auf eineinhalb Minuten gebracht haben, als sie es nicht länger aushielt und einen tiefen Atemzug machte.

Sie war davon überzeugt, dass jeden Moment schreckliche Krämpfe einsetzen mussten, doch … nichts geschah. Sie konnte so atmen wie zuvor. Aber … welche Absicht verfolgte er damit?

Die Frage musste ihr so deutlich ins Gesicht geschrieben stehen, dass er wieder etwas in ihr Telefon tippte.

Sie werden sich noch wundern.

Dann ging er um sie herum, und sie konnte nichts von dem sehen, was er hinter ihrem Rücken trieb. Die Geräusche ließen keinen Rückschluss zu, das konnte alles Mögliche sein.

Auf einmal vernahm sie ein eigenartiges Knistern, und das Zimmer wurde in einen rötlichen Schein getaucht. Für einen Moment überlegte sie, ob er etwa auf die Idee gekommen war, den Kamin anzuzünden, doch dann begriff sie und atmete vor Schreck tief ein, sodass sich das Ventil öffnete und etwas von der komprimierten Luft aus der Gasflasche in ihre Lungen geleitet wurde.

Er hatte ein Feuer gelegt, und er wollte, dass sie litt. Von all seinen Opfern sollte sie am längsten leiden. Murray Heathen war bereits tot gewesen, als er im Superman-Kostüm vom Dach gestoßen wurde. Carl Lennison hatte noch ein paar Minuten lang nach Luft geschnappt, dann war sein Ende gekommen. Jerry Denham musste von einer Sekunde auf die andere vom Tod überrascht worden sein, sonst wäre er zumindest von seinem Stuhl gefallen, weil er sich an den Magen oder den Hals gegriffen hatte, als er merkte, wie das Gift seine Wirkung entfaltete. Tanya Cramer hatte für einige Sekunden Todesängste ausgestanden, als ihr klar wurde, dass er sie mit dem alten Plymouth an der Garagenwand zerquetschen würde. Kate Sullivan war beim Sturz im Kühlraum ohnmächtig geworden, und vermutlich konnte sie gar nicht mehr spüren, wie mit dem Blut das Leben aus ihrem Körper wich, dem zugleich die eisigen Temperaturen zusetzten. Anna Stanton sah wohl noch den Sattelschlepper heranrasen und begriff vielleicht, dass der ihr den Tod bringen würde, aber möglicherweise war ihr Gehirn von den Drogen bereits so sehr zersetzt gewesen, dass sie gar nichts mehr begreifen konnte.

Doch Christine sollte so langsam wie möglich sterben. Hätte er sie lediglich gefesselt hier zurückgelassen, wäre sie an einer Rauchvergiftung gestorben, lange bevor die Hitze oder die Flammen selbst ihr zu nahe kommen konnten. So aber atmete sie weiter saubere Luft, und der Rauch brachte nicht mal ihre Augen zum Tränen. Sie würde zusehen müssen, wie die Flammen sie einschlossen, wie die Hitze immer unerträglicher wurde, bis ihre Haut … nein! Plötzlich ging ihr ein Hoffnungsschimmer durch den Kopf. Bevor die Hitze sie bei lebendigem Leib rösten konnte, würde es für die Sauerstoffflasche vielleicht zu heiß werden, sodass ihr womöglich doch ein schnelles Ende bevorstand, wenn die Flasche in einem halben Meter Entfernung explodierte.

Dieser Dreckskerl, dieser Sadist. Wie lange hatte er wohl an diesem Plan gebastelt? Und wie krank musste er sein, dass er überhaupt auf eine solche Idee kam?

Sie sah einen Schatten vor der Terrassentür vorbeihuschen und wusste, dass Coughlan gegangen war. Er kehrte in sein Hotel zurück, damit er am Morgen mit den anderen zur Convention gehen konnte, wo er dann darauf warten würde, dass es Nachmittag wurde und der hohe Besuch auftauchte, damit er, Coughlan, ihn erschießen konnte. Natürlich würden North und Weymoth alles unternehmen, um ihn zu stoppen, sobald ihnen klar war, dass sie nicht mehr kommen würde, um ihnen dabei zu helfen.

Und vielleicht … vielleicht würde es ihnen ja gelingen. Zu schade nur, dass sie das nicht mehr mitansehen und Coughlan schadenfroh ins Gesicht lachen konnte, weil er letztlich doch gescheitert war.

Christine versuchte, ihr Leben Revue passieren zu lassen, jetzt, da es fast zu Ende war, doch das wollte ihr nicht gelingen. Es musste an der Hitze der Flammen liegen, die sich hinter ihr auszubreiten begannen.

Im flackernden Feuerschein konnte sie erkennen, dass an den beiden Wänden links und rechts zusammengeknülltes Papier verteilt lag. Dieser Bastard hatte wirklich an alles gedacht. Das Feuer würde zuerst auf diese Blätter übergreifen und dann auf die Tapete überspringen, schließlich auch auf die schweren Holzbalken.

Und sie würde dastehen, nach wie vor saubere Luft atmen und nichts vom Rauch und von den Dämpfen mitbekommen, die sie vermutlich schon jetzt umgebracht hätten. Sie riss den Mund weit auf und bewegte den Unterkiefer hin und her, doch die Maske war elastisch genug, um diese Bewegungen mitzumachen, anstatt zu verrutschen.

Sie drückte den Kopf ein Stück weit nach hinten, um wieder zur Decke zu sehen. Nein, den Gedanken konnte sie gleich vergessen. Bis die Flammen auf das Seil übergriffen, mit dem ihre Arme zusammengebunden worden waren, würde sie längst geröstet sein.

Es half nichts. Es gab kein Entkommen. Hätte sie an Wunder geglaubt, dann hätte sie jetzt vermutlich gebetet, damit ein solches Wunder geschähe … aber daran glaubte sie nicht.

Wie lange noch?, überlegte sie, doch in diesem Moment machte sie eine Bewegung an der Terrassentür aus. Der Schemen war wieder da. Offenbar war Coughlan zurückgekehrt, um zu sehen, wie weit sein Plan bereits gediehen war. Womöglich wollte er sichergehen, dass sie in den Flammen umkam und ihm nicht noch in letzter Sekunde entwischte.

Trotz der mörderischen Hitze und der völligen Aussichtslosigkeit gelang es ihr, abermals eine ausdruckslose Miene aufzusetzen. Auch wenn es ihn wohl nicht beeindruckte, tat sie es für sich, weil sie ihn nicht mit ihren Blicken anflehen wollte, wo sie doch wusste, dass er ihr Leben auf keinen Fall schonen würde. Er musste sie aus dem Weg räumen, das war ihr völlig klar, und deshalb konnte sie von ihm keine Gnade erwarten.

Coughlan klopfte gegen die Scheibe, und als sie nicht reagierte, begann er zu hämmern.

Was hatte er vor? Christine kniff die Augen zusammen und versuchte zu erkennen, was in diesen elenden Dreckskerl gefahren war, dass er jetzt da draußen so ein Theater veranstaltete.

Aber … das war gar nicht Coughlan, sondern … wie? Spielten ihre Augen ihr jetzt einen Streich? Oder ließ die Hitze der Flammen sie bereits fantasieren? Dieses Gesicht, der buschige weiße Schnauzbart … das … das war Daffyd Mattison!

Schweißtropfen liefen ihr von den Augenbrauen, und sie musste die Augen zukneifen, und als sie sie wieder aufschlug, war Daffyd Mattison verschwunden. Nein, es war nur eine Halluzination gewesen. Warum ausgerechnet er? Warum musste sie fantasieren, dass Mattison gekommen war, um sie zu retten? Warum nicht wenigstens George Clooney? Von ihm gerettet zu werden … und dann die Mund-zu-Mund-Beatmung …

Ihr Gedankengang wurde jäh unterbrochen, als die Terrassentür im nächsten Moment mit einem höllischen Lärm regelrecht aus dem Rahmen gesprengt wurde. Zum Glück zersplitterte das Glas nicht, auch wenn sie nicht begriff, wie das möglich sein konnte.

Dann sah sie, wie sich eine lange, dunkelgrüne Motorhaube in das große Zimmer bohrte und die beiden Flügel der Terrassentür vor sich her schob. Der Lärm verstummte, und die Front des Autos verschwand wieder aus ihrem Blickfeld.

Kalte Luft strömte in den Raum und fachte die Flammen an, während sich Christine fragte, ob das alles tatsächlich so geschah oder ob die Hitze sie hatte ohnmächtig werden lassen und sie nur träumte.

Doch dann kam Daffyd Mattison durch das Loch in der Wand herein und ging zielstrebig auf sie zu. In einer Hand hielt er ein aufgeklapptes Taschenmesser, mit dem er ihre Fesseln durchtrennte. Sie ließ die Arme sinken und brachte nicht mal die Kraft auf, um die Maske vom Gesicht zu nehmen. Das erledigte Mattison für sie, dann kniete er sich hin und schnitt das Seil durch, mit dem ihre Füße gefesselt waren.

Angesichts der Tatsache, dass ihre Arme ihr nicht gehorchen wollten, musste sie sich darüber wundern, wieso sie sich auf den Beinen halten konnte.

Mattison legte einen Arm um sie, führte sie durch die zerstörte Terrassentür nach draußen, half ihr über die Überreste einer Hecke, die er wohl zuvor hatte niederwalzen müssen, und stützte sie, damit sie sich in seinen Triumph setzte.

»Wie … wie …«, stammelte sie mit krächzender Stimme, brachte aber nicht mehr zustande. Stattdessen ließ sie sich ein Stück tiefer in den Beifahrersitz sinken, während sie im Licht der einzelnen Straßenlaterne zusah, wie Mattison sein iPhone aus der Jackentasche holte und eine Taste drückte.

Wie aus weiter Ferne hörte sie ihn mit der Feuerwehr reden, der er den Brand meldete, dann auf einmal schaltete sich ihr Verstand wieder ein und sie begann heftig zu gestikulieren. Mattison unterbrach seine Schilderungen, schaltete das Telefon auf stumm und fragte: »Was ist?«

»Sagen Sie kein Wort über mich!«, flüsterte sie ihm zu.

»Warum nicht?«

»Das erkläre ich Ihnen gleich«, antwortete sie. »Es darf vorläufig keiner wissen, dass Sie mich da rausgeholt haben.«

Er schien nicht erfreut darüber, der Feuerwehr etwas zu verschweigen, doch er kam ihrer Bitte nach und meldete nur den Brand. Als er das Telefon dann wegsteckte, berichtete er: »Die Feuerwehr wird ohnehin nicht so schnell herkommen. Das Nico's steht in Flammen!«

»Das Nico's?« Aber ja. Sie hatte den rötlichen Schein gesehen, als sie oben am Leuchtturm gestanden hatte. War das ein Zufall oder … oder hatte Coughlan erst das Nico's angezündet, bevor er sich mit ihr beschäftigte? Es ergab durchaus einen Sinn, denn ein Großbrand in dem ausladenden Restaurant würde die Feuerwehrleute aus Beechwood und den umliegenden Ortschaften so sehr in Anspruch nehmen, dass sie kein Löschfahrzeug erübrigen können würden, um sich um einen zweiten Brand zu kümmern.

Als Mattison sah, wie sie verstehend nickte, stieg er ein und schaute sie fragend an. »Würden Sie mir verraten, was hier los ist? Sie wirken ausgesprochen gefasst für jemanden, der eben noch in einem brennenden Haus gestanden hat.«

»Mr Mattison, bringen Sie mich bitte sofort zu sich nach Hause«, drängte sie. »Es darf mich niemand sehen!«

»Aber wieso …«, begann der Mann.

»Bitte! Fahren Sie los! Ich erkläre Ihnen alles, wenn wir bei Ihnen sind.«

Mattison zuckte mit den Schultern, legte den ersten Gang ein und gab Gas.

Beim Blick über die Schulter wurde ihr klar, dass Coughlan sie ins Hammersmith Manor verschleppt hatte, denn das Haus – ihr Traumhaus – stand in Flammen. Dort hatte sie sterben sollen. Welche Ironie, wo doch Coughlan gar nichts davon wissen konnte, wie sehr sie dieses Haus geliebt hatte.

Durch die Kurve, die die Mermaid Lane beschrieb, geriet das Gebäude schnell außer Sichtweite, doch der Schein der Flammen war in der Dunkelheit gut zu sehen. Augenblicke später hörte Christine einen dumpfen Knall. Die Sauerstoffflasche war explodiert, und spätestens jetzt wäre sie tot gewesen.

Irgendwo war vielleicht auch noch Coughlan unterwegs und hatte die Explosion ebenfalls gehört. Der Gedanke daran, dass er jetzt zweifellos zufrieden lächelte, brachte ihr Blut vor Zorn in Wallung. Während Mattison viel zu schnell durch die Nacht raste, schloss Christine die Augen und genoss den Fahrtwind auf ihrer Haut, die von den Flammen immer noch zu brennen schien.

Mattison fuhr die Road by the Sea entlang und bog in die Einfahrt zu seinem Grundstück ein. Kaum hatte er angehalten, kletterte Christine aus dem niedrigen Sportwagen und eilte zur Haustür. Das Gefühl war in ihre Arme zurückgekehrt, und die Wut darüber, dass es Coughlan beinahe gelungen wäre, sie aus dem Weg zu räumen, verlieh ihr eine Energie, die sie normalerweise unter diesen Umständen gar nicht hätte aufbringen können.

Nachdem Mattison die Haustür aufgeschlossen hatte, führte er Christine ins Wohnzimmer und zog auf ihre Bitte hin die Vorhänge zu, damit niemand sie sehen konnte. Während er in die Küche ging, um für sie ein Glas Wasser zu holen, sah sie sich im Zimmer um. Die schwere dunkle Ledergarnitur passte zu dem wuchtigen Schrank und der Anrichte im gleichen Stil, aber der riesige Flachbildfernseher, der auf dieser Anrichte stand, wirkte unweigerlich fehl am Platz. In jeder Ecke stand eine Glasvitrine, die alle bis auf die letzte Ecke mit Modellautos in den verschiedensten Maßstäben vollgestellt waren.

»Hier, trinken Sie einen Schluck«, sagte er und stellte ihr ein Glas Wasser auf den Tisch. »Soll ich Sie danach ins Krankenhaus fahren?«

Christine schüttelte den Kopf. »Nein, nein, mir geht es gut. Außerdem darf vorläufig niemand wissen, dass ich das Feuer überlebt habe.«

Freundlich lächelnd meinte Mattison: »Ich weiß, Sie wollen mir alles erklären, aber ich finde, Sie sollten sich erst mal ein paar Stunden ausruhen, wenn ich Sie schon nicht ins Krankenhaus bringen soll.«

»Im Moment kann ich mich gar nicht ausruhen, dafür bin ich noch viel zu aufgebracht«, wehrte sie ab. »Wenn Sie wollen, kann ich sofort anfangen. Es sei denn, Sie möchten sich erst noch schlafen legen.«

Mattison musste von Herzen lachen. »Sie glauben doch nicht ernsthaft, dass ich schlafen gehe, wenn Sie mir erzählen wollen, was Sie mitten in der Nacht in einem brennenden Haus zu suchen hatten.«

»Ja, ich kann mir vorstellen, dass Sie das interessieren dürfte«, entgegnete sie. »Aber … darf ich Sie vorweg etwas fragen?«

»Nur zu«, forderte er sie gut gelaunt auf.

»Was haben Sie morgens um fünf Uhr vor dem Hammersmith Manor gesucht?«

»Dort speziell habe ich gar nichts gesucht«, sagte Mattison und strich über seinen buschigen Schnurrbart, was auf Christine den Eindruck einer verlegenen Geste machte. »Ich weiß nur aus zuverlässiger Quelle, dass in der Nacht von Samstag auf Sonntag die beiden Polizeiwagen von Beechwood nicht hier sind, sondern die Landstraße zwischen Crawley und Brighton überwachen, um betrunkene Autofahrer aus dem Verkehr zu ziehen. Die Zeit nutze ich, um mit meinem grünen Teufel die Stadt unsicher zu machen.« Er grinste sie an. »Das hört sich jetzt vielleicht eigenartig an, aber ich gebe nun mal gern ein bisschen Gas. Schließlich ist um diese Zeit kein Fußgänger, kein Radler und kein Autofahrer unterwegs. Da kann nichts passieren.«

Christine lächelte ihn flüchtig an. Wenn das alles war, was er darunter verstand, die Stadt unsicher zu machen, dann war das wirklich ein harmloses Vergnügen.

»Aber verraten Sie Hatfield nichts davon«, bat er sie.

»Ich kann Ihnen versichern, dass er es mir ohnehin nicht glauben würde«, erwiderte sie lachend, und dann begann sie Daffyd Mattison alles Wesentliche zu erzählen – von den Morden, von Coughlans Attentatsplan, von ihrem eigenen Plan, mit dem sie versuchen wollten, ihn aufzuhalten. »Und jetzt wäre es ihm fast gelungen, mich auch noch umzubringen.«

»Und Sie wollen ihn in dem Glauben lassen, dass er es auch geschafft hat, richtig?«, folgerte Mattison.

»Richtig. Wenn er denkt, ich sei aus dem Weg geräumt, kann ich ihn im Auge behalten, ohne dass er selbst etwas davon mitbekommt«, bestätigte Christine, dann geriet sie ins Grübeln. »Jetzt gibt es nur ein Problem. Wenn die Feuerwehr sich Hammersmith Manor ansieht, wird sie da keine Leiche finden. Und wenn Coughlan davon erfährt, wird er wissen, dass ich ihm entwischt bin.«

»Hm, dann müssen wir etwas dagegen unternehmen und ihn in dem Glauben lassen, Sie seien für ihn nicht länger eine

Gefahr«, murmelte er. »Ich glaube, ich habe da auch schon eine Idee. Miss Bell, ich schlage vor, Sie schlafen jetzt erst mal zwei oder drei Stunden, damit Sie ein wenig zur Ruhe kommen. Und wenn Sie wieder wach sind, werden wir gemeinsam überlegen, was getan werden muss. Einverstanden?«

»Wenn Sie nichts dagegen haben, mache ich es mir auf dem Sofa bequem.«

»Sicher. Ich bringe Ihnen eine Decke«, sagte Mattison und ging aus dem Zimmer.

Christine saß da und starrte vor sich hin. Der Zwischenfall in dem brennenden Haus kam ihr rückblickend nur wie ein schlechter Traum vor, da sie es noch immer nicht fassen konnte, wie es überhaupt dazu kommen konnte.

Dreimal hatte Coughlan jetzt schon versucht, sie zu ermorden, und jedes Mal war sie mit dem Leben davongekommen, aber so knapp wie heute Nacht war es bislang nicht gewesen. Sie konnte nur hoffen, dass er es bis zum Nachmittag nicht noch einmal versuchen würde. Irgendwann musste diese Glückssträhne wohl ein Ende nehmen, davon war sie überzeugt.

Als Mattison mit einem Kissen und einer Decke hereinkam, sah sie auf. »Ich muss meine Tante anrufen, sie wird sich Sorgen um mich machen.«

Er schüttelte bedächtig den Kopf. »Wir haben halb sechs, und es ist Sonntag. Ihre Tante ist noch gar nicht wach, und Sie werden sie nur unnötig aufregen, wenn Sie sie jetzt aus dem Schlaf reißen, um ihr zu sagen, dass mit Ihnen alles in Ordnung ist.«

»Ja«, erwiderte sie leise. »Sie haben recht. Ich … ich werde versuchen, für eine Weile die Augen zuzumachen.«

»Tun Sie das. Alles andere können Sie auch noch später erledigen.«

Ein Geräusch riss sie aus dem Schlaf, in dem sie schreckliche Albträume geplagt hatten. Coughlan verfolgte sie durch ein

Labyrinth, das hinter jeder Ecke mit einer neuen tödlichen Falle aufwartete. Wie sie all diesen Fallen entkommen war, vermochte sie nicht zu sagen, aber auch wenn sie im Traum nicht ermordet worden war, verspürte sie große Erleichterung, nun wieder wach zu sein.

Was sie geweckt hatte, waren Geräusche aus der Küche; jemand schien dort den Frühstückstisch zu decken. Sie setzte sich auf und wollte sich strecken, doch ihre Arme waren so verspannt, dass sie vor Schmerz nur zusammenzucken und sie wieder sinken lassen konnte. Das musste mit der Art zu tun haben, wie Coughlan sie gefesselt hatte.

Als sie die Küche betrat, empfing Daffyd Mattison sie mit einem freundlichen Lächeln. »Haben Sie gut geschlafen?«, fragte er, während er zwei Gläser Marmelade auf den Tisch stellte. Dann drehte er sich zum Backofen um und holte ein Blech mit aufgebackenen Croissants heraus.

»Ich kann mich nicht beklagen«, gab sie zurück. »Aber nach diesem Abenteuer hätte ich notfalls auch auf nacktem Beton geschlafen. Am meisten muss ich mich allerdings über Sie wundern.«

»Ich hoffe, das meinen Sie positiv.« Er verteilte die Croissants auf die Teller.

»Positiv ist noch untertrieben. Sie kommen da wie der Terminator mit Ihrem Wagen ins Haus gerast, und dann spielen Sie auch noch Indiana Jones und retten mich aus den Flammen. Und das in ...« Sie biss sich auf die Zunge, weil ihr fast eine verletzende Bemerkung rausgerutscht wäre.

»Sie wollten sagen: Und das in meinem Alter. Richtig?«

Sie wich seinem Blick aus und murmelte ein verlegenes »Entschuldigung«, was er mit einem amüsierten Lachen kommentierte.

»Das muss Ihnen nicht peinlich sein«, beruhigte er sie und schenkte ihr einen Kaffee ein. »Ich sehe das auch nicht als eine Selbstverständlichkeit, mit siebenundachtzig Jahren noch so fit zu sein. Ich kenne nur wenige Gleichaltrige, die es mit mir aufnehmen können, und wenn ich ehrlich sein darf, ich bin stolz darauf, dass ich immer noch alles selbst erledigen kann.«

»Und was ist Ihr Geheimnis? Das berüchtigte Glas Rotwein am Tag? Oder zwei Dosen Bier? Oder jeden Morgen eine Stunde Jogging?«

»Mein Motto war immer: Von allem etwas, aber nie zu viel und schon gar nicht täglich«, antwortete er. »Keine Gewohnheiten, keine Routine. Sehen Sie, ich lege zum Beispiel den Wagenschlüssel nie zweimal hintereinander an die gleiche Stelle, und erst recht hänge ich ihn nicht an ein Schlüsselbrett. Auf die Weise zwinge ich mein Gehirn, die Erinnerung zu bemühen, wo der Schlüssel liegen müsste. Und bislang habe ich den Schlüssel immer noch wiedergefunden, wenn ich ihn brauchte. Routine ist tödlich für den wachen Geist.«

»Hmm«, machte sie, während sie über seine Worte nachdachte. »Da ist was Wahres dran.«

»Und lassen Sie sich ja nicht einreden, Kreuzworträtsel würden Ihren Verstand auf Trab halten«, fügte er noch an. »Nach zwanzig oder dreißig Rätseln können Sie das nächste bereits zur Hälfte lösen, ohne auch nur einmal richtig hinsehen zu müssen. Und wissen Sie auch wieso? Weil es auswendig gelernt ist. Aber nicht weil Sie es wirklich wissen.« Er zuckte mit den Schultern. »Oh, ich schweife ab, Miss Bell. Es gibt heute Wichtigeres zu besprechen als meine körperliche und geistige Verfassung.«

Christine verzog den Mund. »Ja, ich weiß. Ich muss auf jeden Fall Kontakt mit Betty aufnehmen, damit sie weiß, dass es mir gut geht. Irgendwie muss ich an meinen Laptop kommen, aber ich kann nicht zu ihr hinfahren. Also werde ich am besten ein Taxi hinschicken.« Sie kratzte sich am Kopf. »Und ich muss Howard North informieren. Er muss wissen, was passiert ist, allerdings darf er es niemandem sagen. Außer Dylan Weymoth. Coughlan muss weiter in dem Glauben bleiben, ich sei im Hammersmith Manor verbrannt beziehungsweise bei der Explosion der Gasflasche in Stücke gerissen worden.«

Mattison nickte zustimmend. »Das sehe ich auch alles so. Glücklicherweise«, fügte er an und setzte ein schiefes Grinsen auf. »Denn ich habe mir erlaubt, heute Morgen schon ein paar Dinge zu erledigen.«

»Ein paar Dinge?«, wiederholte sie. »Und was sind das für ›Dinge‹?«

»Nun«, er räusperte sich. »Zunächst einmal habe ich mir erlaubt, Betty … Ihre Tante anzurufen. Ich habe nur das Notwendigste erzählt, und anschließend bin ich bei ihr vorbeigefahren, um Ihren Laptop zu holen. Er liegt in meinem Büro auf dem Schreibtisch. Übrigens steht dieser kleine Ford bei den Bennetts vor dem Haus.«

Sie stutzte. »Dann ist Coughlan zu Fuß zum Leuchtturm gekommen und hat mich von dort in meinem Mietwagen zum Hammersmith Manor gefahren. Und anschließend hat er den Wagen in der Dunkelheit zu den Bennetts gebracht, damit es so aussah, als hätte ich zu Fuß das Haus verlassen. Dann … dann muss er das Feuer im Nico's mit irgendeiner Art von Zeitzünder ausgelöst haben, damit er am Leuchtturm sein konnte, lange bevor das Restaurant in Flammen stand.«

»Und er wollte, dass die Feuerwehr alle Hände voll mit dem Brand in dem Lokal zu tun hatte«, ergänzte Mattison. »Niemals würde ein Feuerwehrmann von dort abgezogen werden, um ein leer stehendes Wohnhaus in Alleinlage zu löschen, selbst wenn der Brand früh genug entdeckt worden wäre.«

»Wirklich sehr raffiniert von Coughlan«, überlegte sie. »Ich begreife nur nicht, warum er mich nicht einfach von der Klippe gestoßen hat. Er hätte mich auch niederschlagen und in meinen Wagen setzen können, um den über den Klippenrand zu rollen und ins Meer stürzen zu lassen.«

Mattison strich Marmelade auf sein Croissant. »Ich glaube, es ist wirklich so, wie Sie heute Morgen gesagt haben: Er wollte, dass Sie leiden, weil Sie ihm so viel Ärger bereitet haben.«

Sie nickte nachdenklich und trank einen Schluck Kaffee. »Ja, vermutlich trifft das zu. Und offenbar war er sich seiner

Sache so sicher, dass er nicht gewartet hat, bis die Flammen mich verbrannt hatten. Aber ich kann ja froh sein, dass er gegangen war, sonst hätten Sie sich auch noch mit ihm anlegen müssen.«

»Ach, das wäre nicht so schlimm gewesen«, versicherte er ihr. »Beim Geheimdienst lernt man diverse Tricks, um einen Gegner schnell und nachhaltig außer Gefecht zu setzen.«

»Sie waren beim Geheimdienst?« Christine sah ihn erstaunt an.

»Das habe ich nie behauptet«, gab er verschmitzt lächelnd zurück. »Ach ja, ehe ich es vergesse: Howard North wartet auf Ihren Anruf.«

»Howard North?«

»Ja, so heißt doch der Veranstalter dieser Außerirdischen-Versammlung auf dem Pier, oder?«

»Ja, ja, aber … wann haben Sie mit ihm gesprochen?«

»Ach, das habe ich erledigt, als ich von den Bennetts zurückkam«, erklärte er beiläufig. »Ich fuhr die Promenade entlang und sah, dass bereits ein paar Leute auf dem Pier zugange waren, und da habe ich kurz entschlossen angehalten und nach dem Veranstalter gefragt, weil ich mich über den Lärm beschweren wollte, den seine Gäste machen, wenn sie abends zu ihren Hotels zurückkehren.«

»Was?«, fragte sie ratlos.

»Na, ich brauchte doch einen glaubwürdigen Vorwand, um mit ihm zu reden«, machte Mattison klar. »Ich habe zwar fast alle wichtigen SF-Serien und -Filme auf DVD und BluRay, und ich könnte den Jungs und Mädchen da so einiges erzählen. Zum Beispiel, dass ich damals am 12. Dezember 1954 die BBC-Live-Produktion von 1984 gesehen habe, oder die ersten *Doctor-Who*-Episoden, die heute zum Teil verschollen sind, weil man die alten Bänder einfach überspielt hat, aber wenn da so ein alter Sack wie ich rumläuft, dann werden die meisten denken, dass da was nicht stimmen kann.«

»Und, was hat North gesagt?«

»Na ja, dass Sie ihn schnellstens anrufen sollen.« Er biss von seinem zweiten Croissant ab. »Und dass er es für das Beste hält, wenn Sie offiziell für tot erklärt werden.«

Sie nickte. »Das wäre bestimmt das Beste, aber Sie wissen so gut wie ich, dass die Feuerwehr im Hammersmith Manor keine Leiche gefunden hat.«

»Ich weiß, aber dafür gibt es ja das Internet. Nirgendwo sonst kann man die Allgemeinheit so gut manipulieren.« Dabei zwinkerte er ihr zu.

»Was haben Sie gemacht?«, fragte sie in einem verschwörerischen Tonfall. Sie fand immer mehr Gefallen an der Denkweise dieses Mannes.

»Eigentlich nur eine Frage getwittert.«

Christine sah ihn abwartend an.

»Ich habe eine SMS an den Twitter-Account der Convention geschickt und gefragt, ob jemand weiß, was es mit dem ausgebrannten Haus da hinten am Strand auf sich hat.

Und dann habe ich noch angemerkt, dass jemand beobachtet hat, wie die Feuerwehr eine verkohlte Leiche aus dem Haus holte, aber die Behörden würden genau das leugnen.«

»Und?« Sie konnte nur anerkennend den Kopf schütteln und wartete gespannt auf seine Antwort.

»Keine zehn Minuten später haben bereits fünf Leute getwittert, dass sie genau das Gleiche beobachtet haben. Natürlich stimmt das nicht, weil keiner von denen etwas gesehen haben kann, was sich nie ereignet hat. Aber die Feuerwehr kann jetzt noch so oft erzählen, dass das Haus leer war, als sie dort eintraf, es wird ihr einfach keiner mehr glauben.«

Er biss von seinem Croissant ab und kaute gemächlich. »In ein paar Stunden müssen wir nur noch twittern, dass Sie vermisst werden, und dann wird sich dieser aufgeblasene DCI Hatfield vor Anfragen nicht mehr retten können.«

»Unglaublich, wie selbstverständlich für Sie der Umgang mit all diesen Medien ist«, wunderte sie sich.

»Ach, so unglaublich ist das gar nicht«, wehrte er ab. »Sie

müssen bedenken, dass man beim Geheimdienst schon mit Computern gearbeitet hat, da haben die meisten Menschen noch gar nicht gewusst, dass solche Geräte überhaupt existieren.«

»Also *waren* Sie beim Geheimdienst«, beharrte sie.

Wieder lächelte er vielsagend. »Ich habe nie von mir gesprochen.« Er schenkte ihnen beiden noch einmal Kaffee ein, dann frühstückten sie in Ruhe weiter.

17

Nach dem Frühstück rief sie Howard North an, der gerade anderweitig beschäftigt war, aber sich keine fünf Minuten später zurückmeldete. »Wie geht es Ihnen?«, fragte er, ohne ihren Namen zu nennen. Wahrscheinlich hielt sich jemand in der Nähe auf, und North wollte verhindern, dass er belauscht wurde.

»Den Umständen entsprechend, wenn man innerhalb von sechs Tagen dreimal knapp am Tod vorbeischrammt.« Während sie antwortete, hörte sie Schritte, dann wurde eine Tür geschlossen.

»So, jetzt kann ich in Ruhe reden«, erklärte er. »Mr Mattison hat bereits in groben Zügen geschildert, was vorgefallen ist.«

»Ist Coughlan da?«

»Ja, der ist heute Morgen pünktlich zum Dienst erschienen. Freundlich wie immer.« Dann ergänzte er: »Es könnte sein, dass er von uns niemanden im Verdacht hat. Oder er kann sich so perfekt verstellen, dass es weder Dylan noch mir auffällt.«

»Gut«, sagte sie. »Wir müssen Coughlan in dem Glauben lassen, dass ich tot bin. In gewisser Weise macht es uns das noch leichter, weil er nicht nach mir Ausschau halten wird und ich ihn ungestört beobachten kann.«

»Aber Sie sind tot. Wenn Sie auf der Convention auftauchen, wird er Sie sehen, und dann ist der Überraschungseffekt dahin.«

»Mr North«, erwiderte Sie mit gespielt oberlehrerhaftem Ton. »Glauben Sie ernsthaft, ich hätte nicht daran gedacht?«

»Ähm … entschuldigen Sie … es klang nur so, als wollten Sie sich unter die Besucher mischen und darauf hoffen, dass Coughlan Sie nicht sieht.«

»Ich habe mir da schon was überlegt«, redete Sie weiter. »Sagen Sie, kennen Sie die Serie *UFO?*«

»Ja, die habe ich mir immer gern angesehen.«

»Erinnern Sie sich an diese Frauen mit lila Perücke und viel Schminke im Gesicht, die immer diese silbernen Overalls trugen?«

»Oh ja«, kam die gedehnte Bestätigung in einem Tonfall, der einiges darüber aussagte, wovon der kleine Howard North damals geträumt hatte.

»Können Sie mir so ein Kostüm beschaffen?«

»Ganz bestimmt. Einer unserer Händler ist auf so was spezialisiert.«

Sie nannte ihm ihre Konfektionsgröße, und North sicherte ihr zu, das Kostüm mit einem Taxi zu Mattisons Haus bringen zu lassen.

Nachdem sie aufgelegt hatte, schickte sie ihrer Tante eine SMS, um sie wissen zu lassen, dass alles in Ordnung war. Die schrieb zurück, ihr und Isabelle gehe es ebenfalls gut. Beruhigt legte Christine ihr Telefon auf den Tisch und rief auf ihrem Laptop wieder die Webcam-Seite auf, aber die zeigte weiterhin nur den Hinweis, dass die Kamera kein Signal sendete.

Mattison kam ins Wohnzimmer, als er hörte, dass sie nicht mehr telefonierte. Er nickte ihr zu und setzte sich zu ihr an den Tisch. »Wie fühlen Sie sich?«

»Besser als letzte Nacht«, sagte sie. »Ich würde sagen, Coughlan hat sich jetzt, da er mich für tot hält, erst recht sein eigenes Grab geschaufelt. Ich könnte mir vorstellen, dass er etwas unvorsichtiger wird. North kam es nicht so vor, als würde er ihm und diesem Dylan zutrauen, dass sie ihn durchschaut haben.«

»Wenn ich Sie so ansehe, Miss Bell«, meinte Daffyd Mattison nach einer Weile, »dann habe ich das Gefühl, dass Sie wieder Herr beziehungsweise Frau über die Lage sind.«

»Vielleicht klingt das eine Spur zu theatralisch, aber Coughlan hat mich herausgefordert«, entgegnete sie. »Er hat mich herausgefordert, und dafür wird er von mir die Quittung bekommen.«

Er nickte bedächtig und zwinkerte ihr zu. »Aber passen Sie bitte auf sich auf, und werden Sie mir nicht übermütig.«

»Versprochen«, gab sie mit einem Lächeln auf den Lippen zurück.

Zwei Stunden später ging Christine in Mattisons Wohnzimmer auf und ab, blieb mal stehen, um sich das eine oder andere Modellauto in einer der Vitrinen genauer anzusehen, und tigerte dann wieder zurück ans andere Ende des Raums. Vor über einer Stunde war das Kostüm mit einem Taxi hergebracht worden, und als sie es anzog, war sie ein wenig erschrocken. Zuerst dachte sie, North hätte die falsche Größe weitergegeben, und es sei einfach zu klein geschnitten, doch nachdem sie sich eine Weile im Spiegel betrachtet hatte, erinnerte sie sich daran, dass das Kostüm in der Serie genauso hauteng gewesen war, um den Körper der Trägerin zu betonen.

Innerlich stöhnte sie auf, weil sie die Aufmachung etwas dezenter in Erinnerung hatte und ihr davor graute, so auf die Convention zu gehen. Es war zu befürchten, dass sie sich vor Gaffern nicht würde retten können. Aber vielleicht war das gar nicht so schlecht, denn je mehr Aufmerksamkeit sie auf sich zog, umso unwahrscheinlicher war es, dass Coughlan sie erkannte.

»Warten zu müssen kann manchmal unerträglich sein. Wann wollen Sie zum Pier fahren?«, fragte Mattison, der sich einen Stapel Videokassetten zurechtgelegt hatte, die er nach und nach auf BluRay-Discs überspielen wollte.

»So kurz vor ein Uhr. Um zwei sollte ich eigentlich auf die Bühne, um Fragen aus dem Publikum zu beantworten, und gegen vier wird mit der Ankunft des Königs gerechnet.«

»Hm, dann wird es allmählich Zeit, die nächsten Gerüchte zu verbreiten«, meinte er und nahm sein iPhone vom Tisch, um einen Text zu tippen. »›Hab gehört, heute soll Christine Bell auftreten. Weiß einer was darüber?‹«, las er vor, dann schickte er den Text ab, und nur Sekunden später war er auf Christines Laptop als Meldung von ›triumphator1924‹ auf Twitter zu sehen.

Ein paar Minuten lang kam darauf keine Reaktion, stattdessen twitterten zig Besucher der Convention, welche Rarität sie gerade eben bei einem der Händler erstanden hatten. Christine glaubte schon, ihr Name sei übersehen worden, da gingen auf einmal Dutzende von Mitteilungen ein, die die ganze Bandbreite abdeckten – von Leuten, die sich als Insider bezeichneten und »ganz sicher« wussten, dass das eine Falschmeldung war, bis hin zu jenen, die die Anfrage bestätigten und dazu auch noch behaupteten, sich gerade eben hinter der Bühne mit ihr unterhalten zu haben.

»Faszinierend, nicht wahr?«, fragte Mattison, als sie über seine Schulter gebeugt auf dem Monitor mitlas, was auf Twitter einging. »Und jetzt verraten Sie mir mal, wem von diesen Leuten man eigentlich glauben soll. Sehen Sie den da, der gerade reinkommt: ›C. Bell ist da, hab mir grad en Autograhm geholt. Kuhle Frau.‹ Wenn es nur die Rechtschreibung wäre, die dabei auf der Strecke bleibt, könnte man es ja noch hinnehmen, aber leider wird die Wahrheit genauso brutal vergewaltigt, nur um sich von den anderen abzuheben.«

Er ging aus dem Wohnzimmer, kam aber zwei Minuten später wieder und hielt ein altes Mobiltelefon in der Hand.

»Haben Sie was Bestimmtes vor?«, fragte sie neugierig.

»Achten Sie weiter auf Ihren Laptop«, entgegnete er und begann zu schreiben.

Es dauerte nicht lange, da tauchte eine Meldung von einem Beiträger namens ›gutunterrichteterkreis‹ auf. »›Hab gehört, Chr. Bell ist heute Nacht in dem Feuer umgekommen. Polizei leugnet. Weiß einer mehr?‹«, las Christine vor und fügte im Scherz an. »Sie sind richtig gemein, wissen Sie das?«

»Stellen Sie in einem Forum oder auf Twitter eine beliebige Suggestivfrage, und Sie werden sich wundern, was dabei herauskommt.«

»Ich bin mir gar nicht so sicher, ob ich das wirklich wissen will«, gab sie zurück, sah aber schon die ersten Reaktionen über den Monitor laufen.

»Hab ich auch gehört.«

»Polizei lügt. So wie immer.«

»Gerücht stimmt leider. Polizei geht von Unfall aus.«

Als sie das las, musste Christine laut lachen. »Die Meldung könnte glatt von Hatfield kommen. Ich glaube inzwischen, seine Beförderung war auch ein Unfall.«

»Da kann ich Ihnen nur zustimmen«, meinte Mattison und fiel in ihr schallendes Gelächter ein.

Minutenlang verfolgten sie mit, wie sich die Meldungen zu Christines vermeintlichem Tod häuften und ein Eigenleben entwickelten, als hätte irgendjemand nicht bloß eine Frage, sondern eine offizielle Meldung ins Internet gestellt, auf die nun jeder reagierte.

»Das wird es North leicht machen, meinen Auftritt nachher abzusagen«, urteilte sie zufrieden. »Das haben Sie wirklich gut gemacht, Mr Mattison.«

»Danke, es war mir ein Vergnügen«, antwortete er und zeigte sich genauso zufrieden wie sie. Er sah auf die Uhr und fragte: »Was halten Sie davon, wenn wir uns was vom Chinesen liefern lassen?«

»Wenn ich bezahlen darf«, entgegnete sie.

»Wenn Sie darauf bestehen.«

Um kurz vor eins verließ Christine in ihrem silbernen Kostüm das Haus, hatte aber die Jeans und ihre Jacke darüber angezogen, da sie befürchtete, dass es ihr unterwegs sonst zu kalt werden würde. Die lila Perücke hatte sie aufgesetzt und rund um die Augen reichlich glitzerndes Make-up in verschiedenen Lilatönen aufgetragen, sodass niemand sie erkennen konnte, wenn er nicht mit Sicherheit wusste, wer sie war.

Der Taxifahrer musste gar nicht erst fragen, wohin sie wollte, sondern fuhr los, kaum dass sie eingestiegen war und den Gurt angelegt hatte.

Am Pier wehte ein frischer Wind über die Promenade, Besucher der Convention strömten in alle Richtungen. Einige legten eine Pause vom dicht gedrängten Programm ein, um kurz Luft zu schnappen oder irgendwo etwas essen zu gehen, während andere auf die Halle zustrebten. Links vor dem Pier war ein kleiner Stand einer religiösen Gruppe aufgebaut worden, deren Helfer Flugblätter und Broschüren zu verteilen versuchten, jedoch mit wenig Erfolg. Unter ihren Windjacken trugen sie Sweatshirts mit Aufschriften wie »Lass dich assimilieren … von Gott« oder »Auch Yoda glaubt an Jesus«.

Mit der Tageskarte, die North ihr mitgeschickt hatte, gelangte sie in die Veranstaltungshalle, an der Garderobe gab sie Jeans und Jacke ab, dann machte sie sich auf den Weg in den ersten Saal, in dem die Händler ihre Stände hatten. Ihre Befürchtung, beim Hereinkommen von ein paar Tausend Leuten angestarrt zu werden, entpuppte sich im gleichen Moment als unbegründet, da mindestens zehn andere Besucherinnen sich für das gleiche Kostüm entschieden hatten – von denen einige es noch deutlich besser ausfüllten, wie sie zähneknirschend feststellen musste.

Scheinbar planlos schlenderte sie durch die Gänge, während sie sich in Wahrheit zielstrebig den nächsten Türen näherte, die in den Hauptsaal führten. Dort entdeckte sie weitere Doppelgängerinnen, wodurch es ihr noch leichter werden sollte, Coughlan im Auge zu behalten. Gleichzeitig war es ein ernüchternder Anblick, hatte sie doch zuvor noch geglaubt, sie habe sich für ein besonders originelles Kostüm entschieden.

Sie zog das iPhone aus ihrer Handtasche, das Daffyd Mattison ihr ausgeliehen hatte, damit sie die Website mit der Kamera weiter im Auge behalten konnte, ohne ihren Laptop mitnehmen zu müssen. Die Kamera sendete unverändert kein Bild.

Schließlich entdeckte sie Howard North, der ganz links vor der Bühne stand und sich mit Dylan Weymoth unterhielt. Sie ging bis nach vorn zur ersten Sitzreihe, schaute sich suchend um und beschloss, zu den beiden Männern zu gehen und sie anzusprechen.

»Entschuldigen Sie, ich sehe, dass Sie diese Ausweise da tragen, und da dachte ich mir, Sie haben hier vielleicht was zu sagen«, unterbrach sie das Gespräch der beiden.

»Ja, was denn?«, gab North gereizt zurück und warf ihr einen verärgerten Blick zu.

»Kann man sich mit einer Tageskarte den Platz frei aussuchen, oder gibt es da irgendein System?«

»Es gibt ein System, das auf der Rückseite der Tageskarte auch erklärt wird.«

»Ach, und wo kann ich mich setzen?«

»Fragen Sie bitte die Helfer vorn am Eingang zur Halle«, wimmelte er sie ab. »Die kennen sich damit besser aus.«

»Aha, gut, dann werde ich das machen, Mr … ich habe Ihren Namen nicht verstanden.«

»Howard North«, antwortete der noch eine Spur gereizter. Offenbar hatte er etwas Wichtiges zu besprechen.

»Ach, Sie sind Mr North? So ein Zufall. Ihnen soll ich nämlich einen schönen Gruß ausrichten … von Christine Bell.«

Er setzte zu einem verärgerten Schnauben an, da sie keine Ruhe geben wollte, doch dann stutzte er, kniff die Augen zusammen und musterte sie eindringlich. »Sie … Sie sind's wirklich.«

Christine nickte.

»Ich hätte Sie nicht erkannt«, sagte er, und Dylan nickte zustimmend.

»Hervorragend«, freute sie sich. »Das ist schließlich auch der Sinn der Sache.« Sie sah sich um. »Wo ist Coughlan?«

»Da drüben.« North zeigte zur anderen Seite der Halle. »Er trägt das rote T-Shirt. Nicht zu übersehen.«

»Okay, dann werde ich ihn mal unauffällig im Auge behalten«, erklärte sie und ließ die beiden allein, damit Coughlan nicht auf sie aufmerksam wurde. Der verließ den Saal und begab sich in die andere Halle, in der die Händler den großen

Reibach machten. Dort drängte sich zum Glück deutlich mehr Publikum, sodass Christine immer in Sichtweite bleiben konnte, ohne von Coughlan bemerkt zu werden. Dank ihrer vielen Doppelgängerinnen war das kein Problem.

Zwar blieb sie ihm auf den Fersen, aber Coughlan machte noch keine Anstalten, die Waffe zu holen. Allerdings war das auch noch nicht nötig, da es bis zur Ankunft des jordanischen Königs noch eine Weile dauern würde. Vermutlich würde er das Gewehr erst ein paar Minuten vor dem Anschlag aus dem Versteck holen, um das Risiko einer vorzeitigen Entdeckung so gering wie möglich zu halten.

Bis kurz vor zwei ereignete sich nichts Ungewöhnliches, außer dass Christine die Füße schmerzten, weil Coughlan unablässig von einem Stand zum nächsten ging, um mit den Händlern zu reden. Jeder schien etwas von ihm zu wollen, und wenn man so sah, wie er sich verhielt, hätte man niemals glauben können, dass er ein eiskalter Mörder war.

Ein- oder zweimal ertappte sie sich sogar selbst dabei, wie sie daran zweifelte, ob der Mörder nicht vielleicht doch ein anderer war. Aber dann musste sie nur einen Blick auf die Kratzer werfen, die seinen Kopf zu allen Seiten überzogen, und spätestens da wurde ihr wieder bewusst, dass er der Täter sein musste. Isabelle hatte sich nicht geirrt, sondern den Mann erkannt, von dem sie getreten worden war.

Allmählich füllte sich der große Saal, da alle wissen wollten, wer oder was sich hinter dem Programmpunkt verbarg, der nur als Fragezeichen vermerkt war. Auch Christine kehrte in die Halle zurück, da sich der Händlersaal zunehmend leerte und sie nicht dadurch auffallen wollte, dass sie sich einen wichtigen Programmpunkt entgehen ließ.

Die Lichter wurden gedimmt, und das Stimmengewirr verstummte. Die Bühne war weiterhin beleuchtet, dann kam Howard North nach vorn und sah mit betretener Miene in die Menge. »Liebe Fans, liebe Freunde, in diesem Augenblick würde ich lieber nicht vor euch stehen, weil ich eine traurige Nachricht überbringen muss, die vielen von euch sicher schon bekannt ist, da sie seit ein paar Stunden im Internet kursiert. Der Überraschungsgast der diesjährigen Convention sollte Christine Bell sein, die bekannte und erfolgreiche Autorin. Sie hatte mir erst vor wenigen Tagen hier in Beechwood die Zusage geben können, und ich war sehr glücklich darüber, sie euch allen präsentieren zu dürfen. In der vergangenen Nacht ist hier im Ort ein Wohnhaus ausgebrannt, und obwohl Polizei und Feuerwehr es von sich weisen und alle entsprechenden Gerüchte dementieren, scheint es doch so zu sein, dass Miss Bell in den Flammen umgekommen ist. Es gibt Zeugen, die gesehen haben, wie ein Leichnam aus dem Haus gebracht wurde, und gut unterrichtete Kreise bestätigen, was die Polizei bislang abstreitet. Allem Anschein nach ist Christine Bell von uns gegangen. Möge ihre Seele in den Weiten der Unendlichkeit Frieden finden.«

Er trug die Worte so bewegend vor, dass sogar Christine selbst einen Kloß im Hals hatte. Betretenes Schweigen machte sich im Saal breit, dann begann irgendwo jemand zu applaudieren, und ehe sie sich versah, waren alle rund dreitausend Besucher aufgestanden, um Beifall zu spenden. Es rührte sie, weil diese Reaktion mehr über ihre Leserschaft aussagte als alle Verkaufszahlen. Sie schloss die Augen, da es ihr über alle Maßen peinlich war, all diesen Menschen so etwas weiszumachen, nur um einem einzigen von ihnen das Gefühl zu geben, er könne seinen ruchlosen Plan ungehindert in die Tat umsetzen.

»Da Miss Bell erst so kurzfristig zugesagt hatte, konnten wir nichts mehr vorbereiten, weshalb sie sich damit einverstanden erklärte, eine Fragestunde zu veranstalten, um all die Dinge zu beantworten, die ihr schon immer von ihr wissen wolltet. Nachdem sie offenbar in der letzten Nacht einem tragischen Unfall zum Opfer fiel, klafft jetzt ein Loch in unserem Programm. Weil wir Miss Bells Leistungen angemessen würdigen möchten, werden wir nach einer Schweigeminute ihre Kurzgeschichte *Der Altar von Ydda* vorspielen, die sie selbst als Hörbuch aufgenommen hat. Vielleicht wird ihre Stimme ihren Geist zu uns holen, damit sie ein wenig Zeit mit uns verbringen kann.«

Christine verzog den Mund, als sie hörte, wie North ins maßlos Kitschige abglitt. Sie war froh, dass die Schweigeminute begann und er nicht noch mehr von der Art zum Besten geben konnte.

Als nach der Minute die Kurzgeschichte begann, suchte sie schnell das Weite. Sie mochte ihre Stimme sowieso nicht, wenn sie sie von der CD hörte, außerdem hatte sie in dem abgedunkelten Saal keine Chance, Coughlan im Auge zu behalten.

Im Händlersaal entdeckte sie eine Getränketheke, ging hin und setzte sich auf einen der vielen freien Hocker. Sie bestellte eine Cola, dann drehte sie sich mit dem Glas in der Hand um und ließ ihren Blick durch den Saal schweifen. Mit Verwunderung musste sie feststellen, dass nur vielleicht zwei Dutzend Besucher den Saal nebenan verließen, der Rest saß noch da und lauschte offenbar andächtig einer ihrer Geschichten – und dann war sie selbst auch noch mit schlechtem Beispiel vorangegangen und war nach draußen geflohen!

Fast eine Stunde verbrachte sie an der Bar und beobachtete, was sich im Händlersaal abspielte. Irgendwann war Coughlan nach draußen gekommen und hatte an einem Stand etwas gekauft, das nach einer Rüstung aus weißem Kunststoff aussah. Auch ein Helm gehörte dazu, aber da er nur auf diese Dinge zeigte und sie dann mitnahm, vermutete Christine, dass er diese Rüstung jemandem brachte, der hinter der Bühne auf seinen Auftritt wartete.

Als plötzlich ihr iPhone zu vibrieren begann, zuckte sie so heftig zusammen, dass sie fast ihre mittlerweile zweite Cola verschüttet hätte. Hastig zog sie es aus der Tasche und aktivierte es mit einem Druck auf die Oberfläche, dann sah sie die Website mit dem von der Kamera übertragenen Bild. Jemand hatte die Tür geöffnet, aber nicht Coughlan kam herein, sondern ein älterer Mann um die fünfzig, der seiner Kleidung nach zu urteilen ein Hausmeister sein musste. Er machte das Licht an und zog eine Leiter in den Kühlraum, stieg auf die zweite oder dritte Sprosse und tastete nach einem Rohr über einem der Regale. Er sah seine Finger an, so als wolle er überprüfen, ob sie nass waren. Der Mann war offensichtlich auf der Suche nach einem defekten Rohr, aber hier war er nicht fündig geworden. Kopfschüttelnd stieg er von der Leiter und hob sie hoch, als … als auf einmal ein Blitz über das Bild zuckte und es schwarz wurde.

»Oh, verdammt«, fluchte sie leise und lud die Seite noch einmal. Doch es änderte sich nichts. Das Bild blieb schwarz, und schließlich tauchte der vertraute Text auf, dass kein Signal empfangen werden konnte.

Es gab nur eine Erklärung: Der Hausmeister hatte mit der Leiter die Kamera zertrümmert.

Sie wählte North' Nummer. »Haben Sie das gesehen?«, fragte sie ohne Vorrede.

»Ja, ich könnte den Kerl würgen«, erwiderte er im Flüsterton.

»Wo ist Coughlan?«, wollte sie wissen.

»Den habe ich nicht gesehen.«

»Aber er ist zu Ihnen in den Saal gegangen.«

»Hinter die Bühne ist er bislang nicht gekommen«, beteuerte North.

»Wir müssen sofort nach unten gehen«, drängte sie. »Sehen Sie mal auf die Uhr.«

»Ja, ist mir klar«, erwiderte er. »Wir treffen uns vor dem Kühlraum, und dann überlegen wir, wo wir uns verstecken können, um ihn unbemerkt zu beobachten.«

»Wir sehen uns in drei Minuten«, sagte sie, beendete die Verbindung und verließ den Händlersaal, um im Vorraum zu der Treppe zu gehen, die sie bereits zuvor benutzt hatte. Augenblicke später stand sie auf der unteren Ebene vor dem Kühlraum, und dann kam auch schon North durch den Gang gelaufen. »Das waren aber noch keine drei Minuten«, stellte sie amüsiert fest, als er nach Luft schnappend vor ihr stehen blieb.

»Na ja, ich dachte, ich könnte vor Ihnen hier sein«, meinte er grinsend. »Doch da muss ich wohl noch ein bisschen üben.«

Christine sah sich um. »Wo können wir uns verstecken, ohne dass wir ihn aus den Augen verlieren?«

North folgte ihrem Blick, dann entdeckte er etwas. »Da vorn! Der Heizungsraum. Durch die Lamellen können wir den Gang beobachten, aber er sieht uns nicht, weil es da drinnen dunkel ist.«

»Einverstanden. Kommen Sie.«

Sie gingen ein paar Meter in die Richtung, aus der North gekommen war, dann schloss er mit seinem Generalschlüssel die Tür auf. Die Heizung lief zwar, aber die Wärme war erträglich … erst recht nach der mörderischen Hitze, der sie in der letzten Nacht ausgesetzt gewesen war.

Eine Viertelstunde verging – Christine behielt die Zeit im Auge, da sie sich allmählich bedenklich der Ankunft des jordanischen Königs näherten. Wenn Coughlan nicht kam, um das Gewehr aus dem Kühlraum zu holen, dann standen sie vor dem Problem, dass es sich dabei nur um ein Ablenkungsmanöver gehandelt hatte und die tatsächliche Tatwaffe woanders versteckt war.

Um zwanzig nach drei hörten sie auf einmal hastige Schritte. Eine Gestalt huschte an ihrer Tür vorbei zum Kühlraum, und als dort das Licht eingeschaltet wurde, konnten sie erkennen, dass es sich tatsächlich um Coughlan handelte. Er hockte sich hin und zog den Karton unter dem Regal hervor, nahm die Waffe heraus und kam wieder nach draußen.

Jetzt erst fiel Christine auf, dass er diese seltsame weiße Rüstung trug, die er von einem der Händler bekommen hatte.

Er schulterte das Gewehr, und dann setzte er den weißen Helm auf, der zu dieser Rüstung gehörte und sein Gesicht vollständig verbarg.

Christine warf North einen fragenden Blick zu, doch der hob nur die Hand und schüttelte den Kopf.

Coughlan kam auf die Tür zu, hinter der sie sich versteckt hielten, dann bog er abrupt nach links in einen Gang ab, der zu einer Treppe hinauf in den Händlersaal führte.

Sie warteten, bis seine Schritte verklungen waren, und verließen den Heizungsraum.

»Wir haben ein Problem«, ließ North sie wissen, als er an ihr vorbei in den gleichen Gang einbog.

»Sie meinen, weil wir sein Gesicht nicht sehen?«, erwiderte sie. »Was ist das für eine Rüstung? Sie kommt mir bekannt vor, aber ich kann sie nicht zuordnen.«

»Das ist ein Stormtrooper aus den *Star-Wars*-Filmen, er gehört zu den Truppen von Darth Vader, Sie wissen, der Kerl in Schwarz mit Asthma.«

»Ja, natürlich. Jetzt fällt's mir wieder ein«, sagte sie, während sie gemeinsam die Treppe hinaufhechteten. »Und wo ist das Problem? Wir können zwar sein Gesicht nicht sehen, aber wir wissen doch, was er trägt.«

»Ich werd's Ihnen gleich zeigen«, antwortete er und öffnete die Tür zum Saal.

Dann sah sie, was er meinte. Vor dem Durchgang zum Vorraum tummelten sich gut zwanzig Stormtrooper, alle in der gleichen weißen Rüstung, alle mit einem Helm auf dem Kopf, der ihr Gesicht verdeckte.

»Oh, verflucht«, murmelte sie. »Wie kann das sein?«

»Unser hoher Gast wurde mir vor langer Zeit angekündigt«, erklärte North. »Um die Leute neugierig zu machen, habe ich mir überlegt, dass sich diese Gruppe in einer Reihe aufstellen soll, um den Besucher zu empfangen. Das Ganze sollte eine halbe Stunde vor der Ankunft beginnen, die Truppe sollte reglos dastehen, während sich alle fragen, was das wohl bedeuten könnte.«

»Und Coughlan gehört auch dazu?«

»Nein, tut er nicht. Das sind zwanzig treue Fans, die jedes Jahr herkommen. Coughlan muss einen von ihnen überredet haben, ihm seinen Platz zu überlassen.«

»Oder es gibt noch einen weiteren Toten, von dem wir bislang nichts wissen«, hielt Christine dagegen.

»Das kann allerdings auch sein.« Er musterte die Leute in den weißen Rüstungen, aber alle ihre Gewehre waren Marke Eigenbau, und es war unmöglich, die echte Waffe von den anderen zu unterscheiden. »Dann bleibt nur noch mein Ausweichplan.«

»Sie meinen die Bombendrohung?«, fragte sie.

Er sah sie verdutzt an. »Woher wissen Sie davon?«

»Weil ich den gleichen Gedanken hatte wie Sie. Da Inspector Hatfield nicht für vernünftige Argumente zugänglich ist, kann der Auftritt Ihres Überraschungsgastes nur durch eine Bombendrohung verhindert werden.«

North verzog den Mund. »Dann werde ich das ja wohl machen müssen, wenn ich ein Blutbad verhindern will.«

Sie schaute auf die Uhr. Halb vier. Noch eine halbe Stunde. Ihr Blick kehrte zu den Männern in den weißen Rüstungen zurück, die alle identisch aussahen. Plötzlich hatte sie eine Idee. »Nein, warten Sie noch. Mir ist gerade etwas eingefallen, das funktionieren wird.« Sie winkte Weymoth zu sich, der gerade in ihrer Nähe stand. »Mr North, geben Sie Dylan den Wagenschlüssel, und beschaffen Sie mir einen blauen Overall und eine schwarze Lockenperücke. Warten Sie am Eingang damit auf mich, sobald Sie beides haben.«

»Aber was …?«

»Tun Sie es einfach!«

North drückte Weymoth den Schlüssel in die Hand, und prompt zog sie ihn mit sich die Treppe hinunter, damit sie von Coughlan unbemerkt verschwinden konnten.

Sie rannten den Pier entlang, stiegen in North' BMW ein, und dann fuhr Weymoth auch schon mit quietschenden Reifen los. »Fahren Sie zu den Bennetts. Sie wissen schon, dahin, wo Sie mich neulich abgeholt hatten.« Gleichzeitig zog sie das iPhone aus der Tasche und rief Betty an. »Betty? Ich bin's, Christine. Ist Cathy da? Oder Peter? … Dann ruf sie zu dir! … Es geht um Leben und Tod! … Ja, ich warte … Cathy? Ja, genau. Holen Sie bitte sofort Isabelle, legen Sie ihr ein Geschirr von Ihren Katzen an … nein, sie ist lammfromm … ja, ganz bestimmt … dann setzen Sie sie in ihre Box und legen eine Leine dazu … ja, jetzt sofort … ich bin in zehn Minuten da und hole sie ab … ja, ich werde Ihnen das alles später erklären.«

Um zwölf Minuten vor vier stand die Box mit einer mürrisch dreinblickenden Isabelle an Bord auf dem Rücksitz, und wieder fuhr Weymoth mit quietschenden Reifen los. Während er so schnell durch die Stadt raste, wie er es eben noch vertreten konnte, nahm Christine die Perücke ab und wischte sich mit einer Handvoll Erfrischungstücher die lila Schminke aus dem Gesicht.

Neun Minuten später wollten sie in die Promenade einbiegen, aber dort errichtete die Polizei soeben eine Straßensperre. Der König war auf dem Weg zum Pier! »Fahren Sie da drüben runter zum Strand!«, forderte sie Weymoth auf.

»Zum Strand?«

»Dieses Monstrum soll schließlich ein Geländewagen sein, dann zeigen Sie mal, was es kann.«

Nach kurzem Zögern gab Dylan wieder Gas und fuhr die gepflasterte Rampe hinunter, die zum Strand führte. Zur Promenade hin war der Sand locker, und der BMW kam so langsam voran, dass sie fürchtete, sie würden jeden Moment stecken bleiben.

»Fahren Sie näher ans Wasser ran, da ist der Sand feucht und fest!«

Der Wagen pflügte sich weiter durch den Sand, dann fanden

die Reifen besser halt, und schließlich konnte Weymoth in immer höhere Gänge schalten, bis er mit über neunzig Meilen am Strand entlangraste.

Christine rief North an. »Kommt er pünktlich?«

»Ich weiß nicht. Dafür, dass er seit einer halben Minute hier sein sollte, ist noch nicht viel von ihm zu sehen. Es könnte sein … oh, verdammt, da kommt eine Wagenkolonne gefahren.«

»Warten Sie noch mit dem Anruf. In zwei Minuten sind wir da.«

»Wie wollen Sie das …?«, begann er, aber dann musste er vom Pier in die andere Richtung geschaut haben. »Ah, ich sehe Sie. Viel Glück.«

Wenige Augenblicke später kam der Geländewagen unter dem Pier an der Treppe zu stehen, über die man auf die Promenade gelangte. »Nehmen Sie die Box mit Isabelle, ich muss rauf und mich umziehen.«

Um fünf nach vier hatte sie die Tür zur unteren Ebene erreicht, North hielt sie ihr auf und drückte ihr den Overall und die Perücke in die Hand. Sie stieg in den Overall und zog den Reißverschluss zu, und als Weymoth mit der Transportbox hereingestürmt kam, setzte sie soeben die Perücke auf.

Sie öffnete die Box, holte Isabelle heraus, die sich am veränderten Erscheinungsbild ihres Frauchens nicht störte und auch nichts dagegen einzuwenden hatte, dass sie ein Geschirr tragen musste und nun angeleint wurde. Dann nahm Christine sie auf den Arm, hielt die Leine fest in der Hand und präsentierte sich North und Weymoth. »Na, wie sehe ich aus?«

»Na ja, jetzt sehen Sie aus wie Sigourney Weaver in *Alien,* und im Arm halten Sie Kater Jones«, sagte North. »Aber ich begreife nicht, was das bringen soll. Der Wagen mit dem König ist vorgefahren, und mir bleibt jetzt nichts anderes mehr übrig, als den Sicherheitsleuten entgegenzulaufen und zu rufen: ›Da drinnen ist eine Bombe!‹«

»Die Zeit könnte noch reichen«, widersprach sie. »Warten Sie ein paar Minuten länger.«

»Worauf soll ich warten?«, rief er ihr nach, als sie an ihm vorbei zur Wendeltreppe lief, die hinauf in den Vorraum führte.

Um acht Minuten nach vier durchquerte sie den Vorraum, in dem sich zahlreiche Convention-Besucher aufhielten, die sehen wollten, was es mit dem Aufgebot an schwarzen Limousinen auf der Promenade vor dem Pier auf sich hatte. Sie konnte erkennen, dass noch niemand ausgestiegen war und sich lediglich die Sicherheitsleute dem Pier näherten, um dort alles für den hohen Besuch vorzubereiten.

Zwei Minuten darauf passierte sie die Tür zum Händlerraum, im Gang selbst tummelten sich etliche Fans, die meisten davon kostümiert. Ein paar von ihnen zeigten auf sie. »Hey, Ripley, mach die Aliens fertig!«, rief einer in der Menge, sie lächelte flüchtig in seine Richtung. Zu ihrer Linken standen wie auf einer Perlenschnur aufgezogen zwanzig identisch aussehende Stormtrooper, die mit beiden Händen ihre Gewehre festhielten. Einer von ihnen war Russell Coughlan. Ein mindestens sechsfacher Mörder. Der Mann, der dreimal versucht hatte, sie zu ermorden. Der Mann, der den König von Jordanien erschießen wollte.

Sie warf einen Blick über die Schulter, während sie Isabelle an sich drückte. North und Weymoth waren dicht hinter ihr, doch sie machten nicht den Eindruck, als würden sie nach einem Mörder suchen. Vielmehr strahlten sie vor Freude über den gelungenen Coup, eine königliche Hoheit auf ihrer Veranstaltung begrüßen zu dürfen. Christine wusste aber, in diesem Moment war die Freude nur gespielt, denn in Wahrheit fürchtete vor allem North, dass dies seine letzte Veranstaltung sein würde, falls dem König etwas zustieß.

Christine zwinkerte ihm aufmunternd zu, machte damit aber auch sich selbst Mut. Alles hing jetzt von Isabelle ab.

Sie ging am ersten Stormtrooper vorbei, dann am zweiten. Aus dem Augenwinkel sah sie, dass die Sicherheitsleute schnell näher kamen. Wenn sie nicht die Reihe abgegangen war, bevor die Männer in den schwarzen Anzügen sie eingeholt hatten, dann war alles zu spät. Sie stutzte und sah noch einmal zur Seite. Tatsächlich! Inspector Hatfield begleitete die Sicherheitsleute!

Der dritte Stormtrooper zog an ihr vorbei, der vierte, der fünfte. Isabelle musterte mit mäßigem Interesse die Gestalten in ihren weißen Rüstungen.

Der sechste Stormtrooper, der … plötzlich setzte Isabelle zu einem tiefen, kehligen Knurren an und drehte den Kopf herum. Christine sah, wie die Pupillen der Katze sich weiteten. In diesem Moment war für sie alles klar. Und damit überstürzten sich die Ereignisse.

Der unter der Rüstung verborgene Mann reagierte zum Glück viel zu spät, denn als er begann, abwehrend das Gewehr hochzuheben, um sich zu schützen, hatte sich Isabelle bereits von Christine abgestoßen und sprang mit ausgestreckten Vorderpfoten und ausgefahrenen Krallen auf ihr Opfer zu. Der Helm, der aus dünnem und dementsprechend leichtem Kunststoff bestand, wurde von dem Aufprall hochgerissen und nach hinten geschleudert. Darunter kam das Gesicht von Russell Coughlan zum Vorschein, der überhaupt nichts begriff – außer dass ihn diese Katze schon einmal angefallen hatte.

Wie zuvor in Bettys Haus krallte sich Isabelle mit allen vier Pfoten in seinen Kopf. Diesmal jedoch verlor er wertvolle Sekunden, da Christine mit einer Hand die Leine festhielt und mit der anderen sich die schwarze Lockenperücke vom Kopf zog. Coughlan erkannte, wer sich unter der Perücke versteckt hatte, und bekam den Mund nicht mehr zu, da er nicht begreifen konnte, wieso sie vor ihm stand.

»Sie sind doch tot«, stammelte er. »Ich habe Sie in den Flammen …« Weiter kam er nicht, da er plötzlich die Schmerzen wahrnahm, die Isabelle ihm zufügte, indem sie ihm nicht nur den Schorf, sondern noch mehr Haut vom Kopf riss und sich in seinem linken Ohr verbiss.

Vor Schreck darüber feuerte er einen Schuss ab, der zwar nur die Decke traf, aber dafür sorgte, dass sich die anderen Stormtrooper und auch etliche Gäste auf den Boden warfen. Das Gewehr rutschte ihm aus den Händen und fiel zu Boden, während er versuchte, sich von Isabelle zu befreien, die weiter fauchte und knurrte. Sein Problem war allerdings, dass er in der Rüstung zwar genügend Bewegungsspielraum hatte, um das Gewehr auf den König zu richten, er die Arme jedoch nicht weit genug heben konnte, um an seinen Kopf zu kommen. North und Weymoth stürmten an Christine vorbei und packten Coughlans Arme.

»Hilfe!«, schrie der und warf sich auf den Boden, wobei er die beiden Männer mit sich zog, aber Isabelle ließ auch dann nicht locker. »Tun Sie doch was! Befreien Sie mich von dem Biest!«

»Das würde ich ja gerne«, gab Christine zurück. »Aber da Sie mich letzte Nacht gefesselt in diesem Haus zurückgelassen haben, sind mir buchstäblich die Hände gebunden.«

Isabelle schien ihre Rache zu genießen, da inzwischen auch die Nase und die Wangen zerkratzt waren.

»Was ist hier los?«, brüllte Hatfield, dem der Aufruhr nicht entgangen war. »Wer ist das? Und was stellt dieses Tier mit ihm an?«

»Hallo, Detective Chief Inspector Hatfield«, begrüßte Christine ihn und atmete tief durch. »Darf ich vorstellen? Das da ist der Verursacher von sechs tödlichen Unfällen … oder sollte ich besser sagen, das da ist ein sechsfacher Mörder?«

»Sie schon wieder?«, raunte er ihr zu.

»Schaffen Sie endlich die Katze weg! Diese Bestie kratzt mir die Augen aus!«, schrie der Attentäter dazwischen.

»Sagen Sie es ihm, Coughlan«, forderte sie ihn auf. »Gestehen Sie, und ich pfeife meine Katze zurück.«

»Ich werde nichts gestehen!«, presste er unter Schmerzen heraus.

»Soll ich Isabelle befehlen, Ihnen ein Stück Ihrer Nase abzubeißen?«

»Katzen kann man nichts befehlen!«, konterte er weinerlich. »Sie bluffen doch nur!«

»Wollen Sie's drauf ankommen lassen?«, fragte sie scheinbar desinteressiert.

Stöhnend und ächzend brachte Coughlan es tatsächlich noch fertig, ein paar Sekunden lang darüber nachzudenken, während Isabelle ihre Hinterkrallen in seinen rasierten Schädel drückte. »Ja, ja, ich gestehe alles!«, rief er schließlich.

»Was alles?«, beharrte Christine.

»Jeden Mord … alle sieben … und den Mordversuch … und das Attentat auf den König …«

»Und die beiden Brandstiftungen?«, hakte sie nach.

»Ja, ja, die auch!«

Christine kniete sich hin und griff nach Isabelles Vorderpfoten, damit sie sich nicht länger in die Wangen des Mannes verkrallen konnte. Mit einer geschickten Bewegung drehte sie die Katze von ihm weg und drückte sie an sich.

»Er gehört Ihnen, Inspector. Oder müssen Sie noch mehr hören?« Dabei hielt sie Isabelle wieder näher an Coughlan heran, der in Panik zur Seite auszuweichen versuchte, aber weiterhin von North und Weymoth festgehalten und auf den Boden gedrückt wurde.

»Nein, nein, nein!«, schrie er, woraufhin der Inspector ihr ein Zeichen gab, dass er genug gehört hatte. Er pfiff zwei uniformierte Polizisten zu sich, da die Sicherheitsleute bei dem Schuss sofort den Rückzug angetreten und den jordanischen König zurück zu den schwarzen Limousinen gescheucht hatten, damit sie gleich wieder abfahren konnten.

»Ziehen Sie Handschuhe an«, forderte er seine Leute auf. »Dann legen Sie ihm Handschellen an und bringen Sie ihn raus. Irgendwo da draußen steht auch ein Rettungswagen. Bringen Sie ihn dahin, damit die Sanitäter ihm ein paar Pflaster auf den Kopf kleben.«

Die Polizisten zogen ihn hoch und legten ihm die Handschellen an. Coughlans Kopf war zu allen Seiten mit tiefen

Kratzern übersät, und er war so blutverschmiert, dass man meinen konnte, jemand habe ihm die Kopfhaut abgezogen. Die vormals weiße Rüstung war mit blutroten Spritzern überzogen, was den Eindruck nur noch unterstrich, er könnte skalpiert worden sein.

Er warf Isabelle einen letzten hasserfüllten Blick zu, was sie dazu veranlasste, ihn noch einmal anzufauchen und mit ausgefahrenen Krallen nach ihm zu schlagen. Es war nur Christines schneller Reaktion zu verdanken, dass er nicht noch einen Kratzer am Kinn abbekam, da sie noch gerade rechtzeitig zurückwich.

Während die Polizisten ihn wegbrachten, standen die Besucher der Convention da und starrten abwechselnd auf Coughlan und Christine, die ihre Katze im Arm hielt, die ihrerseits genüsslich den Kopf am Kinn ihres Frauchens scheuerte. Sie hatte noch einmal ausgiebig Gelegenheit bekommen, sich zu rächen. Jetzt war ihre Welt wieder in Ordnung.

»Miss Bell?« Hatfield tippte an seine Hutkrempe. »Wenn Sie bitte mitkommen würden ... ich muss Ihre Aussage aufnehmen.«

»Ich schätze, das hat noch ein bisschen Zeit. Erst einmal muss Mr Coughlan verarztet werden, und wie es aussieht, wird das noch eine Weile dauern. Ich melde mich bei Ihnen, sobald ich hier wegkomme. Einverstanden?« Ihr Widerstand schien ihm nicht zu gefallen, woraufhin sie sich vorbeugte und ihm zuflüsterte: »Wenn es Ihnen lieber ist, kann ich den Reportern da vorn ja erzählen, dass Sie jeden dieser Morde als Unfall abgetan haben. Ich persönlich möchte Sie ja nicht in aller Öffentlichkeit bloßstellen, aber ...« Sie zuckte gleichgültig mit den Schultern. »... die Entscheidung liegt natürlich ganz allein bei Ihnen.«

Epilog

Und dann?«, fragte Betty.

»Dann hat er sich wütend umgedreht, irgendwas vor sich hin gemurmelt und ist gegangen«, erzählte Christine, als sie am nächsten Morgen mit ihrer Tante in deren Haus am Frühstückstisch saß. »Ich bin natürlich später noch zur Polizei gefahren und habe meine Aussage gemacht. Mir gefiel nur nicht Hatfields Ton, kurz nachdem wir Coughlan überwältigt hatten. Schließlich wäre der König von Jordanien jetzt sehr wahrscheinlich tot, wenn ich nicht zusammen mit North und Weymoth alles getan hätte, um Coughlan zu stoppen. Und …«

»Vergiss Isabelle nicht«, warf ihre Tante ein.

Die Katze lag im Sessel, abermals in Begleitung von Napoleon und Illya, die sich wieder an sie schmiegten und fest schliefen. Als Isabelle ihren Namen hörte, spitzte sie die Ohren und öffnete ein Auge zu einem schmalen Schlitz.

»Wenn du mich ausreden lassen würdest«, gab Christine lächelnd zurück, »dann wüsstest du jetzt, dass ich genau das als Nächstes sagen wollte. Ohne Isabelle hätten wir Coughlan vielleicht von seinem Attentat abhalten können, aber dann hätten wir unsere Absichten früher zu erkennen geben müssen, und ein siebenfacher Mörder wäre ungeschoren davongekommen.«

»Siebenfach? Ich dachte, er hätte sechs Menschen auf dem Gewissen«, wandte Betty ein.

»Er hat noch einen Mann ermordet, um dessen Platz in dem *Star-Wars*-Empfangskomitee einzunehmen«, erklärte sie. »Nachdem die Polizei Coughlan abgeführt hatte, haben wir alles genau unter die Lupe genommen und das siebte Opfer in einem Lüftungsschacht entdeckt.«

Nachdem sie einen Moment bedrückt geschwiegen hatten, fasste sich Betty, trank einen Schluck Kaffee und lächelte Christine an. »Und du durftest tatsächlich König Abdullah die Hand reichen?«

Christine schüttelte die finsteren Gedanken ebenfalls ab. »Ich kann es noch immer nicht glauben. Nach dem ganzen Theater rund um Coughlans Verhaftung hatte ich gedacht, der König sei auf Nimmerwiedersehen verschwunden. Nach ungefähr einer halben Stunde kamen zwei Leibwächter zur Convention und brachten North, Weymoth und mich ins Millennium Hotel. Wir dachten, dass der jordanische Geheimdienst uns befragen wollte, was wir über Coughlan und dessen Hintermänner wissen, aber dann kam auf einmal der König zu uns, weil er sich bei uns persönlich dafür bedanken wollte, dass wir ihm das Leben gerettet haben. Natürlich«, fügte sie hastig an, um dem Einwand ihrer Tante zuvorzukommen, »hatte ich Isabelle auch mitgenommen. Ich hätte sie sowieso nicht auf der Convention zurückgelassen, auch wenn ich sie gleich wieder in ihre Box gesetzt hatte.« Während Betty zufrieden nickte, fuhr sie fort: »Er ist ein unglaublich netter Mann, wir haben uns sehr angenehm unterhalten, und schließlich hat er uns alle auch noch nach Jordanien eingeladen.«

Betty zog beeindruckt die Augenbrauen hoch. »Und hat Isabelle wenigstens eine Tapferkeitsmedaille bekommen?«

»Das nicht, aber er hat sie auf den Arm genommen und sich auch bei ihr bedankt.« Sie machte eine kurze Pause. »Ich weiß gar nicht, wo all die Fotografen und Kamerateams, die ein Bild von uns allen haben wollten, so schnell hergekommen waren.«

»Ich will nur hoffen, dass der Ruhm Isabelle nicht zu Kopfe steigt«, meinte Betty.

»Wieso hast du eigentlich die beiden Katzen der Bennetts mitgebracht?«, wollte Christine wissen. »Fahren sie in Urlaub, und du sollst sie hüten?«

»Du darfst gern noch mal raten«, erwiderte ihre Tante.

Sie schüttelte den Kopf. »Keine Ahnung. Ist einer von den Bennetts über Nacht allergisch gegen Katzenhaare geworden?«

»Das kommt der Sache schon näher«, sagte Betty. »Patrick und Melanie sind zu der Ansicht gelangt, dass eine Wii viel interessanter ist als eine Katze. Und damit hat die Spielkonsole über die Natur gesiegt.« Sie verzog betrübt den Mund. »Ach, ich weiß nicht. Seit die Bennetts weggezogen sind, legen die beiden Kinder seltsame Verhaltensweisen an den Tag. Ich finde, sie haben sich verändert. Es kommt mir so vor, als würden sich die Eltern kaum um sie kümmern.«

»Wahrscheinlich hast du jahrelang einen guten Einfluss auf sie ausgeübt, Betty, und da sie dich jetzt nicht mehr jeden Tag um sich haben, machen sie, was sie wollen.«

»Das kann natürlich sein«, stimmte ihre Tante ihr zu, die aus ihren trübseligen Gedanken geholt wurde, als es an der Haustür klingelte.

Christine stand auf und ging nach vorn.

»Guten Morgen, Miss Bell«, wurde sie prompt von einem fröhlich dreinschauenden Detective Chief Inspector Hatfield begrüßt. »Wie geht es Ihnen?«

»Mir ging's schon schlechter«, gab sie ein wenig abweisend zurück, da seine ausgelassene Stimmung bei ihr vor allem Skepsis weckte. »Was kann ich für Sie tun?«

»Darf ich reinkommen?« Als sie nickte, trat er ein und ließ sich von ihr ins Wohnzimmer führen. Er begrüßte Betty und setzte sich in den freien Sessel. »Ach, da ist ja unsere Heldin«, sagte er und streichelte Isabelle. Sie ließ ihn gewähren, während sich Christine über den Mut des Mannes wunderte, hatte er doch selbst gesehen, wie die Katze Coughlan zugerichtet hatte.

»Einen Kaffee, Inspector?«, fragte sie der Form halber, auch wenn sie eigentlich nicht in der Laune war, ihn auch noch zu bedienen.

»Kaffee? Nein, danke. Jetzt nicht. Ich muss gleich wieder los«, antwortete er. »Ich wollte nur schnell ein paar Dinge erledigen.«

Christine nahm neben ihrer Tante auf dem Sofa Platz. »Was denn für Dinge?«

»Nun, als Erstes«, begann er mit strahlender Miene, »kann ich berichten, dass Mr Coughlan im Verhör noch einmal alle Morde gestanden hat.«

»Hat er auch erklärt, warum er all diese Leute getötet hat?«, wollte Betty wissen.

»Ja, er war sehr gesprächig«, bestätigte der Inspector und fügte grinsend an: »Besonders als ich erwähnte, ich könnte auch Miss Bell mit ihrer Katze zum Verhör hinzuziehen, wenn ihm das lieber sei. Wie sich herausgestellt hat, wurde Coughlan schon vor längerer Zeit von einer terroristischen Vereinigung aus dem Nahen Osten angeworben, nachdem er finanziellen Schiffbruch erlitten hatte. Um den Verdacht nicht allein auf sich zu lenken, weihte er ein paar Freunde ein, behauptete jedoch, das Ganze sei nur ein Strategiespiel ohne ernsten Hintergrund. Murray Heathen, einer dieser Freunde, kam ihm aber auf die Schliche und weigerte sich, ihm den Plan auszuhändigen, auf dem das Versteck der Waffe eingezeichnet war. Coughlan erschlug ihn und stieß ihn vom Dach, allerdings verlor er dabei auch den Plan, den Sie dann gefunden haben. Carl Lennison, ein weiterer Freund, hatte von Heathens Tod erfahren und sofort durchschaut, dass das nur ein Mord gewesen sein konnte. Als er sich an die Polizei wenden wollte, schlug Coughlan ihn bewusstlos und steckte ihn in diese Roboterrüstung, in der er erstickte.« Er warf einen Blick auf seine Notizen. »Tanya Cramer musste sterben, weil sie die Freundin von Carl Lennison war und weil sie womöglich etwas von Coughlans Vorhaben wusste. Kate Sullivan hatte das Pech, die beste Freundin von Tanya Cramer zu sein. Coughlan musste davon ausgehen, dass Tanya ihr etwas anvertraut hatte, und das war ihr Todesurteil. Das letzte Opfer, ein junger Mann namens Marc Eddison, stand mit den anderen in keiner Verbindung, er wurde von Coughlan nur getötet, damit der dessen Platz im Empfangskomitee einnehmen konnte.«

»Und Jerry Denham und diese Drogenabhängige?«, fragte Christine, die die ganze Zeit über bestätigend nickte, weil sie in jedem Fall richtig gelegen hatte. Zwar war ihr nicht bekannt gewesen, in welchem Verhältnis die Opfer zu Coughlan standen, aber von der Überzeugung, dass sie ermordet worden waren und dass er der Täter war, davon hätte sie niemand abbringen können.

»Beide waren zum falschen Zeitpunkt am falschen Ort«, erwiderte Hatfield. »Coughlan wollte Sie ermorden, aber er verfehlte sein Ziel. Er hat auch gestanden, dass er Sie im Hammersmith Manor gefesselt zurückgelassen hatte, damit Sie in dem von ihm gelegten Feuer umkämen.«

»Na, wenigstens sitzt er jetzt hinter Schloss und Riegel«, sagte sie beruhigt. Als sie bemerkte, dass der Inspector auf seine Akten starrte und dabei einen verlegenen Eindruck machte, fragte sie: »Gibt es sonst noch etwas?«

»Nun … na ja … also …«, stammelte er und schaute zu den Katzen auf dem Sessel neben ihm. Dann endlich hob er den Kopf und sah Christine in die Augen. »Ich bin auch hergekommen, um mich bei Ihnen zu entschuldigen. Vielleicht hätte es gar nicht zu Ihrem mutigen Einsatz kommen müssen, wenn ich gleich beim ersten Toten einen Mord als Todesursache in Erwägung gezogen hätte. Ich weiß, das ist nur eine unzureichende Erklärung für mein Verhalten, aber ich hatte mich so sehr auf die Vorbereitungen für den Besuch des Königs konzentriert, dass ich das Offensichtliche schlichtweg übersehen habe.« Er betrachtete sie sekundenlang schweigend. »Ich hoffe, Sie nehmen meine Entschuldigung an.«

»Es ist ja noch alles gut ausgegangen«, erwiderte sie mit einem Schulterzucken. »Das ist das Wichtigste.«

»Na ja, ›gut ausgegangen‹ ist ein dehnbarer Begriff«, wandte er ein. »Immerhin gab es sieben Tote, von denen wir sechs vielleicht verhindern hätten können. Wenn wir nach Heathens Tod sofort ermittelt und Coughlan festgenommen hätten …«

»Chief Hatfield«, unterbrach sie ihn. »Niemand kann sagen,

was gewesen wäre, wenn. Vielleicht hätte Coughlan daraufhin stattdessen eine Bombe versteckt, wie viele Tote dann zu beklagen wären, weiß auch niemand.«

Der Inspector nickte. »Sie haben recht«, stimmte er ihr zu. »Trotzdem stellt man sich unwillkürlich solche Fragen.« Wieder schwieg er einen Moment lang. »Miss Bell, ich möchte Ihnen auch dafür danken, dass Sie kein Wort über meine … mein Versäumnis haben verlauten lassen. Das war sehr freundlich von Ihnen.«

Sie lächelte nur und verkniff sich eine Bemerkung. Wenn ihm dieser Vorfall eine Lehre war, würde er sich so etwas nicht noch einmal erlauben. Und wenn nicht, waren seine Tage als Detective Chief Inspector ohnehin gezählt, ob sie ihn nun bei seinen Vorgesetzten anschwärzte oder nicht. Dabei fiel ihr ein, dass sie unbedingt noch DCI Remington anrufen musste, um ihr zu berichten, wie alles ausgegangen war.

»Ach ja, ich habe Ihnen auch noch die Zeitungen von heute Morgen mitgebracht«, sagte er plötzlich. »Ich habe sie selbst noch nicht durchgesehen, aber es wird bestimmt etwas über den Vorfall drinstehen.« Mit diesen Worten erhob sich Hatfield und verabschiedete sich, Christine stand ebenfalls auf und begleitete ihn zur Tür. Dort unterhielten sie sich noch kurz, und als sie ins Wohnzimmer zurückkehrte, fragte Betty: »Gab es noch mehr zu bereden?«

Sie grinste ihre Tante an. »Ach, Hatfield hat sich in deiner Gegenwart nicht getraut, mich zu fragen: Er wollte mich zum Dank auch noch in das beste Restaurant von Brighton einladen.«

»Und, hast du die Einladung angenommen?«

»Betty, was ist denn das für eine Frage? Wenn ich die Wahl habe, im feinsten Restaurant von ganz Brighton ein erlesenes Abendessen zu genießen oder aber hier auf der Couch herumzuhängen und mir mit dir zusammen zwei Wiederholungen von *Monk* anzusehen … was glaubst du wohl, was verlockender ist?«

Seufzend lehnte sich Betty zurück und sagte betrübt: »Tja, wenn du es so ausdrückst, dann ist die Antwort natürlich klar.«

»Das finde ich auch.« Christine nickte ernst. »Ich muss allerdings nachher noch mal zum Supermarkt fahren, wir haben keine Kartoffelchips mehr.«

Betty stutzte und sah ihre Nichte fragend an. »Soll das heißen …?«

Christine grinste breit, als sie sah, wie Bettys Augen vor Freude zu leuchten begannen. »Ja, genau das soll das heißen«, erwiderte sie und setzte sich in den freien Sessel. »Ich habe allerdings überlegt, ob wir nicht Mr Mattison auch einladen sollten.«

»Oh, ich glaube nicht, dass Daffyd sich vor meinen alten Fernseher setzen will.«

»Darum sollten wir ihn auf jeden Fall einladen.«

Betty stutzte. »Wie meinst du das?«

»Na, er wird nicht rüberkommen wollen, aber bestimmt wird er uns zu sich einladen. Dann sehen wir *Monk* in toller Bildqualität in HD, und er wird sich auch noch um die Chips kümmern.«

Ihre Tante begann zu lachen, und sie selbst konnte auch nicht ernst bleiben.

Plötzlich stand Isabelle auf, Napoleon und Illya schliefen ungerührt weiter. Sie setzte sich auf den Tisch und sah auf den Stapel Zeitungen, den Hatfield mitgebracht hatte.

Christine nahm die oberste Zeitung, sah die Titelseite und bekam große Augen. Sie griff nach der nächsten Zeitung, dann nach der dritten. Kopfschüttelnd sah sie Betty an.

»Was hast du denn, Kind?«, fragte sie erschrocken.

»Sieh dir das an.« Christine hielt eine der Zeitungen hoch. Die halbe Titelseite wurde von einem Foto beansprucht, das König Abdullah mit einer roten Katze im Arm zeigte.

Kater Jones rettet König!, lautete die Schlagzeile.

»›Kater Jones‹?«, wunderte sich Betty.

»Na ja, ich hatte dir ja erzählt, dass ich mich als Ellen Ripley aus *Alien* getarnt hatte, und die hat nun mal einen Kater namens Jones. Und die Reporter fanden wohl den Namen des Filmkaters interessanter als ›Isabelle‹ … tja, und so wurde aus einer Katze namens Isabelle ein Kater namens Jones. Typisch Reporter.«

Isabelle legte sich der Länge nach auf die Zeitungen, schloss die Augen und seufzte herzerweichend.

»Tröste dich«, sagte Christine lachend zu ihr. »Dich haben sie wenigstens noch erwähnt, ich bin nicht mal mit auf dem Foto.«

Catherine Ashley Morgan

Die Spur der roten Katze

Roman

Aus dem Englischen
von Ralph Sander

Weltbild

Für Hannibal und das H-Team

Prolog

In der Schwärze der Nacht spazierte eine Gestalt die Straße entlang, zwischen zwei Straßenlaternen blieb sie stehen und schaute zum Haus auf der gegenüberliegenden Seite. Die Kälte verwandelte ihren Atem in eine kleine weiße Wolke, die von einem leichten Wind fortgetragen wurde. Im Erdgeschoss war das Wohnzimmerfenster erleuchtet, ein Mann kam aus dem dunklen Flur herein, stellte etwas auf den Tisch, ging zu einem Schrank und sah eine Weile hinein, ehe er etwas herausholte, womöglich ein Buch oder eine DVD. Dann durchquerte er das Zimmer, bückte sich hier und dort, machte einen Schritt nach links, drehte sich, hob irgendwas vom Boden auf, bis er sich schließlich in einen Sessel setzte.

Ein paar Sekunden später stand er wieder auf, ging zur Tür und machte die Deckenlampe aus. Eine Stehlampe in einer Ecke spendete gerade genug Licht, um die Position des Mannes ausmachen zu können. Der nahm abermals Platz, dann leuchtete eine andere Lichtquelle auf – ein bläuliches Licht, das ohne erkennbares System zwischen hell und dunkel wechselte: ein Fernseher.

Die Gestalt nickte nachdenklich. »Genieß es, alter Mann«, murmelte sie. »Genieß es, solange du noch kannst. Bald wirst du tot sei. Du und die anderen Lügner und Verräter.«

Dann wandte sie sich ab und ging weiter.

1

Isabelle kauerte auf dem Mauervorsprung und beobachtete aufmerksam das Geschehen auf dem Nachbargrundstück. Murray, der Schäferhund, hatte sich hinter dem großen Strandkorb versteckt, der vor dem Teich stand. Von dort aus hatte er die Tür zum Schuppen im Blick, die jeden Moment aufgehen musste. Die Einbrecher hatten ihren Wagen so abgestellt, dass sie aus dem Schuppen kommend im Schutz der Dunkelheit durch das Gebüsch auf die angrenzende Straße gelangen konnten, um dann über die Landstraße zu entkommen.

Isabelle lauschte angestrengt und ignorierte die allzu verlockende Maus, die plötzlich aus dem Kellerfenster zum Vorschein kam und dann über den Rasen huschte. Vielleicht hatte sie Isabelle bemerkt, aber heute Nacht war ihre hektische Eile nicht nötig, denn die rot getigerte Katze hatte Wichtigeres zu tun.

In diesem Moment wurde die Klinke heruntergedrückt, und die Tür zum Schuppen öffnete sich knarrend ein Stück weit.

Weiter geschah nichts, und während Isabelle ein ungutes Gefühl beschlich, sprang Murray plötzlich auf und lief auf den Schuppen zu. Sie überlegte, ob sie ihm eine Warnung zurufen sollte, aber zum einen wollte sie ihre Position nicht verraten, zum anderen würde der Hund ohnehin nicht auf sie hören. Es war immer das Gleiche mit Murray: Sie konnten sich einen noch so schönen Plan zurechtlegen, aber wenn er plötzlich der Meinung war, in Aktion treten zu müssen, dann war der Plan vergessen, und es gab nur noch Murray.

Sie sah zu, wie er durch den Türspalt verschwand, Sekunden später folgte ein dumpfer Knall, und dann war alles ruhig. Das konnte nichts Gutes bedeuten.

Isabelle sprang von der Mauer. Das Gras war feucht und fühlte sich unangenehm an ihrem Fell und unter ihren Pfoten an, doch darauf konnte sie jetzt keine Rücksicht nehmen. Möglicherweise war Murray in Gefahr, und sie musste ihm helfen.

Vor der Tür zum Schuppen blieb sie stehen und spähte in die Dunkelheit. Von dort konnte sie Murray nicht entdecken, also musste sie weitergehen. Da der Schäferhund mit seinen Schultern die Tür weit aufgedrückt hatte, musste Isabelle sich nicht hindurchzwängen. Drinnen war alles ruhig, nicht einmal ein Atemgeräusch war zu hören.

Plötzlich raschelte etwas hinter ihr, und als Isabelle blitzartig den Kopf drehte, sah sie zwei junge Mäuse unter einem Regal hervorkommen und nach draußen flitzen, als wäre der Leibhaftige hinter ihnen her. Sie wandte sich ab. Mäuse interessierten sie jetzt nicht, schon gar nicht solche Winzlinge wie die beiden.

Vorsichtig schlich sie weiter und sah immer wieder nach links und rechts, konnte aber von Murray keine Spur entdecken. Sie wagte es nicht, auch nur irgendeinen Laut von sich zu geben, damit die Einbrecher nicht merkten, dass sie sich hier aufhielt.

Auf einmal wurde die Tür hinter ihr ganz aufgerissen, und eine große Gestalt richtete eine grelle Taschenlampe auf sie, die Isabelle dazu zwang, einen Moment lang die Augen zuzukneifen. Als sie sich gleich darauf an die Helligkeit gewöhnt hatte, erkannte sie, dass der Fremde nicht nur die Lampe auf sie gerichtet hielt, sondern auch … eine Waffe!

Christine Bell sah lächelnd in die Runde und schlug das Buch zu. Fast hundert Gäste drängten sich in der kleinen Buchhandlung *The Other Ullapool Book Store* hoch oben in

Schottland und hatten alle andächtig gelauscht, während sie das erste Kapitel ihres neuen Buchs vorgelesen hatte. Jeder von ihnen schien darauf zu warten, dass Christine weiterlas, und es waren schon ein Blick und ein flüchtiges Nicken in Richtung des Buchhändlers, der links von ihr gegen die Kassentheke gelehnt stand, nötig, um ihm deutlich zu machen, dass er nun wieder an der Reihe war.

Mr Malloy zuckte leicht zusammen, dann stieß er sich von der Theke ab und kam zu dem kleinen Podest, auf dem Christine mit ihrem Buch Platz genommen hatte. »Ladies and Gentlemen, einen Applaus für Miss Christine Bell, bitte«, rief er und fuhr sich nervös durch sein graues Haar, gleich darauf gefolgt vom Griff an die Nickelbrille, um sie ein Stück nach oben zu schieben.

Christine hatte diese Geste an diesem Abend schon ein paar Mal bei ihm beobachtet, und zwar immer dann, wenn er vor den Besuchern der Lesung etwas sagen musste. Er fühlte sich sichtlich unbehaglich dabei, vor Publikum reden zu müssen, aber ihm blieb nichts anderes übrig, wenn er sich gegen die einzige andere, seit Jahren existierende Buchhandlung in Ullapool behaupten wollte. Lesungen lockten nun mal Leute an, und die meisten würden anschließend auch ein Buch des vorgestellten Autors kaufen – und wenn es nur dazu diente, ein Autogramm zu ergattern.

Die Aufforderung ans Publikum zeigte sofort Wirkung, und wenn Christine zurückdachte, dann konnte sie sich an keine Gelegenheit erinnern – weder bei sich noch bei einem Kollegen –, bei der es keinen Applaus gegeben hatte. Ausgenommen natürlich der Auftritt von Graham Burlough, dem Kinderbuchautor, der vor einer Lesung deutlich zu tief ins Whiskyglas geschaut hatte und nach nicht mal einer halben Seite sein Publikum zu beschimpfen begann, das von ihm neue Kinderbücher kaufen wollte, obwohl er Kinderbücher – und, wie er in einem Nebensatz anfügte, auch Kinder – hasste wie die Pest. Da war der Applaus ausgeblieben, und in gewisser Weise war sein verbaler Ausrutscher auch erhört worden, weil er seit dem Tag keine Kinderbücher mehr schreiben musste, da niemand mehr etwas von ihm kaufen wollte.

Als der Applaus abebbte, erklärte Mr Malloy: »Wenn Sie Fragen an Miss Bell haben … oder an ihre Katze … dann möchte ich Sie bitten, sich zu melden, ich werde versuchen, Sie der Reihe nach zu Wort kommen zu lassen.«

Bei der Erwähnung der Katze sah Christine nach links, wo Isabelle auf dem Tisch neben einem Stapel Bücher zusammengerollt lag und schlief. Nicht mal der Applaus hatte die rötlich gestreifte Tigerin aufgeweckt, aber nach einer Woche hatte sie sich anscheinend daran gewöhnt, dass dieser eigenartige Lärm immer dann einsetzte, wenn ihr Frauchen eine Stunde lang laut aus diesem Buch vorgelesen hatte, in dem wieder und wieder ihr Name auftauchte.

Genauso schien ihr das Geschirr nichts auszumachen, das sie tragen musste, seit sie mit Christine auf Reisen war. Offenbar hatte sie begriffen, dass sie ohne Geschirr zu Hause hätte bleiben müssen, und das hätte bedeutet, zweimal am Tag von der Nachbarin einen Napf mit Futter hingestellt zu bekommen, ein paar Minuten lang gekrault zu werden und dann den Rest des Tages allein sein zu müssen.

In der ersten Reihe meldete sich eine ältere Frau, ihre Haare trug sie zu stark toupiert, und Rouge und Lippenstift waren nicht nur viel zu intensiv, sondern beides hatte sie so dick aufgetragen, als wollte sie als Dame-Edna-Imitatorin einen Preis gewinnen.

»Ja, Mrs Lansing?« Der Buchhändler deutete auf sie.

»Wie geht denn die Geschichte weiter?«, wollte die Angesprochene wissen, die einen leicht frustrierten Eindruck machte.

Christine zuckte etwas verdutzt mit den Schultern. »Na ja, das erfahren Sie dann, wenn Sie das Buch lesen.«

Mrs Lansing schüttelte den Kopf. »Das verstehe ich jetzt

aber nicht. Auf dem Plakat steht doch: ›Christine Bell liest *Isabelle und die sieben Kristallkugeln.*‹ Das bedeutet doch, dass Sie das ganze Buch lesen.«

Der Buchhändler sah Christine entschuldigend an, sie zwinkerte ihm zu und grinste flüchtig. »Das tut mir leid, Mrs Lansing, aber auf dem Plakat steht: ›Christine Bell liest aus *Isabelle und die sieben Kristallkugeln.*‹ Das bedeutet, dass sie nur einen kleinen Teil des Buchs liest. Überlegen Sie doch mal, Mrs Lansing. Der Roman ist fast vierhundert Seiten dick. Wie lange sollte Miss Bell denn hier sitzen und vorlesen?«

»Keine Ahnung«, schnaubte die verkappte Dame Edna. »Auf jeden Fall hatte ich mich auf mehr als das hier eingestellt. Ich habe Sandwiches geschmiert und Gurkensalat mitgebracht, um zwischendurch mal was zu essen.« Im Geschäft machte sich Gelächter breit, was Mrs Lansing mit noch wütenderem Schnauben kommentierte. »Und dafür zahle ich fünf Pfund Eintritt? Das ist ja Wucher! Wegelagerei! Da kann ich ja …«

»Mrs Lansing, bitte, Miss Bell ist hier, um ihr Buch vorzustellen«, unterbrach der Buchhändler sie, während andere Gäste ihren Unmut über diese absurde Diskussion kundtaten.

Die ältere Frau stand auf. »Dann will ich mein Geld zurück!«

Malloy verdrehte die Augen und ging kopfschüttelnd zur Kasse. Gleichzeitig begannen die anderen Anwesenden, die Unruhestifterin mit Fünfpencestücken zu bewerfen, woraufhin die noch wütender zu keifen begann, sich aber trotzdem bückte und alles aufsammelte, was in ihre Richtung geflogen kam. Augenblicke später verließ sie von Pfiffen und Gelächter begleitet mit einer Handvoll Kleingeld die Buchhandlung.

Kopfschüttelnd kam Malloy zu Christine zurück, und als das Gejohle endlich nachließ, erklärte er betreten: »Mrs

Lansing ist für solche Aktionen bestens bekannt, und ich hätte ihr auch keine Eintrittskarte verkauft, weil mir klar ist, dass das nur Schwierigkeiten geben würde. Allerdings hat ihr eine Nachbarin die Karte besorgt, und als sie vorhin damit hier auftauchte, konnte ich sie nicht mehr wegschicken.«

Mit einer Mischung aus Unglauben und Belustigung winkte Christine ab. »Das war zumindest mal was ganz anderes«, gab sie lachend zurück. »So was habe ich jedenfalls noch nie erlebt.«

Nachdem wieder Ruhe eingekehrt war, verging gut eine halbe Stunde, in der sie Fragen zu ihrer Arbeitsweise und ihren Büchern beantwortete, und als schließlich keine Wortmeldungen mehr kamen, erklärte Mr Malloy die Veranstaltung für beendet und ließ die Besucher wissen, dass Christine gerne noch Bücher signieren werde. Gut die Hälfte der Leute, die zur Lesung gekommen waren, hatte schon ein signiertes Exemplar vorbestellt, um die sich Christine bereits gekümmert hatte, als sie am Nachmittag in Ullapool angekommen war. Von den übrigen Besuchern machte sich ungefähr die Hälfte wortlos auf den Weg – vielleicht hatten sie ein Buch und wollten keines mit Widmung haben, vielleicht war die Geschichte auch nicht nach ihrem Geschmack gewesen –, während der Rest eine Schlange vor dem Tisch bildete und sich von ihr ein Autogramm holte. Ein paar von ihnen unterhielten sich kurz mit ihr, andere schienen zu schüchtern zu sein und nickten ihr nur lächelnd zu.

»Ohne Widmung bitte«, betonte ein etwa fünfzehnjähriger Junge, der als Nächster gleich fünf Exemplare vor ihr auf den Tisch legte.

»Ohne Widmung?«, vergewisserte sie sich mit gespielter Arglosigkeit. »Wenn du die Bücher verschenken willst, dann wäre es doch schöner, wenn sie etwas persönlicher signiert sind.«

Der Junge zuckte mit den Schultern.

»Stimmt es eigentlich«, fragte sie daraufhin mit einem wissenden Lächeln, »dass ein signiertes Buch bei eBay höchstens noch die Hälfte vom üblichen Preis bringt, wenn es mit einer Widmung versehen ist?«

»Ähm … ähm …«, stammelte der Junge und bekam prompt einen roten Kopf. »Ich …«

Christine lachte und legte ihm besänftigend eine Hand auf den Arm. »Das ist nicht schlimm, schließlich kaufst du ja die Bücher und verbreitest keine Raubkopien.«

»Oh … ähm … danke, Miss …«

Sie sah ihm ins Gesicht und stellte fest, dass er versuchte, ihren auf dem Kopf stehenden Namen zu lesen. Daraufhin deutete sie hinter sich auf das Plakat, auf dem das Buchcover im Posterformat abgebildet war – natürlich mit ihrem Namen darauf.

»Miss … Bell«, führte er seine Antwort verlegen zu Ende.

»Hat es dir denn wenigstens ein bisschen gefallen?«, wollte sie von ihm wissen. »Oder war das hier für dich jetzt mehr ein Muss?«

Er schüttelte hastig den Kopf. »Wissen Sie, mein Dad hat mich hergeschickt, weil er die Bücher versteigern will. Ich hatte total keine Ahnung, was das hier gibt, aber ich fand's cool. Ich werd' das Buch auf jeden Fall lesen.« Dann sah er Isabelle an und deutete mit einem Nicken auf die rote Katze. »Darf ich sie mal streicheln?«

»Ja, ich glaube schon«, antwortete Christine. »Normalerweise wird sie nur wütend, wenn man ihr wehtut, ansonsten ist sie eigentlich lammfromm.«

Etwas zögerlich streckte der Junge die Hand aus und strich Isabelle über den Kopf. Mit einem leisen »Mrrr« wachte sie auf, nachdem sie auch noch die Prozession der Autogrammsammler im Schlaf über sich hatte ergehen lassen. Sie gähnte und streckte sich, und dann rollte sie sich auf den Rücken, damit die fremde Hand doch bitte ihren Bauch kraulte.

»Mr Malloy, haben Sie zufällig ein Stempelkissen da?«, rief Christine zum Tresen, wo der Buchhändler die signierten Bücher abrechnete.

»Ja, einen Augenblick.« Zwei Minuten später kam er mit dem Stempelkissen zu ihr.

»Danke, Mr Malloy«, sagte sie. »Setzen Sie bitte ein Buch auf meine Rechnung.« Dann nahm sie das Stempelkissen, drückte es gegen Isabelles Vorderpfote und diese dann in ein aufgeschlagenes Buch. Sie wischte mit einem Taschentuch die Pfote sauber, wovon Isabelle gar nichts mitbekam, da sie sich mit solcher Begeisterung von dem Jungen kraulen und durchkneten ließ.

Christine nahm das Buch an sich und fragte den Jungen beiläufig: »Wie heißt du eigentlich?«

»Ken«, antwortete er. Von der Aktion mit dem Stempelkissen hatte er gar nichts bemerkt, umso erstaunter war er, als sie ihm das Buch mit ihrer Unterschrift und dem Abdruck von Isabelles Pfote hinhielt.

»Hier, Ken, das möchte ich dir gern schenken«, meinte sie und grinste, als sie seine verblüffte Miene sah. »Lass das deinen Dad nicht auf eBay verkaufen, okay?«

»Wow … danke!«, erwiderte er, packte seinen Bücherstapel und ging zur Kasse.

Isabelle setzte sich auf und sah ihm nach, sichtlich erstaunt darüber, dass die Streicheleinheit so abrupt beendet worden war. Christine kraulte sie noch einen Moment lang hinterm Ohr, was sie mit lautem Schnurren quittierte.

Die letzten Kunden waren gegangen, nun stand ein äußerst zufrieden dreinblickender Mr Malloy am Tresen und zählte die Einnahmen des Abends. Christine setzte Isabelle in die Transportbox, überprüfte, ob die Metalltür auch richtig eingerastet war, und zog dann eine Hülle aus dickem, kälteabweisendem Stoff über die Box, damit der kalte Dezemberwind von Isabelle ferngehalten wurde.

»Erfolgreicher Abend?«, fragte sie, als sie an der Kasse

angekommen war, die Box abstellte und das Buch bezahlte, das sie dem Jungen geschenkt hatte.

»Das kann man wohl sagen«, bestätigte Malloy. »Und das, obwohl dieser Termin so kurzfristig bekanntgegeben worden ist. Dieses Buch ist aber auch mit extrem wenig Vorlauf angekündigt worden.«

»Ich weiß, ich bin von dem Ganzen selbst überrumpelt worden«, räumte Christine ein. »Aber mein Verleger wollte die Publicity nutzen, nachdem Isabelle dem König von Jordanien das Leben gerettet hatte.«

»Ja, davon habe ich gehört. Das ist eine unglaubliche Geschichte. Daraus hätten Sie einen Roman machen sollen, der würde gut laufen.«

Sie zuckte mit den Schultern. »Ehrlich gesagt hätte ich das liebend gern gemacht, aber beim MI6 ist man ohnehin schon völlig aus dem Häuschen, weil es einem Attentäter gelungen ist, so nahe an den König heranzukommen. Mein Verleger meinte, in so einer Wunde sollte ich nicht auch noch herumstochern, indem ich einen ganzen Roman darüber schreibe. Also ist daraus stattdessen ein reines Isabelle-Abenteuer geworden, was mir auch ganz recht ist. Allerdings habe ich so schnell noch nie ein Buch geschrieben. Ein Kapitel am Tag, zwanzig Kapitel. Ich habe sozusagen jede fertige Seite direkt zum Verlag geschickt.«

»Das merkt man dem Buch nicht an«, meinte Malloy und schien es ernst zu meinen, was Christine als großes Kompliment empfand. Immerhin war sie ursprünglich gar nicht davon angetan gewesen, ein Buch so überhastet zu schreiben.

Er sah auf die Transportbox, die auf dem Tresen stand. »Und Sie wollen heute Abend noch weiterfahren?«

»Ja, in Inverness wartet ein Hotelzimmer auf mich, außerdem drei Buchhandlungen, die ich morgen abklappern werde.«

Malloy nickte und legte die Tageseinnahmen in eine

Metallkassette. »Na, weit ist es ja nicht bis Inverness, in einer Stunde sollten Sie da sein. Um diese Zeit ist auf den Straßen nicht viel los.«

»Ich will es hoffen. Die Fahrt von Wick hierher war etwas anstrengend, weil dieser Sturm mich ständig von der Straße drängen wollte.«

»Nein, das Wetter wird Ihnen jetzt keinen Strich durch die Rechnung machen«, versicherte ihr der Buchhändler. »Es ist zwar immer noch stürmisch, aber der Wind kommt aus Nordwesten, und das heißt, Sie haben bis Inverness Rückenwind. Das Einzige, was passieren kann, ist, dass Sie ein paar Liter Benzin sparen.«

»Dagegen hätte ich nichts einzuwenden«, meinte sie, reichte Malloy die Hand und verabschiedete sich.

Die Straße vor der Buchhandlung war um diese Zeit menschenleer, alle anderen Geschäfte waren mit Ausnahme der Restaurants und Pubs längst geschlossen, trotzdem hatte Christine nicht das Gefühl, sie könnte hier in Gefahr sein. Ullapool war eine gemütliche Kleinstadt, die ihr persönlich zwar einige Nummern zu klein war, als dass sie hier hätte leben wollen, doch sie strahlte eine Sicherheit aus, wie sie in London nur selten zu finden war.

Der Wind pfiff durch die Straße, als Christine zu ihrem Wagen ging, und wirbelte offenbar ein paar Staubkörner auf, die feine Stiche auslösten, als sie ihr ins Gesicht geweht wurden. »Ich glaube, ich lasse mir die Haare wieder kurz schneiden«, sagte sie zu Isabelle, die nicht erkennen ließ, ob sie sich angesprochen fühlte. »Das ist irgendwie viel praktischer.« Zuletzt hatte sie sich für eine Kurzehaarfrisur entschieden, als sie vor einem halben Jahr bei ihrer Tante in Beechwood zu Besuch war und nicht wollte, dass der Wind an der Küste ihr unablässig die Haare ins Gesicht wehte. Seitdem waren sie wieder ein Stück gewachsen, hatten aber derzeit so eine eigenartige Zwischenlänge, mit der sich gar nichts anfangen ließ. Vielleicht würde es ihr ja am nächsten Morgen gelingen, in Inverness noch einen Friseur zu finden.

Sie hatte den königsblauen Ford Mondeo erreicht, der ihr vom Verlag für diese Tour zur Verfügung gestellt worden war, schloss ihn per Fernbedienung auf und stellte die Transportbox in den Fußraum vor dem Beifahrersitz, dann zog sie die Stoffhülle hoch, damit sie Isabelle sehen konnte.

Die reagierte mit einem leisen Miauen auf das Wiedersehen mit ihrem Frauchen, hielt aber die Pfoten eingeklappt und ließ den Kopf gleich wieder sinken. Isabelle war mit dem Ritual des Autofahrens längst vertraut und sah keinen Grund, sich über irgendetwas aufzuregen.

Christine legte ihre Handtasche auf den Sitz, ging um den Wagen herum und stieg ein. Als sie den Motor anließ, schalteten sich die auf Automatik eingestellten Scheibenwischer ein und wischten einmal, dann verfielen sie gleich wieder in Reglosigkeit. Sie stutzte, weil sie nichts davon gemerkt hatte, dass die Scheibe nass gewesen war. Mit einem Schulterzucken verdrängte sie die Frage, rangierte aus der Parklücke und fuhr los.

Zwei Ecken weiter fand sie das erste Straßenschild, das den Weg zur A835 nach Inverness anzeigte, und nach wenigen Minuten hatte sie Ullapool hinter sich gelassen.

Halb neun. Mit etwas Glück würde sie um halb zehn in Inverness eintreffen, dann musste sie nur noch das Hotel finden, in dem der Verlag sie einquartiert hatte. Sie stellte die Heizung etwas höher, als auf einmal das Radio zum Leben erwachte: »*Eine dringende Meldung für alle Verkehrsteilnehmer im Raum Inverness und Ullapool. Der Wetterdienst gibt bekannt, dass sich aus Nordwesten eine Schneefront nähert, die in den nächsten Stunden über Schottland hinwegziehen wird. Mit Verkehrsstörungen ist vor allem im Großraum Inverness und Ullapool zu rechnen. Die Polizei rät allen, auf nicht unbedingt notwendige Fahrten zu verzichten und stattdessen zu Hause zu bleiben.*«

Schnee? »Ja, natürlich«, murmelte sie. Das war kein Staub oder Sand gewesen, den ihr der Wind in Ullapool ins Gesicht geweht hatte, sondern Eiskristalle. Und darauf hatten auch die Scheibenwischer reagiert. Die Sensoren hatten die auf der Scheibe geschmolzenen Kristalle registriert.

Wieder sah sie auf die Uhr, obwohl erst zwei oder drei Minuten vergangen waren. ›In den nächsten Stunden‹, hatte der Sprecher gesagt. Sie befand sich vor der Schneefront, und selbst wenn sie eineinhalb Stunden bis nach Inverness benötigen sollte, würde sie immer noch früh genug am Ziel sein, um von dem schlechten Wetter nicht überholt zu werden. Es gab also keinen Grund zur Panik, sie hatte noch ausreichend Zeit.

Gegen neun Uhr hatte sie ihre Meinung geändert. Der Wind war stärker geworden und trieb immer wieder Schneeschwaden vor sich her, die sich in Christines Fahrtrichtung bewegten und ihren Wagen mühelos überholten. »Sieht so aus«, sagte sie zu Isabelle, die diese Autofahrt so wie jede vorangegangene auf der Tour durch Schottland komplett verschlief, »als hätten die Wetterfrösche sich ein bisschen verrechnet. Bestimmt haben die sich um ihre Facebook-Seite gekümmert und ihren ›Freunden‹ sinnlose Mails geschickt, und dann haben sie auf einmal aus dem Fenster gesehen und dicke Schneeflocken entdeckt!«

Sie war seit Ullapool allein unterwegs, kein Wagen kam ihr entgegen, niemand fuhr vor oder hinter ihr in Richtung Inverness, obwohl das die einzige Direktverbindung zwischen den beiden Ortschaften war. Plötzlich ging ihr ein Licht auf. Diese Verkehrsdurchsage … die war gar nicht zum ersten Mal gelaufen, als sie sie mitbekommen hatte. Christine hatte bis zu dem Moment stundenlang kein Radio gehört, da sie sich in der Buchhandlung aufgehalten hatte. Wenn diese Meldung schon um sechs Uhr oder noch früher gesendet und jede halbe Stunde wiederholt worden war, dann war diese Schneefront keine Stunden mehr entfernt, sondern wohl eher nur noch ein paar Minuten, was durch das leichte Schneegestöber unterstrichen wurde, das inzwischen eingesetzt hatte.

Im gleichen Augenblick schaltete sich der Verkehrsfunk wieder ein, und die Meldung wurde wiederholt. Christine nickte bestätigend. Ganz so, wie sie es befürchtet hatte. Die Meldung war nicht gerade erst reingekommen, und die Schneefront befand sich dicht hinter ihr.

Umkehren konnte sie jetzt nicht mehr. Erstens musste sie bereits die halbe Strecke zurückgelegt haben, sodass sie mit etwas Glück Inverness erreichte, bevor es richtig ungemütlich wurde. Zweitens wäre sie genau in das schlechte Wetter hineingefahren, hätte sie jetzt noch gewendet, um nach Ullapool zurückzufahren und dort ein Hotel zu suchen.

»*Und hier noch eine aktuelle Meldung*«, ertönte wenige Minuten darauf die mittlerweile schon vertraute Stimme aus dem Radio. »*Auf der A835 hat sich zwischen den Ortschaften Garver und Tore ein Unfall mit einem Gefahrguttransporter ereignet. Die A835 ist auf diesem Abschnitt in beiden Richtungen gesperrt, Verkehrsteilnehmer werden gebeten, die Unfallstelle weiträumig zu umfahren. Ich wiederhole …*«

Seufzend drehte Christine den Ton leiser und fuhr ein Stück weiter, bis sie eine Haltebucht entdeckte. Sie lenkte den Wagen von der Fahrbahn und schaltete das Navigationsgerät ein, um sich eine Karte von der Gegend um die Unfallstelle anzeigen zu lassen. Der einzige Weg, der sie nach Inverness bringen würde, war eine Nebenstrecke, die von der A835 abzweigte und in Richtung Tain führte. Irgendwo unterwegs konnte sie dann wieder nach rechts fahren, um auf die A9 zu gelangen, die von Norden nach Inverness führte.

»Mist«, murmelte sie. »So was würde ich ja viel lieber am helllichten Tag machen, aber nicht mitten in der Nacht.«

Isabelle stimmte ihr mit einem leisen Miauen zu, das aber eher so frustriert klang, als würde sie im Schlaf wieder mal vergeblich irgendwelchen Mäusen oder Vögeln hinterherjagen.

Christine tippte auf dem Touchscreen auf ihre Position, die Nebenstrecke und den Ort Tain, dann ließ sie die Route berechnen und fuhr los.

Die Stimme, die ihr von da an den Weg wies, klang anfangs ganz brauchbar, aber nach einer Weile ging sie Christine mit ihren ständigen Warnhinweisen auf die Nerven, wie weit es noch bis zur nächsten Kurve war und ob sie dort eine leichte oder eine sehr scharfe Linkskurve erwartete. Sie wollte keine Rallye fahren, bei der ihr Beifahrer sie unentwegt mit Informationen über den Streckenverlauf versorgte, nur damit sie wusste, ob sie mit Tempo hundert in die Kurve gehen konnte oder ob sie besser abbremste.

Vermutlich hätte sie diese Funktion abschalten können, aber damit konnte sie sich jetzt nicht beschäftigen, weil diese verdammte Landstraße wegen des verdammten Schnees ihre ganze Konzentration erforderte. Die Unwetterfront hatte sie definitiv eingeholt, der Sturm trieb den Schnee über die Fahrbahn, der zum Glück nicht liegen blieb, sondern von der Straße auf die Wiesen geweht wurde. Die Schneeflocken nahmen ihr dennoch die Sicht, da sie das Licht der Scheinwerfer reflektierten und von der vor ihr liegende Fahrbahn kaum etwas erkennen ließen. Hinzu kam, dass diese Nebenstrecke sich zwischen Hügeln und Bergen hindurchschlängelte und dabei immer wieder mehr oder weniger steile Abschnitte zu bewältigen waren – von denen sie wegen des dichter werdenden Schneetreibens immer weniger sehen konnte.

Letztlich musste sie langsamer und langsamer fahren, während sie aus dem Augenwinkel mit Grausen sah, wie das Navigationsgerät angesichts der immer geringeren Geschwindigkeit die voraussichtliche Fahrtzeit weiter und weiter nach oben korrigierte. Wenn das so weiterging, würde sie wohl erst in den frühen Morgenstunden Inverness erreichen ... sofern bis dahin nicht ein halber Meter Schnee gefallen war und sie hier mitten im Niemandsland feststeckte, ohne hoffen zu können, dass sie jemand retten würde.

Ihr Handy verfügte nicht über einen GPS-Sender, und sie musste gar nicht auf das Display sehen, um zu wissen, dass sie hier keinen Empfang hatte. Wegen des angekündigten Unwetters war niemand unterwegs, der nicht unbedingt das Haus verlassen musste, und durch den Unfall würden alle anderen den Umweg über Schnellstraßen in Kauf nehmen, aber nicht über diese Möchtegern-Landstraße fahren, die kaum mehr war als ein besserer Feldweg.

»Da habe ich dich ja in was hineingezogen«, sagte sie an Isabelle gewandt, die immer noch die Ruhe selbst war. Vielleicht war das ja ein gutes Zeichen, vielleicht sagte ihrer Katze ein Gefühl, dass alles gut ausgehen würde. Aber womöglich fühlte sich Isabelle gleich neben den Lüftungsschlitzen für den Fußraum, die warme Luft in ihre Box bliesen, auch nur so wohl, dass ihr alles andere schlicht egal war.

Es würde ihr aber nicht mehr egal sein, wenn sie im Schnee stecken blieben, wenn das Benzin aufgebraucht war und das Gebläse nur noch kalte Luft im Wagen verteilte.

Auf einmal stutzte Christine. Auf dem Display war etwas ganz am Rand vorbeigezogen, das wie ein Name ausgesehen hatte. Vorsichtig bremste sie ab und begann, die Displayanzeige zu verschieben, bis sie sah, was ihr beinahe entgangen wäre. Nur ein paar Meilen links von ihr gab es eine Ortschaft. Gleannlochy. Bis dahin konnte sie es schaffen, und dann würde sie am erstbesten Haus klingeln und darum bitten, mitsamt Isabelle auf dem Sofa übernachten zu dürfen. Und falls man sie wegschickte, würde sie eben zum nächsten Haus gehen und da ihr Glück versuchen. Irgendwer würde ihr schon helfen, davon war sie überzeugt.

Nur ein paar Meilen. Sie änderte die Zieleingabe des Navigationsgeräts, damit die blecherne Stimme ihr genau sagen konnte, wann sie abbiegen musste. Unter normalen Umständen wäre ihr das auch so möglich gewesen, aber auf der Fahrbahn und am Straßenrand blieb immer mehr Schnee liegen, und sie war sich nicht sicher, ob sie bei diesen Sichtverhältnissen tatsächlich eine abzweigende Straße würde erkennen können.

Also schlich sie weiter durch die Nacht, die nur von den Scheinwerfern ihres Wagens erhellt wurde, und wartete darauf, dass sie endlich einen Hinweis darauf bekam, nach ein paar Metern abzubiegen.

Der Befehl ertönte so plötzlich, dass Christine vor Schreck fast eine Vollbremsung gemacht und das Lenkrad herumgerissen hätte, aber beides wäre ihr auf der verschneiten Fahrbahn nicht gut bekommen. Langsam tastete sie sich vor und stellte fest, dass dort tatsächlich eine Straße verlief. Erleichtert gab sie ein wenig Gas, als auf einmal … vor ihr die Fahrbahn zu verschwinden schien. Vor Schreck schrie sie auf, aber dann wurde ihr klar, dass unmittelbar hinter der Einmündung ein extremes Gefälle begann.

Der Wagen geriet ins Rutschen, als sie abrupt zu bremsen versuchte, und dann wurde dem Mondeo sein eigenes Gewicht zum Verhängnis, das das Fahrzeug die Schräge hinabschob. Christine versuchte gegenzulenken, aber es half nichts, sie konnte nur hilflos zusehen, wie der Wagen weiterschlitterte. Ihr blieb nur zu hoffen, dass sie in einer Schneewehe stecken blieb, aber nicht von einem Baum, einer Mauer oder einem Graben gestoppt wurde. Oder schlimmer noch: dass der Wagen in einen Bach oder See kippte und auf dem Dach landete.

Da der Mondeo auch noch quer zur Fahrbahn rutschte, konnte sie nicht mal sehen, wohin es ging, weil die

Scheinwerfer nur ein verschneites Feld neben der Straße beschienen. Um sich wenigstens ansatzweise zu wappnen, schob sie die Transportbox tief unter das Armaturenbrett, bis sie dort festklemmte. Dann presste sie sich in ihren Sitz und legte die Arme vors Gesicht, damit sie so gut es ging geschützt war.

Der Wagen rutschte und rutschte, während sie gebannt den Atem anhielt und jeden Moment mit einem Aufprall und viel Lärm rechnete. Wie lange das so ging, vermochte sie nicht zu sagen. Es kam ihr wie eine Ewigkeit vor, dennoch waren bestimmt nur ein paar Sekunden vergangen. Der Wagen rutschte und dann auf einmal … kam er zum Stehen – ganz sanft, ohne heftigen Ruck, ohne Lärm, ohne berstende Seitenscheiben.

2

Im ersten Augenblick konnte sie es gar nicht glauben, doch es stimmte. Der Wagen war zum Stillstand gekommen, als wäre er in einen Berg aus Daunenkissen gerutscht. Eine Weile saß Christine nur da und atmete tief durch. Ihr war nicht bewusst gewesen, dass sie während der gesamten Rutschpartie gebannt den Atem angehalten hatte.

Sie spähte aus dem Seitenfenster in die Dunkelheit, konnte aber nicht erkennen, was den Wagen aufgehalten hatte. Im Lichtkegel der Scheinwerfer sah sie, dass das Schneegestöber noch stärker geworden war. Sie legte den ersten Gang ein und gab behutsam Gas, aber die Räder drehten durch, und der Wagen rührte sich nicht von der Stelle. Auch im Rückwärtsgang tat sich nichts, woraufhin sie beschloss, auszusteigen und sich ein Bild davon zu machen, wie der Wagen im Schnee steckte und wie sie am besten von hier fortkommen konnte.

Im ersten Moment fürchtete sie, die Zentralverriegelung könnte defekt sein, da die Tür sich nicht öffnen ließ, aber als sie dann das Fenster aufmachte und mit der Taschenlampe aus dem Handschuhfach nach draußen leuchtete, musste sie feststellen, dass eine Schneewehe die Tür blockierte.

»Oh, Mist«, murmelte sie und machte sich daran, über die hohe Mittelkonsole zu klettern, um auf der Beifahrerseite auszusteigen. Bei ihren akrobatischen Verrenkungen musste sie wehmütig an ihren ersten Wagen denken, einen zugigen, klapprigen Renault 4, bei dem man noch ohne Mühe von einem Sitz auf den anderen hatte rutschen können.

Dann endlich war sie schnaufend auf dem Beifahrersitz angekommen, hatte sich auf dem Weg dorthin aber den

Kopf am Rückspiegel angestoßen und das linke Knie bedenklich verdreht, um das Bein unter dem Lenkrad hindurchzumanövrieren. Die Beifahrertür ging ohne Probleme auf, aber beim ersten Schritt nach draußen sank sie gut zehn Zentimeter tief in den Schnee ein.

Ein eisiger Wind schlug ihr entgegen, der Schnee prasselte ihr ins Gesicht, während sie sich ein paar Schritte vom Wagen entfernte, um sich umzusehen, so gut das unter diesen Umständen möglich war.

Der Mondeo stand so ungünstig am Straßenrand, dass das Heck ein Stück tiefer im Schnee steckte als der Rest und die Scheinwerfer nicht mehr die Straße erfassten, sondern in einem flachen Winkel in den Himmel schienen. Zwar sorgte das von den Flocken reflektierte Licht auch auf dem Boden für etwas Helligkeit, aber nach vielleicht zwanzig Metern wurde es immer düsterer, und wäre Christine erst mal der nächsten Kurve gefolgt, die sie vage vor sich ausmachen konnte, dann hätte sie in völliger Dunkelheit dagestanden.

Kopfschüttelnd musste sie einsehen, dass sie auf keinen Fall versuchen konnte, zu Fuß zu diesem Dorf zu gelangen. Ihre Taschenlampe würde nicht lange genug durchhalten, und wenn erst mal die Batterien den Geist aufgaben, dann konnte Christine gleich ihr Testament machen.

Entmutigt kehrte sie zum Wagen zurück und sah sich noch einmal an, wie der in der Schneewehe steckte. *Unmöglich,* dachte sie. Ohne fremde Hilfe kam sie hier nicht mehr weg, aber wo sollte um diese Zeit und bei diesem Wetter fremde Hilfe herkommen? Sie konnte nur wieder einsteigen, den Motor eine Weile ausmachen, um Benzin zu sparen, bis der Punkt gekommen war, an dem sie die Heizung erneut einschalten musste. Vermutlich würde sie zwischendurch aussteigen müssen und den Schnee vom Wagen fegen, damit der nicht von einem zufällig vorbeikommenden Fahrer für eine riesige Schneeverwehung gehalten und ignoriert wurde.

Sie öffnete die Tür, nahm auf dem Beifahrersitz Platz und griff um das Lenkrad herum, damit sie das Licht ausschalten konnte, dann stellte sie den Motor ab. Noch war die Luft im Wageninneren warm genug, also konnte sie für eine Weile auf das Gebläse verzichten.

Isabelle sah sie vorwurfsvoll an, als sie merkte, dass der gleichmäßige Strom aus warmer Luft plötzlich versiegte.

»Sei froh, dass das hier nicht mein alter Renault ist«, sagte Christine zu ihr, während ihr durch den Kopf ging, dass sie sich noch vor ein paar Minuten ihren ersten Wagen zurückgewünscht hatte. »Sonst wäre die Wärme in ein paar Minuten verflogen, und wir würden vor Kälte mit den Zähnen klappern.«

Dann schob sie einen Finger durch die Gitterstäbe der Transportboxtür, was Isabelle dazu nutzte, genüsslich das Kinn an der Fingerspitze zu reiben. Nachdem die Katze den Kopf weggedreht und sich wieder hingelegt hatte, zog Christine die Stoffhaube herunter, damit die Luft in der Box vielleicht etwas länger warm blieb.

Sie griff nach oben, um die Innenbeleuchtung auszuschalten, dann lehnte sie sich zurück und starrte eine Weile aus dem Seitenfenster hinaus in die fast völlige Schwärze. Obwohl kein Stern zu sehen war, dessen Licht reflektiert werden konnte, kam es ihr so vor, als würde der Schnee ganz schwach von innen heraus leuchten. Dennoch war sie sich sicher, dass das eine optische Täuschung sein musste, vielleicht weil sie wusste, dass ringsherum alles verschneit war.

Während sie so dasaß, musste sie an den Verlauf des Abends denken. Seit sie Ullapool verlassen hatte, kam sie sich vor wie in einem Film, in dem jede Entscheidung die falsche ist und die Heldin in immer größere Schwierigkeiten bringt. Aber was hätte sie machen sollen – außer auf die Fahrt nach Inverness zu verzichten und stattdessen in Ullapool zu übernachten? In der Theorie war das ein guter, zeitsparender Plan, in der Praxis dagegen würde er sich womöglich als Todesfalle für sie und Isabelle entpuppen. Doch woher hätte sie auch wissen sollen, dass sie diese Verkehrswarnung vor der Schneefront »nur« ein paar Stunden zu spät gehört hatte?

Sie fühlte sich versucht, die Innenbeleuchtung wieder anzumachen, weil ihr die Dunkelheit einfach zu erdrückend erschien, aber sie zwang sich dazu, es nicht zu tun. Sie wollte Strom sparen, weil sie jeden Tropfen Benzin benötigte, um die Heizung von Zeit zu Zeit wieder einzuschalten. Das Radio wäre vielleicht nicht schlecht gewesen, um sie von der Stille und der Finsternis abzulenken, aber abgesehen davon, dass es ebenfalls unnötig Strom fraß, fürchtete Christine, nur weitere Schreckensmeldungen zu hören.

Also saß sie da und beobachtete die beiden roten Leuchtdioden, wie die im Fünfsekundentakt aufblinkten und signalisierten, dass alle Türen verriegelt waren und die Alarmanlage aktiviert war. Zwischendurch sah sie zur Digitaluhr, die weiterhin die Zeit angab, obwohl Christine den Schlüssel abgezogen hatte. Die beiden blinkenden Punkte zwischen den Stunden und Minuten, die die Sekunden anzeigten, führten ihr allzu deutlich vor Augen, wie unendlich lange eine einzelne Minute dauern konnte, wenn man sich eigentlich wünschte, dass die Stunden wie im Flug vergingen. Wäre doch bloß schon Morgen, dann stünden die Chancen für sie viel besser, sich bis nach Gleannlochy durchkämpfen zu können, auch wenn der Schnee bis dahin noch so hoch liegen sollte. Aber bis zum Morgen waren es noch viele Stunden, und die zwei Leuchtpunkte blinkten viel zu langsam … so langsam …

»Mau!«

Christine zuckte hoch und stieß sich den Kopf an der Seitenscheibe, als sie sich abrupt umdrehte, ohne zu wissen, wo sie eigentlich war. »Autsch!«, rief sie erschrocken und benötigte einige Sekunden, ehe sie sich daran erinnerte, dass sie noch immer im Schneegestöber gefangen war. Sie musste eingeschlafen sein, und es war Isabelle, die sie aus dem Schlaf geholt hatte.

»Danke, mein Schatz«, murmelte sie noch etwas schlaftrunken. Nicht auszudenken, was hätte passieren können, wenn sie tatsächlich fest eingeschlafen wäre. Hätte sie erfrieren können? Womöglich ja, auch wenn sie das nicht mit Sicherheit sagen konnte. Sie wusste nicht, wie lange es dauerte, bis der Wagen so ausgekühlt war, dass es für sie und Isabelle gefährlich werden konnte. »Vermutlich hast du mir das Leben gerettet.«

Sie beugte sich vor und schaute blinzelnd auf die Uhr. »Viertel nach eins?« Sie rieb sich die Augen. »*Viertel nach eins?* Ich habe gerade mal fünf Minuten geschlafen?« Christine stöhnte auf und ließ sich zurück auf den Beifahrersitz sinken. »Wie soll denn diese Nacht jemals vorbeigehen, wenn das nur fünf Minuten waren?«

Frustriert stöhnend öffnete sie die Tür, stieg aus und schob den Schnee weg, der sich in der kurzen Zeit bereits zentimeterhoch auf dem Wagen angesammelt hatte. Wenn das so weiterging, würde sie die ganze Nacht mit dieser Beschäftigung zubringen und irgendwann vor Entkräftung zu Boden sinken, um dann selbst allmählich unter der weißen, aber erschreckend tödlichen Pracht zu verschwinden. Das Licht der Innenbeleuchtung fiel durch die geräumte Windschutzscheibe und sorgte für ein wenig Helligkeit, die aber gegen die Schwärze der Nacht nichts ausrichten konnte. Die wirkte umso erdrückender, da durch den Schnee eine so vollkommene Stille herrschte, dass es Christine fast so vorkam, als wäre sie taub geworden – wäre da nicht ihr vor Anstrengung keuchender Atem zu hören gewesen.

Plötzlich stutzte sie. Hatte sie da gerade eben ein Motorengeräusch wahrgenommen? Sie hielt die Luft an und lauschte angestrengt, aber das Blut rauschte zu laut in ihren Ohren. Christine schüttelte den Kopf. Das Geräusch musste sie sich eingebildet haben. Vermutlich verzweifeltes Wunschdenken oder etwas in dieser Art.

Soeben wollte sie wieder einsteigen, da nahm sie in der Dunkelheit etwas aus dem Augenwinkel wahr. Ein Licht! Scheinwerfer! Jemand war auf dem Weg zu ihr! Aber … was, wenn derjenige nicht auf dem Weg zu ihr war? Was, wenn die Straße sich noch irgendwo gabelte und dieser Wagen in eine andere Richtung davonfuhr, ohne von ihr Notiz zu nehmen?

Hastig sprang sie in den Mondeo, schaltete die Scheinwerfer ein und wechselte wieder und wieder zwischen Abblend- und Fernlicht, gleichzeitig drückte sie auf die Hupe. Wenn der andere Fahrer nicht gerade sein Radio auf volle Lautstärke gedreht hatte, musste er sie einfach bemerken. Und er musste das Licht der Scheinwerfer sehen … er *musste* es einfach sehen.

Der andere Wagen bewegte sich nur langsam von der Stelle, aber er kam allmählich näher. Bange Minuten verstrichen, während Christine quer im Auto lag, Hupe und Lichthupe betätigte und dabei immer wieder über das Armaturenbrett spähte, um zu sehen, wo ihr möglicher Retter blieb.

Nach einer scheinbaren Ewigkeit wurde das Motorengeräusch lauter, die Lichter kamen näher, und dann endlich blieb ein laut dröhnendes Monstrum vor ihrem Wagen stehen, dessen sechs Scheinwerfer Christine so blendeten, dass sie nicht erkennen konnte, was für ein Fahrzeug sie vor sich hatte.

Christine fühlte sich hundemüde, als sie zwei Stunden später im Schlepptau des Traktors Gleannlochy erreichte. Jedenfalls ging sie davon aus, dass sie sich in diesem Ort befand, da sie im Schein vereinzelter Straßenlampen Häuser erkennen konnte. Sean, der Traktorfahrer, bremste vorsichtig ab, und Christine trat nicht zu heftig auf die Bremse, damit sie ihrem

Vordermann nicht ins Heck rutschte. Einen Augenblick später sah sie Sean durch das Schneegestöber näher kommen, dann löste er das Abschleppseil, mit dem er sie über die hoffnungslos verschneite Straße hinter sich hergezogen hatte.

Der Weg nach Gleannlochy war wesentlich kurvenreicher gewesen, als es ihr Navigationsgerät angezeigt hatte, zudem war da noch eine Hügelkuppe im Weg, die ihr Wagen ohne fremde Hilfe überhaupt nicht hätte überwinden können. »Ich glaube, wir sind da«, sagte sie zu Isabelle, die ihr nur einen verschlafenen Blick zuwarf.

Sean kam zu ihr, sie machte das Fenster auf, und sofort schlug ihr eisiger Wind mitsamt einer Ladung Schnee entgegen.

»Okay, Miss. Das da drüben ist das Bed & Breakfast von Alberta Brooks. Sie können den Wagen hier stehen lassen, ich gehe noch schnell mit zur Tür, damit Alberta Ihnen auch aufmacht.« Er deutete auf das Haus links von ihr und grinste sie an. »Sie sollen ja schließlich nicht hier noch erfrieren, nachdem ich Sie am Loch Wellyn aus der Schneewehe befreit habe.«

»Ich weiß noch immer nicht, wie ich Ihnen dafür danken kann«, gab sie zurück, während ihr bewusst wurde, dass das breite Grinsen eigentlich das Einzige war, was sie von diesem Sean bislang zu sehen bekommen hatte. Er trug einen dicken Parka, die Kapuze mit dem Kunstfellbesatz hatte er hochgeschlagen, seinen Kopf schützte er zusätzlich mit einer Skimaske, die nur Schlitze für die Augen und den Mund aufwies, wobei seine Augen unter der Kapuze verschwanden und letztlich nur sein Mund zu sehen war. »Ich habe die letzten zwei Stunden hin und her überlegt, aber mir will einfach nichts einfallen.«

»Mir genügt es schon, wenn Sie aussteigen, Ihre Katze aus dem Wagen nehmen und mitkommen, damit ich Sie bei Alberta abliefern kann«, entgegnete er. »Der Schneefall lässt nicht nach, und ich muss weitermachen und die Straßen räumen.«

Christine nickte, löste ihren Gurt und stieg aus. Aus dem Kofferraum nahm sie die kleine Reisetasche, dann holte sie die Transportbox aus dem Fußraum vor dem Beifahrersitz. Ehe sie sich versah, hatte Sean ihr bereits die Reisetasche aus der Hand genommen und überquerte den schmalen Fußweg, um ihr das Gartentor aufzuhalten. Christine musste die Box hochhalten, damit die nicht in den mindestens zwanzig Zentimeter hohen Schnee geriet, dann stapfte sie hinter Sean her, der mit seinen klobigen Stiefeln den Weg zumindest ein wenig frei machte.

Es dauerte gut fünf Minuten, dann wurde die Lampe über der Haustür eingeschaltet, in der Tür klappte ein Sehschlitz hoch, und ein Augenpaar war zu sehen.

»Guten Morgen, Alberta«, rief Sean. »Tut mir leid, dass ich dich um diese Zeit aus dem Bett hole, aber ich habe einen Gast für dich.«

Das Augenpaar richtete sich auf Christine, die etwas verlegen lächelte und kurz winkte.

Dann wanderte der Blick an ihr vorbei ein wenig nach unten. »Ist das etwa Schnee?«

»Richtig, Alberta«, bestätigte er. »Und zwar jede Menge. Darum bin ich auch schon die ganze Nacht mit meinem Schneepflug unterwegs, sonst ist morgen früh ganz Gleannlochy komplett zugeschneit.«

»Und bei dem Wetter sind Sie unterwegs?«, fragte die Frau durch den Türschlitz und klang ein wenig vorwurfsvoll.

»Ich wünschte, ich wäre es nicht gewesen«, antwortete Christine, die nicht noch länger vor der Tür warten wollte. »Aber das ist eine lange Geschichte.«

»Die kannst du dir auch noch beim Frühstück anhören, Alberta«, drängte Sean, als hätte er Christines Gedanken gelesen. »Ansonsten wird Miss Bell vor deiner Tür erfrieren, und dann wirst du nie erfahren, was sie erlebt hat.«

»Ja, ja, schon gut, schon gut«, murmelte Alberta und schloss auf. Als die Tür aufging, wunderte sich Christine einen Moment lang darüber, wie diese Frau, die mehr als einen Kopf kleiner war als sie, durch den Schlitz hatte schauen können, befand der sich doch auf Christines Augenhöhe. »Kommen Sie rein.«

»Fein, dann lasse ich euch beide jetzt allein«, sagte Sean und nickte Christine zu. »Wir sehen uns sicher noch.«

»Ähm … ja, sicher«, erwiderte sie, obwohl sie davon gar nicht so überzeugt war. Sobald es wieder hell war, würde sie sich auf den Weg machen, immerhin wurde sie in Inverness in gleich drei Buchhandlungen erwartet, und sie wollte diese Termine auf keinen Fall platzen lassen. Bei Sonnenschein würde es kein Problem mehr sein, auf den verschneiten Straßen voranzukommen, weil sie dann sah, wo sie hinfuhr.

Sie betrat das Haus, Alberta schloss hinter ihr die Tür. »Kommen Sie, ich zeige Ihnen Ihr Zimmer, alles Weitere regeln wir beim Frühstück. Sie kommen mir völlig übermüdet vor, und ich bin noch gar nicht ganz wach. Kommen Sie, Miss …«

»Bell. Christine Bell.«

»Etwa *die* Christine Bell? Die Autorin?« Mrs Brooks blieb stehen und sah sie ungläubig an. »Dann müsste das da«, sie zeigte auf die Transportbox, »Ihre Isabelle sein.«

»Das … das wissen Sie?«

Mrs Brooks zuckte mit den Schultern. »Gleannlochy mag zwar abgeschieden liegen, aber wir sind hier nicht vom Rest der Welt abgeschnitten. Immerhin haben wir eine eigene Website, um für unseren Ort zu werben.« Christine wollte zu einer Frage ansetzen, aber Mrs Brooks fuhr ihr sofort über den Mund: »Sie legen sich jetzt schlafen, und die kleine Isabelle natürlich auch, damit Sie beide sich von den Strapazen erholen können.« Sie sah auf die Standuhr, die komplett mit Kacheln in Delfter Blau verkleidet war. Vermutlich hatte sie ein kleines Vermögen gekostet, aber sie traf überhaupt nicht Christines Geschmack. »Halb vier durch … ich schlage vor, ich wecke Sie gegen zehn, falls Sie nicht vorher aufwachen. Dann bekommen Sie wenigstens ein paar Stunden Schlaf.«

»Danke, das ist wirklich sehr nett von Ihnen«, sagte Christine und folgte ihr nach oben in den ersten Stock. Ihr fielen fast die Augen zu, und nachdem sie nur ein paar Minuten später die Tür zu ihrem Zimmer hinter sich abgeschlossen hatte, zog sie sich in aller Eile um und ließ sich aufs Bett fallen. Isabelle, die sie aus der Box gelassen hatte, sprang hoch und legte sich auf das freie Kopfkissen des Doppelbetts, knetete es kurz durch und klappte dann die Pfoten ein.

»Schlaf gut«, murmelte Christine und schaffte es gerade noch, sich zuzudecken, dann war sie bereits fest eingeschlafen.

Als Christine am Morgen nach unten in den kleinen Frühstückssalon kam, erwartete sie nach der Standuhr in der Diele die nächste Überraschung: eine ganze Wand dekoriert mit Kuckucksuhren in allen erdenklichen Formen und Größen. Manche von ihnen ganz schlicht, andere als ausladende Chalets gestaltet, mit Hirschen, Jägern, Alphornbläsern, dort eine Szene, die Heidi und ihren Großvater darzustellen schien, da eine Gruppe von singenden Kindern, angeordnet wie die Orgelpfeifen, während auf der anderen Seite zwei Gestalten um die Ecke schauten, die eindeutig SS-Uniformen trugen. *Vermutlich die Trapp-Familie,* überlegte sie.

»Die haben mein Mann und ich mitgebracht, wenn wir in der Schweiz Urlaub gemacht haben«, erklärte Alberta stolz, als sie Christines Blick bemerkte und deren Fassungslosigkeit über diese Sammlung irrtümlich für Bewunderung hielt.

»Tatsächlich?« Sie schätzte, dass ungefähr dreißig Uhren an der Wand hingen – und alle zeigten sie zwei Minuten vor zehn. Zwei Minuten, bis ein Inferno aus Kuckucksuhrenlärm über sie hereinbrechen würde. »Ich nehme an, Sie waren oft in der Schweiz, richtig?«

»Ganz genau«, antwortete die ältere Frau, die einen Hausanzug aus pinkfarbenem Frottee trug. »Insgesamt einunddreißig Mal in einunddreißig Jahren. Und deshalb sehen Sie vor sich zweiunddreißig Uhren.«

Noch eineinhalb Minuten.

»*Zwei*unddreißig?«, wiederholte Christine verwundert. »Wieso zweiunddreißig?«

»Wissen Sie, wir haben immer im gleichen Geschäft gekauft, und als wir das fünfundzwanzigste Mal dort waren, hat uns der Verkäufer eine Uhr geschenkt. Die dort ist die letzte Uhr, die wir gemeinsam gekauft haben. In diesem Urlaub ist mein Mann beim Bergsteigen in eine Schlucht gestürzt, und ich bin danach nie wieder in die Schweiz gefahren.«

Christine nickte bedächtig. »Oh, das tut mir leid.« Noch eine Minute. »Ich …« Wie sollte sie bloß rechtzeitig hier rauskommen?

»Wo ist denn Ihre Isabelle?«, fragte Alberta. »Haben Sie die etwa im Zimmer allein gelassen?«

»Ich wusste nicht, dass Katzen in den Salon dürfen.« Schätzungsweise noch dreißig Sekunden. Bei den ersten Uhren setzten sich bereits deutlich hörbar die Mechanismen in Bewegung, die gleich ein Kuckucksheer entfesseln würden.

»Ach, kommen Sie, es ist doch niemand sonst hier«, betonte Alberta. »Außerdem möchte ich die kleine rothaarige Berühmtheit doch kennenlernen.«

»Tja, dann … gehe ich noch mal schnell nach oben und hole Isabelle.«

Kaum war sie die Treppe hinaufgeeilt und hatte die Zimmertür hinter sich zugedrückt, hörte sie, wie der erste Kuckuck ertönte. Sekundenbruchteile später fiel der nächste ein, und im nächsten Augenblick gingen auch die restlichen Uhren los, jede mit ihrem eigenen Klang und mit einer anderen Melodie. Als Christine das hörte, konnte sie sich daran erinnern, dass sie im Schlaf einen unbestimmbaren Lärm wahrgenommen hatte – zweifellos das gleiche Schauspiel zur Neun-Uhr-Aufführung. In der Nacht hatte Ruhe geherrscht, vermutlich waren die Uhren alle so eingestellt, dass sie nur am Tag einen Laut von sich gaben.

Isabelle saß auf dem Bett, hatte die Augen aufgerissen und die Ohren angelegt, woraufhin sich Christine zu ihr setzte und sie streichelte. »Das ist gleich vorbei, meine Süße«, redete sie beruhigend auf die Katze ein, die von ihren Worten nicht so ganz überzeugt zu sein schien. Ganz bestimmt war sie um neun Uhr auch schon davon aufgewacht.

»Wir warten noch zwei Minuten, und wenn da unten wieder alles ruhig ist, kommst du mit zum Frühstück.« Aus der Reisetasche nahm sie ein Schälchen Katzenfutter, das sie ihr unten geben würde, damit Isabelle nicht auf die Idee kam, Käse oder Wurst zu stibitzen.

»Jetzt haben Sie meine kleinen Goldstücke nicht in Aktion erleben können«, sagte Alberta betrübt, als Christine mit der Katze auf dem Arm hereinkam. »Das ist schade.«

Sie zuckte nur vielsagend mit den Schultern, weil sie es nicht fertigbrachte, Bedauern vorzutäuschen, aber als Alberta die Katze sah, war alles andere ohnehin vergessen.

»Ach, ist die reizend«, schwärmte sie. »Und du hast dem König von Jordanien das Leben gerettet?«

»Sie redet nicht gern darüber«, erklärte Christine im Scherz das Schweigen der Katze. »Sie ist sehr bescheiden, und sie findet, dass es nichts Besonderes war.«

»Oh doch, das war es«, beharrte die ältere Frau. »Hat er sich wenigstens erkenntlich gezeigt? Der König, meine ich.«

»Das kann man wohl sagen«, antwortete sie. »Er hat Isabelle den Ehrenbürgertitel von Jordanien verliehen.«

»Und was heißt das?«

Christine zuckte mit den Schultern. »Sie hat freien Eintritt in jedem jordanischen Museum und in allen Schwimmbädern. Und sie darf kostenlos alle öffentlichen Verkehrsmittel benutzen.«

»Meinen Sie das jetzt ernst?«, wollte Alberta wissen.

»Ich weiß, es klingt verrückt, aber das ist tatsächlich mit der Ehrenbürgerschaft verbunden. Allerdings hat Isabelle davon nicht allzu viel, und deshalb schickt der König ihr alle zwei Monate eine Kiste mit exklusivem Katzenfutter. Ich habe mich anschließend bei Harrods erkundigt und erfahren, dass sie die Sorte im Angebot haben – für fünfzehn Pfund die Dose. Oder besser gesagt: das Döschen.« Dabei deutete sie mit Daumen und Zeigefinger an, wie winzig die Portionen waren.

»König müsste man sein«, meinte die ältere Frau, dann ging sie kurz weg und kam mit einem Tablett zurück, darauf eine Kanne Tee, eine Tasse, ein Teller mit drei Scheiben Toast, ein kleines Stück Butter und ein halb volles Marmeladenglas.

Kaum hatte sie es abgestellt, sprang Isabelle auf den Tisch und beschnupperte das gesamte Angebot. Als sie vor dem Stück Butter zurückwich, wusste Christine, dass sie die Toastscheiben besser nur mit Marmelade bestreichen sollte.

Nachdem Alberta sie allein gelassen hatte, da in der Küche noch Arbeit auf sie wartete, leerte Christine die Dose Katzenfutter auf den Unterteller ihrer Teetasse und schob ihn Isabelle hin, während sie sich eine Tasse Tee einschenkte und die Kuckucksuhrenwand skeptisch betrachtete. Die Zeiger rückten auf Viertel nach zehn vor, und insgeheim befürchtete sie, dass der Lärm gleich erneut losgehen könnte, doch die Sekunden tickten dahin, und außer dem einen oder anderen leisen Klicken war nichts zu hören.

»Verstehen Sie meine Frage bitte nicht falsch, Mrs Brooks«, sagte Christine, nachdem sie gefrühstückt hatte und mit dem Tablett nach nebenan in die Küche ging, wo die Frau damit beschäftigt war, vermutlich einen Kuchenteig zu rühren, »aber wie kann sich hier ein Bed & Breakfast halten? Kommen denn so viele Touristen her?«

»Wanderer«, erklärte Alberta. »Wanderer und Bergsteiger. Ich nehme an, Sie sind mit dieser Region nicht allzu vertraut.«

»Leider nicht«, räumte sie ein. »Ich dachte eigentlich, dass es hier oben ziemlich … nun …«

»Trostlos ist?«, führte die andere Frau den Satz zu Ende.

Christine zuckte verlegen mit den Schultern.

»Das meinen viele, das muss Ihnen nicht peinlich sein«, ließ Alberta sie wissen. »Auch wenn man es nicht glauben sollte, aber hier in der Gegend gibt es Berge zu besteigen, die zum Teil bis zu achthundert Meter hoch sind, und viele der Strecken fallen in die Anforderungskategorie vier.«

»Und das heißt?«, fragte Christine ahnungslos.

»Das heißt, die Bergsteiger bewegen sich durch schwieriges Gelände, sie müssen viel Erfahrung mitbringen und schwindelfrei sein. Sie müssen durchtrainiert sein, damit sie nicht auf halber Strecke vor Erschöpfung aufgeben. Außer im Winter ist mein Haus so gut wie immer ausgebucht, und zwar nur von Wanderern und Bergsteigern. Und die vier anderen Häuser hier im Ort haben auch keinen Grund zur Klage.«

»Hm, das hätte ich nun wirklich nicht erwartet. Auch nicht, dass es bei uns so viele Bergsteiger gibt.«

»So viele gibt es auch nicht. Mindestens ein Drittel von ihnen hat überhaupt keine Ahnung, worauf sie sich einlassen. Unser Constable predigt jedem neuen Touristen, dass er sich nicht überschätzen soll, und am nächsten Tag muss der Hubschrauber anrücken, um diese Leute von einem Felsvorsprung oder einem Gipfel zu retten, von dem sie alleine nicht mehr runterkommen.«

»Wie kann man so unvernünftig sein?«

»Leichtsinn, Selbstüberschätzung, Alkohol«, zählte Alberta

auf. »Bis heute habe ich dadurch vier Gäste verloren. Aber glauben Sie nicht, das würde irgendjemanden abschrecken. Ich habe daraus meine Lehre gezogen.«

»Was für eine Lehre denn?«

»Ich lasse meine Gäste nur noch im Voraus bezahlen«, meinte sie grinsend.

»Ah, verstehe«, gab Christine zurück. »Apropos bezahlen. Wie viel bekommen Sie von mir für die Übernachtung? Ich muss mich nämlich jetzt auf den Weg machen, sonst kann ich meine Termine nicht einhalten.«

»Auf den Weg wohin?«

»Nach Inverness.«

Alberta zog die Augenbrauen hoch. »Wann haben Sie denn da Ihre Termine?«

»Um vierzehn Uhr, sechzehn Uhr und achtzehn Uhr.«

»Heute?«

»Ja, heute. Deshalb muss ich mich ja auf den Weg machen.«

»Miss Bell«, begann die andere Frau verhalten. »Haben Sie heute Morgen schon mal aus dem Fenster gesehen? Oder Nachrichten gehört?«

»Nein, wieso?«

Wortlos schob Alberta die Gardine zur Seite, sodass Christine einen Blick auf die Straße werfen konnte, wo ihr Wagen stand. Oder besser gesagt: wo ihr Wagen stehen sollte. Sehen konnte sie ihn nämlich nicht, sondern nur einen Schneeberg, der trotz der Sonne nicht zu schmelzen schien.

»Na ja, mit einem Handfeger bekomme ich den Wagen schon wieder frei«, meinte sie mit mehr Optimismus in ihrer Stimme, als sie in Wahrheit verspürte.

Alberta schüttelte den Kopf, sah zur Uhr und drehte das Radio lauter, das bislang nur im Hintergrund gelaufen war.

»*… nun die Regionalnachrichten um halb elf. Ich bin Marc*

Malingoff, guten Morgen«, tönte es aus dem Lautsprecher. *»Das Tiefdruckgebiet, das in der vergangenen Nacht über den Norden Schottlands hinweggezogen ist, hat zum schlimmsten Verkehrschaos seit zehn Jahren geführt. Auf der A96 zwischen Inverness und Aberdeen stecken auf einer Strecke von sechzig Kilometern in beiden Richtungen Hunderte von Autofahrern in zum Teil meterhohen Schneeverwehungen fest. Die Hilfsdienste kommen seit dem späten Abend kaum damit nach, die betroffenen Menschen mit Decken und heißen Getränken zu versorgen. Der gesamte Norden liegt unter einer geschlossenen Schneedecke, die Räumfahrzeuge versuchen, die wichtigsten Verbindungen vom Schnee zu befreien, werden aber immer wieder durch liegen gebliebene und verlassene Fahrzeuge am Vorankommen gehindert. Mindestens vier Menschen sind in der Nacht bei dem Versuch erfroren, sich zu Fuß durch den Schnee zu kämpfen …«*

Christine musste schlucken, als sie das hörte. Das Gleiche hatte sie nämlich in der Nacht auch in Erwägung gezogen, und damit war ihr klar, welches üble Schicksal ihr womöglich gedroht hätte.

»… die Behörden haben ein Fahrverbot für die gesamte Region verhängt, um zu verhindern, dass noch mehr Autofahrer im Schnee stecken bleiben und gerettet werden müssen. Das Fahrverbot gilt bis auf Weiteres. Die Bürger werden gebeten, sich nur in Notfällen an die Polizei oder die Feuerwehr zu wenden. Die Hilfsdienste sind überlastet …«

Alberta drehte das Radio leiser und musterte Christine schweigend.

»Das heißt, ich sitze erst mal hier fest?«, fragte die.

»Es gibt Schlimmeres«, meinte Alberta mit einem Anflug von Sarkasmus.

»Ja, ich weiß, ich könnte immer noch mit meinem Wagen in der Schneewehe stecken und längst erfroren sein.«

Erschrocken hielt sich die ältere Frau eine Hand vor den Mund. »Oh Gott, nein, so war das nicht gemeint. Ich wollte damit sagen, dass Sie auch in einem irischen Dorf festsitzen könnten, und das wäre allemal schlimmer als in einem schottischen Dorf.«

Christine lachte leise. »Ich möchte wetten, in einem irischen Dorf würde ich genau die umgekehrte Variante zu hören bekommen.« Dann schüttelte sie den Kopf. »Ich muss im Verlag anrufen, damit sie die Buchhändler informieren. Die müssen doch erfahren, dass ich die Termine nicht wahrnehmen kann.«

»Das dürfte problematisch werden«, wandte Alberta ein. »Die Überlandleitung ist unter den Schneemassen zusammengebrochen, man kann nur noch innerhalb von Gleannlochy telefonieren.«

Sofort zog Christine ihr Handy aus der Tasche und sah auf das Display. »Kein Empfang?«, wunderte sie sich.

»Der Funkmast ist vor drei Wochen von einem betrunkenen Sportflieger umgerissen worden, und bislang hat die Telefongesellschaft ihn nicht repariert.« Alberta zuckte mit den Schultern. »Tut mir leid für Sie.«

Einen Moment lang stand Christine da und starrte gedankenverloren aus dem Fenster. »Na, ganz so schlimm ist es nicht«, meinte sie schließlich. »Wenn hier oben sowieso alles eingeschneit ist, wird sich in Inverness bestimmt niemand auf den Weg zu einer Buchhandlung machen wollen, um zu meiner Lesung zu kommen. Und falls doch, wird er bestimmt anrufen und sich erst mal erkundigen, und die Buchhändler werden sich schon denken, dass ich durch diese Schneefront aufgehalten worden bin.« Sie verzog missmutig den Mund. »Hm, ich würde nur gern meinen Verleger wissen lassen, dass ich noch lebe.«

»Da kann ich Ihnen auch nicht helfen, fürchte ich«, sagte Alberta und goss den Teig in eine Kastenform, die sie in den vorgeheizten Backofen stellte.

Christine sah ihr dabei zu, dann zuckte sie unschlüssig mit den Schultern. »Tja, wenn ich fürs Erste hier festsitze, dann kann ich mich auch ein bisschen in Gleannlochy umsehen. Gibt es hier irgendwelche Sehenswürdigkeiten?«

»Die Berge und Wanderwege sind unsere Sehenswürdigkeiten«, sagte die andere Frau. »Ansonsten gibt es hier nur ein paar Pubs, den Supermarkt, unsere Stadthalle …«

»Eine Stadthalle?«

Alberta nickte. »Von Frühjahr bis Herbst finden da Einführungskurse für Bergsteiger und Wanderer statt, die das zum ersten Mal machen und die wissen wollen, worauf sie zu achten haben. Und im Winter studieren dann Harris Turner und seine Freunde jedes Jahr ein Theaterstück ein, das nach Weihnachten Premiere hat. Dieses Jahr gibt es *Die vier Reiter der Apokalypse.* Ach ja, und nicht zu vergessen, unsere beiden Weihnachtsdekorateure.«

Christine sah sie fragend an. »Weihnachtsdekorateure?«

»Das erzähle ich Ihnen später«, versprach Alberta ihr. »Sehen Sie sich erst mal ein bisschen um.«

»Ich hoffe nur, meine Schuhe sind für den Schnee geeignet«, zweifelte sie auf einmal. »Wenn da draußen alles so aussieht wie mein Wagen.«

Alberta ging an ihr vorbei aus der Küche und kehrte in den Frühstückssalon zurück. »Keine Angst, Miss Bell, wir haben das hier gut im Griff. Wir haben hier oft mit viel Schnee zu kämpfen, und damit bei uns kein Chaos herrscht, fährt Sean mit seinem Schneeräumer durch Gleannlochy, um die Straßen freizumachen, und die Kinder und Jugendlichen schnappen sich morgens die Schneeschaufeln und schippen die Fußwege frei, weil sie dann nicht in die Schule müssen. Das funktioniert hier seit den Fünfzigerjahren, und auch wenn ringsherum alle Straßen zu sind, läuft das Leben in Gleannlochy ziemlich ungestört weiter.«

»Klingt ungewöhnlich, aber wenn's funktioniert …«

»Es funktioniert. Gehen Sie raus und sehen Sie es sich an«, forderte Alberta sie auf. »Nicht, dass ich Sie loswerden will, Miss Bell, aber wir beide werden noch Zeit genug haben, um uns zu unterhalten.«

»Meinen Sie?«

»Da draußen ist es zehn Grad unter null, so schnell verschwindet der Schnee nicht. Und solange es so kalt bleibt, kommen Sie von hier nicht weg.«

Christine nahm ihren Mantel vom Haken, den sie bei ihrer Ankunft in der Nacht zum Trocknen an die Garderobe gehängt hatte, und zog ihn an. Dann legte sie den Schal um und wollte Isabelle aus dem Frühstückssalon holen, um sie nach oben auf ihr Zimmer zu bringen, doch die Katze saß nicht länger auf dem Tisch.

»Isabelle?«, rief sie.

»Mrrr«, hörte sie aus dem Flur, und als sie um die Ecke kam, sah sie, dass Isabelle sich vor die Haustür gesetzt hatte und auf sie wartete.

»Nein, ich glaube nicht, dass es dir da draußen gefallen wird, Isabelle«, sagte sie und bückte sich, um sie hochzunehmen, doch die Katze lief einmal im Kreis um sie herum und setzte sich wieder vor die Tür.

»Da draußen liegt Schnee«, erklärte Christine ihr. »Da bekommst du kalte Pfoten. Das wirst du nicht mögen.«

Auch der nächste Versuch, Isabelle auf den Arm zu nehmen, schlug fehl, dafür begann sie, energisch an der Tür zu kratzen und lautstark zu miauen.

Kapitulierend zuckte Christine mit den Schultern. »Also gut, wenn du unbedingt willst. Aber du wirst dein Geschirr tragen, damit du mir nicht wegläufst. Ist das klar?«

»Rrrr«, machte Isabelle zufrieden und hörte auf zu kratzen.

»Rühr dich nicht von der Stelle, ich gehe nur schnell nach oben, um dein Geschirr und deine Leine zu holen«, sagte sie und kehrte in ihr Zimmer zurück. Als sie wieder nach unten kam, war Isabelle auf die Kommode gegenüber der Tür gesprungen und sah sie schon ungeduldig an.

Christine legte ihr das Geschirr um, was Isabelle anstandslos mit sich machen ließ, und nachdem sie sich davon überzeugt hatte, dass die Gurte nicht zu locker saßen, machte sie die Leine fest und nahm die Katze herunter.

Mrs Brooks stand in der Tür zum Frühstückssalon und sah den beiden zu, während Christine die Tür öffnete.

Isabelle machte zwei Schritte, wohl in der Erwartung, durchs Gras tollen zu können. Dann blieb sie abrupt stehen, und die nächste halbe Minute geschah nichts, außer dass ihre Pupillen sich zu schmalen Schlitzen verengten, weil vor der Tür alles in gleißendes Weiß getaucht war.

»Man kann ihr praktisch ansehen, wie sie überlegt, was das da draußen ist«, meinte Alberta amüsiert.

»Solange ich sie habe, hat sie noch nie Schnee gesehen«, erwiderte Christine. »Und so, wie sie sich gerade verhält, ist es ihr bei ihrem Vorbesitzer nicht anders ergangen. Ich bin mal gespannt, ob sie nach einem Meter kehrtmacht, weil es ihr zu kalt ist.«

Dann winkte sie Alberta zu und trat hinaus in den Schnee. Der Weg durch den Garten von der Haustür bis zum Gartentor war geräumt, vermutlich hatte Mrs Brooks das am Morgen erledigt. Auf dem Rasen links und rechts lag der Schnee bestimmt dreißig Zentimeter hoch, und durch den freigeschaufelten Weg war auf einer Seite ein noch höherer Wall entstanden.

Christine ging die zwei Stufen hinunter und drehte sich zu Isabelle um, die an der Tür stand und skeptisch die weiße Masse betrachtete, die alles unter sich begraben hatte. »Du wolltest unbedingt mitkommen«, sagte sie zu ihrer Katze, die zu überlegen schien, ob sie es wagen konnte, dieses weiße Etwas zu berühren.

Schließlich duckte sie sich, streckte eine Pfote aus und hielt sie einige Zentimeter über der Schneefläche am Rand der obersten Stufe in der Luft. Geduldig wartete Christine ab, die sich dieses Schauspiel um keinen Preis hätte entgehen lassen. Nach endlosen Sekunden drückte Isabelle die Pfote auf den Schnee und zog sie hastig zurück, dann betrachtete sie skeptisch die Ballen, an denen etwas von dem weißen Pulver haften geblieben war, und schließlich leckte sie daran. Sie blickte grübelnd um sich und beleckte sich, einen Moment später wiederholte sich der Ablauf, diesmal jedoch etwas schneller und energischer. Erneut leckte sie die Pfote ab, kam offenbar zu dem Schluss, dass dieses Zeugs nach gar nichts schmeckte, stellte sich wieder hin und folgte Christine auf den Weg durch den Garten.

Die öffnete ein wenig argwöhnisch das Gartentor, da sie immer noch damit rechnete, dass die Katze jeden Moment umkehren würde, weil ihr der Schnee unter den Pfoten nicht behagte oder weil es ihr einfach zu kalt war. Aber Isabelle machte keine derartigen Anstalten, sondern ging auch noch an Christine vorbei, um aus dem Garten kommend nach links abzubiegen.

Der Fußweg war tatsächlich geräumt, so weit Christines Blick reichte. Auch auf der anderen Straßenseite war der Schnee bis auf einige Reste weggeschaufelt worden, und auf der Straße hatte Sean mit seinem Räumtraktor ganze Arbeit geleistet. Zwar war noch eine dünne Schneeschicht verblieben, aber die war vielleicht zwei oder drei Zentimeter dick und stellte kein Hindernis dar, wenn man sich mit dem Auto fortbewegen wollte. Wirklich schade, dass der Rest des Landes im Schneechaos versunken war. Hätte es überall so ausgesehen wie hier, dann wäre sie bestimmt noch rechtzeitig in Inverness eingetroffen. Aber wenn sie daran dachte, wie die Nebenstrecke ausgesehen hatte, als sie dort unterwegs gewesen war, und wie viele Stunden es danach noch geschneit hatte, dann konnte sie sich nur zu gut vorstellen, dass dort kein Durchkommen war.

Auch wenn es eigentlich ein kitschiger Gedanke war, kam es ihr doch ein wenig so vor, als hätte ein Wunder sie in einem Wintermärchen aufwachen lassen. Überall in den

Gärten und an den Fenstern der Häuser war Weihnachtsdekoration zu sehen, vereinzelt etwas zu kitschig, insgesamt aber durchaus geschmackvoll und nicht zu aufdringlich. Es würde interessant sein, diese Kulisse nach Einbruch der Dunkelheit zu erleben – was ihr dank der Schlechtwetterfront schon am heutigen Abend möglich sein sollte.

Es war ein rundum idyllischer Anblick, eigentlich schon zu schön, um wahr zu sein. Seit Isabelle in ihr Leben getreten war, hatte sie sich mit der Erkenntnis abfinden müssen, dass hinter friedlichen Fassaden manchmal das Verbrechen lauerte. Nicht, dass die Katze Unglück brachte, vielmehr schien es so, als ob Isabelle eine Art sechsten Sinn besaß, der sie spüren ließ, wo ein Verbrechen geschehen war und wer dafür die Verantwortung trug. Auf jeden Fall hatte sich Christines Leben grundlegend verändert, seit Isabelle zu ihr gekommen war, und es hätte sie nicht gewundert, wenn sie hier in den nächsten Minuten auf ein Mordopfer stoßen würde.

Unwillkürlich lief ihr bei dieser Vorstellung ein Schauer über den Rücken, und im gleichen Moment fasste sie jemand an der Schulter. Mit einem spitzen Schrei wirbelte Christine herum, verlor dabei den Halt und landete mit dem Po im aufgehäuften Schnee am Gehwegrand.

»Wer sind Sie?«, rief sie erschrocken und starrte entsetzt den bärtigen jungen Mann mit der wilden Mähne an, der vor ihr stand und sich sofort über sie beugte. Aus dem Augenwinkel sah sie Isabelle, die sich umgedreht hatte und den Fremden musterte, ohne Angst erkennen zu lassen.

»Habe ich Sie etwa erschreckt, Miss Bell?«, fragte er, wobei sein Lächeln einer besorgten Miene wich. »Das tut mir leid.«

Diese Stimme … die hatte sie schon mal gehört. »Sean? Sind Sie das?«

Er nickte und lächelte wieder. »Klar, wer sonst?« Plötzlich begann er zu lachen. »Ach so, jetzt versteh ich! Sie haben mich heute Nacht ja nur mit meiner Skimaske gesehen. Kein

Wunder, dass Sie mich nicht erkannt haben!« Er nahm ihre Hand und half ihr hoch.

Etwas verlegen bedankte sie sich. »Ich war in Gedanken, da habe ich Sie wohl nicht bemerkt.«

»Ja, das habe ich gemerkt. Ich habe nämlich ein paar Mal nach Ihnen gerufen, aber Sie sind weitergegangen.« Er sah zu Isabelle. »Hm, nach einem Schneeleoparden sieht die Kleine nicht gerade aus.«

»Das ist Isabelle, meine Katze. Sie hat darauf bestanden, mich bei meinem Spaziergang zu begleiten.«

»Ein Spaziergang? Dann haben Sie wohl heute Morgen schon die Nachrichten gehört.«

Christine nickte. »Ja, zu meinem Schrecken. Eigentlich müsste ich heute in Inverness mehrere geschäftliche Termine wahrnehmen, aber daraus wird jetzt definitiv nichts. Ich hoffe nur, dass der Schnee nicht allzu lange liegen bleibt. Zu Weihnachten wäre ich gern wieder daheim.«

»Im Radio haben sie gesagt, dass erst in vier oder fünf Tagen mit Tauwetter zu rechnen ist«, meinte Sean und zuckte bedauernd mit den Schultern. »Aber vielleicht wird's ja genauso plötzlich wieder wärmer, wie der Schnee über uns hereingebrochen ist.«

»Ich will's hoffen«, murmelte sie, fügte dann aber hastig an: »Nicht, dass es mir hier nicht gefallen würde. Ich finde es hier sogar sehr idyllisch, und ich schätze, der Rest von Gleannlochy ist genauso hübsch wie dieser Straßenzug hier. Aber mein Verlag würde gern das Weihnachtsgeschäft mitnehmen, und da macht es sich gut, wenn die Autorin die Buchhandlungen aufsucht.«

»Auch in einer Kleinstadt wie Ullapool? Gibt es da überhaupt eine Buchhandlung?«

»Sogar zwei«, antwortete sie. »Der Sinn der Sache ist der, die kleinen Buchhändler zu unterstützen. Die großen Ketten treffen gerne Exklusivvereinbarungen mit bekannten Autoren, damit die in einer Stadt nur in ihrer Filiale Lesungen halten und Bücher signieren, während die Konkurrenz leer ausgeht, weil die sich solche Abmachungen nicht leisten kann. Wir wollen dafür sorgen, dass auch die eigenständigen Händler eine Chance bekommen, deshalb mache ich diese Tour.«

Sean nickte anerkennend. »Das heißt, Sie lassen diese Ketten links liegen?«

»Nicht ganz, aber ich gehe nur hin, wenn mir keine Vorschriften gemacht werden, dass ich in der kleinen Buchhandlung gegenüber nicht auch eine Lesung abhalten darf.«

»Und das machen die mit?«

»Ein paar schon, aber viele haben einfach Angst, sich mit der Konzernzentrale anzulegen, die ihnen klare Vorgaben erteilt.« Plötzlich merkte sie, dass Isabelle an ihrer Leine zog. »Hey, was ist los? Hast du genug vom Schnee?« Als sie sich zu ihr umdrehte, erkannte sie, dass ihre Katze nicht zurück zum Bed & Breakfast wollte, sondern in die entgegengesetzte Richtung.

Isabelle warf einen Blick über ihre Schulter und miaute energisch, dann zog sie wieder an der Leine.

»Ich glaube, Ihre kleine Lassie will Ihnen was zeigen«, sagte Sean und lachte herzlich. »Dann will ich Sie beide mal weiterziehen lassen. Ach so … ja … das wollte ich doch eigentlich fragen: Haben Sie wenigstens gut geschlafen?«

»Wie tot«, erwiderte sie lächelnd. »Und Sie? Wieso sind Sie überhaupt schon wieder auf? Sie waren doch bis heute Morgen mit Ihrem Schneepflug unterwegs, Sie müssen doch hundemüde sein.«

»Ich bin jetzt auch auf dem Weg nach Hause, um erst mal ein paar Stunden zu schlafen, aber als ich Sie sah, dachte ich mir, ich wünsche Ihnen wenigstens einen guten Morgen.« Er nickte, als wollte er sich selbst davon abhalten, noch weiter zu reden. »Okay, wir … wir sehen uns bestimmt noch mal.«

Erst als Sean gegangen war, wurde ihr bewusst, dass er

gegen Ende ihrer kurzen Unterhaltung mit einem Mal verlegen gewirkt hatte, so, als ob ihm der Gesprächsstoff ausgegangen sei. Grübelnd wandte sie sich ab und ließ sich von Isabelle weiterziehen. Hatte er etwa versucht, mit ihr zu flirten? Falls ja, war er nicht allzu geschickt vorgegangen, was ihr aber auch nur recht war. Sie wollte Gleannlochy so bald wie möglich wieder verlassen, außerdem war sie sich immer noch nicht so richtig im Klaren darüber, was ihre Beziehung zu Phil anging, dem Polizisten, den sie kennengelernt hatte, nachdem sie dank Isabelle auf einen Molkereiskandal gestoßen war. Phil war zwischenzeitlich in ihr Leben zurückgekehrt, und sie würde hier ganz sicher keine Affäre anfangen, zumal sie über Sean gar nichts wusste. Bei ihrem Glück war er der Kettensägenmörder von Gleannlochy!

»Maaaauuuuu!«, machte Isabelle plötzlich und blieb am Eingang zu einem der Häuser entlang der Humphreys Road stehen.

»Was ist denn? Hast du eine Maus entdeckt?«, fragte Christine und hockte sich neben der Katze hin. »Du magst gar keine Mäuse, das weißt du doch.«

»Hrrr«, knurrte Isabelle, legte die Ohren an und starrte auf das kleine Einfamilienhaus. Der Weg zur Haustür war nicht geräumt, die Fensterläden waren geöffnet, aber wer immer hier wohnte, war entweder heute noch nicht vor die Tür gegangen, oder gar nicht zu Hause.

»Was ist los? Was siehst du?«, murmelte sie, während ihr wieder ein Schauer über den Rücken lief. Sie konnte sich selbst nicht erklären, was es war, doch etwas Ungutes schien von dem Haus auszugehen. Vielleicht lag es aber auch nur an Isabelle, weil die ihre Nackenhaare aufgerichtet hatte und weiter leise knurrte.

»Ja, schon gut«, sagte Christine. »Du hast gewonnen.« Dann nahm sie Isabelle hoch und stapfte durch den hohen Schnee zur Haustür. »Aber wehe, ich mache mich deinetwegen zum Narren. Dann sage ich dem König, dass er dir kein exklusives Futter mehr schicken soll, sobald wir wieder zu Hause sind.«

An der Tür angekommen, klingelte sie und wartete. Nichts geschah. Wieder klingelte sie, aber im Haus war alles ruhig. »Siehst du? Es ist nicht mal jemand zu Hause.«

Isabelle begann so überraschend zu strampeln, dass es Christine nicht gelang, sie festzuhalten, ohne Gesicht und Hände zerkratzt zu bekommen. Also ließ sie Isabelle herunter, die daraufhin wieder an der Leine zog und sich unerschrocken durch den hohen Schnee kämpfte, obwohl sie bei jedem Schritt tief einsank. Christine folgte ihr um das Haus herum in den dahinter gelegenen Garten, der zum Teil von einer Garage in Anspruch genommen wurde. Über die niedrige Hecke hinweg machte sie einen parallel zur Humphreys Road verlaufenden, tief verschneiten Weg aus, der offenbar zu den Garagen aller Grundstücke entlang der Straße führte. Die Tür an der Seite der Garage stand offen, sodass Christine einen darin geparkten Wagen sehen konnte. Nur weil dort ein Fahrzeug stand, war das noch lange kein Beweis dafür, dass sich jemand im Haus aufhalten musste.

Isabelle schien allerdings anderer Meinung zu sein, da sie an einem Kellerfenster stehen geblieben war und wieder energisch miaute. Kopfschüttelnd stellte sich Christine zu ihr und beugte sich vor.

»Was gibt's denn da unten so Interessantes?«, fragte sie. »Falls in dem Keller jemand Brathähnchen zubereitet, dann bist du von uns beiden die Einzige, die das riechen kann.« Sie beugte sich vor, konnte aber durch das Fenster nichts erkennen, weil sich der Schnee darin spiegelte. Irgendetwas flackerte in dem Kellerraum, doch das war auch schon alles, was sie dazu sagen konnte.

Da sich Isabelle nicht von der Stelle rührte, blieb Christine nichts anderes übrig, als sich hinzuknien und die Hände an die Scheibe zu legen, um sehen zu können, was es dahinter so Wichtiges gab. Das Flackern wurde durch eine

Neonröhre verursacht, die immer wieder kurz aufblitzte, sich aber nicht einschaltete. Der Raum wurde daher immer nur für einen Sekundenbruchteil erleuchtet, doch diese Zeit genügte für Christine, um zu verstehen, weshalb Isabelle sie hergeholt hatte.

»Komm mit«, sagte sie zu Isabelle und nahm sie auf den Arm, was sie sich nun anstandslos gefallen ließ. »Wir müssen die Polizei anrufen.«

3

Als Christine vom Bed & Breakfast zurückkehrte, wo sie zunächst Isabelle zurück auf ihr Zimmer gebracht und danach von einer bestürzten Mrs Brooks die Polizei hatte anrufen lassen, fuhr vor dem Haus, in dem sie den grausigen Fund gemacht hatte, ein alter himmelblauer Austin Metro vor. Ein Mann von etwa Mitte zwanzig stieg aus und sah in ihre Richtung. Er trug eine dicke Jacke und eine Pudelmütze, eine Skihose und robuste Stiefel.

»Sie müssen Miss Bell sein«, begrüßte er sie und ging ihr ein paar Schritte entgegen, um ihr die Hand zu reichen. Auf ihren leicht verwunderten Blick hin fügte er hinzu: »Im Moment sind keine Touristen hier, und Ihr Gesicht ist das einzige in Gleannlochy, das ich nicht kenne. Daraus siehe ich den logischen Schluss, dass Sie Miss Bell sein müssen.«

Sie schüttelte den Kopf. »Darauf hätte ich eigentlich auch selbst kommen können«, schnaubte sie. »Ist ja klar, dass ich hier auffalle wie ein bunter Hund.«

»Eher wie eine rote Katze«, scherzte der Mann. »Mrs Brooks hat mir erzählt, wer Sie sind.« Er stutzte angesichts ihrer rätselnden Miene, dann fiel ihm etwas ein: »Sagen Sie, habe ich vergessen, mich vorzustellen? Constable Michael Schroedinger.«

»Ah, der Constable«, erwiderte sie und schüttelte seine Hand.

»*Der* Constable?«, wiederholte er verwundert. »Das klingt so, als hätten Sie etwas über mich gehört, wovon ich nichts weiß.«

»Wie? Oh, nein, nein, so war das nicht gemeint«, stellte sie hastig klar. »Mrs Brooks sprach nur davon, dass Sie den

Touristen ins Gewissen reden, wenn auch nicht immer mit Erfolg.«

Schroedinger nickte bestätigend. »Es macht zwar Spaß, mit den Leuten zu tun zu haben – Sie können sich sicher vorstellen, dass man als Polizist hier sonst nicht viel erlebt, außer mal die eine oder andere Alkoholkontrolle. Aber es ist verdammt frustrierend, wenn man jemandem heute sagt, dass er sich lieber dreimal überlegen soll, ob diese Bergroute für ihn wirklich geeignet ist, und morgen kommt der Notruf von der gleichen Person, die sich völlig verausgabt hat und nicht mehr vom Berg runterkommt. Da hilft auch die Drohung nichts, dass jeder, der sich überschätzt und mit dem Hubschrauber gerettet werden muss, für den Einsatz eine saftige Rechnung präsentiert bekommt.«

»Vielleicht sollten Sie sich die Rechnung im Voraus bezahlen lassen«, meinte Christine lächelnd. »Und wer dann ohne Hubschrauber wieder ins Tal zurückkehrt, der erhält das Geld erstattet. Das wäre möglicherweise Anreiz genug, um sich nicht zu verausgaben.«

Einen Moment lang sah Schroedinger sie an. »Soll ich Ihnen was sagen? Das ist eine exzellente Idee! Darüber werde ich mit der Verwaltung reden, vielleicht lässt sich das ja in die Tat umsetzen.«

Christine beschloss, das Thema zu wechseln, damit der Constable nicht auf die Idee kam, noch weitere, nicht ernst gemeinte Ideen zu verwirklichen. Am Ende würden die Leute hier sie noch hassen und verfluchen, wenn Schroedinger erst mal verbreitete, wem er seine Eingebungen zu verdanken hatte. »Weshalb ich Sie gerufen habe …«, begann sie und deutete auf das Haus.

»Ja, Ihr Fund«, entgegnete er. »Etwas Genaues konnte mir Mrs Brooks allerdings nicht sagen.«

»Weil ich ihr nichts Genaues erzählt habe«, erklärte sie. »Ich weiß nicht, ob sie sich darüber aufregen würde.«

»Und worüber genau?«

»Kommen Sie mit«, forderte sie ihn auf. »Haben Sie eine Taschenlampe dabei?«

Er klopfte gegen seine Brusttasche und nickte bestätigend, dann ging sie vor ihm her durch den Garten und ums Haus herum, bis sie an dem Kellerfenster angekommen waren, zu dem Isabelle sie geführt hatte.

Sie zeigte auf die Szene, die sich ihr im Kellerraum präsentiert hatte, und ließ den Constable mit der Taschenlampe durch die Scheibe leuchten, damit der sich genauer ansehen konnte, was von der flackernden Neonröhre immer nur kurz erhellt wurde.

»Was ist denn das?«, murmelte er fassungslos und sah zu Christine, die mit den Schultern zuckte. »Sehe ich das richtig?«

»Ich fürchte ja«, erwiderte sie, während sie sich beide aufrichteten.

»Kommen Sie, wir müssen ins Haus gelangen«, entschied er und wollte wieder nach vorn zur Haustür gehen, als er auf einmal stehen blieb und sich im verschneiten Garten umsah. »Diese Spuren …«, begann er und zeigte auf den Schnee.

»Die stammen von meiner Katze und mir«, erklärte sie prompt. »Ich hatte zwar nicht damit gerechnet, so etwas vorzufinden, trotzdem ist mir aufgefallen, dass der Schnee völlig unberührt war, als wir herkamen.«

»Also ist das vor gestern Abend passiert«, folgerte er.

Christine verzog unschlüssig den Mund. »Ich weiß nicht, aber ich glaube, wenn der Täter das Haus um Mitternacht verlassen hätte, wären die Spuren bis heute Morgen bestimmt komplett zugeschneit gewesen.«

Constable Schroedinger dachte kurz nach, dann nickte er zustimmend. »Ja, damit dürften Sie sogar recht haben«, urteilte er und griff in eine andere Jackentasche, aus der er einen kleinen Plastikbeutel zog. Er öffnete ihn und holte zwei Paar Einweghandschuhe heraus, eines davon reichte er Christine. »Wir wollen es ja nicht so machen wie die dummen Polizisten im Fernsehen, die einfach alles anfassen und wichtige Spuren verwischen.«

Sie zogen die Handschuhe an, dann ging er die drei Stufen bis zur Haustür hinauf und fasste nach dem Türknauf. Ein leichter Druck genügte, und die Tür ging auf.

»Nicht abgeschlossen«, stellte er fest.

»Der Täter hat sie beim Rausgehen hinter sich zugezogen«, folgerte Christine und betrat nach ihm den Flur.

»Hallo?«, rief der Constable. »Hier ist die Polizei! Hält sich jemand im Haus auf»?

Gemeinsam lauschten sie, konnten aber nichts hören. Allerdings hatten sie auch nicht damit gerechnet, dass ein Eindringling mit einem »Hallo, ich bin hier oben« reagieren würde.

Die Kellertür stand weit offen, am Ende der Treppe war das Flackern der Neonröhre zu sehen. Der Constable richtete seine Taschenlampe auf die Wand, entdeckte einen Lichtschalter und betätigte ihn, woraufhin der Weg nach unten hell erleuchtet wurde. Christine folgte dem Polizisten, am Fuß der Treppe befand sich an der rechten Wand eine ganze Reihe von Lichtschaltern, von denen nur einer umgelegt war – zweifellos der für die defekte Neonröhre. Mit einer knappen Bewegung fuhr er über die Schalterreihe, und dann ging gut ein Dutzend Neonlampen an, die den Kellerraum in ein kaltes, bläuliches Licht tauchten.

»Wow«, entfuhr es Christine, als sie sah, welcher Anblick sich ihr bot: In Form eines überdimensionalen Us erstreckte sich um sie herum eine riesige Modelleisenbahn.

Die Anlage begann am einen Ende mit einer Gebirgslandschaft, die von Eisenbahntunneln durchzogen war. Nach dem Aussehen der in den Bergen verteilten Hütten zu urteilen, sollte es sich wohl um die Alpen handeln, die allmählich in eine ländliche Gegend mit Bauernhöfen übergingen, die ihrerseits einer Metropole mit einem über mehrere Ebenen verteilten Bahnhof wich. Der Großstadt folgte wieder Weide- und Ackerland, das sich schließlich Stück für Stück in eine Küstenregion veränderte, bis ein breiter Sandstrand folgte sowie eine der Küste vorgelagerte Insel, die mit dem Festland durch einen Damm verbunden war, über den eine Bahnlinie verlief.

Dieses Panorama, das sich in der U-Form über schätzungsweise fünfzehn Meter erstreckte und eine Breite von bestimmt zweieinhalb Metern aufwies, bestach durch eine unglaubliche Detailvielfalt. Überall gab es kleine Szenen zu sehen, dort eine Schafherde, die einem Bauern zusah, wie der eines der Schafe schor, hier ein Dorffriedhof, auf dem eben eine Beerdigung stattfand; ein Verkehrsunfall auf einer Landstraße, zu dem ein Rettungshubschrauber gerufen worden war; ein Strandbesucher, der mit dem Fernglas eine barbusige Rothaarige beobachtete, anstatt aufs Meer hinauszusehen. Egal, wohin Christine auch sah, überall entdeckte sie ständig neue Details, so als würden rasch rechts Szenen ausgetauscht, wenn sie für ein paar Sekunden nach links blickte.

Gestört wurde das Gesamtwerk nur durch eine Sache – einen toten Mann in Lebensgröße, der mitten in der Modellanlage lag.

»Das ist ja unglaublich«, murmelte sie.

»Ich hatte schon davon gehört«, sagte der Constable, »und ich wollte Mr Marks immer mal darauf ansprechen, ob er mir seine Eisenbahnanlage zeigen würde. Ich bin nie dazu gekommen.«

»Ist er das?«, fragte Christine.

»Was?«

»Der Tote«, erklärte sie. »Ist das Mr Marks?«

Schroedinger nickte. »Ja, das ist Nathan Marks.«

Der Tote war ein Mann um die siebzig mit schütterem Haar, recht klein, von schlanker Statur. »Wie kommt er dahin?«, wunderte sie sich.

Der Constable sah sie nachdenklich an. »Was meinen Sie damit?«

»Na, er liegt mitten in der Anlage. Wer soll ihn über einen Meter weit geworfen haben, damit er da landet? Außerdem sieht das mehr so aus, als hätte man ihn vorsichtig und sehr ordentlich auf der Eisenbahnplatte platziert.« Sie legte den Kopf schräg. »Was sind das für Schnüre?«, wunderte sie sich.

»Alles der Reihe nach«, sagte der Polizist und kniete sich hin, dann nahm er die Plane hoch und warf einen Blick unter die Anlage. »Ja, genau so, wie ich es mal gelesen habe. Sehen Sie, Miss Bell.«

Sie ging neben ihm in die Hocke und erkannte im Schein der Taschenlampe, dass die gesamte Anlage aus einer Vielzahl kleinerer Elemente bestand, die an der Unterseite mit Metallklammern zusammengehalten wurden. Schroedinger öffnete verschiedene Klammern, erhob sich und zog vorsichtig an der Platte, deren Beine auf Rollen montiert waren. Das Element löste sich, und dabei wurde auch erkennbar, wie durch überlappende Flächen von oben betrachtet der Eindruck entstand, dass es sich um eine durchgehende Anlage handelte.

Nachdem sie das Element herausgetrennt und zur Seite geschoben hatten, konnten sie sich den Toten aus der Nähe ansehen. »Das kann doch nicht wahr sein«, flüsterte Christine.

»Wer denkt sich denn so was aus?« Der Constable musste schlucken, als er sah, was sie vorhin mit den Schnüren gemeint hatte.

Nathan Marks lag da wie Gulliver im Lande Liliput. Paketschnur war über seinen Körper gespannt worden, über seine Arme und Beine, über die Hände und um die Füße. Auf der Platte hatte der Mörder die Enden der Schnur mit einer Klebepistole befestigt, und um dem Ganzen die Krone aufzusetzen, standen Hunderte von kleinen Plastikfiguren auf dem Toten verteilt, Figuren, die Spitzhacken oder Speere hielten, als würden sie über den gefesselten Gulliver spazieren und ihm mit ihren Waffen drohen, damit er sich ja nicht rührte.

Nur dass Marks sich nicht mehr rühren konnte, da ein großes Loch in seiner Stirn klaffte. Als wäre dieses Diorama nicht schon makaber genug, hatte der Mörder rings um das Einschussloch mehrere Modellfiguren mit mittelalterlichen Kanonen angeordnet, die alle auf das Loch im Kopf zeigten, so als hätten sie mit ihren Kugeln seinem Leben ein Ende bereitet.

»Jemand muss diesen Mr Marks sehr gehasst haben«, sagte Christine schließlich. »Jemand, der außerordentlich viel Zeit hatte.«

Der Constable betrachtete den Toten und schüttelte den Kopf. »Das ergibt doch keinen Sinn. Wer sollte so was tun? Niemand hat Mr Marks gehasst.«

»Jemand *muss* ihn gehasst haben«, beharrte sie. »Dieser Mann ist ermordet worden, und dann hat sich der Mörder die Mühe gemacht, den Toten zu einem Teil seines liebsten Hobbys zu machen. Das ist nicht das Werk eines Einbrechers, der vom Hausbesitzer ertappt wird und den Mann erschießt, weil er in Panik geraten ist. Das ist ein Mord, ein von langer Hand geplanter Mord.«

»Miss Bell, wir sind hier in Gleannlochy«, wandte Schroedinger ein. »Wir sind stolz auf unsere gute Dorfgemeinschaft. Hier leben keine schlechten Menschen, sonst hätte ich ganz bestimmt mehr zu tun, als nur von Zeit zu Zeit Alkoholkontrollen durchzuführen – und die auch nur, weil es Leute gibt, die meinen, wenn sie aus dem Pub im Nachbarort einen Umweg über Gleannlochy fahren, dann geraten sie schon nicht in eine Kontrolle.«

»Constable, nehmen Sie es mir nicht übel, wenn ich das so sage, aber auch auf dem Land gibt es Menschen, die etwas zu verbergen haben, die Geheimnisse haben. Menschen, die notfalls morden, damit diese Geheimnisse gewahrt bleiben.« Während der Polizist den Kopf schüttelte, fuhr sie fort: »Ich habe mich vor einer Weile für ein paar Monate aufs Land zurückziehen wollen, um in Ruhe ein Buch zu schreiben. Weil ich der Ansicht war, dass auf dem Land Ruhe herrscht. Am Ende konnte ich froh sein, dass ich mit heiler Haut davongekommen bin. Vor Kurzem habe ich meine Tante in Beechwood besucht, einem Ferienort am Meer, in dem es eigentlich auch beschaulich und ruhig zugehen sollte. Da gab es ebenfalls mehrere Tote zu beklagen. Und von einer Kollegin von Ihnen habe ich eine ziemlich haarsträubende Geschichte über eine ganze Mordserie in einer beschaulichen Grafschaft gehört.«

»Das mag ja alles sein, Miss Bell, aber hier in Gleannlochy …«

»Constable Schroedinger«, unterbrach sie ihn, weil sie keine Lust hatte, noch einmal diese endlose Diskussion wie mit DCI Remington zu führen, die auch lange Zeit nicht hatte einsehen wollen, was hinter scheinbaren Unfällen steckte. Immerhin war diesmal die Situation so, dass dieser Constable eines nicht abstreiten konnte. »Dass dieser Mann ermordet wurde, ist doch offensichtlich, oder nicht? Sieht das nach einer natürlichen Todesursache aus? Oder nach einem Selbstmord?«

»Miss Bell«, gab er etwas ungehalten zurück. »Sie müssen mich nicht für dumm verkaufen. Natürlich ist Mr Marks keines natürlichen Todes gestorben, und er hat sich auch nicht das Leben genommen!«

»Eben, Constable, er wurde ermordet. Und das bedeutet, dass es hier in Gleannlochy einen Mörder gibt, auch wenn Sie das nicht wahrhaben möchten. Ich weiß, es fällt Ihnen schwer, es zu glauben. Aber vergessen Sie, wie idyllisch es hier ist und wie undenkbar ein Mord in diesem zugegeben hübschen Städtchen ist, und halten Sie sich nur die Tatsache vor Augen, dass dieser Mann ermordet wurde.«

Schroedinger verzog den Mund und setzte eine mürrische Miene auf.

»Und der Mörder ist sehr wahrscheinlich mitten unter uns«, ergänzte sie.

»Sehr wahrscheinlich?«, wiederholte er. »Wie meinen Sie denn das?«

»Na ja, es könnte ja theoretisch auch jemand gewesen sein, der nicht in Gleannlochy wohnt.«

Der Polizist schüttelte den Kopf. »Im Winter kommen hier keine Fremden her, und wenn ein Einzelner sich gestern oder vorgestern hier aufgehalten hätte, dann wäre er von irgendwem gesehen worden.«

»Das dachte ich mir schon«, sagte Christine. Dieses Dorf war übersichtlich genug, um jedes fremde Fahrzeug und jede unbekannte Person sofort auffallen zu lassen. »Also …?«

»Also was?«, fragte der Constable irritiert.

Sie zuckte bedauernd mit den Schultern, weil keine andere Schlussfolgerung infrage kam, als die, von der Schroedinger lieber nichts wissen wollte. »Also wurde er von einem seiner Nachbarn umgebracht.«

»Ja, ich weiß«, räumte der Mann nach langem Schweigen seufzend ein und verstummte gleich wieder, während sein Blick auf dem Toten auf der Eisenbahnanlage ruhte.

Christine ließ ihn eine Weile ihn Ruhe, schließlich sagte sie fast schon amüsiert: »Ich glaube, ich brauche Sie nicht zu fragen, ob Sie sich vorstellen können, wer ein Motiv gehabt haben könnte.«

Unwillkürlich begann der Constable zu lachen. »Nein, Miss Bell, das müssen Sie mich wirklich nicht fragen. Ich muss mich immer noch an den Gedanken gewöhnen, dass Mr Marks ermordet worden ist … aber wissen Sie, was für mich noch schlimmer ist?«

»Jemanden zu verdächtigen?«, fragte sie zögerlich.

Er nickte stumm. »Ich kenne die meisten Leute hier seit meiner Kindheit, ich würde für jeden von ihnen die Hand ins Feuer legen. Wie soll ich da einen von ihnen fragen, ob er für die Tatzeit ein Alibi hat?«

»Es ist das, was Ihr Beruf von Ihnen verlangt, Constable. Sie unterstellen ja niemandem, dass er ein Mörder ist.«

»Wenn das so leicht wäre«, murmelte er. »Hätte uns nicht diese Schneefront überrollt, dann könnte ich jetzt die Mordkommission in Inverness einschalten. Dann käme ein Inspector her, der niemanden hier kennt, und wenn ich für ihn Leute befragen sollte, dann wüsste jeder, dass ich nur einen Befehl ausführe. Aber so, wie es jetzt ist …«

»Sie müssen ja nicht gleich eine Liste der Verdächtigen erstellen«, schlug sie ihm vor. »Fragen Sie doch erst mal in der Nachbarschaft herum, ob jemand etwas Merkwürdiges beobachtet oder gehört hat. Vielleicht hat es ja einen Streit gegeben, und jemand hat gesehen, wie später eine Person das Haus verlassen hat.«

Schroedinger dachte darüber nach und nickte nach ein paar Sekunden zustimmend. »Ja, so könnte das funktionieren.« Wieder wanderte sein Blick über den Toten, dann auf einmal drehte er sich zu Christine um. »Miss Bell, ich … ich …«

Sie wartete, dass er von sich aus weiterredete. Es musste etwas sein, das ihm zu schaffen machte, sonst hätte er sofort gesagt, was er von ihr wollte.

Bestimmt eine halbe Minute verstrich, ehe er den Mut aufbrachte, sein Anliegen auszusprechen: »Miss Bell, Sie haben mir ja gerade eben erzählt, bei welchen Mordfällen Sie bereits zur Aufklärung beigetragen haben … würden Sie mir bei den Ermittlungen helfen?«

Seine Frage kam so unerwartet, dass ihr einen Moment lang die Worte fehlten.

»Ich weiß«, fuhr der Constable fort, »ich sollte das eigentlich selbst erledigen. Aber ich … ich habe noch nie einen Mordfall bearbeiten müssen. Behalten Sie das bitte für sich, aber ich habe keinerlei Erfahrung, wie man Ermittlungen anstellt. Sie haben Erfahrung, auch wenn Sie keine Polizistin sind. Ich benötige Ihre Hilfe, ich brauche jemanden, der auf die Dinge achtet, die mir gar nicht auffallen würden.«

So albern es auf den ersten Blick zu sein schien, dass ein Polizist nicht wusste, was er zu tun hatte, empfand sie es in gewisser Weise als rührend, dass er sie ins Vertrauen zog und sie um Hilfe bat, anstatt zu versuchen, sich irgendwie durchzuschlagen, und dabei das Risiko einzugehen, alles Erdenkliche verkehrt zu machen. »Ja«, antwortete sie schließlich. »Ich werde Ihnen helfen, jedenfalls so lange, bis Tauwetter einsetzt und ich mich wieder auf den Weg machen kann. Dann werden Sie ja auch jemanden von der Mordkommission anfordern können, der den Fall übernimmt.«

»Ja, und die Spurensicherung auch.«

Sie stutzte. »Sie haben nichts hier, um Spuren zu sichern?«, begann sie ungläubig, aber dann fiel ihr ein, wie friedlich hier alles zuging … oder zumindest zugegangen war. Was hatte ihn bislang irgendeine Form von Spurensicherung gekümmert? Die zuständigen Leute konnte er in Inverness anfordern, wenn er sie benötigte. Jedenfalls dann, wenn das Land nicht unter einer Schneedecke versunken war.

Der Constable schüttelte den Kopf. »Ich habe nicht mal Pinsel und Pulver hier, um Fingerabdrücke zu nehmen.«

»Oh«, machte Christine nur. Das konnte ja heiter werden. Ein völlig unerfahrener Polizist, kein Material zur Spurensicherung und ein Dorf, in dem sich jeder mit jedem gut verstand … wobei Letzteres erst noch bewiesen werden musste. Vielleicht zog ja in den nächsten fünf Minuten eine Hitzewelle übers Land, und sie konnte sich sofort auf den Weg nach Inverness machen, um das hier hinter sich zu lassen.

»Gut«, sagte sie dann. »Ich schlage vor, dass Sie als Erstes den Tatort fotografieren, bevor Sie den Gerichtsmedi…« Sie unterbrach sich und fragte: »Ich nehme an, einen Gerichtsmediziner müssten Sie wohl auch erst anfordern, richtig?«

»Mhm«, bekam sie zur Antwort, begleitet von einem frustrierten Gesichtsausdruck des Polizisten.

»Na, auf jeden Fall müssen wir Fotos machen«, redete Christine weiter. »Warten Sie hier, ich hole nur schnell meine Kamera, dann können wir die Fotos anschließend auf einen PC überspielen, damit uns nichts abhandenkommt. Bin gleich wieder da.«

Sie verließ das Haus von Nathan Marks und ging zurück zum Bed & Breakfast, wo Mrs Brooks an der Tür stand und sich mit zwei Frauen unterhielt, während sie in die Richtung zeigte, aus der Christine soeben kam. Sie konnte sich schon denken, welches Gesprächsthema die drei hatten.

»Ach, da sind Sie ja, Miss Bell«, rief Alberta ihr zu. »Das hier sind meine Nachbarinnen, Mrs Cavish und Mrs Jones, ich habe ihnen gerade davon erzählt, dass ich für Sie den Constable zum Haus von Mr Marks gerufen haben. Was ist denn passiert?«

»Später«, sagte Christine ausweichend, nickte den beiden anderen Frauen zu, die etwa im gleichen Alter waren wie Mrs Brooks, und ging zielstrebig an ihnen vorbei ins Haus. »Ich kann jetzt noch nichts dazu sagen.«

»Ist Mr Marks etwas zugestoßen?«, fragte eine der Frauen. »Wenn ja, wie soll ein Krankenwagen herkommen, wo doch alle Straßen zugeschneit sind?«

Christine tat so, als fühlte sie sich nicht angesprochen, und eilte nach oben in ihr Zimmer. Als sie eintrat, sah sie, dass Isabelle es sich auf dem Stuhl gleich neben dem Heizkörper bequem gemacht hatte und sichtlich die Wärme genoss. Sie blinzelte, sah, dass bloß ihr Frauchen hereingekommen war, und kniff die Augen wieder zu.

»Da hast du mir was Schönes eingebrockt«, schnaubte Christine, während sie aus ihrer Reisetasche die Kamera hervorholte. »Ich darf mich jetzt mit einem Hilfssheriff herumschlagen, der mich zu seinem Hilfssheriff gemacht hat, und du liegst nur da und lässt dich auf kleiner Flamme garen.«

Isabelle stieß einen Seufzer aus, als wollte sie sich entschuldigen – oder als wollte sie sagen: »Was kümmert mich das?« Dann drehte sie ihren Kopf zur Seite und begann, laut zu schnarchen.

Kopfschüttelnd nahm Christine ihre Kamera und ließ die Katze wieder allein.

Als sie ein paar Minuten später zum Haus von Mr Marks zurückkehrte, standen vor dem Zugang zum Grundstück bereits drei Männer und eine Frau und redeten auf Constable Schroedinger ein, der immer wieder den Kopf schüttelte. Bei der Gruppe angekommen, hörte sie einen der Männer sagen: »Jetzt kommen Sie schon, Mike, verraten Sie uns, was hier passiert ist. Was ist mit dem alten Nathan los? Ist ihm was zugestoßen?«

»Tut mir leid, Leute, aber ich kann im Augenblick nichts dazu sagen«, entgegnete er und atmete sichtlich erleichtert auf, als er Christine zurückkommen sah.

»Darf ich hier bitte mal durch?«, fragte sie höflich, aber bestimmt, und schob sich zwischen zwei der Männer hindurch.

»Sind Sie Miss Bell?«, wollte der linke wissen.

Bevor sie antworten konnte, erwiderte der rechte: »Natürlich ist sie das, Roddy. Oder meinst du, die Lady da hat sich meilenweit durch den Schnee gekämpft, nur um plötzlich neben uns zu stehen? Wie viele Fremde außer ihr sind denn wohl noch in Gleannlochy?«

»Ist ja gut«, fauchte der andere. »Du musst mir nicht gleich den Kopf abreißen, nur weil ich mal 'ne Frage stelle.«

»… 'ne dämliche Frage, wenn du mich fragst«, fiel ihm der rechte ins Wort.

»Ich frag dich aber nicht, Eddy. Außerdem kann ich ja wohl noch sagen, was ich will, und wenn …«

Den Rest bekam Christine nicht mehr mit, da sie mit dem Constable bereits auf dem Weg ins Haus war. Sie kehrten zurück in den Keller, wo zum Glück alles noch so dastand, wie sie es verlassen hatten. Es hätte sie nicht gewundert, wenn in der Zwischenzeit schon die halbe Nachbarschaft einmal durchs Haus spaziert wäre, nur um zu erfahren, was sich denn wohl ereignet hatte. Ihr Blick wanderte zu dem Fenster, durch das sie vom Garten aus in den Keller gesehen hatten. »Haben *Sie* das Rollo runtergelassen?«, fragte sie.

Schroedinger nickte. »Ja, sonst wüsste jetzt schon ganz Gleannlochy, was passiert ist.«

»Gut gemacht«, lobte sie ihn, was er mit einem flüchtigen Lächeln aufnahm. »So, dann werden wir erst mal alles im Bild festhalten«, fuhr sie fort und zwängte sich zwischen den zur Seite geschobenen Elementen der Eisenbahnanlage hindurch, bis sie den Leichnam erreicht hatte. Aus allen Winkeln und Entfernungen fotografierte sie den Toten, die Schnüre, die über ihn gespannt waren, das Einschussloch in der Stirn und die winzigen Figuren, mit denen er übersät war.

»Wieso ausgerechnet Gulliver?«, murmelte sie, während sie auf dem Display überprüfte, ob auch tatsächlich die Details deutlich zu sehen waren, die sie hatte erfassen wollen.

»Wie bitte?«, fragte der Constable, der inzwischen um die Anlage herumgegangen war und auf der anderen Seite die Klammern von zwei Elementen gelöst hatte, um sich von dort dem Toten zu nähern.

»Ich frage mich, warum er ausgerechnet wie Gulliver zurechtgemacht worden ist. Hat das irgendeine Bewandtnis? Will uns der Mörder damit etwas sagen?«, überlegte sie. »Oder war das nur ein kranker Scherz?«

»Ich weiß nur, dass er mit seinen besten Freunden im vorletzten Jahr ein Theaterstück aufgeführt hat, das *Gulliver in der Unterwelt* hieß … oder so ähnlich. So ganz bekomme ich das nicht mehr zusammen, auf jeden Fall ging es darum, dass Gulliver noch eine Reise unternimmt und in der heutigen Fernsehwelt landet. Er muss ins Dschungelcamp, für eine Million Pfund Fragen beantworten, bei einer Castingshow mitmachen und so weiter. War schon ganz witzig.«

»Und? War das Stück gut besucht?«

Der Constable zuckte mit den Schultern. »Jedes Stück ist hier gut besucht. Erstens gibt es hier im Winter ohnehin nicht viel zu tun, zweitens will jeder im Dorf mitreden können, also gibt es kaum jemanden, der die Aufführungen verpasst, und drittens sind die vier so was wie eine lokale Legende.«

»Ach, machen die vier das immer zusammen?«

»Sie haben dieses Projekt vor ... so etwa vor zehn Jahren aus der Taufe gehoben, und seitdem gibt es jedes Jahr ein neues Stück.«

Christine betrachtete den Toten, der vor ihr lag und einen Teil der Stadt, ein Stellwerk, eine Kuhherde und noch einiges mehr unter sich begraben hatte. »Wenn die verbliebenen drei keinen Ersatzmann haben, wird das Stück wohl dieses Jahr nicht stattfinden können«, meinte sie und ließ sich auf dem Display noch einmal alle Fotos anzeigen. »Okay, damit dürfte der Gerichtsmediziner später noch was anfangen können. Dann sollten wir jetzt einen Arzt rufen, damit der sich den Toten ansieht und einen ersten Bericht schreibt.«

Einen Moment lang glaubte sie, es sich nur eingebildet zu haben, doch als sie hochsah, stellte sie fest, dass Schroedinger den Kopf schüttelte.

»Auch kein Arzt?«

»Dr. Menk hat je eine winzige Praxis in Gleannlochy, Kirkally, Brinston, Inverglen und Lommond«, zählte der Constable auf. »An jedem Tag in der Woche ist er in einem anderen Ort, montags in Gleannlochy, dienstags in Kirkally und so weiter. Da steht er dann den ganzen Tag seinen Patienten zur Verfügung, und nur in wirklichen Notfällen fährt er außer der Reihe in einen anderen Ort. Gestern war er in Inverglen, heute sollte er in Lommond sein, sofern er sich gestern Abend noch frühzeitig auf den Weg gemacht hat. Aber das ist jetzt auch egal, weil wir ihn ohnehin nicht erreichen können. Außerdem würde er wegen einer Leiche nicht sofort die Praxis schließen und herkommen.«

Seufzend schüttelte Christine den Kopf. »Dann müssen wir den Toten eben ohne eine erste Begutachtung durch einen Arzt ins Leichensch…« Sie stöhnte leise auf. »Was machen Sie eigentlich üblicherweise mit einem Toten? Ich meine, ab und zu wird doch in Gleannlochy mal jemand sterben, oder nicht?«

»Normalerweise wird Dr. Menk gerufen, der den Totenschein ausstellt und dann die Beerdigung veranlasst«, antwortete der Polizist.

»Dr. Menk ruft direkt das Bestattungsinstitut an? Das ist ja freundlich von ihm, dass er sich darum kümmert.«

»Er ruft nicht das Institut an, er *ist* das Institut«, korrigierte Schroedinger sie.

»Er ist Arzt und Bestatter?«, fragte sie erstaunt und dachte unwillkürlich daran, wie einfach es bei einer solchen Kombination für den Mann sein würde, dubiose Todesfälle zu vertuschen, wenn er auch noch die Verstorbenen unter die Erde brachte. Hastig schüttelte sie den Kopf und ermahnte sich, den Mann nicht gleich zum potenziellen Serienmörder zu erklären. »Fehlt ja nur noch ein mobiler Pflegedienst.«

»Den hat er auch«, sagte der junge Mann. »Menks häusliche Pflege. *Von der Wiege bis zur Bahre alles aus einer Hand,* so lautet sein Werbeslogan.«

Bedächtig nickte Christine und verkniff sich jeden Kommentar. Dieser Mann war geschäftstüchtig, das musste man ihm lassen, und er hatte seine Kundschaft fest im Griff. Seine Patienten würden durchweg seinen Pflegedienst in Anspruch nehmen, immerhin war er ja ihr behandelnder Arzt, den sie kannten und dem sie vertrauten. Oder besser gesagt: dem sie vertrauen mussten, weil sie keine Alternative hatten.

Und nachdem er als Arzt und Betreiber eines Pflegedienstes jahrelang an ihnen verdient hatte, kassierte er dann ein letztes Mal mit der ewigen Ruhe ab. Obwohl … nein, Christine wollte lieber gar nicht wissen, ob Menk auch noch eine Gärtnerei gehörte und er für die Grabpflege sorgte.

»Also gut, damit bleibt die Frage offen, was wir mit Mr Marks machen sollen. Liegen lassen können wir ihn da nicht. Hier unten ist es zwar kalt, aber nicht kalt genug. Könnten wir ihn nicht ins Bestattungsinstitut bringen, dort gibt es ja sicher einen Kühlraum?«

Schroedinger schüttelte den Kopf. »Das befindet sich leider in Kirkally.«

»Gibt es noch irgendeine andere Möglichkeit?«, fragte Christine.

Der Constable atmete wiederholt tief durch, während er angestrengt nachdachte. »Mir fällt nur Rickles ein … und vielleicht noch der Metzger …«

»Was ist Rickles?«, fragte sie.

»Der Supermarkt. Der hat einen Kühlraum, da könnten wir Mr Marks vielleicht … ›zwischenlagern‹. Ich werde Mr Rickles fragen, ob er …«

»Nein, Mr Schroedinger«, unterbrach sie ihn.

Er sah sie verständnislos an. »Aber ich dachte …«

»Sie werden Mr Rickles nicht *fragen,* sondern einen Teil des Kühlraums polizeilich *beschlagnahmen.* Wir müssen dafür sorgen, dass der Verwesungsprozess aufgehalten wird, und dafür brauchen wir seinen Kühlraum, ob es ihm gefällt oder nicht. Und ich kann mir vorstellen, dass es ihm eher nicht gefällt.«

Bei ihren Worten verzog der Constable frustriert den Mund. »Hören Sie, ich kenne Mr Rickles von klein auf. Als ich drei oder vier war, habe ich an der Fleischtheke jedes Mal eine Scheibe Wurst bekommen. Er war für mich immer so etwas wie ein … ach, ich weiß nicht, fast so wie ein Großvater.«

»Sie sind aber nicht mehr der kleine Junge, der eine Scheibe Wurst bekommt, sondern ein erwachsener Mann, der als Polizist über gewisse Rechte verfügt. Nur weil Sie diese Leute hier alle schon seit einer Ewigkeit kennen, ist das kein Grund, dass die Sie nicht ernst nehmen.« Sie sah seine unschlüssige Miene und fügte hinzu: »Stellen Sie sich vor, Sie würden nicht hier arbeiten, sondern in einem anderen Dorf, in dem Sie niemanden kennen. Würden Sie sich dann in Ihre Arbeit reinreden lassen? Würden Sie sagen, Ihnen ist egal, was aus dem Toten wird, nur weil es irgendwem nicht gefällt, dass Sie seinen Kühlraum benötigen?«

»Ja, ich weiß«, gab er kleinlaut zurück. »Sie haben völlig recht. Ich … wie gesagt, ich habe mit solchen Situationen keine Erfahrung.«

Christine klopfte ihm auf die Schulter. »Sie kriegen das schon hin, und wenn Sie zwischendurch wieder einen Durchhänger haben, dann bekommen Sie von mir einen Tritt in den Hintern.«

Schroedinger begann zu grinsen. »Ich warne Sie, Miss Bell. Es könnte nämlich passieren, dass ich Sie dann wegen tätlichen Angriffs auf einen Beamten festnehmen werde.«

»*Das* ist die Einstellung, die ich bei Ihnen sehen will«, meinte sie lachend. »Und jetzt sehen wir uns erst noch im Haus um, danach besuchen wir Mr Rickles und überbringen ihm die ›gute‹ Neuigkeit. Und dann können Sie zwei Leute herkommen lassen, damit sie den Toten in den Supermarkt bringen.«

Als sie sich im Erdgeschoss des Hauses umsahen, wurde schnell klar, was sich abgespielt hatte. Der blutverschmierte Sessel im Wohnzimmer war der Ort, an dem der Täter Marks die Kugel in den Kopf gejagt hatte. Aber es gab keine Kampfspuren, keine Anzeichen für irgendeine Art von Gegenwehr.

»Hier wurde Marks erschossen«, sagte Christine und

schaute sich um. »Es sieht so aus, als hätte der Täter vor ihm gestanden und dann einfach abgedrückt.«

»Die Tür weist keine Einbruchsspuren auf«, ließ der Constable sie wissen. »Als Sie die Kamera geholt haben, habe ich mir auch die Hintertür angesehen, die von der Küche aus in den Garten führt. Sie ist abgeschlossen, und der Schlüssel steckt von innen. Also ist der Mörder durch die Vordertür ins Haus gekommen.«

»Sie meinen, Marks hat ihn ins Haus gelassen, richtig?«, vergewisserte sie sich.

»Nein, ich will damit sagen, dass die Haustür vermutlich gar nicht abgeschlossen war. Das machen hier in Gleannlochy viele Leute, das ist nichts Ungewöhnliches. Hier kennt jeder jeden. Sie haben selbst gesehen, wie winzig unser Dorf ist. Wenn jemand einen anderen besucht, dann klopft er an und macht gleichzeitig die Tür auf, dann ruft er, und der andere weiß genau, wer da ins Haus kommt. Hier läuft das noch wie in den alten Fernsehserien, wo das eigene Haus den ganzen Tag für Besucher offen steht. Die Leute haben nichts zu verbergen, sie verbarrikadieren sich nicht in ihren Häusern.«

»Dann kann der Täter also ein x-beliebiger Nachbar gewesen sein, der einfach hier hereinspaziert ist?«, wunderte sie sich und stellte sich hinter den Sessel, um von dort in den Flur zu sehen. »Hm, wenn Marks genau hier gesessen hat, dann hatte er die Tür im Blickfeld, das heißt, wenn sie aufging, konnte er sehen, wer ins Haus kam.«

Schroedinger nickte. »Richtig, und wer immer es war, ist wohl zielstrebig zu ihm gegangen …«

»… und hat ihn erschossen«, ergänzte Christine. »Also war es jemand, den er kannte … den er vielleicht sogar erwartete. Auf dem Tisch steht nur ein Glas, das heißt, er hat seinem Gast nichts eingeschenkt, und er hat auch gar nicht erst ein Glas für den Fall hingestellt, dass unser Unbekannter etwas trinken wollte.« Sie sah den Constable an. »Sein Besucher hatte sich angekündigt und im Voraus wissen lassen, dass er nur kurz bleiben würde … das ist die einzige Erklärung.«

»Aber dann hat der Besucher eine Pistole auf ihn gerichtet«, fuhr der Polizist fort. »Und er ist trotzdem sitzen geblieben. Wieso?«

»Wahrscheinlich hat er sich nicht mal erschrocken, als sein Gast plötzlich eine Waffe in der Hand hielt«, spekulierte Christine. »Sonst wäre vielleicht das Glas umgestoßen worden, oder er hätte das Buch zu Boden fallen lassen.« Sie zeigte auf einen Bildband über historische Modelleisenbahnen, der mit einem Lesezeichen versehen auf dem Tisch neben dem Sessel lag – so als hätte er bei der Ankunft seines Besuchers das Lesezeichen eingelegt, das Buch behutsam zugeklappt und zur Seite gelegt, um sich ganz seinem Gast zu widmen. »Er war ganz auf den Besucher konzentriert, und trotzdem konnte der ihn mit seiner Waffe nicht überraschen. Man könnte meinen, dass unser Unbekannter ihm angekündigt hatte, mit der Waffe herzukommen.« Sie versuchte, sich in die Lage des Opfers hineinzuversetzen, dann erklärte sie: »Marks muss davon überzeugt gewesen sein, dass der andere nicht auf ihn schießt.« Christine drehte sich zu Schroedinger um. »Das ergibt doch keinen Sinn.«

Der Constable schüttelte nachdenklich den Kopf. »Ich könnte mir weder vorstellen, wer so was machen würde, noch warum das jemand tun sollte.«

Sie ging langsam an den Regalen entlang, in denen Hunderte von Büchern standen, die sich um Eisenbahnen aus aller Welt und um Modellbahnanlagen drehten. Alles war alphabetisch sortiert, und keines der Regale machte den Eindruck, dass jemand nach dem Mord das Zimmer durchsucht haben könnte – außer natürlich, er hatte alles exakt wieder dorthin zurückgestellt, wo es herkam. Aber Christine warf hier und da einen gründlicheren Blick auf die Regalböden, die mit einer dünnen Staubschicht bedeckt waren.

An keiner Stelle war der Staub verwischt worden. »Sieht nicht so aus, als würde hier irgendwas fehlen.«

»Ich sehe mich mal im Schlafzimmer um«, kündigte der Constable an und verließ den Raum.

Wieder ließ Christine ihren Blick über die Einrichtung wandern, vielleicht fiel ihr ja irgendetwas auf, das einen Hinweis auf das Motiv des Täters liefern konnte. Marks hatte sein ganzes Leben offenbar dem Thema Eisenbahn in allen Variationen gewidmet, an den Wänden, die nicht hinter bis zur Decke reichenden Regalen verschwunden waren, hingen großformatige Fotos von alten Dampfloks, in einer Vitrine lagen Dienstmützen, Pfeifen, Fahrkartenknipser, alte Bahnfahrkarten, Bahnsteigkarten und andere Dinge, deren Zweck ihr nicht klar war, die aber so wie alles andere auch in irgendeinem Zusammenhang zur Eisenbahn standen.

Wer war hier reingekommen und hatte diesen Mann umgebracht? Und warum hatte er ihn erschossen, wenn er doch offenbar nichts mitgenommen hatte?

Christine zog die Kamera aus der Jackentasche und beschloss, nicht nur den Fundort der Leiche zu dokumentieren, sondern auch den Rest des Hauses. Vielleicht würde sie auf den Fotos irgendetwas entdecken, das ihr so einfach nicht ins Auge fallen wollte. Während sie mit den Aufnahmen beschäftigt war, kam der Constable zu ihr zurück.

»Und?«

»Nichts«, antwortete er frustriert. »Entweder unser Unbekannter hat Marks erschossen, nach unten geschafft und ist dann gleich wieder gegangen, oder er hat mit solcher Sorgfalt nach irgendetwas gesucht, dass er keine verräterischen Spuren hinterlassen hat.«

Sie nickte, während sie ihm zuhörte und weitere Fotos machte. »Ich will auch noch die anderen Zimmer fotografieren«, ließ sie Schroedinger wissen. »Vielleicht können wir jemandem die Fotos zeigen, der öfters hier war und dem auffallen könnte, ob etwas fehlt.«

»Ich glaube nicht, dass irgendetwas fehlt«, meinte er. »Wenn ich mir das so ansehe, dann bekomme ich das Gefühl, dass hier so was wie eine Hinrichtung stattgefunden hat. Er wurde aus nächster Nähe erschossen, und dann hat der Mörder ihn nach unten gebracht und auf der Eisenbahnanlage platziert. Ich frage mich, wie lange er wohl gebraucht hat, bis er damit fertig war.«

»Schwer zu sagen, aber auf jeden Fall muss der Täter sich sicher gewesen sein, dass ihn niemand auf frischer Tat ertappen würde, sonst hätte er nicht mit solcher Akribie die Szene gestalten können.« Sie hielt kurz inne. »Er hat Marks hingerichtet und ihn im Tod verspottet, indem er ihn zu einem Teil seines liebsten Hobbys machte. Er muss ihn wirklich gehasst haben.«

Ratlos kratzte sich der Constable am Kopf. »Okay, ich bin voreingenommen, weil ich die Leute hier alle kenne, aber gerade weil ich sie kenne, weiß ich, dass hier niemand Marks gehasst hat – oder irgendwen sonst. Natürlich gibt es immer mal kleine Streitereien, weil ein anderer zu laut ist oder weil er seinen Rasen unbedingt am Sonntagmorgen um sechs Uhr mähen muss, aber das ist auch schon alles. Wenn hier jemand einen Hass auf jemand anderen hätte, dann wäre das in Gleannlochy bekannt. So was könnte man nicht geheim halten.«

»Es sei denn«, gab sie zu bedenken, »der Mörder hat nie ein Wort darüber verlauten lassen. Vielleicht, weil er sich selbst damit belasten würde. Oder der Täter hat erst jetzt etwas herausgefunden, was ihn zu dieser Reaktion veranlasst hat.«

Schroedinger zuckte mit den Schultern. »Das kann ja alles sein, Miss Bell, aber das ist so unglaublich vage, dass mir das auch nicht weiterhilft. Ich brauche die Leute hier im Ort gar nicht erst zu fragen, ob sie eine Ahnung haben, wer etwas so Schlimmes herausgefunden haben könnte, dass er deswegen einen Mord begeht. Entweder wissen die Leute es nicht, oder aber sie tun so, als wüssten sie es nicht, weil sie sich sonst verdächtig machen. Ich komme so oder so nicht weiter.«

»So dürfen Sie nicht denken, Constable«, erwiderte sie. »Vielleicht fällt der eine oder andere Name, vielleicht hat jemand seinen Nachbarn schon seit Längerem wegen irgendeiner Sache in Verdacht, und wenn er jetzt hört, dass ein Mann hier aus Gleannlochy ermordet worden ist, dann hält er den Moment für gekommen, seine Vermutung auszusprechen. Und vergessen Sie nicht, dass jemand auf Ihre Fragen hin vor Nervosität etwas ausplaudern könnte, was er eigentlich für sich behalten wollte.«

Der Polizist atmete seufzend durch. »Vielleicht zieht ja in fünf Minuten eine Hitzewelle übers Land, die den Schnee dahinschmelzen lässt«, sagte er mit einem schiefen Grinsen. »Dann kann ich die Kollegen in Inverness anfordern, damit ich meine Ruhe habe.«

»Der Wunsch ist mir schon vor Ihnen durch den Kopf gegangen, und bislang hat er sich nicht erfüllt«, gab sie zurück und klopfte ihm aufmunternd auf den Oberarm. »Betrachten Sie das Ganze einfach als Bewährungsprobe, nicht als Strafe. Stellen Sie sich vor, Sie klären den Mord auf, dann stehen Ihre Chancen auf eine Beförderung gleich viel besser.« Mit diesen Worten ging sie an ihm vorbei aus dem Zimmer, um zunächst im Schlafzimmer und dann auch noch in der Küche Fotos zu machen. Dort angekommen rief sie den Constable zu sich, der inzwischen noch einmal in den Keller gegangen war, um den Toten mit einer Plastikplane zuzudecken, die in einer Ecke neben der Anlage lag.

»Was gibt es denn?«, wollte er wissen, nachdem er mit lauten Schritten die Treppe hochgestürmt und in die Küche gekommen war.

»Ich habe was gefunden«, verkündete sie und zeigte auf den Abfalleimer neben der Spüle.

Er kam näher, und sie hob den Deckel an. In der Plastiktonne lag ein blutgetränktes Kissen, an dem noch die Reste von braunem Paketklebeband hafteten. An dem Band wiederum klebten mehrere graue Haare.

Mit spitzen Fingern zog der Constable das Kissen heraus, während Christine in einer Schublade des Küchenschranks eine Rolle mit Mülltüten fand, eine davon abriss, ausschüttelte und Schroedinger hinhielt, damit er das Fundstück hineinlegen konnte. »Das heißt«, begann sie laut zu überlegen, »der Unbekannte jagt Marks eine Kugel in den Kopf, dann drückt er ihm das Kissen auf die Stirn, damit es das Blut aufsaugt, und macht es mit Klebeband fest, das er um den Kopf des Toten wickelt. Dann bringt er Marks in den Keller, vermutlich, indem er ihn hinter sich herschleift. Dort wartet er dann, bis die Wunde aufhört zu bluten – denn sie kann nicht mehr geblutet haben, als er Marks auf die Modelleisenbahn legte, sonst wäre irgendwo Blut zu sehen gewesen. Die Wunde blutet also nicht mehr, und er platziert den Toten auf der Anlage, wo er als Nächstes die Gulliver-Aktion in Angriff nimmt. Als er damit fertig ist, nimmt er das blutgetränkte Kissen aus dem Keller mit und bringt es in die Küche, um es da in den Müll zu werfen.« Sie hob den Kopf und sah den Constable an. »Was sagt das über den Mörder aus?«

»Dass er einen seltsamen Ordnungssinn besitzt«, antwortete er. »Auf der einen Seite hat er kein Problem damit, einen Mann zu erschießen, andererseits achtet er darauf, im Haus keine Blutspritzer zu verteilen, wenn er den Toten nach unten bringt. Und er lässt das Kissen nicht einfach da unten liegen, sondern nimmt es mit nach oben, um es hier in der Küche wegzuwerfen.« Er verdrehte die Augen. »Als hätte er keinen kaltblütigen Mord begangen, sondern nur eine Tasse Kaffee verschüttet und mal schnell alles aufgewischt.«

Christine nickte zustimmend und gab zu bedenken: »Der Täter muss schon länger die Absicht gehabt haben, Marks umzubringen, das war keine spontane Handlung. Und das gilt auch für den Rest. Als er auf dem Weg hierher war, hatte er den Ablauf der nächsten Minuten und Stunden bereits bis ins Detail geplant. Wenn man das Blut auf dem Sessel betrachtet, dann dürfte das verspritzt worden sein, als die Kugel die Stirn durchschlug. Danach hat er sofort nach dem Kissen gegriffen und es auf das Einschussloch gedrückt. Er ist nicht erst auf die Idee gekommen, nachdem er gesehen hat, wie das Blut über das Gesicht seines Opfers strömt. Er hat vielmehr verhindert, dass es dazu kommt.«

»Weil er nicht wollte, dass Blut an Marks' Kleidung kam«, folgerte der Polizist.

»Richtig. Und das zeigt, dass er nach einem sorgfältig ausgearbeiteten Plan vorgegangen ist. Er hat von vornherein vorgehabt, Marks auf die Eisenbahnanlage zu legen. Deshalb musste er Vorsorge treffen, damit kein Blut an dessen Kleidung gelangen konnte, während er ihn nach unten schaffte.«

»Und Marks hat nichts davon geahnt, was ihn erwartet«, fügte der Constable hinzu. »In wem hat er sich nur so sehr getäuscht, dass er nicht mal sein Ende kommen sah, als unser Unbekannter eine Pistole auf ihn richtete?«

»Eine gute Frage«, urteilte Christine.

»Irgendeine Idee, wen wir als Erstes befragen?«

»Ja, seine drei guten Freunde, mit denen er seit Jahren auf der Bühne gestanden hat«, entschied sie. »Vielleicht hat er ihnen ja mal etwas anvertraut, was uns auf die Spur des Mörders führt. Aber erst einmal suchen wir Mr Rickles auf und machen ihm klar, dass er einen Teil seiner Kühlkammer zur Verfügung stellen muss.«

Schroedinger stöhnte unüberhörbar auf. »Na, das kann ja heiter werden.«

4

Auf dem Weg zu Rickles' Supermarkt konnte Christine schnell den kaltblütigen Mord und die Tatsache vergessen, dass sie eigentlich völlig wider Willen hier war, und sich ganz von der winterlichen Idylle in ihren Bann schlagen lassen, die die Schneefront aus Gleannlochy gemacht hatte. Unter ihren Schuhen knirschte die dünne Schneeschicht, die trotz des Schneepflugs die Straße bedeckte, ein eisiger Wind wehte durch das Dorf und trug Christines Atem als weiße Wölkchen mit sich. Auf den Hausdächern und in den Gärten lag der Schnee noch so, wie er gefallen war, und machte auf eindrucksvolle Weise deutlich, wie viele Zentimeter sich im Lauf einer einzigen Nacht angesammelt hatten. In den Vorgärten standen halb verschneite Rentiere und Weihnachtsmänner, und die schlecht isolierten Hausdächer hatten binnen weniger Stunden dafür gesorgt, dass an den Dachkanten lange Eiszapfen hingen. Die Schornsteine fast aller Häuser qualmten, viele stießen bedenkliche Mengen an Ruß aus, der den Schnee rings um den jeweiligen Kamin zum Teil dunkelgrau verfärbte.

Christine wollte sich lieber keine Gedanken darüber machen, wie viele Schadstoffe hier in die Luft geblasen wurden, das hätte das idyllische Bild nachhaltig zerstört. Stattdessen ließ sie ihren Blick zu den Bergen schweifen, die Gleannlochy zu allen Seiten umgaben. So imposant wie die Alpen waren sie natürlich nicht, doch Christine hätte nicht mal den Versuch gewagt, einen dieser Gipfel zu bezwingen, auch wenn sie nur ein paar Hundert Meter hoch waren.

»Wie ist eigentlich Ihre Meinung zu all den Bergsteigern

und Wanderern, die jedes Jahr herkommen?«, fragte sie den Constable.

»Wie meinen Sie das?«, gab er zurück und hielt sie am Arm fest, als sie von der Straße auf den Fußweg wechselten und dabei über den aufgehäuften Schnee steigen mussten.

»Na ja, finden Sie das gut? Oder würden Sie die Leute lieber zum Teufel schicken?«

»Für Gleannlochy ist es gut. Ohne diese Touristen würde sich niemand hierher verirren, und die Leute hier hätten kein Einkommen«, antwortete er. »Von den Rentnern wie Nathan Marks und einigen anderen abgesehen, die von ihrer Pension gut leben können, sind hier praktisch alle auf die Touristen angewiesen. Die bringen vom Frühjahr bis Herbst so viel Geld nach Gleannlochy, dass man hier im Winter auch ohne einen einzigen Gast über die Runden kommt. Zum Glück sind die Touristen, die hier in der Gegend Urlaub machen, von einem robusteren Schlag als die, die ans Meer fahren oder nach Spanien fliegen. Da kann der Sommer verregnet sein, das hält trotzdem keinen davon ab, nach Gleannlochy zu kommen.«

»Klingt so, als wäre es das einzig Gute, was Sie mit den Touristen verbindet«, warf sie ein.

»Ach, ich wüsste noch eine andere gute Sache«, erwiderte Schroedinger. »Hier betrinken sich die Touristen nicht. Wenn sie in den Pub gehen, dann trinken sie ein oder zwei Bier, vielleicht auch noch ein Glas Whisky, aber das war's dann auch. Die Leute wissen, dass sie morgens nicht mit Restalkohol auf Wanderschaft gehen können, und deshalb herrscht hier Ruhe. Es gibt keine Schlägereien im Vollrausch, keine Sachbeschädigungen, die Leute verwechseln nicht den nächstbesten Garten mit einer öffentlichen Toilette. Ich sage Ihnen, wenn man sich an einem spanischen Strand genauso benehmen könnte, dann wären britische Touristen die beliebtesten auf der ganzen Welt.«

»Und die Nachteile?«, hakte Christine nach, da sie das

Gefühl hatte, dass der Constable versuchte, diesen Punkt nicht anzusprechen. Die Seitenstraße, die von der Humphreys Road abzweigte und auf der sie nun unterwegs waren, führte eine Steigung hinauf, aber zum Glück war der Gehweg auf ganzer Länge vom Schnee geräumt worden, sodass keine Gefahr bestand, ins Rutschen zu geraten. Mit Grausen erinnerte sie sich an vergangenen Januar, als sie sich beruflich ein paar Tage in Amsterdam aufgehalten hatte und dabei ausgerechnet in ein Schneechaos geraten war, wie es seit Jahren den Kontinent nicht mehr heimgesucht hatte. Sie wunderte sich heute noch, dass sie den Ausflug ohne Knochenbrüche überstanden hatte, war doch dort niemand auf die Idee gekommen, den Schnee wegzukehren, bevor er festfrieren konnte.

»Sagen wir mal so: Ich kann grundsätzlich nicht nachvollziehen, warum jemand einen Berg besteigen will«, antwortete er schließlich.

»Weil er nun mal da ist«, zitierte Christine einen Spruch, den sie schon von vielen Seiten gehört hatte.

»Die Antwort bekomme ich auch des Öfteren zu hören«, knurrte der Polizist. »Aber viele von den ›Bergsteigern‹, die nach Gleannlochy kommen, haben überhaupt keine Ahnung, was sie erwartet. Die sind in Cornwall mal über ein paar grüne Hügel gewandert, und dann meinen sie, dass sie Berge der Kategorie vier erklimmen können. Zum Glück merken die meisten früh genug, dass sie sich zu viel zugemutet haben, und kehren um oder legen irgendwo eine Rast ein, aber es bleiben immer noch etliche übrig, die sich überschätzen und die dann per Hubschrauber gerettet werden müssen. Davon hatte ich ja schon gesprochen. Ein anderes Ärgernis ist der Müll, den sie überall zurücklassen. Bei sich zu Hause können sie Abfall einfach irgendwo hinwerfen, da kommt irgendwann die Straßenreinigung vorbei und sammelt alles auf. Aber mit einer Kehrmaschine kommt man da oben nicht weit, nur interessiert das keinen.

Diese Leute bringen sich und andere Menschen in Gefahr, und sie verschmutzen die Umwelt, und das alles nur mit dem Argument, weil der Berg nun mal da ist. Dafür kann ich kein Verständnis aufbringen.« Nach einer kurzen Pause fügte er hinzu: »Und wie denken Sie darüber?«

»Sehr zwiespältig, wenn ich ehrlich bin«, antwortete Christine. »Einerseits fasziniert mich der Mut dieser Menschen, etwas so Gigantisches zu bezwingen, andererseits frage ich mich, was es bringt, außer dass persönlicher Ehrgeiz gestillt wird. Ich meine, das Leben ist doch eigentlich schon gefährlich genug, da muss ich es doch nicht noch aufs Spiel setzen, indem ich eine Felswand hinaufkraxle, die senkrecht in die Höhe ragt.«

»Ganz genau«, stimmte er ihr zu, dann blieb er stehen. »So, da wären wir.«

Christine sah in die Richtung, in die er zeigte, und entdeckte einen kleinen Supermarkt, über dessen weihnachtlich dekorierter Fensterfront in großen Neonlettern der Name *Rickles* prangte. »Ist nicht zu übersehen«, kommentierte sie die viel zu große Leuchtreklame. »Wieso ist denn alles dunkel?«

Der Constable sah auf seine Uhr. »Kurz nach zwei. Kein Wunder, er hat noch Mittagspause.« Mit diesen Worten wandte er sich zum Gehen.

»Wo wollen Sie hin?«, fragte Christine verwundert.

»Ich schlage vor, wir gehen in den Pub und essen etwas. Seit dem Frühstück hab ich keinen Bissen mehr zu mir genommen«, antwortete er.

»Wir können doch Mr Marks nicht einfach im Keller liegen lassen, er muss in den Kühlraum«, beharrte sie.

»Aber …«, begann Schroedinger einen schwachen Protest.

»Mr Rickles wird ja irgendwo zu finden sein«, fiel sie ihm ins Wort. »Klingeln Sie, klopfen Sie, dann wird er schon reagieren.«

Kopfschüttelnd kam er zurück und stellte sich vor die

Eingangstür, dann warf er Christine einen Seitenblick zu: »Ich würde ja gern sagen, ich mache das jetzt auf Ihre Verantwortung, aber … das geht ja leider nicht.«

Sie lächelte flüchtig. »Das ist das Schöne daran, nicht wahr?«

Er klopfte gegen die Glasscheibe und rappelte an der Tür. »Mr Rickles? Sind Sie da? Hallo?«

Es dauerte eine Weile, und es waren drei Anläufe nötig, dann konnte man sehen, dass im hinteren Teil des Ladens eine Tür zu einem hell erleuchteten Raum aufging. Jemand kam nach vorn, dann konnte Christine einen hageren, großen Mann um die achtzig Jahre erkennen, sein weißes Haar trug er streng zurückgekämmt, die Nickelbrille saß so eng, als sei es dasselbe Modell, das er schon zur Einschulung getragen hatte.

»Mikey, was ist denn los?«, fauchte der Mann. »Du weißt, ich habe von eins bis drei geschlossen. Was willst du?«

»Tut mir leid, wenn ich Sie stören muss, Mr Rickles, aber es gibt einen Notfall«, sprach er durch den schmalen Spalt, den der Supermarktbesitzer die Tür geöffnet hatte.

»Was für ein Notfall soll denn das sein? So dringend kann niemand ein Glas Marmelade oder ein Päckchen Salz nötig haben, dass er nicht noch bis um drei Uhr warten kann.«

»Mr Marks ist tot«, warf Christine ein, um zu verhindern, dass sich der Constable abwimmeln ließ.

Rickles stand einen Moment lang wie erstarrt da, dann öffnete er die Tür etwas weiter und steckte den Kopf nach draußen. »Nathan? Nathan Marks?«

Sie und der Constable nickten gleichzeitig.

»Was ist denn passiert?«, wollte er wissen.

»Können wir drinnen weiterreden?«, fragte sie. »Es ist ziemlich kalt hier draußen.«

»Wer ist das?«, fragte Rickles an den Constable gewandt.

»Das ist Miss Bell«, antwortete Schroedinger. »Sie hilft mir bei den Ermittlungen.«

»Ermittlungen? Das hört sich ja fast an wie ein …«

»Drinnen ist es bestimmt viel wärmer«, unterbrach Christine ihn energisch und warf dem Constable einen verärgerten Blick zu, weil der so zögerlich auftrat.

»Hm, ja, okay«, grummelte Rickles und hielt ihnen die Tür auf, damit sie hereinkommen konnten.

Auf der anderen Seite des Schaufensters wirkte der Supermarkt gar nicht so düster, weil die Spiegelung der Schneedecke im Glas von außen die Sicht beeinträchtigt hatte. Das Geschäft erschien wie ein langer Schlauch, weiter hinten ging es drei Stufen hinauf, dahinter machte das Ladenlokal einen Knick nach links. Wie weit es um die Ecke noch weiterging, war von hier vorne nicht zu sagen.

Während Schroedinger dem Geschäftsmann in groben Zügen erklärte, was geschehen war und was sie nun von ihm wollten, schlenderte Christine durch den linken Gang nach hinten, blieb hier und da an einem Regal stehen, sah sich eines der angebotenen Produkte an, legte es zurück und ging weiter. Die Auswahl war recht bescheiden, allerdings durfte sie auch kein Angebot erwarten, wie sie es von einem beliebigen Supermarkt in London kannte. Von den meisten Produkten gab es nur die Waren von einem Anbieter, in einigen Fällen auch noch ein Konkurrenzprodukt. Beim Waschpulver hatte man die freie Wahl zwischen gleich drei Marken, aber das war auch der einzige Luxus, den Rickles' Supermarkt zu bieten hatte. Vier Sorten Marmelade von nur einem Hersteller, der in Londoner Geschäftsregalen fünfundzwanzig oder mehr Sorten im Angebot hatte, eine Sorte Cornflakes, in der Kühltruhe die Wahl zwischen Pizza Margerita, Pizza Margerita und Pizza Margerita, davon aber gleich mindestens vierzig Packungen, als hätte er sie in einem Preisausschreiben gewonnen.

Langsam kehrte sie zur Kasse zurück, wo Schroedinger und Rickles lautstark diskutierten. Eines musste sie dem Constable lassen: Er kannte die Leute von Gleannlochy wirklich gut und wusste, wie sie reagieren würden, wenn er die Autorität ins Spiel zu bringen versuchte, die ihm seine Eigenschaft als Polizist verlieh.

»Mikey, das kommt nicht infrage«, hörte sie Rickles schimpfen. Kein Wunder, dass Schroedinger Schwierigkeiten hatte, sich als Polizist durchzusetzen, wenn er sich von Rickles »Mikey« nennen und sich von ihm duzen ließ. »Wenn sich das rumspricht, dass in meinem Laden ein Toter aufbewahrt wird … nein, vielen Dank. Ohne mich.«

»Aber wir müssen …«, begann der Constable, kam jedoch nicht weit.

»Auf keinen Fall! Dann legt den alten Marks doch in den Garten, da wird er die nächsten Wochen ganz natürlich gekühlt!«

»Und vermutlich von Krähen angefressen«, warf Christine ein, als sie sich zu den beiden an die Kasse gestellt hatte.

»Wie bitte?«, fragte der alte Rickles.

»Na ja, wenn wir den Toten unter freiem Himmel hinlegen, dann werden irgendwann die Krähen auf ihn aufmerksam und sich über ihn hermachen.«

»Ist das mein Problem, Miss?«, knurrte der Mann. »Die Leute werden meinen Laden meiden wie die Pest.«

Christine sah ihn nachdenklich an. »Wo sollten sie denn sonst einkaufen?«, wollte sie wissen. »Soweit ich weiß, gibt es hier nur Ihren Supermarkt, und die Einwohner von Gleannlochy sind doch praktisch gezwungen, bei Ihnen einzukaufen, wenn sie etwas zu essen haben wollen. Ganz sicher, solange der Schnee verhindert, dass sie für einen Großeinkauf nach Garve oder Tain fahren. Aber natürlich können sie überhaupt nur hier etwas kaufen, wenn Ihr Geschäft auch geöffnet ist, nicht wahr?«

Rickles verzog das Gesicht, als sei er schwerhörig und habe kein Wort verstanden. »Was soll denn das heißen? Das ist doch wohl logisch, oder?«

»Na ja, ich meinte eigentlich, dass Ihnen durch einen

Toten im Kühlraum nur dann Umsatzeinbußen entstehen können, wenn Constable Schroedinger Ihren Laden nicht aus hygienischen Gründen bis auf Weiteres dichtmacht.«

»Hygienische … was?« Wieder diese Miene, die völliges Unverständnis ausdrückte.

»Hygienische Gründe, Mr Rickles«, fuhr sie fort und tat so, als würde sie rein theoretisch Dinge aufzählen. »Ich denke da zum Beispiel an verschimmelten Käse in der Käsetheke, an grünlich verfärbten Schweinebraten, an Hinterlassenschaften von Mäusen in einem Regal, in dem Packungen mit Müsli und Haferflocken stehen, Packungen, die eindeutige Bissspuren von Nagern aufweisen. Ich denke da auch an Brotaufstrich, dessen Haltbarkeit bereits um drei Monate überschritten ist, was man aber nur feststellen kann, wenn man zuvor das Preisschild entfernt hat, das zufälligerweise genau auf dem Haltbarkeitsdatum klebt.« Sie machte eine kurze Pause und ließ ihre Worte auf Mr Rickles wirken, der sichtlich bleich geworden war. »Meinen Sie nicht auch«, fuhr sie dann mit zornigem Unterton fort, »dass Sie dem Constable eine kleine Gefälligkeit erweisen könnten, wenn er beide Augen zudrückt, damit all diese dubiosen Dinge aus den Regalen verschwinden können, bevor er eine lange, lange Liste von Verstößen zusammenstellt, die ein hohes, hohes Bußgeld nach sich ziehen würde?«

»Was soll das werden, Miss? Erpressung?«, zischte Rickles.

»Erpressung? Mr Rickles, ich bitte Sie«, gab sie zurück. »Ich bin nur eine besorgte Bürgerin, und ich möchte die Gewissheit haben, in einem Supermarkt unverdorbene Ware kaufen zu können. Vor allem, wenn es sich um den einzigen Supermarkt am Ort handelt.« Als keine Reaktion kam, sah sie zu Schroedinger. »Constable, Sie sind doch bestimmt verpflichtet, Verstöße gegen Hygienevorschriften im Lebensmittelhandel festzustellen, zu melden und zu ahnden, wenn Sie darauf hingewiesen werden, oder?«

Rickles kochte vor Wut, sein Kopf war rot angelaufen.

»Mikey? Lässt du dir jetzt von diesem Dragoner Vorschriften machen?«

Christine beobachtete interessiert den Constable. Sollte er jetzt einen Rückzieher machen, dann würde sie in ihr Quartier zurückkehren, ihren Laptop aus der Tasche holen und anfangen, ein paar neue Romanideen auszuarbeiten. Schroedinger konnte ihr dann gestohlen bleiben. Sollte er doch zusehen, wie er den Mord an Nathan Marks aufklärte.

Der Polizist schaute kurz in ihre Richtung, dann wandte er sich wieder dem älteren Mann zu. »Tut mir leid, Mr Rickles, aber mir sind die Hände gebunden. Wenn Miss Bell so etwas melden sollte, muss ich der Sache nachgehen, und wenn das stimmt, was sie sagt, dann …« Er musste schlucken, ehe er weiterreden konnte. »… dann müsste ich Ihren Laden vermutlich vorübergehend schließen.«

»Das wäre mein Ruin! Niemand würde je wieder etwas bei mir kaufen!«

Schroedinger sagte nichts, Rickles stand wutschnaubend da, und Christine verfolgte aufmerksam das Geschehen. Schließlich bekam sich der Supermarktbesitzer wieder in den Griff. »Also gut, *Constable*«, erklärte er leise. »Sie können Ihren Toten in den Kühlraum zwei bringen, und ich werde in der Zwischenzeit nachsehen, ob zufälligerweise in irgendeinem Regal etwas steht, das dort nicht mehr stehen sollte.«

»Mr Rickles, es tut mir leid …«

»Das haben Sie bereits gesagt, *Constable Schroedinger.* Klingeln Sie bitte hinten am Lieferanteneingang, wenn Sie da sind.«

»Rick und Bruce werden den Toten herbringen, Mr Rickles. Es ist …«

»Das freut mich wirklich ungemein, Constable. Ich kann es kaum erwarten, die beiden zu sehen« unterbrach der ältere Mann ihn schon wieder. »Gehen Sie jetzt bitte, damit ich die verdorbene Ware aussortieren kann. Ich möchte schließlich nicht das Risiko eingehen, dass Sie mir ein Spezialkommando auf den Hals hetzen, das Blendgranaten in meinen Supermarkt wirft und einen verschimmelten Käse wegschafft, als wäre es ein Kilo Sprengstoff.« Er ging zur Tür, drehte den Schlüssel um und ließ sie hinausgehen. Zwar versuchte der Constable, noch etwas zu sagen, doch kaum hatte auch Christine den Laden verlassen, warf Rickles die Tür hinter ihnen so fest zu, dass man fürchten musste, die Scheibe würde zerspringen.

»Das war nicht sehr nett von Ihnen«, knurrte Schroedinger, als sie beide ein Stück weit gegangen waren.

»Sie haben mich darum gebeten, Ihnen zu helfen«, konterte sie und warf ihm einen kühlen Seitenblick zu. »Und genau das mache ich. Ich habe Ihnen geholfen. Sie haben kein Wort davon gesagt, dass ich nett sein soll. Sollte ich etwa zusehen, wie Sie sich von Rickles überfahren lassen, wenn ich weiß, dass wir den Kühlraum für unseren Toten benötigen?«

»Ist Ihnen nicht aufgefallen, dass er auf einmal ›Constable‹ zu mir sagt und mich siezt?«, fuhr er sie an. »Mr Rickles hasst mich! Ich habe diesen Mann zutiefst verletzt.«

»Vielleicht sollten Sie sich versetzen lassen«, schlug sie unvermittelt vor.

»Was? Wie kommen Sie denn jetzt darauf?«, fragte er verblüfft.

»Überlegen Sie doch mal, Constable. Hier kannte Sie jeder schon, als Sie noch ein kleiner Junge waren. Für die meisten sind Sie immer noch dieser kleine Junge, und in deren Augen spielen Sie bloß Polizist, aber Sie sind keiner. Diese Leute nehmen Sie nicht ernst. Mr Rickles ist nur einer von ihnen, und so was wie vorhin wird sich wiederholen und vielleicht sogar noch schlimmer verlaufen, wenn wir erst mal einen Verdächtigen haben, den Sie verhören wollen. Lassen Sie sich in einen anderen Bezirk versetzen, wo man Sie nicht kennt, dann wird man Sie auch respektieren. Das ist so, als wenn Sie bei einem Unternehmen als Laufbursche anfangen und sich nach und nach hocharbeiten. Selbst wenn Sie es bis zum Abteilungsleiter bringen, werden die anderen Abteilungsleiter in Ihnen immer noch den Laufburschen sehen.«

Schroedinger ging schweigend neben ihr her, schließlich nickte er. »Ja, ich glaube, ich weiß, was Sie meinen.«

»Ich bin Ihnen vorhin bei Mr Rickles nicht in den Rücken gefallen, Constable«, stellte sie in versöhnlichem Tonfall klar. »Ich habe vielmehr versucht, Ihnen den Rücken zu stärken. Ich weiß, ich habe Sie in Zugzwang gebracht, aber ich glaube, das war nötig, damit Ihnen klar wird, dass Sie im Recht sind.«

Sie überquerten die Straße und gingen zurück zu Marks' Haus. Davor standen wieder ein paar Nachbarn, diesmal ein Ehepaar mittleren Alters. »Hallo, Constable«, rief der Mann ihnen entgegen, ein rundlicher Kerl, der durch seinen dicken Wintermantel noch fülliger wirkte.

Auf dem Kopf trug er eine Strickmütze, die seine Frau verbrochen haben musste, fand Christine, da man etwas derart Windschiefes garantiert nirgendwo kaufen konnte – erst recht nicht im Farbton ›Tausend Wollreste‹. Seine Frau war von ganz ähnlicher Statur und hatte sich für einen viel zu engen Skianzug entschieden, um sich gegen die Kälte zu schützen.

»Hallo, Mrs Watson, Mr Watson«, erwiderte Schroedinger. »Wie geht es Ihnen? Alles in Ordnung?«

»Ja, alles bestens. Kein Grund zur Klage, wie man so schön sagt«, antwortete Mr Watson. »Stimmt es, dass sich Mr Marks in der Küche erhängt hat?«

Der Constable stutzte. »Von wem haben Sie denn das gehört?«

»Oh, jemand erwähnte das beim Bäcker«, sagte Mrs Watson. »Ich weiß nicht, wer es war. Ich war schon auf dem Weg zur Tür.«

»So, so«, meinte der Polizist, schwieg aber weiter.

»Und?«, forschte der Mann zögerlich nach. »Stimmt es?«

»Sehen Sie, Mr Watson, ich stecke gerade mitten in den Ermittlungen, da werden Sie sicher Verständnis dafür haben, dass ich im Moment weder irgendetwas bestätigen noch dementieren kann.«

Die Watsons sahen sich an, nickten verständnisvoll und gingen weiter. »Die Watsons sind vor ein paar Jahren nach Gleannlochy gezogen«, erklärte er, als sie außer Hörweite waren, und nach einer kurzen Pause fügte er hinzu: »Und die beiden haben gerade eben Ihre Theorie bestätigt, dass ich mich tatsächlich versetzen lassen sollte. Sie haben mich etwas gefragt, ich habe ihnen gesagt, dass ich darauf keine Antwort geben kann, und dann sind sie weitergegangen. Jeder andere hätte mich gelöchert und darauf bestanden, mir ins Haus zu folgen, um sich davon zu überzeugen, dass ich die Wahrheit sage.«

Christine nickte nur, und als sie sah, dass Schroedinger zur Haustür ging, fragte sie: »Was machen wir jetzt wieder hier?«

»Ich muss Rick und Bruce anrufen, damit sie mit dem Lieferwagen herkommen«, sagte er über die Schulter zu ihr. »Anders können sie Marks nicht zum Supermarkt schaffen.«

»Wer sind denn eigentlich Rick und Bruce?«, wollte Christine wissen. »Das wollte ich Sie vorhin bei Rickles schon fragen.«

»Das sind zwei gute Freunde von mir«, erwiderte der Constable. »Wie Sie ja wissen, bin ich hier in Gleannlochy der einzige Polizeibeamte, und wenn ich mal schnell Hilfe brauche und nicht erst auf die Kollegen aus den Nachbarorten oder Inverness warten kann, dann springen sie schon mal ein.«

»Gut, dann sagen Sie ihnen am besten, sie sollen den Zufahrtsweg zu den Garagen benutzen und den Toten zur Hintertür nach draußen bringen«, überlegte sie. »Auf diese Weise bekommt das vielleicht keiner mit, und es stellt niemand einen Zusammenhang zum Kühlraum im Supermarkt her. Rickles ist im Moment schon gestraft genug, weil er den halben Laden ausräumen muss.«

»Ist das wirklich so schlimm?«, wunderte sich der Constable.

»Ich habe nur hier und da genauer hingesehen, aber bestimmt die Hälfte von allem wird er wohl wegwerfen können.«

Als Rick und Bruce den Toten in einen schwarzen Sack verpackt aus dem Haus getragen und in ihren Kombi geladen hatten und von Constable Schroedinger noch zu absolutem Stillschweigen über den Mord verpflichtet worden waren, verließen Christine und der Constable Marks Haus.

Mit einem flüchtigen Fingerzeig dirigierte er sie nach links in die Humphreys Road.

»Wohin gehen wir?«, fragte sie.

»In mein Büro, ich muss den Anrufbeantworter abhören«, sagte er und fügte hinzu: »Seit das Mobilfunknetz ausgefallen ist, muss ich regelmäßig überprüfen, ob jemand den Notruf gewählt hat. Theoretisch könnte ja etwas passiert sein, aber die Praxis spricht bislang dagegen.«

Sie gingen vorbei an den idyllisch verschneiten Häusern, während sie von Rick und Bruce überholt wurden, die mit ihrem Kombi nach rechts in den Cooper Drive abbogen, um den Toten zum Supermarkt zu bringen. Sie überquerten eine Seitenstraße, als Schroedinger nach links zeigte. »Hier müssen Sie mal abends lang gehen«, sagte er. »Die beiden letzten Häuser werden jedes Jahr zu Weihnachten immer extremer geschmückt, und immer wieder lassen sich die beiden Streithähne etwas Neues einfallen.«

»Sind das die Weihnachtsdekorateure, von denen Mrs Brooks sprach?«

»Ja, richtig, aber man muss es gesehen haben, um es zu glauben. Die zwei hoffen noch mehr als Sie, dass bald

Tauwetter einsetzt, weil sich für nächste Woche mindestens fünfzehn Fernsehsender angekündigt haben, die ihre Übertragungswagen herschicken wollen, um live vom Girlandenkrieg zu berichten.«

»Girlandenkrieg?«

»Ach, Sie kennen das bestimmt. Diese Leute von den Fernsehnachrichten und von den Zeitungen brauchen immer irgendein Etikett, das sie einem Ereignis geben können, und irgendwer hat sich vor drei oder vier Jahren das Wort Girlandenkrieg ausgedacht, und seitdem heißt das so.«

Er bedeutete ihr, die Straßenseite zu wechseln, dann blieb er vor einem Wohnhaus stehen, das im Erdgeschoss über ein Ladenlokal verfügte. Nach den Überresten der alten Neonbeleuchtung zu urteilen, hatte dort einmal eine Agentur einer großen Versicherung ihren Sitz gehabt, jetzt zeugte eine Klebefolie am Schaufenster davon, dass hier die Dienststelle der Polizei von Gleannlochy zu finden war.

»Ich lade Sie anschließend in den Pub da vorn ein, ich muss nämlich unbedingt was essen«, sagte Schroedinger. »Wollen Sie mitkommen in mein Büro?«

Sie schüttelte den Kopf. »Nein, ich würde gern solange hier draußen warten und einfach nur die frische Luft genießen.«

»Hm«, machte er amüsiert. »Die haben Sie in London garantiert nicht.« Dann ging er den verschneiten Weg durch den Vorgarten und verschwand in seinem Büro.

Christine atmete mehrmals tief durch und sah sich um. Alles sah hier so friedlich aus, und doch hielt sich hinter irgendeiner der Fassaden ein kaltblütiger Mörder auf, der es nicht nur für nötig gehalten hatte, einen anderen Menschen zu ermorden, sondern den im Tod auch noch zu verhöhnen, indem er ihn zu einem Teil seiner Eisenbahnanlage machte, die dem Opfer sehr viel bedeutet haben musste. Sie verzog frustriert den Mund, einerseits, weil sie schon wieder in einen Mordfall verwickelt worden war – was sie abermals

Isabelle zu verdanken hatte –, andererseits, weil es vermutlich schwierig werden würde, hier irgendjemandem Informationen zu entlocken, die sie zum Mörder führen konnten. Warum musste Isabelle auch dieses Faible dafür haben, auf Mordopfer zu stoßen?

Ein älterer Rover fuhr vorüber, das Ehepaar im Wagen sah sie im Vorbeifahren an, als sei sie eine Außerirdische mit mindestens drei Armen und zwei Köpfen. Für die Leute in Gleannlochy war es offenbar tatsächlich unvorstellbar, dass sich ein Fremder im Winter in ihrem Dorf aufhielt – was es umso wahrscheinlicher machte, dass Nathan Marks wirklich von einem seiner Nachbarn ermordet worden war. Ein Fremder hätte sich schon praktisch unsichtbar machen müssen, um auf dem Weg zu Marks' Haus und auf der Flucht danach von niemandem gesehen zu werden, ganz zu schweigen von dem Wagen, mit dem er hätte herkommen müssen. Er konnte nicht mit dem Wagen ins Dorf fahren, weil er damit sofort aufgefallen wäre – dass Christines Wagen bislang unentdeckt geblieben war, lag einzig daran, dass der unter einem Schneeberg verschwunden war –, und er konnte nicht außerhalb auf einem Feld- oder Waldweg geparkt haben, weil ihn dann bestimmt irgendjemand gesehen hätte, da er egal aus welcher Richtung an zu vielen Häusern und zu vielen wachsamen Nachbarn vorbeigekommen wäre. Außerdem hatte Marks seinen Mörder gekannt, sonst wäre er nicht so ruhig sitzen geblieben. Es sei denn ... daran hatte sie noch gar nicht gedacht. Vielleicht hatte der Täter ihm zuvor etwas in ein Getränk oder ins Essen getan, und Marks war fest eingeschlafen. Das würde erklären, warum er keine Gegenwehr geleistet hatte. Aber dazu passte nicht das ordentlich zugeklappte und auf dem Tisch abgelegte Buch. Mit einer hohen Dosis eines Schlafmittels im Blut wäre er wohl wahrscheinlicher beim Lesen eingeschlafen, und dann wäre ihm der Bildband vom Schoß gerutscht und auf dem Boden gelandet.

Frustriert schüttelte Christine den Kopf. Sie kam sich vor, als hätte sie eine Zeitreise zurück ins Mittelalter unternommen, wo man keine Blutuntersuchung vornehmen konnte, wo das Prinzip, am Tatort Fingerabdrücke und DNS-Spuren zu sichern, völlig unbekannt war.

»Alles klar«, hörte sie plötzlich Schroedinger sagen. Sie drehte sich um und sah, dass er die winzige Polizeiwache soeben abschloss. »Es hat niemand angerufen, also gibt es keinen Notfall im Dorf.«

»Nathan Marks hat auch nicht angerufen, und trotzdem …«, hielt sie dagegen und grinste ihn schief an.

»Zumindest unter den Lebenden gibt es keine Notfälle«, korrigierte er sich lächelnd, dann aber stutzte er. »Verdammt …«

»Was ist?«

»Das fällt mir erst jetzt ein, aber … woher wissen wir, dass Marks das einzige Opfer des Mörders ist?«, sagte er, ohne eine Antwort von Christine zu erwarten. »Sie sind nur auf Marks gestoßen, aber stellen Sie sich mal vor, der Mörder wäre noch zu anderen Häusern gegangen!«

»Wird denn irgendwer vermisst?«

Der Constable verneinte. »Aber das hat schließlich nichts zu bedeuten. Nach dem Schneefall der letzten Nacht haben heute viele Bewohner gar nicht ihr Haus verlassen. Wir könnten es … mit einer ganzen Mordserie zu tun haben!«

»Kommen Sie, Constable, konzentrieren Sie sich auf die Fakten, fangen Sie nicht an zu spekulieren. Wir wissen nur, dass Nathan Marks ermordet wurde. Alles andere ist reine Spekulation, die uns davon abhalten würde, unsere eigentliche Arbeit zu machen, weil wir ständig daran denken würden, was vielleicht alles sein könnte«, redete sie beruhigend auf ihn ein. »Und falls er tatsächlich weitere Morde begangen hat, dann können wir den Opfern jetzt auch nicht mehr helfen. Konzentrieren Sie sich auf den Fall Marks, okay?«

Nach kurzem Zögern nickte er. »Ja, ich glaube, Sie haben recht. Aber in der nächsten halben Stunde werde ich mich nicht mal auf den Fall Marks konzentrieren, sondern auf mein verspätetes Mittagessen … oder verfrühtes Abendessen.« Er sah auf die Uhr. »Viertel nach vier. Dann wird's wirklich Zeit. Kommen Sie, der Pub ist gleich da vorn.«

Sie gingen die Straße entlang, und dann entdeckte Christine das Schild, das auf den Pub hinwies. »Das Red Suede Shoes? Eigenartiger Name«, meinte sie.

»Wenn wir drinnen sind, wird sich das schon klären«, orakelte er und gab ihr ein Zeichen, dass sie vorgehen sollte.

5

Als die Tür zum Pub hinter ihnen zufiel, wusste Christine zumindest zum Teil, woher das Lokal seinen Namen hatte. Gleich am Eingang standen zwei Schaufensterpuppen, beide zurechtgemacht wie Elvis Presley, die eine in hautenges schwarzes Leder gekleidet, die andere in einem weißen, mit Strasssteinen besetzten Anzug aus der Las-Vegas-Zeit. An den Wänden hingen Fotos, die chronologisch die gesamte Karriere des Kings darstellten, bis hin zur Kolonne aus schwarzen Limousinen, die einen imposanten Leichenwagen auf dem Weg zum Friedhof begleiteten. Jeder Tisch, der sich unter einem dieser Fotos befand, war im Stil jener Zeit gedeckt, aus der die Aufnahme stammte.

Was in jedem anderen Lokal wie ein heilloses Sammelsurium gewirkt hätte, entpuppte sich hier als originelle und funktionierende Idee. Es gab einem das Gefühl, eine Zeitreise durch drei Jahrzehnte zu erleben, von den Fünfzigern bis in die späten Siebziger.

»Wo möchten Sie sitzen? In ›Las Vegas‹ oder im ›Ghetto‹?«, fragte Schroedinger.

Christine sah sich um und deutete auf einen Tisch, über dem ein Foto aus dem Film *Jailhouse Rock* hing. »Da drüben. Im ›Gefängnis‹«, gab sie zurück.

Sie nahmen Platz, der Constable reichte ihr die Speisekarte. »Hier gibt es köstliche Spezialitäten«, sagte er.

Ihr Blick fiel auf eine Schiefertafel. *Samstag: Elvis-Karaoke ab 19 Uhr,* stand darauf geschrieben. »Gehen Sie da auch hin?«

Der Constable schüttelte den Kopf. »Ich kann es mit seinem Hüftschwung nicht aufnehmen, das sieht einfach nur lächerlich aus.« Nach einer kurzen Pause fügte er hinzu: »Außerdem möchte ich hier nicht als Elvis-Imitator auftreten, sonst ist meine Glaubwürdigkeit völlig dahin.«

»Stimmt, das ist vielleicht nicht so empfehlenswert«, pflichtete sie ihm bei. »Na, möglicherweise schaue ich morgen Abend mal vorbei, nur um zu sehen, was hier so los ist.«

»Hi.« Ein Mann war an ihren Tisch gekommen, groß, breitschultrig, mit kahl rasiertem Kopf und Tätowierungen am Hals, die unter dem Hemdkragen verschwanden, sich unter dem karierten Stoff aber sicher noch weiter fortsetzten. »Was kann ich euch bringen?«, fragte er, während er jedem von ihnen ein Glas Bier hinstellte.

»Hi, ich nehme das Steak mit Folienkartoffel«, sagte der Constable. »Ich habe seit heute Morgen nichts mehr gegessen.«

»Und ich hätte gern den großen Salatteller, aber ohne Thunfisch.«

»Sorry, ich hab heute nur Hamburger mit Fritten«, bekamen sie beide zur Antwort.

»Sonst gar nichts?«, wollte Schroedinger enttäuscht wissen.

Der Mann schüttelte den Kopf. »Der Laster ist heute Morgen nicht durchgekommen, der freitags immer die Bestellung ausliefert. Ich weiß nicht so genau, aber angeblich hatte das was mit verschneiten Straßen zu tun«, meinte er voller Ironie.

Der Constable erwiderte darauf nur: »Dann nehme ich einen Hamburger mit Fritten.« Er sah zu Christine. »Sie auch?«

»Wenn nichts anderes da ist, dann esse ich auch einen Hamburger.«

»Normal oder Kingsize?«, wollte der Kahlköpfige wissen.

Sie sah ihn fragend an.

»Kingsize ist ein Burger in dem Format, wie der King ihn

am liebsten gegessen hat«, erklärte der Wirt und hielt die Hände mindestens mit zwanzig Zentimeter Abstand vor sich gestreckt.

»Dann bitte einen normalen Burger«, sagte sie hastig, da ihr allein bei dem Gedanken an eine solche Menge Fleisch übel wurde.

Der Mann nickte und ging wortlos weg.

»Das war Haverly«, ließ Schroedinger sie wissen, als sie wieder allein waren. »Ihm gehört der Laden.«

»Ah«, machte Christine und drehte sich um, als eine Gruppe Jugendlicher und ein paar Erwachsene hereinkamen, die aber nicht zusammenzugehören schienen, da sie sich auf verschiedene Tische verteilten.

»Warum der Pub Red Suede Shoes heißt, weiß ich immer noch nicht«, stellte sie fest, nachdem sie beide einen Schluck Bier getrunken hatten.

»Na, wegen Elvis«, sagte er.

»Der Song von Elvis hieß aber *Blue Suede Shoes*«, wandte sie ein.

»Und so hieß der Pub auch«, führte Schroedinger aus. »Wegen der Elvis-Dekoration erlangte er nach kurzer Zeit eine Art Kultstatus, es gab und gibt tatsächlich Leute, die kommen nur her, um den Pub zu sehen. Weil so viele Leute von dem Pub wussten, spielte sogar mal eine Episode aus irgendeiner Fernsehserie hier … fragen Sie mich nicht, welche. Ich hab's mal gehört, aber gleich wieder vergessen. Haverly weiß das natürlich noch, allerdings ist es auch nicht so wichtig.« Er machte eine wegwerfende Geste. »Auf jeden Fall wurde diese Serie auch in die USA verkauft, und da wurde dann jemand vom Presley-Nachlass darauf aufmerksam, der sofort eine Armee von Anwälten auf den armen Haverly hetzte.«

»Mit Erfolg, wie man sieht.«

»Ja, leider, denn die Ironie an dem Ganzen ist, dass *Blue Suede Shoes* zwar von Elvis aufgenommen wurde, dass er aber nur der Interpret war, nicht der Autor und Komponist des Songs. Wie bei den meisten Elvis-Songs gibt es irgendwelche Künstler, die das Stück schon vor ihm aufgenommen haben, in diesem Fall Carl Perkins, aber jeder hat nur noch die Elvis-Versionen im Ohr, und deshalb hat der Richter auch sofort entschieden, dass der Name vom Pub nicht genutzt werden darf. Als er später dann in einer Talkshow mit dem Original konfrontiert wurde, gab er zwar zu, das nicht gewusst zu haben, und er entschuldigte sich auch dafür, aber der Prozess wurde nicht noch einmal aufgerollt.«

Der Wirt kam an den Tisch, um eine Flasche Ketchup hinzustellen. Nachdem er gegangen war, redete der Constable weiter: »Allerdings war das Haverly ganz egal. Er machte aus ›blue‹ kurzerhand ›red‹. Er hätte dem Pub auch einen völlig anderen Namen geben können, es wäre ohne Bedeutung gewesen. Allein die Tatsache, dass der Presley-Nachlass eine Armee an sündhaft teuren Anwälten zu einem unbedeutenden Pub in einem schottischen Dorf schickte, hat für so viel Publicity gesorgt, dass die Leute seitdem in Scharen herkommen und ihre Solidarität mit dem Wirt bekunden. Warum also das Geld für eigene Anwälte ausgeben, nur um am Ende Recht zu bekommen. Die Kundschaft lässt sich davon nicht abhalten, den Pub zu besuchen.«

»Ist das der einzige Pub in Gleannlochy?«, wollte Christine wissen.

»Es gibt noch zwei, das Halliwell's da hinten in der Abbey Road und das Four Lions in der Steam Street.«

»Four Lions?«, wiederholte sie verwundert.

»Ja, als der Pub aufmachte, gab es in Gleannlochy bereits einen Pub namens Three Lions, also legte der Wirt einfach noch einen Löwen nach. Und dabei ist er dann geblieben.«

Haverly kam zu ihnen und servierte einen vor Fett triefenden Hamburger, der auf einer aufgeweichten Brötchenhälfte lag und unter einer dicken Lage genauso fettiger Röstzwiebeln verschwand. Christine zwang sich dazu, einen

Happen davon zu essen, doch mehr als das schaffte sie beim besten Willen nicht. Stattdessen konzentrierte sie sich auf die Fritten, die deutlich erträglicher waren als der Hamburger.

Schroedinger schien sich an dem Übermaß an Fett nicht zu stören und verspeiste das Fleisch mit einem regelrechten Heißhunger. Als er aufgegessen hatte, wanderte sein Blick zu Christines Teller. »Schmeckt es Ihnen nicht?«

Mit einem Schulterzucken entgegnete sie: »Wissen Sie, ich hatte mich auf einen Salatteller gefreut, und dann fällt es mir immer schwer, etwas anderes zu essen.«

»Hätten Sie was dagegen …?«, begann er, verstummte aber gleich wieder.

»Möchten Sie den Hamburger haben?«

»Ich will Ihnen nichts wegessen.«

»Das tun Sie nicht, ganz bestimmt nicht«, versicherte sie ihm. »Ich habe allerdings ein Stück davon gegessen …«

»Sie werden mich ganz sicher nicht mit der Pest anstecken«, konterte er und schob seinen Teller heran. »Aber nur, wenn Sie wirklich nicht …«

»Nehmen Sie schon«, unterbrach sie ihn. »Mir tut's nur leid, weil Sie mich eingeladen haben und ich mich als so schlechte Esserin entpuppe.«

»Sie müssen sich nicht meinetwegen überwinden, etwas zu essen, wonach Ihnen gar nicht der Sinn steht«, beteuerte er und stürzte sich prompt auf die zweite Portion.

Während sie aßen, schaute sich Christine im Lokal um und stellte fest, dass alle anderen mit der gleichen Begeisterung ihre Burger verputzten wie der Constable. *Vielleicht hat das ja etwas mit der schottischen Mentalität zu tun,* überlegte sie und trank noch einen Schluck Bier.

Als sie um kurz nach fünf den Pub verließen, war es bereits dunkel. Es wehte immer noch ein eisiger Wind, aber zum Glück hatte es nicht wieder angefangen zu schneien. Die

Straßenlaternen waren ziemlich geizig verteilt worden, und bei normalen Wetterverhältnissen standen sie viel zu weit auseinander, um für eine gleichmäßige Ausleuchtung der Straße zu sorgen. Dann würde man immer wieder dunkle Abschnitte durchqueren müssen, ehe man in den Lichtschein der nächsten Lampe gelangte. Dank der dünnen Schneeschicht auf der Straße und den Fußwegen jedoch wurde das Licht reflektiert und tauchte alles in eine recht gleichmäßige, schwache Helligkeit.

Hinzu kamen die Weihnachtsdekorationen in den Gärten, die zusätzliche Lichtquellen darstellten und die das Dorf tatsächlich so wirken ließen, als sei es einem dieser unsäglich kitschigen Weihnachtsfilme entsprungen, in denen eine zerstrittene Familie an den Feiertagen gegen ihren Willen zusammenkam und dann wie durch ein Wunder vom Geist der Weihnacht erfüllt wurde.

»Ich wette, Ebenezer Scrooge hätte beim Anblick von solcher Stromvergeudung laut ›Humbug‹ gerufen«, sagte sie zu Schroedinger und lachte amüsiert.

»Und ich hätte ihm sogar zugestimmt«, erwiderte er. »Zumindest was unsere beiden Meisterdekorateure angeht.«

»Kann ich mir das jetzt schon ansehen?«, fragte sie interessiert.

Der Constable sah auf die Uhr. »Nein, die schalten die Beleuchtung erst ab sieben Uhr ein, und auch nicht alles auf einmal, sondern nur ein Element nach dem anderen. Das Elektrizitätswerk hat diese Vorgabe gemacht, nachdem die zwei vor ein paar Jahren in ihrem Übereifer die Stromversorgung im ganzen Wohnviertel haben zusammenbrechen lassen, weil sie unbedingt gleichzeitig ihre komplette Beleuchtung einschalten mussten. Erst nachts um drei gelang es den Technikern, die Anlage wieder in Gang zu setzen.«

»Okay, nehmen wir uns heute noch diese drei Freunde von Nathan Marks vor?«, wollte Christine wissen.

»Ja, es ist schließlich noch früh.«

»Stimmt, aber weil es so dunkel ist, habe ich im Winter immer das Gefühl, dass es schon viel später ist«, sagte sie. »Ich schlage vor, wir lassen die drei in Ihr Büro kommen und reden mit allen zusammen.«

»Ich ...«, begann der Polizist, aber sie redete längst weiter.

»Wenn wir sie einzeln besuchen, dann spricht sich sofort herum, dass wir beim Ersten waren, und die beiden anderen wissen gleich nach unserem Besuch, was wir von ihm gewollt haben, weil er sie anrufen und es ihnen brühwarm erzählen wird. Das würde dazu führen, dass wir von dem Ersten vielleicht noch eine halbwegs ehrliche Antwort erhalten, während sich die beiden anderen auf jede unserer Fragen vorbereiten können.« Sie nickte bekräftigend. »Ja, so machen wir's. Einverstanden, Constable?«

»Hätten Sie mich ausreden lassen«, gab er ironisch zurück, »dann wären Ihnen Ihre Ausführungen erspart geblieben.«

»Wieso?«

»Weil die drei jetzt in der Stadthalle sind und ihr Stück proben, Miss Bell. Wir werden zwangsläufig mit allen dreien reden, weil sie alle dort sein werden«, machte er ihr klar.

»Aber ... sie sind doch nicht vollzählig«, wandte sie ein.

»Vermutlich werden sie irgendjemanden dazugeholt haben, der zumindest die Dialogteile liest, die für Nathan Marks gedacht waren. Ich glaube nicht, dass sie schon Gerüchte darüber gehört haben, dass mit Marks etwas passiert ist. Ich habe Harris Turner heute Morgen auf dem Weg zum Bäcker getroffen, und er sagte was davon, dass sie heute bereits mittags mit den Proben anfangen wollten. Bis zur Aufführung sind es ja nur noch knapp zwei Wochen.«

»Oh, das ist gut«, sagte Christine. »Dann erfahren sie es gleichzeitig, und wir können dabei beobachten, wie jeder von ihnen reagiert. Exzellent!«

Wieder bogen sie in den Cooper Drive ein, gingen an Rickles' Supermarkt vorbei und näherten sich der von mehreren großen Scheinwerfern angestrahlten Stadthalle, die nach ihrem Aussehen zu urteilen aus den frühen Sechzigerjahren zu stammen schien, aber noch in einem guten Zustand war, jedenfalls was die Fassade anging. Der Rest war in Dunkelheit getaucht.

»So, da wären wir«, sagte Schroedinger.

Vor dem Eingang blieben sie stehen, und Christine sah sich das Plakat an, das an der Glastür hing. »*Die vier Reiter der Apokalypse*«, las sie vor. »*Eine www-eltuntergangsgeschichte von Bryan Dorsey. Ab dem 27. Dezember in der Stadthalle von Gleannlochy.*« Sie drehte sich zu dem Constable um. »Klingt interessant.« *Trotzdem möchte ich bis dahin längst wieder zu Hause sein,* dachte sie und atmete tief durch.

»Wird vor allem witzig sein«, sagte er und zog an der Tür, um sie ihr aufzuhalten.

Christine betrat das viel zu warme Foyer und schnappte sofort nach Luft. »Ach herrje, wollen die damit die Hölle simulieren, oder was?«

Schroedinger lachte auf. »So könnte man es wohl auslegen. Aber das Problem ist die Heizung in der Halle. Die meisten Thermostate sind seit zehn oder sogar seit zwanzig Jahren defekt, aber die Heizung ist so alt, dass man die Thermostate nicht austauschen kann, weil die Anlage nicht darauf reagiert. Alte Geräte sind nirgendwo mehr aufzutreiben, also müsste man die gesamte Heizung durch eine neue ersetzen. Aber das ist zu teuer, deshalb wird die Halle einmal kräftig geheizt, bis einem die Luft wegbleibt, und wenn die Wärme nach einer Weile verflogen ist, wird sie wieder für eine halbe Stunde eingeschaltet.«

»Sehr praktisch«, kommentierte sie und folgte den Schildern, die den Weg zur Bühne wiesen. Der Saal, in dem wohl drei- oder vierhundert Besucher Platz fanden, wurde nur von der Notbeleuchtung beschienen, während die Bühne selbst in das grelle Licht mehrerer Scheinwerfer getaucht war.

Dort standen drei ältere Männer und ein junges

Mädchen, das seinen Text holprig von einem Manuskript ablas. »Sie dürfte wohl für Nathan Marks eingesprungen sein«, sagte Christine leise zu Constable Schroedinger.

»Das ist die Nichte von Harris Turner«, erwiderte er. »Turner ist der große Mann ganz links, der mit der wallenden weißen Mähne. Daneben der Mann, der diesen alten Malerkittel trägt, ist Bryan Dorsey. Seinen Namen haben Sie vorne auf dem Plakat gelesen.«

»Und der hagere Glatzkopf auf dem Schaukelpferd?«, wollte sie wissen.

»Richard Eaning, ein ehemaliger Formel-1-Mechaniker.«

Sie nickte, während sie ihm zuhörte. »Und was haben die beiden anderen gemacht? Bevor sie in Rente gingen?«

»Turner war bei der Armee, Dorsey hat Musicals für die Londoner Bühnen geschrieben.«

»Musicals? Irgendetwas Bekanntes?«

»Ja, jedenfalls behauptet er das. Aber er sagt immer, dass er von verschiedenen bekannten Musicalkomponisten Aufträge bekam, seine Arbeiten aber unter deren Namen erschienen sind. Angeblich haben sie sich von ihm eine Erklärung unterschreiben lassen, die ihnen das Recht gibt, ihn wegen Rufschädigung auf fünf Millionen Pfund zu verklagen, wenn er ein Wort darüber verlauten lässt.«

»Angeblich? Sie klingen so skeptisch.«

»Na ja, überlegen Sie doch mal: Dorsey behauptet, dass drei der zehn erfolgreichsten Musicals der Sechziger und Siebziger komplett von ihm komponiert wurden. Er kann aber nicht sagen, welche es sind, weil er sonst von den Leuten verklagt würde, unter deren Namen sie veröffentlicht wurden. Ich will ihm nichts unterstellen, aber mit einer solchen Konstruktion kann man alles behaupten und muss es nie beweisen.«

Christine gab einen zustimmenden Laut von sich. Leise näherte sie sich der Bühne. Schroedinger war dicht hinter ihr.

Auf der Bühne standen vier Schaukelpferde, auf einem saß Richard Eaning, der die anderen soeben verwundert ansah und auf ein Objekt deutete, das er angeblich in der Hand hielt. »Wo ist denn jetzt die Weltuntergangs-App?«, fragte er. »Ist das der lachende oder der wütende Smiley?«

»Himmel, Hieronymus, weder der eine noch der andere«, antwortete Turner und verdrehte übertrieben die Augen. »Du musst …« Er hielt inne, da er jemanden im Saal entdeckt hatte. »Bist du das, Nate? Wo hast du denn gesteckt? Wir haben den ganzen Nachmittag versucht, dich zu erreichen. Wenn du schon vor lauter Eisenbahn vergisst, dass wir heute früher anfangen wollten, dann hättest du wenigstens das Telefon mit runter…«

»Ich bin's, Mike … Mike Schroedinger«, unterbrach der Constable ihn. »Und ich habe noch jemanden mitgebracht, Miss Christine Bell.«

»Wer ist Christine Bell?«, wollte der große Grauhaarige wissen.

»Sie assistiert mir bei den Ermittlungen, Harris«, antwortete er und zog sie mit sich, damit sie beide in den Schein der Lampen traten und gesehen werden konnten.

»Ermittlungen?«, rief Dorsey dazwischen. »Hat jemand einen Schneemann geklaut, und Sie sollen ihn wiederfinden?«

Der Constable schüttelte den Kopf und ging die Stufen zur Bühne hinauf, bis er vor den drei Männern stand. Das Mädchen hielt sich im Hintergrund. »Desiree«, sagte er. »Würdest du bitte für ein paar Minuten ins Foyer gehen? Ich muss mit deinem Onkel und seinen Freunden reden.«

Desiree, die vielleicht elf oder zwölf war, nickte stumm und zog sich dann zurück.

Harris sah Schroedinger forschend an. »Was ist los? Hat das was mit Nate zu tun? Ist er in Schwierigkeiten?«

»Nein, so kann man das nicht sagen«, entgegnete der Constable. »Nathan Marks ist … ist tot.«

Christine beobachtete die Reaktionen der drei Männer, aber alle schienen von der Nachricht ehrlich schockiert zu sein. Sie standen da, den Mund halb geöffnet, als wollten sie etwas sagen, aber keiner von ihnen brachte ein Wort heraus. Harris, der so etwas wie der Boss der Truppe zu sein schien, bekam sich als Erster wieder unter Kontrolle.

»Was ist passiert?«, wollte er wissen und sprach so leise, dass er kaum zu hören war.

»Dazu kann ich jetzt noch nichts sagen, aber ich müsste wissen, wann jeder von Ihnen ihn zuletzt gesehen oder mit ihm gesprochen hat«, antwortete der Constable so ausweichend, wie er es mit Christine vereinbart hatte. Jemand aus dem Dorf hatte Nathan Marks ermordet, und so unwahrscheinlich es auch war, konnte es sogar einer von seinen besten Freunden gewesen sein – oder möglicherweise alle drei. Er sollte so wenige Informationen wie möglich preisgeben, damit niemand sich eine Geschichte zurechtlegen konnte, dass er damit nichts zu tun hatte. Und vielleicht würde sich der Täter ja verraten, indem er etwas ausplauderte, was Schroedinger nicht gesagt hatte, was der Mörder aber glaubte, von ihm gehört zu haben.

»Was soll das heißen, Sie können jetzt nichts dazu sagen?«, brauste Harris auf und machte einen Schritt auf den Polizisten zu.

Ein stummes Lob kam über Christines Lippen, als sie sah, dass der Constable nicht vor dem größeren Mann zurückwich, der es wohl sein Leben lang gewohnt gewesen war, anderen zu sagen, was sie zu tun und zu lassen hatten.

»Das ist ein polizeiliches Ermittlungsverfahren«, stellte er klar, »und ich kann nur bestimmte Informationen herausgeben. Also noch mal: Wann hat jeder von Ihnen ihn zuletzt gesehen oder mit ihm gesprochen?«

Der energische Tonfall zeigte Wirkung, und Harris antwortete als Erster: »Gestern Vormittag. Richard und ich waren in der Garage an meinem Wagen, als er vorbeikam und davon sprach, dass es schneien würde.« Ein betrübter Ausdruck huschte über sein Gesicht. »Wir haben noch über seine Worte gelacht, weil nichts auf Schnee hindeutete. Aber jetzt …«

»Welchen Eindruck machte er, als Sie ihn sahen?«, wollte Christine wissen.

»Eindruck? Wie meinen Sie das?«, fragte Harris und fuhr sich durch die Haare.

»Ganz generell eben«, sagte sie. »Welchen Eindruck machte er auf Sie? Verhielt er sich so wie immer? Oder war irgendetwas anders an ihm?«

Harris schüttelte den Kopf und schaute zu Eaning. »Ist dir was aufgefallen?«

Mit halb geschlossenen Augen stand der andere Mann da und spielte offenbar in Gedanken die gestrige Begegnung noch einmal durch, dann verneinte er: »Er hat sich ganz normal verhalten. Das war seine übliche Art, da war nichts aufgesetzt, wenn Sie das meinen.«

»Verdammt, dann muss ich ja das ganze Stück umschreiben«, stöhnte Dorsey plötzlich auf. »Wie nennen wir es denn dann? *Die drei Reiter der Apokalypse?*«

»Hörst du eigentlich, was du redest?«, herrschte Harris ihn an. »Nate ist tot! Wie kannst du da an das Stück denken? Vergiss das Stück!«

»Das Stück vergessen?«, wiederholte er entsetzt. »Ich habe drei Monate an diesem Stück geschrieben, ich werde es nicht einfach vergessen! Sprich gefälligst nicht in diesem Ton mit mir! Du bist nicht Andrew Lloy…« Mitten im Satz verstummte er.

Christine musterte den Mann genauer, kam aber zu der Ansicht, dass er nicht so taktlos war, wie es sich im ersten Moment anhörte. Vielmehr schien es der Schock über den Verlust eines guten Freundes zu sein, der ihn so reagieren ließ.

»Mr Dorsey«, ging Christine dazwischen, um die Situation nicht eskalieren zu lassen. »Wann haben Sie Mr Marks zuletzt gesehen oder mit ihm gesprochen?«

Er sah sie sekundenlang ratlos an, dann antwortete er: »Das war gestern Nachmittag. Später Nachmittag, vielleicht halb sechs. Er rief mich an, um mich zu warnen, dass ich nicht wie geplant noch nach Garve fahren sollte, weil es bald schneien würde.«

»Was wollten Sie so spät denn noch in Garve?«, wunderte sie sich. Bis dorthin würde er selbst bei gutem Wetter sicher eine Stunde brauchen, und dann würden die meisten Geschäfte längst geschlossen sein.

»Ach, ich hatte tags zuvor bei den Proben davon gesprochen, dass ich einen schrecklichen Heißhunger auf Spaghetti von Mario hatte und dass ich dafür nach Garve fahren wollte«, erzählte er. »Mario ist der einzige Italiener im Umkreis von dreißig oder vierzig Meilen, Miss Bell, und seine Nudeln sind so fantastisch, dass es Leute wie mich gibt, die noch abends losfahren, um eine Portion Spaghetti zu essen. Aber Nate rief an und erzählte mir von dem Schnee, der kommen sollte. Ich hatte in den Nachrichten nichts davon gehört, und ich muss sagen, dass ich mich auf Wettervorhersagen ohnehin selten verlasse. Auf jeden Fall war von Schnee nirgends die Rede, doch Nate beharrte darauf, dass seine Narbe am Oberschenkel schmerzte und dass das Schnee bedeutete.« Er zuckte mit den Schultern. »Ich nahm ihn in dem Moment eigentlich gar nicht ernst, aber davon habe ich ihm nichts gesagt. Als ich dann ein paar Minuten später im Wagen saß und losfahren wollte, da gingen mir seine Worte wieder durch den Kopf, und auf einmal bekam ich so ein eigenartiges Gefühl. Ein eisiger Schauer lief mir über den Rücken … und dann stieg ich wieder aus und ging zurück ins Haus. Na ja, er hat auf jeden Fall recht behalten …«

Schroedinger machte ein paar Notizen auf einem Block, den er aus der Jackentasche gezogen hatte. »Hatte

Nathan irgendwelche Feinde? Hier in Gleannlochy? Oder anderswo?«

»Feinde?«, fragte Harris. »Heißt das etwa, jemand hat ihn umgebracht?«

Der Constable warf einen Seitenblick zu Christine, die ihm ansah, dass er sich bereits dafür verfluchte, diese Frage so formuliert zu haben. »Manchmal sieht ein natürlicher Tod so aus, als habe jemand nachgeholfen«, warf sie ein. »Und andererseits geht ein Mord manchmal für einen natürlichen Tod durch. Wir müssen nur alle denkbaren Möglichkeiten in Erwägung ziehen.«

»Aha«, machte ein skeptischer Harris. »Und wer genau sind Sie, Miss … Bell?«

»Ich …«, begann sie, aber Schroedinger fiel ihr ins Wort und erklärte ganz souverän: »Miss Bell ist Kriminologin, durch die Schneefront ist sie zufällig in Gleannlochy gestrandet, und solange sie nicht von hier wegkommt, unterstützt sie mich bei meiner Arbeit.«

Die Männer nickten nur und wirkten durchweg mürrisch. Offenbar gefiel es ihnen nicht, dass Christine sich in den Fall eingemischt hatte, doch es kam ihr nicht so vor, als fürchteten sie, sie könnte irgendetwas ans Tageslicht bringen. Vielmehr war es das übliche Problem, dass sie die Fremde war, die sich in die geordneten Beziehungen einer Gemeinschaft hineindrängte und für Unordnung sorgte, und so etwas konnte einfach nicht ohne Argwohn akzeptiert werden.

»Also?«, fragte der Constable, als keine Antwort kam. »Wissen Sie etwas darüber, ob Nathan Feinde hatte?«

»Mike, kommen Sie«, gab Eaning zurück. »Wir sind hier in Gleannlochy. Hier hasst niemand irgendwen. Okay, vielleicht diesen Kerl aus der Castingshow, der alle Kandidaten lächerlich macht, aber hier hasst kein Nachbar den anderen.«

»Hat Nathan mal irgendeine Andeutung gemacht, irgendeine flüchtige Bemerkung, dass er mit jemandem Ärger hatte?«, meldete sich wieder Christine zu Wort. »Vielleicht mit jemandem in einer anderen Ortschaft?«

Alle überlegten sie einen Moment lang, dann sagte Dorsey: »Ich kann mich an nichts erinnern, und ich bin mir sicher, wenn er was gesagt hätte, dann wüsste ich das noch. Wir sind seit Jahrzehnten eng befreundet, Miss Bell, und wenn er mit jemandem Ärger gehabt hätte, der nicht aus Gleannlochy kam, dann wäre er uns gegenüber darauf zu sprechen gekommen.«

Wieder schrieb der Constable etwas auf, dann sah er zu Christine und nickte. An die drei Männer gewandt, fügte er hinzu: »Wenn Ihnen doch noch irgendetwas einfallen sollte … vielleicht, wenn Sie noch mal in Ruhe nachdenken … dann sagen Sie mir Bescheid.«

»Ja, Mike, machen wir«, versicherte ihm Harris.

Schroedinger und Christine verabschiedeten sich und gingen an den Sitzreihen vorbei zum Ausgang. Hinter ihnen unterhielten sich die drei Männer in gedämpftem Ton, zweifellos war ihr Freund Nathan Marks das Gesprächsthema.

Desiree stand im Foyer und sah sie beide aus dem Saal kommen. »Hi, Mr S., darf ich jetzt wieder rein?«, fragte sie den Constable.

»Ja, ich glaube schon. Geh zu deinem Onkel.«

»Danke!«, rief sie und eilte davon.

Nachdem sie die Halle verlassen hatten, sagte Christine: »Dann hat Marks also um halb sechs noch gelebt.«

»M-hm. Und das passt auch. Gestern um halb sechs war es bereits dunkel, so wie jetzt. Also hat der Täter im Schutz der Dunkelheit Nathans Haus aufgesucht und ihn umgebracht. Anschließend hat er ihn auf die Eisenbahnanlage gelegt und einen modernen Gulliver aus ihm gemacht.«

»Dann war es jemand aus dem Dorf«, folgerte sie. »Bei so vielen Stunden, wie er gebraucht haben wird, um das alles richtig zu arrangieren, wird draußen schon alles tief verschneit gewesen sein, und selbst wenn er seinen Wagen irgendwo außerhalb abgestellt hätte, wäre es Selbstmord gewesen, sich in diesem Schneegestöber und in völliger Dunkelheit auf den Weg zu machen. Ich habe selbst da draußen im Schnee gestanden, ich weiß, wovon ich rede. Nach fünf Schritten hat man keine Orientierung mehr, ob man geradeaus oder im Kreis gegangen ist. Wenn Sie in den nächsten Tagen nicht zufällig auf jemanden stoßen, der irgendwo da draußen erfroren im Wald oder auf einem Feld liegt, dann kommt der Mörder aus Gleannlochy.«

Sie gingen schweigend nebeneinander die Straße entlang, als Schroedinger auf einmal den Kopf hob und zum Himmel sah.

»Was ist?«, fragte sie verwundert.

»Merken Sie das nicht?«, fragte er. »Es fängt wieder an zu schneien.«

Von irgendwoher war ausgelassenes Kindergeschrei zu hören. »Ich würde sagen, das hat gerade noch jemand bemerkt«, erwiderte sie, »der sich jetzt darüber freut, dass morgen auch wieder die Schule ausfällt.« Sie legte den Kopf in den Nacken, und dann spürte sie, wie winzige Schneeflocken auf ihrem Gesicht landeten, einen Sekundenbruchteil lang eisige Kälte verbreiteten und dann bereits auf der vergleichsweise warmen Haut geschmolzen waren. »Ich hoffe, es bleibt bei diesen Mikroflocken. Wenn sich das von letzter Nacht wiederholt, sitze ich noch länger hier fest, und keiner weiß, wo ich bin.«

»Ich glaube nicht«, meinte der Constable und schlug den Kragen seiner Jacke hoch, während Christine die Kapuze ihres Mantels überzog. »Das sind bestimmt nur irgendwelche Reste, die da vom Himmel kommen.«

»Berühmte letzte Worte«, murmelte sie vor sich hin und wechselte das Thema: »Wie war Ihr Eindruck von Nathans Freunden?«

Der Constable gab einen unbestimmbaren Laut von sich. »Ehrlich schockiert über diese Neuigkeit«, urteilte er dann.

»Ja, so kam es mir auch vor«, stimmte sie ihm zu. »Das hat die drei tief getroffen. Dass Dorsey angefangen hat, sich Gedanken über das Theaterstück zu machen, kam mir wie eine hilflose Reaktion auf das Entsetzen vor.«

»Richtig.« Schroedinger nickte bekräftigend. »Ich glaube, er wollte sich einfach unbedingt mit irgendetwas beschäftigen, nur um nicht über Nathans Tod nachdenken zu müssen.«

»Vielleicht hat er gespürt, dass Marks getötet wurde, als er im Wagen saß«, überlegte sie. »Sie wissen schon, als er von dem kalten Schauer sprach, der ihm über den Rücken lief, kurz bevor er nach Garve fahren wollte, und jetzt gerade eben ist ihm das möglicherweise erst bewusst geworden.«

Sie hatten die Humphreys Road erreicht und blieben stehen. »Was machen Sie jetzt noch?«, wollte Christine wissen, als er seinen Blick über die Straße schweifen ließ.

»Ich gehe jetzt ins Büro, höre den Anrufbeantworter ab und lege mich zwei oder drei Stunden zu Hause aufs Ohr«, antwortete der Constable und klang ein wenig gelangweilt. »Dann fahre ich einmal kreuz und quer durch Gleannlochy, um mich davon zu überzeugen, dass alles in Ordnung ist. Danach schlafe ich wieder zwei bis drei Stunden und mache die nächste Runde. So geht das bis morgen früh, und dann wartet ein neuer aufregender Tag auf mich.« Er unterstrich den ironischen Tonfall, indem er eine Augenbraue hochzog. »Und Sie?«

»Ich werde mich auch eine Weile hinlegen, ich fühle mich von der letzten Nacht noch immer wie gerädert«, sagte Christine. »Dann sehen wir uns morgen.«

»Okay, kann ich Sie um … sagen wir … neun Uhr abholen?«

»Ja, sicher. Schon eine Ahnung, wo wir dann weitermachen?«

Schroedinger nickte. »Ja, habe ich. Wir werden noch einmal mit Nathans Freunde reden, aber einzeln, und ich werde mir ein paar Fragen zurechtlegen, damit wir jeden von ihnen auf eine andere Weise befragen können und wir beim zweiten keine verabredeten Antworten erhalten.«

»Gute Idee«, fand sie. »Dann sehen wir uns morgen.«

Sie verabschiedete sich und kehrte zurück zum Bed & Breakfast. Dabei fiel ihr auf, dass sie ganz vergessen hatte, ihren Wagen von der hohen Schneeschicht zu befreien. Jetzt war eine gute Gelegenheit, das nachzuholen, denn wenn der feine Schnee doch noch dichter werden sollte, würde sie nachher nur umso mehr Mühe haben, die weißen Massen von ihrem Wagen zu schaffen.

Von Mrs Brooks bekam sie einen Handfeger ausgehändigt, dann ging sie wieder nach draußen und machte sich daran, den Wagen Stück für Stück freizufegen.

Während sie damit beschäftigt war, kamen hin und wieder Passanten auf dieser oder der anderen Straßenseite vorbei. Bei manchen davon bemerkte sie, wie sie sich näherten, bei anderen war sie so in ihre Arbeit vertieft, dass sie die Leute erst sah, wenn sie sich auf Höhe des Wagens befanden. Jeder von ihnen grüßte sehr freundlich, einige nannten sie sogar »Miss Bell«, obwohl sie sich sicher war, dass sie keinen von ihnen zuvor gesehen hatte. Es war ein weiterer Beleg dafür, wie schnell Neuigkeiten in Gleannlochy die Runde machten, und es sprach für ihre Theorie, dass Nathan Marks seinen Mörder gekannt haben musste. Irgendjemandem wäre ein Fremder aufgefallen, und da spätestens seit dem Nachmittag alle – bis auf seine drei besten Freunde, die mit ihren Proben beschäftigt gewesen waren – wussten, dass Marks tot war, hätte sich derjenige an Constable Schroedinger gewandt, um seine Beobachtung zu melden.

Sie öffnete den Kofferraum und zog die Tasche nach vorn, in der sie ein paar Paletten Katzenfutter verstaut hatte, und nahm ein halbes Dutzend kleiner Dosen heraus, die sich eiskalt anfühlten. Sie hatte zwar noch zwei oder drei Dosen in der Reisetasche in ihrem Zimmer, aber es war zu befürchten, dass die Kälte noch länger anhielt und sie nicht aus Gleannlochy wegkam, also musste sie dafür sorgen, dass Isabelle genug zu essen hatte.

Noch während sie dastand und sich in den Kofferraum beugte, legte sich plötzlich eine Hand auf ihre Schulter, und sie fuhr so erschrocken hoch, dass sie sich den Kopf am Kofferraumdeckel anstieß.

»Autsch!«, rief sie und drehte sich mürrisch zu demjenigen um, der ihr diesen Schreck eingejagt hatte.

»Oh, entschuldigen Sie, ich … das hab ich nicht gewollt«, stammelte eine junge Frau von vielleicht Ende zwanzig oder Anfang dreißig, hielt sich verlegen eine Hand vor den Mund und wandte sich zum Gehen.

»Hey, warten Sie! Laufen Sie nicht einfach weg!«, forderte Christine sie auf. »Wollten Sie mir etwas sagen?«

Die Frau blieb nach ein paar Metern stehen, drehte sich um und kam zögerlich zurück, als fürchte sie, Christine könnte ihr etwas antun. Dabei war Christine gerade noch diejenige gewesen, die für ein paar Minuten vergessen hatte, dass ein Mörder in Gleannlochy sein Unwesen trieb. Sie hatte sich tatsächlich so sehr darauf konzentriert, den Schnee vom Wagen zu fegen, dass ihre Umgebung ganz in den Hintergrund gerückt war.

»Ich … ähm … Sie sind doch Christine Bell, richtig?«, fragte sie leise.

Christine nickte. »Ja, ich glaube, das hat sich mittlerweile in ganz Gleannlochy herumgesprochen«, gab sie zurück und lächelte, um der Frau die Scheu zu nehmen.

»Ich bin Nicole Hastings«, stellte sie sich vor und streckte ihre Hand aus. »Ich bin ein großer Fan von Ihnen, ich … ich glaube, ich habe alle Ihre Bücher gelesen.«

»Dann haben Sie mir was voraus«, erwiderte Christine

ironisch. »Ich habe noch nie eines von meinen Büchern gelesen.«

Die junge Frau stutzte. »Aber … Sie müssen Ihre Bücher doch gelesen haben.«

»Warum denn? Ich habe sie schließlich alle selbst geschrieben. Ich weiß, was drin steht und was passiert«, sagte sie. »Warum sollte ich sie lesen?« Nach einer kurzen Pause ergänzte sie: »Das ist mein Ernst. Ich schlage nur mal etwas nach, wenn ich in einer Reihe irgendetwas anspreche, das sich drei Bände zuvor ereignet hat. Aber ich würde mich nie hinsetzen und eines meiner Bücher so lesen wie ein Buch von einem anderen Autor.«

»Warum denn nicht? Sie schreiben doch wirklich wunderbar.«

»Danke für das Kompliment«, entgegnete Christine. »Aber wenn ich etwas lese, was ich vor zwei Jahren geschrieben habe, dann möchte ich am liebsten jeden zweiten Satz umformulieren, weil mir das alles nicht mehr so richtig gefällt.«

Nicole sah sie erstaunt an. »Tatsächlich? Das hätte ich nicht gedacht. Ich bin immer davon ausgegangen, dass eine Geschichte genau das wiedergibt, was der Autor wollte.«

»Ja, in dem Moment, in dem man es schreibt, ist das auch so. Aber irgendwann fällt einem trotzdem etwas auf, was man anders oder besser hätte machen können.«

Die junge Frau nickte verstehend. »Wissen Sie, ich wollte eigentlich zu Ihrer Lesung nach Ullapool fahren, aber dann hat mein Sohn eine Erkältung bekommen, und ich musste den Termin streichen.«

»Oh, das ist schade«, sagte Christine. »Aber da ich durch diesen Schnee vorläufig hier festsitze, werde ich einige Termine in der Umgebung nachholen, unter anderem ein paar in Inverness. Kommen Sie doch dann dorthin. Wenn Sie mir Ihre Adresse geben, werde ich veranlassen, dass man Ihnen zwei Karten schickt. Was halten Sie davon?«

»Das würden Sie wirklich machen?« Nicole starrte sie ungläubig an.

»Ich verspreche es Ihnen.«

Die andere Frau griff in ihre Schultertasche, nahm die Brieftasche heraus und zog eine Visitenkarte hervor. »Kann ich Ihnen auch eine Karte geben?«

»Auf jeden Fall«, meinte Christine und steckte die Karte ein. »Sie hören dann von mir oder von der Buchhandlung, wenn der neue Termin bekannt ist.«

»Vielen, vielen Dank!« Nicole fiel ihr um den Hals, dann wich sie vor Schreck über ihre eigene Kühnheit zurück, verabschiedete sich hastig und ging schnell weiter.

Christine sah ihr einen Moment lang nach, schüttelte amüsiert den Kopf und griff nach der kleinen Tasche, in die sie das Katzenfutter umgepackt hatte. Als sie den Kofferraumdeckel schloss, sah sie, dass der feine Schnee auf dem Wagendach zwar noch keine geschlossene Schicht bildete, aber wenn es so weiterschneite, würden bis zum Morgen wohl noch ein paar Zentimeter dazukommen.

»Ah, Miss Bell, da sind Sie ja wieder«, sagte Mrs Brooks, als sie das Haus betrat. »Können Sie mir vielleicht jetzt etwas mehr dazu verraten, was dem armen Mr Marks zugestoßen ist?«

Christine zog den Mantel aus und hängte ihn an die Garderobe. »Außer, dass er tot ist, kann ich dazu nichts sagen, tut mir leid«, antwortete sie. »Constable Schroedinger ermittelt in der Sache, ich helfe ihm, aber im Augenblick ist er der Einzige, der irgendwelche Informationen herausgeben kann.« Sie zuckte bedauernd mit den Schultern. »Aber vielleicht können Sie mir ja etwas sagen, das uns weiterhelfen könnte«, ergänzte sie, während sie Mrs Brooks in die Küche folgte, wo die ihr ein Tablett mit Sandwichhälften hinhielt.

»Ein Nierensandwich mit Gurkenrelish?«, fragte Mrs Brooks freundlich.

Das erklärt also die grüne Farbe, dachte Christine, während sich ihre Kehle zuschnürte. »Danke, aber der Constable hat sich mit einem Abendessen im Red Suede Shoes für meine Mitarbeit revanchiert, und davon bin ich immer noch satt.«

Mrs Brooks stellte das Tablett in den Kühlschrank und meinte beiläufig: »Ach, so etwas kann man auch gut zum Frühstück essen.« Dann fuhr sie fort: »Sie wollten mich etwas fragen?«

»Richtig. Sagen Sie, wissen Sie, ob Mr Marks Feinde hatte?«

»Feinde? Wurde er etwa ermordet?«

»Die Leiche muss erst in der Gerichtsmedizin untersucht werden, bevor man dazu etwas sagen kann«, antwortete Christine ausweichend. »Aber es wäre hilfreich, wenn der untersuchende Arzt weiß, ob er nach Hinweisen für einen Mord suchen soll oder eher nicht.«

Nachdenklich betrachtete Mrs Brooks den Kalender, der eine idyllische Winterlandschaft zeigte.

Ob der Maler wohl auch wegen einer Schneefront festgesessen und aus Verzweiflung angefangen hatte, dieses Bild zu malen?, fragte sich Christine bei diesem Anblick, fast gleichzeitig kam ihr der Gedanke, selbst ein paar Eindrücke aus Gleannlochy zu sammeln und festzuhalten. Vielleicht ließ sich daraus ja eine gute Geschichte entwickeln.

»Also, ich glaube, da müssen Sie schon seine Freunde fragen, die Herren Turner, Dorsey und Eaning«, entgegnete Mrs Brooks schließlich. »Wenn, dann weiß einer von ihnen etwas darüber.«

Christine nickte. »Die drei hatten wir bereits kurz gesprochen.«

»Und?«

»Sie wussten darauf auch keine Antwort.«

»Sehen Sie, Miss Bell, wir in Gleannlochy sind sehr friedliebende Menschen«, erklärte Mrs Brooks ruhig. »Hier hasst keiner den anderen, und wenn es mal irgendwelche

Unstimmigkeiten gibt, dann werden die so gelöst, dass beide Seiten damit gut leben können. Ein Mord ist bei uns undenkbar. Ich weiß nicht, was mit Mr Marks passiert ist. Aber wenn er beispielsweise auf der Treppe gestürzt und dabei umgekommen ist, dann können Sie davon ausgehen, dass das auch so passiert ist und er nicht von irgendjemandem in den Tod gestoßen wurde.«

»Ja, so habe ich es auch von jedem anderen aus Gleannlochy gehört«, antwortete Christine, während sie sich auszumalen versuchte, was geschehen würde, wenn sich herumsprach, dass Mr Marks brutal ermordet worden war. Würde die Fassade der heilen Welt Risse bekommen? Würden sich die Leute gegenseitig verdächtigen? Kämen dann irgendwelche düsteren Geheimnisse ans Licht, die so einfach totgeschwiegen wurden? »Ach, da fällt mir ein, Mrs Brooks. Haben Sie zufällig Nachrichten gehört? Ich bin den ganzen Tag nicht dazu gekommen, und ich habe keine Ahnung, ob ein Wetterumschwung ansteht oder nicht.«

»Da brauchen Sie sich gar keine Hoffnungen zu machen«, wurde sie von Mrs Brooks umgehend entmutigt. »Die Kälte bleibt noch ein paar Tage, und die Hilfskräfte haben genug damit zu tun, sich im Norden um mehrere Dörfer zu kümmern, die von der Außenwelt abgeschnitten sind. Da hat niemand Zeit, die Straßen zwischen hier und Inverness zu räumen.«

»So was hatte ich befürchtet«, murmelte Christine, dann aber zuckte sie mit den Schultern. »Tja, wenn ich mich darüber aufrege, führt das auch zu nichts. Ich muss mich halt damit abfinden, dass ich hier festsitze.«

Mrs Brooks legte ihr eine Hand auf den Oberarm. »Trösten Sie sich damit, dass es Sie in unser schönes Dorf verschlagen hat.«

Christine lächelte sie an. »Ich werde mir Ihren Rat zu Herzen nehmen. Gute Nacht, Mrs Brooks.«

»Gute Nacht?«, wiederholte die andere Frau verdutzt.

»Wir haben erst kurz vor sieben. Wollen Sie sich schon schlafen legen?«

»Oh, tut mir leid, wenn sich das so angehört hat«, korrigierte sie sich schnell. »Ich wollte damit nur sagen, dass ich heute Abend das Haus nicht mehr verlassen werde. Ich habe vor, noch ein paar Stunden zu arbeiten.«

»Ach, Sie besitzen bestimmt eines von diesen modernen Geräten, für die in der Zeitung immer geworben wird.«

»Sie meinen einen Laptop?«

»Ja, genau, so heißen diese Dinger, glaube ich.«

Christine nickte. »Auf so einem ›Ding‹ schreibe ich meine Bücher, und das will ich heute Abend tun.«

»Gleich schalten Mr Norton und Mr Hague ihre Weihnachtsdekoration ein«, warf Mrs Brooks ein. »Die müssen Sie sich ansehen.«

»Das werde ich auch machen«, versicherte sie ihr. »Aber ich bin ja bestimmt noch zwei oder drei Tage hier, also kann ich das auch morgen erledigen. Dann fühle ich mich bestimmt ausgeruhter als heute Abend.«

»Da haben Sie allerdings recht. Dann wünsche ich Ihnen noch frohes Schaffen und eine angenehme Nachtruhe.«

Christine ging nach oben auf ihr Zimmer, schloss die Tür hinter sich und schaltete den etwas antiquierten Fernseher ein, ehe sie sich zu Isabelle aufs Bett legte. Die hob kurz den Kopf und gab mit einem verächtlichen Laut zu verstehen, dass sie es gar nicht schätzte, so lange Zeit allein gelassen zu werden.

»Du hast ja völlig recht«, stimmte Christine ihr zu und begann, sie zu streicheln, woraufhin Isabelle leise zu schnurren anfing.

Im Fernsehen wurde unterdessen zu den Sieben-Uhr-Nachrichten umgeschaltet, und dann bekam sie Bilder von tief verschneiten Gegenden zu sehen, die eher eine Polarlandschaft zu zeigen schienen, nicht aber den Norden von Schottland. Räumfahrzeuge waren in Schneeverwehungen stecken geblieben, von den Straßen, auf denen sie sich befunden hatten, war nicht mal zu erahnen, wo entlang sie verliefen. Dörfer versanken im Schnee, ringsherum war alles auf Meilen hinaus von einer dicken weißen Decke überzogen, die kein Durchkommen mehr ermöglichte. Man zeigte Hubschrauber, die Autofahrer aus ihren Wagen holten, von denen nur noch das Dach zu sehen war.

»Das hätten wir sein können«, sagte sie zu Isabelle, die nicht mal den Kopf hob, sondern nur zufrieden schnurrte, weil sie jetzt nicht mehr allein war und sich endlich wieder jemand um sie kümmerte.

Nachdem die Nachrichten zu Ende waren und laut der nachfolgenden Wettervorhersage für die nächsten drei bis vier Tage keine Veränderungen abzusehen waren – was Christine allerdings nicht allzu sehr frustrierte, immerhin hatte man diese Schneefront nicht mal mit einen Tag Vorsprung vor ihrem Eintreffen kommen sehen –, stand sie vom Bett auf und holte eine Dose Futter aus der Reisetasche, die sie in den kleinen Edelstahlnapf füllte. Isabelle war beim Anblick des Napfs sofort vom Bett gesprungen und drückte sich gegen Christines Beine, wobei sie lautstark auf sich aufmerksam machte.

»Keine Angst, ich esse dir schon nichts weg«, beteuerte Christine, betrachtete den Napf und murmelte: »Obwohl ... wenn ich die Wahl habe zwischen dem hier und Gurkenrelish auf Nierensandwich ...«

Sie stellte den Napf auf den Boden, Isabelle stürzte sich auf ihre Mahlzeit und hatte Christine schon wieder vergessen.

Die Dosen aus dem Kofferraum brachte sie ins Badezimmer, wo sie allmählich Zimmertemperatur annehmen konnten, dann holte sie den Laptop aus der Tasche, stellte ihn auf den Tisch und fuhr den Rechner hoch. Nach ihren Mails konnte sie jetzt nicht sehen, aber sie konnte auch so getrost davon ausgehen, dass das Postfach bereits überquoll.

Stattdessen klickte sie die Textverarbeitung an, legte eine neue Datei an und begann, ihre Eindrücke von Gleannlochy festzuhalten. Während sie notierte, was ihr durch den Kopf ging, entwickelte sich allmählich eine Geschichte von einer alteingesessenen Familie, deren ältester Sohn die verkehrte Frau heiratete und damit seine Familie ins Unglück stürzte, weil durch die Heirat düstere Geheimnisse ans Licht kamen, die für immer hätten verborgen bleiben müssen.

Nachdem Isabelle gefressen hatte, sprang sie auf den Stuhl und weiter auf den Tisch, wo sie sich dann so hinlegte, dass sie um den Monitor des Laptops herum Christine im Auge behalten konnte, um nicht zu versäumen, falls sie aufstehen und den Napf nachfüllen sollte. Da über dem Dorf eine solche Ruhe lag, vergaß Christine völlig ihre Umgebung und tauchte so tief in ihre neue Idee ein, dass sie vor Schreck fast einen lauten Schrei ausgestoßen hätte, als jemand an die Tür klopfte.

Sie fuhr hoch und drehte sich um, wobei sie tatsächlich ein paar Sekunden benötigte, ehe sie wieder wusste, wo sie war. »Ja?«, rief sie.

»Ah, Sie sind ja tatsächlich noch wach«, meldete sich Mrs Brooks' Stimme aus dem Flur. »Ich hatte Licht gesehen und …«

»Augenblick, ich komme«, sagte Christine und sah auf die Wanduhr. Kurz nach zehn. Was konnte Mrs Brooks um diese Zeit noch von ihr wollen?

Als sie die Tür aufmachte, sah die ältere Frau sie etwas verlegen an. »Ich weiß, es ist schon spät, aber ich wollte Sie um etwas bitten.«

Er stutzte, als er sah, wie die Lampe vor der Haustür anging und den ganzen Garten beschien. Dann ging die Tür auf, eine weibliche Gestalt kam zum Vorschein, und … er konnte sein Glück kaum fassen! Sie hielt die Transportbox mit dieser verdammten Katze in einer Hand, diesem schrecklichen Vieh, das sie den Gerüchten nach auf die Leiche aufmerksam gemacht hatte. Dadurch waren die Falschen auf den Toten gestoßen, nicht die, für die die Botschaft bestimmt gewesen war. So war all die Mühe vergebens gewesen, die er sich mit seinem Opfer gemacht hatte.

Er hatte überlegt, sich ins Haus zu schleichen, wenn alles dunkel war, um diese Schnüfflerin zu erledigen, die sich in Dinge einmischte, die sie gar nichts angingen. Diese Schnüfflerin und ihre elende Katze.

Aber dieser Plan war soeben hinfällig geworden und durch einen neuen ersetzt worden, der ihm alles noch viel einfacher machte. Jetzt konnte er es sich sparen, in das Gebäude einzudringen und damit das Risiko einzugehen, diesem Quälgeist Alberta Brooks über den Weg zu laufen. Diese Frau hätte es vermutlich noch geschafft, ihn totzureden, obwohl er doch derjenige mit der Waffe war.

Die Frau mit der Transportbox durchquerte den Garten, öffnete das kleine Tor im Zaun und ging nach links. Er hatte seine Waffe bereits gezogen und auf sie gerichtet, da merkte er, dass sie gar nicht zu ihrem Wagen wollte, sondern daran vorbeiging. Vielleicht hatte die alte Brooks sie ja rausgeworfen, und sie versuchte jetzt, sich bei Schroedinger einzuquartieren. Zu schade nur, dass sie dort nie ankommen würde. Er ging auf der anderen Straßenseite und hielt ein paar Meter Abstand zu ihr, wobei er sich nur durch die Schatten, nie durch die Lichtkegel der Straßenlampen bewegte.

Er schaute sich um, die Straße war menschenleer, was bei diesem kalten Wind nicht weiter verwunderte. Ihm konnte das nur recht sein. Er wechselte die Straßenseite, dann blieb er stehen, zielte auf den Kopf der Frau und drückte ab. Der Schalldämpfer veränderte den Klang des Schusses so sehr, dass man ihn nicht mehr als Schuss erkennen konnte.

Das Projektil bohrte sich durch die Kapuze und fraß sich tief in den Schädel seines Opfers. Der Kopf der Frau wurde durch die Wucht des Einschlags nach vorn gerissen, dann sackte sie in sich zusammen und landete vornüber im Schnee. Die Transportbox rutschte ihr aus der Hand und fiel seitlich über einen kleinen Schneewall.

Er wartete einen Moment lang ab, aber niemand reagierte auf den Zwischenfall. Also hatte auch niemand etwas gesehen. *Sehr gut,* dachte er zufrieden und ging zu der Frau. Die Blutlache, die sich um ihren Kopf herum ausbreitete, ließ keinen Zweifel daran, dass er ihr einen tödlichen Treffer verpasst hatte. Selbst wenn noch ein Hauch von Leben in ihr war, hatte sie bereits zu viel Blut verloren, als dass noch Hoffnung bestanden hätte. *Und abgesehen davon,* dachte er amüsiert, *selbst wenn sie gefunden wird, wer sollte sie operieren?* Es war niemand da, der sie retten konnte.

Zufrieden atmete er tief durch. Schroedinger war einer solchen Aufgabe nicht gewachsen, er würde allein niemals die Wahrheit herausfinden. Mit einem Lächeln richtete er die Waffe auf die Transportbox. »Ich kann doch nicht zulassen«, murmelte er voll zynischer Verachtung, »dass dein Frauchen allein aus dem Leben scheidet.«

Dann drückte er fünfmal ab und durchsiebte die Box.

»Schon besser«, flüsterte er und verschwand in der Dunkelheit ein.

6

Etwas hatte sie am Hinterkopf getroffen, etwas schrecklich Brutales, das sie nach vorn schleuderte. Christine versuchte, die Arme auszustrecken, um den Fall abzufedern, doch ihre Arme reagierten nicht, sondern hingen schlaff herab, wie bei einer Marionette, deren Fäden man durchgeschnitten hat. Sie kippte nach vorn, schlug mit dem Gesicht auf etwas Hartem, Kaltem auf.

An ihrem Hinterkopf spürte sie etwas Warmes, etwas unerträglich Warmes, so als … nein, sie wusste nicht, womit sie es vergleichen sollte. Sie wusste nur, es war warm, während ihr Gesicht auf etwas Kaltem lag.

Was war passiert? Sie konnte sich nicht erinnern, wie sie hergekommen war … wo sie überhaupt war. Sie bemühte sich, einen klaren Gedanken zu fassen, doch alles war so verschwommen, so unwirklich.

Schmerzen. Sie nahm Schmerzen war. Stechende Schmerzen an ihrem Hinterkopf und dazu die Kälte in ihrem Gesicht.

»Miss Bell! Miss Bell!«

Miss Bell? Das war doch sie! Wer rief da nach ihr? Kannte sie diese Stimme?

»Miss Bell!«

Da war noch etwas anderes, ein Geräusch … wie Schüsse, schnelle Schüsse … Maschinengewehrfeuer …

Sie versuchte, die Augen zu öffnen, aber entweder wollte ihr das nicht gelingen, oder … sie hatte die Augen aufgeschlagen, und es war immer noch alles genauso dunkel wie zuvor.

»Miss Bell? Hören Sie mich?«

Ja, ich höre, dachte sie, und dann begann sie, in Gedanken zu lachen. Er konnte sie doch gar nicht hören, wenn sie die Antwort nur dachte! Wie dumm von ihr. Sie würde das schon laut sagen müssen, damit er wusste, dass sie ihn gehört hatte.

Wenn sie nur wüsste …

Plötzlich schlug sie die Augen auf und konnte sehen! Sie lag auf … nein, ihr Gesicht lag auf einer kalten Glasscheibe … das war die Scheibe auf dem Nachttisch neben ihrem Bett! Deshalb hatte sie diese Kälte gespürt. Aber diese Wärme an ihrem Hinterkopf … woher kam die?

Langsam hob sie eine Hand, da ihre Arme ihr mit einem Mal wieder gehorchten, und betastete vorsichtig ihren Hinterkopf – oder besser gesagt, sie versuchte, ihn abzutasten. Denn es war etwas im Weg, etwas Großes, Pelziges, das ein leises Murren von sich gab und Nadelspitzen in ihren Hinterkopf bohrte.

»Oh Gott«, stöhnte Christine und stieß Isabelle an, damit die von ihrem Rücken und Hinterkopf herunterging, wo sie es sich bequem gemacht hatte. Ihr war anzumerken, dass sie diesen Platz eigentlich nicht räumen wollte, doch als Christine sich ein wenig zur Seite drehte, gab Isabelle schließlich nach und wechselte auf das Kopfkissen.

Christine richtete sich auf und sah sich um. Sie war in ihrem Zimmer in Mrs Brooks' Bed & Breakfast, irgendwie hatte sie es geschafft, sich im Schlaf auf den Bauch zu drehen und den Kopf auf den Nachttisch zu legen, und ganz offenbar war Isabelle von dieser Haltung so begeistert gewesen, dass sie sich kurzerhand auf sie gelegt hatte. Die Stiche musste die Katze mit ihren Krallen verursacht haben, als sie mit den Vorderpfoten ihre Kopfhaut genüsslich geknetet hatte.

»Miss Bell? Miss Bell!«

Das war die Stimme von Constable Schroedinger! Jetzt erkannte sie sie endlich. »Augenblick, ich komme gleich.«

Sie massierte behutsam ihr Gesicht, das wohl durch den anhaltenden Druck auf die Glasscheibe ein wenig gefühllos war.

»Ist alles in Ordnung?«, rief der Polizist besorgt.

»Ja, ja, ich bin gleich bei Ihnen, zwei Minuten noch!« Alle Knochen taten ihr weh, was aber auch kein Wunder war, wenn sie daran dachte, wie sie im Bett gelegen hatte. Sie sah zu Isabelle. »Wenn du mich im Schlaf ersticken willst«, brummte sie, »dann musst du mir das Kissen aufs Gesicht drücken, aber dich nicht auf meinen Hinterkopf legen.«

Isabelle zwinkerte ihr zu und legte das Kinn auf die über Kreuz verschränkten Vorderpfoten, dann seufzte sie einmal schwer und kniff die Augen zu.

Christine zog ihren warmen Fleeceschlafanzug zurecht, dann warf sie sich den Morgenmantel über, der an der Tür zum Badezimmer hing. »Was ist denn los?«, murmelte sie und warf im Vorbeigehen einen Blick auf die Wanduhr. »Sechs Uhr?«

»Ein Glück, Ihnen ist nichts passiert!«, rief Schroedinger erleichtert, nachdem er sie prüfend von Kopf bis Fuß angeschaut hatte.

»Außer dass ich mir im Schlaf die Nase eingedrückt habe.« Auf seinen verwunderten Blick hin winkte sie ab. »Vergessen Sie's, lange Geschichte.« Sie kniff die Augen zusammen. »Warum holen Sie mich um diese Uhrzeit aus dem Bett?«, wollte sie dann wissen.

»Sie sollten sich besser hinsetzen«, sagte er vorsichtig.

»Ich bin froh, dass ich stehe«, konterte sie. »Da werde ich mich nicht gleich wieder hinsetzen. Wer ist denn jetzt tot?«

»Tja, ich weiß nicht, womit ich anfangen soll. Tragisch ist beides, aber das eine betrifft Sie selbst mehr als das andere.«

Christine stieß frustriert den Atem aus. Sie war ohnehin nicht davon begeistert, wenn jemand in Rätseln sprach, anstatt zu sagen, was er zu sagen hatte. Aber noch weniger gefiel ihr das, wenn sie eben erst aufgewacht war. »Raus damit, Constable.«

»Nun … wie es aussieht, hat wahrscheinlich unser unbekannter Mörder auf Ihre Katze geschossen. Sie konnte wohl aus ihrer Transportkiste entkommen, aber ein angeschossenes Tier … bei diesen Temperaturen … ich glaube nicht, dass es noch Grund zur Hoffnung gibt.«

Mürrisch drehte sich Christine zum Bett um. »Hast du gehört, Isabelle? Jemand hat dich erschossen.« Dann sah sie Schroedinger wieder an. »Davon wusste sie noch gar nichts, aber danke, dass Sie es uns gesagt haben.«

»Was?« Schroedingers Gesichtsausdruck war schlicht unbeschreiblich. »Darf ich mal …?« Er machte einen Schritt in ihr Zimmer und schaute zum Bett, wo Isabelle auf dem Kissen eingesunken lag und so laut schnarchte, dass es noch an der Tür zu hören war. »Aber die Kiste …?«

»Warum erzählen Sie mir nicht einfach, was passiert ist?«, schlug sie vor.

»Mrs Brooks wurde vor einer Stunde tot aufgefunden«, sagte er leise. »Der Wirt vom Halliwell's hatte seine Hunde ausgeführt, als er ein Stück von hier entfernt etwas auf dem Gehweg liegen sah. Beim Näherkommen bemerkte er eine Frau, die in einer Blutlache im Schnee lag … einer großen Blutlache, die keinen Zweifel daran ließ, dass die Frau tot war. Er kam zur mir nach Hause gelaufen, weckte mich auf, und als ich dann am Tatort eintraf, sah ich, dass es Mrs Brooks war.«

»Und wie?«, fragte sie im Flüsterton.

»Ein Schuss in den Hinterkopf, offenbar sehr präzise abgefeuert. Ich konnte nur ein Einschussloch entdecken, also hat er sie mit einer Kugel getötet.«

»Und was hat das mit meiner Katze zu tun?«

Der Constable zuckte mit den Schultern. »Ich habe keine Erklärung, wie das möglich ist, aber neben ihr lag eine Transportkiste für Tiere, mit einem dicken Stoffüberzug, wohl gegen die Kälte. Auf der Kiste selbst steht mit einem dicken Marker *Isabelle* geschrieben.«

»Und wieso dachten Sie, unser großer Unbekannter hätte auf Isabelle geschossen?«

»Weil die Kiste und der Überzug von fünf Kugeln durchsiebt worden sind«, erklärte er. »Von Ihrer Katze war nichts zu sehen, aber die Tür war nicht richtig verschlossen, und ich war davon überzeugt, dass er sie getroffen und sie die Flucht ergriffen hatte. Auf dem Fußweg hat sich die Blutlache in alle Richtungen im Schnee ausgedehnt, dass es nicht auszuschließen war, dass das Blut nicht nur von Mrs Brooks stammt.«

»Warum erschießt er Mrs Brooks?«, überlegte sie. Mittlerweile fühlte sie sich nicht mehr ganz so schläfrig, aber hellwach war sie auch noch nicht. »Und warum schießt er Löcher in die Transportbox?«

»Er wollte Mrs Brooks gar nicht erschießen«, erklärte Schroedinger mit düsterer Miene.

»Nicht? Haben Sie ihn gefasst? Hat er das gesagt?« Nein, sie war wirklich noch nicht richtig wach. Sie musste erst mal einen Kaffee trinken. Mrs Brooks musste ihr … oh, das ging ja gar nicht.

»Ich nehme an, Sie brauchen erst mal einen Kaffee, um wach zu werden, wie?« Während er redete, hielt er ihr eine kleine Thermoskanne hin.

»Können Sie Gedanken lesen?«, fragte sie argwöhnisch.

Schroedinger schüttelte den Kopf. »Das nicht. Aber wenn Ihnen nicht auf Anhieb klar ist, was der Mord an Mrs Brooks bedeutet, dann können Sie noch nicht wach sein.«

Sie nahm die Thermoskanne an sich, ging zum Sideboard, wo ein paar Teller und Tassen standen, drehte den Deckel auf und goss eine halbe Tasse ein. Sie blies auf den heißen Kaffee, dann trank sie vorsichtig ein paar Schlucke. »Mann, ist der stark«, sagte sie schließlich. »Wenn ich davon ein Herzleiden bekomme, werde ich Sie verklagen.«

»Nur zu«, gab er lachend zurück. »Wenn ich weiterhin solche Menge davon trinke wie bislang, dann werden Sie wohl versuchen müssen, von meinen Erben Geld zu kriegen.«

»Okay«, meinte sie, nachdem sie eine Tasse getrunken hatte. »Jetzt dürfte ich wach sein.« Sie fuhr sich mit der Hand durchs Haar. »Was hatten Sie zuletzt gesagt?«

»Unser Täter wollte Mrs Brooks gar nicht erschießen«, wiederholte er.

»Sondern?«, gab sie zurück, doch kaum hatte sie ausgesprochen, wurde ihr klar, was er meinte. »Die Transportbox … er dachte, er bringt *mich* um.«

Der Constable nickte stumm.

»Oh, verdammt. Deshalb musste Mrs Brooks sterben. Das ist … das …«

»Seien Sie froh, dass *Sie* noch leben«, ermahnte er sie. »Und Ihre Katze ebenfalls.« Und nach einer kurzen Pause: »Ich frage mich nur, warum Mrs Brooks mitten in der Nacht mit Ihrer Transportkiste das Haus verlassen hat.«

Christine setzte sich aufs Bett. »Das kann ich Ihnen sagen. Gestern Abend um zehn hat sie gefragt, ob sie sich die Box ausleihen dürfte. Sie wollte zu einer Nachbarin, Miss … Miss … keine Ahnung, es klang irgendwie nach Hovercraft …«

»Holverken«, warf Schroedinger ein.

»Ja, genau. Miss Holverken.« Sie nickte bestätigend. »Sie wollte sie spontan besuchen und sich mit ihr noch die Wiederholung von *Blackadder* ansehen. Sie sprach davon, dass die beiden das freitags ab und zu machen. Und weil Miss Holverken drei Katzen hat, drei Perser, wenn ich das richtig verstanden habe …«

»Stimmt. Drei Perserkatzen namens Tic, Tac und Toe, drei unerträglich blasierte Tiere. Leider habe ich ihre Bekanntschaft gemacht, und ich kann nur sagen, die möchte ich nicht mal geschenkt haben.«

»Ach, wissen Sie, die meisten Leute schätzen Perserkatzen falsch ein. Sie halten sie für arrogant und desinteressiert, aber in Wahrheit sind sie durch die Zucht so verzogen worden. Die eingedrückte Nase sorgt für Atemprobleme, und deshalb sind sie nicht annähernd so aktiv wie ›normale‹ Katzen, um sie mal so zu nennen. Sie bekommen schlichtweg nicht richtig Luft.«

»Das wusste ich nicht, ich … könnten wir zu Mrs Brooks zurückkehren? Sie ist also zu Miss Holverken gegangen, um sich mit ihr zusammen etwas anzusehen. Aber was hat das mit der Kiste zu tun?«

»Miss Holverken transportiert ihre drei immer in einem Bastkorb zum Arzt und zum Schönheitssalon, und Mrs Brooks war von meiner Box und vor allem von diesem Überzug so angetan, dass sie ihn ihr zeigen und vorführen wollte«, erklärte sie.

»Möglicherweise war diese Kiste der tödliche Fehler«, spekulierte er. »Vielleicht hätte der Mörder sonst zweimal hingesehen, bevor er auf Mrs Brooks schoss. Aber durch die Kiste war für ihn klar, das können nur Sie sein.«

»Und warum hatte er eine Waffe dabei, wenn er mich zufällig auf der Straße … oder besser gesagt: wenn er Mrs Brooks zufällig gesehen und sie mit mir verwechselt hat?«

Schroedinger zuckte mit den Schultern. »Vielleicht wollte er ja einfach irgendwen umbringen, und als er dachte, er sieht Sie, hat er kurz entschlossen getötet.«

»Oder er hatte vor, in dieses Haus einzudringen und mich hier zu erschießen«, gab sie zu bedenken. »Als er dann Mrs Brooks aus dem Haus kommen sah, hat ihn die Transportbox so geblendet, dass er gar nicht mehr genauer hingesehen und sie erschossen hat. Aber warum will er meinen Tod? Ich weiß so wenig über seine Identität wie Sie.«

Etwas verlegen schaute der Constable zu Boden. »Das stimmt zwar, aber … Sie wissen doch noch, wie Mr Rickles Sie bezeichnet hat, nicht wahr?«

Sekundenlang überlegte sie, worauf er damit anspielte, aber ihr fiel nur eine Sache ein. »Sie meinen das mit dem Dragoner?«

Er nickte. »Tut mir leid, wenn ich das wieder zur Sprache bringe.«

»Das macht mir gar nichts aus«, versicherte sie ihm. »Aber ich weiß momentan nicht, worauf Sie damit hinauswollen.«

»Na ja, sehen Sie … Rickles hatte den Eindruck, dass ich unter Ihrem Pantoffel stehe. Wenn der Mörder davon gehört hat, dann wird er glauben, dass Sie mich zu Ermittlungen antreiben, die mir selbst niemals in den Sinn kommen würden. Der Täter – ich denke, wir können getrost davon ausgehen, dass es sich in beiden Fällen um ein und denselben Täter handelt – hatte den Mord so geplant, dass nur ich mit der Aufklärung beschäftigt bin oder die Kollegen aus Inverness eingeschaltet werden. Die haben wenig Lust, sich aufs Land zu begeben, um einen angeblichen Mord zu klären, und würden wahrscheinlich erst mal denken, ich wollte mich wichtig machen, und mir traut der Mörder nicht zu, dass ich ihm auf die Spur komme. Sie dagegen unterstützen mich und stärken mir den Rücken, so wie Sie es im Supermarkt gemacht haben, als Rickles den Kühlraum nicht zur Verfügung stellen wollte. Der Mörder sieht in Ihnen die treibende Kraft bei diesen Ermittlungen, und wenn er Sie ausschaltet, bin ich wieder auf mich allein gestellt.«

»Dann würde das aber Rickles zum Tatverdächtigen machen«, wandte sie ein.

»Nicht zwangsläufig. Nachdem wir ihn dazu gebracht haben, Marks' Leichnam in seinem Kühlraum unterzubringen, war Rickles bestimmt ganz schön sauer auf uns. Er hat sicher niemandem etwas von dem Toten gesagt und erst recht nichts von den abgelaufenen Lebensmitteln, aber vielleicht hat ja er im Dorf herumerzählt, dass ich mir von Ihnen Vorschriften machen lasse, nur um mir eins auszuwischen. Wenn Marks' Mörder das mitbekommen hat, dann wird er bestimmt sofort den Entschluss gefasst haben, Sie aus dem Weg zu räumen. Mrs Brooks ist einer Verwechslung zum Opfer gefallen, und sobald das dem Täter klar wird, unternimmt er mit Sicherheit einen weiteren Versuch, Sie zu töten.«

»Dann sollten wir zusehen, dass wir ihn zu fassen bekommen, bevor er es wieder versuchen kann – und bevor noch jemand einer Verwechslung zum Opfer fällt.«

Der Constable schüttelte betrübt den Kopf. »Wenn das so einfach wäre. Ich werde jetzt erst mal von Haus zu Haus gehen und die Nachbarn befragen, ob sie gestern Abend gegen … was sagten Sie? Zehn Uhr?«

Christine nickte. »Kurz nach zehn.«

»… ob sie um diese Zeit irgendetwas Verdächtiges gesehen oder gehört haben.«

»Meinen Sie nicht, dass man Sie dann sofort informiert hätte?«

»Wenn jemand draußen etwas poltern gehört hat, und er sieht, dass auf der Straße jemand entlanggeht, dann wird er nicht unbedingt auf die Idee kommen, dass da gerade eben ein Mord verübt wurde. Also wird er mich auch nicht anrufen. Aber wenn ich jetzt frage, ob jemand etwas gesehen hat, dann ist vielleicht dieser eine dabei, der beobachtet hat, wie der Mörder ein paar Häuser weiter auf ein Grundstück verschwunden ist.«

»Könnte funktionieren«, meinte Christine. »Allerdings hat der Mörder einen Heimvorteil.«

»Heimvorteil?«

»Na ja, er kennt sich in ganz Gleannlochy aus, und jeder kennt ihn. Das heißt, er weiß, welchen Weg er nehmen muss, um nach der Tat nicht beobachtet zu werden, und weil man ihn kennt, merkt man sich möglicherweise gar nicht, dass man ihn gesehen hat.«

»Ja, ich weiß, was Sie meinen, aber es ist das Einzige, was

ich machen kann.« Er zuckte hilflos mit den Schultern. »Das sind so Augenblicke, in denen ich mir wünschte, unser Dorf wäre so flächendeckend mit Kameras übersät wie London. Dann könnten wir jetzt einfach die entsprechenden Aufnahmen abspielen und nachvollziehen, woher unser Täter kam und wohin er entkommen ist.«

»Mag sein, aber es würde Ihnen nicht gefallen, auf Schritt und Tritt beobachtet zu werden.« Als sie sah, dass der Constable etwas einwenden wollte, winkte sie ab. »Ja, ich kenne das Argument, dass es einen nicht stören muss, wenn man nichts zu verbergen hat. Aber das ist für meinen Geschmack ein *1984*-Argument, weil so was nämlich die Art von Überwachungsstaat ist, den eigentlich keiner haben will. Sie wissen schon, ein Staat, in dem man ständig von der Angst verfolgt wird, dass man vielleicht mal irgendetwas macht, was man nicht machen sollte, und dass man dabei von einer Kamera beobachtet wird. Meinetwegen im Halteverbot aussteigen, um mal schnell einen Brief in einen Briefkasten zu werfen.«

»Im Haltever…«, begann Schroedinger, aber sie hob rasch eine Hand, um ihn am Weiterreden zu hindern.

»Ich weiß auch, dass man im Halteverbot nicht hält«, betonte sie. »Es ist nur ein Beispiel dafür, dass man unentwegt an alle Regeln und Vorschriften denkt und nur noch in der Angst lebt, man könnte mal für einen Moment nicht daran denken. Wenn ich mitten in der Nacht ganz allein durch eine Straße fahre und dann am Briefkasten für nicht mal eine Minute Halt mache, dann geschieht das nicht etwa, weil ich kein Unrechtsbewusstsein besitze, sondern weil es in dem Augenblick vertretbar ist.«

»Na ja«, versuchte der Polizist sie zu besänftigen. »Es geht doch in erster Linie darum, die schweren Verbrechen zu bekämpfen, und soweit ich weiß, ist diese Quote doch auch gesunken.«

»Ja, aber dafür ist sie in anderen Städten gestiegen«, hielt sie dagegen. »Sehen Sie, diese Kameras bringen einen potenziellen Mörder nicht zu der Einsicht, dass es verkehrt ist, einen Menschen zu töten. Seine einzige Konsequenz ist die, nicht vor laufender Kamera zu morden, sondern sich dafür ein ruhiges, unbeobachtetes Fleckchen zu suchen. Das ist das Gleiche wie bei Drogensüchtigen, die sich einen bestimmten Platz gesucht haben, um ihren Stoff zu kaufen. Nach einer Weile wird's den Geschäftsleuten zu viel, sie beschweren sich bei den Politikern, die schicken die Polizei hin, damit die die Junkies vertreibt, und wenn sie alle weg sind, jubeln die Politiker und klopfen sich für ihren Erfolg auf die Schulter. Dass die Junkies bloß in ein anderes Viertel abgewandert sind, interessiert keinen. Das Problem hat sich verlagert, und es wird nie gelöst, sondern immer nur weitergeschoben.«

Schroedinger atmete seufzend durch. »Ich vermute, ich kann bei diesen Dingen nicht mitreden, weil es all diese Probleme in Gleannlochy nicht gibt … gab. Jetzt haben wir hier zwei Morde zu beklagen. Wie stehe ich jetzt da? Jahrelang passiert hier nichts, und auf einmal sind zwei Menschen ermordet worden.«

»Die Frage, wie Sie dastehen, stellt sich erst, wenn es nicht gelingt, den Täter zu fassen«, versicherte sie ihm. »Wenn Sie die Morde aufklären …«

»Wenn *wir* die Morde aufklären«, korrigierte er sie. »Und das werden wir auch. So, ich bin dann erst mal eine Weile bei den Nachbarn unterwegs, vielleicht erfahre ich ja schon etwas.«

»Ähm, Constable … Sie wissen doch, dass es erst halb sieben ist … und Samstag?«, vergewisserte sie sich.

»Ja, wieso?«

»Sie wollen um diese Uhrzeit die Nachbarn aus dem Bett klingeln? Meinen Sie nicht, dass die etwas säuerlich reagieren werden?«

»Ich klingele sie ja nicht zum Spaß aus dem Bett, sondern

dienstlich. Ich kann schließlich nicht warten, bis alle aufgestanden sind, geduscht und gefrühstückt haben, wenn ich einen Mörder fassen muss, nicht wahr?«

Voller Stolz sah sie ihn an. »Sie machen sich, Constable. Respekt.«

»Warten Sie hier im Haus auf mich, bis ich zurück bin«, sagte er und wandte sich zum Gehen. Dabei stieß er mit dem Fuß gegen ein Hindernis, das im Flur stand. Er bückte sich, dann hielt er Christine die Transportbox hin, die sich Mrs Brooks ausgeliehen hatte.

»Oh, die hätte ich fast vergessen«, murmelte er. »Ich weiß nicht, ob Sie damit überhaupt noch etwas anfangen können.«

Sie nahm die Box an sich und hielt sie hoch. Der Überzug lag locker um den Tragegriff herum, und sie zählte fünf Einschusslöcher und fünf Löcher, die die Kugeln beim Wiederaustritt verursacht hatten. »Wow, die Box sieht ja aus wie nach dem Massaker am Valentinstag«, meinte Christine. »Aber das Schloss ist nicht beschädigt worden, und die Klammern sind auch in Ordnung, die das Ganze zusammenhalten.« Sie drehte sich um und brachte die Box zum Bett. »Sieh mal, Isabelle, deine Box ist im Stil ›Chicago 1930‹ verschönert worden. Was hältst du davon?«

Die Katze hob den Kopf, sah ihre Transportbox, streckte sich und stand auf. Vor der geöffneten Tür blieb sie stehen, beschnupperte alles ganz genau, dann ging sie hinein, legte sich hin und rollte sich zusammen.

»Ihr scheint's zu gefallen«, urteilte Christine. »Ich wüsste auch gar nicht, wo ich jetzt eine neue Box auftreiben sollte.«

»Okay, dann bis gleich.« Schroedinger nickte ihr zu, schloss die Tür und ging fort.

Während Christine sich anzog und nach unten ging, um sich in der Küche etwas zu essen zu machen, damit sie nicht ohne Frühstück aus dem Haus ging, musste sie die ganze Zeit darüber nachdenken, dass Mrs Brooks an ihrer Stelle gestorben war, und das nur, weil sie beschlossen hatte, dem Constable bei der Aufklärung eines Mordes zu helfen. Mit einer halben Scheibe Toast mit Marmelade schlenderte sie von der Küche in den Frühstücksraum und betrachtete die mit Kuckucksuhren behängte Wand. Wer wohl diese Uhren erben würde? Mrs Brooks hatte nicht davon gesprochen, dass sie Kinder hatte, aber es schien nicht so, schließlich hatte sie ja gesagt, dass sie mit ihrem *Mann* in der Schweiz Urlaub gemacht hatte, von der *Familie* war keine Rede gewesen.

Auch wenn das Haus damit für den Augenblick praktisch herrenlos gewesen war, würde Christine einfach weiter hier wohnen, bis das Wetter besser wurde und sie sich auf den Heimweg machen konnte. Solange kein Erbe das Haus für sich beanspruchte – womit erst mal nicht zu rechnen war, schließlich war es vorläufig gar nicht möglich, irgendjemanden von Mrs Brooks' Tod in Kenntnis zu setzen, ganz zu schweigen davon, dass es für denjenigen kein Durchkommen nach Gleannlochy gab – konnte sie auch niemand vor die Tür setzen.

Nachdem sie ihre Scheibe Toast gegessen hatte, ging sie noch einmal nach oben und stellte der in ihrer durchsiebten Transportbox eingeschlafenen Isabelle einen Napf mit Futter hin. Dann begab sie sich nach unten, nahm ihren Mantel und verließ das Haus. Auf dem Gehweg entdeckte sie in einiger Entfernung im Schein einer Straßenlaterne eine dunkle Stelle, und als sie näher kam, entpuppte sich die dunkle Stelle als Fläche aus gefrorenem Blut.

»Das könnte mein Blut sein«, murmelte sie mit einem flauen Gefühl im Magen und drehte sich um. Dort irgendwo hatte der Mörder gestanden und kaltblütig auf Mrs Brooks geschossen. Hätte der Mann genauer hingesehen, dann wäre ihm bestimmt aufgefallen, dass er das falsche Opfer vor sich hatte. Mrs Brooks war soeben in den Schein der Straßenlampe getreten, während er in der Dunkelheit gestanden haben musste. Also hatte er beste Sicht gehabt, und er selbst war von der Nacht geschützt worden.

»Ich hatte doch gesagt, Sie sollen im Haus auf mich warten«, ertönte plötzlich eine verärgerte Stimme hinter ihr.

Sie wandte sich um und warf Schroedinger ein flüchtiges Lächeln zu, der aus der Richtung kam, in die Mrs Brooks am Abend zuvor unterwegs gewesen war. »Kommen Sie, Constable. Sie haben inzwischen alle Nachbarn geweckt, da wird er bestimmt nicht versuchen, an der gleichen Stelle noch einmal zuzuschlagen. Waren Sie eigentlich auch bei Miss Holverken?«

»Ja, die Ärmste war von der Nachricht, dass ihre Freundin mitten auf der Straße erschossen wurde, völlig schockiert. Sie hat tatsächlich nichts davon gewusst, dass Mrs Brooks sie gestern Abend noch besuchen wollte, daher hatte sie natürlich auch keinen Anlass, nach ihr zu suchen oder sie vermisst zu melden.«

Christine sah zu dem Haus, vor dem der Mörder die Frau erschossen hatte. »Wieso hat eigentlich niemand die Schüsse gehört?«, wunderte sie sich. »Ein Schuss auf Mrs Brooks und gleich fünf Schüsse auf die Transportbox … das hätte doch jemand hören müssen.« Sie zeigte auf das Bed & Breakfast, in dem sie einquartiert war. »Das hätte *ich* ja sogar hören müssen.«

»Er wird einen Schalldämpfer benutzt haben, außerdem schluckt der Schnee ja auch die meisten Geräusche.«

Christine schüttelte den Kopf. »Ja, natürlich.« Ihr Blick fiel wieder auf die gefrorene Blutlache. »Was haben Sie eigentlich mit dem Leichnam gemacht?«

»Lassen Sie es mich so formulieren«, erwiderte der Constable. »Mr Rickles war *not amused.*«

»Sie haben ihm die tote Mrs Brooks zu Mr Marks in die Kühlkammer gelegt?«

Er zuckte mit den Schultern. »Was hätte ich sonst machen sollen?«

»Ja, ich weiß. Ich hatte nur nicht erwartet, dass er das mitmachen würde.«

Schroedinger grinste sie spitzbübisch an. »An der Lieferanteneinfahrt hinter dem Supermarkt stapelten sich heute früh mindestens fünfzehn Müllsäcke mit verdorbenen Lebensmitteln. Als ich mit Rick und Bruce vor der Einfahrt stand und Mr Rickles sich ereiferte, weil er uns nicht gestatten wollte, noch eine Leiche bei ihm zu deponieren, habe ich ihm kurzerhand vorgeschlagen, sämtliche Müllsäcke zu beschlagnahmen und zum nächsten Gesundheitsamt zu bringen. Und siehe da, einen Augenblick später durften wir Mrs Brooks ins Lager bringen.«

»Sie machen sich, Constable«, lobte sie ihn. »Haben Sie eigentlich irgendetwas in Erfahrung bringen können? Haben die Nachbarn was gesehen oder gehört?«

Der Constable bedeutete ihr, in Richtung seines Büros weiterzugehen. »Nein, leider hat niemand etwas mitbekommen. Dummerweise lief gestern Abend irgendeine Vorentscheidung bei diesem *Britain's Got Talent*, und da haben um zehn Uhr fast alle gebannt vor dem Fernseher gesessen.«

»Für Mrs Brooks wäre es besser gewesen, wenn sie sich das auch angesehen hätte«, meinte Christine und ging neben ihm her. Der Schnee hatte nur eine zusätzliche dünne weiße Schicht über das Dorf gelegt, die es nicht erforderlich machte, den Fußweg oder die Straße zu räumen.

»Vielleicht ja, vielleicht aber auch nicht. Sollte der Mörder vorgehabt haben, Sie gestern Abend auf jeden Fall zu töten, dann wäre er vermutlich in Mrs Brooks' Haus eingedrungen. Und dann hätte er womöglich nicht nur Sie erschossen, sondern auch Mrs Brooks – und natürlich auch Ihre Katze.«

»Ja, kann schon sein«, wiegelte sie ab, weil sie über eine solche Möglichkeit gar nicht nachdenken wollte. »Und was haben Sie für heute vorgesehen?«

»Wir reden noch einmal mit Marks' besten Freunden,

und zwar mit jedem einzeln«, erwiderte er. »Den Anfang macht Harris Turner.«

»Aus einem bestimmten Grund?«

»Nein, sein Haus ist von hier aus lediglich das nächstgelegene«, antwortete er. »Wir müssen nur der Humphreys Road folgen.«

Sie gingen in gemächlichem Tempo die Straße entlang, und am Spader's Drive angekommen, schaute Christine interessiert nach links. »Da hinten ist ja alles dunkel«, sagte sie ein wenig enttäuscht.

»Ach, Sie meinen unsere verfeindeten Dekorateure«, entgegnete Schroedinger. »Da muss ich Sie enttäuschen, aber die sind von den übrigen Anliegern am Spader's Round verklagt worden, und das Gericht hat entschieden, dass sie ihre Lichtorgie um Mitternacht beenden.«

»So schlimm ist das?«, wunderte sie sich.

»Sie werden schon sehen«, versprach er ihr, seine Worte hatten einen unheilvollen Unterton. »Heute Abend gehe ich mit Ihnen hin.«

»Hm, sollte ich besser zusehen, dass ich noch irgendwo eine Sonnenbrille auftreibe?«

Der Constable begann, von Herzen zu lachen. »Ob eine Sonnenbrille da ausreicht, weiß ich nicht so recht. Vielleicht ist eine Schutzbrille besser, wie man sie benutzt, wenn man sich eine Sonnenfinsternis ansehen will.«

»Na, da bin ich ja wirklich gespannt, was mich heute Abend erwartet.«

Sie gingen weiter, kamen an einer kleinen Metzgerei vorbei, in deren Kühltheke sich nur ein spärliches Angebot an Wurstsorten und Fleischstücken befand. Ein bulliger Mann mit Stiernacken schloss gerade die Tür auf, er sah ganz genau so aus, wie man sich einen Metzger vorstellte. »Morgen, Constable«, sagte er freundlich, dann lächelte er Christine breit an. »Miss Bell.«

Christine nickte ihm zu, wobei sie sich zwingen musste,

nicht die mit Blutspritzern übersäte Schürze anzustarren. Dass er wusste, wer sie war, wunderte sie längst nicht mehr.

»Mr Ryder«, erwiderte Schroedinger.

Ein Stück weiter verlief eine mannshohe Hecke über die gesamte Breite eines Grundstücks, was sich dahinter verbarg, war nicht zu erkennen. Der Constable bog in eine Gasse ein, auf deren einer Seite sich die Hecke fortsetzte, während die andere von einer hohen Mauer des Nachbargrundstücks gesäumt wurde.

»Wohin gehen wir?«, fragte Christine, während Bewegungsmelder dafür sorgten, dass Lampen eingeschaltet wurden und den Weg beleuchteten.

»Zu Harris Turner.«

»Versucht er, mitten im Dorf als Einsiedler zu leben?«, wollte sie wissen.

»Nein, soweit ich mich erinnern kann, hat er diese Hecke gepflanzt, als er vor ungefähr zwanzig Jahren in den Ruhestand ging. Diese Büsche waren mal zwanzig Zentimeter groß, und nachdem sie eingepflanzt worden waren, begannen sie wie verrückt zu wachsen. Nicht nur hier oben, sondern auch die Wurzeln. Wie Sie sehen können, ist die Hecke über drei Meter hoch. Von Zeit zu Zeit stutzt Harris sie, aber danach scheint das Grünzeug nur umso schneller zu wachsen.«

»Warum schneidet er nicht alles ab und pflanzt eine andere Sorte?«, wunderte sich Christine.

»Wegen der Wurzeln. Die sind das Hauptproblem, weil sie sich so ausgebreitet haben, dass das gesamte Erdreich mit dem Bagger abgetragen und durch neue Erde ersetzt werden müsste, bevor man da wieder etwas anpflanzen kann.«

»Klingt ja wie eine Pflanze aus einem Horrorfilm, die mit ihren Wurzeln eine ganze Stadt im Griff hat«, scherzte sie, dann bogen sie um eine weitere Ecke und standen vor einem Haus aus braunen Backsteinen. Die weißen Fensterrahmen strahlten im hellen Licht der Wegbeleuchtung, auf dem

Dach lag eine dicke Schneeschicht, die sich an den Kanten stellenweise gelöst hatte, sodass nun größere Klumpen auf dem verschneiten Rasen aufgetürmt lagen.

»Kurz vor acht«, sagte sie, als sie auf ihre Armbanduhr sah. »Ist das nicht ein bisschen früh, um ihn aufzusuchen?«

»Nein, das ist kein Problem. Turner ist Frühaufsteher. Er war früher beim Militär, und er hat bis heute nicht die Angewohnheit abgelegt, spätestens um sechs Uhr aufzustehen. Wir sind unangekündigt hier, aber wenn Sie sich mit ihm verabreden, um irgendwas zu besprechen oder zu unternehmen, wird er richtig ungehalten, wenn man nicht spätestens um sieben Uhr morgens bei ihm vor der Tür steht. Damit treibt er vorzugsweise Versicherungsvertreter zur Weißglut, weil er sie für sieben Uhr bestellt und sie dann spätestens um sechs Uhr von zu Hause losfahren müssen.«

»Gar nicht mal so schlecht«, überlegte sie. »Ein Versicherungsvertreter, der noch nicht so ganz wach ist, kann einem so schnell nichts unterschieben.«

»Ich vermute, deswegen macht er das auch.« Schroedinger drückte auf den Klingelknopf, dann warteten sie ab.

Keine halbe Minute später ging im Flur das Licht an, Turner schaute durch das kleine Fenster in der Tür und öffnete ihnen. »Miss Bell, Mike«, begrüßte er sie und gab ihnen zu verstehen, dass sie ins Wohnzimmer durchgehen sollten. »Wenn ich gewusst hätte, dass Sie vorbeikommen, hätte ich Frühstück gemacht.«

»Nicht nötig, Harris, wir haben bereits gefrühstückt«, entgegnete der Constable.

Christine entging weder Turners Blick noch Schroedingers minimales Kopfschütteln, gefolgt von einem knappen Schulterzucken des älteren Mannes. Sie beschloss, diesen wortlosen Dialog einfach zu ignorieren, auch wenn sie es als unverschämt empfand, dass dieser Turner offenbar hatte wissen wollen, ob der Constable und sie die Nacht gemeinsam verbracht hatten. An Schroedingers leicht geröteten

Wangen konnte sie aber erkennen, wie unangenehm ihm diese unausgesprochene Frage war. Vermutlich war es einfach Turners Art, sich solche Indiskretionen herauszunehmen.

»Kann ich Ihnen einen Kaffee anbieten, oder einen Tee?«, hakte er nach.

»Nein, danke«, sagte sie. »Ich habe heute Morgen schon so viel Kaffee getrunken, dass ich heute Abend bestimmt Schwierigkeiten bekomme, einzuschlafen.«

Er bedeutete ihnen, sich auf die dunkle Ledergarnitur zu setzen. Im Wohnzimmer war es recht düster, die Stehlampen waren so ausgerichtet, dass sie den Tisch und jeden beleuchteten, der daran Platz genommen hatte, während der Rest des Raums in Dunkelheit getaucht war.

»Haben Sie schon herausgefunden, was mit Nate passiert ist?«, wollte Turner wissen. »War es ein natürlicher Tod, oder hat ihn tatsächlich jemand ermordet? Ich weiß, was die Leute reden, nämlich dass er ermordet wurde, aber das kommt mir so unfassbar vor, so völlig unmöglich ... wer soll hier in Gleannlochy so was tun? Und warum?«

»Das ist genau das, was wir gerne von Ihnen erfahren würden, Harris«, sagte der Constable.

Turner hob die Hände, um seine Ahnungslosigkeit zu unterstreichen. »Wenn ich auch nur die geringste Ahnung hätte, wer einen meiner besten Freunde ermordet hat, dann wüssten Sie das schon längst. Entweder, weil ich's Ihnen gesagt hätte, oder, weil ich Ihnen seine Leiche präsentiert hätte.«

Schroedinger sah ihn skeptisch an. »Ich hoffe nicht, dass Sie damit Selbstjustiz andeuten wollten, Harris.«

Der schüttelte bedächtig den Kopf. »Nein. Ich wollte damit nur sagen, dass man schneller in einen tödlichen Unfall verwickelt werden kann, als man es für möglich halten möchte.« Dann lächelte er spöttisch.

»Das heißt, er hat nie irgendeine Andeutung gemacht?«, erkundigte sich Christine.

»Jedenfalls nichts, was mir als Andeutung aufgefallen wäre.« Turner verzog den Mund. »Seit gestern Abend versuche ich, mich krampfhaft daran zu erinnern, ob er mal was gesagt hat, was man anders auslegen könnte. Mir will einfach nichts einfallen, und trotzdem mache ich mir Vorwürfe …«

»Vorwürfe?«

»Dass ich vielleicht etwas übersehen oder überhört habe, was ihm das Leben hätte retten können«, erklärte Turner.

»Mr Turner, ob es ein Mord war …«

»Ach, kommen Sie, Miss«, unterbrach er sie. »Wenn er einen Herzinfarkt erlitten hätte, würden Sie es mir sagen.«

»Harris, in ganz Gleannlochy gibt es keinen Arzt«, sagte Schroedinger. »Angenommen, wir hätten ihn vorgefunden wie jemanden, der an einem Herzinfarkt gestorben ist, dann wüssten wir das nicht, weil er nicht untersucht werden kann und es genauso gut möglich ist, dass er vergiftet wurde.«

»Wie haben Sie ihn denn vorgefunden?«

»Dazu kann ich nichts sagen«, antwortete der Constable. »Jedenfalls jetzt noch nicht. Falls es Mord war, möchte ich den Täter nicht vorwarnen, indem ich verrate, was ich weiß.«

Turner schnaubte missmutig. »Dann kann ich Ihnen auch nicht weiterhelfen, Mike. Das Einzige, was ich mit Sicherheit weiß, ist, dass Nate sich nicht das Leben genommen hat. Er freute sich auf das Stück, und nach Weihnachten wollte seine Tochter ihn besuchen kommen.«

»Okay, eine andere Frage«, fuhr Schroedinger fort. »Jemand hat gestern Abend Mrs Brooks erschossen. Wissen …«

»Was?«, unterbrach ihn Turner. »Sie wurde *erschossen?* Hier in Gleannlochy?«

Christine und der Constable nickten gleichzeitig.

»Besteht da eine Verbindung zu Nates Tod?«, wollte Turner sofort wissen.

»Bislang haben wir nur den toten Nate und die erschossene Mrs Brooks«, erwiderte der Polizist. »Was die Hintergründe der beiden Todesfälle angeht, tappen wir noch völlig im Dunkeln, darum kann ich auch nichts dazu sagen, ob eine Verbindung besteht.«

»Könnten Sie sich denn bei Mrs Brooks vorstellen, wer ihren Tod gewollt hätte?«, fragte Christine, die auf keinen Fall darauf zu sprechen kommen würde, dass sie das eigentliche Ziel des Mörders gewesen war. Nicht auszudenken, was dabei herauskommen würde, wenn jemand erfuhr, dass die ältere Dame einer Verwechslung zum Opfer gefallen war!

»Vielleicht war das einer ihrer Nachbarn, der die hunderttausend Kuckucksuhren nicht mehr ertragen hat«, meinte Turner schmunzelnd und wurde gleich wieder ernst. »Entschuldigung, das war pietätlos.«

»Ich kann verstehen, was Sie damit meinen«, ließ Christine ihn wissen. »Ich habe den Lärm auch schon über mich ergehen lassen dürfen.«

»Sie können sich gar nicht vorstellen, in welche Verlegenheit mich diese Uhren einmal gebracht haben«, erzählte Turner. »Vor ein paar Jahren war mein ehemaliger vorgesetzter Offizier in der Gegend unterwegs, und er rief an, weil er mir einen Besuch abstatten wollte. Er bat mich, für ihn ein Quartier für eine Übernachtung zu suchen, und ich entschied mich für Mrs Brooks. Der Offizier traf ein, wir gingen zu Mrs Brooks, und gerade, als sie uns den Frühstücksraum zeigte, setzte sich diese Höllenmaschinerie in Gang. Sie hätten den Blick sehen müssen, den mein früherer Vorgesetzter mir daraufhin zuwarf. Ich wäre vor Scham am liebsten im Erdboden versunken. Na ja, aber als wir später hier zusammensaßen und von den alten Zeiten erzählten, da mussten wir über diese Episode doch herzhaft lachen.« Er machte eine lange Pause, dann sagte er leise: »Die arme Mrs Brooks. Ich verstehe nicht, was das alles soll. Ich kann mich nicht erinnern, dass in Gleannlochy jemals irgendwer ermordet wurde. Das ist so unvorstellbar. Wenn das hier

Edinburgh wäre … oder Aberdeen … da werden zig Leute im Jahr ermordet, aber hier …«

»Haben Sie vielleicht mal irgendwann jemanden schlecht über Mrs Brooks reden hören? Hat sich jemand über sie geärgert?«, hakte Christine vorsichtig nach. »Ich meine, auch wenn hier normalerweise niemand ermordet wird, kommt es doch sicher mal vor, dass hinter vorgehaltener Hand über jemanden hergezogen wird. Vielleicht, weil er den Müll nicht richtig getrennt hat, oder so was in der Art.«

»Tut mir leid, wir in Gleannlochy sind ein ehrliches Völkchen. Wenn einem etwas nicht passt, dann sagt er das demjenigen, der es hören soll, aber nicht einem Dritten, damit der das weitererzählt und noch was dazudichtet.«

Christine nickte, als hätte sie die Botschaft verstanden, doch insgeheim hatte sie erhebliche Zweifel, dass seine Worte der Wahrheit entsprachen. Gerade dann, wenn so vehement die heile Welt beschworen wurde, wie er es tat, steckte oft etwas sehr Unschönes dahinter, das früher oder später sein wahres Gesicht zeigte. Vielleicht wusste Turner ja tatsächlich nichts, und womöglich glaubte er, was er jetzt gerade sagte. Doch er hatte sich schon vor einigen Minuten selbst entlarvt, als er dem Constable diesen fragenden Blick zuwarf, ob er die Nacht mit ihr zusammen verbracht hatte. Es würde sie nicht wundern, wenn Turner dem Mann kein Wort glaubte und nachher seinen besten Freunden brühwarm erzählte: »Ich glaube, Mike hat die Fremde ins Bett gekriegt, diese Miss Bell.«

»Gut«, sagte der Constable. »Dann wollen wir mal wieder aufbrechen. Wir haben noch viel zu tun.«

»Augenblick«, erwiderte Turner und stand auf. »Ich mache nur die Deckenbeleuchtung an, damit sie sehen, wohin Sie gehen.«

Als das Licht anging, bekam Christine vor Erstaunen den Mund kaum noch zu. Das Wohnzimmer erinnerte ein wenig an das von Nathan Marks, weil die Wände zum größten Teil hinter Regalen verschwunden waren, doch hier waren es keine Bildbände, sondern gebundene Bücher und Taschenbücher, außerdem Videokassetten und DVDs. In der Mitte dieser Regalwand thronte ein monströser Fernseher, ein Röhrengerät der letzten Generation, in den Fächern darunter standen zwei Videorekorder für verschiedene Kassettensysteme sowie das neueste Modell eines DVD-Rekorders.

Mitten im Raum stand eine Vitrine, die die Dimensionen eines großen Tischs hatte, darin befanden sich irgendwelche Objekte, die sie von ihrem Platz auf dem Ledersofa nicht erkennen konnte.

Sie stand auf und blieb vor einem Regal stehen. »Edgar Wallace«, las sie halblaut vor und versuchte dann, den Titel zu entziffern. »Sind das ausländische Ausgaben?«

»*Jawohl, Fräulein Bell*«, antwortete Turner in akzentfreiem Deutsch, zumindest klang es für sie akzentfrei, wenngleich ihre Deutschkenntnisse nur mäßig waren.

»Sie sammeln *deutsche* Ausgaben von Edgar Wallace?«, fragte sie erstaunt.

»Ja, ich weiß, Wallace gehört nicht gerade zu dem, was man als gehobene Literatur bezeichnet«, räumte er mit einem Schulterzucken ein. »Da drüben finden Sie übrigens Francis Durbridge, der vielleicht eher Ihren Geschmack trifft.«

Sie stutzte. »Oh, warten Sie, so hatte ich das nicht gemeint«, erklärte sie hastig. »Ich wollte Wallace nicht als Schund bezeichnen, wenn Sie das denken. Ich sehe gar keinen Sinn darin, Romane einzuteilen und zu sagen: Das eine ist anspruchsloser Müll und das andere ist hohe Literatur. Wo sollte man denn da die Grenze ziehen? Wichtig ist nur, dass es jemanden gibt, dem das gefällt, was ein anderer geschrieben hat. Leuten, die mir erzählen, dass ein Buch Schund ist, sage ich immer, sie sollen erst mal selbst einen Roman schreiben und einen Verleger finden, der ihre Geschichte veröffentlichen will.«

»Ah«, machte Turner und nickte anerkennend. »Das nenne ich mal eine vernünftige Einstellung.«

»Mich wundert nur, dass Sie deutsche Ausgaben sammeln, wo doch alle Wallace-Bücher in Ihrer Muttersprache erhältlich sind.«

Turner lächelte sie an. »Das hat einen ganz bestimmten Grund. Als ich zur Armee ging, wurde ich Anfang 1962 nach Deutschland versetzt, in die Javelin Barracks, eine Kaserne bei Elmpt.«

»Elm… wie?« Es gelang ihr nicht, das Wort auszusprechen, obwohl es so kurz war.

»Elmpt, in der Nähe von Mönchengladbach und – wenn man sehr großzügig sein will – Düsseldorf, das sagt Ihnen vielleicht mehr …«

»Ja, das hilft mir weiter«, bestätigte sie.

»Gut.« Er stellte sich zu ihr ans Regal und zog eine DVD heraus. »Die Kaserne liegt in der Nähe der niederländischen Grenze, und ich hätte es nicht besser erwischen können. Wir konnten an den Wochenenden wahlweise nach Düsseldorf oder nach Amsterdam fahren und unseren Spaß haben. Wir konnten in den Niederlanden Zigaretten und Kaffee zum Schleuderpreis kaufen, wir hatten Fernsehen aus drei Ländern: unser eigenes Programm, dazu drei deutsche Sender und zwei niederländische. Und gleich im ersten Jahr bekam ich durch Zufall einen Mehrteiler im deutschen Fernsehen mit, *Das Halstuch* von Durbridge. Ich saß da, verstand eigentlich kein Wort, und ich sah einen deutschen Krimi, in dem deutsche Schauspieler Engländer spielten, die in England Verbrecher jagten. Ich kann Ihnen nicht erklären, was mich daran so faszinierte, aber ich war davon wie gefesselt. Ich kannte Durbridge, aber ich hatte mir nie viel daraus gemacht. Im gleichen Jahr sah ich dann in einem Kino am Düsseldorfer Bahnhof den Film *Das Gasthaus an der Themse.* Edgar Wallace war mir auch ein Begriff gewesen, aber ich hatte nie einen seiner Romane gelesen. Und wie beim *Halstuch* hatte auch dieser Kinofilm eine so unwirkliche Atmosphäre, dass ich beschloss, Deutsch zu lernen, um zu verstehen, was diese Leute eigentlich redeten.«

Er zog eine Schublade im unteren Teil des Regals heraus und entnahm ihr eine Plastikmappe. »Das hier«, sagte er und schlug die Mappe auf, »ist das Originalplakat von 1962 aus jenem Kino in Düsseldorf. Ich redete so lange auf die Kartenverkäuferin ein, die mich kaum verstehen konnte, bis sie mir für fünf Mark das Plakat verkaufte. In der Woche drauf fuhr ich wieder hin und schwatzte ihr zwei Aushangfotos ab, wieder für fünf Mark, eine Woche später wiederholte sich das Spiel. Als 1963 *Der Fluch der gelben Schlange* in die Kinos kam, war ich in dem Düsseldorfer Kino schon so bekannt, dass ich am Premierenwochenende vom Vorführer einen braunen Umschlag in die Hand gedrückt bekam. Als ich den Umschlag öffnete, stellte ich fest, dass er mir ein Plakat und einen kompletten Satz Aushangfotos der *Gelben Schlange* geschenkt hatte. Nagelneue Fotos, die noch in keinem Schaukasten gehangen hatten.«

Christine sah das Leuchten in den Augen des Mannes. Turner fühlte sich in diesem Moment offenbar ins Jahr 1963 und in dieses Kino zurückversetzt.

»Von da an war meine Sammelleidenschaft geweckt. Ich sah mir jeden Wallace-Film an, ich begann, die Romane als deutsche Übersetzungen zu lesen, ich kaufte mir alles, was ich über Wallace und Durbridge finden konnte, sofern mein Sold das zuließ. Dann erschienen die Filme auf Video.« Er zeigte auf ein Regalfach voll mit Kassetten in klobigen Hüllen, allesamt mit deutscher Beschriftung. »Schließlich auch auf DVD. Ich las alle Literatur, die ich über diese Reihen finden konnte, und ich kam mit anderen Sammlern und mit Leuten in Kontakt, die mit der Entstehung der Filme zu tun hatten. Ich trug Autogramme von so gut wie jedem zusammen, der irgendwann mal in einem Wallace mitgespielt hatte. Und das hier …« Er führte sie zur Vitrine. »… das sind Originalrequisiten aus den Filmen. Das dort ist eines der Halstücher, die in *Das Halstuch* verwendet wurden, diese Pfeile und der Bogen da stammen aus *Der grüne Bogenschütze,* und diese Melone trug einer der Schauspieler während der Dreharbeiten.«

Er stemmte die Hände in die Hüften und drehte sich einmal um die eigene Achse, während er seine Sammlung betrachtete. »Das ist etwas, was ich aus Deutschland mitgebracht habe. Ich weiß, dass diese Dinge hier bei uns kaum jemanden interessieren, aber mir bedeuten sie sehr viel.«

»Wie lange waren Sie in Deutschland stationiert?«, wollte sie wissen.

»Dreißig Jahre«, antwortete er. »Dann wurde ich pensioniert und kehrte hierher zurück. Zum Glück war ich zwischendurch immer wieder für ein paar Wochen hier und verbrachte einen Teil meines Urlaubs im Haus meiner Schwester. Bei diesen Gelegenheiten konnte ich dann mitnehmen, was ich inzwischen an Neuzugängen für meine Sammlung zusammengetragen hatte. Ansonsten hätte ich wohl eine Spedition beauftragen müssen, um das alles hierher zu schaffen.«

»Nach dreißig Jahren muss Ihnen doch der Abschied von Deutschland schwergefallen sein, oder nicht?«, fragte Christine.

»Ja, ich hatte sogar überlegt, ob ich ganz dort bleiben sollte, aber dann ... dann starb meine Schwester bei einem Flugzeugabsturz, und ich erbte das Haus. Damit war mir die Entscheidung abgenommen worden, außerdem wusste ich, hier wohnen meine drei besten Freunde aus meiner Jugendzeit, Nate, Bryan und Richard. Ich hatte nie den Kontakt zu ihnen einschlafen lassen, außerdem war ich regelmäßig in Gleannlochy gewesen und wusste, hier würde ich kein Fremder sein.« Er verstummte einen Moment lang. »Und jetzt ist Nate tot.«

Christine und Schroedinger sahen sich an, beide wussten nicht, was sie sagen sollten. Schließlich räusperte sich der Constable: »Sobald wir Einzelheiten haben, die wir an die Öffentlichkeit geben können, werden wir Sie und Ihre Freunde als Erste davon in Kenntnis setzen.«

Turner nickte. »Dafür wäre ich Ihnen sehr dankbar, Mike.«

»Okay«, warf Christine ein. »Dann wollen wir mal weiter ermitteln.«

Brian Dorsey war sichtlich überrascht, als er die Tür öffnete und Christine und Schroedinger vor sich stehen sah. »Oh, was machen Sie denn hier?«

»Hat Harris Sie nicht angerufen, dass wir auf dem Weg zu Ihnen sind?«, fragte der Constable erstaunt. Sie beide waren davon ausgegangen, dass Turner Dorsey vorwarnen würde, sobald sie aufgebrochen waren.

»Nein, sollte er das?«, wunderte sich Dorsey. »Na, ist auch egal, ich habe den Hörer sowieso danebengelegt.«

»Warum denn das?«, wollte Schroedinger wissen, während er gemeinsam mit Christine an Dorsey vorbei ins Haus ging. Der schloss hinter ihnen die Tür und schien gar nicht gemerkt zu haben, dass die beiden sich quasi selbst eingeladen hatten.

»Na, wegen des Stücks.« Er zwängte sich an ihnen vorbei, um vor ihnen ins Wohnzimmer zu gelangen. Dort sah es aus, als hätte eine Bombe eingeschlagen. Alle freien Flächen waren mit Blättern übersät, sodass auf dem Boden nur ein schmaler Pfad verblieb, der hinüber zu einem Schreibtisch mit einem Computer darauf führte. Dorsey balancierte auf diesem Weg zum Tisch, dort angekommen drehte er sich um und breitete die Arme aus. »Ich würde Ihnen ja gern einen Platz anbieten, aber Sie sehen ja selbst, dass das im Moment nicht geht.«

»Was stellt das Ganze denn dar?«, erkundigte sich

Christine, die versuchte, die feine Schrift zu entziffern, die sich über die Blätter zog. Es war das Einzige, was sie tun konnte, um nicht an die Decke zu sehen, die so erdrückend niedrig war, dass Christine mit leichter Atemnot kämpfen musste. Dorseys Haus war deutlich älter als das von Turner, so alt, dass es noch aus einer Zeit stammte, als die Menschen ein ganzes Stück kleiner waren und keine so hohen Decken benötigten.

»Das ist unser Stück«, erklärte Dorsey und zeigte auf die Blätter, die zwar wild durcheinandergeworfen alles zu bedecken schienen, in Wahrheit aber offenbar nach einem ganz bestimmten System geordnet waren. »Wir haben gestern Abend beschlossen, unser Stück aufzuführen ... auch ohne Nate. Aber wir wollen es so verändern, dass wir es zu dritt aufführen und gleichzeitig Nate ehren können. Als Titel habe ich mir *Auf der Suche nach dem vierten apokalyptischen Reiter* überlegt, aber daran muss ich noch arbeiten. Nachdem ich gestern Abend aus der Stadthalle gekommen bin, habe ich mich darangesetzt, die Szenen umzuschreiben. Wissen Sie, das ist gar nicht so einfach, weil ja die Handlung bestehen bleiben soll und weil jeder möglichst wenig neuen Text bekommen sollte. Aber ich glaube, ich habe einen Weg gefunden. Sehen Sie, wenn ich Nates Rolle auf die Hälfte zusammenstreiche und dann seine Passagen so kurz wie möglich halte, dann ... oh, warten Sie, ich muss mir gerade etwas notieren.« Mit diesen Worten setzte er sich an seinen Computer, begann etwas zu schreiben, dann klickte er etwas an, und im nächsten Augenblick spuckte der Drucker einige Blätter aus. Mit diesen Blättern balancierte er zwischen den anderen Ausdrucken umher, bis er die richtige Stelle gefunden hatte, dann tauschte er die vorhandenen Blätter gegen die neuen aus.

»Haben Sie etwa die ganze Nacht durchgearbeitet?«, wollte Christine wissen. »Haben Sie gar nicht geschlafen?«

»Natürlich nicht«, antwortete er völlig selbstverständlich.

»Sonst würde ich ja den Faden verlieren. So etwas macht man in einem Zug, ohne Pause, ohne Unterbrechung. Meinen Sie, *Hair* wäre so ein Erfolg geworden, wenn ich mich zwischendurch für zwei Stunden schlafen gelegt hätte?«

»Sie haben *Hair* geschrieben?«, fragte der Constable.

Dorsey riss vor Schreck die Augen auf. »Das habe ich nie gesagt«, flüsterte er, als ihm klar wurde, was er enthüllt hatte. »Und Sie haben das nie gehört.«

»Okay, aber könnten Sie uns etwas zu Nathan Marks sagen?«, unterbrach Christine ihn.

»Was wollen Sie denn wissen?«, erwiderte der ältere Mann, nachdem er sich wieder beruhigt hatte.

»Uns würde interessieren, ob er mal davon gesprochen hat, dass er von jemandem bedroht wurde.«

»Von jemandem bedroht? Weshalb?«

»Das wissen wir auch nicht, es ist nur eine Überlegung«, erklärte sie. »Vielleicht hat er jemanden beobachtet, wie der etwas Verbotenes getan hat, und dieser Jemand hat ihn bedroht, damit er niemandem erzählt, was er gesehen hat.«

Sie hatten sich zwar vorgenommen, jeden der drei auf eine andere Weise zu befragen, damit sie sich nicht untereinander absprechen konnten, aber Christine fand, dass das die Fragen nur unnötig kompliziert machte, zumal die ja immer noch so formuliert werden sollten, dass nicht zwangsläufig von einem Mord die Rede war. Ihr Glück war nur, dass Dorsey mit seinen Gedanken woanders war und sich in erster Linie mit der Überarbeitung des Manuskripts für die Theateraufführung beschäftigte.

»Ähm … wie?«, gab Dorsey zurück und sah Christine ratlos an. »Nein, nein, bestimmt nicht«, sagte er dann, obwohl sie sicher war, dass er gar nicht wusste, was sie eigentlich gefragt hatte.

»Hatte Mr Marks möglicherweise irgendwelche Neider?«

»Neider?«

»Ja, jemand, der auf etwas neidisch war, das Nathan gehörte«, ergänzte Schroedinger. »Beispielsweise seine Modelleisenbahn.«

»Oh ja, die war sein ganzer Stolz.« Sein Gesichtsausdruck nahm einen versonnenen Ausdruck an. »Er konnte stundenlang in seinem Souterrain sitzen und die Züge steuern oder etwas an der Landschaft ändern. Mal tauschte er ein altes Haus gegen einen Neubau aus, oder er richtete eine Baustelle ein, für die Gleise verlegt werden mussten. Er hatte immer neue Ideen.«

»Ach, sagen Sie«, meldete sich Christine wieder zu Wort. »Hatte Mr Marks eigentlich eine besondere Beziehung zu *Gullivers Reisen?*«

»Zu dem Buch, meinen Sie?«

»Ja, oder zur Figur Gulliver an sich.«

Dorsey dachte eine Weile nach, bis Christine auffiel, dass er sich längst nicht mehr mit ihrer Frage beschäftigte, sondern ganz offensichtlich über sein Stück nachdachte, da sein Blick suchend über die auf dem Boden verteilten Blätter wanderte.

»Mr Dorsey?«

»Ja?«

»Gulliver«, half sie ihm auf die Sprünge.

»Welcher Gulliver?«, fragte er ratlos, dann hellte sich seine Miene auf. »Ach, das meinen Sie. Nein … nein … da war nichts Besonderes. Vor zwei Jahren hatte ich für uns das Stück *Gulliver in der Unterwelt* geschrieben, er hat seinen Part gespielt, aber da ist mir nichts aufgefallen. Er war weder dagegen, noch hat er sich ungewöhnlich darüber gefreut, Gulliver zu spielen. Sein Part hat ihm Spaß gemacht, so wie in jedem Jahr, und das war's auch schon.« Nach einer kurzen Pause fügte er hinzu: »Wieso interessiert Sie das?«

Der Constable winkte ab. »Das war nur so ein Gedanke. Etwas, was wir in Nates Haus bemerkt haben. Aber es scheint keine Bedeutung zu haben, wenn er keinen besonderen Bezug zu Gulliver hatte.« Er sah sich um, während sich Dorsey abermals hinsetzte, auf seiner Tastatur tippte und die frisch ausgedruckten Seiten zielstrebig auf drei Stapel verteilte.

Christine schaute unschlüssig zu Schroedinger, ob der noch eine Frage stellen wollte. Als er ihren Blick bemerkte, verstand er sofort und schüttelte leicht den Kopf. »Das wäre dann im Augenblick alles, Mr Dorsey«, meinte sie daraufhin und wandte sich zum Gehen.

»Ja, ist gut«, erwiderte der gedankenverloren und begann, irgendetwas an seinen Fingern abzuzählen.

»Ach, warten Sie«, rief er ihnen nach, kaum dass sie das Wohnzimmer verlassen hatten und in den Flur zurückgekehrt waren. »Wenn Sie vorhin bei Harris waren und jetzt hier bei mir … wollen Sie dann als Nächstes zu Richard?«

»Möglicherweise«, gab der Constable zurück.

»Okay«, sagte Dorsey und verstummte abrupt.

»Warum fragen Sie, Mr Dorsey?«, wollte Christine von ihm wissen.

»Hm?« Dorsey drehte sich zu ihr um. »Warum frage ich was?«

»Ob wir als Nächstes zu Richard gehen.«

Seine Augen waren auf Christine gerichtet, aber sie erfassten sie nicht, sondern sahen durch sie hindurch. Auf einmal schien er aus einer Trance zu erwachen. »Ach, das. Ja, wissen Sie, er wird wahrscheinlich nicht zu Hause sein.«

Erneut folgte eine lange Pause.

»Und wo können wir ihn dann finden?«, fragte Schroedinger betont geduldig.

»In der Stadthalle. Die kleine Desiree hat gestern Abend in der letzten Szene die übereinandergetürmten Schaukelpferde umgestoßen, die sind ins Bühnenbild gestürzt und haben es zum Teil zerstört. Richard versucht, das bis zu den Proben heute Mittag zu reparieren.«

»Sie proben heute Mittag?«, fragte sie verwundert. »Ich dachte, Sie proben nur am Abend.«

»Nein, nein, das geht heute nicht«, entgegnete er und hatte offenbar schon wieder den Faden verloren.

Diesmal blieb Christine einfach in der Tür zum Wohnzimmer stehen und wartete ab, bis Dorsey auf sie aufmerksam wurde. Er sah sie an, überlegte kurz und sagte schließlich: »Heute Abend macht Harris beim Karaoke-Abend im Red Suede Shoes mit, da hat er keine Zeit zum Proben.«

»Mr Turner singt Elvis-Songs?«, staunte sie. »Das hätte ich nicht gedacht.«

»Ja, ich weiß. Bei seinem Deutschland-Fimmel sollte man eher meinen, dass er bei einer Volksmusik-Karaoke mitmachen würde, aber es ist Elvis.«

»Im Kostüm? Mit Perücke?« Christines Neugier ging mit ihr durch.

»Nein, nein, ganz anders als die übrigen Teilnehmer«, ließ er sie wissen. »Er spielt Elvis als den in Würde ergrauten Megastar, der weder sich noch irgendwem sonst etwas beweisen muss. So hat er es jedenfalls mal formuliert.« Wieder machte er eine kurze Pause. »Kommt bei den Leuten aber gut an. Er war schon dreimal Elvis des Monats.«

»Ich glaube, das werde ich mir ansehen«, entschied sie. Gerade wollte sie sich von Dorsey verabschieden, da drehte der sich weg, setzte sich an den Schreibtisch. Wortlos verließen sie und der Constable das Haus.

In der Zwischenzeit hatte es zu schneien begonnen, stärker als in der letzten Nacht, aber nicht annähernd so schlimm wie zwei Abende zuvor, als das Schneechaos ausgebrochen war. Dennoch war für Christine klar, dass sie Gleannlochy so schnell nicht verlassen würde. Allerdings glaubte sie nicht, dass sie es getan hätte, wenn es ihr möglich gewesen wäre. Immerhin hatte jemand vorgehabt, sie und Isabelle umzubringen, und es war einzig dem tragischen Tod von Mrs Brooks zu verdanken, dass sie noch lebte. Sie war nicht bereit, sich Angst einjagen zu lassen, vielmehr bestärkte das nur ihren Entschluss, dem Mord an Nathan Marks auf den Grund zu gehen. Ganz offensichtlich sah der Mörder sie als Bedrohung an, weshalb er sie aus dem Weg räumen wollte.

»Das wäre ja auch zu schön gewesen, wenn Bryan uns irgendeinen Hinweis hätte liefern können, der uns zum Täter führt«, seufzte Schroedinger und schlug den Kragen seiner Jacke hoch. »Damit sind wir immer noch keinen Schritt weitergekommen.«

Christine zog die Kapuze über den Kopf und knöpfte ihren Mantel zu, da ihnen ein eisiger Wind entgegenschlug. »Ich finde es eigentlich noch schlimmer, dass uns auch noch all die Dinge genommen werden, die vielleicht als Spur hätten dienen können«, gab sie zurück.

»Wie meinen Sie das?«

»Na ja, zum Beispiel diese Gulliver-Sache. In jedem normalen Krimi hätte Dorsey den Ermittlern erzählt, dass der Metzger an einer Gulliver-Neurose leidet und er Marks schon vor einer Weile damit gedroht hat, er werde ihn wegen seiner Rolle in dem Theaterstück umbringen. Natürlich hat ihm niemand geglaubt, und der Vorfall ist längst in Vergessenheit geraten, aber als Dorsey den Namen Gulliver hört, da macht es bei ihm ›Klick‹, und er erinnert sich an die Worte des Metzgers. Und was passiert bei uns? Von Marks' Begeisterung für Modelleisenbahnen weiß jeder in Gleannlochy, und dass er Gulliver gespielt hatte, war ebenfalls allgemein bekannt. Niemand hat Marks in irgendeiner Weise bedroht, und unsere Chance auf eine Spur verpufft, und wir können den Kreis der Verdächtigen immer noch nicht enger ziehen.« Sie seufzte frustriert. »Ich glaube, hier wären sogar die Leute von der Spurensicherung mit ihrem Latein am Ende, weil wahrscheinlich jeder schon mal bei jedem im Haus war und Fasern und Fingerabdrücke von allen Einwohnern überall verteilt wurden.«

»Mir wäre es auch lieber, wenn wir den Ansatz einer Spur hätten«, stimmte er ihr zu. »Das hat man nun davon, dass man in einem Dorf lebt, in dem eine achtlos weggeworfene Kaugummiverpackung das schlimmste Verbrechen darstellt.«

»Was würde ich für eine schwelende Fehde zwischen zwei Familien geben, dann hätten wir schon längst fünf Verdächtige zusammen … mindestens.«

»Ähm …«, begann Schroedinger, verstummte aber gleich wieder.

»Was ist?«, hakte Christine sofort nach. »Was wollten Sie sagen?«

»Nur, dass ich froh sein kann, dass wir keine fünf oder noch mehr Verdächtige zusammenhaben.«

»Wieso?«

»Weil ich gar nicht wüsste, wo ich so viele Leute unterbringen sollte«, erwiderte er. »Ich habe zwei kleine Räume hinter meinem Büro, die mit Gitterstäben gesichert sind, und in beiden steht je ein Etagenbett.«

Christine zuckte mit den Schultern. »Na ja, was sollen Sie auch mit fünf oder sechs Zellen, die doch nie benutzt werden?«

Sie gingen weiter durch das dichter werdende Schneetreiben, vorbei am Red Suede Shoes und an der winzigen Polizeiwache, bis sie den Cooper Drive erreichten und nach links abbogen, während der Constable die Gelegenheit nutzte und Christine danach fragte, wie sie zum Schreiben gekommen war. Von überall her war das Geräusch von Besen und Schneeschiebern zu hören, da die Leute aus ihren Häusern kamen und die Gehwege vom Schnee befreiten, bevor sich zu viel ansammeln konnte.

Plötzlich hupte jemand hinter ihnen, und als sie sich umdrehten, sahen sie Sean in seinem Traktor mit Schneepflug, der von der Humphreys Road die Steigung hinaufgefahren kam. Im Vorbeifahren winkte er ihnen zu, Christine reagierte mit einem freundlichen Lächeln, war er doch der Mann, der ihr das Leben gerettet hatte.

»Sehen Sie mal, der Supermarkt ist geschlossen«, sagte sie, nachdem sie weitergegangen waren und Rickles' Geschäft in Sichtweite gekommen war. Vor der Fensterfront war ein Rollgitter heruntergelassen, und im Laden dahinter war alles dunkel.

»Eigenartig.« Schroedinger sah auf seine Armbanduhr. »Um diese Zeit hat er normalerweise geöffnet.«

Beim Näherkommen fiel Christine ein Zettel auf, der von innen an die Eingangstür geklebt worden war. »Liebe Kunden«, las sie laut vor, als sie vor der Tür standen. »Nachdem die Heizung und die Kühltruhen gleichzeitig ausgefallen sind, bleibt der Supermarkt bis auf Weiteres geschlossen. Sobald die Techniker alles repariert haben, sind wir wieder für Sie da und bieten Ihnen unsere gewohnte Qualität.«

Unwillkürlich musste sie lachen. »Auf den letzten Halbsatz hätte er besser verzichtet!«, meinte sie. »Sonst kommen die Kunden erst wieder, wenn auf dem Zettel ›Jetzt unter neuer Leitung‹ steht.«

Sie ging durch die Toreinfahrt nach hinten und sah, dass der Berg aus blauen Müllsäcken noch weiter angewachsen war. »Und ich hatte gedacht, ich hätte bei meinen Stichproben nur jeweils zufälligerweise einen Volltreffer gelandet. Aber das da sieht ja aus, als ob er neunzig Prozent vom gesamten Bestand weggeworfen hat.«

Der Constable schüttelte den Kopf. »Das wird verdammt teuer, und die Versicherung wird sich darum nicht kümmern«, überlegte er.

»Ganz sicher nicht. Das würde nur bei den tiefgekühlten Lebensmitteln funktionieren, und das auch nur, wenn er einen Ausfall der Truhen nachweisen könnte.«

Gemeinsam kehrten sie auf den Fußweg zurück und bogen um die nächste Kurve, bis sie schließlich vor der

Stadthalle standen. Diesmal war der Eingang verschlossen, und der Polizist musste minutenlang energisch klopfen, ehe sich drinnen etwas rührte. Das Licht im Foyer ging an, dann kam Richard Eaning nach vorn und schloss auf. »Mike, Miss Bell, was gibt es denn?«

»Wir wollten noch mal mit Ihnen reden«, antwortete der Constable.

»Über was denn?«

»Über Nate.«

Eaning sah ihn fragend an, und erst als klar war, dass Schroedinger weiter nichts sagen würde, erkundigte er sich: »Gibt es denn was Neues? Haben Sie eine Spur?«

»Nein, bislang nicht, wir möchten uns trotzdem noch einmal mit Ihnen unterhalten«, beharrte der Polizist.

Der ältere Mann zuckte mit den Schultern und hielt den beiden die Tür auf. »Wenn mir noch etwas eingefallen wäre, hätte ich mich schon bei Ihnen gemeldet.«

Schroedinger sagte nichts, sondern durchquerte mit Christine das Foyer und betrat den Zuschauersaal. Auf der Bühne herrschte im Gegensatz zum Vorabend ein heilloses Durcheinander. Eine Werkzeugkiste stand dort, Bohrer und Schleifmaschinen lagen verstreut auf dem Boden, mehrere offene Farbeimer und -dosen standen an einer Seite und verströmten ihren intensiven Geruch.

»Ist Sean mit seinem Traktor durch Ihre Dekoration gefahren?«, fragte Christine und spielte die Ahnungslose. Sie fand, Eaning musste nicht wissen, dass sie zuvor bereits mit seinen Freunden gesprochen hatten.

Er verzog mürrisch den Mund. »Harris' Nichte wollte unbedingt ein Kunststück in die Geschichte einbauen, und dabei hat sie die halbe Bühne zerlegt. Ich will nur hoffen, dass meine Dekorationen anschließend überhaupt noch zum Stück passen.«

»Warum sollte das nicht der Fall sein?«, wollte der Constable wissen.

»Weil Bryan gestern Abend damit begonnen hat, das Stück für drei Personen umzuschreiben. Als ich vor vier oder fünf Jahren ausfiel, weil ich mit Lungenentzündung im Krankenhaus lag, hat er das Stück auch umgeschrieben, und auf einmal war aus einer Geschichte über vier entflohene Sträflinge in Paris um 1900 ein Abenteuer über drei Raumfahrer auf einem fernen Planeten im Jahr 2800 geworden. Von der Geschichte her war das ja noch vertretbar, jedenfalls dann, wenn man so wie ich die Entwicklung von der einen zur anderen Fassung miterlebt hatte – Bryan schickte mir jede neue Version ins Krankenhaus, damit ich sie kommentieren konnte. Das Problem war nur, dass diese drei Raumfahrer auf einem fernen Planeten gelandet waren, auf dem es so aussah wie in Paris zur vorletzten Jahrhundertwende. Sie können sich bestimmt vorstellen, dass sich die Zuschauer vor Lachen gekugelt haben, als sich Harris umdrehte, auf den Eiffelturm zeigte und dann todernst verkündete: ›Seht mal da, ob das wohl einer ihrer Bewohner ist?‹ Also kann ich nur hoffen, dass Bryan nicht noch mal so etwas abliefert.«

»Einer Ihrer besten und ältesten Freunde ist tot«, entgegnete Christine verständnislos, »und Sie machen mit dem Stück weiter, als wäre nichts passiert? Wäre es nicht angebracht, die Aufführung abzusagen?«

»Absagen könnten wir das nur, wenn wir alle vier gleichzeitig vom Blitz erschlagen würden«, hielt Eaning dagegen. »Diese Halle wurde vor zehn Jahren an einen Veranstalter aus Leeds verkauft, damit Gleannlochy Geld in die Gemeindekasse bekam, um dringende Reparaturen an der Kanalisation vorzunehmen. Seitdem müssen wir die Halle für unsere Aufführungen mieten und die Miete zahlen, ob wir an dem jeweiligen Abend auf der Bühne stehen oder nicht. Diese Miete finanzieren wir mit dem Verkauf der Eintrittskarten. Wenn wir den Termin absagen, wollen die Leute ihr Geld zurück, aber der Veranstalter behält die Miete. Sie können sich sicher überschlägig ausrechnen, auf welchem Schuldenberg wir sitzen, wenn wir nicht auftreten.«

Christine nickte verstehend. Das war natürlich ein überzeugendes Argument. »Okay, kommen wir noch mal auf Nathan Marks zu sprechen.«

Abwartend sah Eaning sie an.

»Wir haben überlegt, ob Mr Marks Ihnen und Ihren Freunden womöglich etwas verschwiegen hat«, redete sie weiter.

»Verschwiegen? Wie soll ich das verstehen?«

»Hatten Sie das Gefühl, dass es irgendein Thema gab, zu dem er sich nicht äußern wollte? Hatte er ein Geheimnis?«

»Ich glaube, wir haben keine Geheimnisse voreinander«, antwortete Eaning.

»Sie glauben?«, wiederholte sie.

»Na ja«, meinte er mit einem leicht gereizten Schulterzucken. »Wenn einer von uns ein Geheimnis hätte, das er für sich behalten würde, dann wüssten die anderen nichts davon. Wissen Sie, es sagt ja nicht der eine zum anderen: ›Hör mal, ich hab da ein Geheimnis, aber das verrate ich dir nicht.‹ Außer vielleicht unter Grundschülern. Aber wir sind schließlich erwachsen, und wenn es etwas gab, was Nate uns nicht sagen wollte, dann haben wir davon auch nichts gewusst.«

»Ich dachte weniger daran, dass er Ihnen erzählt hat, dass er ein Geheimnis hat«, konterte Christine in einem noch etwas gereizteren Tonfall. »Meine Überlegung ging mehr in die Richtung, dass er sich womöglich bei irgendeinem Thema ungewöhnlich wortkarg oder nervös zeigte.«

Eaning starrte auf die Farbdosen, dann ging er die vier Stufen zur Bühne hinauf. »Nein, und ich würde auch sagen, es wäre mir aufgefallen. Nate war niemand, der anderen mühelos etwas vormachen konnte. Ihm hat man es schnell angesehen, wenn er mal etwas nicht sagen wollte. Aber das war nie irgendetwas Schlimmes, das waren irgendwelche

Kleinigkeiten – nichts, wofür man jemanden umbringen würde.«

»Ich habe nie behauptet, dass er umgebracht wurde«, warf Schroedinger ein. »Wieso sagen …«

»Ach, kommen Sie schon, Mike«, unterbrach Eaning ihn in ruhigem Tonfall. »Sie brauchen mich nicht für dumm zu verkaufen. Vielleicht hat Bryan Ihnen diese Geschichte abgekauft, dass es ein Unfall sein könnte, aber möglicherweise könnte es ja *eventuell* und *unter Umständen* auch ein Mord gewesen sein, oder vielleicht *nur* Totschlag. Aber als ich gestern Abend spät noch mit Harris darüber sprach, waren wir beide der Meinung, dass Nate nicht bloß beim Kaffeekochen tot zusammengebrochen ist.«

»Richard, ich …«

Sofort hob Eaning die Hand, um ihn zu stoppen. »Ich weiß, Mike, ich weiß. Sie stecken mitten in den Ermittlungen, und Sie dürfen nichts sagen, aber lassen Sie mich meine Schlüsse daraus ziehen, ohne dass Sie mir gleich den Mord anhängen. Irgendjemand hat Nate umgebracht, und ich zerbreche mir seit gestern Abend den Kopf, wer das getan haben könnte. Nate hatte hier im Dorf keine Feinde, jedenfalls habe ich nie jemanden etwas in dieser Richtung sagen hören. Es kann also nur irgendwer von außerhalb hergekommen sein, hat ihn ermordet und sich dann gleich wieder aus dem Staub gemacht.«

Der Constable schüttelte den Kopf. »Angenommen, er wurde umgebracht, und zwar von einem Fremden – wie erklären Sie sich dann, dass niemand einen Fremden in Gleannlochy gesehen hat?«

»Wenn er im Schutz der Dunkelheit unterwegs war«, gab Eaning zu bedenken.

»Dann wäre er in das Unwetter geraten«, wandte Schroedinger ein.

»Vielleicht wird er ja gefunden, wenn dieser verdammte Schnee endlich geschmolzen ist.«

»Nicht, wenn es der gleiche Täter ist, der gestern Abend auf offener Straße Mrs Brooks erschossen hat«, warf Christine ein und musterte Eaning ganz genau, doch sein Erstaunen machte auf sie nicht den Eindruck, dass es gespielt war.

»Mrs Brooks? Erschossen? Das muss ein Irrtum sein, wir sind hier in Gleannlochy.« Er schüttelte ungläubig den Kopf. »Hält sich hier irgendwo ein Soldat versteckt, der im Irak ein Trauma erlitten hat und nicht mehr weiß, dass er längst wieder zu Hause ist? So was kennt man doch von Vietnamveteranen.«

»Sie meinen, so was wie ein Heckenschütze?«, fragte sie.

»Ja, genau. Das ist eigentlich das Einzige, was da noch einen Sinn ergibt.«

»Wissen Sie von irgendeiner Verbindung zwischen Mrs Brooks und Nathan?«, hakte der Constable nach.

»Was denn für eine Verbindung?«, wollte Eaning wissen.

Schroedinger hob ahnungslos die Schultern. »Ich weiß nicht, deshalb frage ich Sie ja. Könnte es sein, dass Mrs Brooks etwas darüber wusste, was Nathan den Tod gebracht hat?«

»Sie meinen, jemand hat Mrs Brooks erschossen, weil sie wusste, wer Nate getötet hat?«

»Beispielsweise«, gab der Polizist zurück. »Oder zumindest *warum* er getötet wurde.«

Eaning atmete ein paar Mal langsam und tief durch, dann schüttelte er den Kopf. »Die beiden hatten gar nichts miteinander zu schaffen, jedenfalls nichts, was einer von uns mitbekommen hätte. Ansonsten hätten wir ihn sowieso durch den Kakao gezogen, wenn er uns gegenüber ein Wort davon hätte fallen lassen, dass er in irgendeiner Weise mit der Kuckucksuhrenfrau zu tun hatte.«

»Okay, dann wollen wir Sie nicht länger aufhalten, Richard«, sagte der Constable. »Sie proben heute ja früher, wie ich gehört habe.«

»Wegen Harris' Elvis-Auftritt, meinen Sie?«, fragte der ältere Mann und nickte. »Ich vermute, Sie halten das auch für pietätlos, genauso wie unsere Aufführung. Aber ich kann Ihnen sagen, Nate hätte es ganz genau so gewollt. Wenn es nicht Nate getroffen hätte, sondern Harris, Bryan oder mich, dann würde jeder von uns es auch wollen. Harris steht heute Abend nicht etwa auf dieser Bühne im Pub, weil ihn Nates Tod nicht interessiert, sondern weil er so sein Andenken ehren will. Er wird für Nate singen, nicht für sich selbst.«

Christine bekam einen Anflug von schlechtem Gewissen, als sie Eaning reden hörte. Diese Männer waren seit langen Jahren beste Freunde, sie wussten, wie sie mit dem Tod von Nathan Marks umzugehen hatten, und wenn sie der Ansicht waren, dass sie ihr Stück aufführen sollten, und wenn Harris Turner es für richtig hielt, heute Abend Elvis-Songs zu singen, dann musste sie das akzeptieren.

Gerade wollten sie sich zum Gehen wenden, da sah Eaning auf die Armbanduhr und fluchte leise. »Was denn? Schon elf Uhr? Oh verdammt, dann müssen die Proben heute ausfallen. Ich muss Harris und Bryan anrufen, dass sie sich nicht auf den Weg hierher machen müssen.« Er schaute zu Schroedinger. »Falls Ihnen die beiden unterwegs begegnen sollten, richten Sie ihnen doch bitte aus, dass sie nicht herkommen müssen. Wir hatten uns zwar für ungefähr elf Uhr zum Proben verabredet, aber ich habe hier zu viel zu tun, da kann ich mich nicht nebenbei auch noch auf den neuen Text konzentrieren, an dem Bryan schreibt.«

»Ich glaube, Bryan wird Ihnen dankbar sein, wenn er weiterschreiben kann«, meinte der Constable. »Als wir heute früh mit ihm gesprochen haben, war er wohl noch weit davon entfernt, eine überarbeitete Fassung vorlegen zu können.«

»Kann ich mir gut vorstellen«, sagte Eaning und griff nach der Kreissäge, um ein Stück Holz für das Bühnenbild zurechtzuschneiden.

7

Er lauerte hinter der Hecke und sah wieder auf die Uhr. Kurz vor halb sieben. Ja, ein paar Minuten würde er noch warten können. Dann musste er von hier verschwinden, weil man ihn sonst vermissen würde. Wann verließ sie bloß endlich das Haus? Er wartete schon so lange, dass sie noch einmal wegging. Sie musste heute noch das Haus verlassen. Sie …

Da! Die Tür ging auf, eine Frau in einem dunklen Mantel kam heraus. Im Schein der Lampe über der Tür konnte er ihr Gesicht erkennen. Das war sie. Das war Christine Bell. Hastig duckte er sich, damit sie ihn nicht sah. Hatte sie ihn etwa entdeckt? Sie schaute sich so seltsam suchend um, als würde sie nach der Quelle eines Geräuschs suchen, das sie in der Stille des verschneiten, in nächtliche Dunkelheit getauchten Dorfs gehört hatte.

Nein, sie hatte ihn nicht gesehen, sein Versteck war zu gut. Sie zog die Tür hinter sich zu und schloss ab, doch das würde für ihn kein Hindernis sein. Es gab andere Wege, um ins Haus zu gelangen.

Sie kam die Stufen herab, durchquerte den Vorgarten und verließ das Grundstück, dann ging sie nach links. Er sah ihr nach, wie sie sich vom Haus entfernte, aus einem Lichtkreis der Straßenlampen in die Dunkelheit eintauchte und ein Stück weiter in den nächsten gelangte, bis sie schließlich so weit entfernt war, dass er es wagen konnte, ins Haus einzudringen, ohne von ihr überrascht zu werden.

Er verließ sein Versteck hinter der Hecke und überquerte die Straße, sah noch einmal in die Richtung, in die Christine

Bell gegangen war, und näherte sich dann dem Haus, um seinen Plan in die Tat umzusetzen.

Als Christine um Viertel vor sieben den Pub betrat, herrschte dort schon ein beträchtliches Gedränge. Vor der Theke stand nun ein kleines Podium, darauf eine Karaokemaschine. Zwei Bildschirme waren zum Publikum hin ausgerichtet, damit man die Texte mitverfolgen konnte, ein dritter stand so, dass der Freiwillige, der Kandidat, das Opfer oder wie auch immer man denjenigen bezeichnen sollte, der sich auf diese Bühne wagte, lesen konnte, was er singen sollte.

Sie sah nach rechts und entdeckte Schroedinger an dem letzten noch freien Tisch, dem ganz in Schwarz dekorierten unter dem Foto des Leichenwagens, mit dem Elvis zu seiner letzten Ruhestätte gefahren worden war.

»Ist das nicht ein bisschen morbide?«, fragte sie den Constable, nachdem sie sich zu ihm gesetzt hatte.

»Ach, ich dachte mir, das passt zu dem, womit wir beide uns im Augenblick beschäftigen«, meinte er grinsend. »Außerdem will hier sowieso nie jemand sitzen.«

»Tatsächlich?«

»Ja, wirklich. Der Tisch ist fast immer frei, die Leute wollen sich einfach nicht zum toten King setzen.«

»Gut für uns«, meinte sie. »Und? Was hat der Tag für Sie noch gebracht?«

Schroedinger schüttelte den Kopf. »Überhaupt nichts, außer Kopfschmerzen vom vielen Nachdenken. Ich war noch mal in Marks' Haus, ich habe mir Ihre Fotos angesehen und das Ganze noch einmal durchgespielt, was dort vor sich gegangen sein muss. Aus meiner Sicht bleibt es dabei, dass Marks seinen Mörder ins Haus gelassen hat. Entweder hat er ihm die Tür geöffnet, oder sie war unverschlossen, und der Mörder ist so hereingekommen. Marks hat ihn ganz sicher gesehen und das Buch zur Seite gelegt, um ihn zu begrüßen. Dann hat sein Besucher es irgendwie geschafft, eine Pistole auf Marks zu richten, ohne dass der einen Anlass sah, in Deckung zu gehen oder Gegenwehr zu leisten. Er hat ihn erschossen, mit Kissen und Klebeband dafür gesorgt, dass nicht alles mit Blut bespritzt wird, und dann den Toten in den Keller gebracht. Dort hat er ihn mit großer Sorgfalt auf die Eisenbahnanlage gelegt. Ich weiß nicht, ob Ihnen das aufgefallen ist, aber der Täter muss so wie wir die einzelnen Elemente herausgelöst haben, um Marks dort zu platzieren, wo wir ihn gefunden haben. Man kann deutlich erkennen, dass der Leichnam nicht hochgestemmt und auf die Anlage fallen gelassen wurde, sondern dass er wie auf ein Bett gelegt wurde. Die Modellhäuser sind zwar platt gedrückt worden, aber sie haben langsam unter dem Gewicht des Toten nachgegeben. Wäre er mit Wucht auf ihnen gelandet, dann wären sie einfach auseinandergeplatzt.«

Während Christine ihm zuhörte, versuchte sie, sich die Szene vorzustellen, wie sie sich abgespielt hatte. »Also wollte er vermeiden, dass die Holzplatten unter dem Gewicht des Toten nachgeben und vielleicht sogar durchbrechen, weil ihm das seinen Plan durchkreuzt hätte.«

»Ja, so sieht es aus.«

Sie atmete schnaubend aus. »Ich werde das Gefühl nicht los, dass der Täter Marks abgrundtief gehasst hat. Anstatt sich damit zu begnügen, dass er ihm eine Kugel in den Kopf jagt, will er ihn noch demütigen oder zum Gespött der Leute machen, indem er ihn wie Gulliver auf seine Eisenbahnanlage legt.«

»Dass er ihn abgrundtief gehasst hat, würde ich nicht unbedingt sagen«, entgegnete Schroedinger. »Aber auf jeden Fall hat er den Mord sehr gründlich geplant.«

»Doch«, beharrte sie. »Ich glaube, es ist Hass. Möglicherweise jahrelang angestauter Hass. Sagen Sie, wer lebt noch alles in Gleannlochy, der in etwa so alt ist wie Marks und die anderen?«

»Tja, wenn Sie ehemalige Mitschüler suchen, die sich für einen Schulverweis rächen wollen, muss ich Sie enttäuschen. In der Altersklasse wohnt hier niemand mehr. Vor ein paar Jahren hat in der Nähe von Garve ein Luxusseniorenheim aufgemacht, und ehe man hier im Dorf wusste, wie einem geschah, hatten alle Pensionäre ihr Haus und Grundstück verkauft, um sich dort einzuquartieren und ihre Ruhe zu haben. Es sind in dieser Zeit viele Leute nach Gleannlochy gezogen, denen es hier gefällt, die aber keinen Bezug zur Vergangenheit der Menschen haben, die hier leben. Ich glaube, Mrs Brooks wäre wohl noch infrage gekommen, aber diese Möglichkeit steht uns jetzt auch nicht mehr zur Verfügung.«

Als er sah, dass Christine zum Reden ansetzen wollte, sagte er hastig: »Nein, nein, kommen Sie gar nicht auf diesen Gedanken, Miss Bell …«

»Ich glaube, allmählich können Sie auch Christine sagen.«

»Okay, Christine, sofern Sie mich Mike nennen, aber nicht Mikey.«

»Mit Vergnügen, Mike.«

»Also … was ich sagen wollte: Kommen Sie nicht auf den Gedanken, der Mörder könnte es vielleicht doch auf Mrs Brooks abgesehen haben, um sie zum Schweigen zu bringen. Der Anschlag galt *Ihnen,* Christine. Er hat die Transportkiste gesehen und gedacht, dass Sie mit Ihrer Katze das Haus verlassen. Sonst hätte er nicht auch noch auf die Kiste geschossen.«

»Ja, ich weiß, Sie haben recht«, räumte sie ein. »Es wäre nur schön gewesen, zur Abwechslung mal nicht die Zielscheibe eines Mörders zu sein.«

»Sie haben als Zielscheibe wohl schon Erfahrung gesammelt, wie?«

»Mehr als mir lieb ist«, entgegnete sie. »Und was ist mit Mr Rickles?«, wollte sie nach einer kurzen Pause wissen.

»Was soll mit ihm sein?«

»Na ja, er ist doch bestimmt um die achtzig, und Sie sagten, er hatte den Supermarkt schon, als Sie noch ein Kind waren.«

Schroedinger nickte. »Das ist richtig, aber leider stammt er ursprünglich nicht aus Gleannlochy. Soweit ich weiß, ist er erst irgendwann in den Siebzigern hergezogen.«

»Hm«, machte Christine frustriert, »wir haben scheinbar wirklich kein Glück.«

»Und wie haben *Sie* den Nachmittag verbracht?«, fragte der Constable, um sie auf andere Gedanken zu bringen.

»Ich wollte ja eigentlich an ein paar Konzepten feilen, aber diese Sache hat mir keine Ruhe gelassen«, berichtete Christine. »Und dabei bin ich dann auf eine andere Idee gekommen, die im ersten Moment ganz vielversprechend klang.«

»Ich bin ganz Ohr.«

»Ich habe mir unseren Mordfall vorgenommen und die Szene als Kapitel eines Krimis geschrieben, und dann habe ich überlegt, wie das Ganze seinen Anfang genommen haben könnte.«

»Und? Mit welchem Ergebnis?«

»Ein Geistesblitz ist dabei nicht herausgekommen«, musste sie ihm eingestehen. »Ich drehe mich immer nur um das Thema Rache und Vergeltung für irgendein altes Unrecht. Aber der Täter ist und bleibt ohne Gesicht und auch ohne konkretes Motiv. Ich kann mir ausdenken, was ich will, ich bekomme nicht das Gefühl, dass ich mich der Wahrheit nähere.«

In diesem Moment sah sie Bryan Dorsey hereinkommen. »Sehen Sie mal, da ist Dorsey.«

»Ah, ja. Er will bestimmt Turners Auftritt miterleben«, sagte der Constable.

Dorsey schaute sich um und entdeckte sie, woraufhin er zu ihnen an den Tisch kam. »Hallo, zusammen. Ist bei Ihnen noch frei?«

»Ja, klar, setzen Sie sich ruhig zu uns«, entgegnete Schroedinger und rutschte auf der Sitzbank ein Stück nach rechts.

»Haben Sie Harris schon gesehen?«, fragte Dorsey.

»Nein«, antwortete Christine. »Es bleibt doch dabei, dass er auftritt, oder?«

»Davon gehe ich aus. Als Richard heute bei mir anrief, hatte er mich gebeten, Harris Bescheid zu sagen, dass die Probe ausfällt, aber als ich es versuchte, war er wohl schon aus dem Haus und auf dem Weg zur Stadthalle.«

»Oh, dann haben wir ihn ja nur ganz knapp verpasst«, sagte sie. »Mr Eaning hatte uns nämlich gebeten, Ihnen und Mr Turner auszurichten, dass die Proben ausfallen, sollten wir Ihnen auf dem Rückweg begegnen.« Dorsey nickte, dann machte sich eine Weile Schweigen breit. Ehe Christine sich zurückhalten konnte, stellte sie die Frage, die sie eigentlich hatte vermeiden wollen. Warum sie ihr rausrutschte, konnte sie sich selbst nicht erklären, aber der Grund musste die Stille gewesen sein, die sich am Tisch ausgebreitet hatte und die den ganzen Pub zu erfassen schien. »Und, wie kommen Sie mit der Überarbeitung voran?«

Dorsey schien nur auf ein Stichwort gewartet zu haben, denn augenblicklich begann er, detailliert zu berichten, welche Änderungen er bereits vorgenommen hatte, was er noch umschreiben wollte und wie er die noch offenen Dialogpassagen von vier auf drei Personen zu reduzieren beabsichtigte. Das alles war nicht nur ziemlich uninteressant, obwohl es eigentlich mit Christines Arbeit vergleichbar war, vielmehr hatte sie keine Chance, die Auswirkungen und die Bedeutung dieser Überarbeitungen einzuschätzen, da ihr über die ursprüngliche Geschichte nichts bekannt war. Sie versuchte, eine interessierte Miene aufzusetzen, aber dann kam die Rettung in Gestalt einer Lautsprecherdurchsage des Wirts, der um zwei Minuten vor sieben den Karaoke-Abend für eröffnet erklärte. Die Startnummer eins war der Metzger, der mit Perücke und deutlich zu engem Glitzeranzug auftrat und eine ziemlich übel klingende Version von *Are You Lonesome Tonight* zum Besten gab.

»Vermutlich wird er nur nicht ausgebuht«, meinte Dorsey halblaut, »weil sie alle fürchten, er könnte sein Schlachtermesser aus dem Ärmel ziehen.« Einige Gäste in der Nähe, die die Bemerkung gehört hatten, begannen zu lachen, und ein paar von ihnen fühlten sich dazu ermutigt, ihren Unmut kundzutun. Die Buhrufe wurden lauter, bis der Metzger abbrach und sich amüsiert an sein Publikum wandte: »Ich dachte schon, ihr erduldet das Stück in voller Länge, weil ihr Angst habt, ich könnte buchstäblich Hackfleisch aus euch machen.«

Damit hatte er die Lacher auf seiner Seite, während er die Bühne verließ. Eine Frau mittleren Alters folgte ihm und setzte zu einer sehr harmonischen Darbietung von *Moody Blue* an.

Die Tür zum Pub ging auf, und als Christine dort hinsah, entdeckte sie Eaning, der soeben das Lokal betrat. Sie stieß Dorsey an, der drehte sich um und winkte seinen Freund zu sich.

»Hab ich ihn verpasst?«, fragte er, als er sich zu ihnen setzte.

»Nein, aber wieso kommst du erst jetzt?«, wollte Dorsey wissen.

»Bei mir vorm Haus ist alles spiegelglatt«, antwortete Eaning. »Ich bin mit dem Wagen an der Einfahrt vorbeigerutscht, und danach habe ich eine Viertelstunde benötigt, um die Steigung zu bewältigen. Ich dachte schon, ich schaffe das überhaupt nicht mehr.«

»Wieso bist du denn mit dem Wagen unterwegs?«

»Weil ich eine Werkzeugkiste, einen Bohrer, eine Kreissäge und drei Eimer Farbe und noch ein paar unbedeutende Kleinigkeiten mehr heute Morgen nicht bis zur Halle tragen wollte«, zischte Eaning seinen Freund an. »Und Desiree wollte den ganzen Krempel bestimmt auch nicht tragen, auch wenn ich sie am liebsten damit losgeschickt hätte.«

Dorsey machte eine mürrische Miene, als der Name Desiree fiel. »Das hat uns auch noch gefehlt, dass sie die Dekoration zerstören musste«, brummte er. »Als ob Nates Tod nicht schon genug wäre.«

»Na ja, ich bin auf jeden Fall fertig geworden. Die Kulisse sieht wieder so aus, wie sie es soll, und wenn du mit der Überarbeitung fertig bist, können wir zu dritt proben, und die liebe kleine Desiree darf zu Hause bleiben.« Eaning schüttelte den Kopf. »Was hat Harris denn dazu gesagt, dass die Probe heute ausfällt?«

»Ich hab ihn nicht erreichen können«, antwortete Dorsey beiläufig, da sein Blick vom Geschehen auf der Bühne wie magisch angezogen wurde. Dort hüpfte gerade eine Fünfzehn- oder Sechzehnjährige herum, die sich wie eine Kreuzung aus Britney Spears und Lady Gaga gekleidet hatte und die dabei *Heartbreak Hotel* verhunzte. An den mangelnden Sangeskünsten schien sich das überwiegend männliche Publikum nicht zu stören, weil das viel lieber von dem extrem knappen Kostüm und den eindeutigen Gesten und Posen Notiz nahm.

»Was?«, fragte Eaning.

»Ich hab ihn nicht erreicht, er war wohl schon auf dem Weg zu dir«, erklärte Dorsey und drehte sich nur widerstrebend zur Seite. »Wieso fragst du mich, was er gesagt hat?«

»Weil er nicht zur Stadthalle gekommen ist.«

»Aber er …«, begann Dorsey, unterbrach sich und drehte sich zu Schroedinger um. »Mike, ich glaube, wir haben ein Problem.«

Zehn Minuten später bogen Christine und der Constable gefolgt von Dorsey und Eaning in die schmale Gasse ein, die an der gigantischen Hecke entlang auf Turners Grundstück führte. Sofort reagierten die Bewegungsmelder und schalteten die Beleuchtung ein, die jeden in helles Licht tauchte, der sich dem Haus näherte.

Schroedinger ging zielstrebig auf die Haustür zu, klingelte Sturm und klopfte, aber nichts geschah. Das Haus war völlig dunkel, und auch auf lautes Rufen der Gruppe hin ging nirgendwo ein Licht an. Der Polizist griff nach seiner Taschenlampe, die er im Dienst immer bei sich führte, und ging um das Haus herum, um in die Fenster zu leuchten. In der Küche war niemand zu sehen, im kleinen Arbeitszimmer ebenfalls nicht, und ein erster Blick ins Wohnzimmer ergab auch nichts.

»Vielleicht ist er ja unterwegs hingefallen und liegt irgendwo hilflos im Straßengraben«, überlegte Dorsey, womit er wohl in erster Linie gegen seine Verzweiflung anzukämpfen versuchte.

»Kannst du mir verraten, wo es auf dem Weg von hier bis zur Stadthalle einen Straßengraben gibt, in dem er liegen könnte, ohne von jedem gesehen zu werden, der auf der Humphreys Road und dem Cooper Drive unterwegs ist?«, machte Eaning ihm prompt die Hoffnung zunichte, an die sich Dorsey geklammert hatte.

»Vielleicht ist er ja einen anderen Weg gegangen, einen Umweg …«, wandte Dorsey ein.

»Harris ist sein Leben lang Soldat gewesen, und das steckt heute immer noch in ihm. Wenn ein Soldat von A nach B geht, dann nimmt er den kürzesten und direktesten Weg, er macht keine Umwege.«

»Christine«, sagte Schroedinger plötzlich, nachdem seine Taschenlampe irgendetwas erfasst hatte, das ihn einen Moment lang wie erstarrt dastehen ließ. »Wir müssen ins Haus.« Dann zog er einen Satz Spezialschlüssel aus der Jackentasche und ging mit Christine zusammen zurück zur Eingangstür. »Sie beide warten draußen«, wies er Dorsey und Eaning an.

»Haben Sie was entdeckt?«, fragte sie leise, als sie um das Gebäude herumgingen.

»Das kann man wohl sagen«, erwiderte er und begann, am Schloss zu hantieren, das wenige Augenblicke später aufsprang.

Er schaltete im Flur das Licht an, sah nach links und rechts und näherte sich dann vorsichtig der Tür zum Wohnzimmer. Langsam schob er seine Hand um den Türrahmen, bis er den Lichtschalter ertastet hatte. Er legte ihn um und spähte in den Raum, während er sich fast zentimeterweise vorschob, um sich zu vergewissern, dass ihnen dort niemand auflauerte.

»Alles klar«, sagte er schließlich. »Kommen Sie.«

Christine sah sich um und konnte zunächst nichts entdecken, was das Verhalten des Constables erklärt hätte. Rechts stand die schwere, ausladende Ledergarnitur, auf der sie am Morgen während ihrer Unterhaltung mit Turner gesessen hatten. Zu ihrer Linken befand sich der Teil, in dem der Mann seine Sammlung der Krimiautoren Wallace und Durbridge aufbewahrte. Doch, dort war etwas anders: Die gläserne Vitrine stand offen, und soweit sie es erkennen konnte, fehlten einige der Objekte, die er ihnen so voller Stolz präsentiert hatte.

Sie ging hin und sah sich genauer an, welche Dinge nicht mehr an ihrem Platz lagen. »Entweder hat Turner die Sachen aus irgendeinem Grund herausgenommen, oder es war jemand hier, der sie gestohlen hat«, überlegte sie.

»Es war jemand hier«, antwortete der Polizist, »aber er hat nichts gestohlen.«

»Sondern?«, fragte sie und drehte sich zu Schroedinger um, der neben dem rechten Sessel stand und eine betroffene Miene machte.

»Ich glaube, das sollten Sie sich lieber selbst ansehen«, sagte er und winkte sie zu sich.

Beim Näherkommen fiel ihr auf, dass über die hohe Rückenlehne des Sessels etwas Rundliches, Schwarzes hinausragte. Als sie um den Sessel herumging, stockte ihr der Atem. »Harris Turner«, flüsterte sie.

Es war ein makabrer Anblick. Auf dem Kopf trug er eine zu kleine Melone, die ein Stück weit in die Stirn geschoben worden war. Er trug ein gar nicht zu seiner übrigen Kleidung passendes Halstuch, und … in seiner Brust steckten drei grüne Pfeile.

»Wer …«, begann sie, brach aber gleich wieder ab, da sie die Antwort auf ihre Frage bereits wusste. Der Mörder von Harris Turner war derjenige, der auch Nathan Marks auf dem Gewissen hatte – und aller Wahrscheinlichkeit nach auch Mrs Brooks.

»Sehen Sie sich das an«, sagte sie und beugte sich vor. »Das da ist das Halstuch aus der Vitrine, das originale Requisit aus dem Fernsehfilm, mit dem für Turner alles angefangen hatte. Diese Pfeile … die stammen aus dem *Grünen Bogenschützen.* Und die Melone …«

Sie richtete sich auf und ging zurück zur Vitrine, dann las sie von einem Pappkärtchen vor: »Diese Melone trug der deutsche Schauspieler Eddi Arent in fast allen Edgar-Wallace-Filmen.«

Dann stellte sie sich wieder zu Schroedinger, der den Kopf schräg legte. »Was würden Sie sagen? Wurde er erst erwürgt und dann von Pfeilen durchbohrt? Oder war es eher umgekehrt?«

»Weder noch«, antwortete sie nach kurzem Überlegen. »Zugegeben, das Halstuch ist so fest um Turners Hals gebunden, dass es ihm die Luft hätte abschnüren müssen, und die Pfeile haben sich in der Herzgegend in seine Brust gebohrt. Beides für sich natürlich tödlich. Aber sehen Sie sich Turner an, wie er dasitzt. Er hat sich nicht gewehrt. Hätte unser Mörder ihn erwürgt, dann hätte Turner versucht, sich das Tuch vom Hals zu reißen. Dabei hätte er sich zwangsläufig am Hals kratzen müssen, aber er hat weder Kratzer noch blutige Fingernägel. Die Pfeile stecken so in seiner Brust, dass sie alle von der gleichen Position im Zimmer auf ihn abgeschossen wurden. Ich denke, wenn man von einem Pfeil ins Herz getroffen wird, dann ist man wohl nicht auf der Stelle tot, sondern wird sich bestimmt noch aufbäumen. Also hätte er seine Sitzposition zumindest ein wenig verändert, und die zwei weiteren Pfeile wären in einem anderen Winkel in den Körper eingedrungen. Außerdem hätte dann ja auch irgendwo Blut an seiner Kleidung sein müssen.«

»Sie meinen also, er war schon tot, als der Täter ihn zusätzlich erwürgte und mit Pfeilen durchbohrte?«

»Ja, da bin ich mir sehr sicher.«

»Und was hat ihn dann umgebracht.«

Mit einem Kopfnicken deutete sie auf den Toten, während sie die Einweghandschuhe anzog, die Schroedinger ihr gegeben hatte. »Das Gleiche wie Marks.« Dann schob sie mit dem Zeigefinger die Melone nach oben, bis ein kreisrundes Loch in der Stirn des Mannes zum Vorschein kam.

»Die gleiche Methode«, murmelte er.

»Ja, und das gleiche Motiv.«

»Hm?«, machte er rätselnd.

»Na klar. Sehen Sie sich Turner doch an. Marks hat auf seiner Eisenbahnanlage gelegen, die sein Ein und Alles war, und Turner ist mit Erinnerungsstücken aus den Filmen geschmückt worden, die für ihn das liebste Hobby waren und mit denen er einzigartige Erinnerungen verband. Sie erinnern sich doch bestimmt, wie er davon geschwärmt hat, als er in diesem Kino in Düsseldorf die Aushangfotos geschenkt bekam.«

»Ja, ich weiß«, bestätigte der Constable. »Er hat gestrahlt wie ein kleines Kind, das zu Weihnachten seinen größten Wunsch erfüllt bekommt.«

»Eben, und der Täter hat ihn im Tod zu einem Teil von

Turners eigener Sammlung gemacht. Er hat ihn der Lächerlichkeit preisgegeben, er verspottet ihn im Tod. So wie bei Marks.«

»Scheint so, als hätten Sie mit Ihrer Rachetheorie recht«, dachte er laut nach. »Da will sich anscheinend tatsächlich jemand für irgendetwas rächen.«

Christine nickte bedächtig. »Aber was ist vorgefallen, dass ausgerechnet die beiden sterben mussten?«

Schroedinger zuckte mit den Schultern. »So makaber das auch klingt, aber durch Turners Tod verbessern sich vielleicht unsere Chancen, dem Täter auf die Spur zu kommen.«

»Wie meinen Sie das?«

»Na, ist doch klar. Solange es nur Marks betraf, standen alle, mit denen wir gesprochen haben, vor einem Rätsel. Aber jetzt wird vielleicht bei dem einen oder anderen die Erinnerung an einen Vorfall geweckt, in den sie beide verstrickt waren.«

»Was uns auch nicht weiterhilft, wenn es etwas ist, das bis in ihre Schulzeit zurückreicht«, hielt sie dagegen. »Dann gibt es nämlich niemanden, den wir noch fragen könnten.«

»Doch, gibt es.« Er zeigte zur Haustür. »Dorsey und Eaning.«

»Die haben sich schon an nichts erinnern können, was Marks betraf«, wandte sie ein. »Nicht mal Turner ist etwas in den Sinn gekommen, obwohl er jetzt tot ist. Zumindest ihm hätte etwas einfallen müssen.« Sie ließ eine kurze Pause folgen, dann stöhnte sie leise auf.

»Was ist?«, wollte der Constable wissen.

»Ich musste gerade an etwas denken«, sagte sie leise. »Am liebsten würde ich das gar nicht aussprechen, aber es hilft ja nichts … Angenommen, die beiden haben unwissentlich jemandem geschadet, der sich deswegen rächen wollte. Stellen Sie sich vor, sie haben … was weiß ich … bei der Bank irgendeine Bemerkung gemacht, die von dem Bankangestellten falsch aufgefasst wurde, und als unser Unbekannter an der Reihe war, hat der ihm einen Kredit verweigert oder einen laufenden Kredit gekündigt, wodurch er in den Ruin getrieben wurde.«

Schroedinger setzte eine nachdenkliche Miene auf. »Hm«, machte er. »Ich weiß nicht … was könnten die zwei denn gesagt haben?«

»Mike«, seufzte sie und verdrehte die Augen. »Das war nicht wörtlich gemeint. Vielleicht haben die zwei auch mit einem Wagen eine Straße blockiert, und ein Geschäftsmann ist zu spät zum Flughafen gekommen, hat seine Maschine verpasst und damit einen wichtigen Termin versäumt, der ihm einige Millionen Pfund eingebracht hätte.«

»Das würde bedeuten«, folgerte der Constable, »dass Marks und Turner überhaupt nichts davon wussten …«

»Genau darauf will ich hinaus«, betonte Christine. »Ihnen war nicht klar, dass sie irgendjemandem eine Chance verbaut haben, deshalb konnte sich Turner auch nicht erklären, wer seinen Freund ermordet haben sollte.«

»Dann werden uns Dorsey und Eaning auch nicht weiterhelfen können«, sagte Schroedinger.

»Möglicherweise nicht. Befragen sollten wir sie auf jeden Fall, aber es ist denkbar, dass sie uns jetzt noch immer nichts sagen können.«

»Das Einzige, was wir mit ziemlicher Sicherheit sagen können, ist, dass der Täter hier in Gleannlochy leben muss – es sei denn, Eanings Theorie vom außer Kontrolle geratenen Kriegsveteranen trifft zu.«

»Die würde aber nur funktionieren, wenn er nicht versucht hätte, *Sie* zu erschießen«, hielt er dagegen.

»Ja, ich weiß. Trotzdem sind wir immer noch keinen Schritt vorangekommen. Wir haben drei Tote, davon ein irrtümliches Opfer, und einen unbekannten Mörder, der einen Grund hatte, diese beiden Männer zu töten, und der der Meinung ist, dass er mich aus dem Weg räumen muss, weil er sonst entlarvt wird. Vielleicht können wir ihm ja eine Falle stellen, indem ich mich zum Köder mache und …«

»Unter gar keinen Umständen!«, fiel Schroedinger ihr ins Wort. »Ich wäre vielleicht dazu bereit, wenn wir wüssten, wer der Täter ist, und wir ihn nur so aus der Reserve locken könnten. Aber was Sie vorschlagen, ist völlig verrückt. Wir haben keine Ahnung, aus welcher Richtung der Angriff käme und wie er überhaupt aussehen würde!«

Christine nickte. »Ja, ich weiß. Das war nur eine Überlegung …«

»Eine ziemlich dumme«, ergänzte der Constable ungehalten.

»Ja, ja, schon gut«, ging sie über seine Verärgerung hinweg. Sie war vielleicht etwas voreilig gewesen, aber er sollte sich doch lieber über so viel Engagement freuen. Immerhin hielt sich seit dem Mord an Mrs Brooks dieser Gedanke in ihrem Hinterkopf, dass es jemand auf ihr Leben abgesehen hatte, und eigentlich wäre es ihr lieber gewesen, den Attentäter herauszufordern, damit er sich zeigte, anstatt bei jedem Schritt damit rechnen zu müssen, dass er irgendwo hinter ihr aus einem Schatten oder aus der Dunkelheit trat und ihr so in den Hinterkopf schoss, wie er es bei Mrs Brooks gemacht hatte.

»Wir sollten die Szene fotografieren«, wechselte sie abrupt das Thema. »Immerhin können wir Turner nicht so sitzen lassen, sondern …« Sie verstummte, dann sagte sie: »Der arme Mr Rickles wird einen Koller bekommen, wenn wir gleich bei ihm vor der Tür stehen und schon wieder einen Toten abliefern. Ich würde sagen, Sie können schon mal Ihre beiden Freunde Rick und Bruce anrufen, damit sie herkommen.«

»Nein, das muss noch warten. Ich muss erst ins Büro gehen und die Kamera holen.«

»Nicht nötig«, erwiderte sie. »Ich habe meine Kamera dabei.«

Verdutzt zog er eine Augenbraue hoch. »War das etwa Eingebung? Oder dachten Sie, wenn es zwei Morde gibt, lässt der dritte bestimmt nicht lange auf sich warten?«

Christine schüttelte den Kopf. »Weder noch. Ich wollte im Pub ein paar Fotos machen, falls originelle Elvis-Imitatoren auftreten, aber das kann ich jetzt vergessen. Jedenfalls habe ich die hier mitgenommen.« Sie griff in die Tasche und zog ihre Kamera hervor, dann ging sie um den toten Harris Turner herum und fotografierte ihn aus allen erdenklichen Winkeln und Entfernungen, dann machte sie noch eine Reihe von Fotos, die die Umgebung von Turner aus dessen Perspektive zeigten. Nach ein paar Minuten nickte sie Schroedinger zu. »Ich bin fertig.«

»Gut, ich werde noch kurz in der Küche und in der Mülltonne hinterm Haus nachsehen, ob der Mörder dort ein blutgetränktes Kissen oder Handtuch entsorgt hat, dann wissen wir ganz sicher, dass er hier genauso wie bei Marks vorgegangen ist,« sagte er und ging aus dem Zimmer. Kurz darauf kam er mit einer Tüte zurück, offenbar war er fündig geworden.

Als er gerade zum Telefon ging, um Rick anzurufen, fiel Christine etwas ein. »Was sagen wir Dorsey und Eaning? Bislang haben wir offiziell nicht von einem Mord an Marks gesprochen, aber nachdem Turner nun auch noch tot ist …«

»Darüber können wir uns den Kopf zerbrechen, während Rick und Bruce sich auf den Weg machen. Wir werden …«

Ein lautes Klopfen am Wohnzimmerfenster ließ sie und Schroedinger zusammenzucken. Sie drehten sich um und sahen Eaning und Dorsey, die beide ihre Hände an die Scheibe gelegt hatten, um einen Blick ins Haus zu werfen.

»Damit hat sich diese Frage dann wohl von selbst beantwortet«, sagte sie sarkastisch, da die aufgerissenen Augen der beiden Männer deutlich erkennen ließen, dass sie den Toten entdeckt hatten – und damit auch zumindest die Pfeile, die in seiner Brust steckten.

Der Constable verdrehte die Augen. »Oh, verdammt, das hat uns noch gefehlt. Und ich hatte noch daran gedacht, die Vorhänge zuzuziehen, als ich das Licht angemacht habe. Okay, ich rufe Rick an, und dann werden wir die beiden einweihen. Hoffentlich halten sie anschließend den Mund und tratschen nicht überall herum, was sie gesehen haben.«

»Warum eigentlich nicht?«, ging es ihr plötzlich durch den Kopf.

»Was?«

»Na ja, überlegen Sie doch mal, Mike«, sagte sie und lehnte sich gegen den Türrahmen. »In ganz Gleannlochy spekulieren die Leute im Augenblick in erster Linie darüber, ob Marks eines natürlichen Todes gestorben ist oder nicht. Das heißt, sie werden sich Gedanken darüber machen, welche Krankheit er in einem Dorf gehabt haben könnte, in dem praktisch jeder alles über jeden anderen weiß. Jedenfalls, was Krankheiten angeht. Die Möglichkeit eines Mordes werden alle erst mal zurückstellen, weil ein Mord in Gleannlochy undenkbar ist.«

»Sie vergessen den Mord an Mrs Brooks«, wandte er ein.

»Nein, nein, überhaupt nicht«, beteuerte Christine. »Wenn sie und Marks tatsächlich nichts miteinander verband, dann wissen das die anderen, also werden sie keinen Zusammenhang zwischen ihrem Tod und dem von Marks herstellen. Aber wenn wir jetzt bekanntgeben, dass zuerst Marks und nun auch noch Turner ermordet wurde und es in beiden Fällen nach einem Vergeltungsakt aussieht, dann könnte es doch sein, dass irgendjemandem etwas dazu einfällt. Vielleicht weiß jemand von einem Zwischenfall, der die beiden betrifft und der uns auf die Spur des Mörders führen könnte.«

Schroedinger zuckte unschlüssig mit den Schultern. »Mag sein, dass uns das weiterhilft. Aber selbst wenn nicht, können wir es jetzt nicht mehr ungeschehen machen. Also gut, ich erledige das Telefonat, danach gehen wir raus zu den beiden.«

Soeben hatte er nach dem Hörer gegriffen und Ricks Nummer gewählt, da wurde die Haustür aufgeschlossen und Dorsey und Eaning kamen herein. »Was ist passiert?«, rief Letzterer ihnen besorgt über die Schulter des anderen zu.

»Augenblick mal, wieso kommen Sie einfach hier reinspaziert?«, erwiderte Schroedinger und ging ihnen entgegen.

»Weil wir einen Schlüssel haben«, antwortete Dorsey. »Jeder von uns hat einen Schlüssel zu den Häusern der anderen – für alle Fälle.«

»Sie können hier nicht rein, wir müssen die Spuren sichern, wir können Ihre Fingerabdrücke hier nicht gebrauchen«, sagte der Constable energisch, aber die beiden ließen sich von ihm nicht aufhalten.

»Hier wimmelt es von unseren Fingerabdrücken«, konterte Eaning. »Jeder von uns war unzählige Male bei den anderen im Haus, da bleibt das gar nicht aus.«

»Ich will Harris sehen«, erklärte Dorsey entschieden und ging um den Polizisten herum, bevor der ihn zurückhalten konnte. Vor dem Sessel blieb er stehen und betrachtete entsetzt den Toten. »Mein Gott, wer tut einem anderen Menschen denn so etwas an?«

»Der gleiche Täter, der Nathan Marks etwas ganz Ähnliches angetan hat«, antwortete der Constable, der sich damit abgefunden hatte, dass er von den beiden regelrecht überrannt worden war.

»Also doch Mord«, sagte Eaning und drehte sich zu Dorsey um. »Hab ich's nicht gesagt?«

Dorsey winkte ab. »Ja, ja, ich weiß. Sieh dir das nur an. Erschossen, erwürgt und von Pfeilen durchbohrt … wollte da jemand ganz sicher sein, dass er das nicht überlebt?«

»Nein, der Täter hat ihn erschossen, der Rest hat einen anderen Hintergrund«, warf Christine ein und schilderte ihnen, wie sie Marks vorgefunden hatte.

»Das ist ja pervers«, zischte Eaning. »Wer macht so was?«

»Tja, das ist genau die Frage, von der wir schon nach dem Tod von Mr Marks gehofft hatten, dass Sie sie uns beantworten könnten«, erwiderte sie. »Haben sich die beiden mit irgendwem gestritten? Haben sie sich … ich weiß nicht … haben sie sich in einem Pub über eine Kellnerin beschwert, die daraufhin ihren Job verloren hat und deren Freund sich darüber so aufgeregt hat, dass er geschworen hat, sich an den beiden zu rächen? Irgendetwas in dieser Art? Irgendein Vorfall, der auf den ersten Blick völlig bedeutungslos war, der aber für einen anderen gravierende Konsequenzen nach sich gezogen hat?«

Dorsey und Eaning starrten minutenlang vor sich hin, dabei war ihnen anzusehen, wie sie ihr Gedächtnis nach irgendwelchen Ereignissen durchforsteten, die in diese Richtungen gingen. Schließlich schüttelte Dorsey den Kopf, ein paar Sekunden später folgte von Eaning die gleiche Reaktion. »Nein, mir fällt nichts ein. Wenn irgendwas vorgefallen ist, dann muss es für die beiden so unbedeutend gewesen sein, dass es keinen Grund gab, uns davon zu erzählen. Und ich bin mir sicher, sie hätten uns ins Vertrauen gezogen, wenn jemand sie bedroht hätte«, erklärte Eaning, woraufhin Dorsey zustimmend nickte.

»Ich meine, wenn mich auf der Landstraße irgendein Idiot schneidet, dann ärgert mich das zwar, aber davon erzählen würde ich auch nur, wenn ich deswegen im Graben gelandet wäre«, sagte Dorsey. »Wir könnten stundenlang darüber nachgrübeln, es würde zu nichts führen.«

»Ja, das sehe ich auch so«, stimmte Eaning ihm zu. »Sie müssen wissen, wir kennen uns seit unserer Kindheit, und wir sind … wir waren ein gut eingespieltes Team. Wenn Nate oder Harris wegen irgendeiner Sache bedrückt gewesen wären, hätten wir das bemerkt. Und wenn sie von jemandem bedroht worden wären, dann hätten wir das gar nicht erst bemerken müssen, dann hätten sie es uns von sich aus gesagt.«

»Wann ist das passiert?«, wollte Dorsey wissen.

»Irgendwann nach neun Uhr heute Morgen«, antwortete Schroedinger. »Um die Zeit war es noch ziemlich düster, also kann sich der Täter dem Haus relativ unbemerkt genähert haben. Heute Abend kann es nicht gewesen sein, dafür sitzt er meiner Ansicht nach zu starr da. Ich bin kein Experte auf dem Gebiet, aber jetzt haben wir kurz nach acht, und wenn der Mörder im Schutz der abendlichen Dunkelheit hergekommen wäre und ihn ermordet hätte, dann müsste sich der Leichnam wärmer anfühlen, als es jetzt der Fall ist.« Er sah zu Christine. »Möglicherweise hat er ganz in der Nähe gelauert, als wir heute früh mit Harris gesprochen haben.«

»Und nachdem wir gegangen sind, hat er zugeschlagen.«

»Was ich nicht verstehe«, meldete sich Eaning zu Wort, der sich in der Zwischenzeit vor den Toten gehockt hatte, »ist, wieso hat er sich nicht gewehrt? Er hat sich doch nicht gewehrt, oder?«

»Nein, es sieht nicht danach aus«, bestätigte Schroedinger seinen Eindruck. »Es kann nur bedeuten, dass er seinen Mörder kannte und keinen Grund sah, sich vor ihm zu fürchten. So wie bei Nathan. Keine Gegenwehr, nicht mal ein erkennbarer Versuch, dem Angreifer auszuweichen.«

»Könnte er sie betäubt haben?«, wollte Dorsey wissen. »Das würde doch erklären, dass sie sich einfach so von ihm haben töten lassen.«

»Es wäre möglich, aber wir können keine toxikologische Untersuchung der Leichen vornehmen, also müssen wir auch die Möglichkeit in Erwägung ziehen, dass sie eben nicht betäubt waren. Vielleicht ist der Täter durchs Zimmer gegangen, hat hinter dem Rücken seines Opfers die Pistole gezogen, sie ihm blitzschnell gegen die Stirn gepresst und abgedrückt, während das Opfer noch überlegte, was das für ein kalter, harter Gegenstand sein mochte, den es auf der Stirn spürte.«

Christine hörte sich das an und spielte die Szene im Geist durch. Ja, das war durchaus denkbar, was Schroedinger da äußerte. Der unbekannte Besucher konfrontierte sein Opfer mit irgendeinem Problem, Marks und nach ihm Turner dachten angestrengt über eine Lösung nach, und dann überrumpelte er sie und jagte ihnen eine Kugel in den Kopf. Sollte es so gelaufen sein, dann wäre das sogar noch gehässiger gewesen als ihre bisherigen Überlegungen.

»Jetzt kann ich ja schon wieder alles umschreiben«, stöhnte Dorsey plötzlich auf.

»Kannst du mal an was anderes denken als an das verdammte Stück?«, herrschte Eaning ihn an. »Jemand hat Nate und Harris ermordet! Meinst du, da steht mir der Sinn nach einem Theaterstück?«

»Die Saalmiete, Richard«, erinnerte ihn der andere Mann. »Und die Eintrittsgelder. Das eine bekommen wir nicht zurück, das andere müssen wir zurückzahlen. Weißt du, wie viele Tausend Pfund uns das kosten wird? Ich werde das Stück umschreiben, und nur für den Fall, dass du deiner Pflicht nicht nachkommen willst, werde ich es vorsichtshalber auch noch als Monolog schreiben.«

»Tu, was du nicht lassen kannst«, knurrte Eaning. »Die Leute werden den Saal in Scharen verlassen, wenn du ihnen mit einem Monolog kommst.«

Unwillkürlich musste Dorsey grinsen. »Das wäre mir auch noch egal. Hauptsache, die Aufführung findet statt, dann kann nämlich niemand darauf bestehen, dass er sein Geld zurückhaben will.«

»Okay, Problem gelöst«, meinte sein Freund. »Du ziehst die Sache allein durch und vergraulst alle Zuschauer.«

»Solange wir nicht unseren Notgroschen opfern müssen, um die Eintrittsgelder zurückzuzahlen, soll mir das recht sein.«

»So, dann möchte ich Sie beide bitten«, ging Schroedinger dazwischen, »jetzt wieder zu gehen. Wir müssen uns um den Toten kümmern und Beweise sichern. Wenn Ihnen noch etwas einfällt, lassen Sie es mich wissen. Und auch wenn es in Ihren Augen noch so unbedeutend ist, sagen Sie es mir, es könnte uns zum Mörder führen.«

»Werden wir machen, Mike«, versicherte ihm Eaning und verließ mit ernster Miene das Wohnzimmer.

Dorsey folgte ihm in die Diele und fragte: »Meinst du, *Die zwei apokalyptischen Reiter* klingt gut?«

»Wenn du eine Doppelrolle spielen willst, ganz bestimmt«, erwiderte der andere Mann. »Ich werde nämlich nicht mit von der Partie sein. Das kannst du mir glauben.«

»Na ja, *Der letzte apokalyptische Reiter* ist vielleicht auch kein schlechter Titel«, überlegte er. Was er dann noch sagte, war nicht mehr zu hören, da er die Haustür hinter sich zugezogen hatte.

Schroedinger drehte sich zu Christine um. »Das ist immerhin besser verlaufen, als ich gedacht hatte.«

»Wie meinen Sie das?«

»Na ja, ich dachte, die beiden würden vielleicht Ärger machen, wenn sie erfahren, dass wir ihnen bei Marks nicht die ganze Wahrheit gesagt haben.«

»Das ist aber auch schon das einzig Gute«, hielt sie dagegen. »Was die Suche nach dem Mörder angeht, sind wir noch immer keinen Schritt weitergekommen. Man könnte fast meinen, der Täter hat sich bei den zweien ins Wohnzimmer gebeamt, sie mit einem Phaser betäubt und sie dann erschossen. Danach hat er sich weggebeamt und keine Spuren hinterlassen.«

Der Constable verzog den Mund und schüttelte den Kopf. »Wenn er sich zu seinen Opfern beamen lassen könnte, dann wäre die Polizei auch so fortschrittlich ausgestattet, dass sie Mittel und Wege hätte, den Transporterstrahl zurückzuverfolgen.«

»Grundsätzlich würde ich Ihnen da ja zustimmen«, meinte sie grinsend. »Aber der einzige Polizist von Gleannlochy würde so ein Gerät trotzdem nicht besitzen, weil es viel zu teuer wäre.«

»Oh, verdammt«, seufzte Schroedinger. »Sie haben recht. Daran hatte ich gar nicht gedacht. Dann wäre ich also auch im Zeitalter des Beamens immer noch ein armer kleiner Polizist, der sich mit steinzeitlichen Hilfsmitteln zufriedengeben muss.«

»Ganz genau.« Die beiden sahen sich einen Moment lang an, dann mussten sie unwillkürlich lachen. »Was bin ich doch froh, dass in Augenblicken wie diesem niemand sonst da ist, der uns hören kann und für verrückt erklären könnte.«

Amüsiert griff der Constable nach dem Telefonhörer und wählte Ricks Nummer.

Als es zwanzig Minuten später klingelte, machte Schroedinger die Tür auf und wunderte sich, dass nur Rick draußen stand. »Wo ist Bruce?«, fragte er.

»Dem ist kotzübel«, antwortete Rick und kam ins Haus. »Der hat heute Mittag eine Pizza in den Backofen geschoben, und 'ne Stunde später wurde ihm schlecht.«

»Tiefkühlpizza?«, wollte Christine wissen.

»M-hm.« Rick nickte.

»Aus Rickles' Supermarkt?«

»Ja, stimmt. Hat er erst letzte Woche gekauft, sagt er. Woher wussten Sie das, Miss Bell?«

»Nur so eine Vermutung«, meinte sie lächelnd.

Der Constable schloss die Tür, dann gingen sie gemeinsam ins Wohnzimmer. Als Rick den Toten sah, legte er den Kopf schräg und nickte anerkennend. »Auch nicht schlecht«, sagte er dann. »Aber bei Marks war es doch ein bisschen origineller. Ich nehme an, das sind Mordwaffen aus diesen deutschen Filmen, von denen Turner immer erzählt hat.«

»Richtig«, bestätigte Schroedinger. »Dann werden wir beide ihn zum Wagen schaffen.«

Rick rollte die stabile schwarze Plane aus, die er unter den Arm geklemmt mitgebracht hatte. »Okay, ich halte ihn unter den Achseln, Sie nehmen seine Beine«, wies er an und beugte sich über die Rückenlehne.

»Warum bringen Sie ihn nicht im Sessel raus?«, warf Christine ein. »Das dürfte doch leichter sein.«

Daraufhin warf Rick ihr einen verständnislosen Blick zu. »Haben Sie eine Vorstellung davon, was solche Sessel wiegen? Da kann ich mir Turner dreimal auf den Rücken binden, da habe ich immer noch weniger zu schleppen!«

Sie verzog den Mund zu einem ironischen Lächeln. »Danke für den Hinweis, aber … haben Sie schon mal in Erwägung gezogen, dass dieser Sessel auf Rollen montiert sein könnte? Und dass vermutlich ein Fünfjähriger den Sessel mitsamt dem Toten aus dem Zimmer schieben könnte, ohne anschließend Muskelkater zu bekommen?« Dann drückte sie mit einer Hand kräftig gegen die Rückenlehne, und der Sessel rollte ein paar Zentimeter zur Seite.

»Öhm …«, machte Rick verlegen, murmelte etwas Unverständliches vor sich hin und griff schließlich nach der Plane, um sie über den Leichnam zu legen. Mit Packband klebte er dann die Folie unten zusammen, damit sie nicht vom Wind angehoben und davongetragen werden konnte.

Rick schob den Sessel, Schroedinger ging voran und lenkte ihn durch die Tür in den Flur und von dort nach draußen. Über die einzelne Stufe vor dem Eingang ging es etwas holprig, aber auf den Steinplatten ließ sich der Sessel dann weiter ohne Probleme durch den Garten zu der unbeleuchteten Zufahrtsstraße schieben, die hier genauso parallel zur Hauptstraße verlief wie hinter dem Haus von Nathan Marks.

»Augenblick, ich muss nur schnell die Rampe anlegen«, sagte Rick, öffnete die hinteren Türen des Transporters und zog eine Metallplatte heraus, die er an der Stoßstange einhakte, dann schoben er und der Constable den toten Harris Turner in seinem Sessel die Rampe hinauf.

Rick kletterte auf die Ladefläche und machte den Sessel mit mehreren Spanngurten fest, dann grinste er Christine und den Polizisten an. »Ich möchte ja nicht, dass auf dem Weg zu Rickles' Supermarkt die Türen aufgehen und der gute Harris sich aus dem Staub macht.« Er sah auf den in schwarze Folien verpackten Toten, dann musste er auf einmal schallend lachen.

Christine sah Schroedinger fragend an, aber der konnte nur ratlos mit den Schultern zucken.

Als Rick wieder ernst geworden war, räusperte er sich und erklärte: »Sorry, Leute, ich habe mir nur gerade vorgestellt, wie der tote Harris in seinem Sessel den Hügel hinabsaust, während am Straßenrand ein Ehepaar steht und ihm erstaunt hinterher schaut. Das hat so was von einer *Mr-Bean*-Episode, wissen Sie? ›Hey, Schatz, war das nicht gerade der alte Turner?‹ – ›Ich weiß nicht so recht. Falls ja, dann muss er einen neuen Sessel haben. In dem hab ich ihn noch nie gesehen.‹«

»Das ist ziemlich geschmacklos«, brachte der Constable heraus, doch Christine sah ihm deutlich an, welche Mühe er hatte, ernst zu bleiben. Prustend wandte sie sich ab und ging um den Wagen herum.

Sie alle brauchten ein oder zwei Minuten, um sich wieder in den Griff zu bekommen. Nachdem Rick die Türen des Laderaums geschlossen hatte, sagte Christine: »Ich nehme an, Mike, Sie fahren mit Rick zusammen rauf zum Supermarkt. Dann gehe ich zurück zu Mrs Brooks Haus. Ich habe für heute genug Aufregung gehabt, und nach dem Karaoke-Abend steht mir jetzt nicht mehr der Sinn.«

»Sie gehen nirgendwohin, Christine«, entgegnete der Constable. »Als Sie heute Abend in den Pub kamen, wurde mir klar, dass ich Sie in der Dunkelheit den ganzen Weg vom Haus allein habe gehen lassen. Sie können von Glück reden, dass der Mörder anderweitig beschäftigt war und dass Sie unterwegs nicht erschossen worden sind.«

Christine stutzte. »Ist ja wahr«, stimmte sie ihm erstaunt zu. »Das ist mir selbst auch nicht klar gewesen. Als ich an der Stelle vorbeikam, an der Mrs Brooks erschossen wurde, da blieb ich noch kurz stehen und dachte daran, wie tragisch ihr Leben geendet ist. Aber ich habe keinen Gedanken daran verschwendet, dass der Mörder hinter der nächsten Ecke lauern und mich auf dem Weg zum Pub erschießen könnte.« Ein Schauer lief ihr über den Rücken.

»Sie fahren mit uns mit«, entschied Schroedinger. »Vorne ist Platz für drei Personen. Vom Supermarkt aus begleite ich Sie dann zurück zum Haus.«

Sie nickte und ging zur Beifahrertür, öffnete sie und ließ den Constable vor ihr einsteigen, damit sie außen sitzen konnte. Dann stieg auch Rick ein und ließ den Motor an. Als der Wagen losfuhr, hörte sie ein lautes, metallisches Scheppern, das sie zusammenzucken ließ.

»Haben wir schon einen Teil Ihres Wagens verloren, Rick?«, fragte sie etwas beunruhigt.

»Keine Panik«, erwiderte der. »Ich habe Schneeketten aufgezogen, aber ein paar kleinere Teile haben sich gelockert und schlagen jetzt gegen den Radkasten. Ohne Ketten komme ich mit dem Wagen nicht von der Stelle«, fügte er erläuternd hinzu. »Schon gar nicht, wenn ich diese Zufahrtswege benutzen muss, die Sean leider nicht räumt.«

»Sie wissen ja, Rick, dass ich Sie so eigentlich nicht fahren lassen darf, nicht wahr?«, meldete sich Schroedinger zu Wort.

»Ich weiß, aber wenn Sie meinen Wagen stilllegen oder mir die Ketten wegnehmen, dann dürfen Sie ganz allein Mr Turner bis hinauf zum Rickles' Supermarkt schieben.«

»Darum habe ich ja auch ›eigentlich‹ gesagt«, erwiderte der Constable. »Und jetzt fahren Sie schon.«

Auf dem Weg zum Supermarkt setzte erneut Schneefall ein, diesmal fast so stark wie in der Nacht, in der es Christine nach Gleannlochy verschlagen hatte. Sie sah mit an, wie sich die altersschwachen Scheibenwischer einen fast aussichtslosen Kampf mit den Schneeflocken lieferten, während die Heizung ihr Letztes gab, um ein wenig Wärme in den Fahrgastraum zu blasen. Frustriert schüttelte sie den Kopf. Würde sie jemals aus diesem Dorf nach Hause zurückkehren können?

»Da wären wir«, sagte Rick und holte sie aus ihren Gedanken, während er von der Straße in die Einfahrt einbog, die auf den Hof hinter dem Supermarkt führte. Im kleinen Bungalow am anderen Ende des Grundstücks brannte Licht, und als die Scheinwerfer des Transporters die Fenster erfassten, tauchte dort für einen Moment ein Kopf auf.

Keine halbe Minute später kam Rickles aus dem Haus, er trug einen dicken Mantel, in einer Hand hielt er einen Schirm, um sich vor dem Schnee zu schützen.

»Was ist denn jetzt schon wieder los?«, rief Rickles ungehalten, während Christine ausstieg, damit Schroedinger nicht an ihr vorbei aus dem Wagen klettern musste.

»Wir müssen Sie bedauerlicherweise noch einmal bemühen«, sagte der Constable, nachdem der Geschäftsmann sich vor ihm aufgebaut hatte. Obwohl er nur wenige Schritte gegangen war, wurde sein Schirm bereits von einer geschlossenen Schneeschicht überzogen.

»Das kann ja wohl nicht wahr sein!«, empörte sich Rickles. »Rotten Sie etwa ganz Gleannlochy aus, nur um meinen Kühlraum zu füllen? Vielleicht sollte ich ja gleich das Schild Supermarkt durch Leichenschauhaus ersetzen.«

»Dann hätten Sie wenigstens keine Probleme mehr damit, Haltbarkeitsdaten zu beachten«, gab der Constable zurück und ließ den Mann stehen, um zum Heck des Lieferwagens zu gehen.

»Sie kommen sich wohl besonders witzig vor!«, rief der Mann ihm hinterher.

»Mr Rickles«, meldete sich Christine zu Wort. »Ich weiß nicht, wieso Sie sich so aufregen. Je länger Sie Ihren Kunden abgelaufene Lebensmittel verkaufen, umso größer wird die Gefahr, dass Sie diese Kunden verlieren, weil die an Lebensmittelvergiftung sterben. Wussten Sie, dass Ricks guter Freund heute Mittag eine Tiefkühlpizza aus Ihrem Supermarkt gegessen hat und seitdem unter Magenkrämpfen mit Erbrechen leidet? Sie können doch froh sein, dass hier noch niemand auf die Idee gekommen ist, Sie anzuzeigen oder Sie sogar zu verklagen.«

Rickles schnaubte vor Wut, dann ging er an ihr vorbei zum Tor, durch das man in den Kühlraum gelangte. Christine setzte sich in den Wagen und wartete, bis die Männer den Toten ausgeladen und nach drinnen gebracht hatten. Da sie nichts weiter zu tun hatte, nahm sie die Kamera aus der Handtasche und sah sich die Fotos an, die sie in Turners Haus gemacht hatte.

Wieder stellte sie sich die Frage, was Turner getan haben mochte, um jemanden so gegen sich aufzubringen, dass sein Mörder Wert darauf gelegt hatte, ihn im Tod mit den Dingen zu dekorieren, die für Turner so wichtig gewesen waren. Wer immer ihn getötet hatte, er war mit dem Hobby des Mannes vertraut gewesen, doch diese Erkenntnis half auch nicht weiter, denn sogar Rick wusste, wofür Harris Turner sich interessiert hatte. Zweifellos hatte er im Pub davon erzählt, im Gespräch mit Nachbarn auf der Straße, sodass es in Gleannlochy vermutlich niemanden gab, dem darüber nichts bekannt war. Und genauso verhielt es sich bei Nathan Marks. Sie war davon überzeugt, dass er jedem seine Eisenbahnanlage präsentiert hatte, der sie sehen wollte.

Wenn es doch nur eine Möglichkeit gäbe, den Kreis der Verdächtigen irgendwie einzugrenzen! Plötzlich stutzte sie. Was war das? Sie ging zurück auf das vorangegangene Bild auf dem Kameradisplay und vergrößerte einen Ausschnitt. »Hm«, machte sie, als sie das Objekt identifizierte, das ihr aufgefallen war, weil es so völlig fehl am Platz wirkte. Dann kam ihr ein anderer Gedanke, und sie begann, die Fotos durchzusehen, die sie in Marks' Haus aufgenommen hatte. Nein, da war nichts zu entdecken, aber wie sie jetzt feststellen musste, hatte sie sich dort auf den Sessel mit dem Blutfleck und den Tisch konzentriert, jedoch nicht so umfassend die Umgebung aus Marks' Perspektive fotografiert, um das zu erfassen, was er als Letztes gesehen hatte.

Die Fahrertür ging auf, der Constable stieg ein und kletterte über die Gangschaltung, um auf seinen Platz in der Mitte zu gelangen.

»Ich hätte doch aussteigen können, Mike«, sagte sie.

»Es geht ja auch so«, entgegnete er und winkte ab. »Da drinnen wird's allmählich zu eng. Viel mehr Tote können wir in dem Kühlraum nicht mehr unterbringen.«

»In den Kühltruhen im Laden ist ja auch noch Platz«, meinte sie beiläufig. Als Rick seinen Platz auf dem Fahrersitz eingenommen hatte, sagte sie: »Rick, fahren Sie uns bitte zurück zum Haus von Mr Turner?«

»Von mir aus.«

»Vielen Dank.«

»Ich dachte, Sie wollten nach Hause«, wunderte sich Schroedinger.

»Wollte ich auch, aber ich muss etwas überprüfen.«

Er zog eine Augenbraue hoch. »Würden Sie mir auch verraten, was Sie überprüfen müssen?«

»Wenn wir da sind«, sagte sie nur, aber der Constable wartete geduldig ab.

Es dauerte länger als gedacht, zu Turners Haus zu gelangen. Da Sean den Cooper Drive noch nicht geräumt hatte, musste Rick einen Umweg fahren, sodass sie sich aus der anderen Richtung kommend ihrem Ziel näherten.

Während sich Rick auf den Heimweg machte, begaben sich Christine und Schroedinger zum Haus. Mit dem Schlüssel, den er sich von Dorsey hatte aushändigen lassen – schließlich gab es nach Turners Tod keinen Grund mehr für ihn, das Haus zu betreten –, gelangten sie nach drinnen. Im Wohnzimmer schaltete Christine das Licht an und ging zielstrebig nach rechts bis zur Wand, wo einige Dutzend gerahmte Fotos hingen, die allesamt signiert waren. Namen wiesen die Fotos der Männer und Frauen nicht auf, die die Porträts mit ihrer Unterschrift versehen hatten, doch die Widmung machte deutlich, dass es sich bei ihnen um prominente Deutsche handeln musste. Höchstwahrscheinlich Schauspieler aus den Filmen, die Turner so geliebt hatte. Ihr Blick fiel auf den Zusatz gleich hinter der Signatur – Jahreszahlen, die belegten, dass alle diese Autogramme aus den Sechzigerjahren stammten. Vermutlich würde so mancher Sammler ein kleines Vermögen dafür ausgeben, um allein schon diese Fotos sein Eigen zu nennen.

Dann wandte sie sich dem Objekt zu, das sie auf den Fotos entdeckt hatte. Es lag auf dem Sideboard vor der Autogrammwand, und es gehörte einfach nicht dahin.

»Wonach suchen wir?«, fragte Schroedinger, der in der Mitte des Wohnzimmers stehen geblieben war.

Christine machte einen Schritt zur Seite. »Beim ersten Anlauf ist es mir auch nicht aufgefallen, sondern erst auf einem der Fotos«, antwortete sie und sah ihn erwartungsvoll an. »Etwas gehört nicht hierher.«

Der Constable atmete seufzend durch. »Ich komme mir vor wie in der Ausbildung, wenn unser Vorgesetzter uns in einen vorbereiteten Raum stellte und uns aufforderte, nach Hinweisen auf einen Mord zu suchen.«

»Und wie haben Sie dabei abgeschnitten?«, wollte sie wissen.

»Das können Sie sich in etwa ausrechnen, wenn Sie sich vor Augen halten, dass ich bislang noch nicht fündig geworden bin«, antwortete er und grinste sie schief an. »Lassen Sie mich raten: Eines der Autogramme da an der Wand ist nicht echt, und das führt uns auf die Spur des Täters.«

Sie schüttelte den Kopf. »Ich will Sie nicht auf die Folter spannen, Mike. Kommen Sie her.«

Als er neben ihr stand, zeigte sie auf das Sideboard. »Da.«

»Was ›da‹?«

»Na, die Spielkarte.«

»Die Karo-Dame?« Er zuckte mit den Schultern. »Das verstehe ich nicht. Wieso soll das was bedeuten?«

Christine machte eine ausladende Geste. »Sehen Sie sich um. Dieses Wohnzimmer hatte Turner komplett seinem Hobby gewidmet: Edgar Wallace, Francis Durbridge und die deutschen Verfilmungen ihrer Krimis. Hier hat alles seinen Platz. In den Regalen da drüben Bücher, DVDs, Videokassetten, in den Schubladen Kinoplakate, Aushangfotos, Zeitungsausschnitte. Da drüben Schallplatten, CDs, Tonbänder, Super-8-Filme. Hier liegt nichts einfach so rum, hier ist alles penibel sortiert, nach einem ganz bestimmten System. Warum sollte eine einzelne Spielkarte an einem Platz liegen, an dem sich sonst nichts befindet?«

Schroedinger zuckte mit den Schultern. So recht überzeugt schien er von ihrer Beobachtung nicht zu sein. »Angenommen, der Mörder hat die Karte hier zurückgelassen, was will er uns dann damit sagen?«

»Das weiß ich auch noch nicht, aber diese Karte werden wir mitnehmen«, entschied sie, »und als Nächstes gehen wir zu Nathan Marks' Haus und sehen uns dort um.«

»Und wonach sehen wir uns um?«

»Nach einer Spielkarte«, sagte sie, wickelte die Karo-Dame in ein Taschentuch und steckte sie in ihre Tasche.

»Hm«, machte der Constable. »Wenn Sie meinen. Aber ich weiß nicht, welche Erkenntnis wir daraus gewinnen können.«

»Mike, das weiß ich auch noch nicht, aber wenn es nicht bei diesen beiden Morden bleibt, dann können wir vielleicht ein System erkennen, das es uns erlaubt, den nächsten Zug des Täters vorauszusehen und ihn in eine Falle zu locken.«

Sie verließen Turners Haus und machten sich auf den Weg zum Haus seines ermordeten Freundes Nathan Marks. Der Schneefall hatte etwas nachgelassen, doch es war immer noch genug, um soeben gefegte Abschnitte des Gehwegs schnell wieder mit einer weißen Schicht zu überziehen. Sean kam auf seinem Traktor vorbeigefahren, hupte und winkte ihnen.

Als sie die Einmündung des Spader's Drive erreichten, sah Christine nach rechts in Richtung Spader's Round, der kreisförmigen Sackgasse, in der die Straße endete. »Brennt es da?«, fragte sie und zeigte auf das unheilvolle gelblich-rote Flackern am Himmel über den Häusern.

»Nein, das ist das Werk unserer Weihnachtsdekorateure. Purer Lichtterror«, antwortete Schroedinger. »Würde mich nicht wundern, wenn man das sogar von der ISS aus sehen kann.«

»Unglaublich«, murmelte sie. »Aber das kann ich mir später immer noch ansehen, ich bin ja bestimmt noch ein paar Tage hier.« Dabei hob sie die Arme zu einer ausholenden Geste, die den Schneeflocken galt.

Sie hatten Marks' Haus erreicht, durchquerten den schneebedeckten Vorgarten, für den sich niemand zuständig fühlte, und gingen hinein.

Im Wohnzimmer schaltete Christine das Licht ein, dann suchte sie systematisch jedes Regal und jede Fläche ab, auf der die Spielkarte abgelegt worden sein könnte. »Nichts«, murmelte sie. »Fehlanzeige.«

»Tut mir leid«, sagte Schroedinger. »Ich hatte insgeheim ja doch gehofft, dass Sie da eine brauchbare Fährte entdeckt hätten. Aber hier ist nichts zu finden, und in den anderen Zimmern auch nicht.«

»Hmm«, machte sie und ließ ihren Blick noch einmal durch den Raum schweifen, obwohl sie wusste, es war nichts zu finden. »Trotzdem ergibt das mit dieser Spielkarte keinen Sinn. Es passt einfach nicht zu einem Mann wie Turner, bei dem alles an einem ganz bestimmten, festen Platz steht oder liegt, dass er die Karte nicht weggeräumt hat.« Dann kam ihr eine Idee. »Warten Sie mal, Mike. Die Karte lag dort, wo wir den Toten gefunden haben. Wir sind davon ausgegangen, dass er in seinem Sessel sitzend erschossen worden ist, aber das ist gar nicht so sicher. Vielleicht wurde er auch im Flur ermordet und dann ins Wohnzimmer getragen und in diesen Sessel gesetzt. Marks wurde zwar hier in diesem Sessel erschossen, aber gefunden haben wir ihn …« Sie ließ ihren Satz unvollendet und stürmte am Constable vorbei zur Kellertür. Die Neonröhren flackerten, als sie sie einschaltete und die Eisenbahnanlage Stück für Stück absuchte.

»Ha!«, rief sie triumphierend, gerade als der Polizist zu ihr nach unten kam.

»Was ist ›ha!‹?«, fragte er zögerlich, so als wollte er nicht wahrhaben, dass Christine mit ihrer Vermutung richtig liegen könnte.

»Da drüben!« Sie zeigte auf ein Hochhaus, das nur wenige Zentimeter von der Stelle entfernt war, an der Marks' Kopf gelegen hatte. In der Fassade klemmte eine Spielkarte. »Die konnte uns nicht auffallen, weil wir nicht wussten, dass wir nach einer Karte suchen mussten.«

Schroedinger nickte und schob die einzelnen Elemente der Modellanlage zur Seite, bis er nach der Karte greifen konnte. Er hielt sie nur an den Kanten fest und drehte sie so, dass Christine sie sehen konnte.

»Der Pik-Bube«, sagte sie leise.

»Und?«, fragte er. »Gibt Ihnen das irgendeinen Hinweis?«

»Mir nicht, aber wenn Sie wieder mit Ihren Kollegen Kontakt aufnehmen können, müssen Sie sie unbedingt fragen, ob schon irgendwo Morde begangen wurden, bei denen man am Tatort eine Spielkarte gefunden hat. Vielleicht ist das das Markenzeichen eines Serienmörders, der woanders auch schon aktiv war.«

»Und mit Serienmörder meinen Sie …?«

»Mit Blick auf die Spielkarten?« Sie hob unschlüssig die Schultern. »Schwer zu sagen. Schlimmstenfalls könnte er bereits vor Gleannlochy neunmal gemordet haben, und zwar von der Zwei bis zur Zehn. Dann könnte er noch zweimal morden …«

»Und was ist mit den Kartenfarben?«, warf er ein. »Wenn er von der Herz-Zwei bis zur Kreuz-Zehn Karten hinterlassen hat, dann sind das nicht ›nur‹ neun Morde, sondern viermal so viel.«

Sie kniff die Augen zu. »Ich weiß, aber … ich wollte das lieber nicht aussprechen … weil er sonst nämlich noch viel öfter morden könnte.« Christine atmete tief durch. »Andererseits ist es aber auch denkbar, dass er sich mit den kleinen Karten nicht abgibt, sondern nur Bube, Dame, König und Ass als sozusagen ›würdig‹ ansieht. Dann wären das hier seine beiden ersten Morde, und es würden noch zwei folgen.« Sie überlegte einen Moment lang. »Wenn wir wüssten, wie das mit den Karten bei Marks und Turner gelaufen ist …«

Schroedinger schüttelte den Kopf, da er ihr nicht folgen konnte.

»Sehen Sie, Mike, wenn der Mörder den beiden beispielsweise die Karte einige Zeit vor dem Mord hat zukommen lassen, vielleicht mit der Post, vielleicht auch nachts in den Briefkasten geworfen, dann könnten wir die Leute fragen, ob noch jemand eine Spielkarte bekommen hat. In dem Fall wüssten wir, wer sein nächstes Opfer sein dürfte.«

»Und wenn er sie nur als Visitenkarte zurückgelassen hat?«

Sie seufzte frustriert. »Mike, ich versuche, mich hier an irgendwelche Strohhalme zu klammern, die uns mit viel Glück auf die Spur des Mörders führen könnten. Es hilft mir nicht, wenn Sie Alternativen ins Spiel bringen, bei denen Ihnen genauso wie mir klar ist, dass sie uns nicht weiterbringen.« Er wollte etwas einwenden, aber sie hob die Hand, um ihn zu stoppen. »Ich will damit nicht sagen, dass wir mit positivem Denken besser ans Ziel kommen als mit negativem Denken. Wenn wir Spuren finden, dann finden wir sie so oder so. Aber wenn ich eine Möglichkeit sehe, wie wir vielleicht den Mörder identifizieren können, dann ist es völlig nutzlos, wenn Sie mit einem Argument daherkommen, das uns garantiert nicht weiterbringt. Mir ist auch klar, dass wir nichts Brauchbares in der Hand haben, wenn er die Karten nach dem Mord am Tatort zurücklässt, und deshalb habe ich das gar nicht erst erwähnt. Aber vielleicht finden wir einen anderen Weg, wenn wir über Möglichkeiten nachdenken, bei denen es zumindest die Chance gibt …«

Sie verstummte abrupt und sah zum Fenster. »Da brennt es doch«, sagte sie unvermittelt.

»Glauben Sie mir, das ist die Weihnachtsbeleuchtung.«

»Nein, nein, ich rede von der anderen Richtung«, widersprach sie aufgeregt. »Die Deko-Terroristen sind dahinten zugange.« Sie zeigte nach rechts. »Der Lichtschein kommt aber von da drüben.«

Schroedinger drehte sich um. »Von hier unten kann ich nicht genug sehen. Kommen Sie, wir gehen rauf.«

Als sie aus dem Haus kamen, konnten sie die Flammen sehen, die in den Nachthimmel loderten. Eines der Häuser entlang der Humphreys Road brannte lichterloh. »Oh verdammt!«, fluchte der Constable. »Ich muss rein und Nick anrufen!«

»Nick?«

»Er organisiert die freiwillige Feuerwehr in Gleannlochy.« Noch bevor er die Tür erreicht hatte, war ein schrilles Klingeln zu hören, das schnell näher kam. Dann sah Christine den Wagen, der bei einem Treffen historischer Feuerwehrfahrzeuge vermutlich besser aufgehoben gewesen wäre. Sie konnte sich erinnern, dass ihr Vater ein solches Modell als Matchbox-Auto in einer Vitrine aufbewahrte, weil es das erste Spielzeugauto war, das er sich als kleiner Junge von seinem Ersparten gekauft hatte. Ein Wagen aus einer Zeit, als man noch mit einer gellenden Klingel anstelle einer Sirene und ohne Blaulicht zum Einsatz gefahren war.

»Kommen Sie, Christine«, sagte er und griff nach ihrer Hand, um sie hinter sich herzuziehen.

So schnell es der verschneite Gehweg zuließ, rannten sie die Humphreys Road entlang, bis Christine auf einmal wie angewurzelt stehen blieb. Schroedinger lief noch ein Stück weiter, dann drehte er sich um. »Wo bleiben Sie denn?«

»Das … das …«, stammelte sie. »Das ist … Mrs Brooks' Haus!«

»Ja, ich glaube schon«, entgegnete er. »Wieso?«

»Isabelle!«, schrie sie aus Leibeskräften und rannte in panischer Angst auf das in Flammen stehende Haus zu.

8

Isabelle! Isabelle!«, schrie sie wieder und wieder und versuchte, sich aus dem Griff eines Feuerwehrmanns zu befreien, der sie daran hinderte, das Grundstück zu betreten.

»Sie können da nicht hin, Miss«, redete er in einem unbeirrbar ruhigen Tonfall auf sie ein. »Sehen Sie nicht, dass das ganze Haus in Flammen steht?«

»Dann tun Sie doch was!«, fuhr sie ihn an und trat nach ihm, doch irgendwie gelang es ihm, ihren Tritten immer wieder auszuweichen. Gleichzeitig hatte er einen Arm so geschickt um sie gelegt, dass sie ihre Arme nicht vom Körper lösen konnte. »Meine Katze ist da drin!«

»Miss, Sie schaffen es ja nicht mal bis zur Haustür. Alles brennt lichterloh!«

»Aber meine Katze!«, rief sie verzweifelt und betrachtete das Inferno, das sich vor ihren Augen abspielte.

Schroedinger kam wieder zu ihr, nachdem er mit einem der Feuerwehrleute gesprochen hatte. »Kommen Sie, Christine, hier können Sie nichts mehr tun.«

»Warum löschen die nicht, verdammt noch mal! Sie da!«, brüllte sie einem der Männer zu. »Löschen Sie das Haus und retten Sie meine Katze! Warum tun Sie nichts, außer den Rasen zu sprengen?!« Sie konnte deutlich erkennen, dass der Schlauch des einzigen Feuerwehrwagens neben dem Grundstück von Mrs Brooks verlief und der Wasserstrahl nicht die Flammen traf, sondern immer wieder zur Fassade und zum Dach des Nachbargebäudes zuckte.

»Das Haus ist nicht mehr zu retten«, machte der Constable ihr klar. »Ich habe gerade mit Nick gesprochen, er ist der Brandmeister. Mit nur einem Wagen können sie diese

Flammenhölle nicht löschen, und das Einzige, was sie jetzt noch machen können, ist zu verhindern, dass die Flammen auf das Nachbargebäude überspringen.«

»Warum sind dann nicht mehr Wagen da?«

»Weil die Wagen über vier Dörfer verteilt sind, damit einer immer vor Ort ist und sofort eingesetzt werden kann, während die anderen drei hingefahren kommen«, erklärte Schroedinger. »Das klappt sonst immer sehr gut, aber bei diesem Wetter …« Er deutete auf die Schneeflocken, die unablässig vom Nachthimmel fielen, als wollten sie das ganze Land bedecken und ersticken.

»Meine kleine Isabelle«, murmelte Christine.

»Kann ich Sie jetzt loslassen, Miss?«, fragte der Feuerwehrmann, als er merkte, dass sie sich nicht länger aus seinem Griff zu befreien versuchte. »Versprechen Sie mir, dass Sie nicht versuchen werden, das Haus zu betreten?«

»Ich …«, begann sie, dann war ein lautes Krachen zu hören, und ein Teil des Daches stürzte ein. Sie nickte wie benommen. So sehr sie auch in Sorge um Isabelle war, verstand sie doch, dass sie in den sicheren Tod rennen würde, sollte sie versuchen, in das Haus zu gelangen.

Der Mann ließ sie los und ging zu seinen Kollegen.

»Wie kann so was passieren?«, wollte sie wissen. »Wie kann das Haus einfach in Flammen aufgehen?«

»Das wird die Feuerwehr vielleicht sagen können, wenn die Flammen erloschen sind«, erwiderte der Constable. »Allerdings stehen die Chancen nicht gut, weil sie das Feuer nicht löschen können, sondern es brennen lassen müssen, bis es keine Nahrung mehr findet. Ob sich dann überhaupt noch Spuren finden lassen, steht auf einem anderen Blatt.« Nach einer kurzen Pause fügte er an: »Das mit Isabelle tut mir sehr leid, aber … vielleicht hat sie sich ja ins Freie retten können. Tiere sind in solchen Dingen wirklich gut.«

»Nein«, flüsterte sie. »Das glaube ich nicht.« Sie begann zu schluchzen. »Ich will mir keine Hoffnungen machen, wenn ich doch weiß, dass die sich nicht erfüllen werden.« Dann drehte sie sich um und drückte ihr Gesicht gegen Mikes Schulter, um ihren Tränen freien Lauf zu lassen. Sie musste an irgendetwas anderes denken, sie durfte nicht an ihre Katze denken. Das ertrug sie einfach nicht.

Mike hielt sie an sich gedrückt und schwieg, was ihr viel lieber war als irgendwelche Worte, die tröstend gemeint waren, die aber nicht trösten konnten, weil der Schmerz viel zu tief saß.

Plötzlich hörte sie eine Stimme hinter sich, es war nicht der Feuerwehrmann, der sie zuvor festgehalten hatte. »Entschuldigen Sie, Miss.« Sie nahm den Kopf von Mikes Schulter und drehte sich halb um.

»Ja?«, fragte sie.

»Wenn ich das richtig verstanden habe«, sagte der Mann, der etwas kleiner war als sie und für einen Feuerwehrmann fast schon schmächtig wirkte, »dann waren Sie der einzige Gast in diesem Bed & Breakfast. Stimmt das?«

»Ja«, sagte sie schniefend. »Zusammen mit meiner Katze. Mrs Brooks ist ja gestern Abend erschossen worden.«

»Ich weiß. Oh, ich bin übrigens Nick Lazenby …«

»Christine Bell«, erwiderte sie.

»Ich begreife nicht, was hier auf einmal los ist«, sagte er mehr an den Constable als an sie gerichtet. »Marks ist tot, Turner ebenfalls, Mrs Brooks wird hinterrücks erschossen, und jetzt geht auch noch ein Haus in Flammen auf.« Er sah wieder Christine an. »Seien Sie froh, Miss Bell, dass wir nicht mehr im Mittelalter leben, sonst hätten die Leute längst behauptet, dass Sie eine Hexe sind und das Böse nach Gleannlochy gebracht haben.«

»Soll mich das jetzt aufbauen?«, fuhr sie Lazenby an. »Ich habe meine Katze verloren, glauben Sie da etwa, dass ich mich daran erfreuen kann, dass ich *nicht* als Hexe auf dem Scheiterhaufen landen werde? Wenn Sie nichts Intelligenteres zu sagen haben, dann halten Sie lieber den Mund.

Oder gebrauchen Sie Ihren Atem, um die Flammen zu löschen!«

Sie merkte, dass Mike den Kopf schüttelte, und verstand instinktiv, dass seine Geste Unverständnis bedeutete und an den Feuerwehrmann gerichtet war.

Lazenby machte eine betretene Miene. »Ähm … tut mir leid, Miss Bell, das war wohl nicht so glücklich formuliert. Das mit Ihrer Katze wusste ich nicht.«

»Ja, schon gut«, murmelte sie. Ihr stand nicht der Sinn nach einer langen Diskussion, und je eher sie ihre Ruhe hatte, umso besser.

»Ich müsste Sie aber trotzdem noch etwas fragen, da sich außer Ihnen seit gestern Abend niemand im Haus aufgehalten hat«, fuhr er vorsichtig fort.

»Und was?«, gab sie gereizt zurück.

»Wissen Sie, ob Mrs Brooks mit Renovierungsarbeiten beschäftigt war?«

»Nicht dass ich wüsste. Wieso interessiert Sie denn das?« Mit einem Mal war sie wieder etwas hellhöriger.

»Nun, zum einen sind die Nachbarn, die uns verständigt haben, der Meinung, dass sie gegen elf Uhr mindestens einen dumpfen Knall gehört haben«, erklärte er. »Ein möglicher Grund dafür könnte sein, dass Behälter mit Leim oder mit Lack durch die Hitze zur Explosion gebracht wurden. Das würde auch erklären, dass das Feuer so schnell um sich gegriffen hat.«

»Das Haus stand doch schon um Viertel nach elf vollständig in Flammen«, wandte der Constable ein. »Wir waren ein paar Häuser weiter im Untergeschoss und haben da den Schein der Flammen gesehen, und das war dann noch zwei oder drei Minuten früher, also um zwölf oder dreizehn nach elf. So schnell greift doch ein Feuer nicht um sich …« Er geriet ins Stocken. »Es sei denn …«

Der Feuerwehrmann nickte ernst. »Ganz genau.«

Christine sah zwischen den beiden hin und her. »Es sei

denn was?«, wollte sie wissen. »Kann ich bitte auch erfahren, um was es hier geht?«

»Brandbeschleuniger«, sagte Lazenby.

»Brandbeschleuniger?«, wiederholte sie ungläubig. »Sie wollen mir erzählen, dass jemand Benzin oder so was verschüttet und dann angezündet hat?«

Wieder nickte Lazenby. »Es ist die einzige Erklärung dafür, dass das Feuer sich so rasend schnell ausgebreitet hat. Da wollte wohl jemand das Haus abfackeln. Gut, dass Sie nicht ... dass Sie sich nicht auch da drin aufgehalten haben, als das Feuer gelegt wurde.«

»Augenblick mal.« Christine löste sich aus Schroedingers Armen. »Wenn das Feuer gelegt wurde, dann wollte mich jemand umbringen.«

»Nein, Miss Bell, so dürfen Sie das nicht gleich auslegen«, wandte der Feuerwehrmann ein. »Es kommt vor ...«

»Entschuldigen Sie, Mr Lazenby, aber davon *muss* ich ausgehen!«, widersprach sie ihm energisch. »Mrs Brooks wurde erschossen, weil sie mit meiner Transportbox das Haus verlassen hat. Der Schütze hat Mrs Brooks mit mir verwechselt und sie hinterrücks ermordet – weil er mich töten wollte. Und wenn Sie sagen, dass hier Brandbeschleuniger im Spiel waren, dann wollte der Brandstifter nicht nur das Haus in Schutt und Asche legen, sondern er wollte mich in den Flammen umkommen lassen.« Nach einer kurzen Pause fügte sie hinzu: »Der Drecksack hat Isabelle ermordet. Wenn der mir zwischen die Finger kommt ...«

»Schon gut, Christine«, versuchte Mike sie zu beruhigen. »Wir werden ihn schon fassen.«

»Haben wir denn auf einmal eine Spur?«, raunte sie ihn an, da ihr sein bemutternder Tonfall nicht gefiel. »Wissen wir jetzt, wo wir nach ihm suchen sollen?«

»Ich ... also ... bislang nicht, aber ...«

»Mike, Sie kennen mich noch nicht sehr lange, deswegen möchte ich Ihnen eines sagen: Bei mir kommen Sie mit

Beteuerungen und Versprechungen nach dem Motto ›Das wird schon wieder‹ nicht weiter. Solche gut gemeinten Besänftigungsversuche stoßen bei mir auf taube Ohren.«

»Christine, Sie dürfen das nicht persönlich nehmen«, warnte Schroedinger sie. »Wenn Sie die Distanz zu unserem Täter verlieren, dann riskieren Sie, dass Sie im entscheidenden Moment nicht klar denken und ihn zum Handeln herausfordern, obwohl Sie ihm nicht gewachsen sind.«

»Ach, hören Sie schon auf damit. Er fordert *mich* heraus, Mike!«, zischte sie. »Er fordert *mich* heraus! Zweimal hat er versucht, mich zu töten, beide Male musste ein anderer dran glauben, zuerst Mrs Brooks, und jetzt meine kleine Isabelle. Es ist mein gutes Recht, das persönlich zu nehmen, und wenn der Dreckskerl mir zufällig vors Auto läuft, dann muss er nicht darauf hoffen, dass ich rechtzeitig bremse!«

»Okay, Christine«, sagte der Constable geduldig, während Lazenby zwischendurch einen Blick auf das brennende Haus warf. »Ihre letzte Bemerkung haben wir alle nicht gehört, damit wir sie nicht vor Gericht wiederholen müssen, wenn der Staatsanwalt versucht, Sie wegen Selbstjustiz zu belangen.« Er fasste sie an den Schultern und drehte sie so zu sich herum, dass sie ihn ansah. »Christine, ich kann mir vorstellen, wie Sie sich im Moment fühlen. Ich hatte über die Jahre hinweg drei Hunde, alle sind im Garten meiner Eltern beerdigt. Ich weiß, wie es Ihnen ergeht. Und es wird sogar noch schlimmer sein, weil ein anderer für den Tod Ihrer Katze verantwortlich ist, aber Sie dürfen sich nicht von Rachegefühlen leiten lassen. Es stimmt, dass ich Sie noch nicht sehr lange kenne, aber in den letzten zwei Tagen habe ich genug von Ihnen mitbekommen, um sagen zu können, dass Ihre Vernunft Ihre besondere Stärke ist. Sie sehen die Dinge von der logischen Seite, Sie lassen sich nicht von irgendwelchen Gefühlen beeinflussen. Wenn Sie das jetzt ändern, dann wird diesem Mörder das gelingen, was er bislang nicht geschafft hat – dann wird er Sie umbringen. Sie müssen so weitermachen wie bisher, nur dann haben wir eine Chance, den Kerl zu erwischen. Und das hoffentlich noch, bevor es weitere Opfer zu beklagen gibt.«

Christine wollte ihm eigentlich gar nicht zuhören, sie wollte nichts von den Dingen wissen, die Mike da redete. Sie wollte nur Isabelle rächen, aber … ja, er hatte völlig recht. Wenn sie blindlings drauflosstürmte, würde sie nur das tun, worauf der Mörder wartete. Nein, sie durfte nicht unüberlegt reagieren. Sie musste die Ruhe bewahren.

»Miss Bell«, meldete sich wieder Lazenby zu Wort. »Ich verstehe ja, dass Sie aufgewühlt sind, aber wenn dieser Mörder es tatsächlich auf Sie abgesehen hatte, warum legt er dann das Feuer, wenn Sie nicht im Haus sind? Das ergibt doch keinen Sinn.«

»Er hat gedacht, dass ich um elf Uhr schon zurück bin«, betonte sie. »Mr Lazenby, man kann doch ein Feuer mit zeitlicher Verzögerung legen, nicht wahr?«

»Wie soll ich das verstehen?«

»Ich meine, kann man ein Feuer mit einer Art Zeitzünder auslösen?«

»Ja, das ist kein Problem, da muss man nur einen …«

»Details brauche ich keine, es geht nur um die grundsätzliche Frage«, unterbrach sie den Feuerwehrmann, dann sah sie zu Schroedinger. »Wie lange geht normalerweise der Karaoke-Abend im Red Suede Shoes?«

»Maximal zwei Stunden, wenn's länger dauert, laufen die Kunden in Scharen davon. Je später der Abend, umso mehr Alkohol haben die Gäste getrunken, und das hört man dann ihrem Gesang an.«

»Also bis neun Uhr«, folgerte sie.

Der Constable nickte. »Und spätestens um zehn macht der Wirt den Pub zu, weil die Leute, die zu viel getrunken haben, unbedingt noch singen wollen und nach einer Weile ungemütlich werden!«

»Um zehn«, wiederholte sie nachdenklich. »Dann wusste der Täter, dass ich spätestens um halb elf zurück in Mrs Brooks' Haus sein würde, also eine halbe Stunde vor dem Feuer. Aber er hat nicht einkalkuliert, dass wir im Pub mit Dorsey und Eaning zusammentreffen würden. Er hat nicht erwartet, dass wir den toten Turner noch heute Abend finden würden. Nur dadurch war ich um elf nicht im Haus.«

»Er muss sich seiner Sache sehr sicher sein«, überlegte Schroedinger. »Der Mörder muss gesehen haben, dass ich in den Pub gegangen bin, und dann hat er Ihnen aufgelauert, und nachdem Sie ebenfalls im Red Suede Shoes waren, ist er ins Haus eingestiegen und hat seine Falle vorbereitet.«

»Richtig«, stimmte Christine ihm zu. »Und da Sie im Pub waren, wusste er auch, dass Dorsey und Eaning Sie nicht erreichen würden, falls sie versuchen sollten, Sie anzurufen.«

Sie drehte sich um und betrachtete bestürzt das Haus, aus dem unverändert die Flammen in die Höhe schlugen. Warum nur? Was wusste sie über den Mörder? Sie half dem Constable doch nur bei den Ermittlungen, aber sie kannte nicht die Identität des gnadenlosen Killers. Doch der schien ernsthaft zu fürchten, dass Schroedinger ihm auf die Spur kommen würde, wenn er Hilfe bei der Suche nach dem Täter hatte.

»Isabelle«, flüsterte sie, dann ließ sie sich vom Constable wegziehen.

»Kommen Sie, Christine, Sie brauchen jetzt ein Quartier für die Nacht, wo Sie auch sicher sind«, sagte er.

»Ich will kein Quartier für die Nacht«, widersprach sie ihm zornig und zugleich unendlich traurig. »Ich will Isabelles Mörder finden.«

»Ich weiß, aber das wird Ihnen heute Nacht nicht gelingen. Wir können morgen früh auf die Suche gehen, dann fragen wir in der Nachbarschaft herum, ob jemand etwas Verdächtiges beobachtet hat.«

»Hören Sie doch auf, Mike«, wandte sie ein. »Hier hat bei

den drei vorangegangenen Morden niemand etwas Verdächtiges beobachtet. Warum sollte das jetzt auf einmal der Fall sein? Dieser Mörder ist ein Phantom, niemandem fällt er auf, weil er seit Langem in diesem Dorf lebt. Jeder kennt ihn, er kennt jeden, und wenn er einem auf dem Weg zum Tatort begegnet, dann erinnert man sich nicht mehr daran, weil man ihn beim Einkaufen im Supermarkt sieht, beim Metzger, im Pub. In einem Jahr läuft man ihm so wie jedem anderen in Gleannlochy tausend Mal über den Weg, und man braucht gar nicht zu vergessen, dass man ihn gesehen hat, weil man es sich gar nicht erst merkt. Was mich angeht, kann sich jeder genau daran erinnern, wann er mich wo gesehen hat, weil ich nicht zum Inventar gehöre, weil ich die Ausnahme von der Eintönigkeit in diesem Dorf bin. Wir werden ihn niemals finden! Und er wird weiter morden!«

Schroedinger blieb stehen und sah sie lange Zeit schweigend an. Dann erklärte er mit leiser, aber energischer Stimme: »Christine, wir werden ihn finden. Es kann sein, dass er weitere Morde begehen wird, aber das ändert nichts an der Tatsache, dass wir ihn finden werden. Entweder unterläuft ihm ein Fehler, der uns auf seine Spur bringt, oder aber jemand meldet eine Beobachtung, die uns weiterhilft. Auf jeden Fall werden wir ihn finden, und Sie werden mir dabei helfen, weil ich das allein nicht schaffen kann. Ich brauche jemanden mit scharfem Verstand, der mich auf Dinge aufmerksam macht, Dinge wie beispielsweise diese Spielkarten. Ich brauche Sie, aber ich brauche die Christine, die resolut ermittelt, die Leuten sagt, was sie denkt. Nicht gebrauchen kann ich die Christine, die einfach aufgibt und die unsere Ermittlungen für sinnlos hält.«

Christine kämpfte mit den Tränen, weil ihre Gedanken immer wieder um Isabelle kreisten, die ihr eine so treue Begleiterin geworden war. Aber die Worte des Constables drangen zu ihr durch, und sie begann zu nicken, weil sie verstand, was er meinte. Wenn sie jetzt aufgab, würde der

Mörder ganz sicher ungeschoren davonkommen, und fast genauso sicher würde er wieder versuchen, sie zu töten, auch wenn sie sich künftig aus den Ermittlungen heraushielt. Sie war dem Täter ein Dorn im Auge, und er musste sie ausschalten. Und das durfte nicht geschehen. Wenn sie es schon nicht für sich selbst tat, dann zumindest für Isabelle, die nichts weiter getan hatte, als sie auf den ersten Toten aufmerksam zu machen. Isabelle hatte den Stein ins Rollen gebracht, und wenn Christine nicht das zu Ende führte, was ihre Katze begonnen hatte, dann würde die ihr Leben ganz umsonst geopfert haben.

»Ja, schon klar«, antwortete sie nach einer Weile. »Ich weiß, was Sie meinen. Ich *muss* diesen Kerl finden, ich muss es für Isabelle tun, weil es das Einzige ist, was ich noch für sie tun kann.«

»Gut so, das ist die richtige Einstellung«, sagte er. »Und jetzt kommen Sie mit, ich werde Sie in ein sicheres Quartier bringen.«

Als Christine am nächsten Morgen erwachte, fühlte sie als Erstes eine unendliche Leere, da sie wusste, dass Isabelle nicht da war. Aber sie zwang sich, diese Gedanken zu verdrängen, weil sie ansonsten wohl den ganzen Tag nicht aus dem Bett gekommen wäre und sich die Decke über den Kopf gezogen hätte, um nichts und niemanden zu sehen.

Sie schlug die Augen auf und war einen Moment lang desorientiert, als sie Gitterstäbe vor dem einzigen Fenster und eine Metalltür mit einer kleinen vergitterten Öffnung in diesem engen und äußerst spartanisch eingerichteten Raum erblickte. Sie grübelte ernsthaft darüber nach, ob sie wohl in der letzten Nacht jemanden verprügelt oder sogar ermordet hatte, was erklären würde, dass sie in dieser Zelle gelandet war.

»Hallo?«, rief sie.

Prompt waren von nebenan Schritte zu hören, hinter dem

kleinen Fenster in der Tür tauchte ein vertrautes Gesicht auf. »Mike«, sagte sie. »Was mache ich hier?«

»Sie übernachten auf Staatskosten«, antwortete er grinsend und öffnete die Metalltür, die in den Scharnieren laut quietschte.

»Habe ich jemanden …«, begann sie, aber er schüttelte den Kopf.

»Sie haben niemanden umgebracht, auch wenn Sie dafür in der richtigen Stimmung waren«, unterbrach er sie. »Das Bed & Breakfast ist abgebrannt, und ich habe Sie hergebracht, damit Sie auf der Wache übernachten, wo Sie auf jeden Fall in Sicherheit sind. Tut mir leid, dass das Bett nicht allzu bequem ist …«

»Das ist wirklich eine maßlose Untertreibung, Mike«, fiel sie ihm ins Wort. »Ein Holzbrett, auf dem ein Taschentuch ausgebreitet liegt, ist angenehmer als dieses Folterinstrument. Falls Sie damit Verdächtige schneller zum Reden bringen wollen, dann könnte Ihnen das gelingen, und ein zum Bett deklariertes Holzbrett wird wohl nicht mal Amnesty International bemängeln können.«

»… aber auf jeden Fall konnte Sie hier niemand umbringen«, führte er seinen Satz ungerührt zu Ende.

»Hm, das klingt wie aus einem schlechten Film, weil der Killer im nächsten Augenblick eine Ampulle mit einem tödlichen Gas in den Raum wirft, uns beide tötet und entkommt.« Sie sah zur Tür, aber es kam kein Killer herein. Schulterzuckend meinte sie: »Aber es scheint zu funktionieren.«

Sie stand auf und streckte sich, wobei sich jeder Muskel schmerzhaft zu Wort meldete. Da sie nichts von ihren Sachen aus dem Bed & Breakfast hatte retten können, war sie gezwungen gewesen, in ihrer Straßenkleidung zu schlafen.

»Ich habe Ihnen übrigens was mitgebracht«, sagte Schroedinger und hielt zwei Tüten hoch. »Ich dachte mir, ich leihe Ihnen ein paar T-Shirts und Pullover von mir. Ist Ihnen zwar alles ein paar Nummern zu groß, aber so können Sie sich wenigstens mal was Frisches anziehen. Ein Kissen und eine Wolldecke gibt's noch dazu, damit Sie es hier nächste Nacht etwas bequemer haben.«

»Das ist wirklich nett von Ihnen, Mike, dass Sie so um mein Wohlergehen besorgt sind«, sagte Christine und lächelte ihn dankbar an. »Sie bekommen auch alles gewaschen von mir zurück, versprochen.«

Der Constable zeigte ihr das kleine Badezimmer, und sie machte sich frisch, so gut es unter diesen Umständen ging, dann kam sie nach vorn ins Büro.

Das war sehr bescheiden eingerichtet, ein schlichter Schreibtisch, zwei Bürostühle, ein Aktenschrank, dazu ein Telefon mit Faxgerät, außerdem ein Laptop, der als Einziger neueren Datums war.

»Willkommen in meinem kleinen Reich«, begrüßte Schroedinger sie, als er mit zwei Tassen Kaffee aus der Küche kam und sie auf den Schreibtisch stellte. »Wie fühlen Sie sich?«

Sie setzte sich auf den zweiten Bürostuhl und trank einen Schluck Kaffee, woraufhin sie den Mund verzog.

»Zu stark?«

»Ja, aber gut«, antwortete sie. »Dann werde ich wenigstens richtig wach und bekomme einen klaren Kopf.« Dann hielt sie kurz inne. »Wie ich mich fühle, wollten Sie wissen … keine Ahnung. Leer und ausgebrannt … nutzlos … suchen Sie sich was aus. Ich habe Isabelle im Stich gelassen.«

»Das haben Sie nicht«, widersprach der Constable. »Sie konnten nicht wissen, dass er zu solchen Mitteln greifen würde.«

»Ich hätte es ahnen müssen«, sagte sie. »Der Mörder hasst nicht nur mich, weil ich Ihnen bei der Arbeit helfe, sondern er hat auch Isabelle gehasst. Das hätte mir klar werden müssen, als er ihre Transportbox mit Kugeln durchsiebt hatte. Welchen anderen Grund hätte er sonst gehabt, sie erschießen zu wollen, nachdem er mich scheinbar getötet hatte, auch wenn er mich mit Mrs Brooks verwechselt hat. Isabelle hätte ihm egal sein können, aber er muss davon erfahren haben, dass sie mich auf den toten Nathan Marks aufmerksam gemacht hatte.«

Widerstrebend nickte Schroedinger. »Wenn Sie so argumentieren, dann passt es natürlich. Vielleicht hatte er gewollt, dass ein anderer den Toten findet, und Sie haben ihm gemeinsam mit Isabelle dazwischengefunkt.«

Sie horchte auf. »Interessanter Gedanke. Wer hätte ihn gefunden, wenn Isabelle nicht auf die Leiche aufmerksam geworden wäre?«

»Derjenige vermutlich, der ihn als Erster vermisst hätte. Irgendwann hätte jemand gefragt: ›Wo ist eigentlich Mr Marks? Ich hab ihn schon seit ein paar Tagen nicht mehr gesehen.‹ Und dann wäre jemand zu seinem Haus gegangen, um zu klingeln und zu klopfen, und wenn er ums Haus herumgegangen wäre, hätte er durch das Kellerfenster den Toten entdeckt.«

»Nicht ›jemand‹«, konterte Christine. »Seine drei Freunde hätten ihn als Erste vermisst, da er nicht zu den Proben gekommen ist. Vielleicht hätten sie nicht schon in den ersten Stunden nach ihm gesucht, immerhin hatten sie Turners Nichte dazugeholt, damit sie Marks' Part liest. Aber am Abend wären sie bestimmt von der Stadthalle kommend bei ihm vorbeigegangen und hätten geklingelt, und einer von ihnen wäre auf die Leiche gestoßen.«

»Richtig, aber wenn der Mörder den dreien irgendeine Botschaft zukommen lassen wollte, ist er damit kläglich gescheitert«, betonte Mike. »Keiner der drei kann sich einen Reim darauf machen, warum jemand Nate ermordet hat, und selbst jetzt, nachdem auch Harris tot ist, haben die beiden Überlebenden keine Ahnung, wer als Täter infrage kommt.«

»Vielleicht hatte es der Mörder nur auf Marks und Turner abgesehen«, überlegte Christine, »und Turner hat seinen beiden Freunden und uns gegenüber nach Marks' Tod kein Wort gesagt, weil es etwas betrifft, was nur die beiden wussten und was sie keinem anvertrauen wollten.«

»Wenn das der Fall ist, dann hat Turners Schweigen ihn das Leben gekostet«, sagte er. »Ob es das wert war?«

»Ganz sicher«, meinte sie. »Es muss etwas sein, das ihn den Mund halten ließ und das für den Mörder so wichtig ist, dass er auch noch mich aus dem Weg haben will.«

»Aber Sie haben mit all diesen Dingen nichts zu tun. Sie sind hier in jeder Hinsicht eine Außenstehende.«

Sie zuckte mit den Schultern. »Möglicherweise fürchtet er, dass ich als Außenstehende etwas erkenne, was hier im Dorf niemandem auffallen würde. Sie kennen doch Sprüche wie: ›Das haben wir schon immer so gemacht, das kennen wir gar nicht anders.‹ Ich gehe davon aus, dass diese Denkweise hier auch vorherrscht, richtig?«

Nach kurzem Überlegen nickte Schroedinger. »Ja, das kann man so sagen. Die Leute hier sind nicht leicht für etwas Neues zu begeistern.«

»Eben, und ich als die Außenstehende könnte Zusammenhänge entdecken, die Ihnen allen hier in Ihrer jahrelangen Routine nicht mehr auffallen. Also will er mich loswerden.«

»Was wir natürlich verhindern müssen«, erklärte er und sah auf die Uhr. »Halb neun. Kommen Sie, wir reden mal mit Nick Lazenby, ob er neue Erkenntnisse zum Feuer hat.«

»Sie haben nicht zufällig was zu essen im Büro?«, fragte sie, da auf einmal ihr Magen knurrte.

»Da muss ich leider passen. Aber da wir sowieso zu Mrs Brooks' Haus gehen, sind wir ganz in der Nähe der Abbey Road. Dort ist die Bäckerei Willingsly, die hat sonntags immer bis um elf Uhr geöffnet. Da können wir uns was fürs Frühstück holen.«

Sie nickte zustimmend und griff nach ihrem Mantel, dann hielt ihr Mike die Tür auf. Draußen schlug ihr ein eisiger Wind entgegen, aber so wie an den Tagen zuvor waren auch an diesem Sonntagmorgen alle Gehwege und die Straßen geräumt, sodass sie trotz des Schnees gut vorankamen, der sich links und rechts des Weges türmte und das Dorf insgesamt fest in seinem Griff hatte.

Noch bevor sie den einmündenden Cooper Drive erreicht hatten, konnten sie bereits die rußgeschwärzten Überreste des abgebrannten Hauses sehen. Unwillkürlich lief Christine ein Schauer über den Rücken, da ihre Gedanken wieder um Isabelle zu kreisen begannen.

Nick Lazenby stand neben dem Feuerwehrwagen auf dem Gehweg und nickte ihnen zu, als sie sich ihm näherten. »Morgen, Miss Bell, Morgen, Mike«, sagte er und deutete auf die Ruine. »Gegen vier Uhr fand das Feuer immer weniger Nahrung, und gegen sechs konnten wir dann die Löscharbeiten auf das Haus konzentrieren. Vor einer halben Stunde haben wir die letzten Flammen erstickt.«

Christine sah zum Nebenhaus, auf dessen Fassade in der Nacht das Löschwasser gerichtet worden war, um ein Übergreifen der Flammen zu verhindern. Inzwischen war diese Seite des Gebäudes mit einer zentimeterdicken Eisschicht überzogen, da die Kälte das Löschwasser hatte gefrieren lassen. Auch die Überreste von Mrs Brooks' Haus sahen zum Teil so aus, doch dass es sich dabei erst einen Tag zuvor noch um ein ganz normales Wohnhaus gehandelt hatte, davon war nun fast nichts mehr zu erkennen. Böden, Decken und Wände sowie die Treppe in den ersten Stock waren aus Holz gewesen, von ihnen existierten nur verkohlte Reste. Die gesamte Inneneinrichtung war ein Raub der Flammen geworden, das Dach war komplett eingestürzt, und auch Teile der Außenmauern waren unter der Hitze zusammengebrochen.

»Wie Sie sehen, Miss Bell, ist von dem Haus nicht mehr

viel übrig, und das, was noch existiert, können wir wegen akuter Einsturzgefahr nicht betreten«, erläuterte Lazenby, während er die beiden in den Garten führte und mit ihnen um die schwarze Ruine herumging. »Solange sind wir nicht in der Lage, eine definitive Aussage zur Ursache des Feuers zu machen. Aber mit Blick darauf, wie schnell sich das Feuer ausgebreitet hat, müssen Brandbeschleuniger im Spiel gewesen sein. Da genügen Behältnisse mit relativ kleinen Mengen an strategisch gut gewählten Stellen, und dann greifen die Flammen rasend schnell um sich. Ein normaler Brand wäre auf keinen Fall so abgelaufen.«

»Also Brandstiftung«, sagte der Constable und fasste nur zusammen, was Lazenby eigentlich bereits ausgeführt hatte. »Dann werde ich mal die Nachbarn aus dem Bett klingeln, was ich in letzter Zeit ziemlich häufig mache, und fragen, ob jemand etwas Verdächtiges beobachtet hat.«

»Die Arbeit können Sie sich sparen«, ließ der Feuerwehrmann ihn wissen. »Ich habe im Lauf der Nacht mit allen Leuten aus der Nachbarschaft gesprochen, weil nach und nach jeder hergekommen ist, um sich danach zu erkundigen, welche Fortschritte wir machen. Dabei habe ich von mehreren Anwohnern unabhängig voneinander erfahren, dass sie zwischen halb sieben und Viertel vor sieben ein Kind gesehen haben, das auf der Straße und im Garten des Hauses unterwegs war.«

»Das Ganze soll ein Kinderstreich gewesen sein?«, warf Christine ein. »Nein, das kann nicht sein. Hier muss sich noch jemand aufgehalten haben. Das Kind hat mit Sicherheit nur gespielt und ist dabei durch den Garten gelaufen. Vielleicht hat es die Gelegenheit genutzt, dass Mrs Brooks nicht mehr lebt. Womöglich hat sie das Kind immer weggeschickt, wenn es hier spielen wollte, und das hat es jetzt nachgeholt.«

Lazenby zuckte mit den Schultern. »Ich kann Ihnen nur weitergeben, was ich gehört habe. Dass das Kind etwas mit dem Feuer zu tun hat, halte ich auch eher für unwahrscheinlich. Auszuschließen ist es zwar nicht völlig, aber das Kind hätte dann ein paar Benzinkanister mitschleppen müssen, und das macht es noch unwahrscheinlicher.«

Als Schroedinger sich umsah, ergänzte der andere Mann: »Nach Spuren brauchen Sie gar nicht erst zu suchen. Durch die Hitze ist der Schnee geschmolzen, und den Rest haben meine Leute zertrampelt, als sie versucht haben, das Feuer wenigstens unter Kontrolle zu bringen. Wer immer sich da ins Haus geschlichen hat, Fußspuren sind da keine mehr zu finden.«

Der Constable dankte ihm für die Mühe, die sich Lazenby gemacht hatte, dann verließen er und Christine das Grundstück und gingen weiter bis zur Abbey Road, um die Bäckerei aufzusuchen. Es war ein ziemlich kleines Ladenlokal, doch die Auswahl war fast schon überwältigend, und nach den Beschriftungen an den Regalen zu urteilen, wurden hier Brotsorten aus halb Europa angeboten, die alle sehr verlockend aussahen. Doch dann fiel Christines Blick auf ein Tablett mit Zimtschnecken in der Auslage vor ihr, und es war um sie geschehen. »So was habe ich einmal in einer kleinen Konditorei in Earl's Court gegessen, aber als ich dann wieder hinfuhr, hatte da bereits ein afrikanischer Telefonladen aufgemacht«, erzählte sie Mike und ließ sich gleich drei Schnecken einpacken. »Ich glaube, für diese Schnecken könnte ich nach Gleannlochy umziehen.«

»Wir verschicken auch«, sagte die grauhaarige Frau hinter der Theke. »Egal, was Sie haben wollen, wir verschicken alles per Kurier. Sie können über unsere Website bestellen, und wenn Sie das bis um sechzehn Uhr machen, dann wird das am nächsten Tag bis um elf ausgeliefert.« Während sie redete, hielt die Frau ihr einen Zettel hin, auf dem die Internetadresse und eine Auswahl an Spezialitäten aufgelistet waren. »Wenn Sie das Überraschungspaket nehmen, erhalten Sie Kostproben von zehn verschiedenen Brotsorten.

Und wenn Sie bei der Bestellung ›Zimtschnecke‹ vermerken, werde ich speziell für Sie noch eine Schnecke dazulegen«, ergänzte sie lächelnd.

»Das werde ich mir merken, vielen Dank«, erwiderte Christine und bezahlte, dann wartete sie, bis Schroedinger sein Sandwich erhalten hatte. Sie verließen das Geschäft und blieben auf dem Fußweg stehen.

»Und nun?«, fragte sie den Constable.

»Nun müssen wir überlegen, wie wir weiter vorgehen«, sagte er. »Die wichtigsten Anlaufstellen habe ich bereits abgeklappert, die Pubs und die Bäckerei hier, also all die Orte, an denen viele Leute zusammenkommen, damit die Chancen besser stehen, dass jemand etwas gehört hat. Ich habe die Geschäftsinhaber gebeten, ihre Kunden in meinem Namen anzusprechen, damit sie sich bei mir melden, wenn ihnen etwas einfällt, was mit den Morden zusammenhängen könnte. Aber bislang ist dabei nichts herausgekommen.«

»Also gibt es derzeit niemanden, den wir noch befragen könnten?«

»Niemanden außer Dorsey und Eaning«, antwortete er.

»Was sollen die beiden uns noch sagen?«, wollte sie wissen. »Sie haben gesagt, dass sie keine Ahnung haben, und falls sie das nur behaupten, weil sie selbst auch in das verstrickt sind, was Turner und Marks umgebracht hat, dann werden sie auch nichts verraten, wenn wir noch mal mit ihnen reden.«

Schroedinger zuckte mit den Schultern. »Ja, ich weiß. Aber ich schätze, tief in meinem Herzen glaube ich noch immer an das Gute im Menschen, und deshalb denke ich, dass die beiden uns nichts verheimlichen. Jedenfalls hoffe ich das. Ansonsten könnte es für sie nämlich auch noch gefährlich werden.«

Christine nickte. »Daran hatte ich auch schon gedacht«, räumte sie ein. »Wenn sie etwas wissen und nichts sagen, dann sind sie entweder davon überzeugt, dass der Mörder die Verbindung zu ihnen nicht kennt und ihnen keine Gefahr droht. Oder sie sind so naiv und glauben, sich gegen ihn schon zur Wehr setzen zu können, wenn er plötzlich vor ihnen steht.« Sie machte eine unschlüssige Miene. »Na ja, schaden kann es nicht, wenn wir noch mal mit ihnen reden. Vielleicht haben sie sich in der Zwischenzeit Gedanken darüber gemacht und können uns ein paar Spekulationen liefern, die uns auf neue Ideen bringen, wo wir nach dem Täter suchen sollten.« Auf einmal schlug sie sich mit der flachen Hand gegen die Stirn. »Oh nein, wie konnten wir denn das vergessen? Mike, dafür sollte ich Sie ohrfeigen – und mich selbst gleich hinterher!«

»Was habe ich denn gemacht?«, fragte er ratlos. »Oder besser gesagt: Was habe ich nicht gemacht?«

»Wir hätten uns bei Marks und Turner umsehen sollen, die Schränke durchsuchen, Unterlagen sichten und so weiter. Vielleicht finden wir da einen Hinweis auf das Motiv.«

»Das ist eine Menge Arbeit bei zwei Häusern«, wandte er ein und klang ganz so, als hätte er darauf nun wirklich überhaupt keine Lust.

»Wir teilen uns auf, jeder nimmt sich ein Haus vor, und dann werden wir ja sehen, ob wir fündig werden«, erklärte Christine.

Gut zwanzig Minuten später standen sie vor Harris Turners Haus, Schroedinger schloss die Tür auf und drückte Christine den Schlüssel in die Hand. »Sie schließen hinter mir ab, sobald ich gegangen bin«, wies er sie an.

»Das hätte ich auch ohne Aufforderung gemacht«, gab sie zurück.

Er ging vor und sah sich erst in jedem Zimmer um, damit er Gewissheit haben konnte, dass sich sonst niemand dort versteckt hielt, schließlich kehrte er zurück zur Tür. »Hier haben Sie die Nummer von Marks' Anschluss. Sie wissen ja, innerhalb des Ortes ist das Telefonieren möglich. Wenn Sie etwas Brauchbares entdecken, rufen Sie mich an, damit ich herkomme. Machen Sie sich nicht zu Fuß auf den Weg zu Marks' Haus. Ich will nicht, dass Sie allein durch die Gegend laufen.«

»Ja, ja, ich weiß«, sagte sie gedehnt und verdrehte die Augen. Wie oft wollte er ihr das wohl noch sagen? Ihr war klar, dass sie da draußen in Lebensgefahr schwebte, weil sie nicht wussten, wo sich der Mörder aufhielt. »Jetzt gehen Sie schon, damit ich anfangen kann.«

Nachdem er das Haus verlassen hatte, schloss sie ab, dann zog sie den Mantel aus und legte ihn über den Stuhl, der neben der Garderobe im Flur stand. »Wollen wir doch mal sehen, ob wir hier nicht fündig werden«, murmelte sie und begann im Wohnzimmer. Das Gute an dieser Betätigung war, dass sie sich so sehr konzentrieren musste, dass einfach keine Zeit blieb, über Isabelle nachzudenken. Sie wusste, diese Gedanken hätten sie gelähmt, vor allem wegen ihrer Schuldgefühle, weil sie ihre Katze im Stich gelassen hatte. So war sie abgelenkt, und sie tat etwas Sinnvolles.

Im Wohnzimmer betrachtete sie die Wallace- und Durbridge-Sammlung und beschloss, erst einmal nur einen flüchtigen Blick in die Schubladen und die Regale zu werfen, um sich davon zu überzeugen, dass dort tatsächlich alles nur diesem Thema gewidmet war. Sollte sie im übrigen Haus nicht fündig werden, konnte sie immer noch gründlicher nachsehen, ob zwischen den Sammelobjekten irgendetwas versteckt war.

Tatsächlich stieß sie nur auf Berge von Aushangfotos, Pressefotos, Zeitungsausschnitten und Kinoprogrammen, und eigentlich hatte sie auch nicht erwartet, dass sich dort etwas anderes finden ließ. Schließlich deutete die penible Ordnung in diesen Regalen bereits darauf hin.

Sie wandte sich von der Sammlung ab und durchquerte das Wohnzimmer, um sich das Sideboard vorzunehmen.

Dort standen hinter der linken Tür nur alle möglichen Gläser, die für die unterschiedlichsten Getränke gedacht waren, die sich hinter der rechten Tür verbargen. In den Schubladen in der Mitte fanden sich Utensilien wie Untersetzer, Flaschenöffner, dazu kleinere Gläser, die in dem linken Fach zu viel Platz weggenommen hätten. Sie entdeckte auch Stoffservietten und zwei Tischdecken, aber nichts davon half ihr weiter.

Ihr Blick wanderte durch den großzügig geschnittenen Raum, doch sie konnte weiter nichts entdecken, wo noch etwas versteckt worden sein mochte. Also ging sie aus dem Wohnzimmer und schaute ins nächste Zimmer: die Küche. Die Hängeschränke waren schnell gesichtet, ebenso der Schrank unter der Spüle. Der Vollständigkeit halber öffnete sie auch den Kühlschrank, aber der war so spärlich gefüllt, dass sie nur das Eisfach aufklappen musste, um sich zu vergewissern, dass nicht irgendwelche Dokumente eingeschweißt dort versteckt worden waren.

Im Badezimmer warf sie einen prüfenden Blick in den Spiegelschrank, der ebenfalls nichts Auffälliges zu bieten hatte, und hob den Deckel des Wasserkastens der Toilette hoch. In zu vielen Filmen hatte sie gesehen, wie der als Versteck für Drogen und Bargeld benutzt wurde, als dass sie achtlos daran hätte vorbeigehen können. Aber auch dort war nichts verborgen. »Also auf nach oben«, murmelte sie und ging die Treppe hoch. Im ersten Stock gab es ein riesiges Schlafzimmer mit einem Kleiderschrank, der für einen alleinstehenden Mann eigentlich viel zu groß war.

Vom Schlafzimmer ging es weiter in ein Arbeitszimmer, das schon vielversprechender war. Eine Wand wurde von einem bis zur Decke reichenden Regal beansprucht, in dem ein Aktenordner neben dem anderen stand. Die Beschriftung setzte sich aus Abkürzungen zusammen, die auf den ersten Blick keinen Sinn ergaben. Erst als sie wahllos ein paar Ordner herauszog, erkannte sie das System dahinter.

Kontoauszüge, Versicherungspolicen, Militärzeit, Finanzamt waren die Hauptgruppen, in die sich die Regalwand unterteilte. Alles von Anfang der Sechzigerjahre bis zu Briefen vom vergangenen Dienstag war hier systematisch abgelegt worden, und es würde Tage oder sogar Wochen dauern, das alles in der Hoffnung durchzusehen, dass irgendwo etwas ins Auge sprang, das das Motiv des Mörders verriet.

Sie blätterte oberflächlich mal in diesem, mal in jenem Ordner, stellte ihn zurück und holte den nächsten aus dem Regal, ohne dass sie das Gefühl hatte, dem Rätsel auf die Spur zu kommen. Turners Schriftverkehr mit dem Militär und den Behörden war umfangreich, aber ganz gleich, an welcher Stelle sie einen Ordner aufschlug, sie stieß nie auf Beschwerdebriefe, in keinem der Schriftstücke fanden sich Beleidigungen oder Drohungen, es war alles in einem zivilen Umgangston abgefasst, und es drehte sich um Dinge, die zumindest in ihren Augen belanglos erschienen, für einen Mann wie Turner aber wichtig gewesen sein mochten.

Auch die Ordner, die mit »Diverses« beschriftet waren, stellten keine Offenbarung dar. Dort fanden sich Bedienungsanleitungen und Garantiekarten für Haushaltsgeräte, die schon längst auf dem Schrott gelandet sein mussten; lange Listen mit Filmtiteln, allesamt auf Deutsch und für Christine ein Buch mit sieben Siegeln; Prospekthüllen mit Ansichtskarten, die ihm aus aller Welt geschickt worden waren.

Frustriert wandte sie sich dem Schreibtisch zu und sah auf dem Radiowecker, der dort stand, dass es bereits drei Uhr durch war. Sie ging nach unten, holte die Tüte aus der Bäckerei und kehrte zurück nach oben, um dort am Tisch die noch verbliebenen zwei Schnecken zu essen. Während sie das machte, zog sie die Schubladen zu beiden Seiten auf und durchsuchte sie, stieß aber ausschließlich auf Büroutensilien aller Art, nicht aber auf irgendwelche Schriftstücke, die ihrer Suche einen Sinn gegeben hätten. Sie fragte sich, ob es Mike wohl genauso erging, und einen Moment lang spielte sie mit dem Gedanken, ihn anzurufen, stand doch ein Telefon direkt vor ihr.

Aber wenn sie jetzt anrief, würde er glauben, sie hätte etwas gefunden, und diese falsche Hoffnung wollte sie ihm nicht machen. Nein, sie würde sich erst melden, wenn sie tatsächlich auf etwas gestoßen war oder wenn sie für heute genug gesucht hatte und von ihm abgeholt werden wollte.

Sie verließ das Büro und kehrte zurück ins Schlafzimmer, wo sie sich zunächst dem Schrank zuwandte und erst jetzt bemerkte, dass es sich in Wahrheit um zwei große Schränke handelte, die so dicht aneinandergestellt waren, dass sie wie ein einziges Möbelstück aussahen. Sie schob die erste Tür zur Seite, dahinter kamen Regalbretter mit Pullovern, Unterwäsche und Schuhen zum Vorschein, hinter der nächsten Tür hingen Hemden und Hosen auf einer langen Stange, alles nach Farben sortiert und so zusammengehängt, dass eine bestimmte Hose zu einem bestimmten Hemd gehörte. Die dritte Tür gab den Blick frei auf Jacken und Mäntel, alle nach der Dicke geordnet, angefangen von dünner Sommerkleidung, über etwas dickere Jacken für die Übergangszeit bis hin zu gefütterten Winterjacken.

Die Tatsache, dass hier alles vorhanden war, was Turner für das ganze Jahr benötigte, machte sie neugierig, welchem Zweck der zweite Schrank diente. Aus einer völlig unerwarteten Ecke kommend schoss ihr der Gedanke durch den Kopf, Turner könnte ein Serienmörder gewesen sein, der seine Opfer zerlegt und konserviert hatte – und der diese Sammlung an Einzelteilen im zweiten Schrank aufbewahrte.

Ihr Atem stockte, und noch während sie diese absurde Überlegung schnell wieder zu vergessen versuchte, schob sie kurz entschlossen die erste der drei breiten Schiebetüren auf. Dann sah sie … Kartons, nichts als Kartons. Beschriftet waren sie mit Vermerken wie »Sammlung Körner – noch sichten«, »Sammlung Schreiner – noch sichten«, »1968 Gesammeltes« oder »Filmbörse Juli '07». Es kostete sie Mühe, einen der schweren Kartons herauszuziehen und auf den Boden zu stellen, und als sie den Deckel abnahm, stöhnte sie entmutigt auf. Auch wenn sie die Worte auf dem Titelblatt des Magazins nicht verstand, konnte sie dennoch erkennen, dass es einmal mehr um Turners Hobby ging. Sie schob die anderen Türen ein Stück weit zur Seite und fand ihren Verdacht bestätigt: Der gesamte Schrank war mit Dutzenden von Kartons vollgestopft worden, deren Inhalt sich um Durbridge und Wallace drehte. Was im Wohnzimmer stand, war offenbar nicht mehr als ein Drittel oder sogar nur ein Viertel der gesamten Sammlung. Das hier war der »Rest«, der so umfangreich ausfiel, dass Turner offenbar nicht mal dazu gekommen war, den Inhalt dieser Kisten zu sichten.

Christine überlegte, wie sie das nachholen sollte, was Turner nicht gelungen war. Das war unmöglich. Da konnte man ein Dutzend Polizisten ransetzen, um alle Dokumente durchzusehen und nach einem Hinweis zu suchen, der auf die Spur des Mörders führen könnte. Sofern es einen solchen Hinweis überhaupt gab. Wenn das …

Sie unterbrach ihren Gedankengang, da sie etwas gehört hatte. Als hätte jemand eine Wagentür zugeschlagen … ja, das war es. Allerdings sehr laut. So als würde der Wagen dicht vor dem Haus stehen!

Langsam näherte sich Christine dem Fenster und spähte nach draußen. Tatsächlich, da stand ein dunkelgrauer Land Rover in der Einfahrt direkt vor der Garage. Ein hochgewachsener bulliger Mann mit Lederjacke und roter Baseballkappe ging soeben um den Wagen herum, öffnete die Heckklappe und nahm eine große Kiste heraus. Dann schlug er die Klappe zu und … näherte sich dem Haus. Augenblicke später hörte sie, wie die Haustür aufgeschlossen wurde. Ach, verdammt, hätte sie doch nur den Schlüssel stecken lassen! Sie hörte Schritte im Flur, aber die wurden schnell wieder leiser, da der Fremde ins Wohnzimmer ging.

Vorsichtig begab sie sich in den Flur bis zum Treppengeländer und lauschte. Der Mann in der Lederjacke schnaufte laut, so als würde er irgendwelche Gegenstände hin und her bewegen.

Was mache ich denn jetzt?, überlegte sie fieberhaft, dann kam ihr eine Idee. Auf Zehenspitzen kehrte sie ins Arbeitszimmer zurück, lehnte die Tür hinter sich an und griff nach dem Telefonhörer. Mit der anderen Hand fasste sie in ihre Hosentasche, aber der Zettel … der Zettel mit der Telefonnummer war weg! Vielleicht steckte er in der Manteltasche, doch der Mantel lag unten auf dem Stuhl neben der Garderobe. Wie sollte sie es bis dorthin und auch noch zurück nach oben schaffen, ohne von dem Fremden gesehen zu werden?

Auf einmal fiel ihr neben dem Tastenfeld des Telefons eine Reihe von Speicherplätzen auf. Ja, natürlich. Marks musste als einer seiner drei engsten Freunde dort erfasst sein. Sie beugte sich vor und schaute auf die Klebezettel neben den Tasten. Da! »Nate«, das war er. Sie drückte auf die Taste, es ertönte ein Freizeichen und … niemand meldete sich. Nein! Das konnte nicht wahr sein! Mike konnte das Haus noch nicht verlassen haben, er hatte doch gesagt, dass sie ihn dort erreichen konnte! Dann endlich, bestimmt nach dem zehnten oder zwölften Klingeln wurde abgenommen.

»Ja?«, hörte sie seine Stimme.

»Mike, jemand ist ins Haus gekommen. Er hat eine große Kiste dabei, vermutlich will er irgendetwas stehlen.«

»Ich komme sofort«, sagte er. »Halten Sie sich versteckt. In fünf Minuten bin ich bei Ihnen.«

Dann hatte er auch schon aufgelegt. Christine verließ das Arbeitszimmer, um vom Flur aus den Geräuschen aus dem Wohnzimmer zu lauschen. Der Unbekannte räumte anscheinend die Regale leer und verpackte einiges davon in die mitgebrachte Kiste – viel konnte es letztlich nicht sein, da die Kiste für den Inhalt der Regalwand viel zu klein war.

Die Minuten verstrichen, dann war die von Mike genannte Zeit um. Aus den fünf wurden sieben, dann neun, schließlich elf Minuten, in denen der Mann dort unten weiter Lärm veranstaltete. Vielleicht suchte er ja ebenfalls nach den belastenden Dokumenten oder was auch immer es war, das Turner den Tod gebracht hatte.

Wo blieb Mike nur?

Sie musste etwas unternehmen, bevor der Fremde mit seiner Beute entkommen und sie vernichten konnte, damit nichts mehr seine Schuld bewies. Ratlos sah sie sich um. Sie konnte sich nicht aus dem Haus schleichen und die Tür von außen abschließen, weil er dann ganz sicher durchs Fenster entkommen würde. Aber was sollte sie tun? Dabei fiel ihr Blick auf den geöffneten rechten Schrank, und genauer: auf einen Schuhkarton mit der Aufschrift »Waffe Kinski«. Wer oder was Kinski sein sollte, wusste sie zwar nicht, aber das Wort Waffe war interessant. Sie nahm den Karton heraus, der zum Glück ganz oben stand und relativ leicht war. Als sie den Deckel abnahm, sah sie eine Pistole, die wie echt aussah und auch fast so schwer wie eine echte war, bei der es sich aber eindeutig um ein Filmrequisit handelte, das vor allem überzeugend wirken musste. Keiner der Hebel bewegte sich, das Magazin ließ sich nicht herausziehen, also war die Pistole völlig harmlos. Aber das wusste der Mann nicht, der da unten noch immer zugange war.

Sie schlich die Treppe hinunter, die Waffe in einer Hand, wobei sie sich dicht am Geländer entlang bewegte, da die Stufen dort nicht so knarrten. Dann ging sie leise die drei Schritte bis zur Wohnzimmertür und spähte vorsichtig in den Raum. Im nächsten Augenblick atmete sie erleichtert auf, da der Mann ihr den Rücken zuwandte und gebückt dastand, um etwas aus einem der unteren Regale zu ziehen. Dabei geriet irgendetwas ins Rutschen, und im nächsten Moment landete ein Stapel CDs mit lautem Scheppern auf dem Boden. Fluchend sammelte er sie wieder auf, was

Christine nutzte, um sich ins Wohnzimmer zu schleichen. Gut drei Meter von ihm entfernt blieb sie stehen, richtete die Waffe auf ihn und rief: »Polizei! Ganz langsam aufstehen, die Hände hochnehmen und nicht umdrehen!«

Der Mann zuckte erschrocken zusammen, richtete sich auf und hob die Hände, kümmerte sich aber nicht um den letzten Teil ihrer Aufforderung, da er sich nämlich doch umdrehte.

Er war um die fünfzig, etwas übergewichtig, trug einen Kinnbart und hatte eine Brille auf. Etwas an seinem Gesicht kam ihr vertraut vor, aber in der Eile konnte sie es nicht zuordnen. »Ich sagte, Sie sollen sich nicht umdrehen!«, herrschte sie ihn an.

»Wer sind Sie?«, fragte er schroff.

»Erzählen Sie mir erst mal, wer Sie sind!«, konterte sie.

»Das geht Sie gar nichts an! Wollen Sie mich jetzt auch erschießen, so wie Sie es mit Harris gemacht haben?«

Sie schüttelte den Kopf. »Kommen Sie nicht auf die Idee, mir was zu unterstellen. Wenn hier jemand Mr Turner auf dem Gewissen hat, dann Sie!«

Er machte einen Schritt auf sie zu.

»Bleiben Sie stehen!«, forderte sie ihn auf.

Er kam noch einen Schritt näher. »Na, wann wollen Sie mich denn erschießen? Wenn ich nah genug bin, um Ihnen die Waffe aus der Hand zu schlagen?«

»Wenn Sie nicht stehen bleiben, werde ich schießen!«, warnte sie ihn und gab sich alle Mühe, einen Tonfall anzuschlagen, der so klang, als meinte sie es ernst.

Dann ging alles rasend schnell. Plötzlich hielt der Eindringling ein Messer in der Hand, schrie »Mörderin!« und machte einen Satz auf sie zu. Sie wich zurück, aber da sie ihre Drohung nicht wahrmachen konnte, schleuderte sie die Waffe dem Mann ins Gesicht, gerade als der den nächsten Satz nach vorn machte.

Was dann geschah, konnte Christine nicht im Detail

nachvollziehen, dafür spielte sich das alles zu schnell ab. Sie nahm nur wahr, dass die Waffe den Mann an der Stirn getroffen haben musste, da er vor Schmerzen einen lauten Fluch ausstieß, dennoch schien das seine Vorwärtsbewegung nicht aufzuhalten. Christine stieß mit dem linken Fuß gegen irgendein Hindernis, vermutlich die mitgebrachte Kiste, sie verlor das Gleichgewicht und fiel nach hinten.

Sie landete auf dem Boden und musste einen Moment lang nach Atem ringen, sodass sie sich nicht von der Stelle rühren konnte. Diese halbe Sekunde genügte ihrem Gegenüber, um sich auf sie zu stürzen. Voller Entsetzen sah sie mit an, wie sich die lange Klinge schräg nach oben in ihren Bauch bohrte, während der Mann halb auf ihr landete.

Sie wollte schreien, aber sie bekam keinen Ton heraus. Die Klinge … er … er hatte sie erstochen. Sie fühlte sich wie betäubt, sie spürte keinen Schmerz, aber sie wusste genau, ihr Ende war gekommen. Ihr wurde schwarz vor Augen, und dann nahm sie überhaupt nichts mehr wahr …

9

Als sie die Augen wieder aufschlug, benötigte sie einen Moment, um sich zu orientieren. Sie lag auf etwas Weichem, Flauschigem, über ihr an einer getäfelten Decke hing ein alter, ausladender Kronleuchter. Wo …? Ach ja, sie befand sich in Harris Turners Haus. Aber wieso lag sie auf dem Boden?

Im unteren Gesichtsfeld nahm sie eine Bewegung wahr, und als sie den Kopf hob, entdeckte sie einen bulligen Mann mit Baseballkappe, der ratlos auf ein Messer starrte, das er in seiner Hand hielt.

Das Messer! Der Einbrecher! Der Mann, der sie hatte ermorden wollen! Jetzt fiel ihr alles wieder ein, auch die Tatsache, dass er sie erstochen hatte. Aber wieso nahm sie keine Schmerzen wahr, und wieso befand sich kein Blut an der Klinge? Die Frage schien ihren Angreifer mehr zu irritieren als sie selbst, da er immer noch nicht reagierte.

Sie wusste keine Erklärung dafür, was er mit dem Messer angestellt hatte, dass sie von der Klinge nicht durchbohrt worden war, doch sie wollte nicht abwarten, bis er es erneut versuchte und dann womöglich Erfolg hatte. Irgendwie musste sie ihn außer Gefecht setzen. Mit der linken Hand tastete sie den Boden ab, ob sie irgendetwas finden konnte, um ihn damit niederzuschlagen. Die Chancen standen denkbar schlecht, denn selbst wenn sie bei ihrem Sturz irgendetwas von Turners Sammlung zu Boden gerissen hatte, würden allenfalls ein paar Taschenbücher oder eine Videokassette herumliegen, und sie konnte sich nicht vorstellen, dass sich damit jemand bewusstlos schlagen ließ.

Dann aber schlossen sich ihre Finger um etwas Kaltes,

Hartes. Die Waffenattrappe! Sie hatte den Mann damit schon im Gesicht getroffen, das verriet die blutige Schramme an der Wange. Ja, diese Pistole war ziemlich schwer, und vermutlich … nein, *hoffentlich* genügte es, um ihn bewusstlos zu schlagen.

Sie spannte die Muskeln an, um möglichst kraftvoll zuzuschlagen, immerhin hatte sie keinen Platz, um auszuholen und Schwung zu bekommen. Doch der Mann schien diese Bewegung wahrgenommen zu haben, da er in letzter Sekunde den rechten Arm zur Seite zucken ließ und seine Handkante so auf ihren Daumen prallte, dass sie vor Schmerz zusammenzuckte und die Attrappe loslassen musste. Die flog mit lautem Poltern gegen die Holzkiste und landete dann fast geräuschlos auf dem dicken Teppich.

»So, du verdammtes Miststück! Jetzt bist du fällig!«, brüllte der Mann sie an und rutschte höher, bis er die Messerspitze an ihren Hals drücken konnte.

»Ich …«, begann sie und hielt mit beiden Händen seinen Arm umklammert, um die Klinge von sich fernzuhalten, aber er schnaubte bedrohlich und ließ nicht von ihr ab.

»Keinen Ton, ist das klar!«, fauchte er. »Du kannst deine Geschichte der Polizei erzählen, sobald die dich einkassiert hat.«

Der Polizei?, überlegte sie verdutzt. Was sollte *sie* der Polizei erzählen? *Er* war derjenige, der drei Menschen und ihre Katze auf dem Gewissen hatte!

Aus dem Augenwinkel machte sie eine Bewegung in der Nähe der Tür aus. Mike! Der Constable war hergekommen! Sie zwang sich, ihre Augen auf den Mann gerichtet zu lassen, von dem sie auf den Boden gedrückt wurde. Da Schroedinger unbewaffnet war, würde er sich mit diesem Irren mitsamt seinem Messer konfrontiert sehen. Sie durfte ihn nicht auf den Constable aufmerksam machen.

Es fiel ihr außerordentlich schwer, nicht zu dem Mann zu sehen, der ihr als Einziger noch das Leben retten konnte, aber irgendwie gelang es ihr doch, ihn nur als eine Bewegung am Rand ihres Gesichtsfelds wahrzunehmen.

Von ihrem Angreifer unbemerkt, schlich Mike sich ins Zimmer, und sie vermutete, dass er irgendeinen Gegenstand suchte, mit dem er den Mann bewusstlos schlagen konnte.

»Waffe fallen lassen und Hände hoch!«, brüllte Mike im nächsten Moment, als sie erneut versuchen wollte, sich vor dem Messer in Sicherheit zu bringen.

Sie drehte den Kopf ein Stück weit zur Seite und sah, dass Mike die Attrappe auf den Fremden gerichtet hielt.

»Mike? Gut, dass Sie da sind«, sagte der, als er sich aufsetzte und endlich die Klinge von ihrem Hals nahm. »Ich habe die Frau gefasst, die Harris erschossen hat.«

»Steve, steh sofort auf, leg das Messer weg und nimm die Hände hoch!«

»Augenblick mal, Mike«, gab der große Mann leicht gereizt zurück. »Ich weiß ja nicht, was in Sie gefahren ist, aber ich bin hier nicht der Böse, den Sie festnehmen müssen. Dieses Miststück hier ist di…«

Weiter kam der Mann namens Steve nicht, da der Constable mit zwei Schritten bei ihm war, seinen rechten Arm packte und so verdrehte, dass Steve vor Erstaunen und Schmerzen aufschrie und das Messer fallen ließ. Dann zerrte Schroedinger ihn weiter nach hinten und nutzte die Hebelwirkung, um den Mann auf den Bauch zu drehen. Blitzschnell drückte er ihm das Knie ins Kreuz, sodass er sich nicht aufrichten konnte, und genauso schnell hatte er ihm Handschellen angelegt.

»Hey, spinnen Sie, Mike?«, protestierte der Mann und versuchte, sich umzudrehen, aber bevor ihm das gelingen konnte, hatte der Constable ihm ein zweites Paar Handschellen um die Knöchel gelegt.

Dann richtete er sich auf, ging zu Christine und half ihr hoch. »Alles in Ordnung?«, fragte er besorgt.

Sie tastete ihren Hals und die Bauchgegend ab, aber da war nirgendwo Blut. »Ich … ja, ich glaube schon … er … er hat auf mich eingestochen, aber … das Messer«, stammelte sie und sah zu Boden. Das Messer lag gleich neben ihrem rechten Fuß, sie bückte sich und hob es auf. »Wieso lebe ich noch?«, wunderte sie sich, dann auf einmal ging ihr ein Licht auf. »Ja, natürlich … das Messer lag in der Vitrine. Dort hat er es herausgenommen.« Sie begann zu lächeln. »Das ist ein Trickmesser. Sehen Sie doch, Mike.«

Als sie die Spitze der Klinge gegen ihren Zeigefinger drückte, gab sie unter dem leichten Druck nach, und die Klinge verschwand Stück für Stück im Griff.

Schroedinger nickte. »Wenn man schnell macht, sieht es so aus, als würde die Klinge in den Körper eindringen.«

Erleichtert atmete Christine auf. »Und ich dachte schon, er bringt mich um.«

»Das war ja auch seine Absicht«, knurrte der Constable und sah zu Steve, der sich ein Stück weit auf die Seite gedreht hatte und ungläubig das Trickmesser anstarrte.

»Das ist gar kein richtiges Messer?«, fragte der Mann am Boden und begann zu lachen. »Wer hätte das gedacht? Kommen Sie, Mike, jetzt nehmen Sie mir schon die Fesseln ab. Das Ganze war ja offenbar nur ein Missverständnis.«

»Sie haben versucht, mich umzubringen!«, fauchte Christine ihn an. »Ich glaube nicht, dass man da noch von einem Missverständnis reden kann! Sie wollten mich mit diesem Messer umbringen! Sie haben nicht versucht, mich zu überwältigen, sondern Sie haben mir die Klinge in den Bauch gestoßen!«

»Aber das war eine Attrappe!«, verteidigte er sich.

»Was Sie allerdings erst seit einer Minute wissen, Steve«, wandte Mike ein.

»Ganz genau! Als Sie auf mich eingestochen haben, waren Sie der Meinung, ein richtiges Messer in der Hand zu haben«, stimmte sie dem Constable zu. »Ich würde jetzt da liegen und verbluten, weil kein Rettungswagen herkommen und mich ins Krankenhaus bringen kann.«

»Aber ich habe mich nur gewehrt, weil sie auf mich geschossen hat!«, beteuerte er an Mike gerichtet und sah den Constable mit Unschuldsmiene an.

»Wie bitte?«, rief Christine, bevor Schroedinger darauf reagieren konnte. Sie nahm ihm die Waffe aus der Hand und hielt sie Steve vor die Nase. »Können Sie mir mal erzählen, wie ich damit auf Sie geschossen haben soll?« Sie zeigte ihm, dass kein Hebel an der Waffe umgelegt werden konnte und dass es auch nicht möglich war, ein Magazin zu wechseln. »Ich bin schon sehr auf den Richter gespannt, wenn Sie ihm erzählen, dass ich mit einer Attrappe auf Sie geschossen habe!«

»Verdammt noch mal«, schimpfte Steve, der vor Wut einen roten Kopf bekam. »Sie stehen plötzlich hinter mir und halten eine Pistole auf mich gerichtet! Woher soll ich wissen, wer Sie sind? Für mich waren Sie die Mörderin, die in Harris' Haus zurückgekehrt war.«

»Ich habe ›Polizei‹ gerufen und Sie aufgefordert, sich hinzustellen und die Hände hochzunehmen«, betonte sie energisch. »Aber Sie haben sich ja an nichts davon halten können, sondern haben mich sofort mit diesem Messer angegriffen, das Ihrer Meinung nach echt war.«

»Jeder kann ›Polizei‹ rufen«, wischte Steve ihre Bemerkung beiseite. »Deswegen muss ich das noch lange nicht glauben.«

»Es ist Ihr gutes Recht, das zu glauben, was Sie wollen«, sagte sie. »Aber dann müssen Sie auch die Konsequenzen tragen. Richtig, Mike?«

»Richtig«, bestätigte der. »Der Staatsanwalt wird entscheiden, auf was die Anklage lauten wird.«

»Der Staatsanwalt?«, rief Steve aufgebracht. »Jetzt schalten Sie aber mal 'nen Gang zurück, Mike. Ich habe schließlich niemanden umgebracht.«

»Aber Sie haben es versucht, und darüber hinaus handelte Miss Bell in meinem Auftrag, also hat sich Ihre Attacke gegen eine Staatsgewalt gerichtet, was das Ganze umso schlimmer macht«, erklärte Mike, dem seine Verärgerung deutlich anzumerken war.

»Hey, haben Sie irgendwelche Pillen geschluckt, Mike?«, gab der auf der Seite liegende Mann zurück. »Ich bin's, Steve. Ich bin kein Schwerverbrecher. Ich geb Ihnen ein Bier aus, und der Lady ebenfalls, und dann ist die Sache wieder vergessen.«

Mike schüttelte verärgert den Kopf. »Wissen Sie, Steve, ich bin es einfach leid, dass die Leute in Gleannlochy meine Autorität nicht zur Kenntnis nehmen und ständig meinen, wenn ich sie zu etwas auffordere, dass das nur so was wie ein freundschaftlicher Ratschlag ist, den man nur anzunehmen braucht, wenn er einem gefällt.« Er zeigte auf das Messer. »Sie haben diese Frau mit dieser Trickwaffe angegriffen, in dem Glauben, eine echte Waffe in der Hand zu halten, und mit der Absicht, sie schwer zu verletzen, wobei erschwerend hinzukommt, dass Sie so wie jeder im Dorf wissen, dass bei der momentanen Wetterlage kein Rettungswagen nach Gleannlochy durchkommen kann und dass sich kein Arzt im Dorf befindet. Hätten Sie Miss Bell tatsächlich verletzt, wäre sie höchstwahrscheinlich verblutet. Das kann man nicht damit abtun, indem man von einem Missverständnis redet, und erst recht ist das nicht aus der Welt zu schaffen, indem man einem Polizeibeamten und dem Opfer ein Bier ausgibt.«

Steve schnaubte und grummelte etwas Unverständliches vor sich hin.

»Wer ist er eigentlich?«, fragte Christine an Mike gerichtet.

»Steve Turner, der jüngere Bruder von Harris Turner«, erklärte er.

»Der Vater von Desiree?«

»Ganz genau.«

Christine sah den Mann an, der es mittlerweile aufgegeben hatte, an seinen Handschellen zu zerren, dann gab sie dem Constable ein Zeichen, ihr nach draußen in den Flur zu folgen. »Was werden Sie mit ihm machen?«

»In die Zelle neben Ihrer stecken, wieso?«

»Hmm … besteht bei ihm Fluchtgefahr?«

»Nicht dass ich wüsste«, entgegnete er. »Wieso fragen Sie?«

»Ich denke im Augenblick an Desiree. Gerade erst hat sie erfahren müssen, dass ihr Onkel tot ist, mit dem sie tags zuvor noch auf der Bühne gestanden und geprobt hat, und heute soll ihre Mutter ihr erzählen, dass ihr Vater wegen eines Mordversuchs verhaftet worden ist und bis auf Weiteres in einer Zelle zubringen muss?«

»Christine, Sie haben selbst gesagt, dass ich meine Autorität als Polizeibeamter durchsetzen muss, weil man mich sonst nicht ernst nehmen wird. Genau das tue ich gerade. Wie sieht denn das aus, wenn ich jetzt einen Rückzieher mache?«

»Angenommen, ich will Steve noch nicht anzeigen. Was wollen Sie dann unternehmen?«

»Sie wissen genau, dass mir dann die Hände gebunden sind.«

Sie lächelte. »Gut so. Machen Sie ihm klar, dass er nicht ungeschoren davonkommen wird und dass Sie ihn nur noch nicht in die Zelle stecken, weil ich bislang keine Anzeige erstattet habe. Lassen Sie ihn spüren, dass Ihnen die Hände gebunden sind und dass Sie ihn gegen Ihren persönlichen Willen laufen lassen, weil Sie nach dem Gesetz dazu gezwungen sind.«

Schroedinger dachte über ihre Worte nach, schließlich nickte er flüchtig. »Also gut, ich werde es so machen, weil Sie es nicht anders wollen. Aber das werde ich ihm auch deutlich zu verstehen geben, damit er weiß, dass er nur Ihretwegen weiter auf freiem Fuß ist.«

Sie sah ihm nach, wie er ins Wohnzimmer zurückkehrte, und wartete eine Weile ab, bis der Constable dem anderen Mann die Situation erklärt hatte. Erst dann folgte sie ihm.

»Danke, Miss Bell«, sagte Steve kleinlaut, als er sie hereinkommen sah. »Ich … ich …«

»Schon gut«, unterbrach sie sein Gestammel. »Wir haben im Moment keine Zeit, um uns um solche Angelegenheiten zu kümmern. Schließlich müssen wir einen Mörder dingfest machen, bevor er wieder zuschlagen kann.« Sie sah auf die Kiste, in der ein paar Umschläge lagen. »Was wollten Sie eigentlich hier?«

»Na ja, wissen Sie«, begann Steve. »Ich hab mich vor einiger Zeit mal auf eBay umgesehen, und da hab ich kaum glauben können, was da stand. Ein Typ in München hat hundertfünfzig Euro für eins von den Plakaten gezahlt, die Harris hier hortet, und das Teil war sogar in 'nem schlechten Zustand. Mit Rissen an den Rändern und mit Klebestreifen und so weiter. Was glauben Sie, was die Leute springen lassen, wenn man denen 'n Plakat präsentiert, das noch original im Umschlag vom Verleih steckt und das noch nie irgendwo gehangen hat! Diese bescheuerte Sammlung ist ein Vermögen wert – was ich ehrlich gesagt nie für möglich gehalten hätte. Und das hier ist gerade mal ein Zehntel von allem Kram, den er zusammengetragen hat. Das meiste steht ja oben im Schlafzimmer und auf dem Speicher.«

»Auf dem Speicher steht noch mehr?«, fragte Christine erstaunt. »Aber so viel Material kann es doch zu den Filmen nicht geben, oder?«

»Ach, die meisten Sachen hatte er doppelt und dreifach«, antwortete Steve. »Von den Taschenbüchern hat er manche in zwanzig verschiedenen Ausführungen, weil er alle Auflagen haben wollte.«

»Das muss ihn aber auch schon ein Vermögen gekostet haben«, wandte Schroedinger argwöhnisch ein. »So viel kann er beim Militär unmöglich verdient haben.«

»Ach was! Neunzig Prozent davon hat er geschenkt bekommen. Der war bei den Kinos in Düsseldorf und Umgebung bekannt wie ein bunter Hund, die Leute haben sich wie bescheuert darüber gefreut, dass sich ein Brite für den deutschen Krempel interessiert hat. Das hatte sich bis zu den Leuten beim Verleih herumgesprochen. Ein Brite, der deutsche Filme liebt, die angeblich in Großbritannien spielen – das war für die das Größte.« Er machte eine ausholende Geste. »Irgendwo ist da auch ein Zeitungsartikel über Harris zu finden, natürlich aus einer deutschen Zeitung. Andere Sammler fanden das genauso toll wie der Verleih, und sie haben angefangen, ihm Sachen zu schicken, die sie doppelt hatten oder die sie ihm einfach überlassen wollten.«

»Und das wollen Sie jetzt zu Geld machen?«

Steve zuckte mit den Schultern. »Ich erbe das Haus und alles, was ihm gehört hat, und wenn ich alte Aushangfotos für dreißig oder vierzig Pfund oder vielleicht für noch mehr den Leuten verkaufen kann, die so was sammeln, warum sollte ich das nicht machen? Hier bei uns werde ich das nicht los, aber auf den Müll schmeißen oder irgendeinem Händler komplett für hundert Pfund überlassen will ich die Sachen auch nicht, weil ich weiß, dass der sich anschließend eine goldene Nase daran verdient.«

Schroedinger nickte. »Ich kann Ihnen nicht vorschreiben, wie Sie mit dem Erbe Ihres Bruders umgehen sollen, und wenn Sie im Internet Abnehmer für diese Sammlung finden können, dann ist es ganz bestimmt der bessere Weg, als das alles einfach wegzuwerfen. Aber«, fügte er dann in energischem Tonfall an, »das hier ist ein Tatort, da können Sie nicht einfach reinspazieren und dies und jenes mitnehmen, um es zu verkaufen. Wir ermitteln hier, um Spuren zu finden, die uns zum Mörder führen könnten, und solange diese Ermittlungen laufen, ist dieses Haus für Sie tabu. Haben Sie das verstanden? Wenn ich Sie noch mal hier erwische, oder wenn ich feststelle, dass Sie auch nur ein einziges Plakat eingesteckt haben, dann landen Sie in der Zelle, und da wird dann Miss Bell auch kein gutes Wort mehr für Sie einlegen können.«

»Ja, schon gut«, lenkte Steve zerknirscht ein. »Ich dachte nur, dass das egal ist, ob da was fehlt oder nicht.«

»Das ist es aber eben nicht«, ergänzte Christine, »weil sich irgendwo hier ein Hinweis auf die Identität oder wenigstens auf das Motiv des Mörders finden könnte. Apropos Motiv: Sagen Sie, Steve, haben Sie eine Erklärung dafür, warum Ihr Bruder getötet wurde?«

»Das hat mich Mike … der Constable auch schon gefragt, aber dazu weiß ich überhaupt nichts. Wir standen uns nicht ganz so nahe, wie es unter Brüdern eigentlich üblich ist. Deshalb weiß ich auch kaum was darüber, mit wem er Umgang hatte, was er getan und gelassen hat. Tut mir leid.«

»Sehen Sie, Steve, es muss nicht unbedingt mit jemandem zu tun haben, den Harris erst seit relativ kurzer Zeit kannte. Es könnte auch weit in die Vergangenheit zurückreichen, als Sie beide noch sehr jung waren.«

Er schüttelte den Kopf. »Sie irren sich, Miss Bell. Mein Bruder und ich, wir waren nicht *gemeinsam* sehr jung, sondern jeder für sich. Als ich zur Welt kam, war Harris bereits zweiundzwanzig und beim Militär. Er war immer ein Fremder für mich, der mal für ein paar Wochen im Jahr nach Hause kam. Das prägte meine Einstellung zum Militär, das ich immer nur als eine Einrichtung ansah, die anderen Menschen die nächsten Verwandten wegnimmt. Fast dreißig Jahre lang war Harris der große Bruder, der eigentlich nie da war, und als er dann vor zwanzig Jahren pensioniert wurde und sich hier in Gleannlochy niederließ, da tat er das nicht, weil er in der Nähe seines kleinen Bruders sein wollte, sondern weil seine drei besten Freunde hier lebten, die schon als Kinder eine eingeschworene Gemeinschaft waren.« Steve zuckte mit den Schultern. »Das hier hat für mich keine persönliche Bedeutung, deshalb will ich diesen Krempel verkaufen. Das ist nichts, was mich mit meinem Bruder verbindet, das ist für mich ein x-beliebiges Haus, das ich entrümpeln werde, sobald der Constable mir die Erlaubnis dazu gibt.«

»Okay«, sagte Schroedinger. »Dann verlassen Sie jetzt bitte das Haus, und sobald Sie von mir hören, können Sie loslegen und rausschaffen, was auch immer Sie rausschaffen wollen.«

Steve Turner nickte ihm und Christine zu, dann verließ er ohne ein weiteres Wort das Haus. Nachdem er gegangen war, drehte sich Christine zu Mike um. »Wieso haben Sie eigentlich so lange gebraucht, bis Sie hier waren?«

»Sie meinen, weil ich von fünf Minuten gesprochen hatte?«, fragte er. »Ich habe mich schlichtweg verschätzt. Um nicht gesehen zu werden, habe ich die parallel verlaufende Zufahrtsstraße genommen, aber nicht daran gedacht, dass da ja nichts geräumt ist. Und nach dem Schneeschauer heute Mittag …«

»Was für ein Schneeschauer?«, unterbrach sie ihn.

»Haben Sie den nicht bemerkt?«

»Wann denn?«

»Ungefähr zwischen zwölf und eins«, sagte er. »Da sind mindestens wieder fünf Zentimeter runtergekommen.«

»Oh nein«, seufzte Christine. »Ich glaube bald, ich komme nie mehr hier weg. Vielleicht ist ja eine neue Eiszeit angebrochen, und es wird immer weiter schneien.«

Der Constable begann zu lachen. »Keine Sorge, Christine, das ist nicht das erste Mal, dass es hier oben so schneit. Ein paar Tage lang hält sich das, und dann wachen Sie morgens auf, und alles Weiß ist wieder verschwunden.«

»Ich will nur hoffen, dass Sie recht behalten«, meinte sie. »Ach, haben Sie eigentlich bei Marks irgendetwas entdeckt?«

»Nein, nichts Brauchbares, nur einen Speicher voll mit alten Unterlagen.«

»So wie hier«, entgegnete sie. »Da sind Dutzende Ordner, die durchgearbeitet werden müssten, und das am besten parallel zu denen von Marks, um nach Übereinstimmungen zu suchen. Bis wir damit fertig sind, hat unser Mörder halb Gleannlochy ausgerottet, und wir sind womöglich immer noch keinen Schritt weiter.«

»So kann das nicht weitergehen«, schnaubte der Constable. »Wir müssen endlich etwas finden.«

»Leichter gesagt als getan, Mike. Unser Problem ist, dass der Täter es möglicherweise nur auf Marks und Turner abgesehen hatte und damit die beiden Personen tot sind, die uns etwas über das Motiv hätten sagen können. Wenn sonst noch jemand das Motiv kennt, aber beharrlich schweigt, weil er weiß, dass wir ihm nicht nachweisen können, was er weiß, dann stehen wir dem Ganzen machtlos gegenüber.«

»Damit meinen Sie Dorsey und Eaning, nicht wahr?«

»Unter anderem, aber leider nicht nur«, antwortete Christine und verzog entmutigt den Mund. »Wenn wir hier oder bei Marks auf irgendetwas gestoßen wären, was die beiden oder irgendeinen anderen aus dem Dorf betrifft, dann hätten wir eine Grundlage, um auch bei demjenigen alles auf den Kopf zu stellen. Aber wenn sich das Ganze um eine Sache dreht, die nie schriftlich festgehalten wurde und damit nur im Gedächtnis der Beteiligten existiert, haben wir schlichtweg keine Chance, dem Mörder auf die Spur zu kommen. Außer natürlich, wir spritzen jedem im Dorf ein Wahrheitsserum«, fügte sie sarkastisch an.

Damit brachte sie Mike zum Lachen, und sie selbst begann zu grinsen, obwohl ihr nicht danach war, da sie jetzt, nachdem sie ihre Suche in Turners Haus fürs Erste unterbrochen hatte, sofort wieder an Isabelle denken musste.

»Kommen Sie«, sagte der Constable rasch, da er merkte, wie ihre Stimmung umschlug. »Wir werden noch mal den

Herren Dorsey und Eaning auf die Nerven gehen und sie zum x-ten Mal das Gleiche fragen. Vielleicht verliert einer von den beiden ja doch noch die Geduld und sagt etwas, das er eigentlich für sich behalten wollte.«

Es wurde bereits wieder dunkel, als sie vor der Stadthalle standen und darauf warteten, dass man ihnen die Tür öffnete. »Es wundert mich, dass sie jetzt doch mit den Proben weitermachen«, sagte Schroedinger, der mit Erstaunen reagiert hatte, als sowohl bei Dorsey als auch bei Eaning an der Haustür ein Zettel mit dem Hinweis hing, sie seien in der Stadthalle zu finden.

»Vergessen Sie nicht, dass die beiden auf den Kosten sitzen bleiben, wenn sie das Stück absagen und das Eintrittsgeld zurückzahlen müssen«, hielt Christine ihm vor Augen. »Und jetzt sind sie nur noch zu zweit, nicht mehr zu viert.«

Er nickte knapp. »Ja, ich weiß, aber ich dachte, aus Rücksicht auf die Toten würden sie es doch eher absagen und an die Besucher appellieren, nicht auf die Rückzahlung der Kartenpreise zu bestehen.«

»Manchmal ist es das Beste sich in eine Arbeit zu vertiefen, um nicht darüber nachdenken zu müssen, wen man soeben auf tragische Weise verloren hat«, sagte sie.

Schroedingers Miene verriet ihr, dass er verstanden hatte, von wem sie sprach. »Ich …«, setzte er zu einer Erwiderung an, doch in dem Moment durchquerte Eaning das Foyer und schloss ihnen auf.

»Was gibt es denn, Mike?«, fragte er ungeduldig. »Haben Sie ihn geschnappt?«

»Nein, leider nicht«, räumte der Constable ein. »Wir suchen nach wie vor nach einer brauchbaren Fährte, und deshalb müssen wir noch mal mit Ihnen und mit Bryan reden.«

»Schon wieder? Muss das sein?«

»Ja, es muss sein«, gab Schroedinger mit einem schroffen Unterton zurück.

Christine zeigte äußerlich keine Reaktion, innerlich strahlte sie vor Begeisterung darüber, wie sich der Constable innerhalb von gerade mal drei Tagen verändert hatte. Noch am Freitag hätte er sich von Eaning mit dem Argument wegschicken lassen, dass sie keine Zeit für ihn hätten. Heute dagegen hatte er sich bereits den Tonfall angeeignet, den ein Polizist benötigte, um sich zu behaupten, zwar freundlich, aber bestimmt, begleitet von der unterschwelligen Drohung, dass es ernste Konsequenzen nach sich ziehen würde, wenn seiner Aufforderung nicht Folge geleistet würde.

Mit einem leisen Schnauben hielt Eaning ihnen die Tür auf. Im Vorbeigehen sah Christine das veränderte Plakat, auf dem nun *Zwei apokalyptische Reiter auf der Suche nach den beiden anderen* zu lesen stand. »Das klingt nach Monty Python«, sagte sie und deutete auf den Titel.

»In die Richtung geht es jetzt auch«, erzählte Eaning auf dem Weg nach drinnen. »Zwei Reiter haben den Anschluss an ihre beiden Kollegen verpasst, die über das einzige Navigationsgerät der Gruppe verfügen, und jetzt müssen die zwei versuchen, sich irgendwie zurechtzufinden. Wenn die Leute Bryans Witze begreifen, werden wir mehr Lacher bekommen als je zuvor. Falls nicht, wird es im Saal ziemlich ruhig zugehen.«

Sie betraten den Saal und gingen zur Bühne, wo Dorsey auf einem Schaukelpferd saß und handschriftlich Notizen in seinem Manuskript festhielt.

»Oh, Sie schon wieder?«, murmelte er, als er die beiden ins Scheinwerferlicht kommen sah. »Gibt es Neuigkeiten von unserem Mörder und Brandstifter? Ich darf doch annehmen, dass das Feuer von der Person geleg…« Er hielt inne, kniff die Augen ein wenig zusammen, dann begann er zu blättern und notierte hastig etwas.

»Keine Neuigkeiten«, gab Schroedinger zurück.

»Wir haben gehört, Sie wollen den *Rittern der Kokosnuss* Konkurrenz machen«, warf Christine ein.

»Kann man so nicht sagen«, meinte Dorsey etwas mürrisch. »Monty Python hat nicht den britischen Humor neu definiert, sondern sich eigentlich nur jahrelang über ihn lustig gemacht. Es ist leicht, sich über etwas lustig zu machen, aber es ist ungleich schwerer, etwas Eigenes auf die Beine zu stellen. Aber das interessiert ja heute nicht mehr«, beklagte er sich. »Da muss man sich nur die heutigen Musicals ansehen – oder besser gesagt: das, was als Musicals verkauft wird. Ein Queen-Musical, wie originell. Ein Take-That-Musical, wie unglaublich originell. Oder wie wär's mit dem Boney-M.-Musical? Wissen Sie, was die nächste große Attraktion werden wird? Ein Stock-Aitken-Waterman-Musical. Was diese drei Produzenten in den Achtzigern und Neunzigern auf den Markt geworfen haben, war und ist eine Beleidigung für jeden Gehörgang, und als Musical heißt das, zwei Stunden lang immer das gleiche Stück hören zu müssen.«

»Na, ich will hoffen«, gab Christine zurück, »dass Sie mit dieser Prophezeiung nicht recht behalten. Aber es ist nicht alles schlecht, was in der Richtung produziert wird.«

»Oh nein, ich kann Jukebox-Musicals nicht ausstehen«, widersprach er ihr mit Nachdruck. »Das hat für mich mit Musicals nichts mehr zu tun. Angefangen hat das alles mit Abba, die sind an allem schuld. Könnten die nicht einen Nachfolger für *Chess* schreiben, anstatt nur ihre alten Singles zu verwursten und in eine alberne Story zu verpacken?«

Sie hob die Schultern. »Na ja, also den Film fand ich gar nicht so übel, erklärte sie. Auch wenn man Pierce Brosnan wohl besser was anderes zu tun gegeben hätte, anstatt ihn singen zu lassen.«

Dorsey schüttelte sich, als hätte er in eine Zitrone gebissen. »Das einzig Gute an dem Film war der Nachspann. Der war wenigstens noch witzig. Aber der Rest …«

»Ich könnte dieser intellektuellen Diskussion über das wahre Musical noch stundenlang zuhören«, meldete sich

Eaning zu Wort. »Aber wir müssen noch jede Menge Text lernen, nämlich ziemlich genau doppelt so viel Text, weil wir ziemlich genau nur noch halb so viele sind. Vielleicht könnten Sie ja fragen, was Sie uns fragen möchten, damit wir dann weitermachen können.«

»Wir haben uns bei Nate und bei Harris im Haus genauer umgeschaut und auch einen Blick in ihre Unterlagen geworfen, also in den Schriftverkehr mit Behörden und so weiter«, erklärte Schroedinger. »Aber wir sind auch da nicht fündig geworden. Ich habe bei Nate ein paar Fotos von früher gefunden, doch da war ebenfalls nichts Auffälliges zu entdecken, jedenfalls nicht auf den ersten Blick. Wir tendieren inzwischen allerdings dazu, dass das Motiv für die Morde mehrere Jahrzehnte zurückreichen muss, also nichts, was sich erst vorige Woche zugetragen hat.«

Christine hörte dem Constable zu und wunderte sich insgeheim darüber, was er da redete. Etwas Derartiges hatten sie auf dem Weg zur Stadthalle nicht abgesprochen, doch vermutlich war ihm das eben eingefallen, weil er hoffte, aus den beiden Männern eher etwas herauszuholen, wenn sie sich auf einen bestimmten Zeitraum konzentrierten, anstatt auf der Suche nach dem Mordmotiv das ganze Leben Revue passieren zu lassen.

»Möglicherweise hängt das ja mit Harris' Zeit bei der Armee zusammen«, redete er weiter. »Waren Sie irgendwann mal gemeinsam bei ihm zu Besuch, während er in Deutschland stationiert war?«

»Ich habe mich einmal mit ihm in Amsterdam getroffen, als ich von New York kommend dort eine Zwischenlandung machen musste«, erklärte Dorsey. »Aber da haben wir eine Stunde in einem Bistro am Flughafen gesessen und ein bisschen gequatscht. Mehr war das nicht. Da war sonst niemand mit dabei, wir hatten auch mit niemandem zu tun.«

»Und Sie, Richard?«

»Ich habe mit Deutschland nichts am Hut«, kam Eanings

erboste Antwort. »Deutschland ist immer noch das Land, das uns angegriffen und zerbombt hat.«

»Sie reden doch vom Zweiten Weltkrieg, nicht wahr?«, warf Christine verwundert ein. »Sind Sie nicht ein paar Jahre zu jung für eine solche Einstellung?«

»Miss Bell, ich bin zwar erst 1942 geboren und habe nicht den ganzen Krieg mitbekommen, aber das ändert nichts daran, dass es *mein* Land war, das von Nazi-Deutschland angegriffen wurde, und ich werde den Teufel tun und ein Land besuchen, das so etwas tut.«

»Dann dürften Sie aber Schwierigkeiten bekommen, irgendein Land zu finden, das nicht irgendwann in seiner langen Geschichte ein anderes Land überfallen hat«, gab sie zurück. »Außerdem war das Nazi-Deutschland, wie Sie selbst gesagt haben. Aber heute ist das ein anderes Deutschland. Sogar in den Sechzigerjahren war das schon ein anderes Deutschland.«

»Kommen Sie mir nicht mit Belehrungen, Miss Bell. Dafür sind Sie noch viel zu jung, um mir zu erzählen, ob ich einem Land seine Vergangenheit nachsehen soll oder muss, okay? Für Sie mag Deutschland das Land der lächelnden Kanzler sein, aber nicht für mich.«

»Mr Eaning, Sie müssen irgendwann diese Zeit hinter sich lassen. Das ist Vergangenheit. Wir leben in der Gegenwart.«

Eaning legte den Kopf schräg und konterte zynisch: »Wären die Indianer Ihrem Ratschlag gefolgt, dann hätten sie heute nicht mal ihre Reservate, und erst recht keine Lizenzen für Spielcasinos. Und wenn die …«

»Okay, das reicht jetzt!«, ging Schroedinger dazwischen. »Weiß einer von Ihnen, ob Nathan Marks ihn in Deutschland besucht hat?«

»Ja«, antwortete Eaning, der seinen verächtlichen Tonfall abgelegt hatte. »Ich weiß, dass Nate Harris mindestens einmal in Deutschland besucht hat. Das war … 1972, glaube ich. Irgendwann im September. Er hatte beruflich in …

Hannover? … Hamburg? … ach, ich weiß es nicht mehr. Auf jeden Fall hatte er die Gelegenheit genutzt und war zu dieser Kaserne gefahren. Die beiden haben von da aus die Gegend unsicher gemacht, soweit ich weiß. Aber was da im Einzelnen gelaufen ist, kann ich Ihnen nicht sagen. Möglicherweise ist da irgendwas passiert, das sie damals verschwiegen haben, und das hat die zwei jetzt eingeholt.«

»Das liegt ja gut vierzig Jahre zurück«, überlegte Christine. »Wer sollte sich nach so langer Zeit plötzlich an den beiden rächen wollen?«, fragte sie, als würde sie die Ansicht des Constables nicht teilen, dass das Motiv irgendwo in ferner Vergangenheit zu suchen war.

»Na und? Sie haben bestimmt schon mal davon gehört, dass Kriegsverbrecher aus dem Zweiten Weltkrieg erst fünfzig oder sechzig Jahre später entdeckt werden, während sie die ganze Zeit in irgendeiner Siedlung gelebt haben, ohne dass sie jemand erkannt hat.« Eaning machte eine ungehaltene Geste, als er sah, dass sie wieder etwas sagen wollte. »Ich sage damit nicht, dass die beiden ein Gewaltverbrechen begangen haben, Miss Bell. Das glaube ich auch nicht. Keiner von beiden wäre zu so etwas in der Lage gewesen. Aber wenn Sie nach möglichen Erklärungen für den Tod der beiden suchen, dann fange ich auch an zu grübeln, und dabei kommen dann solche Sachen heraus. Es kann ja sein, dass ihre Vergangenheit die beiden eingeholt hat. Möglicherweise haben sie in Deutschland unter einer anderen Identität an einem illegalen Pokerturnier teilgenommen, vielleicht haben sie falschgespielt und jemanden um viel Geld gebracht, das sie anschließend im nächsten Bordell verprasst haben. Und vielleicht hat dieser Jemand jahrzehntelang versucht, die wahren Namen der beiden herauszufinden. Vielleicht ist ihm auf einem Flohmarkt diese deutsche Zeitung in die Hände gefallen, in der über Harris' Hobby berichtet wurde, er hat ihn auf dem Foto wiedererkannt, hat den Namen gelesen und sich auf die Suche gemacht. Und dann hat er die beiden in einem kleinen schottischen Dorf entdeckt und sie umgebracht, weil ihm damals das Geld fehlte, um sich an einem kleinen Unternehmen zu beteiligen, aus dem später irgendein Computergigant hervorgegangen ist. Weil sie ihm damals fünftausend Mark abgeluchst hatten, musste er mit ansehen, wie er als Teilhaber an dem Unternehmen beim Verkauf an Google einen Anteil von zwei Milliarden Euro hätte einstecken können. Aber daraus war nichts geworden, weil zwei Briten durch Falschspiel an sein Geld gekommen waren.« Er sah Christine und Mike abwartend an. »Reicht das als Motiv?«

»Da sind ziemlich viele ›Vielleichts‹ im Spiel«, wandte Christine ein.

»Mag sein, aber so läuft das manchmal«, beharrte Eaning. »Ein kleiner Dominostein in einer langen Reihe fällt nicht, wenn er fallen soll, und dann ist das ganze Bild kaputt.«

»Tja, und jetzt ist es genau dieser kleine Dominostein, der uns noch fehlt, um diese Morde zu klären«, meinte Schroedinger. »Zu schade, dass Ihnen nichts einfällt, wo wir diesen Dominostein finden können. Aber wir werden weitersuchen, bis wir ihn haben. Das verspreche ich Ihnen«, fügte er fast feierlich hinzu. »Der Mörder Ihrer Freunde soll nicht ungestraft davonkommen, das können Sie mir glauben.«

Eaning nickte, und Dorsey sagte von seinem Platz auf dem Schaukelpferd leise: »Danke.«

Dann begleitete Eaning die beiden zur Tür, um ihnen aufzuschließen. »Ich bin froh, dass Sie sich so engagieren«, erklärte er, als sie nach draußen gingen. »Damit meine ich Sie beide. Aber Sie können uns glauben, dass wir die ganze Zeit darüber nachdenken, welchen Grund es für den Mörder gegeben haben könnte, die zwei zu töten – und dazu Mrs Brooks … und auch noch Ihre Katze. Wir sind mittlerweile in der Grundschule angelangt und überlegen bei jedem Namen, den wir irgendwo notiert haben oder an den wir uns so erinnern können, ob da mal etwas vorgefallen ist, was jemanden heute noch dazu veranlassen könnte, zwei ehemalige Mitschüler zu ermorden. Aber vielleicht hat es tatsächlich etwas mit Nates Besuch in der Kaserne in Deutschland zu tun. Okay, wir haben nicht ständig alles gemeinsam unternommen, mal waren wir zu dritt unterwegs oder nur zu zweit, und in der Zeit, als Harris beim Militär war, haben wir ihn in jedem Jahr nur ein paar Wochen lang gesehen. Aber einer von uns beiden könnte sich dann an etwas erinnern. Wenn die zwei auf Nates Besuch zu sprechen kamen, dann fingen sie immer an zu grölen und mit deutschen Wortfetzen um sich zu schmeißen. Ich bin nie so richtig schlau daraus geworden, aber es hatte auf jeden Fall etwas mit Frauen zu tun. Wenn Bryan oder ich mehr darüber wissen wollten, gab es als Antwort nur vage Andeutungen oder Bemerkungen wie: ›Dafür seid ihr noch zu jung.‹ Bryan und ich sind ein halbes Jahr jünger als die beiden. Wer weiß, welcher betrogene Ehemann ihnen auf die Schliche gekommen ist. Vielleicht, weil ihm aufgefallen ist, dass sein Sohn wegen der Blutgruppe gar nicht sein Sohn sein kann.« Eaning zuckte mit den Schultern. »Verstehen Sie das nicht falsch, ich will nicht schlecht über die beiden reden. Aber wir vier waren in unserer besten Zeit alle keine Kostverächter, nur gab es bei uns ein ungeschriebenes Gesetz, nicht mit seinen Eroberungen zu prahlen, keine Namen zu nennen und nicht ins Detail zu gehen. Das war so was wie ein Ehrenkodex für etwas Unehrenhaftes.« Seine Augen nahmen einen verträumten Ausdruck an. »War schon 'ne tolle Zeit. So locker ist das später nie wieder gewesen.«

»Dann wollen wir doch hoffen, dass nicht irgendwo ein gehörnter Ehemann rumläuft, der plötzlich erfahren hat, dass seine Frau mal was mit Richard Eaning hatte«, meinte der Constable und gab dem Mann einen Klaps auf die Schulter.

Nachdem er hinter ihnen abgeschlossen hatte, schlenderten Christine und Mike den Cooper Drive zurück in Richtung Humphreys Road.

»Ich weiß nicht, ob die beiden uns was verheimlichen«, sagte sie nach einer Weile und sah hinauf zu einer Straßenlampe, in deren Schein zu erkennen war, dass es wieder ganz leicht zu schneien begonnen hatte. Winzige Flocken trudelten in der momentanen Windstille durch die Luft.

»Mir geht's nicht anders«, stimmte der Constable ihr zu. »Aber egal, wie wir es anfangen, wir bekommen keine Antwort von ihnen, die uns weiterhelfen würde. Und ich kann nicht einen von ihnen verhaften und verhören, weil es angeblich irgendeinen Verdacht gegen ihn gibt. Es gibt keine Fakten, mit denen ich ihn konfrontieren könnte, und wenn ich einfach etwas erfinde, kann er darauf beharren, dass nichts davon stimmt, und er hat damit sogar noch recht.«

»Und mit Anspielungen kommen wir nicht weiter«, ergänzte sie. »Wir können uns nicht hinstellen und behaupten: ›Wir wissen, was Sie letzten Sommer getan haben.‹ Wenn es wenigstens irgendeinen Namen gäbe, etwas, womit wir einen von ihnen aus der Reserve locken könnten.«

»Das war ja meine Hoffnung, als ich auf einen Besuch bei Harris in seiner Kaserne in Deutschland zu sprechen kam«, seufzte Mike. »Aber auch da nichts. Vielleicht waren sie auch dabei, als angeblich nur Nathan bei Harris war, nur … wie sollen wir ihnen das nachweisen? Bloß weil ich Zweifel daran habe, kann ich nicht darauf bestehen, ihre alten Unterlagen zu durchwühlen und den September '72 zu überprüfen, ob da nicht vielleicht doch irgendwelche Beträge bei einer deutschen Bank abgehoben worden sind oder sie irgendwo mit einem Scheck bezahlt haben, der belegt, dass sie auch in Deutschland waren.«

»Und selbst wenn sie so wie Marks und Turner noch aus der Zeit Kontoauszüge und andere Belege besitzen, heißt das nicht, dass wir dann auch einen Beweis finden. Angenommen, Marks durfte mit Begleitung nach Deutschland reisen, dann hat er sie womöglich auf Kosten seines Arbeitgebers mitgenommen, und damit taucht die Reise bei ihnen nirgendwo auf.« Sie hob kurz die Schultern an. »Wir treten auf der Stelle, das lässt sich nicht leugnen.«

»Hm«, machte der Constable. »Im Film ist das immer der Moment, wenn der Detective sagt: ›Wir haben uns da in etwas verrannt. Wir müssen noch einmal ganz von vorn anfangen‹.«

»Das wäre möglicherweise hilfreich, wenn wir uns nicht immer noch ganz vorn befinden würden«, hielt sie ironisch lächelnd dagegen.

Sie gingen weiter und kehrten zurück zu Schroedingers Büro. Dort verschwand der Constable kurz im Materialraum und kam Augenblicke später mit einem Stativ, einer weißen Tafel und einem dicken blauen Stift wieder heraus. Er stellte das Stativ auf, klemmte die Tafel fest und griff nach dem Stift.

»Na, wenigstens haben Sie eine weiße Tafel, keine von diesen bescheuerten glasklaren Tafeln, die sie im Fernsehen immer so gern nehmen, weil es so ein ›toller‹ Effekt ist, wenn die Kamera die Schauspieler durch die Tafel hindurch filmt«, stellte Christine erleichtert fest. »Ich habe bis heute nicht begriffen, wie man von der anderen Seite da irgendetwas entziffern kann.«

Leise lachend stellte sich Schroedinger vor die Tafel. »Zum Glück sind wir hier nicht beim Film.« Dann drehte er sich so, dass er zwischendurch Christine ansehen konnte, während er schrieb. »Also, fassen wir zusammen: Wir haben den toten Nathan Marks, erschossen und als Gulliver auf seine Eisenbahnplatte gelegt, der Täter ist ein Fragezeichen. Wir haben den toten Harris Turner, erschossen und mit Requisiten aus seinen Lieblingsfilmen ›dekoriert‹, der Täter ist ein Fragezeichen. Wir haben die hinterrücks erschossene Mrs Brooks, der Täter ist ein Fragezeichen. Wir haben ein abgebranntes Haus und eine verstorbene Isabelle, der Täter ist ein Fragezeichen. Möglicherweise ist er ein kleiner Junge, weil am Tatort ein kleiner Junge gesehen wurde, aber das ist eher unwahrscheinlich.« Er trat einen Schritt zurück und betrachtete die Tafel. »Was verbindet alle diese Taten?«

»Das Fragezeichen«, rief sie mit gespielter Begeisterung wie eine Erstklässlerin, die die Antwort weiß.

Schroedinger atmete schnaubend aus und stellte sich vor die Tafel, wobei er krampfhaft überlegte, ob er noch irgendetwas ergänzen konnte, doch ihm wollte einfach nichts einfallen. »Das ist schon alles«, murmelte er und legte den Stift weg. »Wissen Sie was? Ich lade Sie zum Essen ein.«

»Wieder ins Red Suede Shoes?«, fragte sie skeptisch.

»Wenn Sie wollen.«

»Gibt es da inzwischen was anderes als Hamburger und Fritten?«

»Ganz sicher nicht.«

Sie verzog den Mund. »Was gibt es denn in den anderen Pubs?«

»Wir können ins Four Lions gehen, da gibt es alle möglichen Sandwiches und Pasteten, allerdings weiß ich nicht, was davon noch vorrätig ist.«

»Versuchen wir doch einfach unser Glück«, schlug Christine vor. *Solange ich nicht noch einen von diesen grässlichen Hamburgern sehen muss, weder auf meinem noch auf einem anderen Teller,* ergänzte sie in Gedanken.

Es war kurz nach halb acht, als sie den Pub verließen. Christine hatte zwei Sandwiches mit Cheddar und dazu zwei Gurken gegessen, und jetzt fühlte sie sich auf eine angenehme Weise gesättigt. Mike machte keinen ganz so zufriedenen Eindruck, was wohl daran lag, dass seine Lammpastete ohne Lammfleisch zubereitet worden war, da die Kühltruhe in der Nacht zu Freitag ausgefallen und alles aufgetaute Fleisch im Abfall gelandet war.

»Das war wirklich lecker, vielen Dank«, sagte sie, während

sie im Vorbeigehen in die Auslage einer kleinen Buchhandlung schaute, von deren Existenz sie erst auf dem Weg zum Pub erfahren hatte. Als Neuheiten konnte man das, was dort im Fenster lag, wirklich nicht bezeichnen, aber vielleicht war ja auch gerade die Woche des verstorbenen Schriftstellers ausgerufen worden, und das da war der hiesige Beitrag.

»Man konnte sehen, dass es Ihnen geschmeckt hat«, erwiderte er und blieb abrupt stehen. »Merken Sie das? Es ist jetzt wärmer als noch vor eineinhalb Stunden.«

»Wärmer vielleicht, aber nicht zwölf Grad über null.«

Mit einem Schulterzucken meinte er: »Was nicht ist, kann ja noch werden. Möglicherweise können Sie ja morgen schon nach Hause fahren.«

»Ich fahre erst nach Hause, wenn Isabelles Mörder gefasst ist … oder tot ist«, fügte sie leise hinzu.

Schweigend gingen sie weiter, und als sie sich der Wache näherten, erklärte Mike auf einmal: »Ich weiß, Ihnen steht eigentlich nicht der Sinn danach, aber Sie sollten sich trotzdem die Weihnachtsdekoration ansehen, über die die ganze Welt redet. Es bringt Sie vermutlich nicht auf andere Gedanken, aber wenn Sie später mal davon erzählen, dass Sie in der Weihnachtszeit in Gleannlochy waren, dann wird jeder wissen wollen, ob Sie auch die Dekoration gesehen haben.«

Sie nickte und lächelte ihn flüchtig an. »Einverstanden, aber wehe, das ist nicht so spektakulär, wie Sie es schildern.«

»So spektakulär, wie es ist, kann man es gar nicht schildern«, gab er zurück und fasste ihre Hand, um sie mitzuziehen.

Wenige Minuten darauf näherten sie sich dem Spader's Round, und Christine konnte nicht glauben, was sie dort sah. Die beiden hinteren der vier Grundstücke, die um den kreisrunden Wendehammer der Sackgasse herum lagen, waren taghell erleuchtet. Tausende von winzigen Lampen überzogen die Hausdächer und hingen an der Fensterfront herab, in jedem Fenster strahlten so viele Sterne, Schneemänner, Weihnachtsmänner, Rentiere, Schlitten und andere Objekte, wie sie nur Platz finden konnten. Auf jedem Dach stand ein Schlitten mit einem Weihnachtsmann und acht Rentieren, deren Farben sich im Sekundentakt änderten. Auf der verschneiten Rasenfläche vor den Häusern tummelte sich so ziemlich alles, was jemals an großen winterlichen Dekorationen auf den Markt gebracht worden war. Tanzende Schneemänner mit Hunderten von Leuchtdioden, Weihnachtsmänner, die immer wieder den Kopf in den Nacken legten und lautstark »ho, ho, ho« in die Nacht hinausriefen. Riesige Eisbären, die von links nach rechts schauten. Grelle Halogenlampen, die in rascher Folge aufblitzten und den aus einer über ihnen auf dem Garagendach montierten Schneekanone kommenden Schnee immer nur für Sekundenbruchteile beleuchteten, sodass es so wirkte, als würden sich die Flocken ruckartig zu Boden bewegen.

Als hätte dieser Angriff auf die Netzhäute nicht genügt, gab es dazu auch noch musikalische Untermalung. Wäre nur ein Lied zu hören gewesen, hätte Christine dagegen nichts einzuwenden gehabt. Doch wie es schien, spielte jede der Figuren, mit denen beide Gärten vollgestopft waren, eine andere Melodie. Und wenn es doch mal zwei gleiche Lieder waren, liefen sie unterschiedlich schnell, was das Ganze zu einer Qual für die Ohren machte. Die wurde noch dadurch gesteigert, dass eine Seite auf die Musik der anderen Seite zu reagieren schien, da die Lieder beim nächsten Durchlauf lauter waren als zuvor, was gleich darauf von der anderen Seite mit noch größerer Lautstärke beantwortet wurde.

»Und das dürfen die beiden den ganzen Abend so treiben?«, fragte sie Mike, wobei sie fast schon schreien musste, um gehört zu werden. Dabei sah sie sich um und stellte fest, dass sie beide allein hier standen.

»Nein, die Musik darf immer nur von zehn vor bis zur vollen Stunde laufen, danach herrscht fünfzig Minuten lang

Ruhe. Das haben die beiden alles gerichtlich durchgesetzt, und daran halten sie sich ganz genau. Wenn sie gegen diese Auflagen verstoßen, wird sämtliche Dekoration beschlagnahmt, und sie dürfen fünf Jahre lang nicht mal eine Kerze ins Fenster stellen.«

Sie schüttelte den Kopf. »Ich nehme an, der Richter wohnt nicht hier, richtig?«

»Der wohnt weit weg, wo er davon nichts hören kann.«

»Vielleicht sollten die anderen Anwohner mal zu ihm nach Hause fahren«, überlegte sie, »und ihn eine Woche lang genauso beschallen. Könnte sein, dass er dann seine Meinung ändert.«

Schroedinger grinste schief. »Das haben sie schon gemacht und vom Richter prompt eine Unterlassungsverfügung erhalten.«

»Zweierlei Maß«, murmelte sie. »So wie immer.« Dann deutete sie auf die menschenleere Straße: »Ist das hier immer so leer?«

»Das macht der Schnee«, brüllte der Constable. »Sonst stehen die Leute hier in Massen – natürlich niemand aus dem Dorf, weil sich das keiner freiwillig antut. Die Schaulustigen kommen aus allen möglichen Ecken, weil sie das einmal live erleben wollen.«

Schlagartig wurde es so ruhig, dass Christine einen Moment lang das Gefühl hatte, taub geworden zu sein.

Schroedinger sah auf seine Uhr. »Ah, acht Uhr. Bis zehn vor neun herrscht Ruhe.« Dann zeigte er auf die angrenzenden Häuser. »Die habe alle zusätzliche Schallisolierung erhalten, immerhin auf Kosten der beiden Verrückten.«

»Waren die schon immer so, oder wie hat sich das entwickelt?«, wollte sie wissen, während er eine Hand auf ihren Arm legte und ihr bedeutete, wieder den Rückweg anzutreten, da die nächsten fünfzig Minuten ohnehin nichts geschah.

»Das hat vor vielen Jahren als freundschaftlicher Wettbewerb angefangen«, erzählte er. »Norton und Hague begannen, sich aus Spaß zu übertrumpfen, was den Weihnachtsschmuck anging. Es wurden die Kerzen gezählt, und eine Familie wurde zum Sieger erklärt. Das steigerte sich mit jedem Jahr, und auf einmal begann jede Seite, alles daran zu setzen, die andere unbedingt zu übertrumpfen, man spionierte sich gegenseitig aus, man sabotierte den anderen, indem man Kabel zerschnitt oder mit dem Rasensprenger für einen Kurzschluss sorgte. Inzwischen sind beide geschieden, weil ihre Frauen das nicht länger ausgehalten haben, und sie sprechen kein Wort mehr miteinander. Als sie dann auch noch jeder versuchten, die anderen Anwohner für sich zu gewinnen, um sie mit in den Streit zu ziehen, da zogen die vor Gericht und erreichten ganz klare Auflagen, was wann wie lange leuchten oder tönen darf.«

»Mit Weihnachtsstimmung hat das nicht mehr viel zu tun«, fand sie. »Ich glaube, die beiden haben da was falsch verstanden.«

»Das können Sie laut sagen«, entgegnete er. »Im Sommer liefern sie sich einen Grillkrieg, aber der ist noch strenger geregelt als dieses Theater. Maximal ein Steak oder ein Hamburger für jeden Gast und für den Hausherrn, maximal zweimal in der Woche.«

»Wer will denn bei den zweien zu Gast sein?«, wunderte sich Christine.

»Natürlich niemand«, antwortete er lachend. »Darum beschränkt sich das Grillen auf eine Viertelstunde an zwei Tagen in der Woche, da dann das eine Steak für jeden der Hausherren durch ist.«

»Und für den Rest des Jahres herrscht hier dann tatsächlich Ruhe?«

Schroedinger verzog den Mund. »Letztes Halloween hat Hague drei beleuchtete Plastikkürbisse im Garten verteilt. Norton hat nicht darauf reagiert, aber die Anwohner fürchten sich schon vor dem nächsten Halloween. Norton lässt das nicht unbeantwortet, das ist klar, aber *was* er machen wird, das weiß niemand.«

Sie gingen weiter, bis sie zurück auf der bescheidenen Wache waren. »Okay, da wären wir«, sagte er. »Ich werde jetzt einmal durchs Dorf fahren und überall nach dem Rechten sehen, danach werde ich in der Zelle neben Ihrer ein wenig dösen, damit Ihnen niemand etwas antut. Ich lasse Sie rein und schließe hinter Ihnen ab.«

Christine zögerte. »Hätten Sie was dagegen, wenn ich mitfahre? Es ist erst kurz nach acht, und da ich meinen Laptop nicht mehr habe, würde ich nur auf dem Bett in der Zelle liegen und könnte mich mit nichts ablenken.«

»Ihr Laptop …?« Er sah sie fragend an.

»Das Feuer«, sagte sie leise.

»Oh, stimmt ja. Ihr Laptop. Haben Sie wichtige Daten verloren?«

»Nein, nein, nur meine Notizen der letzten zwei Tage. Das ist nicht so wild, das war nur das Zweitgerät, das ich mitnehme, wenn ich auf Reisen bin. Alles andere ist daheim sicher gespeichert.«

Sekundenlang standen sie beide schweigend da und sahen sich an, dann sagte der Constable: »Wenn Sie möchten, können Sie mitfahren.«

»Danke.«

Die Fahrt durch Gleannlochy war interessant gewesen, zumal sich das Dorf als viel weitläufiger entpuppt hatte, als sie es für möglich gehalten hätte. Sean musste mit seinem Traktor etliche Meilen Straße abfahren, um alle Gebäude erreichbar zu machen, die zu Gleannlochy gehörten. Aber überall dort, wo der Ort endete, war im Scheinwerferlicht deutlich zu erkennen, wo Sean seinen Schneepflug gewendet hatte, da die dahinter gelegene Landstraße nicht mehr in seine Zuständigkeit fiel. Dort erstreckte sich eine eisige

Dünenlandschaft aus Schnee, die so lange kein Durchkommen erlaubte, wie sie nicht geräumt wurde.

Als sie zurück auf der Wache waren, überließ Schroedinger ihr seinen Computer, damit sie versuchen konnte, aus dem Gedächtnis das noch einmal aufzuschreiben, was ein Raub der Flammen geworden war. Der Constable legte sich solange schlafen, da Christine ihn aufwecken konnte, wenn jemand anrief oder zur Wache kam. Die Tür hatte er vorsichtshalber abgeschlossen und die Jalousie heruntergelassen, damit Christine am Computer keine Zielscheibe für den Mörder abgab, der ihr zweifellos immer noch nach dem Leben trachtete.

Es herrschte fast völlige Ruhe, wenn man vom leisen Tippen auf der Tastatur absah. Wenn sie intensiv lauschte, konnte sie hören, wie Mike tief und gleichmäßig atmete. Zwischendurch fiel ihr Blick auf die Uhr, die am unteren Bildrand eingeblendet wurde. Fast Viertel vor eins. Ja, allmählich konnte sie zum Ende kommen, da sie müde genug war, um sofort einzuschlafen. Sie streckte sich, als auf einmal an der Tür gerüttelt wurde.

Das Geräusch kam so plötzlich, dass Christine fast vom Stuhl gefallen wäre. Ihr Herz pochte wie wild, als sie aufstand und sich vorsichtig der Tür näherte. »Mike! Mike! Kommen Sie!«, rief ein Mann. »Wo sind Sie?« Mit zitternden Fingern schob sie die Lamellen der Jalousie vor dem alten Schaufenster ein wenig auseinander, um zu sehen, wer sich da draußen aufhielt. Ein Mann mit zerzaustem Haar stand vor der Wache und klopfte aufgeregt gegen die Tür und die Scheibe. Er sah aus, als sei er eben aus dem Bett gefallen.

»Mike, machen Sie auf! Kommen Sie schnell, es ist was passiert!«

10

Mike, wachen Sie auf«, rief Christine, als sie in die Zelle lief, in der sich Constable Schroedinger schlafen gelegt hatte. »Da draußen ist jemand, der was von Ihnen will.«

»Was? Wer?« Mike schreckte hoch und saß kerzengerade auf dem harten Bett seiner Zelle. »Wer will was?«

»Keine Ahnung, ich habe den Mann noch nie gesehen«, sagte sie. »Und ich werde ihm auch nicht öffnen. Womöglich ist das der Mörder, der mich in eine Falle locken will.«

»Ja, ja«, stimmte er ihr ein wenig schlaftrunken zu. »Das ist auch völlig richtig so. Lassen Sie mich nachsehen.«

Er ging an ihr vorbei und warf so wie sie erst einen vorsichtigen Blick durch die Lamellen am Fenster, dann atmete er erleichtert auf. »Ach, das ist nur Donald. Er wohnt im Haus neben Hague.«

»Mike! Mike, sind Sie da?«, rief der Mann aufgeregt. »Es ist was passiert, Sie müssen sich das ansehen!«

Schroedinger drehte sich zu ihr um. »Wahrscheinlich haben die beiden Dekorateure eine Minute überzogen, und er will sie jetzt anzeigen«, meinte er und zwinkerte ihr zu, dann schloss er auf. »Hallo, Donald, was gibt es denn so Dringendes?«

»Die Lichter sind noch immer an, und gleich geht die Musik wieder los!«, erwiderte der Mann in einem fast verzweifelten Tonfall. »Und keiner von den beiden reagiert, wenn wir bei ihnen klingeln.«

»Schon verstanden«, sagte Mike. »Ich komme sofort, ich muss nur noch meine Jacke holen.«

Als er sich umdrehte, stand Christine bereits hinter ihm

und hielt ihm die Jacke hin, während sie ihren Mantel anzog.

»Danke, aber … wo wollen Sie hin?«

»Ich komme mit«, erklärte sie. »Ich will mir ansehen, was da los ist.«

»Ich halte das für keine gute Idee. Unser unbekannter Mörder …«

»… kann mich auch hier erschießen, wenn er das will. Oder er setzt die Wache in Brand, und ich sitze in meiner vergitterten Zelle in der Falle«, hielt Christine dagegen und lief an ihm vorbei nach draußen, sodass er nur kopfschüttelnd folgen konnte.

Es zwar zwölf Minuten vor eins, als sie Spader's Round erreichten. Tatsächlich war noch die gesamte Beleuchtung eingeschaltet, so wie um acht Uhr. »Was ist denn in die beiden gefahren?«, wunderte sich Christine.

»Na, vielleicht hat Norton nicht um Punkt Mitternacht das Licht ausgemacht, und Hague meinte, dann müsse er das auch nicht tun. Vermutlich belauern sich die beiden gegenseitig und warten darauf, wer als Erster nachgibt«, erwiderte Mike. »Oder sie denken, ich bin wegen der Mordfälle so beschäftigt, dass ich keine Zeit habe, mich um meine liebsten Streithähne zu kümmern.« Er lief zum rechten Haus, klopfte und klingelte und rief laut nach Mr Norton. Nichts tat sich. Weder wurde die Tür geöffnet, noch zeigte sich der Mann am Fenster.

Gerade lief Mike zum gegenüberliegenden Haus, da setzte einer der Weihnachtsmänner volltönend zu »We wish you a Merry Christmas« an, was eine Gruppe von drei Streifenhörnchen auf der Gegenseite dazu veranlasste, »Jingle Bells« zu quieken. Gleich darauf meldeten sich drei andere Figuren zu Wort, und nur Augenblicke später tobte wieder der Weihnachtssängerkrieg, bei dem jede Seite versuchte, die andere zu übertönen.

Donald hielt sich sofort die Ohren zu, aus den Häusern

im Spader's Drive kamen die Leute nach draußen, um herauszufinden, welchen Grund es für diesen unerwarteten Lärm gab. Überall entlang der Humphreys Road, auf die man von dem leicht erhöhten Spader's Round aus einen guten Blick hatte, gingen Lichter an, Leute kamen ans Fenster und sahen nach draußen.

»Keiner von den beiden rührt sich«, rief Mike ihr und Donald zu, als er zu ihnen zurückkam. »Da hilft nur noch eines.« Mit diesen Worten zog er seinen Schlüsselbund aus der Jackentasche und lief zu der Stelle, an der die kurze Straße in den Wendehammer überging.

Christine folgte ihm und sah, dass dort zwischen zwei ausladenden Büschen ein grauer Verteilerkasten stand. Mike schloss ihn auf und studierte im Licht seiner Taschenlampe in aller Eile einen Plan, der von innen in die Abdeckung geklebt worden war. Dann zählte er eine Reihe von Schaltern ab, vergewisserte sich, dass er auch den richtigen vor sich hatte, und legte ihn schließlich um. Im gleichen Moment verstummte die Musik, und die Beleuchtung beider Häuser erlosch.

»Das ist die Notabschaltung«, erklärte er an Christine gewandt. »Eingerichtet für Fälle wie diesen. Die haben sich zwar verpflichtet, sich an die Vorgaben des Richters zu halten, was sie bislang auch immer gemacht haben, aber das hier war Teil der Abmachung für den Fall, dass einer von beiden plötzlich meint, er hätte eine Sonderbehandlung verdient.« Mike betrachtete die in Dunkelheit getauchten Häuser, dann sah er sich zu Donald um, der auf ihn zukam und ihm dankbar die Hand schüttelte.

»Sie sind unser Retter, Mike, vielen, vielen Dank!«, sagte er und zog sich gleich darauf in sein Haus zurück. Auch die anderen Anwohner gingen wieder in ihre Häuser, und die beleuchteten Fenster entlang der Humphreys Road wurden dunkel.

»Problem gelöst«, meinte der Constable. »Wenn das nur

mit unserem Mörder genauso einfach ginge. Einfach einen Schalter umlegen, und wir haben ihn.« Er wandte sich zum Gehen.

»Wollen Sie nicht die beiden zur Rede stellen?«, fragte sie.

Er schüttelte den Kopf. »Jetzt werden die zwei sich erst recht nicht rühren, schließlich stehen sie beide wie Verlierer da, weil keiner von ihnen länger durchgehalten hat, sondern weil ich ihnen den Saft abgedreht habe. Außerdem wird das Ganze noch ein gerichtliches Nachspiel haben.« Er sah zwischen den beiden Gebäuden hin und her. »Die Herrschaften nehme ich mir am Morgen vor.« Dann nickte er Christine zu. »Kommen Sie, wir gehen zurück. Sie könnten sich auch allmählich mal schlafen legen, oder wollen Sie die ganze Nacht durcharbeiten?«

»Wenn ich an das Brett … pardon, an das Bett in dieser Zelle denke, ist durchzuarbeiten vermutlich die verlockendere Alternative«, erwiderte sie.

»Ja, ich kann's Ihnen nachfühlen«, stimmte er ihr zu. »Jeder sollte in jungen Jahren eine Nacht in einem solchen Bett schlafen, dann würde die Verbrechensrate wahrscheinlich von selbst sinken, weil keiner mehr in eine Zelle gesteckt werden möchte.«

Christine lächelte ihn an, dann folgte sie ihm.

Christine lief durch ein riesiges Haus mit unzähligen Türen, von irgendwoher hörte sie eine Katze miauen. Hinter irgendeiner dieser Türen musste das Tier – Isabelle? – sitzen und nach ihr rufen, aber hinter welcher? Je näher sie dem Miauen kam, umso weiter rückte es gleich wieder in die Ferne, ganz so wie die letzte Tür am Ende des Korridors, die mit jedem Schritt, den Christine auf sie zumachte, um genau diesen einen Schritt zurückwich. Es war, als würde sie auf einem Laufband stehen, dass sich sofort an ihre Geschwindigkeit anpasste, ganz gleich, ob sie schneller oder langsamer wurde.

»Das ist ein Traum«, sagte sie sich und wunderte sich darüber, dass ihr diese Tatsache im Traum selbst bewusst war, dass sie aber nicht in der Lage war, sich diesem Traum zu entziehen. Etwas trieb sie immer weiter voran durch den Korridor, hin zu dieser Tür, die sie einfach nicht erreichen konnte.

Plötzlich hörte sie eine schrille Klingel, deren Ton aus weiter Ferne zu ihr vordrang, dann aber rasch näher kam. Das Läuten wurde lauter und lauter, bis Christine sich die Ohren zuhalten musste. Dann schien sich das durchdringende Geräusch auf gleicher Höhe mit ihr zu befinden, verharrte nur Sekundenbruchteile dicht neben ihr, dann wurde es endlich leiser und entfernte sich.

Sie nahm die Hände herunter und sah sich um, ob sie irgendwo die Ursache für dieses schreckliche Läuten ausmachen konnte, doch sie sah nur Türen. Dann hörte sie hastige Schritte … Schritte, die nicht zu ihrem Traum gehörten.

War der Mörder hergekommen? Lief er durch die Wache auf ihre Zelle zu, um sie zu erschießen? Oder um sie mit Benzin zu übergießen und anzuzünden, damit er endlich Ruhe vor ihr hatte?

Sie riss die Augen auf und sah, dass vorne im Büro das Licht brannte. Der Constable kam aus der Küche, in einer Hand hielt er einen Becher, mit der anderen Hand hatte er seine Jacke gepackt.

»Hey, Mike, was ist los?«, rief sie ihm zu. »Hab ich irgendwas verschlafen?«

»Ja, die Feuerwehr«, antwortete er, stellte den Becher weg, in dem sich vermutlich eiskalter Kaffee befand, und zog die Jacke an. »Die ist gerade eben hier vorbeigekommen. Ich muss hinterher und sehen, was los ist.«

»Dann hab ich das ja doch gehört«, murmelte sie. »Warten Sie, Mike, ich begleite Sie.«

Ihm war anzusehen, dass er eigentlich dagegen protestieren wollte, dennoch sagte er nichts – wohl, weil er wusste, sie würde ohnehin ihren Willen durchsetzen. Also wartete er ab, bis sie aufgestanden war und Schuhe und Mantel angezogen hatte, dann hielt er ihr die Tür auf, und sie gingen gemeinsam zu seinem Wagen. »Wir fahren«, erklärte er. »Ich habe keine Ahnung, wo etwas passiert ist, und ich habe keine Lust, durch die Dunkelheit zu rennen.«

»Hat man Sie denn nicht verständigt?«

»Lazenby ist mit seinen Jungs wahrscheinlich sofort ausgerückt, als sie angefordert wurden, da blieb keine Zeit, mich erst noch anzurufen. Aber keine Sorge, die haben wir schnell gefunden.«

Sie stiegen ein und fuhren los, da sah Christine bereits, in welche Richtung sie mussten. »Da oben in Richtung Stadthalle ist ein rötlicher Lichtschein zu sehen«, sagte sie, und Mike bog in den Cooper Drive ein.

»Vielleicht haben Dorsey und Eaning ja die Halle angezündet«, meinte sie bissig. »Dann müssen sie nicht auftreten, und sie können die Eintrittsgelder zurückzahlen, weil der Veranstalter die Miete erstatten muss, da seine Halle ja nicht mehr genutzt werden kann.« Plötzlich wurde sie ernst. »Das würden die doch nicht wirklich machen oder?«, fragte sie leise.

»Seit ein paar Tagen gibt es für mich zwar nichts mehr, was ich als ausgeschlossen und unmöglich bezeichnen würde«, gab er beschwichtigend zurück, »aber so etwas würde ich den beiden dann doch nicht zutrauen.«

Je weiter sie die Steigung hinauffuhren, umso kräftiger wurde der rötlich-gelbe Schein am Himmel über den Dächern der Wohnhäuser, und als sie um die lang gestreckte Kurve kamen, sahen sie, was passiert war. Nicht die Stadthalle brannte, sondern Rickles' Supermarkt. Hohe Flammen schlugen aus dem Geschäft und flackerten auch auf der Rückseite des Gebäudes.

»Der Supermarkt«, flüsterte Christine. »Aber warum?«

»Warum was?«, fragte Mike, während er seinen Wagen hinter dem Feuerwehrfahrzeug abstellte und das Warnblinklicht einschaltete.

»Warum zündet er den Supermarkt an? Warum erst das Haus von Mrs Brooks und nun den Supermarkt?«

»Keine Ahnung, vielleicht ein Ablenkungsmanöver«, sagte er und stieg aus.

Christine folgte ihm und stellte sich neben ihm zu Lazenby, der ihnen beiden kurz zunickte.

»Wie sieht's aus?«, fragte Mike den Mann, der zusah, wie seine Leute mit drei Schläuchen versuchten, die Flammen unter Kontrolle zu bringen.

Der Feuerwehrmann schnaubte frustriert. »Völlig sinnlos sieht's aus. Der Supermarkt ist mindestens vier- bis fünfmal so groß wie Mrs Brooks' Haus, und Sie sehen ja selbst, dass da alles brennt. Zum Glück gibt es hier wenigstens kein direkt angrenzendes Gebäude, auf das wir aufpassen müssen, aber ob wir da Wasser reinkippen oder nicht, macht genau genommen überhaupt nichts aus. Der Laden wird genauso restlos ausbrennen wie das Haus von Mrs Brooks, das können wir nicht verhindern.«

»Wo ist Rickles?«

»Wahrscheinlich gerade mal wieder hinter dem Markt«, antwortete Lazenby. »Der rennt ständig hin und her, um uns davon zu berichten, wie es auf der Rückseite aussieht. Aber sein Bungalow ist nicht in Gefahr, davon überzeugen wir uns immer wieder.«

»Können wir am Gebäude vorbei zu ihm gehen?«, erkundigte sich Mike.

»Ja, nehmen Sie die rechte Seite, die Lieferanteneinfahrt, da kann nichts passieren.«

Mike nickte ihm zu, dann gab er Christine ein Zeichen, ihm zu folgen. »Wohin gehen wir?«, fragte sie, da sie wegen des lauten Knisterns und Loderns der Flammen nicht alles verstanden hatte.

»Wir statten Mr Rickles einen Besuch ab«, sagte er und zog sie mit ausreichendem Abstand zum brennenden Gebäude hinter sich her durch die breite Einfahrt. Auf dem Hinterhof angekommen, schlug ihnen eine Vielzahl von Gerüchen entgegen, die nicht alle in der Nase stachen.

»Hier riecht's ja wie in einer Großküche«, stellte sie verwundert fest.

»Kein Wunder.« Der Constable zeigte nach links. »Die Säcke mit den abgelaufenen Lebensmitteln haben auch Feuer gefangen, und das Essen verbreitet ein paar Minuten lang das gleiche Aroma wie beim Kochen. Aber gleich wird's hier so stinken, als hätten Sie in vier Töpfen auf dem Herd in Ihrer Küche absolut alles anbrennen lassen, und im Backofen dazu.«

Sie gingen weiter und entdeckten Rickles, der soeben von seinem Bungalow am anderen Ende des lang gestreckten Grundstücks aus nach vorn gelaufen kam. Er hatte eine ernste Miene aufgesetzt, so als sei er in Gedanken vertieft, doch als er Mike und Christine im Schein der Flammen entdeckte, riss er die Augen auf und rief entsetzt: »Das ist eine Katastrophe! Erst Mrs Brooks' Haus, jetzt mein Supermarkt! Fassen Sie endlich den Verrückten, der das getan hat! Reicht es nicht, dass Sie mich mit Ihrer Aktion dazu gezwungen haben, meinen halben Bestand auf den Müll zu werfen? Muss jetzt auch noch dieser Spinner hier aufkreuzen und meine Existenzgrundlage in Flammen aufgehen lassen?«

»Mr Rickles, wir wissen ja nicht mal, wieso Mrs Brooks' Haus abgebrannt ist«, entgegnete der Constable. »Wie soll ich nach einem Brandstifter suchen, wenn ich erstens keinen stichhaltigen Beleg für eine Brandstiftung habe und wenn zweitens niemand etwas beobachtet hat. Wen sollte ich denn da verdächtigen und verhaften, bevor er noch mal zuschlagen kann?«

»Ihre Existenz ist ja auch nicht in Gefahr!«, fauchte

Rickles ihn an und eilte an dem brennenden Gebäude vorbei nach vorn zu den Feuerwehrleuten.

»Ich habe da ja einen Verdacht«, sagte Mike, nachdem der Mann außer Hörweite war. »Aber ich weiß nicht, ob ich ihn aussprechen soll.«

»Sie meinen, er hat den Supermarkt selbst angezündet?«, entgegnete Christine ohne Umschweife.

»Oh, dann haben Sie das Gleiche gedacht wie ich?«

»Das war fast zwangsläufig. Die Versicherung zahlt ihm nichts für die verdorbenen Lebensmittel, ihm entgehen tagelang alle Einnahmen, und da taucht auf einmal ein Feuerteufel auf, der ein Haus in Gleannlochy anzündet. Was liegt da für Rickles näher als der Gedanke, den Supermarkt selbst in Flammen aufgehen zu lassen und es dem Brandstifter in die Schuhe zu schieben?«

»Ja, genau«, fuhr Mike fort. »Und das Praktische daran ist, wenn der Täter nicht gefasst wird, kann er nicht dazu befragt werden, ob das auch auf sein Konto geht. Wird er gefasst, ist das auch nicht weiter schlimm, weil man ihm dann sein Leugnen nicht abnehmen wird. Zwei Brände in zwei aufeinanderfolgenden Nächten in einem Dorf wie Gleannlochy, und dafür sollen zwei verschiedene Täter infrage kommen? Da hat der Brandstifter bei jedem Richter schlechte Karten.«

Christine nickte nachdenklich, dann ging ihr etwas durch den Kopf. »Allerdings … gibt es eine Sache, die dafür spricht, dass Rickles mit dem Ganzen womöglich nichts zu tun hat.«

Der Constable sah sie fragend an. »Und zwar?«

»Haben Sie schon vergessen, was sich im Kühlraum befindet?«

»Die Leichen!«, hauchte er.

»Eben. Drei Opfer, für die aller Wahrscheinlichkeit nach ein und derselbe Täter verantwortlich ist«, sagte sie. »Er könnte den Brand gelegt haben, um die Leichen verschwinden zu lassen, damit …« Plötzlich hielt sie inne. »So ein Blödsinn! Was rede ich da eigentlich?«

»Ich fürchte, spätestens ab jetzt kann ich Ihnen nicht mehr folgen«, seufzte Mike. »Weihen Sie mich doch bitte in Ihre Gedankengänge ein.«

»Das hier war Rickles' Werk, daran gibt es gar keinen Zweifel«, erklärte sie entschieden. »Er hat ein Motiv, nämlich das Geld, und er hat eine günstige Gelegenheit geboten bekommen, die Schuld einem anderen in die Schuhe zu schieben, nachdem Mrs Brooks' Haus abgebrannt war.«

»Und wieso war es nicht der Mörder und Brandstifter?«, wollte Schroedinger wissen.

»Ist doch ganz klar. Der Mörder hat keine Anstalten gemacht, seine Opfer verschwinden zu lassen. Mrs Brooks hat er einfach liegen lassen, aber Marks und Turner hat er sozusagen in Kunstwerke verwandelt, von denen er wollte, dass sie entdeckt werden. Warum sollte er jetzt die Leichen verbrennen wollen, wenn er sie uns zuvor regelrecht präsentiert hat. Nein, das war Rickles.« Mit einer Kopfbewegung deutete sie auf den Bungalow. »Ich möchte wetten, wenn wir jetzt da reingehen, liegt auf dem Wohnzimmertisch der Ordner mit allen Versicherungspolicen, und aufgeschlagen ist er bei der Versicherung, die bei Brandstiftung zahlen muss. Und der Ordner liegt nicht erst seit einer halben Stunde da, den hat er gestern Abend rausgesucht, um sich zu vergewissern, dass bei Brandstiftung auch wirklich gezahlt wird.«

Der Constable breitete die Arme aus. »Was soll ich sagen? Sie haben völlig recht, Christine. Die Frage ist nur, ob es Rickles nachgewiesen werden kann. Selbst wenn die Brände nach unterschiedlichen Methoden gelegt wurden, muss das nichts bedeuten. Bei Mrs Brooks musste der Täter einen Brandbeschleuniger mitbringen, hier konnte er sich bei den Reinigungsmitteln, den Streichhölzern und einem Dutzend anderer Dinge bedienen, damit sich das Feuer schnell ausbreitet – was ja wohl der Fall gewesen sein dürfte, wenn ich sehe, dass das gesamte Gebäude mitsamt den Müllsäcken in Flammen steht.«

»Ich schlage vor, Sie überlassen es der Versicherung, zu entscheiden, ob Rickles Geld sieht oder auf einem verkohlten Trümmerhaufen sitzen bleibt«, sagte sie zu Mike und fasste ihn am Arm, um ihn zurück in Richtung Einfahrt zu dirigieren. »Für uns zählt vor allem, dass das hier nicht das Werk unseres rätselhaften Mörders ist. Also müssen wir diesen Brand nicht auch noch auf unsere Liste setzen, sondern wir können uns weiter mit den Rätseln befassen, bei denen wir auch so keinen Schritt vorangekommen sind.«

Schroedinger nickte. »Ein schwacher Trost«, seufzte er und sah, dass Rickles auf Lazenby einredete und mit den Armen fuchtelte, während der Feuerwehrmann nur nickte. Allem Anschein nach versuchte der Supermarktbesitzer, den Löschtrupp dazu anzuhalten, zu retten, was noch irgendwie zu retten war. Der Constable schüttelte den Kopf und bedeutete Christine, ihm zu seinem Wagen zu folgen.

»Möchte wissen, ob wir den Rest der Nacht Ruhe haben werden oder ob noch irgendwas passiert«, meinte sie und sah auf die Armbanduhr, als sie in den Wagen eingestiegen war. »Schon vier Uhr durch. Ich möchte nicht wissen, wie ich mich fühle, wenn um sieben der Wecker klingelt.«

Als Christine später wieder aufwachte, fühlte sie sich trotz des zusätzlichen Kissens und der Decke, die sie von Schroedinger bekommen hatte, wie gerädert, außerdem regten sich fast sofort Kopfschmerzen, da es draußen bereits hell war, als sie die Augen aufschlug. Hell? Es war tiefster Winter, und wenn die Sonne schon am Himmel stand, dann war es nicht mehr sieben Uhr am Morgen, sondern … halb zehn!

Hastig setzte sie sich auf, was ihren Kopf nur noch stärker

schmerzen ließ. Sie legte die Finger an die Schläfen und begann, sie leicht zu massieren, und nach ein paar Minuten ließen die Stiche immerhin ein wenig nach. »Mike?«, rief sie, aber es kam keine Antwort. Sie stand auf und ging nach vorn, der Schreibtisch war verlassen, und ein Blick über die Schulter verriet ihr, dass er auch nicht in der benachbarten Zelle lag und schlief.

Sie sah zum Schreibtisch und entdeckte einen Zettel. »Bin gleich zurück, M.«, stand darauf notiert. Da sie nicht wusste, wie lange für Mike »gleich« dauerte und wann er den Zettel dort abgelegt hatte, ging sie ins Badezimmer, machte sich erst mal frisch und zog dann einen der geliehenen Pullover an. Sie musste sich dringend irgendwo eine Zahnbürste, Zahnpasta und Duschgel besorgen, so was musste doch selbst in einem kleinen Dorf wie Gleannlochy irgendwo aufzutreiben sein. Als sie wieder aus dem Bad kam, wurde soeben die Tür zur Wache aufgeschlossen, und Schroedinger trat ein.

»Oh, Sie sind ja doch noch mal aufgewacht«, meinte er und grinste sie an. »Ich dachte, Sie verschlafen das Frühstück und das Mittagessen.« Während er redete, stellte er eine Tragetasche auf den Tisch.

»Warum haben Sie mich nicht geweckt?«, fragte sie vorwurfsvoll.

»Warum sollte ich? Der Wecker in Ihrem Handy hat das um sieben Uhr vergeblich versucht, da sah ich keinen Grund, Sie aus Ihrem tiefen Schlaf zu holen, den Sie nach der vergangenen Nacht mehr als nötig hatten.«

Sie stöhnte leise auf. »Ist das alles wirklich passiert? Das mit den Weihnachtsdekorateuren? Und der Brand im Supermarkt?«

Schroedinger nickte. »Ja, es ist alles so geschehen, wie Sie es in Erinnerung haben. Das war kein Traum. Außerdem war es nicht nötig, Sie zu wecken. Was ich erledigen musste, konnte ich auch allein erledigen, da wollte ich keine Assistentin an meiner Seite haben, der alle fünf Minuten vor Müdigkeit die Augen zufallen.«

Sie machte eine unschlüssige Geste. Eigentlich hatte der Constable ja recht, dennoch wäre sie lieber früh aufgestanden, als von unerfreulichen Träumen verfolgt zu werden, die sich immer wieder um Isabelle drehten.

»Und was haben Sie alles allein erledigt?«, erkundigte sie sich.

»Ich habe bei Norton und Hague geklingelt, um sie zur Rede zu stellen, was diese nächtliche Aktion sollte, aber keiner von beiden hat aufgemacht. Früher oder später werden die sich schon bei mir melden müssen, weil ich den Schlüssel für den Stromkasten habe, und wenn sie wollen, dass die Heizung wieder läuft, dann führt kein Weg an mir vorbei.« Wieder grinste er breit.

»Sie sind heute Morgen auffallend gut gelaunt«, stellte sie mürrisch fest.

»Stimmt, und vielleicht lassen Sie sich ja davon auch noch anstecken«, gab er zurück.

Betrübt schüttelte sie den Kopf. »Das glaube ich eher nicht. Und? Wo waren Sie noch?«

»Bei Rickles. Lazenby war auch da, und ich habe mir zusammen mit ihm die Überreste des Ladens angesehen. Heute Nacht ist da wirklich alles verbrannt, auch unsere drei Leichen.«

»Und was meint Mr Rickles dazu?«

»Der gab heute Morgen den Erleichterten, weil er in der Nacht seine Unterlagen gewälzt und festgestellt hat, dass seine Versicherung bei Brandstiftung zahlt«, antwortete er und zog vielsagend die Augenbrauen hoch.

»Wer's glaubt«, meinte Christine kopfschüttelnd. »Bin nur gespannt, ob er damit auch durchkommt.«

»Ich habe Lazenby wissen lassen, was Sie heute Nacht gesagt haben, dass nämlich der Mörder keinen Grund hatte, den Supermarkt in Brand zu stecken. Er will darüber auch mit den Fachleuten reden, sobald das Wetter es zulässt, dass sie herkommen können.«

»Hm«, machte sie. »Dann kommt Mr Rickles mit seinem Plan wohl doch nicht durch, wie?«

»Es sei denn, wir fassen den Mörder, und er legt ein Geständnis ab, dass diese Brandstiftung auch auf sein Konto geht.«

Sie nickte zufrieden. »Und was haben Sie sonst noch erledigt?«

Aus einem unerfindlichen Grund sah er auf die Uhr und sagte mehr zu sich selbst: »Doch, das reicht noch.« Dann packte er die Einkaufstasche aus und hielt ihr eine Papiertüte hin. »Zwei Zimtschnecken für Sie, ein Sandwich für mich. Außerdem habe ich heute Morgen festgestellt, dass wir keinen Kaffee mehr haben, und wollte von der Bäckerei ein Päckchen mitbringen, aber die bieten seit Neuestem etwas richtig Großstädtisches an: Kaffee im Pappbecher mit Deckel und das alles zum Mitnehmen.«

Christine seufzte. »Warum werden immer nur die schlechten Angewohnheiten von anderen Leuten übernommen, aber nie die guten?«

»Weil Sie dann heute Morgen keinen Kaffee trinken könnten«, gab er amüsiert zurück.

»Hat Ihnen jemand verraten, dass Sie befördert werden?«, fragte sie argwöhnisch. »Oder warum strahlen Sie die ganze Zeit so? Oder hat es etwa angefangen zu tauen?«

»Weder noch«, verneinte er und biss von seinem Sandwich ab.

»Danke«, sagte sie, deutete auf die Schnecke in ihrer Hand und biss ebenfalls hinein.

Nachdem sie beide aufgegessen hatten, wischte sie sich die Finger ab. »Und was steht für heute auf unserem Plan?«

»Ratloses Auf-unsere-Tafel-Starren, bis wir auf eine Idee kommen, wer der Mörder sein könnte.«

»Hm, ich fürchte, wenn wir das machen, wird man

irgendwann die Tür aufbrechen und zwei Skelette vorfinden, die in nachdenklicher Pose vor einer Tafel stehen, die von Spinnweben überzogen ist.«

»Könnte passieren«, stimmte er ihr zu. »Aber mal ernsthaft: Ich habe nicht die mindeste Ahnung, wer der Täter sein könnte. Dass es irgendetwas sein muss, das Marks und Turner miteinander verbindet, aber wenn nur sie beide und der Mörder davon wissen, werden wir es niemals erfahren. Und falls Eaning und Dorsey auch etwas damit zu tun haben und fest entschlossen sind, den Mund zu halten, weil sie vielleicht irgendwen schützen wollen, dann kommen wir da auch nicht weiter.«

Sie fuhr sich ratlos durchs Haar. »Wie bringen wir Eaning und Dorsey dazu, endlich den Mund aufzumachen? Das kann doch wohl nicht so schwierig sein.«

»Nicht mit legalen Methoden«, entgegnete er. »Und bei allem anderen mache ich nicht mit.«

»Ich auch nicht, obwohl es verlockend ist«, pflichtete Christine ihm bei. »Ich bin froh, dass ich nicht Polizistin bin. Ich glaube, auf Dauer würde ich diesen Frust nicht ertragen, wenn man so wie jetzt bei Ermittlungen auf der Stelle tritt.«

Auf der Straße wurde eine Autotür zugeschlagen, woraufhin Schroedinger einmal mehr zur Wanduhr sah. »Zehn Uhr. Auf die Minute.«

»Was ist ›auf die Minute‹?«, fragte sie, aber für eine Antwort reichte die Zeit nicht mehr, denn in diesem Moment ging die Tür auf.

»Guten Morgen, Miss Bell«, grüßte sie eine junge Frau.

Christine sah sie an, wusste auch sofort, wo sie das Gesicht einordnen musste, nur mit dem Namen haperte es. »Guten Morgen …«

»Sie erinnern sich bestimmt nicht an mich«, sagte die Besucherin schüchtern. »Ich bin Nicole …«

»… Hastings«, fiel Christine ihr ins Wort. »Natürlich erinnere ich mich an Sie. Sie haben mich neulich angesprochen, weil Sie ein Fan von meinen Büchern sind.«

»Oh«, machte Nicole. »Das wissen Sie noch? Das hätte ich nicht gedacht. Ich dachte, Sie begegnen so vielen wichtigen und interessanten Leuten, dass Sie sich nicht an jemanden wie mich erinnern werden.«

»Ganz im Gegenteil, Mrs Hastings«, beteuerte sie. »Meine Leser sind schließlich die wichtigsten Leute in der gesamten Kette. Wenn Sie meine Bücher nicht kaufen, dann kann im Verlag und Vertrieb jeder noch so wichtig sein, und trotzdem führt es zu nichts.«

Nicole wurde vor Verlegenheit rot. »Oh, so habe ich das noch gar nicht gesehen.«

Christine lächelte sie an, dann sagte sie: »Aber jetzt haben wir genug über mich geredet, ich nehme doch an, dass sie zu Constable Schroedinger wollten.«

Mike sah von der Illustrierten hoch, die er aus der Einkaufstasche geholt hatte. »Nein, nein, das ist schon okay so.«

Verständnislos schaute Christine zwischen den beiden hin und her, dann wandte sich Nicole an sie.

»Miss Bell, Sie hatten doch eine rötlich getigerte Katze, nicht wahr? Isabelle, richtig?«, fragte sie zögerlich.

»Ja, Isabelle«, antwortete sie leise.

»Wissen Sie, es ist so«, fuhr die junge Frau fort. »Wir würden Ihnen gern unsere Katze geben. Sie ist rötlich getigert.«

»Das ist sehr lieb von Ihnen, Mrs Hastings«, gab Christine zurück und musste angestrengt schlucken. »Aber Isabelle kann nicht einfach durch eine andere Katze ersetzt werden, selbst wenn sie die gleiche Farbe hat.«

»Nun, sehen Sie, Miss Bell, mein älterer Sohn Eddy hat diese Katze vorgestern Abend mit nach Hause gebracht, weil sie in der Kälte mitten auf der Straße gesessen hat und unbedingt mitgenommen werden wollte.«

»Dann wäre es wohl am besten, wenn Ihr Sohn diese

Katze wieder dorthin bringt, wo er sie gefunden hat«, erwiderte sie. »Jemand wird inzwischen bestimmt sein Tier vermissen.«

»Nein, ich habe in der Umgebung nachgefragt, aber niemand hat diese Katze zuvor jemals gesehen.«

Mit Christines Geduld war es im Moment nicht zum Besten bestellt. Sie hatte einfach keine Lust, sich anzuhören, wo der Sohn dieser Frau eine Katze gefunden hatte und was das für eine Katze war. Sie wollte im Moment überhaupt nicht über Katzen reden und auch nicht an Katzen denken.

»Tja, dann ... müssen Sie vielleicht noch woanders nachfragen«, schlug sie ihr ein wenig ungehalten vor. »Wir sind hier vollauf mit der Suche nach einem Mörder beschäftigt, wir können nicht auch noch den Halter der Katze ermitteln.«

»Na ja, sehen Sie, Miss Bell, als ich heute Morgen in der Bäckerei dem Constable begegnet bin, da hat er mir etwas erzählt, was mich nachdenklich gemacht hat. Ich habe daraufhin meinen Sohn noch einmal gefragt, wo er diese Katze denn nun genau gefunden hat.«

Christine zwang sich mit viel Mühe zu einer freundlichen Miene, obwohl sie am liebsten weggelaufen wäre. Was hatte sie mit dieser Geschichte zu tun?

»Plötzlich verhedderte er sich in Widersprüche, und erst nachdem er nicht mehr wusste, wie er sich noch rausreden sollte, da rückte Eddy mit der Sprache heraus. Er hatte gedacht, wenn er mir die Katze meiner Lieblingsautorin bringt, würde er mir eine große Freude machen.«

Nicole ließ eine lange Pause folgen, während Christine sie nur abwartend ansah, damit sie endlich weiterredete. Aber das geschah nicht. Offenbar war diese Mrs Hastings der Meinung, dass sie alles gesagt hatte, was zu sagen war. Für Christine dagegen war das eine Geschichte ohne irgendeinen Abschluss. Wenn der Junge doch die Wahrheit gesagt hatte, dann war der Fall erledigt, oder etwa nicht?

»Die Katze Ihrer Lieblingsautorin? Um was geht es eigentlich, Mrs Hastings?«, fragte sie ratlos. Zwar regte sich irgendwo tief in ihrem Verstand ein Gedanke, doch der war so unsagbar absurd, dass sie ihn nicht mal zur Kenntnis nehmen wollte.

»Miss Bell, mir ist das Ganze schrecklich peinlich, aber Folgendes ist passiert: Vorgestern Abend hat Eddy vor dem Haus von Mrs Brooks gewartet, bis Sie gegangen sind, dann ist er durch das Kellerfenster eingestiegen und hat Ihre Katze mitgenommen. Weil er nicht wollte, dass ich sie umgehend zu Ihnen zurückbringe, hat er diese Geschichte erfunden, dass sie angeblich mitten auf der Straße gesessen hat.«

»Er hat … meine Katze entführt?«, wiederholte Christine ungläubig. »Sie meinen, er war im Haus, bevor es in Flammen aufging?«

»Ja, genau.«

»Dann ist meine Katze nicht …« Sie musste sich irgendwo festhalten, was Mike zum Glück schnell genug bemerkte, da er aufsprang, sie mit einer Hand am Arm fasste und mit der anderen den Bürostuhl heranzog, damit sie sich hinsetzen konnte. Unter Tränen fragte sie: »Isabelle lebt?«

»Wenn das hier Isabelle ist, dann ja«, sagte Nicole und gab jemandem ein Zeichen, woraufhin ein etwa zehnjähriger Junge die Wache betrat. In seinen Armen hielt er eine rote Katze, die ein allzu vertrautes Geschirr trug und lautstark miaute, als sie Christine sah.

»Isabelle!« Sie beugte sich vor und ließ sich von dem Jungen die Katze geben. Ihre Knie waren immer noch weich, und sie hätte nicht aufstehen können.

Sie drückte Isabelle an sich und streichelte sie, knetete sie durch und kraulte sie hinter den Ohren, was die Katze mit einem gewohnt lauten Schnurren beantwortete, während sie sich auf Christines Schoß liegend auf den Rücken drehte.

Nach einer Weile hob Christine den Kopf und stellte fest, dass sie allein im Raum war. Wo waren die anderen geblieben? Vorsichtig stand sie auf und merkte, dass ihre Beine sie wieder trugen. Sie schob Isabelle in ihren Armen höher, damit die ihre Vorderpfoten auf ihre Schulter legen konnte. Mit einer Hand hielt sie die Leine fest, die an dem Geschirr befestigt war, dann ging sie zur Tür und öffnete sie.

Vor der Wache standen Mike und Mrs Hastings mit ihrem Sohn Eddy, die sich alle zu ihr umdrehten, als sie sie bemerkten. »Mrs Hastings, ich … Eddy, ich weiß gar nicht, wie ich dir danken kann. Du hast meiner Katze das Leben gerettet.«

»Entschuldigen Sie, Miss Bell, dass ich Ihre Katze mitgenommen habe. Ich wollte nur was für meine Mom tun, weil sie so traurig war, dass sie nicht zu Ihrer Vorlesung fahren konnte, weil mein kleiner Bruder eine Erkältung bekommen hat.«

»Eddy, das war das Beste, was du tun konntest«, sagte sie und ging vor ihm in die Hocke. »Du hast meine Isabelle gerettet. Ohne dich wäre sie im Haus eingeschlossen gewesen, als das Feuer ausbrach.«

»Dann war das okay, was ich gemacht habe?«, fragte er und warf dabei seiner Mutter einen listigen Blick zu.

Christine begann zu lachen. »Also, Eddy, grundsätzlich hast du etwas gemacht, das so nicht okay ist. Man schleicht sich nicht in die Häuser von anderen Leuten und klaut deren Katzen. Und Hunde klaut man auch nicht, und auch sonst nichts. Aber weil du das gemacht hast, lebt meine Isabelle noch, und in diesem einen Fall war es gut, dass du etwas eigentlich Verbotenes gemacht hast.«

»Hmm.« Er schob die Unterlippe vor und grübelte über ihre Worte nach. »Also war das jetzt okay oder nicht?«

»Ich weiß, was du von mir hören willst, Eddy«, sagte sie lachend. »Aber du kriegst von mir keinen Freibrief, Katzen, Hunde oder irgendwas anderes aus fremden Häusern zu holen, jedenfalls dann nicht, wenn keine Gefahr besteht und du niemanden retten musst. Das hier war jetzt eine ganz große Ausnahme, denn du konntest ja nicht wissen, dass das Haus später abbrennen würde.«

Eddy machte eine unschlüssige Miene. »Und wenn ich sage, dass ich sie mitgenommen habe, damit der Mann mit dem Kanister ihr nichts tut.«

»Welcher Mann?«

»Der Mann, der hinten von der Straße zum Haus gegangen ist, als ich wegging.«

»Okay«, sagte Christine. »Du hast Isabelle ja schon mitgenommen, bevor du den Mann gesehen hast, also zählt das nicht. Aber dieser ...«

»Aber ich hab den Mann vorher gesehen«, beharrte er. »Ich bin durchs Fenster in den Keller geklettert, in die Waschküche, und als ich die Tür aufmachen wollte, da kam er mit einem großen Kanister die Treppe herunter und ging irgendwo nach hinten. Ich weiß nicht wohin.«

»Und *danach* bist du erst rauf und hast Isabelle mitgenommen?«

Eddy nickte.

»Dann hast du genau das Richtige getan«, erklärte sie und klopfte ihm auf die Schulter. Sie wollte sich nicht an der Spitzfindigkeit festklammern, dass er Isabelle so oder so aus dem Haus hatte entführen wollen. Wenn es dem Jungen so wichtig war, zu hören, dass er das Richtige getan hatte, dann sollte er das eben von ihr hören. Seine Mutter konnte ihm später immer noch den Unterschied klarmachen. Jetzt war für sie selbst etwas ganz anderes wichtig.

»Du hast gesagt, dass du den Mann gesehen hast«, fuhr sie fort.

»Ja, aber nicht richtig.«

»Was heißt ›nicht richtig‹? Wie hast du ihn denn gesehen?«

»Nur so halb. So ab hier.« Er zeigte auf den Ellbogen. »Er hat einen großen Benzinkanister nach hinten getragen, und dann bin ich schnell raufgelaufen und hab Ihre Katze geholt.«

»Und als du aus dem Haus gegangen bist, war der Mann dann noch da?«

»Ja.« Eddy nickte bekräftigend. »Er war im Keller und hat Lärm gemacht.«

Christine sah Mike an. »Dann hat er nicht bemerkt, dass der Junge sich im Haus aufgehalten hat. Das ist gut.«

»Ja, das ist sogar sehr gut.«

»Was ist daran sehr gut?«, wollte Nicole wissen.

»Es ist sehr gut, weil er nicht weiß, dass es einen Augenzeugen gibt«, erklärte der Constable. »Dieser Mann ist sehr gefährlich und geht äußerst rücksichtslos vor. Sie dürfen niemandem ein Wort davon sagen, dass ihr Sohn den Mann gesehen hat, und du, Eddy, darfst das auch niemandem erzählen. Dieser Mann hat bereits drei Menschen umgebracht, und ein Augenzeuge würde ihm gar nicht gefallen.«

Eddy zog die Augenbrauen zusammen und wurde bleich, als er verstand, was das bedeutete. »Ich sag keinen Ton, ehrlich nicht!«

»Eines muss ich dich aber noch fragen, Eddy«, sagte Christine. »Hast du sehen können, was der Mann anhatte? Irgendetwas Ungewöhnliches? Eine besondere Jacke? Besondere Schuhe? Oder eine Armbanduhr?«

Der Junge überlegte kurz, dann schüttelte er den Kopf. »Er hatte dunkle Sachen an, mehr weiß ich nicht. Da unten war es nicht richtig hell.«

»Okay, aber das ist nicht schlimm, Eddy. Wichtig ist nur, dass du Isabelle gerettet hast.« Sie wandte sich an Nicole. »Wie kann ich mich dafür erkenntlich zeigen, Mrs Hastings?«

»Das müssen Sie gar nicht, Miss Bell. Ich bin ja schon froh, dass alles noch so gut ausgegangen ist. Stellen Sie sich vor, ich wäre nie misstrauisch geworden, dann würde Ihre Katze jetzt bei uns leben, und Sie würden denken, dass sie … na, Sie wissen schon.«

»Ja, ich weiß. Ich habe doch Ihre Adresse, Mrs Hastings, ich werde mir was einfallen lassen.«

Sie verabschiedeten sich, dann ging die Mutter mit dem Jungen zu einem älteren Kombi und fuhr ab. Christine hielt Isabelle vor sich und betrachtete sie überglücklich. »Ich hätte mir nie träumen lassen …« Plötzlich stutzte sie und drehte sich zu Schroedinger um. »Augenblick mal. Mike, wie lange wussten Sie schon davon?«

»So etwa seit kurz vor neun, als mir Mrs Hastings bei der Bäckerei über den Weg gelaufen ist«, antwortete der grinsend.

»Und das haben Sie mir nicht sofort gesagt?«, raunte sie ihn an.

Der Constable lachte leise. »Glauben Sie ernsthaft, ich hätte mir dieses Schauspiel entgehen lassen? Ihren genervten Blick, als diese penetrante Mrs Hastings Ihnen eine Geschichte über irgendeine Fundkatze erzählt, die Sie nicht im Geringsten interessiert? Ihr gezwungenes Lächeln und der heimliche Wunsch, diese Frau vor die Tür zu setzen, damit Sie das Gelaber nicht mehr hören müssen?«

Sie riss erschrocken die Augen auf. »War mir das etwa so deutlich anzusehen?«

Er nickte amüsiert.

»Oh mein Gott, was muss Mrs Hastings von mir gedacht haben?«

Mike winkte ab. »Machen Sie sich da mal keine Sorgen, Mrs Hastings war vorgewarnt, dass Sie wahrscheinlich ziemlich frustriert auf eine Katzengeschichte reagieren würden, zu der Sie überhaupt keinen Bezug haben«, versicherte er ihr.

»Sie können wirklich froh sein, dass ich gerade so glücklich darüber bin, Isabelle wiederzuhaben, sonst würde ich Ihnen dafür, dass Sie mich so haben zappeln lassen, jetzt ordentlich den Kopf waschen!«

In diesem Moment kam der Mann herein, der in der vergangenen Nacht an die Tür geklopft hatte, weil die höllische Weihnachtsdekoration noch nicht abgeschaltet worden war.

»Donald«, begrüßte der Constable ihn. »Haben Sie den Rest der Nacht wenigstens gut geschlafen?«

»Wenn man vom Lärm der Feuerwehr absieht, der mich später aus dem Bett geholt hat«, knurrte der andere Mann. »Ich verstehe nicht, warum die nicht nachts ohne ihre blöde Glocke durch die Gegend fahren können. Um drei Uhr früh ist doch sowieso sonst kein Mensch unterwegs!«

»Sie wissen doch: kleine Jungs und ihre Spielzeuge«, antwortete Mike.

Donald zuckte ungehalten mit den Schultern. »Na, egal. Weswegen ich eigentlich hier bin: Norton und Hague haben sich noch immer nicht blicken lassen. Sie sollten besser mal nach den beiden sehen, denn irgendwann werden die ja wieder Strom haben wollen.«

»Ja, okay, ich schau direkt mal bei ihnen vorbei«, versprach der Constable ihm.

Nachdem der Mann gegangen war, fing Isabelle auf einmal an zu strampeln. Christine setzte sie ab, und kaum stand sie mit allen vieren auf dem Boden, begann sie, an der Leine zu ziehen und zu miauen. Isabelles Blick war auf die Einfahrt zum Spader's Drive gerichtet.

»Was ist denn in die Kleine gefahren?«, wunderte sich Mike.

»Das möchte ich auch gern wissen«, antwortete sie, obwohl das Gegenteil der Fall war. Angesichts der Leichenspürhund-Fähigkeiten ihrer Katze hatte Christine kein gutes Gefühl.

11

Wie zuvor machte es Isabelle nichts aus, an der Leine geführt durch den Schnee zu stapfen. Zwar blieb sie immer wieder mal kurz stehen, um sich einen Schneeklumpen genauer anzusehen, der von einer Hecke gerutscht war, aber insgesamt wies sie Christine und dem Constable sehr zielstrebig den Weg zum Spader's Round. Mitten auf der geräumten Fläche blieb sie stehen, miaute einmal energisch und sah dann geradeaus.

»Hat das irgendwas zu bedeuten?«, wollte Mike wissen.

»Beim letzten Mal hatte es etwas zu bedeuten«, antwortete Christine. »Da hat sie mich auf Nathan Marks aufmerksam gemacht.«

Mike verzog den Mund. »Ich weiß nicht, ob ich wirklich darüber nachdenken möchte, was uns hier erwarten könnte.« Er sah Isabelle an. »Ist Ihre Katze übersinnlich veranlagt?«

»Ich habe keine Ahnung, aber ich gebe zu, allmählich wird es mir ein bisschen unheimlich«, gestand sie ein und fügte scherzend an: »Isabelle kann von Glück reden, dass sie immer ein Alibi hat.«

»Und sie kann von Glück reden, dass wir nicht mehr im Mittelalter leben, sonst hätte man sie längst als vom Teufel besessen erklärt und zum Tode verurteilt.« Schroedinger drehte sich zu Christine um. »Und ihr Frauchen ebenfalls.«

»Reden wir lieber nicht darüber«, sagte sie und sah sich auf dem Platz um. Am Tag war von der nächtlichen Lichterflut natürlich nichts zu sehen, doch auch ohne zu leuchten und zu blinken, war das Zuviel an Weihnachtsdekoration deutlich zu erkennen. Die diversen Leuchtfiguren standen dicht an dicht in den beiden Gärten, sodass man sich nicht zwischen ihnen hätte hindurchschlängeln können, ohne dabei Gefahr zu laufen, eine Figur umzustoßen, die dann in der Folge wie bei einem Dominoeffekt immer mehr von dem aufgestellten Weihnachtsschmuck umgeworfen hätte. Die Fenster waren so zugehängt, dass man höchstens noch durch schmale Lücken zwischen den Sternen, Tannenbäumen und Schneemännern hindurch nach draußen spähen konnte.

Wie Christine erst jetzt feststellte, war auf jedem der beiden Hausdächer mit Lichterketten eine ganze Landschaft geschaffen worden, im Hintergrund ein Gebirgszug, ein Weg, auf dem der Weihnachtsmann im Schlitten sitzend von mehreren Rentieren gezogen wurde, gesäumt von verschieden großen Tannen. Diese Details waren ihr im gleißenden Licht am Abend zuvor gar nicht aufgefallen.

»Und wieder einmal bewahrheitet sich die Theorie, dass weniger manchmal mehr sein kann«, sagte sie nachdenklich.

Wieder miaute Isabelle und zog an ihrer Leine, um Christine von der Fahrbahn zu dirigieren. Vor einer verschneiten niedrigen Hecke, die die beiden Grundstücke voneinander trennte, blieb die Katze stehen und stellte sich auf die Hinterpfoten, als wollte sie mitten in den hohen Schnee springen.

»Langsam, meine Kleine«, sagte Christine und bückte sich, um die Katze hochzunehmen, die sich prompt gegen sie drückte und den Kopf an ihrem Kinn rieb. »Wo willst du denn hin?«, fragte sie. »Du bist kein Vogel, du kannst nicht auf einer verschneiten Hecke entlangspazieren.«

»Das ist keine Hecke«, klärte der Constable sie auf. »Das ist eine schmale Gasse, die zwischen den beiden Grundstücken zu einem Fußweg führt, der die Abbey Road mit der Steam Street verbindet. Auf diese Weise kann man als Fußgänger diese Strecke zurücklegen, ohne die Humphreys Road benutzen zu müssen. Da spart man ein paar Meter, und in Richtung Steam Street kann man noch von einem leichten Gefälle profitieren. Diese Gasse ist bloß nicht geräumt worden.« Er hob ratlos die Schultern. »Vermutlich wollte keiner zwischen die Fronten geraten. Außerdem wird dieser Fußweg dahinten auch nicht von Sean oder von irgendwelchen Anwohnern geräumt, weil niemand darauf angewiesen ist, diese Strecke zu nehmen, ganz im Gegensatz zu den übrigen Wegen im Dorf.«

Er stellte sich vor Christine und begann, Isabelle hinter den Ohren zu kraulen, was der so gut gefiel, dass sie genießerisch die Augen zukniff und sich gegen Schroedingers Finger drückte. »Willst du uns irgendwas zeigen?«, fragte er an die Katze gerichtet, aber es war klar, dass er die Antwort von Christine erwartete.

Die nickte schwach, da sie nichts Gutes ahnte. »Vermutlich nichts Erfreuliches«, murmelte sie.

»Ich bin gleich zurück«, sagte der Constable, ging zu einem der anderen Häuser, klingelte und unterhielt sich kurz mit einer Frau, die ihm eine Schaufel brachte, mit der er sich daranmachte, die Gasse freizuschaufeln. Dabei ging er vorsichtig vor, da er jederzeit damit rechnen musste, dass er mit dem Blech auf einen unter dem Schnee verborgenen Toten stieß.

Das geschah jedoch nicht, und während er sich Meter für Meter vorankämpfte, folgte Christine ihm mit Isabelle auf dem Arm, die interessiert zusah, was der Mann da vor ihr machte.

Sie hatten die Hälfte der gut fünfzehn Meter langen Gasse zurückgelegt, als Schroedinger erklärte: »Ich glaube, das war falscher Alarm. Wir sollten … oh, Moment mal, was ist das?«

Christine seufzte leise. Sie wusste, sie konnte sich auf Isabelles Spürnase verlassen, und es war nur eine Frage der Zeit gewesen, bis sie fündig wurden. »Bringen Sie es mir bitte ganz schonend bei, Mike«, bat sie ihn und machte sich innerlich auf das Schlimmste gefasst.

»Noch gibt es nicht viel zu berichten«, sagte er. »Kommen Sie mal.«

Sie machte drei Schritte, dann stand sie hinter ihm und konnte über seine Schulter schauen. »Was ist denn da?«, wunderte sie sich. »Ich kann nichts entdecken.«

»Doch, doch, sehen Sie genau hin.« Er deutete mit der Schaufel vor sich. »Da vorn hat jemand den Schnee platt getreten.«

»Ja, jetzt, wo Sie's sagen. Und?«

»Na, dahinter ist die Schneeschicht wieder so unberührt wie hier vorne«, erklärte er.

»Oh, Sie meinen, jemand hat diese Gasse überquert, von dem einen Grundstück aufs andere«, folgerte sie. »Bei solchen Streithähnen wie diesen beiden kann das aber nichts Gutes bedeuten.«

»Ganz meine Meinung«, pflichtete er ihr bei und begann, das letzte Stück freizuschaufeln, dann stieg er über den niedrigen Zaun und folgte dem Weg, den schon jemand vor ihm gegangen war.

Isabelle sah interessiert zu, wie auch Christine das Hindernis überwand und hinter Schroedinger herging, der sich ein paar Mal ducken musste, um unter den ausladenden Flügeln riesiger Engel hindurchzukommen. Plötzlich blieb er stehen und gab ihr ein Zeichen, sich vorsichtig zu nähern.

»Hier geht's schräg runter, rutschen Sie nicht weg«, warnte er sie.

Als sie ihn erreicht hatte, zuckte sie zusammen. Sie hatte mit allen möglichen blutigen Szenarien gerechnet, aber nicht mit dem bizarren Bild, das sich ihr in diesem verschneiten Garten bot. Vor ihr befand sich ein Teich, der wegen der Kälte zugefroren war, zwei Männer – einer mit langen grauen Haaren, der andere mit dunklen Locken und Schnauzbart – lagen rücklings mit dem Oberkörper im Wasser, während die Beine sich noch auf dem mit niedergetrampeltem Schnee bedeckten Boden befanden. Die

Augen der Männer waren wie vor Schreck weit aufgerissen, die Münder wie zum Aufschrei geöffnet. Jeder von ihnen hielt mit beiden Händen ein dickes orangefarbenes Kabel umklammert, das in einen wulstigen Stecker auslief. All das war wie durch eine strahlend saubere Glasscheibe zu betrachten. Die Eisschicht auf dem Wasser wies nur dort Unregelmäßigkeiten auf, wo die Männer eingebrochen waren, danach war der Teich wieder zugefroren.

»Was ist denn hier passiert?«

»Ich würde sagen, die beiden haben sich um dieses Kabel gestritten, dann sind sie hingefallen und durch das Eis auf dem Teich gebrochen, haben einen Stromschlag erlitten und sind so liegen geblieben, während die Oberfläche wieder allmählich zufror«, mutmaßte der Constable.

»Aber das müsste doch einen Kurzschluss ausgelöst haben«, wunderte sie sich. »Wieso sind nicht zumindest auf diesem Grundstück alle Lichter ausgegangen?«

»Gute Frage«, erwiderte Schroedinger, während er weiter die beiden Toten betrachtete.

»Vielleicht sollten wir dem Stromkabel folgen«, schlug sie vor. »Das könnte uns zu einer Antwort führen.«

Sie folgten dem Kabel durch den Garten und um das Haus herum, wo es dann zu ihrer Verwunderung über den Zaun das Grundstück verließ und am Nachbargebäude entlang weiter Richtung Spader's Round verlief. »Nicht zu fassen«, sagte der Constable, als sie sich dem Verteilerkasten näherten, den er in der Nacht zuvor aufgeschlossen hatte, um Licht und Lärm ein Ende zu setzen.

»Was ist?«, fragte Christine, die nichts sehen konnte, da er ihr im Weg war.

Er drehte sich zur Seite und zeigte ihr, wo das Kabel endete. »Sehen Sie sich das an. Hague hat heimlich die Rückwand des Kastens abgeschraubt, sein Kabel einfach vor der Sperre angeschlossen und dann die Wand wieder angebracht.«

»Das heißt, er hätte Strom auch dann gehabt, wenn er ihm eigentlich schon abgestellt worden wäre?«

»Ja, das dürfte der Sinn der Sache gewesen sein«, vermutete er. »Offenbar wollte Hague der gerichtlichen Verfügung ein Schnippchen schlagen und seine Beleuchtung über einen Umweg weiterbetreiben, wenn ihm der reguläre Strom abgestellt wird.«

»Das hat Norton beobachtet, und weil er seinem Nachbarn keinen Vorteil zugestehen wollte, ist er auf dessen Grundstück gekommen, die beiden haben sich gestritten, sind ausgerutscht und im Wasser gelandet – mit dem Kabel. Der Stromschlag hat sie getötet, und während sie tot im Teich lagen, ist der über Nacht wieder zugefroren.«

»Ja, aber der Kurzschluss …«, wandte sie ein.

Mike zuckte mit den Schultern. »Keine Ahnung, ich bin kein Elektriker. Aber vielleicht hat sich das ja erst abgespielt, nachdem ich ihnen den Strom abgestellt hatte. Dazu müssten wir wissen, wie lange dieser Teich letzte Nacht gebraucht hat, um wieder zuzufrieren, trotzdem kann ich mir vorstellen, dass ein paar Stunden reichen. Immerhin haben sich die beiden ja nicht mehr gerührt. Das Wasser war also nicht mehr in Bewegung.«

»Oder aber«, überlegte Christine, »Norton wollte sich bei Hagues Strom bedienen, und der hat ihn mit dem Kabel hantieren sehen und versucht, es ihm zu entreißen, mit dem gleichen Ergebnis, dass sie beide tot sind.«

»Auch denkbar, aber das werden wir sicher nie herausfinden«, erklärte er. »Wenn einer von den anderen Anwohnern etwas beobachtet hätte, wäre der sofort zu mir gekommen. Seit das Gericht die Zeiten für die Beleuchtung und alle Details festgelegt hatte, haben die Nachbarn alle peinlich genau darauf geachtet, dass die zwei sich auch daran halten. Und das hier«, er zeigte auf den Stromkasten, »wäre mir auf der Stelle gemeldet worden.«

Er löste das orangefarbene Kabel und wickelte es auf,

während sie den Weg zurückgingen, den sie gekommen waren, bis sie wieder am Gartenteich standen.

»Irgendwie kurios«, meinte Christine nach einer Weile. »Da bekriegen sich die beiden jahrelang so verrückt, dass ihnen die Frauen weglaufen und die Nachbarn sie vor Gericht zerren, und jetzt sind sie im Tod vereint, aber immer noch sieht es so aus, als wollte einer dem anderen das Kabel aus der Hand reißen.«

»Wissen Sie was?«, sagte Schroedinger. »Die beiden haben etwas von *Spion & Spion,* diesem *Mad*-Cartoon. Die waren damals der einzige Grund, weshalb ich *Mad* gelesen habe. Unerbittliche Feinde, und immer hat der andere noch einen Trumpf mehr im Ärmel, um den Gegner zu überlisten. Und am Ende trifft es ihn dann doch selbst.«

»Ja, die kenne ich noch aus der Schulzeit«, ergänzte sie. Nach einer kurzen Pause fügte sie hinzu: »Wie kriegen wir die zwei da raus?«

»Im Moment überhaupt nicht. Der Tümpel ist gefroren, und wir müssten sie entweder rausschlagen oder mit einem Schneidbrenner das Wasser zum Tauen bringen.« Er ging zur Terrasse, griff nach einer Plane, die über aufeinandergestapelten Gartenstühlen lag, und kam zurück zum Teich, dann breitete er die Plane über den beiden Toten aus und beschwerte sie mit ein paar Steinen. »Mehr können wir derzeit nicht machen«, sagte er und gab Christine ein Zeichen, das Grundstück auf dem Weg zu verlassen, auf dem sie hergekommen waren.

»Wo hätten wir eigentlich die Leichen hinbringen sollen?«, fragte Christine, als sie sich der Humphreys Road näherten. »Das Kühlhaus im Supermarkt steht ja jetzt nicht mehr zur Verfügung.«

»Zum Metzger«, antwortete Mike.

»Zum Metzger?«

»Ja, weil der auch einen Kühlraum hat.«

»Ach so, stimmt ja.«

Er sah sie mit zusammengekniffenen Augen an. »Was dachten Sie denn, warum ich sie zum Metzger bringen will?«

»Was?«, gab sie verständnislos zurück, dann auf einmal wurde ihr klar, worauf er anspielte. »Nein, nein«, beteuerte sie hastig. »*So* war das nicht gemeint.«

Daraufhin begann er schallend zu lachen. »Ja, das dachte ich mir schon. Wir Dorfbewohner mögen zwar ein wenig rückständig erscheinen, aber zum Kannibalismus reicht es dann nun doch nicht.«

Isabelle wurde unruhig und versuchte, sich aus Christines Griff zu befreien. »Ist ja gut. Wenn du lieber durch den Schnee gehen willst, meinetwegen.« Sie ließ die Katze herunter, die darauf wie ein bei Fuß gehender Hund neben ihr hertrottete.

»Apropos Metzger«, sagte der Constable. »Ich finde, Isabelle hat sich eine Belohnung verdient.«

»Hm, was meinst du denn dazu, Isabelle?«, fragte sie die Katze, die schon beim Wort »Belohnung« hellhörig geworden zu sein schien.

Isabelle setzte sich hin, verkündete mit einem lautstarken »Mau« ihre Zustimmung und machte sich gleich wieder unaufgefordert auf den Weg, wobei sie zielstrebig in Richtung der Metzgerei ging, obwohl sie in der zuvor noch nie gewesen war.

»Wahrscheinlich riecht sie längst das Geräucherte, was unsere Nase noch nicht wahrnehmen kann«, versuchte Christine diese Zielstrebigkeit zu erklären. Insgeheim hoffte sie allerdings, dass ihre Katze nicht schon wieder eine Fährte aufgenommen hatte, die zum nächsten Toten führte.

Als sie die Metzgerei betraten, kam Mr Ryder aus dem rückwärtigen Raum nach vorn, sah Isabelle auf Christines Arm und knurrte: »Das Tier muss raus.«

»Warum?«, gab Christine zurück, die sich vor allem an dem Tonfall des Mannes störte.

»Weil's auf dem Zettel am Fenster steht«, kam die knappe Antwort.

»Auf dem Zettel steht: ›Hunde müssen draußen bleiben‹«, hielt sie dagegen.

»Gilt auch für Katzen.«

»Das steht da aber nicht«, beharrte sie. Es hätte ja ein »Bitte« gereicht, und sie wäre mit Isabelle nach draußen gegangen, zumal sie wusste, dass Tiere nicht in die Nähe von Lebensmitteln kommen sollten. Aber Ryders frecher Tonfall ging ihr gegen den Strich.

»Gilt sogar für Meerschweinchen, und trotzdem stehn die auch nich mit drauf«, brummte der Metzger und warf ihr einen zornigen Blick zu.

Christine lächelte ihn nur an und blieb neben Schroedinger stehen.

»Constable, nehmen Sie die Frau mit«, forderte Ryder ihn auf. »Sie hört nicht auf das, was ich sage.«

Mike machte eine beiläufige Geste. »Miss Bell und ihre Katze assistieren mir bei meinen Ermittlungen, also begleiten sie mich dorthin, wohin ich gehe. Ich werde sie also nicht mitnehmen, und sie wird auch nicht auf das hören, was Sie ihr sagen.«

»Machen Sie schon, Mr Schroedinger«, brummte der bullige Mann. »Mir steht der Sinn nicht nach dummen Witzen.«

»Mr Ryder, ich habe das eben in meiner Eigenschaft als Constable gesagt, und das war kein dummer Witz, sondern mein voller Ernst, ist das klar?« Mike wurde mit jedem Wort noch ein wenig energischer.

Der Metzger verzog nur ein wenig den Mund. »Wie Sie meinen, Constable«, murmelte er. »Was darf's denn sein? Möchten Sie was kaufen, oder möchten Sie meine Schweinehälften auf Drogen durchsuchen?«

Mike reagierte nur mit einem amüsierten Lächeln. »Ich hätte gern zweihundert Gramm Rindergehacktes.«

»Vielleicht soll es ja auch noch geliefert werden«, grummelte Ryder, während er ein Stück Fleisch abschnitt und in den Fleischwolf steckte.

Christine warf dem Constable einen fragenden Blick zu, aber der zog nur vielsagend eine Augenbraue hoch und bezahlte, nachdem der Metzger ihm das Gehackte in Papier gewickelt auf die Theke gelegt hatte.

»Was ist denn mit dem los?«, wunderte sich Christine, nachdem sie die Metzgerei verlassen hatten und wieder auf dem Weg zur Polizeiwache waren. Sean fuhr auf seinem Traktor vorbei, hupte und winkte ihnen.

»Ach, das hat Ryder schon seit einiger Zeit«, antwortete Schroedinger. »Seit seine Frau ihn verlassen hat, schwankt seine Laune ganz schrecklich.«

»Weiß man, warum sie weggegangen ist?«

Der Constable nickte. »Vor einer Weile fiel sein Mitarbeiter wegen Krankheit aus, und daraufhin sollte sie ihm beim Schlachten eines Schweins helfen. Das brachte sie nicht fertig, und anschließend wollte sie sich nicht mehr von einem Mann anfassen lassen, der von Berufs wegen Tiere tötet.«

»Ich kann die Frau ja verstehen, aber das wusste sie doch schon vorher«, wandte sie ein. »Ryder ist schließlich nicht von einem Tag auf den anderen Metzger geworden.«

»Stimmt, aber bis zu diesem einen Mal hatte sie ihm nie bei der Arbeit helfen sollen, und so lange hat sie das Thema von sich fernhalten können. Aber als sie dann das Schwein festhalten sollte, da war es vorbei. Seitdem ist er mal freundlich, so wie letztes Mal, als wir hier vorbeigegangen sind, dann ist er fast schon depressiv und macht zwei oder drei Tage lang den Laden nicht auf, und dann wieder ist er in dieser Angriffslaune, die Sie gerade erlebt haben. Da befürchtet man, dass ein falsches Wort genügt, um ihn mit dem Messer auf die Kundschaft losgehen zu lassen.«

»Nicht gerade förderlich für sein Geschäft, würde ich sagen.«

»Sollte man meinen, aber sein Laden läuft gut. Wenn Sie nur die Wahl haben, bei ihm frisches Fleisch oder in Rickles' Supermarkt nicht ganz so frisches zu kaufen oder erst mal zwanzig Meilen bis zum nächsten Metzger zu fahren, dann ist es eigentlich ziemlich klar, wofür sich die Leute entscheiden.«

Christine nickte. »Dann kann er sich ja freuen, dass Rickles ihm vorläufig gar keine Konkurrenz machen wird.«

»Stimmt, aber an seinen Launen ändert das nichts. Apropos Rickles: Beim Bäcker habe ich heute Morgen gehört, dass er sich einen von diesen fahrbaren Supermärkten zulegen will. Die kennen Sie bestimmt …«

»Sie meinen diese Busse mit Regalen, Kühltruhen und so weiter, die über die Dörfer fahren?«

»Richtig, diese Dinger sind verdammt teuer, aber Rickles will den Bus von dem Geld bezahlen, das er von der Versicherung erwartet. Allerdings wäre ein Neubau des Supermarkts um einiges teurer, und auf diese Tour bleibt noch was für ihn selbst übrig.«

»Hört sich so an, als hätte er das schon länger geplant«, überlegte sie. »Vermutlich hat er nur auf eine passende Gelegenheit gewartet, um seinen Markt in Flammen aufgehen zu lassen.«

»Ich bin schon gespannt, was die Experten sagen werden, wenn sie Mrs Brooks' Haus und den Supermarkt untersuchen und miteinander vergleichen«, meinte Mike. »Bestimmt wird denen auffallen, dass die Brände von zwei verschiedenen Personen gelegt wurden.«

Sie hatten die Wache erreicht, Mike schloss auf, und Isabelle zwängte sich an seinen Beinen vorbei, um als Erste nach drinnen zu gelangen. Dort sprang sie auf den Schreibtisch, setzte sich hin und wartete, dass Christine ihr die Leine abnahm. Kaum war das geschehen, ging sie zu Mike, der neben dem Tisch stand und den Anrufbeantworter überprüfte, ob in der Zwischenzeit jemand angerufen hatte. Sie stieß laut schnurrend den Kopf gegen seinen Arm und näherte sich scheinbar zufällig der Hand, in der er das Päckchen vom Metzger hielt.

»Wir wissen genau, was du willst, Isabelle«, warnte Christine sie amüsiert, woraufhin sie sich umdrehte und ihrem Frauchen einen vorwurfsvoll anmutenden Blick zuwarf.

Dann nickte sie dem Constable zu. »Geben Sie ihr ruhig von dem Gehackten, Mike. Das hat sie mehr als verdient. Aber teilen Sie es auf, eine Hälfte jetzt, die andere etwas später.«

»Haben Sie überhaupt noch Futter für sie?«, wollte er wissen.

»Ja, für ein paar Tage. Im Wagen ist noch eine eiserne Reserve, für alle Fälle. Aber zur Not können wir ja immer noch auf Mr Ryders Metzgerei zurückgreifen.«

Mike wickelte das Gehackte aus und begann, kleine Bällchen zu formen, die er ihr auf der flachen Hand hinhielt und die von Isabelle schneller verschlungen wurden, als er Nachschub liefern konnte. Als gut die Hälfte aufgegessen war, packte er das Fleisch ein, streichelte die Katze eine Weile und legte es dann in den kleinen Kühlschrank in der Küche.

Nachdem Isabelle klar war, dass das für den Augenblick alles war, rollte sie sich auf dem Schreibtisch zusammen und schlief ein. Christine stand da und betrachtete die Katze, wie sie gleichmäßig und tief atmete, während sie mal kurz die Nase krauszog oder mit einer Pfote zuckte, als wollte sie nach etwas schnappen oder eine andere Katze abwehren.

»Ich kann es noch immer nicht fassen«, sagte sie leise.

»Dass Isabelle lebt, meinen Sie?«, fragte Mike sanft und lächelte sie an.

Sie nickte nachdrücklich und zog die Nase hoch, weil ihr wieder Tränen kommen wollten.

»Das müssen die berühmten neun Leben einer Katze sein«, sagte er. »Wenn sie jetzt erst eines davon aufgebraucht hat, dann haben Sie noch lange Freude an ihr.«

»Das will ich auch hoffen«, gab sie zurück und wandte sich der Tafel zu, die der Constable mit den Namen der Opfer beschrieben hatte. Mit einem Taschentuch wischte sie Isabelles Namen weg, der gleich neben dem Wort »Brandstiftung in Mrs Brooks Haus« stand. Stattdessen schrieb sie »Mann mit Benzinkanister« hin, dazu »ca. 19 Uhr».

Kaum hatte sie die Korrekturen vorgenommen, kam Mike zu ihr und schrieb die Namen »Newton« und »Hague« an den unteren Rand, dahinter notierte er »Unfall«, dann trennte er die beiden mit einer langen Linie von den anderen Opfern ab. »Wenigstens mal zwei Tote, die nichts mit unserem Mörder zu tun haben, sondern denen ihre Maßlosigkeit und Missgunst zum Verhängnis geworden ist.«

»Nur hilft uns diese Erkenntnis leider auch nicht weiter«, meinte Christine. »Wir stehen immer noch völlig ahnungslos da und … nein, so ganz stimmt das nicht. Ahnungslos sind wir eigentlich nicht, wir haben die eine oder andere Theorie zu den Morden und zu den Anschlägen auf mich, aber uns fehlen Angaben zu den Zusammenhängen und Verbindungen, weil niemand zu finden ist, der etwas weiß und der bereit ist, den Mund aufzumachen.«

»Ja, das ist so, als würde man das Ergebnis einer Formel kennen, nicht aber die Formel selbst«, stimmte er ihr zu. »Wenn das Ergebnis ›2a?‹ lautet, dann kann vor dem Gleichheitszeichen alles Mögliche stehen.«

»Genau. Wir haben den Fall einer unbekannten Anzahl an Unbekannten …«

»Und der ist unlösbar.«

Nachdenklich nickte Christine. »Vielleicht … könnten wir ja versuchen, nach der Methode von Sherlock Holmes vorzugehen«, überlegte sie.

»Meinen Sie damit, dass wir den Fall von Sir Arthur

Conan Doyle zu Ende schreiben lassen sollen?«, scherzte Schroedinger.

Sie verzog den Mund und sah zur Decke. »Sehr witzig, Constable Schroedinger. Nein, ich meinte etwas anderes: Wenn wir alle Personen ausschließen, die unmöglich etwas mit den Morden zu tun haben können, dann würden am Ende nur noch die wirklich Verdächtigen übrig bleiben, und so unwahrscheinlich es dann auch scheinen mag, wird einer von ihnen der Mörder sein.«

»In der Theorie klingt das ganz nett«, gab er zurück. »Aber wie wollen Sie das in die Praxis umsetzen? Wer hat absolut sicher nichts mit den Morden zu tun? Okay, wir haben unseren Katzendieb Eddy, der den Brandstifter und mutmaßlichen Mörder gesehen hat. Er hat ganz sicher nichts damit zu tun.«

»Und seine Mutter …«

»Wieso?«

»Was wieso?«, fragte sie.

»Was wissen wir über sie? Kann sie mit einer Pistole umgehen? Hatte sie Streit mit Marks?«, hielt er dagegen. »Und was ist mit dem Metzger? Hat er sich über die beiden geärgert, weil sie irgendwelche Sonderwünsche hatten? Oder Rickles? War er das, um eine falsche Fährte zu legen, damit er bei Mrs Brooks und schließlich in seinem eigenen Supermarkt zündeln kann, ohne sich selbst verdächtig zu machen?«

Seufzend ließ sie sich auf den Stuhl vor dem Schreibtisch sinken. »Ja, schon klar, ich weiß, was Sie meinen«, sagte sie niedergeschlagen. »Solange wir ganz ohne Anhaltspunkt dastehen, können wir bei so gut wie niemandem ausschließen, dass er der Täter sein könnte. Das bringt uns also auch nicht weiter.«

»Unser größtes Problem ist, dass Eaning und Dorsey keinen Ton sagen«, fügte er hinzu.

»Was natürlich die Frage aufwirft, *warum* sie nichts

sagen.« Christine starrte auf die Tafel mit den Namen der Opfer. »Wissen sie wirklich nichts, so wie sie behaupten?«

»Meiner Ansicht nach können sie nichts wissen«, überlegte Mike. »Sie müssten ein Interesse daran haben, dass die Morde an ihren Freunden aufgeklärt werden. Ich glaube, wenn ich an ihrer Stelle wäre, würde ich das erfahren wollen.«

»Es sei denn, ich halte den Mund, weil ich weiß, dass mir dann nichts passiert«, wandte sie ein.

»Ach, verdammt!«, fluchte der Constable und schleuderte den Stift in die Ecke, woraufhin Isabelle kurz den Kopf hob, angesichts der Störung ihres Schlafs etwas beleidigt dreinschaute, dann aber gleich wieder die Augen zumachte.

»Ganz meine Meinung«, pflichtete Christine ihm bei. »Es ist eine völlig verfahrene Sache. So makaber das auch klingen mag, aber wir können im Augenblick nur auf das nächste Opfer warten und darauf hoffen, dass wir dann irgendwelche Hinweise auf den Täter finden.«

»Ich kann es kaum erwarten«, sagte Mike daraufhin in einem Tonfall, der nicht klar erkennen ließ, ob er das nun ernst meinte oder nicht.

Gegen halb sechs waren sie zurück auf der Wache, nachdem sie eine Weile durch Gleannlochy gefahren waren und nach dem Zufallsprinzip Bewohner des Dorfs gefragt hatten, ob denen in Verbindung mit den Morden etwas aufgefallen war oder ob sie zumindest irgendetwas über Harris Turner oder Nathan Marks zu berichten wussten, das ihnen den Ansatz zu einer Fährte hätte liefern können. Bei dieser Suche wurden sie einmal mehr mit der Tatsache konfrontiert, dass niemand sonst in Gleannlochy alt genug war, um die beiden noch aus der Schulzeit zu kennen, und dass ein Großteil der Dorfbewohner erst vor relativ kurzer Zeit hergezogen war und nichts darüber berichten konnte, was sich vor zwanzig oder dreißig Jahren zugetragen haben mochte.

Das einzig Erfreuliche auf dieser Rundfahrt, die sie in Christines Wagen unternommen hatten, weil sie sich in Schroedingers altem Austin wie in eine Sardinenbüchse gequetscht vorkam, war die Tatsache, dass sie am Ende der Steam Street auf einen kleinen Haushaltswarenladen gestoßen waren, wo Christine eine neue Transportbox für Isabelle hatte kaufen können, nachdem die alte im Haus von Mrs Brooks verbrannt war. Da der Laden auch einige Drogerieartikel führte, hatte sie sich außerdem mit einer neuen Zahnbürste, Zahnpasta, Duschgel und Shampoo ausstatten können.

Bis dahin hatte der Constable während der Fahrt hinten sitzen müssen, um die Katze auf seinem Schoß zu halten, damit ihr nichts passierte, falls Christine wider Erwarten in einen Unfall verwickelt wurde. Den Rest der Zeit hatte sie dann in der neuen Box zugebracht, und dementsprechend bedacht war sie darauf, aus diesem ungewohnten Ding herauszukommen, kaum dass sie zurück auf der Wache waren.

Nachdem Schroedinger ihr den Rest Gehacktes gegeben hatte, putzte sich Isabelle ausgiebig, bis sie auf einmal innehielt und in die hintere linke Ecke des Raums starrte, als würde dort eine Fliege an der Wand sitzen.

»Was ist los?«, fragte Christine, als sie aus dem Badezimmer kam, wo sie schnell geduscht und sich die Zähne geputzt hatte. Sie folgte dem Blick ihrer Katze, aber an der Wand war nichts zu entdecken.

Sie unterhielt sich eine Weile mit dem Constable, aber immer wieder sah sie dabei zu Isabelle, die unverändert am Schreibtischrand saß und in die Ecke starrte. »Damit kann sie mich manchmal verrückt machen«, erklärte sie schließlich. »Ich habe keine Ahnung, was sie sieht oder was sie gesehen hat. Aber sie hält das stundenlang durch.«

Plötzlich sträubte sich Isabelles Nackenfell, und sie knurrte leise, als hätte sie eine Gefahr wahrgenommen.

»Isabelle, jetzt hör schon auf damit«, sagte Christine ein wenig ungehalten, obwohl sie genau wusste, dass sie mit solchen Aufforderungen gar nichts erreichen konnte. Wenn ihre Katze knurren wollte, dann tat sie das auch.

»Das ist aber jetzt eigenartig«, meinte Mike und folgte ebenfalls ihrem Blick, doch da war beim besten Willen nichts zu sehen.

»Treibt sich vielleicht jemand hinter dem Haus herum?«, überlegte sie.

»Möglicherweise«, erwiderte er und stand auf. »Ich sehe mal schnell nach.«

»Ich komme mit«, sagte Christine und erhob sich ebenfalls von ihrem Platz, gleichzeitig griff sie nach der Leine und machte die an Isabelles Geschirr fest.

»Nein, nein, Sie bleiben hier, ich werde …«

»Von wegen«, unterbrach sie ihn. »Ich glaube, Sie sollten sich mal ein paar gute Thriller ansehen. Da läuft das auch immer so: Das zukünftige Opfer wird von einem Polizisten bewacht, dann wird der aus dem Haus gelockt, und während er um das Gebäude herumgeht, schleicht sich der Täter nach drinnen, schlägt den Polizisten nieder und wendet sich dann seinem Opfer zu.«

Grinsend erwiderte er: »Und Sie sollten sich vielleicht bei solchen Szenen nicht die Augen zuhalten, dann wüssten Sie nämlich, dass der Polizist immer noch rechtzeitig das Bewusstsein wiedererlangt, um den Täter aufzuhalten.«

»Manchmal ersticht er den Polizisten auch, und dann kann das Opfer lange darauf warten, dass er das Bewusstsein wiedererlangt«, konterte sie.

»Na, meinetwegen«, lenkte er belustigt ein. »Dann wollen wir unseren Thriller-Täter mal in die Irre führen, indem wir beide das Haus verlassen und bereits mit ihm rechnen, wenn wir gleich danach wieder nach drinnen gehen.«

Schon bei ihrer Rückkehr von der Fahrt durch Gleannlochy um halb sechs war es wieder dunkel gewesen, daher nahm Schroedinger jetzt die Taschenlampe mit, um in der Finsternis hinter dem Haus überhaupt etwas erkennen zu können.

Vorsichtig bogen sie um die Ecke, wobei der Constable die Lampe ungewöhnlich weit seitlich vom Körper weg hielt.

»Warum machen Sie das?«, fragte sie im Flüsterton. »Das mit der Lampe, meine ich.«

»Um einen möglichen Schützen zu irritieren. Normalerweise hält jeder eine Taschenlampe vor sich, wenn er irgendwohin leuchtet. Falls da hinten jemand ist, der auf mich schießen will, wird er sich an der Lampe orientieren und mich verfehlen.«

»Hm, raffiniert«, sagte sie. »Darf ich das mal in irgendeinem meiner Romane verwenden?«

»Klar. Hauptsache, Sie schreiben in die Danksagung, von wem Sie das haben«, scherzte er, dann bedeutete er ihr, den Mund zu halten.

Sie schlichen seitlich am Haus entlang, vor ihnen war alles in Dunkelheit getaucht, nur der Schnee schien wieder von innen heraus zu leuchten, jedoch so schwach, dass der Weg und mögliche Hindernisse ohne Taschenlampe nicht zu erkennen gewesen wären.

Christine strengte ihre Augen an, konnte aber nicht ausmachen, ob sich da vor ihnen irgendwo jemand aufhielt. An der nächsten Ecke angekommen, spähte zunächst der Constable hinters Haus, dann zog er Christine mit sich, blieb stehen und ließ den Lichtkegel der Taschenlampe über den Boden wandern.

»Hier war niemand«, sagte er dann. »Der Schnee liegt hier wie gerade eben erst gefallen.« Er drehte sich nach links und richtete die Lampe auf das verschneite Gelände hinter der Polizeiwache.

»Was ist das?«, fragte Christine und zeigte auf einen breiteren Streifen Schnee, der sich zwischen den dicht an dicht stehenden Bäumen hindurchzog.

»Das? Das ist das Gleiche wie drüben bei Newton und Hague«, antwortete Mike. »Ein Verbindungsweg zwischen zwei Straßen, mit dem man zu Fuß ein Stück abkürzen kann. Das gibt's hier überall in Gleannlochy.«

»Also ideal für einen Mörder, weitgehend unbemerkt von einer Ecke zur anderen zu gelangen«, folgerte sie.

»Leider ja, und weil auch jetzt viele Leute diese Abkürzungen nutzen, obwohl die nicht vom Schnee geräumt worden sind, gibt es da so viele Fußabdrücke, dass wir nicht feststellen könnten, ob unser Mörder auch da unterwegs gewesen ist.«

Abermals begann Isabelle zu knurren und sah weiterhin in die gleiche Richtung wie zuvor. Christine kniff die Augen zusammen, während der Constable die Taschenlampe in die Dunkelheit gerichtet hielt.

»Nichts zu sehen«, sagte er schließlich, dann sah er zu Isabelle. »Du musst dich schon genauer dazu äußern, was da drüben ist, das dich so stört.« An Christine gerichtet fügte er hinzu: »Vermutlich war da irgendein Tier unterwegs, eine andere Katze oder irgendwas Wildes.«

»Ja, das nehme ich auch an«, stimmte Christine ihm zu. »Siehst du?«, wandte sie sich an ihre Katze. »Hier draußen ist überhaupt nichts. Jetzt sind wir ganz umsonst in die Kälte rausgegangen.«

Als sie zurück zur Vorderseite des Hauses gingen, drehte sich Isabelle so, dass sie über Christines Schulter hinweg weiter starr in die gleiche Richtung schauen konnte. Als Christine das bemerkte, lief ihr ein eisiger Schauer über den Rücken, und an der Hausecke angekommen, konnte sie einfach nicht anders und drehte sich um, damit sie die Dunkelheit absuchen konnte. Doch da war nichts, und selbst wenn da etwas gewesen wäre, hätte sie es in der Finsternis ohnehin nicht ausmachen können.

Zurück im Büro setzte sie die Katze auf dem Schreibtisch ab, wo sie gleich wieder den Platz an der äußersten Kante einnahm, um in die Ecke zu starren. »Ach, Isabelle, gib es doch endlich auf«, stöhnte sie leise. »Wir haben jetzt draußen nachgesehen, und wir gehen ganz bestimmt nicht noch mal raus.«

Schroedinger kam aus der Küche und stellte ihr und sich selbst je einen Teller hin, um die Sandwiches zu verteilen, die sie am Nachmittag aus der Bäckerei mitgebracht hatten. Nachdem sie gegessen hatten, bemerkte Christine plötzlich aus dem Augenwinkel ein Blinken. »Hey, Mike, sehen Sie mal. Als wir eben draußen waren, muss jemand angerufen haben.«

»Oh, war mir gar nicht aufgefallen«, sagte er und drückte die Wiedergabetaste.

»Hallo, Mike, hier ist Richard … Richard Eaning«, ertönte eine vertraute Stimme. »Rufen Sie mich bitte schnellstens zurück, danke. Ach so, ja … ich bin zurzeit in der Stadthalle.«

Er nahm den Hörer ab und wählte die Nummer, dann wartete er. »Freizeichen«, sagte er nach dem achten oder neunten Klingeln. »Er meldet sich nicht.«

»Dann versuchen Sie es gleich noch mal«, schlug sie vor.

»Nein, wir fahren sofort hin«, entschied er. »Möglicherweise steckt er in Schwierigkeiten!«

Christine zog den Mantel an, griff nach dem Wagenschlüssel und setzte eine völlig überrumpelte Isabelle in ihre Box, dann waren sie auch schon auf dem Weg nach draußen.

Mit dem Wagen hatten sie innerhalb weniger Minuten die Stadthalle erreicht. Die Beleuchtung war eingeschaltet, die Tür abgeschlossen, aber auf Mikes energisches Klopfen und die lauten Rufe kam keine Reaktion.

Nochmals rüttelte er an der Tür, dann liefen sie auf die Rückseite der Halle zum Hintereingang, doch auch da war alles abgeschlossen. »Das kann nichts Gutes bedeuten«, sagte der Constable aufgeregt und kehrte mit Christine zum

Haupteingang zurück. Abermals rief er nach Eaning, doch auch jetzt geschah nichts.

»Mir bleibt wohl nichts anderes übrig«, murmelte er, ging zu Christines Wagen, öffnete den Kofferraum und nahm den Kreuzschlüssel heraus. »Gehen Sie bitte zur Seite, Christine, ich weiß nicht, wie weit die Splitter fliegen«, forderte er sie auf, dann stellte er sich vor die Eingangstür und holte mit dem Kreuzschlüssel aus.

»Wenn Sie sich zwei Sekunden gedulden, Mike, dann schließe ich Ihnen auf«, ertönte eine Stimme aus der Dunkelheit, die ihn im letzten Moment daran hinderte, die Scheibe einzuwerfen.

»Richard?«, fragte Schroedinger und drehte sich um, als der andere Mann in den Lichtschein der Foyerbeleuchtung trat. »Wo kommen Sie denn her?«

»Na, von Ihrer Wache«, erklärte Eaning. »Nachdem Sie nicht zurückgerufen haben, bin ich zu Fuß losgezogen, um Sie auf der Wache aufzusuchen. Ich sah zwar einen dunklen Wagen an mir vorbei in Richtung Halle fahren, aber das war nicht Ihr kleiner Metro, deswegen dachte ich mir nichts dabei. Erst als ich vor der verschlossenen Wache stand und Ihren Wagen bemerkte, wurde mir klar, dass Sie an mir vorbeigefahren sein mussten. Also bin ich daraufhin den ganzen Weg zurückmarschiert, nur um festzustellen, dass Sie hier die Scheiben einwerfen wollen.«

»Oh, dann haben wir uns ja zweimal knapp verpasst«, sagte der Constable verdutzt. »Tut mir leid, dass das so gelaufen ist. Aber weshalb haben Sie angerufen?«

»Na ja, wissen Sie«, sagte Eaning. »Bryan wollte um kurz nach fünf herkommen, damit wir weiter proben, aber bislang ist er nicht aufgetaucht, und als ich bei ihm zu Hause angerufen habe, hat er sich nicht gemeldet.«

Christine und Mike warfen sich einen vielsagenden Blick zu.

»Ich dachte mir, ich sage lieber erst mal Ihnen Bescheid,

weil …« Eaning presste die Lippen aufeinander. Was er sagen wollte, war klar, und genauso deutlich war ihm anzumerken, dass er es lieber nicht aussprechen wollte.

Der Constable nickte verstehend. »Wir fahren hin und schauen nach ihm«, versprach er Eaning. »Wollen Sie mitkommen?«

Hastig schüttelte Eaning den Kopf. »Nein, ich … ich kann so was nicht sehen. Ich meine, falls … falls er …«

»Schon gut, Mr Eaning«, beruhigte Christine den aufgewühlten Mann. »Sie müssen das auch nicht sehen … ähm, sind Sie zu Fuß hier? Sollen wir Sie zu Hause absetzen?«

Eaning zitterte vor Anspannung leicht, überlegte kurz und sagte schließlich: »Ja, das wäre nett von Ihnen. Ich möchte im Moment nicht noch länger allein in dieser Halle bleiben. Ich … ich mache nur schnell das Licht aus.«

»Kein Problem, wir warten hier auf Sie«, versicherte ihm Christine und lächelte ihn aufmunternd an.

Nachdem er in die Halle zurückgekehrt war, drehte sich Christine zu Constable Schroedinger um, dessen finstere Miene nichts Gutes verhieß. »Was ist?«, fragte sie und ahnte bereits, was er antworten würde.

»Oh, nur eine Kleinigkeit, die mir eben eingefallen ist«, antwortete er. »Sie wissen doch, dass Isabelle vorhin so beharrlich immer in die gleiche Richtung gestarrt hat.«

»Ja, und?«

»Von der Wache aus gesehen … befindet sich genau in dieser Richtung das Haus von Bryan Dorsey.«

12

Nachdem sie Eaning zu Hause abgesetzt und ihn eindringlich ermahnt hatten, alle Türen abzuschließen und am besten niemanden hereinzulassen, waren sie einmal quer durch Gleannlochy gefahren, um Field's End zu erreichen, die Straße, in der Bryan Dorsey wohnte. Christine parkte ihren Wagen auf der gegenüberliegenden Straßenseite, holte Isabelle aus der Box, weil sie sie nicht unbeaufsichtigt zurücklassen wollte, dann gingen sie und Mike zur Haustür und klingelten.

Dass niemand aufmachen würde, damit hatten sie längst gerechnet, also fasste der Constable nach dem Türgriff und drehte ihn nach rechts. Die Tür war nicht abgeschlossen, und sie konnten ungehindert eintreten. Aus dem Wohnzimmer war Musik zu hören, untermalt von einem gleichmäßigen Rauschen, so als würde es regnen.

Christine kannte die Melodie, aber es gelang ihr nicht auf Anhieb, sich an den Titel zu erinnern. Im Haus war alles dunkel, aber bevor Mike das Licht einschaltete, ging er erst in die Hocke und tastete den Boden ab.

»Wonach suchen Sie?«, fragte sie.

»Hören Sie das Rauschen?«

»Ja.«

»Ich wollte mich vergewissern, dass nicht jemand die Wohnung unter Wasser gesetzt hat und wir einen Stromschlag bekommen, wenn ich das Licht einschalte«, sagte er. »Aber der Boden ist trocken.«

Er legte den Schalter um, und die Lampen im Flur gingen an. »Mr Dorsey?«, rief er. »Sind Sie da, Bryan. Polizei!«

Nichts regte sich. Die Musik hörte auf zu spielen, begann

aber Sekunden später wieder von vorn. Durch das Wasserrauschen war die Melodie einfach nicht deutlich genug zu hören, um sie erkennen zu können.

Schritt für Schritt gingen sie weiter, immer darauf gefasst, dass von irgendwoher plötzlich Dorsey auftauchte, sie für Einbrecher hielt und mit irgendeiner Waffe auf sie losging. Doch auch das geschah nicht. Dann hatten sie die Tür zum Wohnzimmer erreicht, das fast völlig in Dunkelheit getaucht war. Nur das kleine Display eines CD-Players sorgte für den Hauch eines Lichtscheins.

Schroedinger leuchtete in das Zimmer, bewegte die Taschenlampe aber so schnell hin und her, dass es für ihn reichen mochte, sich ein Bild von der Situation in diesem Raum zu machen. Für Christines Augen dagegen ging das viel zu schnell, sie konnte praktisch nichts wahrnehmen.

Dann bückte er sich abermals und tastete den Boden vor ihnen ab. »Alles trocken«, stellte er fest und machte das Licht an.

Was sie dann zu sehen bekamen, passte zweifellos zu den beiden vorangegangenen »Werken« des Mörders, aber in gewisser Weise hatte er den Originalitätsfaktor noch einmal deutlich in die Höhe geschraubt.

Bryan Dorsey saß in einem Sessel, der in Richtung Tür gedreht worden war, er trug einen Südwester, dazu einen gelben Regenmantel und gelbe Gummistiefel. An der Rückenlehne war mit stabilem Klebeband ein Gartenschlauch befestigt worden, der durch eine Verbindungstür bis in die Küche verlief, wo er am Wasserhahn der Spüle angeschlossen war. Das Wasser hatte der Täter ganz aufgedreht, sodass der Schlauch es an die Decke sprühte, von wo aus es so auf Dorsey gelenkt wurde, als würde der mitten in einem kräftigen Regenschauer sitzen.

Dazu lief eine CD, und jetzt endlich konnte Christine die Melodie und den Refrain zuordnen. Es war … *I'm singing in the rain.*

»Nicht zu fassen«, murmelte sie und überreichte Mike ihre Kamera, damit der die Szene im Detail festhielt, während sie weiter Isabelle an sich drückte, die mittlerweile zu schnurren begann, als sei sie nun zufrieden, dass der Tote gefunden worden war.

Der Constable ging um die Leiche herum und schoss Dutzende Fotos von allen Seiten, dann verschwand er kurz in die Küche, drehte den Wasserhahn zu und kam zurück ins Wohnzimmer, wo er dann den CD-Player abstellte.

»Wissen Sie«, sagte er nach einer Weile, »nach den beiden ersten Morden hatte ich versucht, mir auszumalen, wie er sein nächstes Opfer herrichten würde. Ein Gefühl sagte mir, dass es wahrscheinlich ihn oder Eaning treffen würde. Während mir für Eaning als Automechaniker einige Möglichkeiten in den Sinn kamen, hatte ich nicht die mindeste Ahnung, was er mit Dorsey machen könnte. Wie präsentiert man einen toten Musicalkomponisten?, habe ich mich ein paar Mal gefragt. So etwas«, er deutete auf die regenfest verpackte Leiche, »wäre mir niemals in den Sinn gekommen.«

»Eines muss man dem Mörder lassen«, erwiderte sie, »er hat sehr viel Fantasie. Zwar eine kranke Fantasie, aber um Originalität ist er doch jedes Mal bemüht. Ich wage gar nicht, mir auszumalen, was wir zu sehen bekommen werden, sollte sich der Metzger als sein nächstes Opfer entpuppen.«

Der Constable schüttelte den Kopf, dann sah er zu Boden. »Wie umsichtig von ihm. Der Mörder wollte nicht, dass derjenige durch einen Stromschlag stirbt, der ihn findet und das Licht anmacht.« Er zeigte auf die Plastikplane, die um den Sessel herum und auch darunter ausgelegt worden war. An den Rändern hatte der Täter mit aufgerollten Decken und Kleidungsstücken einen Wall geschaffen und dann auf die gleiche Weise einen Kanal angelegt, der das Wasser durch die nur einen Spaltbreit geöffnete Tür zum Garten nach draußen leitete.

Ein Blick auf die Eisfläche, die sich vor der Tür auf der gefliesten Terrasse gebildet hatte, machte sofort deutlich, dass der Tote schon seit Stunden so zur Schau gestellt wurde.

»Ich gebe zu, ich bin kein Experte dafür, wie viel Zeit nötig ist, bis eine Terrasse so dick vereist ist wie die da«, räumte er ein, »aber ich vermute doch, dass der Täter das hier bereits heute Morgen arrangiert hat, noch bevor es hell geworden ist. Sonst hätte ihn ja jemand dabei beobachten können, wie er das Haus verließ.«

Christine nickte zustimmend. »Das sehe ich auch so, Mike. Und schon wieder hat sich der Mörder sehr viel Mühe gemacht, sein Opfer so herzurichten, dass das verhöhnt wird, was ihm zu Lebzeiten das Liebste gewesen ist. Zu so etwas ist nur jemand in der Lage, der einen anderen aus tiefstem Herzen hasst.«

»Tja«, meinte Mike daraufhin kopfschüttelnd. »Das Problem daran ist nur, dass wir es zwar fast sicher mit demselben Täter zu tun haben, aber wenn er genauso vorgegangen ist wie bei Marks und Turner, dann sind wir wahrscheinlich morgen so schlau wie vor einer Stunde. Wenn ihn niemand gesehen hat, stehen wir unverändert ohne Spur da, und ich möchte fast mein Weihnachtsgeld verwetten, dass es wieder mal niemanden gibt, der uns sagen kann, ob sich Dorsey mal mit jemandem angelegt oder überworfen hat.«

»Ich werde es nicht wagen, diese Wette anzunehmen«, sagte sie und grinste ihn schief an. »Jemand tötet nacheinander drei Männer, die untereinander eng befreundet sind, und nach jedem Mord haben die überlebenden Freunde keine Ahnung, wer der Mörder sein könnte. Sie können nicht mal ein Motiv nennen, weil der Getötete angeblich ein unbeschriebenes Blatt ist und niemandem je einen Anlass geliefert hat, sich an ihm rächen zu wollen.«

»Hmm«, machte der Constable und legte nachdenklich den Kopf schräg.

»Die Sache mit dem Motiv … das ist nur eine Überlegung, aber … vielleicht geht es hier nicht um *ein* Motiv, sondern um *verschiedene* Motive. Diejenigen, die Rache wollen, haben womöglich ihre Ersparnisse zusammengelegt und einen Auftragskiller angeheuert, der Mengenrabatt anbietet. ›Bezahlen Sie zwei Morde, bekommen Sie einen gratis dazu.‹«

Schroedinger begann zu lachen, aber Christine blieb beharrlich: »Nein, nein, ich meine das ernst, Mike. Stellen Sie sich vor, in diesem Seniorenheim bei Garve sitzen drei ältere Herren an einem Tisch und reden über die guten alten Zeiten, über die Schule, über ihre Jugend. Der eine erinnert sich an diesen widerwärtigen Nathan Marks, der ihm seine Freundin weggenommen hat. Der zweite ist noch immer auf Harris Turner wütend, weil der ihm bei einer wichtigen Prüfung absichtlich falsche Ergebnisse vorgesagt hat, und er musste deswegen ein Schuljahr wiederholen. Der dritte ist überzeugt davon, dass Bryan Dorsey seinen Schäferhund überfahren hat, aber er hat es ihm nie nachweisen können. Die drei erfahren von einem Auftragsmörder, der für nicht allzu viel Geld angeheuert werden kann. Sie nennen ihm Details zu den dreien, der Mann kommt her, bringt sie um, und wir rätseln, welches gemeinsame Motiv es geben könnte, diese drei zu töten, während es in Wahrheit drei Motive sind.«

»Interessante Theorie«, erwiderte er, »die nur einen Haken hat.«

Christine seufzte. »Ja, ich weiß, es ist kein Fremder in der Stadt, der dafür infrage käme. Aber vielleicht«, fügte sie hastig hinzu, »hat sich der Killer ja vor Jahren hier niedergelassen und geht von hier aus auf seine ›Geschäftsreisen‹. Dann würde er nicht auffallen, weil er hier kein Fremder ist.«

»Dann würde es wieder passen«, überlegte Schroedinger.

»Wer denkt schon, dass sein freundlicher Nachbar in einem so idyllischen Dorf wie Gleannlochy ein eiskalter Killer sein könnte, der im Keller ein ganzes Waffenarsenal und verschiedene Gifte aufbewahrt, um für jeden Auftrag gerüstet zu sein?«

Der Constable nickte nachdenklich. »Um das herauszufinden, müsste man jeden, der in den letzten soundso vielen Jahren hergezogen ist, gründlich durchleuchten, ob es in seiner Vergangenheit irgendwelche Ungereimtheiten gibt.«

»Müsste man, aber selbst wenn wir dazu in der Lage wären, würde uns die Zeit fehlen, denn eines ist meiner Meinung nach klar«, sagte Christine eindringlich. »Das nächste Opfer wird Richard Eaning sein, und das schon bald.«

»Meinen Sie, mit ihm hat auch noch jemand eine Rechnung offen?«, wollte Mike wissen. »Wäre das nicht etwas zu weit hergeholt?«

Sie zuckte mit den Schultern. »Vielleicht gibt es ja auch nur zwei Leute, die ein Motiv haben, und der Killer hat entschieden, noch jemanden zu töten, um von seinen Auftraggebern abzulenken. Oder er soll auch diejenigen umbringen, die der Polizei einen Tipp geben könnten, wer die Morde in Auftrag gegeben hat. Und weil es dabei um Dinge geht, die weit in der Vergangenheit liegen, kommt nur Eaning infrage.«

Der Constable ging um den Toten herum, von dessen Regenkleidung die letzten Tropfen abperlten. »Dass Eaning der Nächste sein wird, davon bin ich auch überzeugt, aber ob es in die Richtung geht, von der Sie reden … ich weiß nicht.«

Christine lächelte flüchtig. »Tut mir leid, aber manchmal geht meine Fantasie mit mir durch. Das muss an meinem Beruf liegen. Sehen Sie, Mike, ich glaube selbst nicht, dass es so kompliziert ist wie diese Idee vom Auftragskiller. Ich wollte damit nur sagen, dass es theoretisch noch andere Möglichkeiten geben könnte, die auch erklären würden, warum keiner der Überlebenden aus unserer Gruppe von vier Freunden einen Grund dafür weiß, warum sie einer nach dem anderen ermordet werden.« Nach einer kurzen Pause fügte sie hinzu: »Natürlich bin ich ebenfalls der Meinung, dass all diesen Morden das gleiche Motiv zugrunde liegt, und ich glaube, dass Eaning auch nur deswegen das nächste Opfer ist.«

»Wenn wir ihn nur dazu kriegen könnten, endlich den Mund aufzumachen«, warf Schroedinger frustriert ein.

»Na ja«, gab Christine zurück und versuchte, aufmunternd zu klingen. »Vielleicht weiß Eaning ja spätestens jetzt, dass der Killer ihm dicht auf den Fersen ist, und er begreift, dass er seine Haut nur retten kann, wenn er redet.« Mit einer Kopfbewegung deutete sie auf die Tür. »Was halten Sie davon, wenn wir ihm jetzt gleich einen Besuch abstatten, ihm die Fotos von allen Tatorten zeigen und ihm zu verstehen geben, was für ihn auf dem Spiel steht?«

»Einen Versuch ist es wert«, stimmte er ihr zu. »Wir sind dann fertig, würde ich sagen.«

»Noch nicht ganz«, widersprach sie und ging zu Dorsey, um ihm mit der freien Hand den Südwester in den Nacken zu schieben. »Sie müssen noch das Einschussloch auf seiner Stirn fotografieren«, sagte sie, ohne hinzusehen, was aber auch nicht nötig war. Als Mike ein paar Mal auf den Auslöser drückte, wusste sie, dass auch Dorsey mit einem Kopfschuss getötet worden war. Ihr Blick wanderte unterdessen durch den Raum, aber erst, als sie in Richtung Tür schaute, entdeckte sie das Gesuchte: die Spielkarte. Die steckte an einem Bilderrahmen, der über dem Lichtschalter in Augenhöhe an der Wand hing.

»Und das dürfen wir auch nicht vergessen«, sagte sie und ging zur Tür, um die Karte an sich zu nehmen. »Der Kreuz-König. Dann fehlt jetzt nur noch ein Ass.«

Zurück im Flur griff Mike nach dem Telefonhörer und wählte Ricks Nummer, damit er mit dem mittlerweile wieder genesenen Bruce herkam, um den Toten abzuholen. Während sie auf die beiden warteten, fand der Constable im

Abfalleimer unter der Spüle ein blutgetränktes Handtuch, was bestätigte, dass der Mörder auch hier genauso vorgegangen war wie bei seinen früheren Opfern.

»Mannomann, ich dachte wirklich, der Kerl macht Hackfleisch aus mir«, keuchte Schroedinger, als er in Christines Wagen einstieg. »Fahren Sie lieber los, bevor er mir noch hinterherkommt.«

Sie ließ den Motor an und fuhr los. »War Ryder tatsächlich so mies drauf?«

»Das können Sie mir glauben, Christine. Als ich ihm gesagt habe, dass wir in seiner Kühlkammer eine Leiche zwischenlagern müssen, da ist er mit einem so langen Messer auf mich losgegangen!« Er hielt seine Hände erschreckend weit auseinander. »Sie glauben ja nicht, wie viel Überwindung es mich gekostet hat, keinen Millimeter zurückzuweichen und auch nicht mit einer Wimper zu zucken, während ich auf ihn eingeredet habe, um ihm klarzumachen, was ihm blüht, wenn er einen Polizisten ermordet – und erst recht, wenn er einen Polizisten ermordet und ihn in seiner Metzgerei in Stücke zerteilt seinen Kunden anbietet.«

»Dann haben Sie ihn also überzeugen können?«

»Kann man so sagen«, erwiderte der Constable und schaute etwas nervös in den Rückspiegel, ob der Metzger sie nicht doch verfolgte.

»Hoffentlich kommt Ryder nicht auch auf die Idee, seinen Laden anzuzünden«, merkte sie an und fuhr die Humphreys Road entlang, überquerte die Abbey Road und bog in die Finbury Slope ein, eine steil abfallende Straße, bei deren Anblick sich Christine gut vorstellen konnte, dass Eaning bei Glatteis Mühe hatte, in die Einfahrt zu seinem Haus zu kommen. Zum Glück war die Straße geräumt und zusätzlich gestreut worden, sodass sie ihr ohne Probleme, wenn auch deutlich langsamer als zuvor folgen konnte.

Ein paar Minuten waren sie noch unterwegs, dann deutete Mike auf ein Haus mit Flachdach, das fast so aussah wie ein riesiger Würfel, zumal die beiden Fenster an der Front wie die Zwei auf einem Würfel angeordnet waren, während die rechte Seite eine Drei anzeigte. »Das ist es.«

Sie bremste ab und bog in die Einfahrt ein, wo sie den Wagen vor einer geschlossenen Garage abstellte. Sie stiegen aus, und wieder holte sie Isabelle aus der Transportbox, da sie sich fest vorgenommen hatte, ihre Katze nicht aus den Augen zu lassen, solange der Mörder nicht gefasst war. Mit ihr auf dem Arm stellte sie sich dann zu Mike, während der zweimal klingelte.

Als Eaning öffnete und den Constable erblickte, versteinerte sich seine Miene. Er nickte wortlos, ging zur Seite und hielt ihnen die Tür auf. Als er Isabelle entdeckte, huschte ein Lächeln über seine Lippen, und er fragte Christine: »Darf ich?«

»Das sollten Sie besser Isabelle selbst fragen«, erwiderte sie scherzhaft und hielt Isabelle so, dass Eaning sie behutsam am Kinn kraulen konnte.

»Du bist ja eine richtige Schönheit«, sagte er, streichelte sie noch einen Moment länger und wandte sich dann an Schroedinger. »Da Sie hier sind und ich bislang nichts von Bryan gehört habe, muss ich wohl mit dem Schlimmsten rechnen, nicht wahr?« Seine Stimme war fast nur ein Flüstern.

»Es tut mir leid, Richard, aber … wir konnten nichts mehr für ihn tun«, antwortete der Constable.

»Und … was … wie ist es passiert?« Er kniff die Augen zu, offenbar erinnerte er sich noch an den Anblick von Harris Turner in seinem Sessel, mit den Pfeilen in der Brust, dem Tuch um seinen Hals und dem Loch in der Stirn.

»Dazu komme ich gleich, Richard«, sagte Mike. »Können wir uns irgendwo setzen?«

»Ja, natürlich.« Eaning führte sie ins Wohnzimmer, das

geschmackvoll, aber schlicht eingerichtet war. Eine dezente Polstergarnitur stand in der Mitte des Raums. An den Wänden hingen Auszeichnungen und Fotos von siegreichen Formel-1-Teams aus Zeiten, als es noch auf das Können der Fahrer ankam, nicht auf den Computer, der alles für den Fahrer berechnete. In einer großen Vitrine fanden sich etliche Trophäen und auf Samt ausgelegte Medaillen.

»Erst mal muss ich Sie etwas fragen, Richard«, begann der Constable in einem mitfühlenden, aber zugleich eindringlichen Tonfall. »Und ich benötige von Ihnen eine Antwort.«

Eaning deutete mit einem Schulterzucken an, dass er dazu bereit war.

»Warum wurden Ihre drei besten Freunde ermordet?«

»Wenn ich das wüsste, Mike«, antwortete er und ließ sich in den Sessel sinken. »Nach Nates Tod haben wir uns gefragt, was das sollte. Wir konnten uns nicht erklären, wer ihm etwas antun könnte. Nachdem dann auch noch Harris ermordet wurde, habe ich auf Bryan eingeredet, dass er mir sagen soll, was er weiß. Aber er hat beharrlich geleugnet, irgendetwas darüber zu wissen. Ich habe ihn gefragt, ob es ihm so egal ist, dass einer von uns möglicherweise der Nächste sein könnte. Ich wollte von ihm wissen, ob er das mit seinem Gewissen vereinbaren könne, wenn es mich als Nächsten erwischen würde. Ich sagte ihm, ich könnte im umgekehrten Fall nicht mit dem Wissen leben, dass mein bester Freund tot ist, nur weil ich nicht den Mund aufgemacht habe. Bryan beteuerte immer wieder, er wisse nicht, warum die beiden erschossen worden sind.« Er atmete tief durch, dann fuhr er fort: »Soll ich Ihnen was sagen? Am Ende hab ich ihm geglaubt, dass er nichts weiß. Er machte mir klar, dass er es mir sagen würde, wenn er etwas wüsste. Er würde nicht mein Leben aufs Spiel setzen, nur um irgendein Geheimnis zu bewahren, das für Nate und Harris den Tod bedeutet hatte. Bryan sah mir in die Augen und versicherte mir, keine Erklärung für diese beiden Morde zu haben.« Sein leerer Blick wanderte zwischen Christine und Mike hin und her. »Sehen Sie, ich kannte die drei seit meiner Kindheit, wir sind zusammen durch dick und dünn gegangen. Auch wenn Harris zwischendurch dreißig Jahre lang beim Militär war, kam er trotzdem jedes Jahr für ein paar Wochen her und verbrachte hier seinen Urlaub. Wir kannten uns, wie uns kein anderer kennen konnte. Und wenn mir Bryan dann versichert, dass er nicht weiß, wer Nate und Harris ermordet hat, dass er keine Erklärung dafür hat, wieso jemand ihren Tod wollte, dann glaube ich ihm das.«

Christine und Mike sahen sich nur kurz an, keiner von ihnen sagte etwas, da sie beide das Gefühl hatten, dass Eaning noch weiterreden wollte. Der beugte sich in seinem Sessel vor und streichelte eine Zeit lang Isabelle, die sich auf den Tisch gelegt hatte und den Mann gewähren ließ.

»Sehen Sie, zu meiner Zeit ... ich weiß, das klingt schrecklich altmodisch, aber ich glaube, als Sie beide noch Kinder waren, da war das nicht anders ... zu meiner Zeit waren Freunde noch richtige Freunde, echte Menschen, die für einen da waren, die einem beistanden, wenn man sie brauchte, nicht dieser moderne Quatsch, dass jemand hunderttausend Freunde auf Facelift hat ...«

»Facebook«, korrigierte Christine ihn leise.

»Oder so, meinetwegen. Mir ist egal, wie das heißt, aber diese Freunde haben nichts mit echten Freunden zu tun. Wer da behauptet, dass er tausend Freunde in aller Welt hat, der spinnt. Der soll mal seine tausend Freunde bitten, sich übers Wochenende um seinen Wellensittich zu kümmern, weil er nicht zu Hause ist, dann wird er schon sehen, was er davon hat. Ich glaube kaum, dass irgendjemand, der in der Mongolei lebt, alles stehen und liegen lässt, weil sein Facelift-Freund einen Aufpasser für seinen Vogel sucht.« Eaning schüttelte aufgebracht den Kopf. »Aber Freunde wie Nate und Harris und Bryan, die ließen alles stehen und liegen, wenn ich sie um etwas gebeten habe. Und ich habe das für sie ganz genauso gemacht. Und deswegen ... genau deswegen weiß ich, dass Bryan mir die Wahrheit gesagt hat, als er mir versicherte, dass er nichts über diese Morde und das Motiv weiß.«

»Okay«, erwiderte der Constable. »Aber als Sie gemeinsam darüber nachgedacht haben, wer Nate umgebracht haben könnte, und als dann nur noch Sie und Bryan überlegten, warum dann auch noch Harris ermordet wurde, welche Möglichkeiten sind Ihnen da durch den Kopf gegangen?«

»Hm«, machte Eaning. »Alles Mögliche, vor allem aber Harris' Zeit beim Militär in Deutschland. Wir waren der Ansicht, dass damals irgendwas vorgefallen sein musste, als Nate ihn dort besuchte. Vielleicht in der Kaserne selbst, vielleicht auch irgendwo außerhalb, wo die beiden die Sau rausgelassen hatten.«

»Die Sau rausgelassen?«

»Na, Sie wissen schon. Weibergeschichten und so, Alkohol, manchmal auch andere Drogen. Nate war verheiratet, aber das hielt ihn nie davon ab, jede Frau abzuschleppen, die ihm über den Weg lief, wenn er in dem Moment weit genug von zu Hause entfernt war.« Nach einer kurzen Pause fügte er hinzu: »Okay, Bryan und ich waren keinen Deut besser, wenn wir vier unterwegs waren. Auch wenn unsere Frauen zu Hause saßen, war das für uns nie ein Grund gewesen, bedingungslos treu zu sein. Ich weiß, was Sie jetzt wahrscheinlich von uns denken, aber ich muss Ihnen das sagen, damit Sie verstehen, warum wir glauben ... warum wir geglaubt haben, dass es einen Zusammenhang zu Harris' Militärzeit in Deutschland geben müsse. Aber das ist ja nun auch alles hinfällig geworden.« Wieder schüttelte er den Kopf. »Bryan hat ihn dort nicht besucht, also hatte er keinen Bezug zu der Kaserne oder dem Umfeld. Ich weiß nicht, wo die Verbindung zwischen den dreien sein soll.«

»Und was ist mit einer Verbindung zwischen Ihnen allen?«, warf Christine ein.

Eaning legte die Stirn in Falten. »Zwischen uns allen? Wie meinen Sie das?«

»Gibt es etwas, das Sie alle miteinander verbindet und das als Motiv dienen könnte?«

»Wollen Sie damit andeuten, dass der Mörder morgen Abend bei mir anklopft und mich auch umbringt?«

»Das kann gut sein, wenn es ihm um eine Sache geht, die Sie vier betrifft«, antwortete sie. »Hatten Sie vier ein Geheimnis, von dem niemand etwas wissen sollte?«

»Sie meinen, von den Frauengeschichten abgesehen?«

»Ja und nein. Was ist aus Ihrer Frau und den Frauen Ihrer Freunde geworden? Ich habe keine von ihnen gesehen.«

»Bryan und Nate waren schon lange geschieden, Harris hat nie geheiratet, meine Frau ist bei einem Verkehrsunfall ums Leben gekommen. Vor fünfzehn Jahren.«

»Das tut mir leid«, erklärte sie. »Aber könnten die beiden Ex-Frauen einen Grund haben, Ihre Freunde zu töten? Und könnten sie es auf Sie ebenfalls abgesehen haben?«

»Lynda und Beryl haben wohlhabende Männer geheiratet«, antwortete Eaning. »Die hätten keinen Grund dazu. Dafür freuen sie sich viel zu sehr, dass sie ihre Ex-Männer jahrelang in Sachen Unterhalt ausgenommen haben und heute in Luxus schwelgen. Außerdem wohnen sie beide nicht mehr hier im Ort.«

»Und sonst? Gibt es niemanden, von dem Sie sagen würden, dass er späte Rache üben könnte? Jemand aus der Schulzeit? Irgendein gemeinsamer Bekannter?«

Eaning starrte vor sich hin. »Meine Schulzeit liegt so lange zurück, dass ich mich höchstens noch an zwei oder drei Namen erinnern kann. Ich meine, selbst wenn ich noch wüsste, dass wir irgendeinem Mädchen ein paar Mal an den Zöpfen gezogen haben, könnte ich Ihnen keinen Namen liefern. Und vermutlich könnte ich Ihnen auf einem alten

Klassenfoto nicht mal mehr zeigen, um wen es sich gehandelt hat. Und was gemeinsame Bekannte angeht … so viele waren das nicht. Wir waren eine eingeschworene Clique, Bekannte fühlten sich bei uns meistens wie das fünfte Rad am Wagen, deshalb waren das auch nur sehr lose Bekanntschaften. Da fällt mir auch niemand ein, mit dem wir uns im Streit getrennt hätten.« Er hob entschuldigend die Hände. »Ich würde Ihnen gern helfen, aber ich weiß nicht, wie ich das anstellen soll.«

Christine deutete auf die Kamera, woraufhin Schroedinger nickte. Er schaltete sie ein und sagte: »Richard, Sie haben ja Harris gesehen, wie er tot in seinem Sessel saß.«

»Ja, und das werde ich so bald nicht vergessen.«

»Ich will Sie nicht unnötig aufregen, Richard, aber ich würde Ihnen gern zwei Fotos zeigen …«

Eaning zog eine Lesebrille aus der Brusttasche seiner grauen Strickjacke.

»… so haben wir Nathan Marks vorgefunden …«

Der ältere Mann blinzelte ein wenig, während er das Display betrachtete, dann fragte er: »Soll das Nate als Gulliver zeigen?«

»Im Lande Liliput, ganz genau«, bestätigte Mike. »Und das hier … ist von heute.«

»Das ist Bryan?«

»Ja.«

»Warum trägt er dieses gelbe Zeugs?«, wollte Eaning wissen.

»Der Mörder hat einen Gartenschlauch am Sessel festgemacht, den Wasserhahn aufgedreht und es in Bryans Wohnzimmer regnen lassen. Dazu lief *Singing in the rain.*«

Eaning schüttelte verständnislos den Kopf. »Was soll das?«

»Mr Eaning«, übernahm Christine wieder das Wort. »Der Mörder hat jedes seiner Opfer erst erschossen und dann dem jeweiligen Hobby entsprechend im Tod verspottet. Nathan Marks wurde ein Teil seiner Modelleisenbahn, Harris Turner wurde mit Mordwerkzeugen aus seinen Lieblingsfilmen ›dekoriert‹, und Bryan Dorsey sollte das Musical *Singing in the rain* darstellen.« Sie ließ ihre Ausführungen einen Moment lang wirken, dann fragte sie: »Mr Eaning, wer in Gleannlochy könnte Sie vier so sehr hassen, dass es ihm nicht genügt, einen nach dem anderen zu erschießen, sondern dass er sie danach auch noch verhöhnt und sozusagen jeweils das entweiht, was jedem von Ihnen heilig ist?«

Mit halb geöffnetem Mund saß Eaning da und betrachtete seine Sammlung aus Erinnerungsstücken. »Was wird er dann aus mir machen?«, fragte er im Flüsterton.

»Gar nichts, wenn Sie uns sagen, wer der Mörder ist«, versicherte Mike ihm.

»Warum sind Sie so felsenfest davon überzeugt, dass ich den Mörder kenne?«, gab der ältere Mann verwundert zurück. »Meinen Sie nicht, wenn ich wüsste, wer er ist, dass ich dann alles unternommen hätte, damit er nicht auch noch Bryan umbringt? Meinen Sie, ich decke jemanden, der meine engsten Freunde tötet? Haben Sie eine Vorstellung davon, was es bedeutet, fast siebzig Jahre lang drei Menschen seine Freunde nennen zu können? Haben Sie auch nur ansatzweise eine Ahnung davon, was wir in dieser Zeit gemeinsam durchgemacht haben?«

»Ich …«, setzte Mike zu einer Antwort an.

»Nein, das wissen Sie nicht, das können Sie nicht erahnen, und deshalb stellen Sie mir Fragen, die Ihnen gar nicht erst in den Sinn kommen würden, wenn Sie so wie ich wüssten, was echte Freundschaft bedeutet. Deshalb halten Sie sich für so schlau und glauben, mein Verhalten zu verstehen. Deshalb glauben Sie, ich würde etwas verschweigen, und deshalb verstehen Sie nicht, dass ich nicht weiß, wer dieser gottverdammte Mörder ist und was er von meinen Freunden und vielleicht ja auch von mir will. Begreifen Sie doch endlich, dass ich mindestens einen, womöglich sogar zwei meiner Freunde hätte retten können, wenn ich etwas wüsste!«

»Richard, verstehen Sie das nicht falsch«, erklärte der Constable ruhig. »Ich sitze hier nicht als Ihr Nachbar, der hergekommen ist, um mit Ihnen ein Schwätzchen zu halten, ich sitze hier als Polizist, der mittlerweile vier Morde aufzuklären hat. Ich muss einfach alle Möglichkeiten in Erwägung ziehen, und Sie müssen bedenken, dass ich mich vor meinen Vorgesetzten rechtfertigen muss, sobald wir wieder mit der Außenwelt in Verbindung stehen. Denen kann ich nicht erklären, dass ich Sie nicht nach Hinweisen auf den Täter befragt habe, weil ich davon ausgehen kann, dass Sie mir schon alles von sich aus erzählen werden, wenn Sie etwas wissen. Richard, ich unterstelle Ihnen nicht, dass Sie wissentlich Ihre Freunde ins Unglück haben laufen lassen. Ich tue nur meine Arbeit, und dazu gehört es nun mal, alle Informationen zusammenzutragen, die zur Ergreifung des Täters führen können. Erst recht, wenn es so wenige Hinweise auf den Mörder gibt wie in diesem Fall.«

»Sie haben keine heiße Spur?«, fragte Eaning entmutigt.

»Wir gehen mehreren Spuren nach«, antwortete Christine rasch, bevor der Nachbar Mike dem Constable Schroedinger zuvorkommen und so ganz nebenbei ausplaudern konnte, dass sie schlichtweg keine Ahnung hatten, wer der Mörder war. »Aber was wir zusammengetragen haben, reicht noch nicht ganz aus, um Verdächtige zu verhaften. Deshalb sind wir ja auch so hartnäckig und fragen immer wieder bei Ihnen nach, ob Ihnen nicht doch noch irgendetwas einfällt, das uns weiterhelfen könnte. Sehen Sie, nach dem ersten Mord herrschte völlige Unklarheit, was Täter und Motiv anging. Nach dem zweiten Mord konnten wir schon erste Zusammenhänge erkennen, und jetzt, nach dem Mord an Mr Dorsey wird deutlich, dass es um etwas gehen muss, in das drei von vier engen Freunden verstrickt sind. Und wenn aus einem Kreis von vier Personen innerhalb kürzester

Zeit drei ermordet werden, dann würden Sie an unserer Stelle auch diese vierte Person wiederholt befragen, weil sie am ehesten über wichtige Informationen verfügen dürfte.«

»Was ist denn eigentlich mit Mrs Brooks?«, fragte Eaning plötzlich und klang so, als suche er nach einem Strohhalm, an den er sich klammern konnte, um hoffen zu können, dass er nicht das nächste Opfer sein würde. »Sie wurde doch auch erschossen. Gab es eine Verbindung zwischen ihr und meinen ermordeten Freunden?«

»Wenn Ihnen davon nichts bekannt ist, dann sind Sie genauso ahnungslos wie wir«, sagte der Constable. »Da Mrs Brooks' Haus abgebrannt ist, wurden natürlich auch all ihre Habseligkeiten vernichtet. Falls es einen Zusammenhang gibt, der auch den Mord an ihr erklärt hätte, dann lässt sich der jetzt nicht mehr belegen … und es lässt sich auch nichts mehr widerlegen. Bislang waren wir davon ausgegangen, dass der Mörder sie aus einem anderen Grund getötet hat, weil er bei ihr anders verfahren ist. Sie wurde hinterrücks erschossen, sie wurde einfach auf der Straße liegen gelassen. Das spricht dafür, dass ihre Ermordung in keinem Zusammenhang mit den anderen Taten steht.«

»Oder sie spielte in dem Ganzen eine andere Rolle, die nach der Logik des Mörders eine andere … na, sagen wir ›Behandlung‹ rechtfertigte«, warf Christine ein, um Eaning das Gefühl zu geben, dass sie trotz ihrer tatsächlichen Ahnungslosigkeit genügend Indizien gefunden hatten, um diverse Theorien zu entwickeln.

Eaning nickte nachdenklich, sagte aber nichts dazu.

Schließlich schlug Schroedinger vor: »Ich halte es für das Beste, wenn Sie uns zur Wache begleiten und sich bis auf Weiteres in einer der Zellen einquartieren.«

Der ältere Mann erschrak. »Sie wollen doch wohl nicht andeuten, ich hätte etwas mit diesen …«

»Nein, nein, nein, Richard«, fiel der Constable ihm sofort

ins Wort. »Ich will Sie nicht festnehmen, ich will Sie nur sicher unterbringen, bis wir den Täter gefasst haben.«

»Ich lasse mich doch nicht aus meinem Haus vertreiben!«, protestierte er. »So weit kommt's noch!«

»Mr Eaning, das ist wirklich sicherer für Sie«, beteuerte Christine. »Solange die Identität des Mörders nicht bekannt ist, sind Sie in Gefahr.«

»Ich bin ja jetzt gewappnet und weiß, dass es möglicherweise jemand auf mich abgesehen haben könnte«, wiegelte er ab. »Ich werde einfach niemanden ins Haus lassen, dann kann mich hier auch niemand erschießen.«

»Mr Eaning«, wandte sie ein. »Sie haben *uns* ins Haus gelassen.«

»Weil ich Mike kenne«, fuhr der Mann sie an. »Oder wollen Sie mir jetzt erzählen, dass Sie und der Constable gemeinsame Sache machen und diese Morde begangen haben? Und dass Sie jetzt hier sind, um mich zu töten?«

»Was ich Ihnen erzählen will, ist etwas anderes, Mr Eaning«, machte sie ihm klar. »Ihre Freunde haben auch alle jemandem die Tür geöffnet, den sie gut genug kannten, um ihn ins Haus zu lassen. Keiner von ihnen hat Gegenwehr geleistet, soweit wir das feststellen konnten, und sie wurden alle aus nächster Nähe erschossen, ohne zu wissen, was eigentlich los ist.«

»Ja, aber ich bin jetzt vorgewarnt, ich werde einfach niemandem die Tür aufmachen«, beharrte Eaning.

»Und wie lange wollen Sie das so handhaben? Was ist, wenn Sie das Haus verlassen wollen? Was ist, wenn der Killer merkt, dass Sie ihn nicht hereinbitten werden, und er beschließt, Ihnen aufzulauern und Sie zu erschießen, sobald Sie aus dem Fenster sehen oder zur Garage gehen? Oder wenn er wartet, bis es dunkel wird und Sie im Wohnzimmer das Licht einschalten, bevor Sie die Vorhänge zugezogen haben? Oder wenn er einfach Ihr Haus in Brand steckt? Was dann?«

Eaning verzog mürrisch den Mund. »Ich weiß, junge Lady, dass Sie es gut mit mir meinen. Aber ich kann nicht einfach den Rückzug antreten und vor diesem … Verrückten fliehen. Ich lasse mir von ihm keine Angst einjagen. Ich habe noch eine Pistole von meinem Vater, die ich immer gehegt und gepflegt habe. Zwar hatte ich mir geschworen, nie auf einen Menschen zu schießen, aber wenn ich nur so mein Leben retten kann, dann werde ich eben diese Pistole mit mir herumtragen, bis Sie den Täter gefunden haben.«

»Mrs Brooks wurde hinterrücks erschossen«, gab Mike zu bedenken. »Sie hätte bis an die Zähne bewaffnet sein können, es hätte ihr trotzdem nicht geholfen.«

»Mrs Brooks hat ja wohl auch nicht damit rechnen müssen, dass man sie ermordet«, hielt Eaning dagegen. »Ich werde schon aufpassen, ob mir jemand folgt, das können Sie mir glauben.«

»Ich kann Sie nicht zwingen mitzukommen, Richard«, sagte der Constable. »Ich kann nur an Ihre Vernunft appellieren.«

»Wenn Sie es so darstellen wollen, dass ich unvernünftig bin, wenn ich nicht mitkomme, dann machen Sie das meinetwegen, aber mich können Sie damit nicht ködern«, betonte Eaning. »Ich kann gut auf mich selbst aufpassen. Vielen Dank für Ihre Sorge um mein Wohlergehen, aber ich brauche keinen Babysitter, und erst recht möchte ich nicht in einer Ihrer Zellen übernachten. Diese Betten sind mir entschieden zu hart.«

Christine konnte sich ein Lächeln nicht verkneifen, als sie erwiderte: »Wer hat Ihnen denn das erzählt?«

Für einen Moment nahm Eanings Gesicht ebenfalls einen amüsierten Zug an. »Das weiß ich aus eigener Erfahrung. Mikes Vorvorgänger hat mich mal übernachten lassen, weil ich meinte, ich müsste unbedingt meinen Wagen nehmen, um vom Pub nach Hause zu kommen. Nur hatte ich zuvor ein Glas zu viel getrunken.«

»Dann kann ich Ihnen mein Angebot also nicht schmackhaft machen?«, vergewisserte sich der Constable.

»Nein, wirklich nicht, Mike«, antwortete Eaning. »Ich weiß, Sie meinen es gut, aber ich kann schon auf mich aufpassen.«

»Dann versprechen Sie mir wenigstens, dass Sie mich sofort anrufen, wenn Sie irgendetwas Verdächtiges beobachten, okay?«

»Wenn Sie das beruhigt, dann verspreche ich es Ihnen, Mike.« Dann stand er auf und bedeutete ihnen ohne Worte, dass sie seine Gastfreundschaft lange genug in Anspruch genommen hatten.

Sie verabschiedeten sich und verließen das Haus. Als sie im Wagen saßen und Christine rückwärts aus der Einfahrt herausrangierte, schlug Schroedinger vor: »Darf ich Sie ins Halliwell's einladen?«

»Nur, wenn Sie mich bezahlen lassen, Mike«, erwiderte sie grinsend. »Ich kann mich nicht ständig von Ihnen einladen lassen. Nachher reden die Leute noch über uns, wenn sich das herumspricht.«

Das Halliwell's war einer von diesen modernen Pubs, die sich vor allem durch eines auszeichneten: Ungemütlichkeit. Große Fenster anstelle von Butzenscheiben, helle Deckenleuchten anstelle von schummrigen Wandlampen und kahle Wände mit ein paar Allerweltskunstdrucken anstelle von Kuriositätensammlungen trugen alle zu diesem Effekt bei.

»Ich komme mir nicht mehr so vor, als würde ich in einem britischen Pub sitzen«, sagte Christine zu Mike, als sie sich an einen freien Tisch gesetzt hatten. »Das hier könnte ein x-beliebiges Lokal irgendwo auf der Welt sein.«

»Ich weiß, aber das ist das neue Geschäftsmodell. Der gute alte Pub, wie wir ihn gekannt haben und wie ihn schon unsere Urgroßväter kannten, verliert immer mehr an Attraktivität. Die Touristen vom Kontinent oder aus den Staaten wollen so was noch gern sehen, weil sie das aus Filmen und Serien kennen und es für so gemütlich halten, aber die wenigsten Pubs können mit dem über die Runden kommen, was sie an Touristen verdienen.« Er machte eine ausholende Geste. »Außerdem sehen Sie, dass es funktioniert.«

Tatsächlich war gut die Hälfte der Tische besetzt, vorwiegend von jungen Paaren und Familien mit Kindern im Teenageralter.

»Vielleicht sollte man den Begriff Pub gleich mit abschaffen«, überlegte sie, als ihr Blick auf die Getränkekarte fiel. »Fünfzehn verschiedene Kaffeesorten gegen gerade mal zwei Biersorten ist ein ziemliches Missverhältnis. Wenn das Bier noch von der Karte gestrichen wird, kann man auch gleich ein Starbucks-Schild über den Eingang hängen.«

Mike zuckte mit den Schultern. »Das ist eben der Lauf der Dinge. Irgendwann sind Traditionen nur noch ein Relikt aus vergangenen Tagen, und es ist nur eine Frage der Zeit, wann sie abgeschafft werden.«

»Stimmt, aber vielleicht sollte man dann auch den Namen abschaffen, anstatt ihn auf etwas zu übertragen, was mit dem Original eigentlich nichts mehr zu tun hat«, gab sie zu bedenken.

Eine Kellnerin kam an ihren Tisch, Mike bestellte ein Bier, Christine begnügte sich mit einem heißen Kakao, zumal sie auch noch fahren musste. Zwar hätte sie theoretisch den Wagen auf dem unbebauten Grundstück neben dem Pub stehen lassen können, aber so weit von der Wache entfernt wollte sie ihn lieber nicht abstellen, immerhin konnte es ja sein, dass der Mörder eine Bombe unter ihrem Wagen montierte, womit vor der Polizeiwache eher nicht zu rechnen war. Dennoch würde sie Mike bitten, einen Blick unter den Wagen zu werfen, bevor sie sich auf den Heimweg machte – sofern es dazu jemals kommen sollte. Aber immerhin hatte es jetzt schon länger nicht mehr geschneit, und den Radioberichten und den Fernsehnachrichten nach zu urteilen, die sie sporadisch mitbekommen hatte, schien sich die Lage im Land allmählich zu entspannen.

»Was halten Sie von Eaning?«, fragte der Constable unvermittelt.

»Schwer zu sagen«, antwortete sie nach kurzem Überlegen. »Er machte auf mich einen ehrlich entrüsteten Eindruck, als er meinte, wir würden ihm unterstellen, dass er durch sein Schweigen den Tod seiner Freunde verschuldet hat. Aber genauso gut kann es sein, dass er einfach nur ein exzellenter Schauspieler ist.«

»Aber wenn er das ist, dann schadet er sich damit nur selbst. Falls er nämlich weiß, was es mit dem Mörder auf sich hat, dann bringt er sich umso mehr in Gefahr, wenn er uns nichts sagt. Wir könnten uns den Kerl schnappen, und Eaning wäre seines Lebens wieder sicher.«

»Denkbar wäre auch, dass er sich selbst belasten würde, wenn er etwas sagt.«

Mike verzog skeptisch den Mundwinkel. »Denkbar schon, aber praktisch ausgeschlossen. Er würde ganz bestimmt nicht zusehen, wie seine drei engsten Freunde einer nach dem anderen getötet werden, wenn er das verhindern könnte, indem er sich opfert und sich selbst belastet.«

»Ja, da haben Sie auch wieder recht.« Sie schlug ratlos mit der Faust auf den Tisch. Isabelle, die in ihrer Transportbox auf dem Stuhl links von ihr saß, hob kurz den Kopf, sah Christine angesichts dieses Lärms ein wenig vorwurfsvoll an und legte sich dann wieder hin. Dank Mike war es kein Problem gewesen, die Katze mit in den Pub zu bringen. Er vertrat in Gleannlochy das Gesetz, und wenn er in Begleitung einer Frau in einen Pub kam, die ihre Katze bei sich hatte, dann war das offenbar für den Besitzer dieses Pubs okay. Jedenfalls hatte es keine Diskussion in der Art gegeben, wie sie zuvor vom Metzger begonnen worden war. »Vielleicht gehen wir die ganze Zeit über von der falschen Seite an den Fall heran.«

»Und welches wäre dann die richtige Seite?«, fragte er mit einem ironischen Unterton.

»Ja, ich weiß, wir haben uns über alle möglichen Szenarien Gedanken gemacht«, sagte sie sofort. »Aber vielleicht haben wir uns dabei so verrannt, dass es irgendeine Erklärung gibt, die wir einfach nicht sehen können, obwohl sie eigentlich offensichtlich ist.«

Mike nickte verständnisvoll. »Ich weiß, was Sie meinen. Wir müssten eigentlich die Morde noch einmal ganz von vorn behandeln und dabei alles vergessen, was wir wissen oder was wir bereits spekuliert haben. Nur kriegen wir beide das nicht hin. Wir drehen uns schon so lange im Kreis, wir haben das Ganze schon so oft durchgekaut und analysiert, dass wir gar nicht mehr unvoreingenommen an diese Taten herangehen können.«

»Wir bräuchten jemanden, der zum ersten Mal mit den Morden konfrontiert wird, weil der noch eine Chance hätte, auf einen völlig anderen Gedanken zu kommen.« Sie atmete seufzend durch. »Aber solange alles tief verschneit ist, haben wir keine Chance, so jemanden zu bekommen, und wenn es irgendwann ja vielleicht doch mal tauen sollte, dann haben die alle selbst genug zu tun und keine Zeit, nach Gleannlochy zu kommen, nur um uns mit ein paar Tipps aus dem Irrgarten zu locken, in den wir uns selbst manövriert haben.« Die Kellnerin brachte ihnen die Getränke, Christine trank vorsichtig einen Schluck Kakao. »Ah, das tut gut«, flüsterte sie genießerisch.

»Entschuldigung«, sagte plötzlich ein junger Mann, der noch keine zwanzig zu sein schien. »Sie sind doch Miss Bell, nicht wahr?«

»Kommt drauf an«, gab sie mit ernster Miene zurück. Sie merkte, wie sich Mike anspannte und bereit zu sein schien, aufzuspringen und den jungen Mann zu Boden zu werfen, sollte der auch nur eine verdächtige Bewegung machen.

»Ähm … worauf denn?«, fragte der verdutzt.

»Na ja, falls Sie vom Finanzamt oder von der Presse sind, dann bin ich es nicht.«

»Und wenn ich nur ein Fan Ihrer Bücher bin?«

»Dann sind Sie bei mir genau richtig«, sagte sie lächelnd. »Und Sie sind …?«

»Ricky Bellows«, stellte er sich vor und reichte ihr die Hand, was von Schroedinger mit Argwohn beobachtet wurde. »Ich bin tatsächlich ein großer Fan von Ihnen. Ich kann nicht behaupten, dass ich alles von Ihnen gelesen habe, aber ich kenne viele Ihrer Bücher, und mein Lieblingsroman von Ihnen ist *14 Stunden Angst*. Den hab ich bestimmt schon fünfmal gelesen.«

»Das freut mich, dass Ihnen meine Bücher so gut gefallen«, erwiderte Christine. »Aber ich hoffe, Sie lesen daneben auch noch Bücher von anderen Autoren.«

»Oh ja, wenn ich in Inverness bin, dann kaufe ich in der Buchhandlung gegenüber der Kirche immer den Neuheitentisch leer.« Mit einem etwas verlegenen Schulterzucken korrigierte er sich dann: »Ehrlich gesagt, ich bequatsche meinen Dad immer so lange, bis er mir den Stapel Bücher bezahlt. Wissen Sie, ich bin erst sechzehn, und so viel Taschengeld bekomme ich auch nicht. Außerdem gibt es hier in Gleannlochy keine Jobs für Schüler, und wenn ich erst mit dem Bus irgendwohin fahre, um da ein paar Stunden zu arbeiten, dann kosten mich die Fahrkarten mehr, als ich da überhaupt verdienen kann. Aber mein Dad sagt immer, er kauft mir lieber einen Karton voller Bücher, anstatt mich alle paar Tage bei der Polizei abholen zu müssen, weil ich wieder irgendwelchen Unsinn angestellt habe. Wissen Sie, ich … oh, entschuldigen Sie, Miss Bell, ich wollte Sie eigentlich gar nicht so vollquasseln, ich …«

»Keine Angst, Sie quasseln mich nicht voll, Ricky«, versicherte sie ihm. »Ich höre mir gern an, was meine Leser zu erzählen haben. Das gibt mir mehr, als wenn ich Dutzende von Fragen beantworten soll und die ganze Zeit über mich reden muss.«

»Oh … ich … eigentlich wollte ich Sie auch etwas fragen«, murmelte Ricky.

»Dann nutzen Sie die Gelegenheit und fragen Sie«, forderte sie ihn auf. »Wer weiß, wann wir uns das nächste Mal begegnen.«

»Ja, also … wenn ich … also, ich würde auch gern schreiben … Bücher, meine ich … schreiben kann ich natürlich … aber … ähm … ich möchte auch Bücher schreiben, so wie Sie«, stammelte er vor sich hin, während sein Kopf rot anlief. »Wie mache ich das am besten? Wenn ich auch so ein Buch …«

Christine setzte ein aufmunterndes Lächeln auf. »Ich finde es toll, dass Sie sich so ein Ziel setzen, Ricky, aber ich weiß kein Patentrezept, wie man auf Anhieb ein Buch verkauft. Sie müssen sich eine Geschichte überlegen, von der Sie wirklich überzeugt sind. Eine Geschichte, von der Sie glauben, dass viele Leute so etwas lesen wollen. Dann gehen Sie in eine Buchhandlung, suchen nach den Verlagen, bei denen Sie meinen, dass Ihr Buch in deren Programm passen würde. Dann schreiben Sie dem Verlag oder rufen an oder schicken eine Mail und lassen sich genau erklären, was Sie einreichen müssen, um Ihre Idee vorzustellen. Dann schicken Sie das, was der Verlag haben möchte – vielleicht die ersten Kapitel, vielleicht auch nur eine knappe Inhaltsangabe –, und ab da können Sie nur noch hoffen, dass Sie mit Ihrer Idee ins Schwarze treffen.«

»So einfach ist das?«, wunderte sich der Junge.

»Das ist keineswegs *so einfach*«, betonte sie. »Sie werden feststellen, dass es … sagen wir, vierzig Verlage gibt, die für Ihr Buch infrage kommen, und danach werden Sie feststellen, dass Ihnen achtunddreißig eine Standardabsage schicken, während die zwei anderen eine persönlicher formulierte Absage schicken.«

»Aber … dann haben ja alle abgesagt«, stellte er nach kurzem Überlegen fest.

»Genau das will ich Ihnen damit sagen: Sie müssen bereit sein, Absagen einstecken zu können, ohne sie persönlich zu nehmen, und zwar viele Absagen, und Sie müssen bereit sein, beharrlich zu sein und neue Ideen zu entwickeln, um sie an diese Verlage zu schicken, bis irgendwann genau die richtige Idee beim richtigen Lektor auf dem Schreibtisch landet.«

Ricky wirkte zwar ein wenig enttäuscht, aber das nahm Christine lieber in Kauf, anstatt einem anderen Hoffnungen zu machen, die sich dann doch nicht erfüllten.

»Okay, Miss Bell«, sagte er schließlich. »Das werde ich mir merken, vielen Dank.« Wieder schüttelte er ihr die Hand. »Das hat mich wirklich sehr gefreut, mit Ihnen reden zu dürfen.«

»Es war mir ein Vergnügen«, versicherte sie ihm und lächelte ihn an.

»Wie ist eigentlich dieses Leben als Prominenter?«, wollte Mike wissen, als der Junge außer Hörweite war.

»Gar nicht so schlimm, was vor allem daran liegt, dass ich nicht Angelina Jolie bin.«

»Ein Glück, dass Sie das nicht sind«, meinte er grinsend. »Ich mag keine Frauen, die sich die Lippen aufblasen lassen.«

Sie begann zu lachen. »So meinte ich das eigentlich gar nicht. Ich wollte sagen, dass mich nur wenige Leute erkennen, wenn ich aus dem Haus gehe. Am ehesten kommt das vor, wenn ich mit Kreditkarte bezahle und ein Verkäufer meinen Namen liest. Aber nicht jedes meiner Bücher ist mit einem Porträt von mir verunstaltet worden, deshalb ist mein Gesicht kaum jemandem bekannt. Ehrlich gesagt bin ich darüber auch sehr froh. Ich möchte nicht gezwungen sein, mich mit Schlapphut und Sonnenbrille zu tarnen, nur weil ich mal schnell im Supermarkt eine Dose Suppe kaufen will.«

»Aber vielleicht empfinden diese Leute das gar nicht als so schlimm, wenn sie für einen Film gleich zehn Millionen Dollar bekommen …«

»Nur dass Ihnen anschließend die halbe Welt dabei zusehen will, wie Sie diese zehn Millionen ausgeben«, hielt sie dagegen.

»Na ja, das ist vielleicht nicht ganz so lustig«, räumte er ein. »Aber vielleicht wäre mir das völlig egal, wenn ich diese zehn Millionen hätte.« Dann machte er eine wegwerfende Geste. »Kommen wir zurück zum eigentlichen Thema.«

»Meinen Sie das Gleannlochy-Massaker?«, fragte sie und grinste ihn ironisch an.

»Oh Gott, wenn ich mir nur vorstelle, was das noch gibt, wenn erst mal die Journalisten von der Sache Wind kriegen!«, stöhnte er auf. »Vier Morde, zwei Brandstiftungen, und ein Mörder, der immer noch auf freiem Fuß ist. Die werden mit ihren Übertragungswagen das ganze Dorf überrollen! Und ich werde wie ein Idiot dastehen, weil ich zugeben muss, dass ich keine Ahnung habe, wer für diese Bescherung verantwortlich ist. Seit sich vor Jahrhunderten die verschiedenen Clans in dieser Gegend bekriegt haben, hat es hier niemanden mehr gegeben, der eines gewaltsamen Todes gestorben ist, jedenfalls ganz sicher nicht in den letzten dreißig Jahren. Können Sie sich vorstellen, was das für meine Karriere bedeutet? Ich kann einpacken!«

»Ein Grund mehr, den Täter zu finden und zu überführen«, machte sie ihm klar. »Wenn Sie Ihrem Vorgesetzten den Serienmörder präsentieren, dann haben Sie bei ihm einen riesigen Stein im Brett. Vergessen Sie nicht, Sie sind hier auf sich allein gestellt, Sie können kein Team aus Spezialisten an einen Tisch setzen, damit die dem Täter auf die Spur kommen. Sie stehen ganz allein einem Killer gegenüber, der im Tagesrhythmus mordet. Niemand kann Ihnen einen Vorwurf machen, dass wir jetzt vier Tote zu beklagen haben. Außerdem«, ergänzte sie und legte eine Hand auf seinen Arm, um ihren Worten Nachdruck zu verleihen, »werde ich mich auf jeden Fall mit Ihrem Vorgesetzten in Verbindung setzen, um ihn wissen zu lassen, was für ein hervorragender Constable Sie sind.«

»Danke«, sagte er und nickte nachdenklich. »Ich hoffe, das hilft mir wenigstens ein bisschen. Das größte Problem wird sein, was die Zeitungen schreiben werden und wie das Fernsehen darüber berichtet. Wenn die beschließen, dass sie sich über den dummen Dorfpolizisten lustig machen wollen, der den Mörder nicht mal erkennt, wenn er mit blutigem Fleischermesser in der Hand vor ihm steht, dann kann mein Vorgesetzter noch so verständnisvoll sein, aber schlechte Presse kann die Polizei nicht gebrauchen, und wer für solche Presse sorgt, der muss gehen.«

Christine überlegte einen Moment lang. »Wissen Sie, Mike, es gibt da vielleicht eine Lösung, wie wir dafür sorgen können, dass Sie nicht der Leidtragende für etwas sind, das sich Ihrer Kontrolle entzieht. Ich werde mit einem Bekannten reden, der für eine große Tageszeitung arbeitet. Eigentlich ist das nicht meine Art, weil ich es nicht mag, mich den Medien aufzudrängen, als würde ich nicht genug beachtet. Aber ich glaube, in dem Fall sollte ich eine Ausnahme machen. Ich könnte das Ganze als Exklusivstory verkaufen, etwas in der Art von ›die Krimiautorin auf Mörderjagd‹. Ich behalte mir die endgültige Abnahme des Artikels vor, und damit kann ich dafür sorgen, dass Ihre Rolle bei den Ermittlungen angemessen gewürdigt wird.«

»Ich weiß nicht«, erwiderte er. »Das klingt so, als würden Sie die Medien für Ihre Zwecke benutzen … beziehungsweise für *meine* Zwecke.«

»Na und? Die Medien benutzen jeden für ihre eigenen Zwecke, da halte ich es nicht für verkehrt, sie mit ihren eigenen Waffen zu schlagen. Überlegen Sie mal: Wenn wir es so machen, dann kann keine Zeitung hingehen und Sie als dummen Dorfpolizisten darstellen. Wenn wir die Story so schreiben, wie sie sich zugetragen hat, kann niemand etwas anderes behaupten, ohne sich damit der Lächerlichkeit preiszugeben.«

Schroedinger sah sie lange Zeit schweigend an. »Das würden Sie für mich tun?«

»Ja, weil Sie es nicht verdienen, von irgendwelchen Reportern zum Trottel erklärt zu werden, die nur wahrnehmen, dass sich vier Morde ereignet haben und der Mörder noch nicht gefasst ist. Mike, Sie haben sich in diesen Fall reingekniet, Sie haben alles versucht, um mit den wenigen Mitteln, die Ihnen zur Verfügung stehen, einen Mörder aufzuspüren. Ich habe Sie dabei begleitet, ich bin Augenzeugin.«

»Okay, danke.« Er nickte ihr dankbar zu. »Das wäre mir eine große Hilfe.«

»Gut, dann machen wir's so«, bestätigte sie. »Und wie gehen wir jetzt weiter vor? Warten wir ab, bis Eaning auch ermordet worden ist? Sollen wir ihn heimlich bewachen, damit wir eingreifen können, wenn sich ihm jemand nähert?«

Der Constable musste unwillkürlich lachen. »Verraten Sie mir eines, Christine: Wie wollen Sie in diesem Dorf irgendjemanden heimlich bewachen? Wenn wir uns in einiger Entfernung auf die Lauer legen, dann sieht jeder den Wagen. Meinen Wagen kennt hier sowieso jeder, und wenn ich fünf Stunden lang in der Finbury Slope parke und Eanings Haus beobachte, dann weiß Eaning das spätestens nach einer Stunde, weil irgendjemand meinen Wagen sieht, mich im Wagen sitzen sieht und dann sofort herumtelefoniert, um herauszufinden, ob jemand weiß, was ich denn da mache.« Nach einer kurzen Pause ergänzte er: »Außerdem würde der Mörder ebenfalls den Wagen sehen, und damit wäre er vorgewarnt. Und Ihr Wagen wäre noch auffälliger. Ich kann mich auch nirgendwo im Gebüsch verstecken, weil ich dazu eines der umliegenden Grundstücke betreten müsste, und dort würde man mich sehen …«

»… und gleich herumtelefonieren, dass Sie von diesem Grundstück aus Eanings Haus beobachten«, führte sie seinen Satz zu Ende. »Ja, ich verstehe schon. Wir können also nur abwarten, ob er das nächste Opfer sein wird?«

»Wir werden natürlich weiter versuchen, Hinweise zu finden, und vielleicht stoßen wir ja in Dorseys Haus auf irgendetwas Nützliches. Aber erst mal werden wir etwas anderes machen. Allerdings nicht jetzt sofort, sondern morgen früh.« Er machte eine kurze Pause, als wolle er seinen nächsten Worten besonderen Nachdruck verleihen. »Wir besuchen meine Grandma.«

Dann stand er auf und ging zur Theke, um zu bezahlen, während Christine am Tisch sitzen blieb und ratlos Isabelle ansah. »Hast du verstanden, was er damit gemeint hat?«

13

Es war gegen elf, als sie vor der bescheidenen Polizeiwache vorfuhren. Da war Christine noch immer kein bisschen schlauer, was der Constable mit dem Besuch seiner Grandma meinte. Zweifellos musste es sich um irgendeinen Code handeln, den sie nicht verstand und den Schroedinger ihr bislang auch nicht erklärt hatte. Vom Pub aus hatte er noch kurz bei Sean angerufen, um mit ihm etwas zu besprechen, dann war er an den Tisch zurückgekommen, und sie hatten sich auf den Weg gemacht.

»Was ist?«, fragte sie, als ihr auffiel, dass der Constable sich vorbeugte und aufmerksam in den Außenspiegel schaute.

»Ich weiß nicht«, sagte er leise. »Ich dachte, ich hätte im Vorbeifahren eine Bewegung bemerkt, als ob sich da jemand hinter dem Wagen dort drüben versteckt hält.«

»Ich habe nichts gesehen«, erwiderte sie und drehte den Kopf, um über die Schulter einen Blick durchs hintere Seitenfenster nach draußen zu werfen.

»Gehen Sie schon rein«, bat er sie. »Ich werde mich mal schnell da drüben umsehen.«

»Soll ich nicht mitkommen?«, wollte Christine wissen.

»Nein, auf der Wache sind Sie in Sicherheit, aber nicht hier draußen.«

»Okay.« Sie stieg aus, nahm die Transportbox von der Rückbank und ging mit dem Schlüsselbund, den Mike ihr gegeben hatte, zur Tür. Während sie sich dem Haus näherte, begann Isabelle auf einmal zu knurren, erst leise, dann immer lauter.

Christine blieb stehen und sah sich um, aber die Büsche

auf dem Rasen vor der Wache waren zu klein und die Hecke zu spärlich, als dass sich dort jemand hätte verstecken können. »Was hast du, meine Kleine?«, fragte sie, da sich Isabelle nicht beruhigen wollte. »Hier ist doch keiner.«

Sie schaute zu Mike, aber der war bereits auf dem Weg zur gegenüberliegenden Straßenseite, also entschied sie sich dagegen, ihn herbeizurufen, damit er nach dem Grund für Isabelles anhaltendes Knurren forschte. Sie ging weiter, schloss auf und …

»Aaaah!«

Ein gellender Schrei ließ Christine herumfahren. Was war passiert? Wo war Mike? Sie konnte den Constable nirgends entdecken. Sie schaute zur Tür, die sich nur einen winzigen Spalt geöffnet hatte, und überlegte, ob sie noch schnell Isabelle ins Büro stellen und dann erst zu Mike zu laufen sollte, aber seit dem Vorfall in Mrs Brooks' Haus wollte sie ihre Katze einfach nicht aus den Augen lassen. Also lief sie mit der Box los und machte sich auf die Suche nach Mike.

Als sie um das Fahrzeug herumging, hinter dem er eine Bewegung wahrgenommen haben wollte, entdeckte sie ihn auf dem Gehweg liegend und stieß einen erstickten Schrei aus, da sie glaubte, dass eine vermummte Gestalt sich auf ihn gestürzt hatte. Nur dass der recht eigenartige schmatzende Geräusche von sich gab.

»Mike?«, rief sie. Im Schein der Straßenlampe gleich neben ihnen konnte sie erkennen, dass er die Augen geschlossen hatte. Auf ihren Ausruf hin hob der Angreifer den Kopf und entpuppte sich als … ausgewachsener Bernhardiner? Christine wollte ihren Augen nicht trauen.

Ja, das war tatsächlich ein Bernhardiner, wenngleich auch einer mit schmutzigem Fell, sodass er viel dunkler wirkte, als er in Wahrheit war. Er bellte sie kurz an, dann nahm er den Kopf wieder runter und machte mit dem weiter, was er für einen Moment unterbrochen hatte – nämlich Mikes Gesicht abzulecken.

Noch während Christine die Box abstellte und sich hinkniete, schlug Mike die Augen auf. Der Bernhardiner ließ zu ihrem Erstaunen sofort von ihm ab, sodass sie sich um den Polizisten kümmern konnte. »Was ist passiert?«, fragte sie besorgt. »Sind Sie verletzt?«

»Mmh«, stöhnte er leise und richtete sich langsam auf. »Nein, ich glaube nicht. Maggie Thatcher hat mich umgeworfen, als ich um den Wagen herumging, danach kann ich mich an nichts erinnern.«

»Maggie Thatcher?«

»Ja, der Bernhardiner von Mrs Luton. Haben Sie den nicht mehr gesehen?«

»Einen Bernhardiner habe ich gesehen, der hat Sie mit seiner riesigen Zunge aus Ihrer Ohnmacht geschlabbert«, erklärte sie. »Allerdings wusste ich nicht, dass der Hund Maggie Thatcher heißt.«

Plötzlich war ein helles Jaulen zu hören, und als Christine sich umdrehte, sah sie, wie der Hund erschrocken vor der Transportbox zurückwich, die ihn offenbar von Mike abgelenkt hatte. »Pass lieber auf, Maggie«, warnte sie den Hund. »Isabelle ist im Moment nicht gut drauf.«

»Wieso?«, wunderte sich Mike. »Was hat sie denn plötzlich?«

»Keine Ahnung, aber als ich mit ihr zur Wache ging, fing sie plötzlich an zu knurren. Dann habe ich Ihren Schrei gehört und bin sofort rübergekommen. Allerdings vermute ich jetzt, dass sie den Hund gewittert hat.«

»Ich dachte, sie hat nichts gegen Hunde. Haben Sie das nicht gesagt?«

»Ja, aber vielleicht kann sie nicht alle Hunde gleich gut leiden«, überlegte sie und sah, wie eine Pfote zwischen den Gitterstäben durchgeschoben wurde und versuchte, den auf Abstand gegangenen Hund zu erreichen. »Kann auch sein, dass sie sich von Maggie Thatcher bedrängt fühlt, weil sie in ihrer Box ist.«

Mike stand auf und hielt sich an dem geparkten Wagen fest, der seit dem ersten Schneefall vor ein paar Tagen nicht mehr bewegt worden war und noch immer unter so viel Schnee begraben war, dass sie das Fabrikat nicht erkennen konnte.

Er drehte den Kopf vorsichtig nach rechts und links, dann klopfte er den Schnee von seiner Hand und sagte zu Christine: »Es ist alles in Ordnung, kein Grund zur Sorge. Ich bin ja mit dem Hinterkopf in den aufgehäuften Schnee geraten, der hat den Aufprall gelindert.« Dabei deutete er auf den Schneewall am Gehwegrand, in dem der Abdruck seines Kopfs zu sehen war.

Sie nickte beruhigt. »Und was sollen wir mit dem Hund machen? Der kann doch nicht allein durchs Dorf spazieren.«

»Nein, nein, natürlich nicht«, antwortete er. »Allerdings können wir ihn jetzt auch nicht mehr zu Mrs Luton bringen, weil die sich um zehn Uhr schlafen legt, ihr Hörgerät abschaltet und nichts mehr um sich herum mitbekommt. Wahrscheinlich hat sie die Tür zum Garten versehentlich zugemacht, weil sie dachte, der Hund ist schon im Haus …«

»Ist der Hund nicht groß genug, dass einem auffallen müsste, wenn er nicht im Haus ist?«, hielt sie dagegen.

»Das kommt drauf an, ob Mrs Luton ihre Brille getragen hat, als sie durchs Haus ging. Falls nicht, hat sie vermutlich einem Sitzkissen eine gute Nacht gewünscht und geglaubt, dass sie ihren Hund vor sich hat.« Er zuckte mit den Schultern, da das Ganze für ihn keine dramatische Angelegenheit war. »Wir nehmen ihn mit und stecken ihn in eine Zelle, damit Isabelle Ruhe vor ihm hat.«

»Oder er vor Isabelle«, gab Christine zurück und hielt ihren Arm so hin, dass der Constable sich bei ihr einhaken konnte, während er mit der anderen Hand das Halsband von Maggie Thatcher festhielt. Dann überquerten sie die Straße in Richtung Wache.

Plötzlich kam ein heftiger Wind auf, der Christine entnervt aufstöhnen ließ. »Hoffentlich kommt mit dem Sturm kein neuer Schnee«, seufzte sie.

»Den Schlüsselbund hatte ich Ihnen gegeben, nicht wahr?«, fragte er nach einigen Metern.

»Ja, und er steckt noch im Schloss«, erwiderte sie. »Als ich Ihren Schrei hörte, bin ich sofort losgerannt. Ich habe nur aufgeschlossen und nicht wieder zugezogen.«

»Schon okay«, sagte Mike. »Ich wollte mich bloß vergewissern, dass der Bund nicht irgendwo da drüben unter dem Wagen liegt.«

Christines Blick wanderte in dem Moment zur Wache, als eine besonders kräftige Böe die Tür ein Stück weit aufdrückte. Das Nächste, was sie sah, war eine gewaltige Stichflamme begleitet von einer ohrenbetäubenden Explosion, dann wurde die Tür durch die Luft gewirbelt, und die Schaufensterscheibe zerbarst in tausend Stücke. Geistesgegenwärtig stieß der Polizist Christine zu Boden, warf sich selbst ebenfalls hin und zog den Bernhardiner mit sich. Eine Sekunde später war der Spuk schon wieder vorbei, das einzige Geräusch war das Knistern von Flammen.

Als Christine sich auf die Ellbogen stützte, konnte sie sehen, dass die Tür auf dem Rasen lag, der von Scherben übersät war. Flammen schlugen aus dem Türrahmen und dem großen Fensterrahmen, die Wache war in ein unheilvolles, flackerndes orangerotes Licht getaucht.

Langsam stand sie auf, forschte in ihrem Körper nach, ob irgendwelche Verletzungen Schmerzen verursachten, konnte nichts feststellen, und sah gleich darauf nach Isabelle, die die Ohren angelegt hatte und wieder knurrte. Sie drehte sich nach rechts, wo sich Mike inzwischen auch aufgerappelt hatte, während der Bernhardiner in die Runde schaute, als sei gar nichts geschehen.

Mike bemerkte Christines verwunderten Blick, was den Hund anging, und sagte: »Mrs Luton sieht sich mit Vorliebe

Kriegsfilme an – vorzugsweise ohne Hörgerät. Dieser Knall war für Maggie Thatcher nichts Besonderes.«

Christine nickte verstehend, dann deutete sie mit einer knappen Kopfbewegung auf die brennende Polizeiwache. »Fast hätte ich eben die Tür ganz aufgemacht«, flüsterte sie und schüttelte sich, da sie im Geist immer noch die Stichflamme sah, die sie erfasst hätte, wenn sie nicht losgeeilt wäre, um nach Mike zu sehen.

»Ich würde sagen, der Wind hat Ihnen soeben das Leben gerettet«, meinte Mike. Aus einiger Entfernung war die schrille Glocke des Feuerwehrwagens zu hören, aus den umliegenden Häusern kamen die ersten Schaulustigen, um zu sehen, was ihre abendliche Ruhe gestört hatte.

»Uns allen«, korrigierte sie ihn. »Wären Sie nicht auf den Hund aufmerksam geworden, dann hätten wir alle zusammen vor der Tür gestanden.«

Der Feuerwehrwagen bog um die Ecke und fuhr schräg auf den Fußweg, bis er mit den Vorderrädern auf dem Rasen vor dem Gebäude zum Stehen kam. Die Männer stiegen aus und kümmerten sich um die Schläuche, während Lazenby zu der kleinen Gruppe kam und zur Begrüßung nickte. »Können Sie was dazu sagen, was passiert ist?«

»Die Tür ging auf, dann gab es eine Stichflamme und eine Explosion, und uns flog das Büro um die Ohren«, berichtete der Constable. »Im ersten Stock ist übrigens niemand, die Jacksons sind den Winter über auf Ibiza.«

»Okay, alles klar«, sagte Lazenby und ging zu seinen Leuten, um die Löscharbeiten zu leiten.

Eine halbe Stunde später war das Feuer gelöscht, Christine und Mike hatten sich in der Zwischenzeit in den Wagen gesetzt, da es ihnen sonst zu kalt geworden wäre. Die Transportbox mit Isabelle stand hinter dem Fahrersitz auf der Rückbank, Maggie Thatcher saß hinter dem Beifahrersitz und hechelte in Mikes Nacken. Der Constable ertrug die

Situation mit bewundernswerter Geduld. Von Zeit zu Zeit schaltete Christine die Lüftung an, wenn die Scheiben zu sehr beschlagen waren, machte sie dann aber gleich wieder aus, damit nicht zu viel Kälte in den Wagen geblasen wurde.

Als Lazenby ihnen zuwinkte, stiegen sie aus und gingen zu ihm. »So, das wär's dann erst mal. Wir werden noch eine Weile hier bleiben, falls noch irgendwo Flammen auflodern, aber es dürfte alles gelöscht sein.«

»Und wie sieht's drinnen aus?«, erkundigte sich Schroedinger.

»Übel. Es ist alles verbrannt, der Computer, alle Akten, die Einrichtung ... Sie werden ein neues Büro brauchen. Zum Glück ist das Haus jüngeren Datums, und die Betondecke hat das Ganze gut überstanden, also muss nichts abgerissen werden«, erklärte der Feuerwehrmann. »Aber die Wache muss komplett saniert werden.«

»Und die Ursache?«

»Ein großer Benzinkanister nur einen Meter hinter der Eingangstür. An der Tür selbst finden sich verkohlte Überreste von irgendetwas Mechanischem. Vermutlich der Zünder, der ausgelöst wurde, als die Tür aufging. Irgendeine einfache, aber narrensichere Konstruktion, die ja auch funktioniert hat, wie man sehen kann. Aber das müssen sich die Fachleute ansehen, die können Ihnen ganz genau erklären, was sich Ihr Brandstifter da ausgedacht hat.«

Der Constable nickte. »Gut, dann erst mal vielen Dank, Nick. Wir werden uns jetzt um ein neues Quartier kümmern müssen.«

Der Feuerwehrmann verabschiedete sich und ging zurück zu seinen Leuten, während Mike dastand und die ausgebrannte Wache betrachtete.

»Zu Ihnen oder zu mir?«, fragte Christine unvermittelt und grinste ironisch.

»Weder noch«, sagte er und lachte leise.

»Ja, ich weiß, zu mir geht nicht, weil es kein ›zu mir‹ mehr gibt«, erwiderte sie. »Aber wir könnten doch zu Ihnen fahren.«

»Nicht heute Nacht. Wenn der Attentäter vorgesorgt hat, dann erwartet uns bei mir zu Hause die gleiche unerfreuliche Überraschung«, betonte er. »Das muss ich mir bei Tageslicht ansehen, bevor ich meine Haustür aufschließe.«

»Und was jetzt? Haben Sie zufällig ein Zelt zur Hand?«, scherzte sie.

»Wir fahren zu Sean«, entschied er nach kurzem Überlegen. »Sean ist ein guter Freund von mir, aber der Täter wird nicht damit rechnen, dass wir bei ihm übernachten. Ich meine, er ist sowieso davon ausgegangen, dass wir das hier nicht überleben, und wenn er auf Nummer sicher gehen will, dann hat er mein Haus auch zur Todesfalle umfunktioniert, damit er uns auch dann erwischt, wenn wir wider Erwarten nicht zur Wache fahren sollten.«

»Zu Sean? Gut«, sagte sie. »Dann können wir ja direkt von ihm aus zu Ihrer ›Grandma‹ fahren, nicht wahr?«

Ob er ihre besondere Betonung des Wortes »Grandma« bemerkt hatte, konnte sie ihm nicht anmerken, auf jeden Fall sah er wohl immer noch keine Veranlassung, ihr zu erklären, was es mit dieser ominösen Grandma auf sich hatte.

Als Christine am nächsten Morgen aufwachte, benötigte sie einen Augenblick, um sich zu orientieren. So oft hatte sie in der letzten Zeit ihr Quartier gewechselt – die Hotelübernachtungen während ihrer Reise von Buchhandlung zu Buchhandlung eingeschlossen –, dass sie erst einmal rekapitulieren musste, was sich alles zugetragen hatte, ehe sie wieder wusste, wo sie sich befand.

Ja, richtig, sie war bei Sean, dem Mann, der ihr als Erster das Leben gerettet hatte – das Leben, nach dem ihr ein anderer anschließend mindestens dreimal getrachtet hatte.

Sie lag auf einem etwas durchgesessenen, aber immer noch bequemen Sofa, das auf jeden Fall angenehmer war als die harte Liege in der Polizeizelle. Draußen wurde es erst allmählich hell, aber da im Flur Licht brannte, konnte sie sich an einem Anblick erfreuen, bei dem sie sich zwingen musste, nicht laut zu lachen.

Mike hatte die Nacht auf einer Luftmatratze verbracht, die vor dem Sofa auf dem Boden lag, und wie es aussah, hatte auch Maggie Thatcher an diesem Objekt Gefallen gefunden, da der Bernhardiner sich quer über die Beine des auf dem Bauch liegenden Constables gelegt hatte. Nach ihrer ersten Begegnung am gestrigen Abend, bei der der Hund einige Kratzer hatte einstecken müssen, war es ihm wohl gelungen, im Lauf der Nacht Isabelles Sympathie zu gewinnen, denn die Katze lag der Länge nach ausgestreckt auf dem Rücken des Bernhardiners und schnarchte laut.

»Ich bin wach, ich kann nur nicht aufstehen«, murmelte Mike und sah sie leidend an.

»Könnte Maggie Thatcher sprechen, würde sie wohl das Gleiche sagen«, entgegnete Christine.

»Wie soll ich das verstehen?«

»Dass sie auch schon wach ist, aber nicht aufstehen kann.«

»Lassen Sie mich raten: Isabelle?«

»In voller Schönheit. Sie liegt auf Maggie Thatchers Rücken und schläft tief und fest, und wenn der Bernhardiner sich bewegt, wird Isabelle ziemlich ungehalten reagieren«, erklärte sie. »Sie hat ein Faible dafür, es sich auf Hunderücken bequem zu machen.«

»Wie spät ist es?«, fragte er.

Sie sah blinzelnd auf ihre Armbanduhr. »Fast zwanzig nach acht.«

Mike seufzte. »Tun Sie mir einen Gefallen und nehmen Sie Ihre Katze von dem Hund runter?«

»Dann krallt sie sich erst recht in seinen Rücken«, warnte sie ihn kopfschüttelnd. »Und wenn Sie Pech haben, beißt der Hund dann Sie, weil er nicht an Isabelle herankommt.«

»Das sind ja schöne Aussichten«, stöhnte er.

»Das muss man geschickter lösen«, sagte sie, warf die Decke zur Seite und stand auf. Netterweise hatte Sean ihr eines seiner XL-T-Shirts geliehen, sodass es ihr erspart geblieben war, noch einmal in ihrer Straßenkleidung schlafen zu müssen. Sie ging zu ihrer Handtasche und zog eine kleine Plastiktüte heraus. Kaum hörte Isabelle das leise Rascheln, spitzte sie die Ohren, drehte den Kopf zu ihr herum und miaute verschlafen. Dann stand sie auf und streckte sich, wobei sie auf dem Rücken des Bernhardiners balancieren musste. Sekunden später war der Hund von Isabelle befreit worden und erhob sich ebenfalls, während Mike weiter auf der Luftmatratze lag.

»Ich dachte, Sie wollten aufstehen«, sagte Christine.

»Das würde ich ja auch, wenn meine Beine nicht eingeschlafen wären«, beklagte er sich, was sie mit einem Lachen kommentierte.

Nachdem sie beide geduscht, einen Happen gefrühstückt und jeder eine Tasse Kaffee getrunken hatten, kam Sean ins Haus. »Ach, die Herrschaften sind aufgewacht«, meinte er grinsend, als er sie aus der Küche kommen sah. »Ich hoffe, die Katze hat angenehm geschlafen?«

Christine nickte lächelnd. »Ja, ich glaube, sie hat von uns allen den besten Platz gehabt«, erwiderte sie. »Bequemer als auf einem Bernhardiner kann man wohl kaum schlafen.«

»Es heißt, dass man auf einem Grizzly noch bequemer schläft«, gab Sean zurück. »Aber das sind unbestätigte letzte Worte derjenigen, die das ausprobieren wollten.« Dann wandte er sich an den Constable: »Matilda ist bereit, Mike. Ich hab die Sitzbank montiert, und die Kabine ist jetzt wieder komplett.« Er sah zu Christine: »Wissen Sie, wenn ich selbst fahre, nehme ich den hinteren Teil mit der Tür lieber ab, weil ich dann schneller aussteigen kann, aber dann zieht's natürlich auch während der Fahrt.«

»Aha«, sagte Christine, die im Augenblick überhaupt keine Ahnung hatte, von was Sean überhaupt redete.

»Danke, das ist wirklich nett von dir«, entgegnete Mike.

»Ich tu's ja für dich als Freund, nicht als Constable«, merkte Sean an.

»Wo ist denn da der Unterschied?«, wollte der Polizist wissen.

»Als Freund bekommst du Matilda so, wie sie jetzt da draußen steht. Als Constable müsstest du ohne Windschutzscheibe und ohne Dach auskommen und du dürftest dir unterwegs was abfrieren.«

»Wirklich sehr nett«, meinte Mike ironisch, dann deutete er auf den Bernhardiner. »Könntest du Maggie Thatcher noch nach Hause bringen? Je eher wir uns auf den Weg machen, umso früher sind wir wieder daheim.«

»Das erledige ich sofort«, versprach er und pfiff den Hund zu sich, der aber erst in aller Ruhe sein Wurstbrot verspeiste, ehe er sich erhob. Isabelle sah ihm nach, wie er zu Sean trottete, dann suchte sie die Stelle ab, an der er gesessen hatte, ob dort vielleicht ein Stückchen Wurst zurückgeblieben war. »Grüß deine Grandma von mir«, rief Sean seinem Freund von der geöffneten Haustür zu, dann schlug er die Kapuze hoch und schloss die Tür hinter sich.

»So, so, dann machen wir uns also mit Matilda auf den Weg zu Grandma?«, fragte Christine mit einem leicht spöttischen Unterton.

»Ganz genau«, bestätigte Schroedinger. »Ich nehme an, Sie wollen Isabelle mitnehmen, richtig?«

»Oh ja, die werde ich nicht wieder aus den Augen lassen, solange ich in Gleannlochy bin.«

»Gut, dann sollten Sie ein paar dicke Decken zusammensuchen, weil es unterwegs ziemlich kalt werden könnte«, empfahl er ihr.

Zehn Minuten später waren sie beide abmarschbereit, zwei Decken lagen über Isabelles Transportbox, drei weitere Decken hatte Christine unter ihren freien Arm geklemmt. Sie war gespannt, was sie erwartete und wann sie erfahren würde, was es mit all diesen Codewörtern auf sich hatte, mit denen Mike die ganze Zeit um sich warf. Was war ›Matilda‹, und was verbarg sich hinter ›Grandma‹?

Als sie das Haus verließen, wollte sie zu ihrem Wagen gehen, aber Mike fasste sie am Arm und zog sie zurück. »Wir fahren damit.«

Sie drehte sich um und stutzte. »Wir nehmen den *Traktor?*«

»Ja. Anders kommen wir nicht zu Grandma. Deshalb auch die Decken«, erklärte er. »Das Ding hat zwar auch so was, das sich Heizung nennt, aber entweder wird man bei lebendigem Leib geröstet oder man bekommt Eiszapfen an der Nase.«

»Ich wusste gar nicht, dass Traktoren überhaupt eine Heizung haben«, gab sie zurück.

»Ehrlich gesagt weiß ich das auch nicht. Matilda jedenfalls hatte ursprünglich keine Heizung, und diese Konstruktion hat Sean selbst entwickelt, weil er beim Schneeräumen nicht erfrieren will.«

»Das ist also Matilda?«, fragte sie erstaunt.

»Ja, Sean hat seinen Traktor so genannt«, antwortete Mike.

»Ah, verstehe.«

Damit war zwar ein Rätsel gelöst, aber die Frage, wer ›Grandma‹ war, stand nach wie vor im Raum. »Und warum nehmen wir den?«

»Weil wir Gleannlochy verlassen werden«, sagte er. »Anders schaffen wir es nicht zu Grandma. Wir müssen nach Eatherness, das liegt ein paar Meilen nördlich von hier, und Sie haben ja am eigenen Leib erlebt, wie die Straßen außerhalb von Gleannlochy aussehen.«

»Ich hab's erlebt, und um ein Haar hätte ich's nicht überlebt«, stimmte sie ihm zu.

Mike hielt ihr die Tür der verglasten Kabine rund um den Fahrersitz auf, sie kletterte die drei Stufen hinauf und setzte sich auf eine gepolsterte Bank, die auf dem nackten Abdeckblech über dem riesigen rechten Hinterrad des Traktors montiert worden war, und stellte Isabelle in ihrer Transportbox neben sich ab. Mike folgte ihr, nahm auf dem Fahrersitz Platz und ließ den Motor an. Das Räumblech war ein Stück hochgestellt worden, damit die harte Gummikante nicht auf dem vom Schnee befreiten Asphalt abgerieben wurde.

Sie fuhren bis zur Humphreys Road und von dort bis zur Sloan Street, der sie folgten, bis die letzten Häuser hinter ihnen zurückfielen.

»Wieso räumt Sean eigentlich nur die Straßen im Dorf?«, wollte Christine wissen, als sie das Ortsausgangsschild passierten und die Landstraße vor ihnen sich in eine weiße Einöde verwandelte. »Er könnte doch auch den Weg zu den anderen Dörfern in der unmittelbaren Umgebung vom Schnee befreien, dann wären die nicht alle so isoliert, falls jemand Hilfe benötigt.«

»Sean hätte nicht mal was dagegen einzuwenden, er hat es auch selbst vorgeschlagen«, sagte Mike. »Wenn kein Neuschnee fällt und in Gleannlochy nichts zu räumen ist, würde er gern die Landstraßen übernehmen, aber das fällt nicht in seine Zuständigkeit. Wenn ihm dann etwas passiert, kommt die Versicherung nicht dafür auf, und das ist natürlich bei so einem Job eine viel zu riskante Angelegenheit.«

»Und warum fahren wir jetzt mit seinem Schneepflug hier entlang?«, wollte sie wissen.

»Gefahr im Verzug«, erwiderte der Constable. »Es ist zu befürchten, dass der Mörder erneut zuschlägt, und mit dem Argument kann ich das tun, was für meine Ermittlungen notwendig ist.«

»Also … Grandma besuchen?«, fragte sie.

Abermals bemerkte er ihren ironischen Unterton nicht, oder aber er ging absichtlich darüber hinweg, da er nur mit einem knappen »Ganz genau« darauf reagierte. Dann verfiel er in Schweigen, da er sich ganz auf die Fahrbahn konzentrieren musste, um nicht mit dem Traktor vom Weg abzukommen.

Der Schnee war trotz seiner Menge locker genug, um von dem großen Blech vor dem Traktor an den Straßenrand gedrückt zu werden. Wenn Christine durch die hintere Scheibe des Führerhauses schaute, konnte sie den breiten Streifen sehen, den der Pflug vom Schnee befreit hatte. Sie fragte sich, ob irgendjemand aus Gleannlochy nun versuchen würde, das Dorf in Richtung Eatherness zu verlassen, doch sie hielt das für mehr als zweifelhaft. Schließlich konnte niemand wissen, wie weit die Landstraße geräumt sein würde, und wenn der Traktor unterwegs liegen blieb, dann gab es keine Möglichkeit für einen nachfolgenden Wagen, auf der geräumten Fläche zu wenden, da der sofort links oder rechts im Schnee stecken bleiben würde.

Ab und zu hob sie die Decken hoch, die über der Transportbox lagen, um nach Isabelle zu sehen, die sich dann sofort ans Gitter drückte, um einen Blick auf die tief verschneite Umgebung zu werfen. Sie miaute leise, aber ob das nun bedeutete, dass ihr die Aussicht gefiel, oder ob sie nicht lieber doch auf einem dicken Teppich in der Nähe eines Kamins oder eines Heizkörpers gelegen und geschlafen hätte, wusste Christine nicht.

»Ich glaube, ich werde dich in deinem nächsten Roman Jagd auf einen Serien-Schneemannmörder machen lassen«, sagte sie zu ihrer Katze. »Was hältst du davon?«

Als Antwort begann Isabelle laut zu schnurren.

»Scheint so, als würde ihr die Idee gefallen«, meldete sich Mike zu Wort, der trotz des dröhnenden Motorengeräuschs das Schnurren hatte hören können. Er warf Christine einen

Seitenblick zu. »Wie kommen Sie eigentlich auf all Ihre Ideen?«, fragte er kopfschüttelnd. »Ich könnte so was nicht.«

»Ach, meistens muss ich einfach nur laut aussprechen, was mir gerade durch den Kopf geht, und es aufschreiben, damit ich es nicht wieder vergesse«, erklärte sie. »Die meisten Ideen verlaufen ohnehin im Sande, weil sie nicht genug Stoff für ein ganzes Buch hergeben, aber ein paar Sachen sammeln sich irgendwann an und fügen sich zusammen.«

»Und was ist mit dem Serien-Schneemannmörder?«

Sie hob die Schultern. »Keine Ahnung. Das fiel mir gerade so ein, aber das ist nicht mehr als ein Buchtitel. Da müsste ich mir erst einmal in Ruhe überlegen, was sich daraus machen lassen könnte. Kann sein, dass ich in zwei Jahren genau diesen Krimi für Isabelle schreibe, genauso ist es aber auch möglich, dass ich die Idee nie wieder aufgreife.«

Mike nickte und konzentrierte sich wieder auf die Straße, die nun in ein recht steiles Gefälle überging und sich in einer Folge von engen Kurven einem im Tal liegenden Dorf näherte. Ein paar Mal geriet der Traktor auf dem Weg nach unten bedenklich nahe an den Fahrbahnrand, aber der Constable bekam das Gefährt jedes Mal wieder unter Kontrolle. Waren sie bislang noch recht zügig vorangekommen, bewegten sie sich nun nur noch mit Schritttempo vorwärts, damit der Traktor auf dem glatten Untergrund nicht von seinem eigenen Gewicht ins Rutschen gebracht wurde.

Insgesamt benötigten sie für den kurzen Serpentinenabschnitt genauso lange wie für die deutlich längere Strecke von Gleannlochy bis zum Beginn des Gefälles, und als sie endlich das verschneite Ortseingangsschild am Straßenrand entdeckten, das auf den Ort Eatherness hinwies, da war es bereits Mittag durch.

»Oh Mann, drei Stunden für die paar Meilen«, stöhnte Christine auf. »Darf ich Sie mal was fragen, Mike?«

»Was denn?«

»Wie wollen Sie eigentlich mit dem Schneepflug diese Strecke bergauf fahren, die wir gerade hinter uns gebracht haben?«

»Zurück nehmen wir eine andere Strecke, die flach aus dem Tal hinausführt, aber kurz vor Gleannlochy fast genauso steil nach unten geht wie das, was hinter uns liegt«, sagte er und lächelte sie an. »Und keine Angst, wir fahren früh genug los, damit wir nicht in der Dunkelheit unterwegs sind.«

»Dafür wäre ich Ihnen wirklich dankbar«, sagte sie und schob zwei Finger durch das Gitter der Transportbox, was Isabelle sofort nutzte, um ihr Kinn daran zu reiben.

»Wir sprechen nur kurz mit Grandma, und dann machen wir uns gleich wieder auf den Weg«, versicherte er ihr.

Sie nickte, stutzte aber beim Anblick der Straße. »Hier ist ja gar nicht geräumt«, stellte sie verwundert fest.

»Dann ist vielleicht der Pflug ausgefallen«, erwiderte er. »Eigentlich sollte es hier nicht so aussehen.« Er fuhr ein Stück weit die Hauptstraße entlang, dann bremste er vorsichtig ab und bog nach rechts in eine schmalere Seitenstraße ein. Vor einem kleinen Haus blieb er stehen. Nach vorne raus befand sich im Erdgeschoss eine Änderungsschneiderei, die zwar jetzt geschlossen war, jedoch den Eindruck erweckte, als sei sie sonst geöffnet, wenn kein Schneechaos das Land in seinem Griff hatte.

»Da wären wir«, sagte er und stellte den Motor ab.

»Da wohnt Grandma?«

»Ja, im Erdgeschoss auf der Rückseite des Hauses. Die Schneiderei gehört ihr, aber sie hat sie an eine junge Frau vermietet, die das Geschäft übernommen hat.«

»Aha«, machte Christine. »Grandma« hörte sich nach wie vor an wie eine Bezeichnung für einen Supercomputer, der in einem atombombensicheren Bunker tief unter der Erde stand und in dem alle Daten über jeden Menschen auf der Welt gespeichert waren. Ein Ziel für alle Superschurken, denen nur ein James Bond etwas entgegensetzen konnte. Dass sich diese Anlage nach außen hin als Änderungsschneiderei tarnte und in einem so unscheinbaren Haus untergebracht war, passte durchaus ins Konzept. Wer würde schon vermuten, dass sich hinter dieser Fassade etwas potenziell Gefährliches verbarg?

Sie stiegen vom Traktor, Christine griff nach der Transportbox und folgte Mike zum Haus. Ihr Blick wanderte nach rechts und links, und sie stellte fest, dass sie es richtig genießen konnte, auf offener Straße zu stehen und nicht befürchten zu müssen, dass ein gnadenloser Heckenschütze ihr eine Kugel in den Kopf jagte.

Mike klingelte ein paar Mal, und nach gut fünf Minuten ging die Tür auf. Christine war fest davon überzeugt, dass sich dahinter eine Aufzugkabine aus glänzendem Stahl befand, die sie dreißig Stockwerke in die Tiefe bringen würde, wo sie zwei oder – besser noch – drei Sicherheitsbarrieren durchschreiten mussten, ehe sie das erste menschliche Wesen erblicken würden.

Stattdessen jedoch tauchte eine alte Frau an der Tür auf und sah ihre Besucher fragend an. Sie war mindestens einen Kopf kleiner als Christine, ihr graues Haar war streng zurückgekämmt.

Obwohl sie einen dicken Pullover anhatte, trug sie darüber auch noch eine flauschige Strickjacke, außerdem erweckte sie den Eindruck, als hätte sie mehrere Paar Strümpfe übereinander angezogen. »Mikey?«, fragte sie erstaunt. »Was machst du denn hier?«

»Ich muss mit dir reden, Grandma, es ist dringend«, antwortete er, dann zeigte er auf Christine. »Das ist Christine Bell – Christine, meine Grandma.«

Christine bekam vor Staunen den Mund nicht mehr zu, daher konnte sie zur Begrüßung nur nicken.

»Ist sie deine Freundin, Mikey?«, wollte die Frau wissen, die weit über achtzig sein musste.

»Nein, sie ist eine Kollegin von mir, Grandma«, stellte er richtig.

»Du kannst mir ruhig sagen, wenn sie deine Freundin ist«, beharrte Grandma.

»Sie ist aber nicht meine Freundin«, beteuerte er. »Könnten wir jetzt bitte reinkommen? Es ist nämlich sehr kalt.«

»Oh ja, Mikey, natürlich. Kommt doch rein.« Mikes Großmutter ging vor ihnen her durch einen langen, schwach beleuchteten Flur, dessen Wände mit gerahmten alten Fotos übersät waren. Sie gelangten in ein nicht ganz so düsteres Wohnzimmer, das dennoch wegen der tiefbraunen Möbel umso erdrückender wirkte. Der Schrank war so hoch, dass nur wenige Zentimeter Platz bis zur Zimmerdecke blieben, der klobige Tisch bot genug Platz für acht Personen, allerdings war die dunkel gemusterte Polstergarnitur so ausladend, dass gerade einmal die halbe Kapazität genutzt werden konnte. In einer Ecke stand ein Flachbildfernseher, er war eingeschaltet und zeigte eine Nachrichtensendung, ein Ton war nicht zu hören.

»Setzt euch doch«, sagte die alte Frau. »Schade, ich habe gerade eben zu Mittag gegessen, aber ich kann euch bestimmt etwas zu trinken anbieten. Einen Kaffee?«

»Wir sind in Eile, Grandma«, wehrte Mike ab.

»Ja, aber für einen Kaffee hat man immer Zeit, Mikey«, erwiderte sie freundlich, aber bestimmt. »Für Sie auch einen Kaffee, Miss Bell?«

»Nein, danke, ich habe in den letzten Tagen schon genug Kaffee getrunken«, antwortete sie. »Mir reicht ein Glas Wasser, Mrs …«

»Finch, Elizabeth Finch«, ergänzte Mikes Großmutter.

»… Mrs Finch.«

»Also einen schwarzen Kaffee für Sie, Miss Bell«, sagte sie dann, als hätte sie Christines Bemerkung gar nicht gehört, und verließ das Wohnzimmer.

Christine sah den Constable fragend an. »Das ist Ihre Großmutter?«

Er zuckte beiläufig mit den Schultern. »Ja, sicher. Ich habe doch die ganze Zeit davon gesprochen, dass wir meine Grandma besuchen werden. Was dachten Sie denn?«

Das Bild vom streng geheimen Supercomputer in einem riesigen Gewölbe tief unter der Erde zog an ihrem geistigen Auge vorüber, dann schüttelte sie den Kopf. »Gar nichts ... wirklich«, entgegnete sie und hoffte, dass er ihr ihre Verlegenheit nicht anmerkte. »Sagen Sie ... hört sie nicht gut? Ich meine, das mit dem Kaffee ...«

Lächelnd winkte er ab. »Oh, mit ihren Ohren ist alles in Ordnung, aber manchmal hört sie nur das, was sie hören will. Und wenn sie Kaffee anbietet, dann serviert sie den auch, ob Sie das wollen oder nicht.«

»Oh«, machte Christine ratlos. »Und wenn ich ihn nicht trinke?«

»Tun Sie so, als würden Sie einen Schluck trinken, und dann ist das Problem gelöst. Übrigens, lassen Sie in erster Linie mich reden, und wenn Grandma etwas fragt, versuchen Sie, mich stattdessen antworten zu lassen. Es gibt einige Reizthemen, und wenn Ihre Meinung dazu nicht die Richtige ist, dann haben Sie eine Diskussion am Hals, die Sie wünschen lässt, Sie hätten den Mund nie aufgemacht.«

»Okay, danke für die Warnung. Aber wieso sind wir überhaupt hier?«

»Mir ist gestern Abend eingefallen, dass ich eine Person kenne, die früher in Gleannlochy gewohnt hat und die uns womöglich etwas über unsere drei Opfer und über Eaning verraten kann, was wir von ihm nicht erfahren.«

»Ihre Großmutter?«

»Genau die«, sagte er und nickte bestätigend. »Sie ist praktisch meine letzte Hoffnung, Bewegung in den Fall zu bringen, bevor es noch mehr Tote gibt.«

Mrs Finch kam herein und stellte drei Tassen auf den Tisch.

»Lass mich dir wenigstens helfen«, bot sich Mike an und erhob sich von seinem Platz.

Christine wäre ebenfalls aufgestanden, um ihre Hilfe anzubieten, aber sie war auf dem Sofa so tief eingesunken, dass sie gar nicht wusste, wie sie je wieder aufstehen sollte. Die Transportbox, die neben ihr auf dem Boden stand, war für sie unerreichbar weit entfernt, da sie sich nicht weit genug nach vorn beugen konnte, um an sie heranzukommen.

»Nein, nein, ihr seid bei mir zu Gast«, erklärte sie. »Und wer bei mir zu Gast ist, der wird auch wie ein Gast behandelt. Möchten Sie etwas Wasser für den Hund in Ihrer Kiste?«, fragte sie dann.

»Nein, danke, das ist eine Katze, und Katzen trinken sehr wenig Wasser.«

»Na, Ihr Hund wird sich schon melden, wenn er Durst hat«, meinte Mrs Finch daraufhin und verließ abermals das Wohnzimmer.

Wieder wanderte Christines verständnisloser Blick zu Mike.

»Sie mag keine Katzen, darum hört sie ›Hund‹.« Er verzog den Mund zu einem gequälten Lächeln. »Wenn man sie besser kennt, dann weiß man damit umzugehen und die Themen zu vermeiden, die nur zu Schwierigkeiten führen.«

Unwillkürlich begann Christine zu grinsen. »Ich würde sagen, Ihre Großmutter ist sehr raffiniert. Indem sie nur hört, was sie hören will, und alles ignoriert, was ihr nicht gefällt, dürfte sie wohl immer ihren Willen durchsetzen.«

»Ja, und zu verdanken haben wir das meinem Großvater, Gott habe ihn selig«, sagte Mike. »Er hat ihr das von Anfang an durchgehen lassen, weil er es früher mal charmant oder originell oder weiß der Himmel was fand. Später hat er es bereut, aber da war es bereits zu spät, noch etwas zu ändern, und seitdem setzt sie auf diese Tour ihren Kopf durch.«

Sie hörten Schritte, und Mrs Finch brachte einen kleinen Teller mit ein paar Zuckerwürfeln und ein Milchkännchen mit. Beides stellte sie auf den Tisch, dann lächelte sie Christine an und schaute beiläufig zum Fernseher, wo soeben von einer Preisverleihung für Musiker berichtet wurde.

»Wussten Sie eigentlich, dass Elton John vom anderen Ufer ist?«, fragte sie Christine aus heiterem Himmel. »So ein netter, junger Mann. Schrecklich, so ein Schicksal! Dass die Ärzte dagegen noch immer nichts haben!«

Christine wollte zu einer Erwiderung ansetzen, aber aus dem Augenwinkel sah sie, wie Mike hastig den Kopf schüttelte. Sie begnügte sich mit einem nichtssagenden »Hm« und blickte schnell zum Fernseher, wo soeben George Michael interviewt wurde. *Oh nein,* dachte sie. *Nicht auch noch der!*

Aber Mrs Finch bekam davon zum Glück nichts mit, sondern drehte sich in die andere Richtung, um zur Tür zu gehen.

»Was war denn das?«, fragte eine völlig perplexe Christine.

»Fragen Sie lieber nicht«, erwiderte Mike. »Grandma hat zu allen Dingen eine unverrückbare Meinung, und wenn Sie jetzt versuchen, eine Diskussion zu beginnen, dann sitzen wir in zwei Stunden noch hier und müssen uns anhören, dass Gott aus Adams Rippe keinen zweiten Adam, sondern Eva erschaffen hat.«

»Schon verstanden«, sagte sie. »Dann sehen Sie aber zu, dass Sie Ihre Informationen schnell aus ihr herausholen, denn allzu lange halte ich das bestimmt nicht aus.«

»Ich werde sehen, was ich tun kann«, versprach er ihr.

»Ich glaube, das genügt nicht. Wenn Sie sich nicht ranhalten, werde ich so viele ›Reizworte‹ in den Raum werfen, dass Sie wünschten, Sie hätten mich nie hierher mitgenommen.«

»Was führt euch denn zu mir?«, fragte Mikes Großmutter, als sie Minuten später mit einer vollen Kaffeekanne ins Wohnzimmer zurückkam. »Wollt ihr eure Verlobung bekanntgeben?«

»Grandma, Miss Bell ist nicht meine Freundin, sie ist eine Kollegin.«

»Aber ja, Mikey, das hast du doch schon gesagt.« Dabei zwinkerte sie Christine zu und grinste sie an. »Und wofür hast du dir sonst noch die Mühe gemacht, bei dem Wetter von Gleannlochy herzukommen?«

Wenn das keine Aufforderung war, den Mund aufzumachen und die Fragen zu stellen, die gestellt werden mussten! Christine legte den Kopf ein wenig schräg und warf ihm einen mahnenden Blick zu.

Er nickte flüchtig. »Grandma, was sagen dir die Namen Nathan Marks, Harris Turner, Bryan Dorsey und Richard Eaning?«

»Du meinst die Viererbande?«

»Die Viererbande?«

»Ja, so nannten wir sie früher«, sagte Mrs Finch. »Eine unausstehliche Truppe, diese vier!«

»Unausstehlich? Wieso?«, wollte Christine wissen.

»Weil sie keinen Respekt vor älteren Kindern hatten«, erklärte sie. »Ich weiß, heute ist das alles anders, aber wenn man selbst sechzehn ist und von vier Sechs- oder Siebenjährigen bedrängt wird, die einem das Taschengeld abnehmen wollen und damit drohen, einem das Fahrrad zu demolieren, dann ist das nicht witzig.«

»Waren sie nur als Kinder so?«

Mrs Finch zuckte flüchtig mit den Schultern. »Später machten sie es nicht so offensichtlich. Das soll heißen, sie bedrohten niemanden mehr direkt, sondern sie verbreiteten kleine gehässige Lügen – bei Lehrern, Nachbarn, Eltern.«

»Wie alt waren sie da?«, erkundigte sich Christine.

»Ach, vielleicht zwölf oder vierzehn.«

»Und später?«

»Später?«, wiederholte Mrs Finch verständnislos.

»Haben die vier mit achtzehn oder zwanzig immer noch dieses Verhalten an den Tag gelegt, Grandma?«, warf der Constable ein.

»Nein, das hatte sich bis dahin gelegt, da waren sie eigentlich ganz vernünftige junge Männer.«

»Das heißt, da ist nichts mehr vorgefallen?«

Sie schüttelte nachdenklich den Kopf. »Ich kann mich an nichts Derartiges erinnern … aber vielleicht hab ich's auch nur vergessen.«

»Mrs Finch, wenn Sie an die Zeit zurückdenken, als diese Viererbande ihr Unwesen trieb, fällt Ihnen da irgendetwas ein, das die vier getan haben, was jemanden heute noch dazu bringen könnte, sie ermorden zu wollen?«

»Ermorden?«, wiederholte sie erschrocken. »Nein, das waren Kinderstreiche, zwar gemeine Streiche, aber eben nur Streiche. Mit einer Ohrfeige war das Thema dann auch wieder erledigt.«

»Dann dürften die vier ja wohl etliche Ohrfeigen kassiert haben«, warf Mike ein.

»Ja, das kann man so sagen«, entgegnete sie versonnen lächelnd. »Aber dafür würde sie keiner umbringen.«

»Na ja, Grandma, es ist so, dass Marks, Turner und Dorsey innerhalb weniger Tage von einem Unbekannten erschossen worden sind. Nur Eaning lebt noch, und er behauptet, nichts darüber zu wissen, wer der Täter sein könnte.«

»Erschossen, sagst du? Mikey, das ist ja entsetzlich! Davon hatte ich noch gar nichts gehört.«

»Das hat auch erst angefangen, nachdem die Schneefront über uns hinweggezogen war«, erklärte Mike.

»Ach, deshalb. Ja, das ist natürlich was anderes.«

»Also …«, hakte er nach. »Könntest du dir irgendeine Erklärung vorstellen, was da vorgefallen sein könnte?«

Mikes Großmutter lehnte sich zurück und kniff die Augen zusammen. »Lass mich mal nachdenken«, murmelte sie, während sie in der Zeit zurückreiste. Eine Weile herrschte gebannte Stille, und zwischendurch schüttelte sie immer wieder mal den Kopf, wohl, weil ihr etwas in den Sinn gekommen war, das dann aber doch nicht passte. Dann auf einmal sagte sie: »Melissa Sunderland.«

Es folgte Schweigen.

»Wer ist Melissa Sunderland?«

»Das war … ich bin mir nicht mehr sicher, aber … es müsste 1967 gewesen sein … oder 1968.« Wieder warteten die beiden, dass Mikes Grandma weiterredete.

»Melissa hatte erst ein paar Monate zuvor geheiratet, und als es geschah, erwartete sie bereits ihr Kind …«

»Als was geschah?«

»Als ihr Mann sich im Wald erschoss.«

Jetzt kniff auch Mike leicht die Augen zusammen. »Ja, ich kann mich daran erinnern, dass mal jemand davon erzählt hat, aber ich weiß keine Einzelheiten.«

»Es gibt auch nur wenige Einzelheiten dazu«, betonte Mrs Finch. »Es hieß, dass Turner und die anderen damit etwas zu tun gehabt haben sollen, aber das konnte nie bewiesen werden. Melissa verkaufte kurz nach dem Tod ihres Mannes das Haus und zog weg. Wir haben sie niemals wiedergesehen, und keiner hat erfahren, was aus ihr und dem Kind geworden ist.«

»Hm«, machte Christine. »Mehr ist über die Umstände nicht bekannt?«

»Nein, außer dass ihr Mann keinen Grund gehabt haben soll, sich das Leben zu nehmen. Er war frisch verheiratet, er war im Begriff, Vater zu werden, er hatte eine gute Anstellung. Sein Arzt erklärte, dass er kerngesund gewesen war. Wissen Sie, Miss Bell, es hat nichts gepasst. Es gab keinen Anlass für einen Selbstmord, aber es gab auch keinen Beweis, dass er von jemandem ermordet wurde.«

»1967 oder 68«, überlegte Christine. »Wer wartet über vierzig Jahre, um drei von vier Männern zu erschießen, die möglicherweise ein Menschenleben auf dem Gewissen haben?«

»Jemand, der viel Zeit hat«, antwortete Mrs Finch. »Oder jemand, der der Wahrheit auf den Grund gegangen ist und einen Beweis für ihre Schuld gefunden hat.«

»Grandma, das ist die erste heiße Spur, die wir in diesem Fall haben«, erklärte Mike und stand auf, um ihr einen Kuss zu geben. Mit einer beiläufigen Geste gab er Christine zu verstehen, dass sie ebenfalls aufstehen und Isabelles Box hochnehmen sollte. »Wenn wir den Täter fassen, werde ich allen erzählen, dass der entscheidende Hinweis von dir gekommen ist.«

»Aber wollt ihr etwa schon wieder gehen?«, rief seine Grandma, als Christine zu ihr kam und sich verabschiedete.

»Wir müssen einen Mörder fassen und dafür sorgen, dass Richard Eaning nicht auch noch umgebracht wird«, sagte sie, dann wurde sie auch schon von Mike aus dem Wohnzimmer gezogen und durch den langen Flur in Richtung Haustür gescheucht.

»Ist das nicht ein bisschen unhöflich, einfach so wegzulaufen?«, fragte sie, als er die Tür hinter sich zuzog. »Wir haben ja nicht mal einen Schluck Kaffee getrunken!«

»Sie wollten doch sowieso keinen Kaffee trinken«, hielt der Constable dagegen. »Oder habe ich das falsch verstanden?«

»Das nicht, aber aus Höflichkeit …«, begann sie zu protestieren.

»Höflichkeit ist ein Wort, das meiner Grandma ziemlich fremd ist«, betonte er. »Das haben Sie selbst daran merken können, wie sie sich über alles hinweggesetzt hat, was Sie gesagt haben. Wenn Sie noch mehr von der Art haben wollen, dann können wir ja wieder reingehen. Aber dann garantiere ich Ihnen schon jetzt, dass wir vor heute Abend nicht von hier wegkommen, und dann gibt es bis morgen früh kein Zurück nach Gleannlochy, weil ich bei diesem Wetter in der Nacht diese Strecke nicht fahren werde.«

»Ja, schon gut«, erwiderte sie und sah sich um. »Die Frage ist allerdings, wie wir überhaupt nach Gleannlochy zurückkommen sollen.«

»Wie meinen Sie das?«

Christine deutete mit dem Kopf auf die Straße.

Der Traktor war spurlos verschwunden.

14

Genau genommen war der Traktor nicht völlig spurlos verschwunden, denn er hatte eine sehr deutliche Spur hinterlassen: eine geräumte Straße, auf der in der verbliebenen dünnen Schneedecke die breiten Reifenabdrücke zu sehen waren.

»Okay, wir laufen ihm in diese Richtung hinterher«, sagte ein sichtlich frustrierter Constable. »Weit kann er nicht sein.«

Der Weg führte sie durch ein Labyrinth aus Straßen, die gerade noch breit genug waren, um sie mit dem Schneepflug passieren zu können, aber sie konnten ihn nirgends entdecken.

»Wohin ist der bloß gefahren?«, schimpfte Mike. »So viel Vorsprung kann er doch gar nicht haben!«

»Wenn er sofort gestohlen wurde, nachdem wir bei Ihrer Großmutter ins Haus gegangen sind, dann kann der Dieb schon seit über einer halben Stunde durch den Ort fahren. Aber wer kommt überhaupt auf die Idee, einen Schneepflug zu stehlen?«, wunderte sie sich.

»Der gleiche Idiot, der dafür verantwortlich ist, dass hier in Eatherness keine Straße geräumt ist«, ereiferte sich Mike, der Christine inzwischen die Transportbox mit Isabelle darin abgenommen hatte, weil ihr die Hände vom Tragen allmählich schmerzten. »Wahrscheinlich hat der Kerl seinen Pflug gegen einen Baum gefahren, und jetzt denkt er, er nimmt einfach einen anderen Schneepflug, da ihm ja offenbar der Himmel einen Ersatz geschickt hat.« Er blieb stehen und lauschte angestrengt, sein Atem bildete in der kalten Luft eine kleine Nebelwand vor seinem Gesicht. »Verflucht, ich kann nicht mal das Motorengeräusch hören! Was für ein Schwachkopf! Wir haben keine Zeit für solche Spielchen, wir müssen zurück nach Gleannlochy!«

»Kommen Sie, wir kehren um«, schlug sie ihm vor. »Vielleicht ist er hier nur entlanggefahren, um auf die Hauptstraße zu gelangen, weil er die räumen will.«

»Ja, das ist ein guter Gedanke«, stimmte er ihr zu, woraufhin sie den Weg zurückgingen, den sie gekommen waren. An der Hauptstraße angelangt, genügte ein Blick, um zu erkennen, dass nur eine Fahrbahnhälfte geräumt war, und zwar bis zu der Stelle, an der Mike mit dem Traktor in die Straße zu seiner Großmutter eingebogen war.

»Hier war er noch nicht«, stellte Christine fest. »Aber das ist eine Hauptverbindung durch den Ort, also wird er früher oder später hier fahren müssen.«

»Früher wäre mir lieber als später«, brummte Mike.

»Mike, wir können kreuz und quer durchs Dorf laufen, und er entwischt uns vielleicht doch immer wieder, aber wenn wir an einem Punkt wie diesem hier warten, können wir ihn abpassen.«

»Ich weiß ja, dass Sie recht haben«, murmelte er. »Aber müssen Sie mir das immer wieder unter die Nase reiben.«

»Man tut, was man kann«, gab sie grinsend zurück, dann sah sie die Straße entlang, ob irgendwo der Traktor auszumachen war.

Eine Weile standen sie einfach nur da und warteten, dann zog allmählich die Kälte durch ihre Schuhe, und sie begannen, ein paar Meter in die eine und in die andere Richtung zu laufen. Schließlich wurde sogar Christine unruhig, die bis vor wenigen Augenblicken noch solche Zuversicht ausgestrahlt hatte. »Was machen wir, wenn er …«, begann sie, doch in dem Moment nahm sie ein vertrautes Motorengeräusch wahr. »Er ist auf dem Weg hierher.« Sie beugte sich vor und spähte um den Baum, in dessen Schutz sie sich gestellt hatten.

»Okay, dann werde ich mich ihm in den Weg stellen und ihn auffordern anzuhalten«, erklärte er.

»Nein, das können Sie nicht machen«, widersprach sie ihm. »Wenn er Sie sieht, dann biegt er womöglich noch schnell in eine Seitenstraße ein und entwischt uns wieder. Und auf diesem Untergrund können Sie ihm nicht hinterherlaufen, selbst wenn er langsam genug dafür wäre.«

»Und was schlagen Sie stattdessen vor?«

Sie erklärte ihm hastig ihre Idee, und schließlich, als es fast schon zu spät für irgendeine andere Aktion war, nickte der Constable. Christine ging hinter dem Baum in Stellung und hielt den Kopf so, dass sie mit einem Auge den Traktor sehen konnte. Als er nur wenige Meter von ihrer Position entfernt war, griff sie nach Mikes Hand, damit der sie zurückreißen konnte, falls sie ausrutschen sollte, dann kam sie hinter dem Stamm hervorgeschossen, sah das herannahende Fahrzeug mit vor Entsetzen aufgerissenen Augen an und ruderte mit dem freien Arm, als versuche sie, einen Sturz auf die Fahrbahn zu verhindern. In letzter Sekunde brachte sie sich mit einem Satz zurück auf den Fußweg in Sicherheit.

Die Aktion zeigte Wirkung, denn auch wenn der Fahrer durch die Lichtreflexe auf den Glasscheiben des Führerhauses nicht zu erkennen war, konnten sie beide beobachten, wie die großen Hinterräder des Traktors blockierten, als er mit aller Kraft auf die Bremse trat. Mehr war nicht nötig, denn auf der leicht abschüssigen Straße geriet das schwere Fahrzeug ins Rutschen und brach aus. Hilflos musste der Fahrer mit ansehen, wie sich der Traktor um sich selbst drehte und dann … rückwärts eine Hecke durchbrach und mitten in einen Vorgarten rutschte.

»Oh nein! Nein, das darf doch nicht wahr sein!«, rief sie entsetzt und rannte los, als könnte sie noch irgendetwas von dem abwenden, was sich vor ihren Augen abspielte. Zu spät sah sie die Gruppe Kinder auf ihren Rennschlitten, die auf der geräumten Straße unterwegs waren und ihr in die Beine fuhren. Sie nahm noch wahr, dass sie das Gleichgewicht verlor und sich rasend schnell auf die nur noch ganz dünne Schneedecke auf dem Asphalt zubewegte, und dann wurde alles schwarz vor ihren Augen.

Als Christine am nächsten Morgen aufwachte und sich in einem bequemen Bett wiederfand, mit Isabelle auf dem Kissen gleich neben ihrem, da glaubte sie einen Moment lang, dass sie alles nur geträumt hatte. Aber sie war nicht zu Hause, so viel stand fest. Wo sie allerdings war, konnte sie nicht sagen. Sie kannte dieses Zimmer nicht, und der vorsichtige Blick aus dem Fenster zeigte ihr eine verschneite Landschaft, die ihr ebenfalls fremd war.

Sie hatte leichte Kopfschmerzen, und als sie den Bereich über der Schläfe abtastete, zuckte sie zusammen. Woher kam diese Beule? Behutsam stand sie auf und machte ein paar Schritte, aber weder wurden die Kopfschmerzen schlimmer, noch verspürte sie Schwindel oder Übelkeit. Sie hatte sich irgendwo den Kopf angeschlagen, aber wohl keine ernsten Verletzungen davongetragen.

Wenn sie nur wüsste …

»Christine, sind Sie auf?«, hörte sie auf einmal eine leise Stimme von der anderen Seite einer der beiden Türen.

»Mike, sind Sie das?«, rief sie und sah an sich herab. Sie stand nur in Unterwäsche da! Hastig griff sie nach einem Badetuch, das auf dem Tisch neben dem Fenster lag, und wickelte sich darin ein. »Kommen Sie rein.«

Die Tür ging auf, dahinter war ein Zimmer zu sehen, das genauso eingerichtet war wie das, in dem sie offenbar die Nacht verbracht hatte. Mike stand da und betrachtete sie forschend. »Wie fühlen Sie sich?«

»Von den Kopfschmerzen abgesehen … eigentlich ganz gut«, antwortete sie. »Was ist passiert?«

»Das erzähle ich Ihnen unterwegs, sofern Sie sich in der Lage fühlen, wieder auf dem Traktor zu sitzen.«

»Sind wir noch in … na … Eatherness?«

Mike nickte.

»Haben wir hier die Nacht zugebracht?«

»Ja.«

»Okay, dann ziehe ich mich sofort an, damit wir losfahren können«, erklärte sie und löste den Knoten des Handtuchs, um es zurück auf den Tisch zu legen. Erst dann wurde ihr bewusst, dass der Constable noch immer in der Tür stand, während sie sich ihm in Unterwäsche präsentierte, was sie Augenblicke zuvor noch unbedingt hatte vermeiden wollen.

Sie drehte sich um und sah das freche Grinsen des Polizisten, der die Verbindungstür zum Nebenzimmer erst dann hinter sich schloss.

Nach einem hastigen Frühstück auf dem Zimmer verließen sie nur zehn Minuten später das Gasthaus am Rand der Landstraße. Als sie nach draußen kamen, konnte Christine kaum glauben, was sie sah und was sie spürte. Ein warmer Wind strich über ihr Gesicht, und der Schnee unter ihren Schuhen begann, sich in Matsch zu verwandeln. Dennoch beschloss sie, sich nicht zu früh zu freuen, denn es war ja immer noch möglich, dass die Temperaturen wieder unter den Gefrierpunkt sanken, und dann würde sich dieser Matsch in Eis verwandeln, was eine Heimfahrt wieder in weite Ferne rücken lassen würde.

Mike half ihr auf ihren Platz auf dem Traktor, stellte die Box mit Isabelle neben sie, dann ließ er den Motor an und fuhr los. Der Schnee, der durch den warmen Wind an der Oberfläche nass und schwer geworden war, wurde in hohem Bogen von dem Schneepflug an den Straßenrand geschleudert und spritzte gegen die Windschutzscheibe. Der kleine, altersschwache Scheibenwischer hatte große Mühe und produzierte so schlimme Schlieren, dass Mike ihn schnell wieder abschaltete und lieber mit nasser Scheibe weiterfuhr.

Nebenbei erzählte er ihr von den Ereignissen, die sich seit

jenem Moment abgespielt hatten, ab dem ihr nichts mehr in Erinnerung geblieben war. »Sie sind auf die Straße gelaufen, ohne die Kinder zu bemerken, die auf der verschneiten Fahrbahn hügelabwärts gerodelt sind. Zwei von denen sind mit Ihnen zusammengestoßen, Sie sind zu Boden gerissen worden und mit dem Kopf auf die Fahrbahn geschlagen.«

»Hm«, machte sie. »Ich glaube, daran kann ich mich sogar noch schwach erinnern, aber danach …«

»Zum Glück hatten ein paar von den Anwohnern das Geschehen beobachtet und kamen nach draußen«, fuhr er fort. »Ein Ehepaar kümmerte sich um sie, die Frau ist Arzthelferin, deshalb wusste ich, Sie waren in guten Händen. Dann bin ich zum Traktor gerannt und hab den Kerl erwischt, bevor er die Flucht ergreifen konnte.«

»Gut gemacht«, lobte sie ihn. »Und wer ist der Typ?«

»Der Sohn eines Geschäftsmanns aus Eatherness. Er sollte eigentlich dort das machen, was Sean bei uns macht, aber er hatte keine Lust, Schnee zu räumen. Stattdessen wollte er mit dem Traktor lieber über einen Acker fahren, nur mit dem Haken, dass der Acker eigentlich eine Wiese war mit einem ziemlich tiefen Weiher in der Mitte.«

»Ich ahne nichts Gutes.«

Er nickte. »Richtig. Der Traktor ist eingebrochen und halb versunken. Der Junge konnte sich noch retten, aber Eatherness steht jetzt ohne Schneepflug da. Tja, und dann hat er unseren Traktor gesehen und fand, den könnte er sich ja mal ausleihen. Das wird ihn jetzt allerdings teuer zu stehen kommen.«

»Und unser Traktor?«

»Unversehrt, wie Sie selbst sehen können. Allerdings hatte der sich in dem Vorgarten so verkantet, dass es zwei Stunden gedauert hat, um ihn dort rauszuholen.«

»Oh, das ist alles meine Schuld«, stöhnte sie.

»Das stimmt«, meinte er lächelnd.

»Hey, normalerweise sollten Sie jetzt eigentlich beschwichtigend antworten, dass es nicht meine Schuld ist«, ermahnte sie ihn.

»Ich weiß, deshalb haben Sie das ja auch nur gesagt«, entgegnete er amüsiert. »Aber so leid mir das auch tut, es ist tatsächlich Ihre Schuld. Sie hatten die Idee, den Traktordieb zu erschrecken, damit er die Kontrolle über das Fahrzeug verliert, und Sie sind blindlings über die Straße gerannt. Sie können noch von Glück reden, dass Sie von einem Schlitten umgerissen worden sind. Stellen Sie sich vor, irgendein Wagen wäre dicht hinter dem Traktor gewesen, um auf der geräumten Straße durchs Dorf zu fahren.«

»Ja, ja, schon gut, kehren Sie nicht gleich wieder den Verkehrspolizisten raus, okay?«, brummte sie. »Ich hatte ja nur Angst um unseren treuen Traktor.«

»Das ändert nichts daran, dass wir Ihretwegen auch in Eatherness übernachten mussten«, rieb er ihr genüsslich und voller Spott unter die Nase. »Erstens hat es so lange gedauert, den Traktor freizubekommen, dass wir nicht mehr nach Gleannlochy hätten aufbrechen können, ohne in der Dunkelheit unterwegs zu sein. Zweitens sind Sie nach Ihrer Ohnmacht nahtlos in einen tiefen Schlaf gefallen, und in dem Zustand hätte ich Sie nicht auf dem Traktor mitnehmen können.«

»Dann ist das alles ja tatsächlich meine Schuld!«, seufzte sie und ließ den Kopf nach hinten sinken, um ihn gegen die Seitenscheibe zu lehnen, doch die Vibrationen des Motors ließen die Beule an ihrer Schläfe pulsieren und brachten sie dazu, sich gleich wieder gerade hinzusetzen.

Mike sah sie kurz an und grinste.

»Und wie bin ich in dieses Gasthaus gekommen? Etwa schlafgewandelt?«, fragte sie.

»Dieses Ehepaar, von dem ich Ihnen erzählt habe, hat Sie hingefahren, während ich mit dem Traktordieb beschäftigt war. Zum Glück hatte unser Dieb genau diesen Weg bereits geräumt. Die Frau – die Arzthelferin – ist bei Ihnen geblieben und hat auf Sie aufgepasst, bis der Traktor befreit war, danach bin ich dann sofort hergekommen.«

»Und wieso hatten wir zwei Zimmer mit einer Verbindungstür?«

»Oh, wenn es nach dem Wirt gegangen wäre, hätten wir sogar ein Doppelzimmer bekommen«, erzählte Mike amüsiert. »Der Mann wollte mir einfach nicht glauben, dass wir beide in einer Polizeiangelegenheit unterwegs sind. Egal, was ich gesagt habe, er tat alles mit einem unmissverständlichen Grinsen und den Worten ›Sie müssen das ja wissen‹ ab.«

»Vermutlich vermietet er öfter seine Zimmer als Liebesnester«, überlegte sie.

»Das nehme ich auch an. Mit dem Parkplatz hinter dem Haus ist das ja auch ein ideales Versteck.« Dann fügte er hastig hinzu: »Nicht, dass ich aus eigener Erfahrung sprechen würde.«

»Das hat Ihnen Ihr geschultes Polizeiauge verraten«, entgegnete sie.

»Ganz genau.«

Sie hob die Decken an und sah nach Isabelle, die in ihrer Box fest schlief, als sei es ganz normal, auf einem Traktor über schottische Landstraßen zu fahren. »Habe ich sonst noch was verpasst?«

»Außer dass Tauwetter eingesetzt hat?«, gab er zurück und schüttelte den Kopf. »Nicht dass ich wüsste.«

Ein paar Minuten lang saßen sie beide schweigend da, dann sagte Christine: »Ich hoffe nur, dass uns der Name weiterhilft, den Ihre Großmutter uns genannt hat.«

»Tja, es wäre zu wünschen, wenn Melissa Sunderland der Schlüssel ist, nach dem wir seit dem ersten Mord suchen«, stimmte Mike ihr zu. »Wenn das auch nichts bringt, sind wir genauso schlau wie am Anfang und werden einen weiteren Mord nicht verhindern können.«

»Sofern der nicht bereits geschehen ist«, warf sie ein. »Von gestern Morgen bis heute könnte dieser Verrückte halb Gleannlochy niedergemetzelt haben.«

Darauf erwiderte Mike nichts, doch Christine konnte seiner Miene ansehen, dass ihn die gleiche Angst antrieb, so schnell wie möglich nach Hause zu kommen.

Trotz des einsetzenden Tauwetters benötigten sie über zwei Stunden, ehe sie auf der anderen Strecke Gleannlochy erreichten. Das Dorf lag friedlich in seinem Tal, hier und da hatte die wärmere Luft bereits dafür gesorgt, dass der Schnee von den Dächern gerutscht war, und überall entlang der Straße bildeten sich Pfützen, die Wasserfontänen nach rechts und links schießen ließen, wenn die breiten Reifen des Traktors sich hindurchwalzten.

Sie bogen in die Steam Street ein und hielten vor einem der Häuser an, dann stellte Mike den Motor ab und öffnete die Kabinentür. Christine ließ sich von ihm nach draußen helfen und folgte ihm zum Haus.

»Wo sind wir hier?«, fragte sie.

»Ich wohne hier«, antwortete er und bedeutete ihr am Gartentor, dort zu warten, bis er ihr ein Zeichen gab. »Ich muss noch erst nach irgendwelchen Fallen Ausschau halten, bevor wir reingehen können.«

An der Hecke stehend verfolgte sie mit, wie er um das Haus herumging und durch jedes Fenster nach drinnen schaute, ob er etwas Verdächtiges entdecken konnte. Schließlich verschwand er hinter dem Gebäude, und nach ein paar Minuten ging die Haustür von innen auf. Christine erschrak, als sie das sah, und wollte in Deckung gehen, doch dann kam Mike nach draußen und winkte sie zu sich.

»Wie haben Sie denn das angestellt?«, fragte sie ihn verwundert. »Oder gibt es hinten noch einen dritten Zugang? Durch die Tür da an der rechten Seite sind Sie jedenfalls nicht reingegangen.«

»Hinter dem Haus liegt eine Leiter«, erklärte er. »Mit der

bin ich rauf zum Dachfenster, das ich nie fest zumache … für den Fall, dass ich mal meinen Schlüssel verlieren sollte. Dann muss ich weder einen Schlüsseldienst holen, was selbst bei wärmerem Wetter nachts um zwei kein Vergnügen ist, und ich muss auch nicht die Tür eintreten oder eine Scheibe einschlagen.«

»Ja, verstehe.« Sie sah sich um und stellte als Erstes fest, dass die Einrichtung schlicht und vor allem zweckmäßig war. Einfache Holzregale, eine Schlafcouch, eine Essecke mit zwei Stühlen. Ein paar Fotos an den Wänden, die wohl seine Eltern und irgendwelche Bekannte oder Freunde zeigten. »Wenigstens ist unser unbekannter Mörder nicht auf die Idee gekommen, Ihr Haus auch noch in die Luft zu jagen.«

»*Noch* nicht«, betonte der Constable. »Wenn wir ihn nicht bald zu fassen bekommen, wird er bestimmt als Nächstes versuchen, uns hier zu erwischen.«

Er deutete auf das Sofa, wohin sie sich setzen sollte, dann ging er in den Keller. Christine ließ Isabelle aus ihrer Box, die Katze sah sich kurz um, konnte offenbar nichts Interessantes entdecken und zog sich gleich wieder in die Transportkiste zurück, um sich schlafen zu legen.

Christine nahm diese Reaktion mit einer gewissen Erleichterung zur Kenntnis, da sie bedeuten musste, dass Isabelle keine Gefahr gewittert hatte – ganz im Gegensatz zu ihrem Verhalten vor der Wache, die gleich darauf in Flammen aufgegangen war.

Nach gut zehn Minuten, in deren Verlauf Mike wiederholt aus dem Keller gerufen hatte, er sei gleich wieder da, kam er endlich wieder nach oben, in einer Hand eine Holzkiste, die recht schwer zu sein schien, in der anderen eine Art Karteikasten. Er setzte sich zu ihr und begann mit dem Aufbau eines Geräts, das an einen Diaprojektor erinnerte, dann öffnete er den Karteikasten und gab den Blick frei auf einen Stapel Mikrofilme.

»Das sind die Daten aller ehemaligen Einwohner von Gleannlochy bis zurück ins Jahr 1806«, erklärte er und nahm den ersten Film heraus.

»Wie praktisch, dass man schon damals alles auf Mikrofilmen gespeichert hat«, sagte sie mit einem plötzlichen Anflug von Ironie, auf den Mike nur mit einem gleichermaßen ironischen Schnauben reagierte. »Wie kommt es denn, dass diese Mikrofilme bei Ihnen im Keller lagern? Gehört so was nicht eigentlich auf die Gemeindeverwaltung?«, fragte sie dann.

»Das sind nur Duplikate«, erwiderte er, während er den Film in das Lesegerät einlegte. »Damit ich mich nicht wegen jeder Recherchekleinigkeit ans Verwaltungsarchiv wenden muss. Das spart wirklich viel Zeit und Nerven.«

Er schob den Mikrofilm langsam weiter, bis er das Gesuchte gefunden hatte, dann notierte er ein paar Zahlen auf einem Zettel und blätterte wieder im Karteikasten, bis er zwei weitere Filme herauszog und ins Lesegerät legte. Minutenlang suchte er, schrieb etwas auf den Block rechts vom Gerät, dann schaltete er es aus und schob es nach hinten. »Also«, begann er. »Melissa Sunderland kam am 6. Mai 1949 als Melissa Austin zur Welt, im Januar 1968 heiratete sie Carl Anthony Sunderland, geboren am 12. November 1947. Am 22. Juli 1968 verstarb er durch Selbstmord, seine Witwe zog am 7. Oktober 1968 aus Gleannlochy fort, als neue Adresse gab sie die Hogarth Road in London an. Ob das so stimmt, kann ich nicht sagen.«

»Mehr haben wir nicht?«

»Nein, das ist alles. Das sind die einzigen Angaben, die sich zu ihr und ihrem Mann finden lassen.«

»Hm«, machte Christine und runzelte die Stirn. »Damit können wir nicht viel anfangen.«

»Nicht viel? Ich würde eher sagen, damit können wir im Augenblick gar nichts anfangen. Solange ich mich nicht mit meiner Dienststelle in Verbindung setzen kann, lässt sich nicht herausfinden, wohin Mrs Sunderland tatsächlich gezogen ist und ob sie heute in irgendeiner Weise noch eine Verbindung zu Gleannlochy unterhält.«

»Wir können mit dem Namen zumindest eine Sache herausfinden«, widersprach sie ihm. »Wir können Richard Eaning mit dem Namen konfrontieren und sehen, wie er reagiert.«

»Versuchen können wir's«, stimmte er ihr zu. »Aber solange wir keine stichhaltigen Beweise in der Hand haben, hilft uns seine Reaktion nicht weiter.«

»Eaning muss ja nicht wissen, dass wir außer einem Namen nichts in Erfahrung gebracht haben, Mike. Ihre Großmutter sprach davon, dass sich Mr Sunderland erschossen hat, dass aber Gerüchte kursierten, Turner und die anderen könnten darin verstrickt gewesen sein. Keiner kann uns einen Bluff verbieten, also können wir behaupten, dass wir die Wahrheit über den angeblichen Selbstmord von Carl Sunderland kennen und dass er uns lieber sagen sollte, wer den Killer geschickt hat, der hier ist, um Rache zu üben.«

»Ich weiß nicht, ob wir bei Eaning damit weiterkommen«, sagte Mike zweifelnd. »Ich finde immer noch, dass er ziemlich überzeugend war, als wir uns bei ihm zu Hause mit ihm unterhalten haben. Es ergibt auch keinen Sinn, dass er etwas weiß, denn dann hätte er tatsächlich zugelassen, dass seine Freunde ermordet wurden, obwohl er es hätte verhindern können.«

»Ja, stimmt.« Christine ließ den Kopf in den Nacken sinken. »Wir wissen also, dass Melissa Sunderland im Oktober 1968 Gleannlochy verließ … Augenblick mal, Ihre Großmutter sprach doch davon, dass Melissa angeblich ein Kind erwartete, als ihr Mann starb, nicht wahr?«

»Ja, aber von einem Kind ist hier nirgendwo die Rede. Das ist erst nach ihrem Wegzug zur Welt gekommen. Selbst wenn die Morde etwas mit ihrem Kind zu tun haben sollten, fehlt uns der Name. In Gleannlochy wohnt niemand namens Sunderland.«

Plötzlich schnippte Christine aufgeregt mit den Fingern. »Haben Sie solche Mikrofilme auch von den Leuten, die heute hier wohnen?«

»Wieso?«

»Haben Sie so was?«, beharrte sie.

»Nein, kein Mensch speichert heute noch was auf Mikrofilmen ab«, gab er zurück. »Aber …«

»Ach, schade«, murmelte sie, wurde dann aber hellhörig. »Was war das für ein Aber?«

»Aber das ist alles auf dem PC im Büro gespeichert. Einmal im Monat schicken die mir ein Update per E-Mail, und dann habe ich die neuesten Einwohnerdaten zur Hand. Na ja, jedenfalls was man in Gleannlochy unter den neuesten Daten versteht. Bis unsere Morde verarbeitet sind, werden bestimmt drei Monate vergehen.«

»Und der PC in Ihrem Büro ist dem Feuer zum Opfer gefallen«, fügte sie leise hinzu, als ihr klar wurde, dass sie auch da nicht weiterkamen.

»Richtig, aber ich mache regelmäßig Sicherheitskopien dieser Daten, für den Fall, dass mein Dienst-PC mal den Geist aufgeben sollte, was er nun ja getan hat, und die CDs habe ich nicht auf der Wache aufbewahrt, sondern mitgenommen. Die liegen unten im Keller, da wo auch die Mikrofilme gelagert sind.«

»Dann holen Sie sie!«, forderte sie ihn ungeduldig auf.

»Okay, okay«, erwiderte Mike und machte mit beiden Händen eine beschwichtigende Geste. »Keine Panik, ich gehe ja schon.«

Diesmal dauerte es keine drei Minuten, dann war er aus dem Keller zurück und stellte einen flachen Karton auf den Boden. Er nahm eine Mappe mit gut zwanzig CDs heraus. »Das hier sind die Ergänzungen der letzten zwei Jahre.« Mit den CDs kam er an den Tisch und setzte sich, dann zog er seinen Laptop heran und startete ihn. »Aber ich weiß noch immer nicht, wonach wir eigentlich suchen.«

»Das werde ich Ihnen gleich verraten«, vertröstete sie ihn.

»Sie können von Glück reden, dass ich Sie mittlerweile gut genug kenne und weiß, dass Sie für diese Aktion einen guten Grund haben, ansonsten würde ich keinen Finger rühren, bis Sie mir sagen, was das soll.« Dann legte er die aktuellste CD ein und startete das Programm. »Jetzt *müssen* Sie mir aber sagen, was Sie wollen, denn der Computer spuckt nicht per Gedankensteuerung die Daten aus, die Sie gern sehen möchten.«

»Okay, also …«, begann sie. »Als Mr Sunderland am 22. Juli 1968 starb, soll seine Frau schwanger gewesen sein, und bei ihrem Umzug am 7. Oktober, also etwa zweieinhalb Monate später, war das Kind noch nicht auf der Welt. Folglich kann sie bei Carls Tod maximal im siebten Monat gewesen sein. Wir haben also einen Zeitraum von … lassen Sie mich mal rechnen … Oktober 1968 bis März 1969 … ja, das müsste funktionieren.« Sie sah Mike erwartungsvoll an.

»Ich weiß noch immer nicht, was Sie wollen«, erklärte er ungeduldig.

»Habe ich das nicht gesagt?«

»Nein, und da bin ich mir sehr sicher.«

»Oh, entschuldigen Sie.« Sie schüttelte verwundert den Kopf. »Können Sie in eine Suchmaske eingeben, dass das Programm alle Einwohner auflistet, die zwischen dem 1. Oktober 1968 und dem 31. März 1969 geboren sind?«

»Nichts leichter als das«, sagte er, tippte etwas ein und wartete ein paar Sekunden. »Der Rechner ist nicht mehr der Jüngste, darum dauert das ein bisschen. Oh, da ist das Ergebnis.«

»Und?«, fragte sie nervös.

»Nur ein Mr Webb, geboren am 12. Januar 1969. Wohnhaft in der 54 Circle Lane.«

»Webb?«, wiederholte sie enttäuscht. »Also Fehlanzeige.«

Mike sah sie mitfühlend an. »Tut mir leid. Ich hätte es Ihnen wirklich gegönnt, ins Schwarze zu treffen, aber ich sagte ja schon, dass hier niemand namens Sunderland wohnt.«

»Warten Sie, wie heißt denn dieser Mr Webb mit Vornamen?«, wollte sie wissen.

»Anthony Curt Webb.«

»Anthony Curt?«

Der Constable nickte.

»Und wie hieß Mrs Sunderlands Ehemann?«

Er sah auf den Notizblock. »Carl Anthony Sunderland.«

»Das ist er!«, rief Christine und sprang auf. »Das ist er! Er hat den zweiten Vornamen seines Vaters, nämlich Anthony, und sein zweiter Vorname ist an den Rufnamen seines Vaters angelehnt. Aus Carl wurde Curt.«

»Aber wieso Webb?«

»Ist doch klar!«, sagte sie und lief im Zimmer auf und ab. »Nach ihrem Wegzug aus Gleannlochy hat niemand mehr etwas von Melissa Sunderland gehört. Wenn sie wieder geheiratet hat, dann heißt ihr Kind nicht Sunderland, sondern so wie der Vater. Sie hat einen Mr Webb kennengelernt und ihn geheiratet. Das ist unser Mörder! Er ist nach Gleannlochy gekommen, um den Tod seines Vaters zu rächen, und weil es damals hieß, die Viererbande könnte etwas damit zu tun haben, ermordet er einen nach dem anderen.«

»Aber warum erst jetzt?«

Sie zuckte mit den Schultern. »Wer weiß? Vielleicht hat seine Mutter ihm auf dem Sterbebett liegend die Wahrheit gesagt, die er nie gekannt hat. Und jetzt ist er hier, um die Männer zu töten, die vielleicht seinen Vater auf dem Gewissen haben. Seit wann lebt er hier?«

Mike durchsuchte den Datensatz. »Seit einem halben Jahr.« Plötzlich stutzte er. »Ich glaube, Sie haben tatsächlich recht. Wissen Sie, unter welcher Adresse Melissa Sunderland hier in Gleannlochy zuletzt gemeldet war?«

»54 Circle Lane?«

»Ja, genau«, flüsterte er. »Er ist in das Haus eingezogen, in dem er seine Jugend verbracht hätte, wenn sein Vater nicht ums Leben gekommen wäre.«

»Wir müssen zu ihm fahren und ihn festnehmen, bevor er Eaning auch noch umbringen kann«, rief sie, nahm den Mantel von der Stuhllehne an der Essecke und beugte sich über die Transportbox, um die Tür zuzumachen und die Decke darüberzulegen.

»Wir nehmen meinen Privatwagen«, sagte er. »Ich bin es leid, mit dem Traktor zu fahren.« Während sie den Mantel anzog, griff er nach der Transportbox und eilte zur Tür.

Christine lief ihm nach, wie er mit ausholenden Schritten zu einem kompakten Fiat neueren Baujahrs ging, die Box auf die Rückbank stellte und mit dem Gurt sicherte. Dann ließ er Christine einsteigen, nahm auf dem Fahrersitz Platz und startete den Wagen.

15

Wenige Minuten später hielten sie vor dem Haus Nr. 54 an der Circle Lane an. Ob jemand zu Hause war, konnten sie von der Straße aus nicht erkennen. »Ich lasse Isabelle im Wagen«, erklärte sie, »auch wenn mir das nicht gefällt. Aber ich kann nicht mit der Transportbox bei Webb ins Haus stürmen, wenn ich weiß, dass er ein kaltblütiger Mörder ist. Er hat ja schon die alte Box mit Kugeln durchsiebt, da werde ich ihm nicht noch eine neue Zielscheibe hinhalten.«

»Ja, darum wollte ich Sie auch bitten«, erwiderte Mike. »Und ich wollte Sie auch darum bitten, hier zu warten und mich allein zu ihm gehen zu lassen, weil ich …«

»Auf keinen Fall«, unterbrach sie ihn. »Dieser Kerl wollte mich erschießen, und er wollte mich im Haus von Mrs Brooks in den Flammen umkommen lassen, und das Gleiche hat er dann auch noch mal auf der Wache versucht. Ich will dabei sein, wenn er damit konfrontiert wird, dass sein Plan aufgedeckt worden ist. Er soll wissen, dass er sich mit mir besser nicht angelegt hätte.«

Der Constable seufzte laut. »Ich habe so ein Gefühl, dass ich Sie nicht davon werde abhalten können, wie?«

»Ihr Gefühl trügt Sie nicht«, sagte sie und folgte ihm durch den Vorgarten zu dem alten Haus, das von den Vorbesitzern sehr pfleglich behandelt worden war, da man ihm sein Alter nur am Baustil, nicht jedoch am Zustand der Bausubstanz ansehen konnte.

Mike klingelte.

Nichts geschah.

Wieder klingelte er, dann klopfte er energisch an die Tür. Drinnen herrschte weiter Ruhe.

»Vielleicht ist er ja gar nicht zu Hause«, überlegte sie. »Er könnte doch im Pub sein, um zu Mittag zu essen. Ich meine, gerade wenn er hier einen Rachefeldzug führt, wird er bemüht sein, sich unauffällig zu verhalten. Ich glaube, ich an seiner Stelle würde versuchen, so oft wie möglich unter Leute zu kommen, damit ich häufig und an vielen verschiedenen Orten gesehen werde. Auf die Weise fällt es den Leuten später schwerer, sich daran zu erinnern, wo ich wann tatsächlich gewesen bin.«

»Wir gehen rein«, entschied er, warf aber zunächst einen Blick durch das Fenster neben der Tür, ob er irgendwelche Hinweise auf eine Falle entdecken konnte. »Sieht gut aus«, sagte er, zog die Jacke aus, wickelte sie um seinen Arm und schlug dann die Scheibe ein, damit er von innen nach dem Türgriff fassen konnte. Die Grundstücke links und rechts von Webbs Haus waren nach dem Abriss der alten Gebäude nicht wieder bebaut worden, sodass niemand das Geräusch von zersplitterndem Glas hören konnte.

Sie betraten das Haus, in dem völlige Stille herrschte, was sie beide umso nervöser machte, da sie insgeheim damit rechneten, jeden Augenblick attackiert zu werden. Aber nichts geschah.

Die Einrichtung, die dem Stil nach zu urteilen aus den Siebzigerjahren zu stammen schien, hatte Webb offenbar vom vorherigen Eigentümer übernommen, und als Christine die Möbelstücke genauer betrachtete und mit dem verglich, was sie in anderen Häusern gesehen hatte, kam ihr der Gedanke, dass es sich möglicherweise um noch etwas älteres Mobiliar handelte – Mobiliar, das womöglich schon zu Zeiten seiner Eltern hier gestanden hatte. Wenn das stimmte, war er buchstäblich in das Elternhaus zurückgekehrt, das er nie gehabt hatte.

Sie sahen sich in allen Zimmern um, aber es war wirklich alles verlassen. Nur ein Zimmer war abgeschlossen, und es steckte kein Schlüssel. »Das dürfte es sein«, spekulierte

Christine. »Hinter dieser Tür scheint sich etwas zu befinden, das niemand sehen soll.«

»Nicht mehr lange«, erwiderte Mike, ging einen halben Schritt nach hinten und trat dann mit aller Wucht gleich unterhalb der Klinke gegen die Tür. Das Holz ächzte, außerdem brachen ein paar Splitter heraus. Zwei weitere kraftvolle Tritte waren nötig, dann gab die Tür nach und flog auf.

Der Constable ging vor, Christine folgte ihm und sah sich um.

Spätestens jetzt gab es keinen Zweifel mehr daran, dass Anthony Webb der Mörder war, nach dem sie bislang vergeblich gesucht hatten. An einer Wand hingen vier große Porträtfotos: alte Aufnahmen, die vermutlich aus einem Klassenfoto heraus vergrößert und dementsprechend grobkörnig waren. In der Reihe darunter waren Schnappschüsse von vier Männern zu sehen, die ohne Wissen der abgebildeten Personen entstanden waren und durch die deutlich wurde, wer auf den Vergrößerungen darüber zu sehen war: Harris Turner, Bryan Dorsey, Nathan Marks und Richard Eaning.

»Sie hatten recht, Christine«, sagte der Constable. »Der Sohn ist zurückgekehrt, um den Tod des Vaters zu rächen.«

Während er noch die Fotos betrachtete, ging sie zum Schreibtisch, auf dem eine Aktenmappe mit der Aufschrift *C.A.S.* lag. »C.A.S.«, murmelte sie. »Carl Anthony Sunderland.« Sie schlug die Mappe auf und fand einen Stapel Dokumente vor, jahrzehntealter Schriftverkehr mit Versicherungen und Behörden, Schreiben von Anwälten, Mitteilungen von Gerichten. Es war zu viel, um alles zu lesen, aber Christine musste nur die ersten Absätze überfliegen, dann wurde klar, um was es ging. »Mike, ich glaube, Webb will nicht nur den Tod seines Vaters rächen, sondern noch was ganz anderes.«

»Und was?«, fragte er und drehte sich zu ihr um.

»Offenbar hat seine Mutter alles versucht, damit der Tod ihres Mannes nicht als Selbstmord ausgelegt wurde, aber wenn ich das so sehe, ist sie damit nicht durchgekommen. Hier ist ein Schreiben von einer Lebensversicherung, die auf einen Paragrafen in den Geschäftsbedingungen hinweist, wonach sie bei Selbstmord nicht zur Auszahlung der Versicherungssumme verpflichtet ist.«

»Ah, dann hat er also versucht, von Turner und den anderen Geld zu bekommen, und als die nicht zahlen wollten, hat er gedroht, sie umzubringen. Vermutlich haben sie das für einen Bluff gehalten, und er hat seine Drohung wahr gemacht und sie erschossen.«

»Und dann so zurechtgemacht, wie wir sie vorgefunden haben«, ergänzte Christine, wandte dann aber zögerlich ein: »Obwohl … hätten die drei Überlebenden nach dem ersten Mord nicht zumindest etwas ahnen müssen, wer als Täter infrage kommt?«

»Theoretisch ja, aber solange wir nicht wissen, wie er es genau angestellt hat, müssen wir alle Möglichkeiten in Betracht ziehen«, sagte Mike und nickte entschlossen. »Okay, dann suchen wir ihn und nehmen ihn fest. Ich schätze, diese Mappe und diese Fotos sind für jeden Richter Beweis genug, um ihn für den Rest seines Lebens hinter Gitter zu schicken.«

Sie blätterte weiter durch die Mappe, als sie auf einmal auf ein großes Foto stieß, das in einem Wald entstanden war und das eine Art Gedenkstein zeigte, der im Lauf der Jahrhunderte so sehr verwittert war, dass nicht zu erkennen war, was er darstellen sollte. Daneben war mit einem wasserfesten Marker auf dem Foto ein Kreuz eingezeichnet.

»Kennen Sie das?«, fragte sie.

Mike musste nur einen kurzen Blick auf das Foto werfen, dann nickte er. »Das ist das sogenannte Blood Valley, da haben sich um Dreizehnhundertirgendwann zwei Clans eine erbitterte Schlacht geliefert. Angeblich wurde dort so viel

Blut vergossen, dass der Boden deshalb heute immer noch eine rötliche Färbung hat.«

»Ich würde sagen, da hat man damals Carl Anthony Sunderland gefunden«, fügte sie hinzu. »Etwas anderes kann dieses Motiv eigentlich nicht darstellen.«

»Steht das nicht da irgendwo in den Unterlagen?«, wollte er wissen.

Sie schob ihm den Stapel hin. »Wenn Sie zwei Tage Zeit haben, das alles zu lesen, um festzustellen, ob irgendwo erwähnt wird, dass Sunderland dort gefunden wurde – nur zu. Ich werde mich in der Zwischenzeit auf die Suche nach Mr Webb machen. Sagen Sie mir, wie er aussieht, damit ich weiß, nach wem ich Ausschau halten muss.«

»Allein werden Sie überhaupt nichts machen«, machte er ihr unmissverständlich klar. »Nehmen Sie die ganze Mappe mit, ich habe die Unterlagen hiermit offiziell beschlagnahmt. Nicht, dass dieser Webb auf die Idee kommt, sein Haus auch noch anzuzünden, um diese Beweise zu vernichten.«

Christine klemmte sich die Mappe unter den Arm, dann ging sie vor dem Constable aus dem Haus und zurück zum Wagen. Die Mappe deponierte sie im Kofferraum, sie stieg ein, als Mike bereits den Motor anließ. Isabelle schlief in ihrer Box tief und fest.

»Wo sollen wir anfangen?«, fragte sie.

»Zuerst klappern wir die Pubs ab«, sagte er. »Und wir halten während der Fahrt die Augen offen, ob wir ihn irgendwo entdecken können.«

»Dann wissen Sie also, wie er aussieht?«, fragte sie.

»Ja, natürlich«, versicherte er ihr. »Ich kenne jeden in Gleannlochy. Außerdem kann ich mich erinnern, dass ich ihn vor ein paar Tagen noch beim Bäcker gesehen habe. Nicht zu fassen – da steht man neben einem eiskalten Mörder, und der grüßt einen auch noch freundlich!«

»Okay … nein, warten Sie!«, rief sie. »Wir müssen zuerst

zu Richard Eaning fahren! Er ist in Lebensgefahr, und auch wenn er es nicht wahrhaben will, müssen wir ihn mitnehmen, damit Webb nicht an ihn herankommt.«

»Verdammt, Eaning hatte ich ja völlig vergessen!« Mit der flachen Hand schlug er sich gegen die Stirn. »Wir wissen ja nicht mal, ob er noch lebt!«

Keine fünf Minuten später fuhren sie in die Einfahrt zu Eanings Haus, stiegen aus und liefen zur Tür. Zwei Schritte davor blieb der Constable so abrupt stehen, dass Christine nicht schnell genug reagieren konnte und gegen ihn stieß.

»Was ist denn?«, fragte sie verwundert.

»Sehen Sie mal, die Tür steht offen.«

Sie warf einen Blick um den Polizisten herum und stellte fest, dass die Tür tatsächlich einen Spaltbreit offen stand.

Schroedinger ging langsam weiter, dann drückte er die Tür vorsichtig auf, immer darauf gefasst, dass irgendeine unangenehme Überraschung auf sie wartete. »Richard?«, rief er, als die Tür gegen die Wand stieß. Niemand war zu sehen, nichts war zu hören. Er betrat das Haus, Christine hielt sich dicht hinter ihm und sah dabei immer wieder über die Schulter, ob sich ihnen womöglich jemand von hinten näherte.

Von einem unguten Gefühl erfasst betraten sie gemeinsam das Wohnzimmer und rechneten schon damit, dass Eaning in eine karierte Fahne gewickelt auf dem Boden lag, um ihn herum Erinnerungsstücke an seine Zeit im Formel-1-Zirkus nach irgendeinem makabren System angeordnet. Aber das Zimmer war ebenfalls verlassen.

»Weiter«, flüsterte Mike ihr zu und wollte soeben in den Flur zurückkehren, da hielt Christine ihn zurück.

»Da«, sagte sie und deutete auf den Couchtisch. »Die Karte.«

Sie gingen beide zum Tisch und betrachteten die Spielkarte, die dort mitten auf der Platte lag.

»Ein Herz-Ass«, stellte Mike fest. »Verdammt, er hat ihn bereits umgebracht und seine Visitenkarte zurückgelassen, um sich über uns lustig zu machen. Kommen Sie, wir müssen versuchen, diesen Mistkerl zu finden.«

»Mike, warten Sie«, rief sie ihm nach. »Hier stimmt was nicht.«

»Ja, ich weiß, hier fehlt der Hausbesitzer, weil er ermordet wurde.«

»Nein, das meine ich nicht. Irgendetwas stimmt nicht, weil die Leiche nicht hier ist! Er hat Marks, Turner und Dorsey im jeweiligen Haus getötet und sie dann zurechtgemacht. Warum sollte er das bei Eaning anders machen? Dass er ihn von hier wegbringt, passt nicht zu seinem Muster.«

»Dann hat er sein Muster eben geändert«, erwiderte der Constable.

»Warum denn? Warum soll er mit Eaning das Haus verlassen und riskieren, dass ihn jemand beobachtet? Oder dass Eaning um Hilfe ruft?«

»Wer weiß, wann er ihn hier rausgeschafft hat«, hielt er dagegen. »Wir waren einen ganzen Tag nicht in Gleannlochy. Vielleicht hat er die Leiche letzte Nacht weggebracht.«

»Welchen Sinn ergibt es, drei Tote wie kleine Kunstwerke zu arrangieren und das vierte Opfer beiseitezuschaffen, anstatt das Ritual zu wiederholen? Irgendwas ist hier nicht so, wie es aussieht.«

»Vielleicht war Eaning ja nicht tot, als er das Haus verließ«, gab Mike zu bedenken.

»Ja, genau«, rief sie, als ihr ein Geistesblitz kam. »Angenommen, Webb hat sich mit Eaning irgendwo verabredet, um ihn dort zu töten. Dann könnte es doch sein, dass er – nachdem Eaning sich auf den Weg zum Treffpunkt gemacht hat – ins Haus einsteigt und die Spielkarte deponiert, um zu zeigen, dass er der Täter ist, damit wir nicht irrtümlich glauben, es könnte sich um einen anderen Mörder handeln, nur weil er diesmal von seiner Methode abweicht.« Während der Constable noch zustimmend nickte, da er sich ihre Worte durch den Kopf gehen ließ, hatte Christine eine Idee. »Blood Valley!«

»Was?« Mike sah sie verständnislos an.

»Das ist die Lösung!«, erklärte sie. »Er hat ihn mitgenommen ins Blood Valley, um Eaning dort zu töten. Vielleicht hat er das mit den anderen ursprünglich auch vorgehabt, aber dann hat ihm das Wetter einen Strich durch die Rechnung gemacht, also hat er sie stattdessen in ihren Häusern ermordet. Eaning hat womöglich eine Chance darin gesehen, Webb zu entkommen, wenn er ihn ins Blood Valley begleitet. Er wusste, hier in seinen vier Wänden gelingt ihm das nicht. Seine drei Freunde haben daheim ihrem Mörder nicht entwischen können, also bleibt er nicht im Haus, sondern begleitet Webb.« Auch wenn das alles überzeugend und nachvollziehbar war, hatte Christine dennoch das ungute Gefühl, dass die Wahrheit eine ganz andere war.

Mike kehrte auf die Humphreys Road zurück und fuhr bis zum Cooper Drive, in den er dann so abrupt einbog, dass der Wagen auf dem mittlerweile matschigen Schnee ins Rutschen kam. Gerade noch rechtzeitig bekam er den Fiat unter Kontrolle, dann raste er die Steigung hinauf. Auf der Fahrbahn kamen ihnen einige Zentimeter hohe Bäche aus Tauwasser entgegen, da die Temperaturen auf fast zehn Grad angestiegen waren und die Sonne den Schnee rasend schnell zum Schmelzen brachte. Als sie nach einer Weile den höchsten Punkt des Cooper Drive überwunden hatten, bog Mike nach links in eine schmale Straße ein. Die war zwar nicht geräumt, aber der Schnee, der jetzt noch dort lag, stellte kein nennenswertes Problem mehr dar, da er sich in Matsch verwandelte und zur Seite wegspritzte, sobald er unter die Reifen geriet.

Die schmale Straße führte hinunter in ein recht enges Tal zwischen zwei höheren Bergen und endete auf einem

Parkplatz für sechs bis sieben Wagen oder einen Reisebus für den Fall, dass eine ganze Wandergruppe in Gleannlochy einfiel.

»Das ist Eanings Wagen«, sagte der Constable und deutete auf einen eleganten alten Rover. Davor parkte ein Subaru mit Allradantrieb, möglicherweise Webbs Auto, vielleicht aber auch das eines unbeteiligten Wanderers, der seine Bergsteigerfähigkeiten bei Eis und Schnee auf die Probe stellen wollte.

Mike setzte zurück und stellte seinen Wagen quer vor die Zufahrt, um sie zu blockieren, damit Webb nicht mit einem der beiden Fahrzeuge entkommen konnte.

»Kommen Sie«, sagte er und stieg aus.

Christine zögerte und sah zu Isabelles Transportbox auf dem Rücksitz. Nein, die konnte sie jetzt erst recht nicht mitnehmen. Sie musste darauf vertrauen, dass alles gut ausging und ihrer Katze nichts zustieß. »Pass gut auf dich auf«, flüsterte sie ihr zu, aber Isabelle schien die ganze Action lieber zu verschlafen.

Sie stieg aus und eilte neben Mike her zum entlegenen Ende des Parkplatzes. Von dort führte ein schmaler Pfad hinunter ins Blood Valley. Obwohl Bäume und Büsche ihr Laub schon vor langer Zeit abgeworfen hatten, standen sie doch so dicht, dass man nicht allzu weit sehen konnte.

»Wie weit ist es bis zu diesem Gedenkstein?«, erkundigte sie sich.

»Nur ein paar Hundert Meter«, antwortete er. »Zum Glück taut der Schnee hier auch schnell weg, da kommen wir wenigstens einigermaßen zügig voran.«

Sie hatten gut die Hälfte der Strecke zurückgelegt, als plötzlich ein Schuss durchs Tal hallte.

»Verdammt, wir kommen zu spät!«, keuchte Mike. »Er hat auf Eaning geschossen!«

»Spinnen Sie? Wollen Sie mich umbringen?« Eine entsetzte Stimme, aber …

»Das war nicht Eaning«, sagte sie und hielt Schroedinger zurück. »Da stimmt was nicht!«

»Was soll denn da nicht stimmen?«, erwiderte der Constable.

»Haben Sie das nicht gehört? Warum sollte Webb so was sagen?«

»Keine Ahnung.« Mike blieb dennoch stehen und lauschte angestrengt.

»Ehrlich gesagt, ja«, kam die Antwort.

»Das war gerade Eaning«, flüsterte Christine. »Aber das ergibt doch keinen Sinn. Wenn Webb auf ihn schießt, was soll dann dieser Wortwechsel?«

»Da vorne!« Er zeigte auf eine Stelle, an der der Weg durch das Tal breiter wurde. »Da befindet sich der Gedenkstein.«

»Warten Sie«, hielt sie ihn wieder auf, als er weiterlaufen wollte. »Können wir uns der Stelle von hinten nähern? Ich meine, damit wir nicht gesehen werden?«

Mike sah sich um. »Ja, wir durchqueren hier das Gestrüpp, dann folgen wir einfach dem Verlauf der Felswand, bis wir uns auf Höhe des Steins befinden, von da kommen wir dann von hinten an den Platz vor dem Gedenkstein heran.«

»Gut, dann nehmen wir diesen Weg«, entschied sie und zog Mike hinter sich her, während sich Eaning und Webb weiter anbrüllten. Es war zwar nicht jedes Wort zu verstehen, doch es klang recht eindeutig danach, dass Eaning derjenige war, der die Kontrolle über die Situation hatte, während Webb um sein Leben zu fürchten schien.

»Ich würde sagen, es ist Eaning gelungen, Webb zu überwältigen, und jetzt hat der Angst, von ihm wegen der Morde an seinen Freunden erschossen zu werden«, flüsterte der Constable.

»Da wäre ich mir nicht so sicher«, gab sie zurück. Für sie klang Webbs Tonfall eher wie der eines Mannes, der sich völlig unerwartet in einer lebensbedrohlichen Situation wiederfand. So hörte sich kein eiskalter Killer an, der sich irgendwie von seinem letzten Opfer hatte überrumpeln lassen.

Sie hatten den Punkt erreicht, an dem sie sich von der Felswand entfernen und zwischen Büschen und Bäumen hindurch zum Gedenkstein gehen mussten, um zu den beiden Männern zu gelangen, die sich immer noch gegenseitig anbrüllten – dummerweise gleichzeitig, sodass außer zusammenhanglosen Wortfetzen nichts zu verstehen war.

Als sie hinter dem letzten Baum angekommen waren, der sie noch von Eaning und Webb trennte, spähten sie vorsichtig um den Stamm herum – und wollten kaum ihren Augen trauen. Webb, ein großer Mann mit lockigem Haar, stand mit Plastikband an einen Baumstamm gefesselt da, Eaning, der hagere, kahlköpfige Ältere, hatte sich gut einen Meter vor ihm aufgebaut und hielt eine Pistole auf sein Gegenüber gerichtet.

»… und dann wird jeder glauben, dass ich in Notwehr gehandelt habe«, sagte Eaning und klang so beiläufig, als würde er jemandem den Weg durchs Dorf erklären.

»Sagen Sie mir verdammt noch mal, warum Sie das tun wollen!«, redete Webb auf ihn ein. »Was habe ich Ihnen getan?«

»Sie haben meine Freunde ermordet«, antwortete Eaning.

»Aber das stimmt doch gar nicht!«, protestierte der jüngere Mann.

»Ich weiß, ich weiß«, entgegnete Eaning. »Aber jeder wird glauben, dass Sie es waren.«

»Warum denn? Warum?!«, brüllte Webb.

»Sorry, aber so viel Zeit habe ich nicht, um Ihnen das alles zu erklären«, gab Eaning zurück und klang ein wenig gelangweilt.

Christine sah, dass der ältere Mann die Waffe etwas höher hielt, als würde er nun genauer zielen. Sie wollte Mike ein

Zeichen geben, dass er irgendwie eingreifen musste, um den nächsten Mord zu verhindern, doch bevor sie etwas sagen konnte, bemerkte sie, wie ein etwa faustgroßer Stein durch die Luft flog und Eanings Handgelenk traf. Der schrie vor Schreck und vor Schmerz auf und ließ die Pistole fallen, im gleichen Moment kam der Constable hinter dem Baum hervor und stürmte auf Eaning los.

Der hielt noch seine Hand fest und versuchte zu verstehen, was soeben passiert war, als Schroedinger auch schon bei ihm war, die Waffe aufhob und sie auf Eaning richtete. »Hände hoch, Richard.«

Eaning stand einen Moment lang reglos da und schnaubte vor Wut, so wie ein Kind, dem auf dem Weg zu einem Rekord ein Kartenhaus eingestürzt war. Dann schüttelte er den Kopf und nahm die Hände hoch. Mike tastete den älteren Mann ab, ob der noch eine weitere Waffe bei sich trug. Als er davon überzeugt war, dass von Eaning keine Gefahr mehr ausging, legte er ihm eine Hand auf die Schulter und drückte ihn nach unten, bis der Mann auf die Knie ging.

»Machen Sie mich los, Constable!«, forderte Webb ihn auf. »Ich …«

»Ganz langsam, Mr Webb. Erst mal will ich wissen, was hier gespielt wird.« Er drehte sich zu Eaning um. »Ich warte auf eine Erklärung.«

Eaning hob den Kopf. »Wo soll ich anfangen?«

»Beim Mord an Mr Webbs Vater, Mr Sunderland«, meldete sich Christine zu Wort. »Der ist doch der Grund für das Ganze, nicht wahr?«

»Es war kein Mord«, antwortete Eaning. »Es war ein Unfall. Wir hatten das nicht gewollt. Harris kam auf die Idee, Carl ein bisschen Angst zu machen, weil der ihm Melissa weggeschnappt hatte.« Er sah zu Webb. »Harris Turner hatte vergeblich um Ihre Mutter geworben, und als er 1968 seinen Jahresurlaub hier in Gleannlochy verbrachte, da erfuhr er, dass Melissa diesen unscheinbaren Buchhaltertyp geheiratet hatte. Sie hatte ihm einige Zeit zuvor eine Abfuhr erteilt, weil sie nicht daran interessiert war, nach Deutschland zu ziehen, wo Harris stationiert war. Er hatte eine unglaubliche Wut auf Sunderland, weil er bereits Vorbereitungen getroffen hatte, um sich nach England versetzen zu lassen, da er hoffte, dass er so Melissa doch noch für sich gewinnen konnte.« Eaning rutschte ein Stück zur Seite, da ihm das lange Knien offenbar Schmerzen bereitete, aber Mike ließ ihn nicht aufstehen.

»Und weiter?«, fragte Webb.

»Seine Pläne waren damit hinfällig, und er wollte Sunderland für all diese vergeblichen Bemühungen ein wenig leiden lassen. Wir lockten ihn unter einem Vorwand hier an diese Stelle, und dann zog Harris seine Pistole und erklärte, er werde ihn jetzt erschießen. Sunderland war halb wahnsinnig vor Angst, weil er glaubte, Harris meine das ernst. Aber es sollte nur ein Spiel sein, eine kleine Strafe dafür, dass er ihm Melissa weggeschnappt hatte. Er setzte den Lauf an Sunderlands Schläfe, dann drückte er ab … und auf einmal klaffte in Sunderlands Schädel ein Loch, und der Mann fiel tot zu Boden.«

»Wieso hat er nicht erst überprüft, ob die Waffe geladen war?«, wollte Mike wissen.

»Das hatte er zu Hause gemacht, aber dann war ihm die falsche Pistole in die Finger geraten. Hat er zumindest uns gegenüber behauptet.«

»Wie viele Pistolen besaß er denn?«, wunderte sich der Constable.

»Einige. Er hat damals öfter Pistolen von Deutschland nach England geschmuggelt, um sie an Sammler weiterzuverkaufen.«

»Und was geschah weiter?«

Eaning machte eine beiläufige Geste. »Na ja, wenn er sich gestellt hätte, wäre er mindestens wegen Totschlags angeklagt worden, dazu die geschmuggelten Waffen – kurz gesagt, seine Karriere beim Militär wäre damit beendet gewesen.«

»Wohl nicht nur *die* Karriere«, warf Christine ein. »Er wäre für einige Jahre ins Gefängnis gewandert, und danach hätte er froh sein können, überhaupt noch irgendwo Arbeit zu finden.« Nach einer kurzen Pause fügte sie hinzu: »Und Sie, Dorsey und Marks mussten befürchten, wegen Beihilfe zum Mord oder zumindest zum Totschlag vor Gericht gestellt zu werden.«

»Ja, ich weiß. Deshalb arrangierten wir alles so, dass es nach einem Selbstmord aussah. Danach verschwanden wir von hier und taten so, als wüssten wir von nichts. Kurz darauf hieß es, dass Sunderland offenbar Selbstmord begangen hatte, und damit war das Problem für Harris und auch für uns aus der Welt.«

»Wie konnten Sie nur! Für meine Mutter begannen damit die Probleme erst«, meldete sich Webb zu Wort, der fassungslos Eaning anstarrte.

»Die Lebensversicherung wollte nicht zahlen, richtig?«, fragte Christine. »Weil es ein Selbstmord war.«

»Richtig«, bestätigte Webb. »Bei Mord oder bei einem Unfall hätte die Versicherung gezahlt, so jedoch nicht. Meine Mutter bekam keinen Penny, sie hatte keine Arbeitsstelle, und die Bank wollte die Darlehensraten für das Haus sehen, das mein Vater mit seinem Gehalt hatte abbezahlen wollen. Sie war gezwungen, das Haus für einen Spottpreis zu verkaufen, womit immer noch ein paar Tausend Pfund an die Bank zu zahlen waren. Sie zog nach London, wo ich zur Welt kam, und jahrelang lebten wir praktisch in Armut, da jeder Penny, den sie von ihrem Lohn als Verkäuferin sparen konnte, an die Bank ging, um die Schulden zu tilgen.« Er sah zu Eaning. »Und alles nur, weil er und die anderen zu feige waren, die Wahrheit zu sagen. Die vier lebten weiter ihr Leben, als sei nichts geschehen, während mein Vater tot war und meine Mutter zusehen musste, wie sie mich durchfütterte.«

»Und Ihre Mutter hat Ihnen vor ihrem Tod noch gesagt, dass sie die vier für die Mörder Ihres Vaters hielt, und deshalb sind Sie hergekommen, um sich zu rächen«, folgerte Mike.

»Wie? Nein, nein, meine Mutter lebt noch. Vor einigen Jahren heiratete sie einen guten Mann, der zwar nur über ein bescheidenes Einkommen verfügte, der aber alles tat, damit meine Mutter glücklich und zufrieden war. Leider starb er vor einem Jahr.« Nach einer kurzen Pause fuhr er fort: »Allerdings hinterließ er meiner Mutter und mir ein ganz ansehnliches Vermögen. Offenbar war sein Einkommen gar nicht so bescheiden gewesen, auf jeden Fall hatte er uns viel Geld hinterlassen, nicht zu vergessen die Witwenrente, die meine Mutter nun ausgezahlt bekommt. Sie hat beschlossen, ihr Rentnerdasein in Spanien zu verbringen, um ein wenig von dem nachzuholen, was ihr in jungen Jahren genommen worden war. Natürlich kann das keine Entschädigung für das sein, was man ihr angetan hatte.« Wieder zuckte ein zorniger Blick zu Eaning. »Nachdem sie nach Spanien gezogen war, stieß ich in den Sachen, die sie zurückgelassen hatte, auf eine Mappe mit Dokumenten, die den Tod meines Vaters betrafen. Ich sprach meine Mutter darauf an, woraufhin sie mir beichtete, dass mein Vater gar nicht vor meiner Geburt bei einem Unfall ums Leben gekommen war, wie sie mir immer erzählt hatte. Sie hatte nicht gewollt, dass ich vom Selbstmord meines Vaters erfahre, aber nachdem ich auf die Unterlagen gestoßen war, ließ sich das nicht mehr vermeiden. Und dann erzählte sie mir von den vier Männern, von denen sie glaubte, dass sie die wahre Schuld am Tod meines Vaters trugen.«

»Also sind Sie hergekommen, um sich zu rächen«, wiederholte Mike.

»Nein, keineswegs«, entgegnete Webb. »Ich habe dieses

Haus gekauft, in dem meine Eltern gelebt haben, weil ich etwas von meiner Kindheit nachholen wollte. Und ich wollte den Ruf meines Vaters wiederherstellen. Ich wollte diese vier Männer näher kennenlernen und ihr Vertrauen gewinnen, um ihnen ein Geständnis zu entlocken, damit alle erfahren, dass mein Vater sich nicht umgebracht hat.« Er zuckte mit den Schultern. »Ehrlich gesagt wusste ich gar nicht, wie ich das in der Praxis anstellen sollte. Es war ein naiver Gedanke, der vielleicht überhaupt nicht funktioniert hätte.«

»Und stattdessen haben Sie drei von ihnen erschossen.«

»Nein, das habe ich nicht. Ich wundere mich ja selbst, wieso einer nach dem anderen von ihnen tot aufgefunden wird«, widersprach Webb energisch.

»Wer sollte denn sonst auf die Idee kommen, ausgerechnet drei der vier Männer zu töten?«, fragte der Constable spöttisch.

Christine tippte ihm auf die Schulter. »Ich glaube, die Frage kann uns Mr Eaning beantworten. Oder irre ich mich da, Mr Eaning?«

Eaning starrte zu Boden.

»Kommen Sie, Richard«, sagte Mike. »Wenn wir die Unterlagen der drei komplett gesichtet haben, werden wir schon das Motiv finden. Sie können es uns aber auch von sich aus erzählen. Sie wissen doch bestimmt, dass geständige Verbrecher mit einer milderen Strafe rechnen können.«

»Hören Sie doch auf, Mike. Sie wissen so gut wie ich, dass vier Morde keine mildere Strafe möglich machen, selbst wenn ich Ihnen auch noch alle Sünden aus meiner Kindheit beichte«, gab Eaning zurück.

»Was haben Ihre drei Freunde Ihnen angetan, Mr Eaning?«, fragte Christine leise. »Was haben die drei gemacht, dass Sie nicht anders konnten, als sie zu töten?«

»Sie haben mich um meinen heimlichen Lebenstraum betrogen«, zischte er. »Ich wollte von klein auf Rennfahrer werden. Das hört sich vielleicht albern an, so wie bei einem Kind, das Astronaut werden will. Aber das wollte ich wirklich. Als ich das erste Mal ein Autorennen sah, da wusste ich, bei so was will ich auch mal mitmachen. Ich bewarb mich erst mal als Mechaniker bei einem Rennstall, wo ich mich hocharbeiten und zeigen wollte, dass ich das Talent zum Fahrer besitze.« Einen Moment lang presste er die Lippen aufeinander und atmete schnaubend durch. »Ich bekam meine Chance, ich durfte auf die Rennstrecke und legte eine verdammt gute Zeit hin. Alles sah sehr vielversprechend aus, und dann auf einmal bekam ich eine Absage. Ohne irgendeine Erklärung. Ich durfte meinen Job als Mechaniker behalten, aber das war auch alles. Ich fragte daraufhin bei anderen Rennställen an, doch die wollten erst gar nichts von mir wissen. Ich wusste, dass irgendjemand irgendetwas über mich verbreitet hatte, aber ich kam nicht dahinter, was es war. Und damit war meine Traumkarriere beendet, bevor sie überhaupt begonnen hatte. Ich war am Boden zerstört, aber ich behielt das für mich. Und dann musste ich auf einmal erfahren, dass meine besten Freunde mich da reingeritten hatten.«

»Warum haben Sie damals nicht gesagt, dass Ihnen das so wichtig war?«, wunderte sich Christine. »Wenn Ihre Freunde gewusst hätten, was sie da angerichtet hatten, wäre es doch bestimmt möglich gewesen, das Ganze aus der Welt zu schaffen, damit Sie eine neue Chance bekommen.«

»Es wusste ja niemand, dass das mein Lebenstraum war«, antwortete er. »Nicht jeder kann freimütig über seine Niederlagen und Enttäuschungen reden. Ich habe schon in der Schule oft genug mitbekommen, welche Schadenfreude manche Leute an den Tag legen, wenn sie sehen, dass ein anderer an einer Aufgabe scheitert. Ja, ich weiß, die drei waren meine Freunde, aber ich wollte es trotzdem für mich behalten. Außerdem wusste ich ja nicht, dass sie etwas damit zu tun hatten.«

»Und wie haben Sie das herausgefunden?«, wollte der Constable wissen.

»Durch einen Zufall, einen dummen Versprecher«, sagte Eaning. »Wir vier saßen vor ein paar Monaten bei mir zusammen im Wohnzimmer, tranken Wein und redeten über alte Zeiten. Als ich kurz das Zimmer verließ, hörte ich, wie Harris mit Bryan und Nate über eines der Fotos aus meinem alten Rennstall redete. Er fragte sie, ob das da drauf nicht der Typ sei, dem sie damals auf einer Party erzählt hätten, ich hätte enge Kontakte zur Wettmafia. Die versuchte nämlich in den Sechzigern gerade, im Rennsport Fuß zu fassen, mit manipulierten Rennen, gekauften Fahrern und so weiter. Mit so einem Verdacht war es ja kein Wunder, dass ich als Fahrer ein zu großes Risiko für jeden Rennstall war!«

»Aber warum haben Ihre Freunde Ihrem Kollegen denn überhaupt so etwas Diffamierendes über Sie erzählt?«, wunderte sich Christine.

Eaning zuckte mit den Schultern. »Was weiß ich, ich habe sie nicht danach gefragt. Wir waren damals noch jung, vielleicht Mitte zwanzig, und haben gern einen über den Durst getrunken. Und dabei haben wir öfter den einen oder anderen bösen Streich gespielt. Im Suff fanden wird das lustig. Dieses eine Mal war nur leider ich das Opfer«, schnaubte er. »Jedenfalls ging ich zurück ins Wohnzimmer und tat so, als hätte ich nichts von ihrer Unterhaltung mitbekommen. Aber in dem Moment stand für mich fest, ich wollte mich rächen. Ich wusste nur noch nicht, wie ich das am besten anstellen sollte. Über Monate durfte ich mir dann weiter ihre Geschichten über alberne Modelleisenbahnen, noch albernere deutsche Krimis oder über schwachsinnige Musicals anhören und wurde immer wütender auf sie.«

»Und dann zog Mr Webb nach Gleannlochy, und Sie sahen Ihre Gelegenheit gekommen«, folgerte Christine.

»Ja. Ich fand heraus, dass er der Sohn von Sunderland ist …«

»Wie sind Sie dahintergekommen?«, fragte Webb vollkommen erstaunt. »Ich habe niemandem davon erzählt, wer meine Mutter ist.«

»Die Ähnlichkeit mit Ihrem Vater.« Eaning verzog den Mund. »Die drei wollten mir nicht glauben, dass Sie mit Sunderland verwandt sind. Als ich Sie das erste Mal sah, erkannte ich in Ihnen Ihren Vater wieder. Ich sprach die drei darauf an, aber die taten das als Hirngespinst ab. Sie meinten, ich könne das ja gar nicht sagen, weil Sunderland viel jünger war, als er starb. Also konnte niemand wissen, wie er mit Mitte vierzig aussehen würde. Damit war das Thema erledigt, jedenfalls für sie, aber nicht für mich. Denn für mich war klar, wenn Webb irgendwie mit Sunderland verwandt ist, dann ist er nach Gleannlochy gekommen, um in der Vergangenheit zu wühlen. Also bemühte ich ein paar alte Kontakte, und siehe da, unser Mr Webb entpuppte sich als der Sohn von Sunderland.« Seine Augen leuchteten, als er diese Erkenntnis Revue passieren ließ. »Und da kam mir die geniale Idee, ihn zum Sündenbock zu machen und mich an meinen sogenannten Freunden zu rächen.«

»Ich verstehe«, sagte Christine. »Ihr Plan war also, Marks, Turner und Dorsey zu töten, dann Mr Webb in eine Falle zu locken und ihn ebenfalls zu ermorden, um dann zu behaupten, Sie hätten ihn in Notwehr erschossen.«

»Richtig. Schließlich hat Sunderlands Sohn ein plausibles Motiv dafür, uns vier zu töten«, spie Eaning aus. »Das hätte alles so wie geplant funktioniert, wenn Sie nicht mit ihrer verdammten Katze dazwischengefunkt hätten.«

»Und deshalb haben Sie dreimal versucht, mich zu töten, und wie ein schlechter Schütze haben Sie mich jedes Mal verfehlt.« Sie konnte sich einen spöttischen Tonfall nicht verkneifen. »Aber vermutlich können Sie nur richtig zielen, wenn Ihr Opfer ahnungslos vor Ihnen sitzt und Sie ihm plötzlich eine Waffe an die Stirn halten und abdrücken, nicht wahr?«

Seine Augen begannen, bei ihren Worten zu leuchten. »Sie haben es für einen Witz gehalten, jeder Einzelne von ihnen. Ich konnte ihnen ansehen, wie sie krampfhaft zu begreifen versuchten, was mit ihnen geschehen war, nachdem sich die Kugel in ihren Kopf gebohrt hatte. Es war ein gutes Gefühl, ein befriedigendes Gefühl.«

»Eine Sache interessiert mich noch, Mr Eaning, weil sie mir ein Rätsel aufgibt«, sagte Christine. »Warum haben Sie bei Ihren Freunden und bei sich zu Hause diese Spielkarten hinterlassen? Welche Bedeutung hat das?«

Es schien, als würde in Eanings Augen so etwas wie Stolz aufblitzen, dann erklärte er mit einem leisen Lachen: »Genau deshalb.«

Christine sah ihn verständnislos an. »Was soll das heißen?«

»Na, dass mein Plan aufgegangen ist«, erwiderte er. »Ich wollte die Polizei damit in die Irre führen, damit sie sich mit der Frage nach dem Sinn der Spielkarten beschäftigt und gar nicht erst auf die Idee kommt, vielleicht doch bei mir nach einem Motiv zu suchen. Sie selbst, Miss Bell, haben ja gerätselt, was die Karten bedeuten könnten, und die Frage hätte ja allem Anschein nur von Webb beantwortet werden können.« Eaning wurde wieder ernst und sah Mike an. »Sie können mich ruhig verhaften, Mike. Ich habe meine Rache bekommen, jetzt geht's mir gut.«

Schweigend griff der Constable nach den Handschellen, während Christine sein Taschenmesser benutzte, um Webbs Plastikfesseln zu lösen, nachdem sie ihn vorsorglich nach Waffen abgetastet hatte.

»Kommen Sie, Mike, sehen Sie sich mein geschwollenes Handgelenk an«, protestierte Eaning. »Mit dem verdammten Stein haben Sie ganze Arbeit geleistet, wollen Sie mir mit den Handschellen jetzt auch noch die Hand abquetschen? Ich laufe Ihnen schon nicht davon, Mike. Ich bin kein junger Hüpfer mehr.« Nach einer kurzen Pause fügte er hinzu: »Wo haben Sie eigentlich gelernt, so gut mit Steinen auf Leute zu werfen?«

»Ich war drei Jahre in Folge bester Werfer beim Cricket«, sagte er. »Da lernt man, genau zu zielen.«

Sie gingen den von matschigen Schneeresten bedeckten Weg zurück zum Parkplatz, ringsum fiel der nasse tauende Schnee von den kahlen Bäumen. Keiner von ihnen sprach ein Wort, da alles gesagt war.

Am Parkplatz angekommen führte Mike Eaning zu seinem Wagen und holte den Wagenschlüssel aus der Jackentasche. Gerade hatte er die Zentralverriegelung per Knopfdruck geöffnet, da schoss auf einmal Eanings unverletzte Hand vor, legte sich um den Schlüssel und riss ihn ihm aus den Fingern. Bevor der Constable reagieren konnte, versetzte der ältere Mann ihm mit der Schulter einen Stoß, der ihn aus dem Gleichgewicht brachte.

Das Ganze spielte sich so schnell ab, dass weder Christine noch Webb reagieren konnten, die sich beide links von Schroedinger befanden und von ihm mit zu Boden gerissen wurden, als er auf dem stellenweise noch glatten Untergrund den Halt verlor.

Ehe sich einer der drei aufrappeln konnte, hatte Eaning die letzten Meter bis zum Wagen des Constables zurückgelegt. Er riss die Tür auf, stieg ein und verriegelte sie von innen sofort wieder. Mike sprang auf und lief zu seinem Wagen, aber Eaning hatte den Motor bereits angelassen und setzte zurück, um Platz genug zu haben, damit er auf den Zufahrtsweg einbiegen konnte. Dass er dabei einen Holzposten rammte und die hintere Stoßstange demolierte, kümmerte ihn nicht.

»Isabelle!«, rief Christine entsetzt, als ihr klar wurde, dass Eaning im Begriff war, mit ihrer Katze zu entkommen. Sie wollte sich lieber nicht ausmalen, was er mit Isabelle machen würde, nachdem er schon zuvor versucht hatte, sie umzubringen.

Mike und Webb legten einen Sprint ein, um Eaning zu stoppen, doch dessen Vorsprung wurde immer größer – und das galt auch für seine Chancen, ihnen am Ende doch noch zu entkommen.

Eaning konnte sich ein Lachen nicht verkneifen, als er im Rückspiegel sah, wie seine Verfolger weiter und weiter hinter ihm zurückfielen. Zwar brauchte er jetzt einen neuen Plan, da die Wahrheit ans Licht gekommen war und sie nun wussten, dass er der Mörder war, aber darüber konnte er sich später immer noch Gedanken machen. Erst einmal musste er aus Gleannlochy verschwinden, und zu seinem großen Glück war das Wetter auf seiner Seite.

Vor sich konnte er schon das Ende der Zufahrt sehen. Nur noch wenige Meter, dann …

In diesem Moment raste ein stechender Schmerz durch seinen Kopf, der seinen Ursprung am linken Ohr hatte. Verständnislos schaute er in den Rückspiegel und entdeckte eine rot getigerte Katze, die sich in die Lehne des Sitzes krallte – und ihre Zähne in sein linkes Ohr geschlagen hatte und daran herumzerrte wie an einer Stoffmaus. Blut lief ihm am Hals herunter, und als er nach der Katze zu schlagen versuchte, ließ die sich einfach fallen, allerdings ohne zuvor sein Ohr loszulassen.

Es kam ihm vor, als würde ihm das Ohr abgerissen, und reflexartig legte er den Kopf auf die Seite, während er versuchte, mit der rechten Hand zu lenken und mit der linken die Katze zu fassen zu bekommen, die aber schneller war und sich in seine Finger krallte.

Er riss seine Hand weg, aber Isabelle zog die Krallen nicht ein, sodass sie ihm tiefe, heftig blutende Kratzer zufügte. Unwillkürlich kniff er vor Schmerzen die Augen für Sekunden zu, und als er sie wieder öffnete, war das Letzte, was er sah, ein Baum, auf den der vom Weg abgekommene Wagen zusteuerte. Dann gab es einen lauten Knall, ihm schoss der Airbag entgegen, und dann wurde alles um ihn herum dunkel.

»Ich hatte doch gleich so ein Gefühl, dass der Verschluss an dieser Box einen Defekt hat«, sagte Christine, während sie Isabelle an sich drückte, überglücklich darüber, dass ihr kleiner Schatz nicht nur unversehrt geblieben war, sondern auch noch Eanings Flucht verhindert hatte. »Ich glaube«, wandte sie sich an Mike, »das ist das erste Mal, dass ich froh darüber bin, dass etwas, das ich gekauft habe, von schlechter Qualität ist. Hätte Isabelle sich nicht aus der Box befreien können ...«

»Ich weiß, was Sie meinen, Christine«, erwiderte der Constable, der damit beschäftigt war, dem mittlerweile in Handschellen befindlichen Eaning notdürftig einen Verband am Ohr anzulegen. Der ältere Mann starrte wutentbrannt auf Isabelle und hätte sie wohl am liebsten jetzt noch erwürgt. Hals, Pullover und Jacke waren voller Blut, beide Hände waren ebenfalls verbunden, da die Katze ihre Krallen gründlich hatte spielen lassen. »Allerdings sollten Sie überlegen, ob Sie sie nicht besser in Mike Tyson umtaufen. Wenn ich mir Richards Ohr so ansehe ...«

»Ja, ja, machen Sie sich nur über mich lustig«, grummelte der.

»Seien Sie lieber froh«, konterte der Constable, »dass ich mich nur über Sie lustig mache. Immerhin haben Sie meinen Wagen demoliert, und das finde ich gar nicht zum Lachen.«

Dann öffnete er die hintere Tür von Eanings Wagen und bugsierte den Mann auf den Rücksitz.

»Autsch«, rief Eaning entrüstet. »Können Sie nicht aufpassen? Sie haben mich mit meinem verletzten Ohr gegen den Türrahmen gedrückt.«

»Kommt schon mal vor«, meine Mike desinteressiert und warf die Tür zu. Dann drehte er sich zu Christine und Anthony Webb um, der noch immer nicht so recht glauben wollte, was er eben alles hatte erfahren müssen.

»Ich komme später am Tag noch bei Ihnen vorbei, um Ihre Aussage aufzunehmen«, sagte der Constable zu ihm. »Wir sind heute Vormittag in Ihr Haus eingedrungen, weil wir fürchteten, Sie könnten der Mörder sein. Das wird über die Versicherung der Polizei geregelt werden.«

Webb nickte bestürzt. »Fast wäre er damit durchgekommen, nicht wahr? Jeder hätte geglaubt, dass ich aus Rache diese drei Männer ermordet habe und von ihm in Notwehr erschossen worden bin.«

»Ja, ich fürchte schon«, antwortete Christine. »Aber dazu ist es nicht gekommen, und nun muss Eaning sich für die Taten verantworten, die er begangen hat.« Nach einer kurzen Pause fügte sie hinzu: »Wenn seine Aussage vorliegt, sollten Sie sich an die Versicherung Ihres Vaters wenden. Ich kenne mich mit den Verjährungsfristen nicht aus, aber es wäre nur gerecht, wenn sie nachträglich die Versicherungssumme doch noch auszahlt, die Ihrer Mutter zusteht.«

»Vielleicht werde ich das machen«, sagte er. »Auf jeden Fall danke ich Ihnen, dass Sie noch in letzter Sekunde aufgetaucht sind, um mir das Leben zu retten.«

Sie verabschiedeten sich und sahen Webb nach, wie der in seinen Wagen einstieg und abfuhr. Plötzlich drehte sich Christine zu Schroedinger um. »Ach, Mike, das Tauwetter ist ja eindeutig auf dem Vormarsch …«

»Und Sie wollen uns so bald wie möglich verlassen, richtig?«

»Ja, das auch. Allerdings dachte ich gerade an die Herren Hague und Norton. Die liegen immer noch unter der Plane in ihrem Garten, nur dürfte der Teich inzwischen aufgetaut sein.«

»Oh, stimmt ja. Gut, dass Sie mich daran erinnern«, sagte er. »Sobald wir zu Hause sind, rufe ich Rick an, damit er sie abholt.«

»Und zum Metzger bringt?«

»Ganz genau.«

»Und wo wollen Sie Eaning einsperren?«

Mike überlegte kurz. »In einer der Zellen auf der Wache. Da ist zwar alles rußgeschwärzt, aber die Gitterstäbe sind so stabil wie eh und je. Wobei ich ihn wohl erst mal zu Dr. Menk bringen werde«, ergänzte er, »damit der sein Ohr näht und die anderen Wunden versorgt. Isabelle hat da wirklich ganze Arbeit geleistet.«

Lachend öffnete sie die Beifahrertür, warf einen Blick auf Eanings verbundenen Kopf und seine Hände und ließ sich mit Isabelle auf dem Arm auf den Sitz sinken, um erst einmal tief durchzuatmen. Die Mordserie war aufgeklärt worden, und das Wichtigste war, dass sie und Isabelle das Ganze unbeschadet überstanden hatten.

Epilog

Als Christine am nächsten Morgen zu ihrem Wagen ging, staunte sie nicht schlecht. Übernachtet hatte sie in einem der anderen Bed & Breakfasts in Gleannlochy, nachdem sie den Rest des gestrigen Tages damit zugebracht hatte, im Pub und auf der Straße allen möglichen Leuten zu erzählen, was sich abgespielt hatte. Zwar beschränkte sie sich nur auf die wesentlichsten Punkte, dennoch waren letztlich Stunden dafür draufgegangen, bis sie am Abend todmüde ins Bett gesunken war, unmittelbar gefolgt von Isabelle, die sich zu ihr aufs Kissen legte und noch schneller eingeschlafen war als ihr Frauchen.

Sie stutzte und musste zweimal hinsehen, um den Mann zu erkennen, der da neben ihrem Wagen stand: Constable Mike Schroedinger in Polizeiuniform!

»Was sehe ich denn da?«, fragte sie, als sie vor ihm stehen blieb.

»Na ja, ich dachte, wenn ich schon Constable bin, dann sollen die Leute das auch sehen«, antwortete er.

»Das ist die richtige Einstellung, Mike … Constable«, korrigierte sie sich sofort, während sie ihm auf die Schulter klopfte.

»Für Sie immer nur Mike, Christine«, beharrte er, beugte sich vor und gab ihr einen Kuss auf die Wange. »Vielen Dank für alles.«

Sie lächelte ihn an.

»Gern geschehen.« Sie hob die Transportbox hoch, damit er hineinsehen konnte. »Sag ›Auf Wiedersehen‹, Isabelle«, sagte sie, woraufhin ihre Katze einen ziemlich gequält klingenden Laut von sich gab.

»Ich glaube, sie will Gleannlochy so schnell nicht wiedersehen«, meinte Mike.

»Um ehrlich zu sein, ich auch nicht«, gab Christine zurück.

»Das kann ich gut verstehen. Ich würde mich zwar freuen …«

Sie hob ihre freie Hand. »Wenn ich weiß, wann ich meine Termine in Inverness nachhole, gebe ich Ihnen Bescheid, und dann können wir uns da gern treffen, okay?«

»Ich nehme Sie beim Wort«, versprach er ihr, während sie die Box auf den Rücksitz stellte. »Ach, ich nehme an, Sie haben die Nachrichten gehört? Die Straßen sind jetzt wieder frei, allerdings sorgt das Tauwetter stellenweise für Überschwemmungen. Aber der Weg Richtung Süden ist frei.«

Sie verabschiedete sich von Mike mit einer Umarmung, dann stieg sie ein und fuhr los.

Während Gleannlochy hinter ihr zurückfiel und im Rückspiegel immer kleiner wurde, sagte sie zu Isabelle: »Ich hoffe nur, wenn ich dich wieder mal irgendwohin mitnehme, wirst du nicht als Erstes ein Mordopfer entdecken!«

Das leise, verschlafene »Miau« aus der Transportbox auf dem Rücksitz konnte alles bedeuten, allerdings hatte Christine das Gefühl, dass es vor allem eines bedeutete: »Das wird sich zeigen.«

ENDE